조선조 궁중문학연구 2

인현왕후전 연구

정은임 지음

국학자료원

<인현왕후전>은 나와 인연이 참 깊다. 유년기의 어느 날, 동해안 읍내마을 만화방에는 새로 들어 온 만화들 중에 '장희빈'이 있었다. 눈 꼬리가 위로 찢어지고 독기를 품은 여인은 아주 나쁜 사람이라고 오래 동안 생각했지만 인현왕후에 대한 기억은 없다. 아마 어린 시절 내 고상한(?) 놀이터였던 만화방에는 '인현왕후'가 없었던가 아니면 장희빈을 그린 만화가의 실력이 더 뛰어났었나 보다. 그 후 대학에서 국문학을 전공하면서 조금 더 깊게 알았지만 이렇게 나와 오랜 세월을 함께하리라고는 생각하지 못했다.

<인현왕후전>을 감상하는 것을 넘어 학문으로 연구한 것은 1988년에 받은 박사학위 논문 '궁정실기문학연구'를 준비하면서부터였다. 당시 궁중문학의 백미로 평가되는 <계축일기> · <인현왕후전> · <한중록> 중에서 <한중록>을 제외한 두 작품을 연구 대상으로 하면서 많은 시간을 관련된 논문들과 씨름했었다. 이후부터 세 작품은 나와 늘 함께했다.

필자는 2002년 <한중록>을 시작으로 2004년에 <인현왕후전>, 2005년에 <계축일기>의 교주본을 출간했다. 물론 당시에도 선학들

의 교주본들이 있었으나 한글세대들이 이해하기가 어려운 부분이 많았고, 시중에 유통되는 현대어 출판본은 심각한 오류로 원전이 지닌 문학성을 여러 곳에서 훼손하고 있었기 때문이었다. 그러나 교주본은 전공자들을 위한 것이므로 궁중문학을 대중들과 소통하는 것에는 한계가 있었다. 궁중문학의 저변을 확대하고 인문학의 위기를 해소하는 데에 조금은 기여하려는 의도로『문학의 창으로 본 조선의 궁중문화』1~3권을 출간하였다.

그중 1권의『삶과 죽음의 공간』은, 통치자의 삶의 공간인 궁궐과 저승의 영원한 안식처인 왕릉에서 궁중문학에 투영된 부분을 중심으로 궁궐 사람들의 이야기를, 2권의『혜경궁 홍씨와 왕실 사람들』은, <한중록>을『조선왕조실록』과 비교하여 혜경궁 홍씨를 중심으로 왕실 사람들을 조명해 보았다. 마지막 3권의『인목왕후와 인현왕후』는, <계축일기>와 <인현왕후전>의 주인공인 인목왕후와 인현왕후를 중심으로『조선왕조실록』과『연려실기술』을 참고하여 비운의 왕비를 만났었다.

문학은 작자의 주관적인 시선으로 표현되었지만 그 시대의 정치, 경제 등 사회 전반의 시대정신이 투영된다. 특히 궁중문학은 봉건군주제의 유산으로 왕족들과 그들을 보필하던 궁녀와 환관들의 삶이 투영된 작품이다. 그들은 폐쇄된 공간인 궁궐에서 당대 최고의 문화를 향유하고 전승하면서 귀중한 문화유산을 남겼음을 확인하였다.

그중 <인현왕후전>은 조선 19대 왕인 숙종을 축(軸)으로 하여 선(善)의 화신인 인현왕후와 악(惡)의 전형인 장희빈과의 삼각 구도로 구성된 작품이다. 애증에 대한 감정 노출이 심했던 숙종의 축이 움직이는 방향에 따라 두 여인은 일희일비(一喜一悲)하면서 운명이 뒤바뀌는 삶을 살았다. <인현왕후전>은 인현왕후의 덕을 기리고 본받기 위하여 창작되었다. 그러므로 인현왕후는 현실과의 조화, 또는 부조화에서도 변하지 않는 효심과 미덕을 지님으로써 왕후가 승하한 후 몇 세기가 지난 지금까지도 전형적인 조선조의 여인상으로 살아 있다.

그러나 장희빈은 인현왕후의 대립적인 위치에서 자신을 지키기 위하여 최선을 다했으나, 그 방법이 악을 바탕으로 하였기 때문에 끝내 비참한 죽음으로 생을 마감하고 악의 전형으로 회자(膾炙)되고 있다.

2004년에 출간한 <인현왕후전> 교주본은 <가람본>과 <국립도서관본>을 교주하였다. <가람본>에서 파생된 것으로 보는 <국립도서관본>은 박태보와 관련된 내용이 40쪽 정도가 추가되어 있다. <국립도서관본>은 박태보가 임금(숙종)과 주고받는 대화를 사실적이면서도 고도의 수사법으로 서술하여 문학적인 여백도 많다. 또한 <가람본>과 내용이 거의 일치되는 부분에서도 문체나 어휘 등 세세한 부분에서는 차이가 있다. 그러므로 본 저서에서 인용문은 <가람본>으로 하되, 박태보와 관련된 부분은 <국립도서관본>으로 했다.

필자는 학문이 일천(日淺)하고 게을러 연구의 여백을 많이 남기게 되었다. 이제 부끄러움을 무릅쓰고 그동안 <인현왕후전>과 관련된 연구를 정리하여 한 권의 책으로 엮으려고 한다. 궁중문학과 인연을 하게 해 주신 김용숙 선생님께 부족한 제자는 감사함과 죄송한 마음으로 <인현왕후전>의 남은 여백은 후학들에게 맡긴다.

이번에도 <한중록> 출간 때와 같이 가계도(家系圖)와 교정을 위해 애쓴 김효림 박사와, 궁중 언어를 정리해 준 이숙진 예비 박사에게 고

마운 마음을 전한다. 또한 어려운 여건임에도『한중록 연구』에 이어『인현왕후전 연구』출판을 위해 애써주신 국학자료원 정찬용 원장님, 정구형 대표님과 관계자 여러분께 감사드린다.

2004년 <인현왕후전> 교주본을 출간하면서 서문에 아래와 같은 글을 썼었다.

"지난해 四月, 평생을 궁중문학 연구로 우리문학의 지평을 확대하신 김용숙 선생님이 타계하셨다. 삼십 년이 넘는 인연 동안 학문에 대한 열정과 준엄함에 늘 부끄러운 제자였는데……. 이제 곧 四月이 다시 오려 한다. 마음이 유난히 여리고 섬세하셨던 선생님. 긴 겨울날 추위와 외로움을 어떻게 견디셨을까? 생전에 좋아하셨던 보랏빛 수선화를 들고 뵈러 가야지. 부끄러운 이 책을 선생님 영전에 바친다."

그 후 다시 강산이 바뀌었다.
올해는 딸의 결혼이 예정되어있다. 예비 부부 두 사람은 각자 전공은 달라도 나와 같이 일생을 학문과 함께해야 하기에, 안쓰러움과 격려하는 마음으로 이 책을 결혼선물로 준비했다.

2014년 이른 봄날
시내산 기슭 연구실에서
정 은 임

목 차

II. 〈인현왕후전〉

Ⅲ. 〈인현왕후전〉 인물 연구

IV. 〈인현왕후전〉과 〈사씨남정기〉의 비교 연구

I

궁중문학(宮中文學)

1. 궁중문학의 개념과 범위

궁중문학(宮中文學) 또는 궁정문학(宮廷文學)으로 분류되는 작품들은 조선조 역사에서 중요한 사건들을 배경으로 하고 궁중이라는 특수한 공간에서 생성된 공통점을 지니고 있다. 그러므로 작품의 배경과 등장인물들이 같은 시대의 다른 작품들과는 쉽게 구별된다.

궁중문학이란 용어가 처음 사용된 것은 1922년 안확(安廓)에 의해서다. 그는 시 분야(詩分野)에서 궁정시(宮廷詩)[1]는 군덕(君德)을 기리고 신도를 찬양하는 가사(歌詞)로 쓴 작품들로 <신도가(新都歌)>, <문덕곡(文德曲)> 등을 예시하고 근세문학의 기초는 궁정으로부터 일어났으며 최초의 작품은 <용비어천가>라[2] 하여 미흡하지만 궁중

---

1) 김창주, 『안자산의 국문학연구』, 국학자료원, 2000, 86쪽.
2) 위의 책, 121쪽.

문학의 개념과 위상을 제시했다.

그 후 이병기는 <인현왕후전>의 원문과 해설을 발표한 후에, "이 소설은 저자 미상의 궁중소설로 인현왕후와 장희빈 사이의 군총(君寵) 싸움을 그리었다"[3]고 하여 소설분야에서 궁정문학이란 용어를 처음 사용했다. 그는 소설을 크게 궁정소설(宮廷小說)과 여항소설(閭巷小 說)로 나누고 "근조의 궁정소설에는 <계축일기> · <인현왕후전> · <한중록> 등이 있다"[4]고 하여 궁중소설의 작품을 제시했다.

이후 '궁중문학'이란 용어는 운문분야에서는 사용되지 않았다. 산문 에서도 <계축일기> · <인현왕후전> · <한중록>만이 궁중문학으로 굳어지게 되었다. 이유는, 세 작품이 조선조 궁정에서 일어난 사건을 서술한 작품이라는 점,[5] 궁중 비사나 비화를 묘사하고 있다는 점,[6] 또 는 서민의 생활과 동떨어진 산문으로 써졌다는 점[7]에 근거하고 있다.

필자는 궁중문학이 세 작품에 국한되는 것에 문제를 제기하고 기존 의 궁중문학 개념을 보다 분명하게 정리하여 그 범위를 확대하고자 했 다. 즉, "궁중문학은 봉건시대 최고의 통치자가 거처하던 궁궐(宮闕)과 그의 친족이 거처하던 궁가(宮家)나 궁방(宮房)에서 일어난 일들을 소 재로 하거나 그곳에서 생활하는 사람들이 쓴 작품을 궁중문학이다"[8]

---

3) 이병기는 『文章』에 1940년 2월호에서 9월호(『文章』지는 6월과 7월호는 합병 되어 간행되었고, 8월호는 결간 되었다)까지 총 6회에 걸쳐 자신이 소장한 <인 현성모민시덕행록> 전문을 해설과 함께 소개하였다.

4) 백철, 이병기 공저, 『국문학전사』, 신구문화사, 1970, 165쪽.

5) 김기동, 『이조시대소설론』, 정연사, 1959, 356쪽.

6) 박성의, 『한국고대소설론과 사』, 일신사, 1973, 386쪽.

7) 고정옥, 『국어국문학요강』, 서울대학출판사, 1949, 48쪽.

라고 규정하였다. 그러므로 『삼국유사』나 『삼국사기』에 실려 있는 <단군신화>와 고주몽 · 박혁거세 · 김알지 등 개국이나 건국의 내용을 담은 신화는 궁중문학의 기원이라 할 수 있다.

　신화시대가 지난 후에는 삼국의 흥망성쇠에서 통치자의 영웅적 일생이나 제국 종말의 비극 등 통치자와 관련된 많은 문헌설화가 궁중문학의 지평을 확대할 수 있는 작품이라 생각된다. 그 후 고려나 조선조에도 건국의 당위성을 시작으로 역사적으로 주요한 사건과 관련된 이야기가 『고려사』나 『조선왕조실록』에 많이 기록되어 있다. 문학성이 검증되지는 않았지만 넓은 의미의 궁중문학이라 할 수 있다.

　문학적으로 가치를 인정받은 본격적인 궁중문학은 고구려 2대 유리왕의 <황조가(黃鳥歌)>에서 시작된다. 그 후 백제 무왕이 선화공주를 얻기 위해 지었다는 <서동요(薯童謠)>가 있고, 신라 28대 진덕여왕이 손수 비단에 새겨 당나라 고종에게 보낸 5언시 <태평송(太平頌)>은 그녀의 뛰어난 외교술과 함께 문학성을 짐작하게 한다. 작품은 전하지 않지만 신라 42대 흥덕왕도 <앵무가(鸚鵡歌)>를 남겼다는 기록이 있고, 고려 16대 예종(睿宗)은 <도이장가(悼二將歌)>, <벌곡조(伐谷鳥)>와 함께 많은 시를 남겼다고 하는데 이 모든 것이 궁중문학이라 할 수 있다.

　『고려사』와 『조선왕조실록』 등 정사(正史)에는 국정의 주요 사건과 함께 왕족들의 내면세계를 엿볼 수 있는 많은 작품들이 발견된다. 또한 일찍부터 당대 최고의 스승에게 학문을 연마한 왕과 왕족들은 악장

---

8) 정은임, 「조선조 궁중문학의 특질」, 『문명연지』 제4권 3호, 한국문명학회, 2003, 161쪽.

(樂章), 한시, 서간문 등 많은 작품들을 남겼다. 이렇게 정사와 야사(野史)에서 왕족들의 내면세계를 엿볼 수 있는 작품들은 궁중문학의 지평을 확대할 수 있는 소중한 자료다. 이렇게 궁중문학의 지평을 확대한 작품들이 정리되면 한국문학의 시야가 확대되리라 생각한다.

2. 조선조 궁중문학의 백미(白眉)

문학의 역사에서 운문문학의 역사가 더 오래되었으므로 궁중문학의 범위를 확대하면 양적인 면에서도 운문문학이 많을 것이다. 그러나 기존의 관념으로는 궁중문학이라 하면 조선조의 궁중비사를 주제로 한 <계축일기>·<인현왕후전>·<한중록>을 연상하게 한다. 세 작품은 조선조 궁중문학의 백미라 할 수 있다. 그중 <인현왕후전>을 제외한 두 작품의 줄거리와 일반론을 간략하게 정리하려고 한다.

1) 〈계축일기〉

(1) 줄거리

<계축일기>는 조선조 광해군 5년(계축, 1613)에 영창대군9)을 죽

---

9) 영창대군(永昌大君, 1606~1614)은 인목왕후 소생으로 선조 39년(1606) 3월 6일에 출생했다. 이름은 의(㻋)다. 선조의 유일한 대군으로 선조의 사랑을 받았으나 3세인 선조 41년(1608) 2월 1일 아버지가 승하하였다. 광해군 5년(1613) 6월 21일 어머니를 이별하고 대궐에서 끌려 나온 후에, 강화도에 위리안치 되었다가 광해군 6년(1614) 2월 10일 강화 부사(江華府使) 정항(鄭沆)에 의해 살해

이기 위해 일어난 계축옥사와, 모후인 인목대비[10]를 서궁에 유폐시킨
사건들을 대비편의 시각에서 기술한 작품이다. 광해군[11]은 선조의 후
궁 공빈 김씨[12]의 소생으로 둘째 아들이지만 일찍이 세자로 내정되었

되었다. "정항이 고을에 도착하여 위리(圍籬) 주변에 사람을 엄중히 금하고,
음식물을 넣어주지 않았다. 침상에 불을 때서 눕지 못하게 하였는데, 의가 창
살을 부여잡고 서서 밤낮으로 울부짖다가 기력이 다하여 죽었다. 의는 사람됨
이 영리하였다. 비록 나이는 어렸지만 대비의 마음을 아프게 할까 염려하여
괴로움을 말하지 않았으며, 스스로 죄인이라 하여 상복을 입지도 않았다. 그
의 죽음을 듣고 불쌍하게 여기지 않는 사람이 없었다."『광해군일기』권75,
광해군 6년(1614) 2월 10일(임진).

10) 인목왕후(仁穆王后, 1584~1632)는 아버지 연흥부원군(延興府院君) 김제남(金
悌男, 1562~1613)과 어머니 광산 노씨(光山盧氏, 1557~1637)의 소생으로 선
조 17년(1584) 11월 4일에 출생했다. 19세인 선조 35년(1602) 7월 14일에 51
세인 선조의 계비(繼妃)로 입궁했다. 20세인 선조 36년(1603) 5월 19일에 정
명공주를 낳고, 23세인 선조 39년(1606) 3월 6일에 영창대군을 낳았다. 25세
인 선조 41년(1608) 2월 1일에 선조가 승하하여 2월 2일에 광해군이 즉위하자
대비가 되었다. 30세인 광해군 5년(1613) 6월 1일 영창대군을 옹립하려 했다
는 죄목으로 아버지 김제남과 동생 등이 사사되었다. 7월 26일 아들 영창대군
이 강화도에 유배되었다가 31세인 광해군 6년(1614) 2월 10일 9세의 아들이
살해된다. 35세인 광해군 10년(1618) 1월 4일 폐모되어 서궁에 유폐된다. 40
세인 인조 1년(1623) 3월 13일 인조반정이 성공하여 복위되었다. 인조 10년
(1632) 6월 28일 49세로 사망했다. 인조 즉위 직후에 인목왕후와 수난을 함께
한 내인들이 고통의 세월을 기록한 수필형식의 <계축일기>가 있다.

11) 광해군(光海君, 1575~1641)은 선조의 서 2남으로 이름은 이혼(李琿)이다. 공
빈 김씨(恭嬪金氏, 1553~1577) 소생으로 선조 8년(1575) 4월 26일에 태어났
다. 18세인 선조 25년(1592) 4월 29일 세자로 책봉되었다가 34세인 선조 41년
(1608) 2월 1일 선조가 승하하자 2월 2일 조선 15대 왕으로 즉위하였다. 49세
인 광해군 15년(1623) 3월 14일 인조반정으로 폐위되었다. 인조 19년(1641) 7
월 1일 67세로 제주도에서 사망했다.

다. 그것은 의인왕후13)의 소생이 없고, 선조의 장자로 광해군의 동복형(同腹兄)인 임해군(珒)14)이 왕위를 계승할 자질이 없다고 판단되었기 때문이다. 그러나 정식으로 세자로 책봉되어 명나라의 승인을 얻은 것은 아니었다.

임진왜란으로 한양을 떠나야 할 위급한 상황에 처하자, 선조는 둘째 아들 혼(琿)에게 분조(分朝)를 하기 위해 세자로 책봉했다. 세자로 책봉된 광해군은 전쟁 중에 민심을 수습하고 의병을 일으키는 등 세자의 책임을 성실히 이행하여 많은 사람들의 신뢰를 얻었다. 전쟁이 끝난

---

12) 공빈 김씨(恭嬪 金氏, 1553~1577)는 아버지 사초 김희철(金希哲, ?~1592)과 어머니 안동 권씨(安東 權氏) 소생으로 명종 8년(1553) 10월 11일에 태어났다. 20세인 선조 5년(1572) 8월 14일에 임해군을 낳고, 23세인 선조 8년(1575) 4월 26일에 광해군을 낳았다. 선조 10년(1577) 5월 27일 산후병으로 사망했다. 광해군 2년(1610) 3월 29일에 생모 공빈 김씨를 추존하여 자숙단인 공성왕후(慈淑端仁恭聖王后)로 하고 능을 성릉(成陵)이라 했다. 광해군 7년(1615) 9월 13일 종묘에 부묘(祔廟)했다. 인조반정 후인 인조 1년(1623) 3월 18일 고명(誥命)과 면복(冕服) 등이 불태워지고 성릉(成陵)의 호가 혁파되었다.

13) 의인왕후(懿仁王后, 1555~1600)는 아버지 반성부원군(潘城府院君) 박응순(朴應順, 1526~1580)과 어머니 전주 이씨(全州 李氏, 1528~1595) 소생으로 영조 10년(1555) 4월 15일에 태어났다. 15세인 선조 2년(1569) 2월 29일 왕비에 책봉되었다. 소생 없이 선조 33년(1600) 6월 27일 경운궁(慶運宮)에서 46세로 승하했다.

14) 임해군(臨海君, 1572~1609)은 선조의 서 1남으로 이름은 이진(李津)이다. 선조 5년(1572) 8월 14일 공빈 김씨 소생으로 태어났다. 37세인 선조 41년(1608) 2월 1일 선조가 승하하여 2월 2일 동생 광해군이 즉위하였다. 그해 2월 14일 이심을 품고 사사로이 군기를 저장하고 몰래 사병을 양성하였다는 죄목으로 탄핵되어 강화도 교동에 안치된다. 광해군 1년(1609) 4월 29일 38세로 사망했다. 인조반정 후에 복위되었다.

후 조정에서는 명나라에 세자 승인을 받기 위하여 여러 차례 사신을 보냈으나 장자가 아니라는 이유로 승인을 받지 못했다.

이러한 상황에서 의인왕후가 승하하여 선조(51세)는 김제남의 딸(19세)을 왕비(인목왕후)로 맞이했다. 계비 김씨는 입궁 후 곧 잉태하여 공주를 생산하더니 이어서 왕자를 생산했다. 그가 비극의 주인공 영창대군이다. 왕이 노년에 얻은 대군에 대한 사랑이 각별하자 유영경을 중심으로 한 소북파는 영창대군을, 정인홍 등 대북파는 세자(광해군)를 지지하면서 첨예하게 대립되었다. 당시 세자는 명나라의 승인을 받지 못한 상황에서 대군이 탄생하자 불안이 가중되었고, 영창대군은 왕이 사랑했으나 나이가 어리고 부왕의 병세가 악화되고 있어, 양측 모두 앞일을 예측하기 어려운 상황이었다.

이러한 때에 선조는 동궁 처소에서 온 약밥을 먹은 후, 목이 막히어 대군(당시 3세)이 자라는 것을 보지 못하고 승하했다. 승하 직후 왕후는 지난 겨울 선조가 병석에서 손수 쓴 편지라며 두 통의 편지를 내놓는다. 세자에게 준 편지에는, "대군을 헐뜯는 말이 있더라도 믿지 말고 대군을 어엿비 여기라"는 내용이었고, 겉봉에 유영경(柳永慶) · 한응인(韓應寅) 등 신하의 이름을 쓴 편지에는, "내가 죽더라도 어린 대군을 보호해 달라"는 내용이었다.

선조를 이어 왕이 된 광해군은 집권 이듬해에, 장자인 임해군이 왕권 수행에 걸림돌이 된다는 이유로 죽인다. 재위 5년(계축, 1613)에 조령에서 박응서(朴應犀) 등 명문대가의 서얼(庶孽) 출신들이 은 상인을 습격하다가 붙잡혔다. 이이첨(李爾瞻) 등 대북파는, 이들이 김제남 등 소북파가 영창대군을 옹립하기 위하여 거사 자금을 준비하는 도적이라며 일명 '박응서 옥사'로 확대한다. 이 옥사로 김제남 등 소북파의 상당수가 죽거나 유배되고, 화근의 씨앗으로 여겼던 영창대군도 죽임을 당했다.

박응서 옥사로 연일 수많은 사람이 화를 당하는 때에, 박동량(朴東亮)은 '전일 선조가 위독하고 병에 차도가 없자, 죽은 의인왕후의 탈이라며 인목대비 측의 궁인과 무속인이 왕후의 능에 가서 방정(굿)을 했다'고 고변한다. 이 일로 30여 명의 내인들이 죽거나 화를 당하게 된다. 이어서 광해군 측의 상궁 개시(介屎, 개똥이)는 대비 측에서 영창대군을 구하기 위해 명나라 사신에게 서신을 보내고, 왕과 세자가 죽기를 축원하는 제사를 지냈다고 모함한다. 이 두 죄목으로 대비 측의 내인들이 다시 수난을 당한다. 연이어 일어난 방정과 저주 사건의 모든 책임이 대비에게 있다는 이유로, 광해군은 모후인 인목대비의 작위를 폐하고 서궁에 유폐시킨다.

이러한 패륜 행위가 인조반정의 명분과 원인이 되었다. 인목왕후와 함께 고통을 함께한 작자는, 광해군 편의 악행을 고발하고 고통과 수난의 세월을 알리려는 창작 의도로 <계축일기>를 집필하였다. 내용과 서술 기법이 거의 같아 이본으로 볼 수 있는 <서궁일기>가 있고, 두 작품의 속편과 같은 인조반정을 소재로 한 <계해반정록>이 있다.

(2) 작자

<계축일기>의 작자는 '내인', '인목대비', '정명공주'로 이견이 있다. 필자는 아래와 같은 이유로 내인을 작자로 생각한다.

첫째, 작품 말미에 '계해년 삼월 십삼일에 문을 여느라. 내인들이 잠깐 기록하노라'라는 구절이 있다. 이를 근거로 대비와 모든 수난을 함께했던 내인이라고 생각한다. 둘째, 작품에는 상스러운 용어가 많이 있다. 왕비가 극한 상황이라고 '요년' 또는 '그년'과 같은 상스러운 말을 서슴없이 할 수 있었겠는가? 셋째, 작품에는 시녀 '계난이', 보모상궁의 종 '보름이', '보삭이'와 같이 수많은 내인들의 이름이 거명된다. 상궁의 이름은 알 수 있을 수 있더라도 상궁의 종 이름까지 기억할 수 있겠는가? 영창대군이 죽은 후에는 공주가 유일한 혈육인데 공주와 관련된 부분은 간략하게 기술하면서 내인들의 수난 대목에 많은 지면이 할애되어 있다.

(3) 창작 시기

연구자들은 <계축일기>의 창작 시기를 '인조반정 직후', '인조반정 전(광해군 재위시절)', '인조반정 이후 4~5년'으로 이견이 있다. 필자는 아래와 같은 이유로 인종반정 직후를 창작시기로 본다.

첫째, 작품에는 광해군이 대비(인목왕후)께 매우 불효하고 공적인 일을 처리하지 못할 정도로 무식한 인물로 희화하여 묘사된 부분이 많다. 그러므로 광해군 재위시절에 창작하기 어려웠으리라 생각된다. 둘째, <계축일기>는 반정 후에 악인(광해군 측)들이 죽거나 귀양을 가는 등 수난을 겪는 모습을 보았을 것임에도 사필귀정(事必歸正)이나 고진감래(苦盡甘來)와 같은 후일담이 없다. 작품은 끝부분까지 수난을 겪는 일들을 묘사하다가 아래 같이 끝을 맺는다.

"계해년 삼월 십삼일 삼경(三更)에 문을 여느라.

오래 잠가 넣었으나 궁중에 기특(奇特) 거룩한 상서(祥瑞)의 일이 많으니, 늙은 내인들은 축수(祝壽)하고 져믄 것들은 더욱 두려 지향(志向)을 못하더니 이렇듯 한 만고성사가 있더라.

신유 · 임술년부터는 신인(神人)이 나려와 내인들 눈에 기특한 일이 많더라.

계축년(癸丑年)부터 설운 일이며, 상시 내관 보내여 저히며 꾸짖던 일이며, 박대 · 부도부효지사(不道不孝之事)를 나라 기록지 못하야 만분의 한 말이나 기록하노라.

다 쓰려 하면 남산의 대랄 다 버히다 어찌 다 니라 쓰며, 다 니라랴 하면 선천지(先天地) 진(盡)하고 후천지(後天地) 니란들 다 네아기 삼아 보랴. 내인들이 잠깐 기록 하노라."[15]

인용문과 같이 고난 후의 기쁨과 할 이야기가 많다는 것을 묘사하였을 뿐, 악인들의 후일담이 없는 것으로 보아 반정 직후라고 생각된다.

(4) 양식론(樣式論)

<계축일기>의 양식론에 대한 연구는 '수필', '소설', '수기' 등의 이견이 있다. 필자는 아래와 같은 이유로 수필 장르에 수용한다.

첫째, <계축일기>는 조선조 광해군 편의 악행을 고발하고, 인목대비 편이 수많은 시련을 극복했던 과정을 알리려는 창작 의도를 지닌 작품이다.

---

15) 정은임,『교주 <계축일기>』, 이회문화사, 2005, 173~174쪽. 이후 인용하는 <계축일기>는 작품명과 쪽수만 밝힌다.

둘째, <계축일기>를 소설로 규정하는 연구자들은 광해군 측의 악행을 고발하는 대목에서 때로는 사실과 다르거나 과장되게 표현하여 소설이 지닌 허구적인 요소가 발견된다는 것을 근거로 한다. 그러나 허구적인 요소는 소설 이외의 양식에서도 발견된다. 오히려 '자기가 중심이 되며 타인과의 공통점이 아닌 사소한 변화에도 작자는 충분한 의의를 부여할 수 있다'는 수필문학 특성에 의한 표현 수법이라고 할 수 있다.

셋째, <계축일기>는 고소설의 특징인 주인공의 일대기를 기술하는 평면적 서술법을 쓰지 않았으며, 행복한 결말과 악인에 대한 일장의 훈계도 생략했다. 다만 그동안 겪은 고통의 날들을 다 기록하지 못하는 것이 한스러울 뿐이다. 서술자가 스스로 이야기하는 서술시점으로 보아 계축일기는 소설이 될 수 없다. 그러므로 <계축일기>는 탈(脫)장르론에 의해 분류한 주제적 양식에서는 궁정실기문학이며, 일반적인 오분법에서는 수필 영역에 속한다.

정리하면, <계축일기>는 인조반정 직후에 인목왕후를 모시던 내인들의 시선에서 서술된 작품이다. 그러므로 <인현왕후전>이나 <한중록>에서 많은 지면에 할애되는 왕족들의 이야기보다는 내인들의 이야기가 많다. 내인들은 자신의 처지를 숙명으로 알고 부정적인 일에 연루되면 죄목도 모르면서 형장의 이슬로 사라졌던 내인들의 비원이 가슴을 적신다. 독자는 궁궐이 왕족들만의 공간이 아니라 곳곳에서 말없이 살았던 수많은 내인들에 대해서도 관심과 흥미를 갖게 한다. <인현왕후전>·<한중록>과 함께 궁중실기문학의 백미로 평가되기에 부족함이 없다.

2) 〈한중록〉

(1) 줄거리

<한중록>은 혜경궁 홍씨의 작으로 우리 문학사에서 작자, 창작 동기, 창작 시기를 정확히 알 수 있는 몇 안 되는 작품이다. 작자는 비극의 주인공인 사도세자의 빈(嬪)으로 10년(61세, 67세, 68세, 71세)에 걸쳐 한 많은 생을 뒤돌아보며 네 편의 글을 남겼다. 작자가 환갑 되는 해에 처음 붓을 들었을 때에는 네 편을 집필하겠다는 의도를 지닌 것은 아니었다. 그것은 네 편의 창작 동기가 서로 다르고 같은 내용들이 여러 편에 거듭 다루어진 것으로 알 수 있다.

작품은 작자의 나이 9세에 동갑인 동궁 빈으로 간택되는 것으로 시작된다. 이듬해인 10세에 가례(嘉禮)를 치르고 궁중에 입궐한 후, 81세로 생을 마감할 때까지 줄곧 궁중에서 생활하면서 실로 너무나 많은 일들을 겪었다. 입궐 초기에는 영조의 각별한 사랑을 받으며 앞으로 군주가 될 동궁의 빈으로서 쇠락하던 친정 집안을 다시 일으켰고, 후에 정조가 된 국본을 생산하는 일들로 기쁨의 날들도 있었다. 그러나 입궐 초에 징후가 나타나던 세자의 병세는 날로 심해져 백약이 무효하고, 주변 사람들의 지극한 정성도 빛을 보지 못한 채 28세의 나이에, 그것도 생부인 영조에 의하여 뒤주에 갇혀 죽는 비극의 주인공이 된다. 이 사건은 작자에게 지울 수 없는 여러 가지 한의 고리가 되었다. 이때 작자가 생명을 부지한 이유를, 겨우 11살이 된 아들에게 아버지와 어머니를 동시에 잃는 아픔을 줄 수가 없고, 아버지를 대신해 보위

(寶位)에 오르게 하여 아버지의 한을 풀기 위해서라고 작품에서 거듭 밝히고 있다.

이 염원을 이루기 위하여 작자는 아들에 대한 사사로운 정을 덮어둔 채, 할아버지인 영조의 처소로 그를 보내고 그리움의 나날을 보낸다. 다시는 이러한 비극을 되풀이하지 않기 위하여 조손(祖孫) 간에 두터운 정을 쌓게 하기 위해서였다. 그것은 남편 사도세자를 죽음에까지 이르게 하였던 병의 근본적인 원인이 부자간 사랑의 결핍에서 비롯되었다고 간파하였기 때문이다. 이러한 작자의 선견(先見)은 적중하여 그 아들은 영조의 지극한 사랑을 받으며 후사(後嗣)가 되었다. 그분이 조선조에서 세종을 이어 성군으로 추앙 받는 정조다. 그러나 정조는 보위에 오르자마자 외가인 풍산 홍씨 집안을 치기 시작하여 작자에게 깊은 상처를 남긴다. 그것은 아버지를 가둔 뒤주를 외할아버지인 홍봉한이 들이게 했다는 이유에서였다. 물론 작자는 이러한 처분들이 시누인 화완 옹주와 시모(媤母)인 정순왕후 측의 이간에서 비롯되었음을 알고 있었지만, 당시의 상황에서는 고스란히 당할 수밖에 없었다. 그 후 정조는 전날의 처분들을 후회하면서 어머니에게 지극한 효성을 다하였다. 그러므로 작자가 환갑 되는 해에 처음 붓을 든 1편에서는 지난 날의 아픔을 담담하게 뒤돌아 볼 수 있는 마음의 여유까지 볼 수 있다.

아들인 왕의 극진한 효도가 있어 만년은 평온하게 보낼 수 있으리라 믿었는데 정조의 갑작스러운 죽음으로 작자에게 다시 비운이 감돌게 된다. 그것은 손자인 순조가 보위를 계승했으나 나이가 어렸으므로 대왕대비인 정순왕후의 수렴청정(垂簾聽政)이 시작되었기 때문이다. 이후 작자와 시모의 두 외척 간에는 끝이 없는 투쟁이 시작된다. 이 과정에서 억울하고 가슴 아픈 일들이 연이어 일어나자 노구(老軀)를 무릅쓰고 67세와 68세에 작품 2~3편을 집필하게 된다.

그 후 작자는 이러한 모든 비극의 실마리는 사도세자의 죽음에서 비롯되었음을 인식하고, 차마 말할 수 없었던 남편 사도세자의 병의 원인과 그 증세를 자세히 밝힌다. 또한 사도세자 처단 때 사용된 뒤주는 영조가 스스로 생각해 낸 것임을 분명히 함으로써 이 일로 인해 수차에 걸쳐 수난을 겪은 친정 집안의 억울함을 손자가 풀어 주기를 소망하면서 71세의 노년에 10년에 걸친 회고록을 마감한다.

(2) ⟨한중록⟩의 명칭(名稱)

⟨한중록⟩은 원전이 발견되지 않았음에도 ⟨계축일기⟩나 ⟨인현왕후전⟩에서 제기되는 작자와 창작시기, 창작동기에 대한 이견은 없으나 명칭에 대한 이견이 있다. ⟨한중록⟩의 명칭으로는 ⟨恨中錄⟩·⟨閑中錄⟩·⟨한듕록⟩·⟨한즁록⟩·⟨한듕만록⟩·⟨혜경궁읍혈록⟩·⟨읍혈록⟩·⟨閑中漫錄⟩·⟨泣血錄⟩·제목 없이 '보장(寶藏)' 등으로 다양하다.

현재 학계에서는 ⟨恨中錄⟩과 ⟨閑中錄⟩이 가장 많이 불리지만16)

---

16) (1) ⟨恨中錄⟩

　　① 이병기,「⟨典故眞雁論⟩－恨中錄에 대하여－」,『문장』, 1939. 2~1940.

　　② 고정옥,『국어국문학요강』, 앞의 책, 408쪽.

　　③ 이능우,『고소설연구』, 이우출판사, 1980, 118~127쪽.

　　④ 김기동,『이조시대소설론』, 앞의 책, 364~368쪽.

　　⑤ 박성의,『한국고대소설론과 사』, 앞의 책, 386쪽.

　　(2) ⟨閑中錄⟩

합일점은 찾지 못하고 있다. 이렇게 다양한 명칭이 있게 된 것은 작자가 10년(61세, 67세, 68세, 71세)에 걸쳐 쓴 네 편이 창작동기가 서로 다른 독립된 작품이기 때문이다. 작자는 특정인에게 보여주기 위하여 집필하였음으로 명칭을 쓰지 않았다. 현재 전하는 모든 이본의 제목은 후세에 작품을 읽은 독자나, 베껴 쓴 사람들(筆寫者)이 자신이 느낀 감상을 제목으로 붙인 것이다. 그러므로 네 편을 한데 묶어 명칭을 논하는 것 자체가 무의미한지도 모른다. 그러나 이미 작자의 의도와는 관계없이 독자의 대상이 확대된 이상 작품의 얼굴인 명칭이 없을 수는 없다. 필자는 현존하는 이본의 명칭들을 작자의 창작동기와 내용에 따라 제목을 다음과 같이 재정리해 보았다.[17]

1편	61세 집필, 정조 19년, 1795년	<한중록(閑中錄)>
2편	67세 집필, 순조 원년, 1801년	<읍혈록(泣血錄)>
3편	68세 집필, 순조 2년, 1802년	
4편	71세 집필, 순조 5년, 1805년	<한중록(恨中錄)>

① 조윤제, 『한국문학사』, 탐구당, 1963, 328쪽.
② 김동욱, 『국문학사』, 일신사, 1983, 199~201쪽.
③ 김용숙, 『<한중록>연구』, 앞의 책, 15~18쪽.
④ 황패강, 『조선왕조소설연구』, 단대출판사, 1986, 34쪽.
⑤ 소재영, 「<한중록>」, 김진세 편, 『한국고전소설작품론』, 집문당, 1990, 726쪽.
⑥ 정은임, 「궁정실문학연구-장르 이론과 수용미학적 견지에서-」, 숙대 박사논문, 1988.
17) 정은임, 『궁궐사람들의 삶과 문화』, 태학사, 2007, 237쪽.

(3) 구성(構成)과 창작동기

① 1편(61세 집필, 정조 19년, 1795)

서두에 "백질 수영이 본집에 마누라 수적이 머문 것이 없으니 한번 친히 무슨 글을 써 내려오서 보장하여 집에 길이 전하면 미사(美事)가 되겠다 하니 그 말이 옳아 써 주고자 하되 틈 없어 못하였더니 올해 내 회갑 해를 당하니 추모지통이 백배 더하고 세월이 더하면 내 정신이 이때만도 못할 듯 하기 내 홍감한 마음과 경력한 일을 생각하는 대로 기록하였으나 하나를 건지고 백을 빠치노라" 하여 친정조카에게 주기 위해 집필했다. 그러므로 친정과 관련된 일들이 많이 할애되었다.

② 2편(67세 집필, 순조 원년, 1801)

친정 집안이 연이어 화를 당하게 된 여러 사건의 진실을 밝히고, 신 왕인 순조에게 신원(伸寃)을 부탁하기 위해 집필했다.

③ 3편(68세 집필, 순조 2년, 1802)

2편의 후반부와 같이 숙제의 억울한 죽음을 항변하면서 친정 집안 이 무고하게 화를 당하는 것은 천리에 어긋남을 강조한다. 순조의 효 심을 자극하기 위하여 정조의 일화와 치적을 상기시킨 것은 수렴청정 을 하는 대왕대비 정순왕후의 의도를 갈파하여 할미의 한을 풀어주기 를 바라면서 집필했다.

④ 4편(71세 집필, 순조 5년, 1805)

당시는 수렴청정을 했던 영조의 계비 정순왕후가 승하(1805년 1월 12일)한 후였다. 그러므로 순조가 주도적으로 왕권을 행사할 수 있다고 생각하고 순조의 생모인 가순궁에게 이 글을 주면서 순조에게 꼭 읽히게 해 달라고 부탁한다. 1~3편에서 차마 말할 수 없었던 임오화변(사도세자가 뒤주에 갇혀 죽은 해가 육십갑자로 임오년이다. 작자는 이 사건을 임오화변이라 한다)의 원인과 과정을 상세하게 기록하였다.

(4) 양식론

<한중록>을 처음 학계에 소개한[18] 이병기는, "궁중을 무대로 하여 일어난 사건들이 소설적인 수법으로 서술했다"[19]며 궁정소설이라 했다. 그 후 작품에 대한 세밀한 검토를 거치지 않은 채 '궁중소설'로 불리어지게 되었다. 고정옥도 "소설의 세계는 단순한 것이 아니어서 창극이나 서민의 생활과 동떨어진 한 문맥의 산문으로 쓰인 궁정소설 <한중록>·<인현왕후전> 따위도 있다"[20] 하여 이병기과 견해를 같이 했다. 그 후 <한중록>은 작품에 대한 세밀한 검토를 거치지 않은 채 '궁중소설'로 분류되었다.

한편 김기동은 "<한중록>은 작자 혜경궁 홍씨의 회상록이다. 따라서 엄밀한 의미에서는 소설 작품이라고는 볼 수 없다. 그래서 어떤 분

---

18) 이병기, 「<典故眞雁論>−恨中錄에 대하여−」, 앞의 논문.

19) 백철, 이병기 공저, 『국문학전사』, 앞의 책, 167쪽.

20) 고정옥, 『국어국문학요강』, 앞의 책, 408쪽.

은 수필이란 장르에 포함시킨 이도 있고, 소설이란 장르에 포함시킨 분도 있고 해서 그 문학적 성격이 구구하다. 그러나 나는 이 작품이 작자의 체험담이요, 회상록이지만은 소설의 표현 형식으로써 서술해 놓았기 때문에 나는 소설 작품으로 취급하고자 하며 그 내용으로 봐서 이병기 선생의 명명대로 궁정소설이라고 하고자 한다"[21]고 했다. 그러나 그의 『국문학개론』에서는 이 작품을 "수필의 개념을 가지고 썼거나 안 썼거나 간에 우리 문학에서도 수필적인 작품을 발견할 수 있다. 저 혜경궁 홍씨의 <한중록>이나 연안 김씨의 <의유당일기>나 유씨 부인의 <조침문>이나, 박두세의 <요로원야화기> 같은 것은 수필적 작품으로 보아야 할 것이다"[22]고 하였다. 우리가 일반적으로 수필로 인식하고 있는 <조침문>과 함께 수필 영역에 포함하였다.

박성의도 "<한중록>을 소설사 또는 소설론에서 다루고 있으나, <한중록>은 소설이라기보다 작자 스스로의 쓰라린 경험을 눈물로 적어나간 일생의 장편 회고록이요. <인현왕후전>은 원명 그대로 인현왕후의 덕행록이다. 그러나 작자들은 소설적인 수법으로 궁중 비사·비화를 묘사하고 있기 때문에 궁중소설로 다루어 본다"고 전제하면서도, "<한중록>은 흔히 소설사나 소설론에 다루고 있는 것은 그 자체가 무슨 소설이기 때문이 아닐 것이다. 이 글월은 그저 만필로 볼 것이 아니고, 한 어떠한 작품으로 보암직하기 때문이다. 그러면 수필이냐 하면 그렇지도 않고 일기나 전기라고 할 수도 없다. 수필이라고 하기에는 너무나 기복과 굴곡이 많고, 일기라 하기에는 너무나 장편이

---

21) 김기동, 『이조시대소설론』, 앞의 책, 1959, 356쪽.
22) 김기동, 『국문학개론』, 태학사, 1981, 47쪽.

며 심각하고 전기라고 하기에는 너무나 진실한 실기다. 이 글월의 한 구절 한 구절이 작자가 직접 듣고 보고하여 참을 수 없는 울분에서 정의를 부르짖고 인심에 호소하며 자기 스스로 쓰라린 경험을 눈물로 적어 나간 일생의 장편 회고록이다"[23] 하여 장르에 대한 명확한 결론은 유보하였다.

장덕순은 "이 작품은 사실을 기록한 것이다. 그러나 표현 형식이 소설적 서술에 가깝다" 하고, 이조의 소설들은 창작의도, 그리고 작품의 모티브를 고려하여 횡적으로 살펴보면, 역사소설, 설화소설, 창작소설, 번역 번안소설, 네 종류로 구별하는 것이 타당하다면서 "전쟁을 소재로 하는 소설, 소위 군담소설이라든가, 실존했던 역사적 인물의 전기, 또는 궁중 비화를 소재로 한 궁정소설 등은 모두 역사소설이 될 것이니 <임진록>, <임경업전>, <한중록> 같은 것은 그 좋은 예가 될 것이다"[24] 하여 <한중록>을 역사소설이라 하였다.

이와 같이 명쾌하지는 못하지만 '<한중록>은 소설이다'는 견해와는 달리, 조윤제는 "왕조사를 뒤적이면서 왕자왕손, 비빈, 후궁들의 비참한 인생들의 숨은 비화들이 국문학적 발전 시기에 들어와 기사체로 기록된 궁중 기사체 문학(宮中記事體文學)이 있다"[25]고 하며 "그중 <한중록>은 궁정 기사체의 계통을 이어받은 일기, 기행문류에 속한다"[26]고 하여, '<한중록>은 소설이 아니다'는 것을 처음 제시하였다.

---

23) 박성의, 『한국고대소설론과 사』, 앞의 책, 386~393쪽.

24) 장덕순, 『한국문학사』, 동화문화사, 1976, 233~237쪽.

25) 조윤제, 『한국문학사』, 앞의 책, 260쪽.

26) 조윤제, 『한국문학사』, 위의 책, 328쪽.

그 후 '비소설(非小說)'이라는 견해는 많은 연구자들의 공감을 가져오 게 된다.

김동욱은 "<한중만록>은 각기 다른 사람들에 보이기 위하여 회고 의 형식을 빌려 썼기 때문에, 가끔 중복된 부분이 없지 않으나, 생기 있 는 묘사로써 봉건적인 부자 관계, 부부 관계 등의 모순 속에서, 그 모순 을 봉건적인 윤리로 참아 가면서 살아온 한 궁정 여성의 기록으로 기 념할 만한 걸작이다. 이 작품은 그 사실 자체가 역사적 사건이며, 비극 적 순간순간마다 작자가 울부짖는 피맺힌 호소는 박진감을 가지고 독 자의 심금을 울려 준다. 국문학사가 중에는 이를 궁중소설로 다루기도 하지만, 처음부터 사실을 밝히려고 쓴 의도적 작품으로 일종의 수기에 속하는 것으로 논픽션이며 다큐멘터리 문학의 작품으로 처음부터 허 구성을 배제한 작품이기에 그 가치는 주목할 만하다"[27]면서 수필의 영역에서 다루고 있다. 그 후 신정숙,[28] 김일근[29]도 수기 문학 장르의 필요성을 제시하고 '<한중록>은 수기 문학이다' 하였다.

한편 황패강은 "영조의 자부이며, 사도세자의 빈인 혜경궁 홍씨가 영조와 사도세자에서 벌어지는 부자간의 갈등, 남편 사도세자의 비극 적 죽음, 그 뒤 이로 인하여 친정에서 겪는 여러 가지 시련을 수필 형식 으로 서술한 작품이다"[30]고 했다. 최강현도 "이제까지 많은 사람들이

---

27) 김동욱,『국문학사』, 앞의 책, 199~201쪽.

28) 신정숙,「궁정내에서 성립된 수기문학연구―계축일기를 중심으로―」, 성균관 대 석사논문, 1964, 23~28쪽.

29) 김일근,「수기문학의 성립―인목대비 술회문을 공개하면서―」,『문학사상』 제3호, 문학사상사, 1972, 485쪽.

30) 황패강,『조선왕조소설연구』, 앞의 책, 34쪽.

궁중소설로 다루어 왔으나 근래에 와서는 회고록적 수필로 보는 이가 많아졌다. 궁중에서 어려운 때를 용하게도 잘 지내온 내력을 생각나는 대로 기록하여 자기의 출생 시부터 회갑까지의 자서전적 일대기를 쓴 것이다"[31]며 수필 장르에 수용했다.

최승범은 좀 더 구체적으로 이 작품이 수필이 될 수밖에 없음을 다음과 같이 밝히고 있다. "임오화변에 희생된 남편인 사도세자의 죽음을 둘러싸고 벌어진 음모를 사실적인 수법으로 표현해 놓고 있다. 이를 더러 궁중소설로 취급하기도 하나, 수필로 보는 것이 타당하다. <한중만록>의 첫째 권 첫머리에 있는 작자의 자서적인 부분에서 밝힌 집필의 동기로 볼 때에도, 이는 수필이라 하지 않을 수 없다. 이 <한중만록>의 자서는 그대로가 한 편의 훌륭한 수필이 되기도 한다"[32]고 하였다. 조종업도 "고대적 의미에 수필류에는 만록 · 일기 · 잡록 등이 있는데 우리나라 여류 작으로는 <계축일기> · <한중만록> 같은 것을 볼 수 있다"[33] 하여 <한중록>을 수필로 규정하고 있다.

또한 고대 소설을 규정짓는 요소의 하나를 서술의 태도에서 검토한 김병국은, "서사에서 서술자의 존재를 완전히 부정한다면 그것은 이미 서사가 아니다. 서술자의 존재가 극단적으로 부정되고 미메시스만 남는 경우, 그것은 이미 서사 장르가 아닌 다른 것, 예컨대 희곡이든가 그런 것이 될 것이다. 반대로, 서사에서 남의 이야기를 대신해 준다는 미메시스의 개념이 완전히 배제된다면, 그것 역시 서사가 아닌 다른 장

---

31) 최강현,『한국고전수필강독』, 고려원, 1983, 51쪽.

32) 최승범,『한국수필문학연구』, 정음사, 1980, 116~117쪽.

33) 조종업,「한국여류 수필에 대하여」, 국어국문학회편,『수필문학연구』, 정음문화사, 1985, 47쪽.

르가 될 것이다. 서술자가 스스로 이야기한다는 디에제시스에 극단적으로 충실한 경우는 그것은 이미 서사가 아니라, 일기체든 자서전체든 그런 것이 될 터인데, 우리가 가령 <계축일기>라든가 <한중록>을 진정한 의미에서의 서사로 보지 않는 것은 이 때문이다"[34] 하여, 서술 시점에서 <한중록>은 소설이 될 수 없다고 했다.

이와 같이 <한중록>은 장르의 합일점을 찾지 못한 채 혼란이 계속되자, 소설과 수필 두 양식을 모두 인정하는 연구자들도 있다. 김준영은 이 작품을 "실기라는 점에서 수필로 취급할 수도 있겠고, 형식상으로 보아 소설과 다를 것이 없으므로 소설로 취급할 수도 있다"[35]면서 그가 쓴 문학사에는 소설과 수필 두 장르에서 이 작품을 다 언급했다.

이렇게 장르의 합일점을 찾지 못한 채 논의가 계속되자, 김용숙은 경직된 장르론으로는 세 작품의 성격을 완전히 규명할 수 없음을 인식하고, P. Hernardi의 탈(脫)장르적 입장에서 시도된 주제적(主題的) 양식에 귀속시켜 '실기문학'이라는 장르로 수용하였다. 그 후 필자는 고소설에서 <남이장군실기>, <세종대왕실기> 등 '실기'라는 명칭이 붙은 작품들을 발견하고, 이들 작품이 지닌 공통점을 추출하여 보다 구체적으로 실기문학의 장르 모색을 시도하였다. 그 결과, 실기문학의 주인공들은 전쟁이나 격동기를 살아가는 동안 역사상 중요한 역할을 담당했던 실존 인물들이며, 그들이 겪은 사건들이 문학으로 승화되었음을 확인하였다. 또한 우리문학사에서 대표적인 궁중문학으로 평가되면서도 장르의 합일점을 찾지 못한 작품의 내용을 역사기록물과 비

---

34) 김병국, 「고대소설 서사체와 서술시점」, 『한국고전소설연구』, 새문사, 1983, 98쪽.
35) 김준영, 『한국고전문학사』, 형설출판사, 1971, 412쪽.

교 검토하여 '실기문학'의 하위개념으로 '궁정실기문학'이란 장르를 제시하여 장르 혼란의 대안으로 제시하였다.[36]

그 후 소재영도 <한중록> 연구는 '이 작품이 소설로 볼 수 있느냐?'는 회의에서 출발되어야 한다고 전제하면서, "<한중록>은 단순한 작품이 아니고 전후 네 차례에 걸쳐 각각 목적을 달리하여 쓰였으며, 허구성을 중심으로 한 소설적인 구성을 제대로 갖추고 있지 않음은 사실이다. 그러므로 첫 번째에 쓴 친정 조카 수영에게 준 글의 성격으로 보면 엄격히 말해 수필적인 성격이 강하고, 나머지 3편의 경우는 오히려 수기 내지 실기문학적 성격으로 보는 것이 나을지도 모른다"[37]고 하여 <한중록>에서 실기문학적인 요소를 확인하였다.

『고종실록』에, "혜경궁(惠慶宮)의 <한중만록(閒中漫錄)>은 언문(諺文)으로 사실을 직접 기록한 것이어서 실로 오늘날의 확증이 된다", "<한중만록>을 보니 정조가 혜경궁에게 묻고 고한 것을 확증할 수 있는 문헌이 될 수 있다"[38]라는 기록은 <한중록>이 사실에 바탕을 두고 생성된 실기문학임을 확인하게 한다.

그러나 주제적 분류에서 <한중록>을 '궁정실기문학'으로 수용한 후에도 기존의 삼분법이나 오분법에 의한 이견이 계속되었다. 필자는 이러한 혼란을 해결하기 위하여 창작의도, 표현수법, 서술시점에 작품을 적용하여 검토하였다. 그 결과, 네 편의 서두에 밝힌 창작의도와 비극의 원인과 결과를 서술하는 시점과 표현에서, 소설적인 요소를 발견

---

36) 정은임, 「궁정실기문학연구─장르 이론과 수용 미학적 견지에서─」, 앞의 논문.

37) 소재영, 「한중록」, 앞의 논문, 725~726쪽.

38) 『고종실록』권39, 고종 36년(1899) 8월 22일(양력).

하기보다는 수필의 특성에 일치되고 있음을 확인할 수 있었다.[39)]

<한중록>은 작자가 매 편마다 창작동기를 분명하게 밝혔음에도 장르의 이견이 제기되는 것은, 그녀의 삶 자체가 한 편의 소설보다 더 극적이기 때문이다. 그러므로 필자가 제시한 주제적 양식에서는 '궁정실기문학'이지만, 오분법(시, 소설, 수필, 평론, 희곡)에 의한 분류에서는 수필 양식에 수용할 수 있으므로 수필 양식으로 서술한 궁중실기문학(宮中實記文學)이다. 혜경궁이 뛰어난 필력(筆力)으로 간결하면서도 사실적으로 표현한 <한중록>은 궁중문학의 백미로 평가받기에 부족함이 없다.

3. 조선조 궁중문학의 특질과 가치

필자는 궁중문학의 저변 확대를 위하여 궁중문학의 가치와 연구의 필요성을 제기한 바 있다.[40)] 정리하면 다음과 같다.

1) 궁중 여성의 삶과 문학을 조명할 수 있다

조선조 궁중문학을 대표하는 세 작품은 모두 여성의 시각에서 서술

---

39) 정은임, 「조선조 궁중문학의 장르 재조명」, 『동양학』 32집, 단국대학교 동양학연구소, 2001, 35~53쪽.

40) 정은임, 「조선조 궁중문학의 특질」, 앞의 논문.
정은임, 「궁중문학 연구의 현황과 과제」, 『문명연지』 제21집, 한국문명학회, 2008.

되었다. 조선조 여인들의 원초적인 한과, 궁중이라는 폐쇄된 사회에서 자신과 자식, 그리고 친정의 성쇠를 어깨에 짊어진 한의 무게를 우리는 쉽게 짐작할 수 있다. 문학작품이 현실과 화자의 부조화에서 생성된다고 볼 때, 궁중 여인들의 고통과 아픔이 작품으로 승화된 것은 어쩌면 당연한 귀결일 것이다. 당시 지어미, 어머니, 며느리로 살아가던 사대부 여성과는 또 다른 궁중 여성들의 삶을 조명할 수 있는 귀중한 자료를 제공한다.

2) 역사적 사건에서 이면의 진실을 알 수 있다

동서고금을 막론하고 위정자들에 의해 역사적 사건에서 진실이 왜곡되는 경우는 허다하다. 특히 조선조는 당쟁이 극심했기에 예외는 아니었을 것이다. 영조는 임오년(재위 38년, 1762)에 28세의 세자를 뒤주에 가두어 죽였다. 이 엄청난 사건이 『영조실록』에는 "임금이 창덕궁에 나아가 세자를 폐하여 서인을 삼고 안에다 엄히 가두었다"고 간략하게 기록되어 사건의 원인을 구체적으로 알 수 없다. 그것은 정조가 아버지의 죽음이 세상에 회자되는 것을 꺼려 할아버지(영조)께 사건과 관련된 기록을 『승정원일기』에서 삭제할 것을 상소하여 사건과 관련된 기록을 물에 씻어 없앴기 때문이다. 『조선왕조실록』은 『승정원일기』를 기본으로 하여 편찬하였으므로 『영조실록』에서 사도세자의 죽음과 관련된 기록이 간략하게 된 것이다. 혜경궁 홍씨는 71세에 집필한 <한중록> 마지막 편의 창작동기를 임오화변의 진실을 밝히기 위해서라고 했다. 자신이 아니면 그 누구도 화변의 진실을 알 수 없으므로 피눈물을 흘리며 사도세자의 일생과 함께 임오화변의 원인과 결과를 매우 소상하게 서술했다.

또한 <계축일기>에는 영창대군의 죽음과 인목대비의 폐위 과정이, <인현왕후전>에서는 인현왕후의 폐위와 복위 과정 중의 옥사와 장희빈의 저주사건이 구체적으로 묘사되어 있다. 궁중실기문학은 역사적인 사건과 그와 관련된 사람들의 이야기다. 그러므로 공적인 기록에서는 확인할 수 없는 사건의 원인과 결과를 독자에게 보다 선명하게 전한다.

3) 조선조 궁중 문화 연구의 귀중한 자료다

조선조 궁중문학을 대표하는 작품에는 궁중풍속(산속, 혼속, 의식, 복식 등) 연구에 필요한 귀중한 자료가 많다. 궁중문학은 궁궐 사람들의 삶이 투영되었기 때문이다. 그중 <계축일기>는 사건 전개에 무속이 주요한 요인으로 작용하고 내인들의 일상사가 매우 소상하게 서술되었다. <인현왕후전>에도 인현왕후의 폐위와 복위, 장희빈이 사약을 받기까지의 사건들에서 무속이 개입되어 전개된다. 또한 <한중록>에는 혜경궁 홍씨가 세자빈으로 입궁하던 혼례절차의 모든 과정과 출산, 돌잔치, 회갑연, 장례 등 작자가 60년 이상을 궁궐에서 살면서 직접 경험한 궁중풍속들이 매우 섬세하게 묘사되었다. 역사적인 사건을 예술로 승화한 궁중실기문학에는 조선조 상층문화의 정수인 궁중 문화 연구의 귀중한 자료를 제공한다.

4) 피지배자들의 삶의 모습을 만날 수 있다

<계축일기>는 작품의 상당부분이 내인들의 이야기다. 그들은 내인의 처지를 숙명처럼 받아들이며 자신들이 모시는 상전들과 희로애락을 함께한다. 일생을 궁궐이라는 폐쇄적인 공간에서 생활하던 내인들의 수난이 섬세하게 묘사되었다. 『조선왕조실록』이나 공적인 기록에서는 알 수 없는 피지배자인 내인들의 삶과 가슴 아픈 이야기를 들을 수 있다.

5) 잃어가는 고어를 간직한 보물창고다

<계축일기>의 '날은 늦어가고 어서 내라 곰빅님빅 재촉하고'[41]의 구절은 영창대군을 어머니 인목대비 품에서 뺏어갈 때, 대군을 어서 내라 재촉하는 대목이다. '곰빅님빅'는 '자꾸자꾸', '앞뒤 계속해서'의 옛말이다. 이는 조선 초에 기록된 고려가요인 <動動> 중에, '德으란 곰빅에 받잡고 福으란 님빅에 받잡고 德이여 福이여 호난 나라 오소이다. 아으 동동다리'[42]에서 '곰빅, 님빅'의 뜻과 일치된다. 이외에도 <계축일기>에는 고어가 많이 발견된다. <계축일기>의 창작 시기를 정확히 알 수 없으나 창작 의도와 내용으로 보아 인조반정(1623) 후로 볼 수 있다. 한글 창제 때인 15C의 언어가 200여 년이란 시간이 흐른 뒤인 17C의 작품에서 찾을 수 있는 것은 외부와 단절된 궁중의 폐쇄성 때문일 것이다.

---

41) <계축일기>, 89쪽.

42) 『악학궤범』.

6) 우아하고 다양한 계층의 궁중어를 알 수 있다

　궁궐은 왕이나 왕비와 같이 하늘이 선택한 존귀한 사람들이 사는 곳이지만, 그들이 품위를 유지할 수 있도록 보필하는 천민 출신의 궁녀와 내시, 그보다 더 천한 방자와 무수리 등이 함께 살던 곳이다. 다양한 계층과 연령의 구성원들은 궁궐 밖 사람들과는 다른 삶을 살았음으로 사용된 언어 또한 달랐다. 작품에는 독특한 궁중어가 생생하게 살아있어 특수어(特殊語) 연구의 귀중한 보고(寶庫)다.

7) 궁중과 관련된 문화사업의 콘텐츠 자료를 제공한다

　TV 드라마 <왕의 여자>는 <계축일기>의 주요 사건을 배경으로 하고 있고, <장희빈>은 <인현왕후전>을, <하늘아, 하늘아>와 <이산>은 <한중록>의 내용을 재창조한 것이다. 세 작품을 소재로 한 드라마가 높은 시청률을 기록하였던 것은 궁궐이라는 신비한 공간을 배경으로 하고 역사적으로 중요한 사건이 예술로 승화되었기에 가능한 것이다. 또한 사극 <여인천하>나 <대장금>, 영화 <궁녀>, <왕의 남자>, 오페라 <명성왕후> 등도 궁중을 배경으로 한 작품이다. 앞으로도 궁중문학은 여러 장르에서 새로운 문화로 재탄생될 수 있는 토대가 되리라 생각된다.

II
〈인현왕후전〉

1. 작자와 창작 시기

　필자는 <인현왕후전> 연구사를 두 번 집필하였다.[43] 그중 작자와 창작 시기 부분을 정리 하면 다음과 같다.

　<인현왕후전>을 『문장』지에 처음 소개한 이병기는, "이는 후가 집필한 것이 아니고 그 뒤 정조 때쯤 궁인의 손으로 된 듯하다. 이도 한 궁중비화로 <한중록>과 아울러 쌍벽으로 되었다. 그리고 선이 굵고 센 것보다도 다른 맛이 있으며 한 문맥으로 이룬 우리말글의 대표적임 즉 하다"[44]고 하였다. 그 후 다시 "당시 후를 뫼시고 있던 궁인의 손으

---

43) 정은임, 「<인현왕후전> 연구사」, 『인문과학논집』 제11집, 2002, 81~100쪽.
　　정은임, 「<인현왕후전> 연구사」, 『고소설연구사』, 일위 우쾌제 박사 회갑 기념논문집 간행위위원회, 도서출판 월인, 2002, 481~505쪽.

44) 이병기는 1940년 2월, 『文章』지 일주년 기념특집호부터 9월호까지(『文章』지 는 6월과 7월호는 합병되어 간행되었고, 8월호는 결간 되었다) 총 6회에 걸쳐

로 기록된 것이다"45)고 수정하였다. 조윤제는, "그 당시 왕후를 뫼시고 있던 어느 내인이 기록한 것이다"46)고 하였고, 김기동도, "인후의 궁인이 직접 목도하고 쓴 작품이다"47)고 했다. 장덕순도 "작자는 알려져 있지 않으나 어떤 궁녀의 작품으로 추측된다. 그러나 궁인이 아닌 남성작가에 의해서 씌어졌다는 설도 있기는 하나 그 확증은 아직 뚜렷하지 않다"48)고 했다. 이들의 견해를 정리하면, 작자는 '인현왕후를 모셨던 내인'이며 창작시기는 인현왕후를 모셨던 궁인이 생존했던 시기라고 추정했다.

궁인 작자설이 처음 부인된 것은 김동욱에 의해서다. 그는 <가람본>과 <일사본>을 비교하여 작품의 서두와 꿈의 삽입 등 소설적인 수법을 차용하고 있는 점을 확인하고 제 삼자가 인형왕후를 모시고 있던 궁인들의 술회나 궁중에서 전해오던 전설을 객관화한 것으로 보았다. "제 삼자는 혹 민씨 집안의 후예로서 가문을 빛내기 위해 쓰지 않았을까?"라고 추단하면서 인현왕후를 모셨던 궁인이 아닌 것은 확실하다고49) 하여 처음으로 '궁인 작자설'을 부인하였다.

인현왕후를 모셨던 궁인이 아니라는 김동욱의 견해는 김용숙에 의

자신이 소장한 <인현성모민시덕행록> 전문을 해설과 함께 소개하였다. 당시 첫 호에 짧게 쓴 해설은 <인현왕후전> 연구의 시단이 되었다.

45) 이병기, 백철 공저, 『국문학전사』, 앞의 책, 167쪽.

46) 조윤제, 『한국문학사』, 탐구당, 앞의 책, 263쪽.

47) 김기동, 『이조시대 소설론』, 앞의 책, 356쪽.

48) 장덕순, 『한국문학사』, 앞의 책, 1983, 236쪽.

49) 김동욱, 「인현왕후전 이본고」, 『문리사대학보』, 서울대 문리사대 창간호, 1959, 80~81쪽.

하여 구체화되었다. 그는 작품 내용을 여러 항목(궁인 장씨의 등장, 인현왕후 폐출의 동기와 과정, 인현왕후 복위의 동기, 저주 행위와 탄로, 왕후의 병세 등)으로 나누어 문헌을 중심으로 비교한 후, 창작 시기를 인현왕후 사후로 보고, 작자는 박태보와 인현왕후 집안의 여성으로 추단하였다.[50]

그 후 김수업은 <인현왕후전>을 궁중문학의 대표작으로 평가되는 <계축일기>와 <한중록>의 내용을 비교하여 몇 가지 점에서 현저한 차이가 있음을 확인하고 <인현왕후전>의 작자는 궁녀가 아니라고 했다. 그 이유를 정리하면 아래와 같다.

① 사건이 작자에게 굴절되어 도입, 전개, 종결부를 갖춘 소설작품으로 재창조하였다.

② 시점은 고대소설에서 사용된 3인칭으로 서술된 것으로 보아 작자는 사건과는 아무 상관이 없는 방관자였을 가능성이 있다.

③ 등장인물의 수가 다른 두 작품보다 적다.

④ 존대법에서도 궁중에서 사용된 극존칭이나 이중 존대법이 아닌, 보통 존대법을 썼다.

⑤ 작품의 서술과정에서 감정의 노출이 다른 두 작품에 비해 차이가 있다.

⑥ 문체에서도 문장이 다른 두 작품보다 유난히 길고 남성들이 많이 사용하는 한자와 숙어, 추상명사의 사용빈도가 높은 반면, 여성들이 즐겨 쓴다는 부사어는 오히려 적다.

---

50) 김용숙, 「<인현왕후전>의 작자고」, 『이조시대 여류 문학 및 궁중풍속 연구』, 숙대출판부, 1970, 145~146쪽.

그러므로 창작시기를 아무리 후대에 잡더라도 평생 궁중 안에서 생활한 '궁녀'가 <인현왕후전>의 작자일 수는 없다. 김용숙의 추측과 같이, 박태보의 이야기가 지나칠 만큼 소상히 기록되어 있고, 서울대 도서관본 결미에, "아름답다 박태보의 충성은 고금에 없난지라 후세 인민의 본바들 바로다" 등이 있는 점으로 보아, 박태보 문중에서 조상의 충절을 더욱 돋보이게 해보려는 의도에서 비롯된 것이 아닌가라는 추측이 가능하므로, 박태보의 주변에 대한 탐색이 <인현왕후전>의 작자를 확인하는 데에 일차적으로 필요하다고[51] 했다.

김수업이 궁인 작자설을 부인한 것은 김동욱, 김용숙과 견해를 같이하고, 인현왕후나 박태보의 후예를 작자로 추정하는 점에서도 김용숙과 일치된다. 그러나 김용숙이 작자를 여성으로 추단한 것과는 달리 남성으로 보았다.

작자와 창작시기는 그 후에도 논의가 계속되었다. 박요순은 이본연구 과정에서 발견되는 차이점을 중심으로 작자와 작품의 성립연대를 언급했다. 정리하면, "작자에 대해서 현재의 서지 상황으로서는 불명이지만 굳이 밝힌다면 서인 중의 한 사람이며 크게 세 차례 가필된 사실이 발견된다. 그 가필자들은 모두 남성일 것이다. 작품연대는 정조대로 보는 분도 있으나, 만인의 관심을 집중시켰던 민비의 일이 근 백 년 동안이나 묻혔을 이유가 없으므로, 민비 홍서 후 바로 이루어진 것이다"[52]고 하여 작가의 성별에서 남성으로 본 김수업과 견해를 같이했다.

---

51) 김수업, 「<인현왕후전>의 작자 문제」, 『어문학』, 한국어문학회, 1971.

52) 박요순, 「<인현왕후전 연구>-특히 미발표 이본을 중심으로-」, 『숭전어문학』 1집, 숭전대학교, 323쪽.

이로써 <인현왕후전>의 작자가 궁인일 것이라는 가능성은 부인되고, 궁궐 밖의 제 삼자인 인현왕후와 박태보의 후예로 성별이 여성이냐 남성이냐를 탐색하면 될 듯 했다. 그러나 민영대는 다시 원점으로 되돌렸다. 그는 궁인설을 주장할 수 있는 뚜렷한 증거는 없지만, 작품에는 곁에서 보지 않고서는 기술하기 어려운 부분들이 세세히 기록되어 있고, 작자를 박태보나 인현왕후의 후예, 또는 서인 중의 한 사람이 아닐까 하는 문제 제기에도 의심스러운 점이 있다고 했다. 그 근거는 첫째, 박태보 가문에 대한 서술과 집안의 중대사들이 기술되지 않았다. 둘째, 박태보에 관해 할애된 지면이 너무 적고 호칭도 '박태보' 등으로 불경스럽다. 셋째, 경신대출척(庚申大黜陟)이나 기사환국(己巳換局), 갑술환국(甲戌換局) 시에 남인과 서인이 첨예하게 대립되는 당시의 정치 상황이나 복수극 같은 것이 간략하게도 언급되지 않았다. 그러므로 <인현왕후전>의 작자는 박태보의 후예나 서인인 인현왕후의 후예로 추정하기 어렵다고 했다.

창작시기는 <인현왕후전>이 민비의 덕행을 고취하려는 데에 창작목적이 있다면, 민비의 사후 오랜 세월이 지나서 기록될 이유가 없으므로 창작시기는 작자가 민비의 덕행에 대한 기억을 지닌 궁인들 중의 한 사람이라고 여기고 창작시기를 추정하였다.[53) 김신연도 원본 <인현왕후전>은 인현왕후 승하 직후에서 삼 년 이내에 왕후를 모셨던 궁인들에 의해 창작되었을 가능성이 많다고 추론하였다.[54)

위에서 살펴 본 <인현왕후전>의 작자와 관련된 이견들은 크게, '궁

---

53) 민영대, 『조선조 사실계 소설연구』, 한남대학교 출판부, 1991, 255~275쪽.
54) 김신연, 「인현왕후전 연구」, 숙대 박사논문, 1994, 35쪽.

궐 밖 서인 후예의 남성', '서인 후예의 여성', '인현왕후를 모셨던 궁인' 등으로 정리할 수 있다. 필자는 이본 간의 차이는 있으나 김수업의 견해를 참고하고 아래와 같은 이유를 더하여 작자는 궁궐 밖 서인 측의 남성으로, 창작시기는 인현왕후 사후 상당한 시간이 지난 후에 현재 전하는 이본들이 출현했을 것으로 추정한다.

그 이유는 다음과 같다.

첫째, <인현왕후전>에는 어려운 고사가 많고, 『숙종실록』이나 『연려실기술』에 있는 내용과 일치되는 것은 많으나 궁중과 관련된 문화는 발견할 수 없다. <계축일기>에는 궁녀들의 일상사가 세심하게 묘사되었고, <한중록>에서 왕족들의 생활 모습이 우아한 궁중어로 표현된 것과는 다르다.

둘째, 현재 발견된 20종의 이본 중에서 <국립도서관본> 계통은 서인 중 인현왕후의 폐출을 반대하다가 목숨을 잃은 박태보의 후예로 추정된다. 그것은 다른 이본들에 비해 박태보의 충절에 관한 내용이 많이 추가되었기 때문이다.

셋째, <인현왕후전>이 처음에는 인현왕후의 덕을 본받기 위한 행장문(行狀文)이 후대에 윤색가미(潤色加味)를 거듭하다가 조선 후기에 당시 유행하던 소설형식을 빌어 전문작가에 의해 재탄생되었다고 본다.[55]

---

55) 정은임, 『한중록연구』, 국학자료원, 2013, 34쪽.

2. 양식론(樣式論)

<인현왕후전>를 소개한 이병기는 처음엔 장르에 대한 언급을 하지 않았다. 주왕산은 이병기의 <인현왕후전> 해설을 인용한 후에, "이 소설은 저자 미상의 궁중소설로 인현왕후와 장희빈 사이의 군총 싸움을 그리었다"[56]고 하여 처음으로 궁중소설 장르를 제시했다. 그후 이병기는 소설을 크게 궁정소설(宮廷小說)과 여항소설(閭巷小說)로 구분하고, 궁정소설은 "궁중을 무대로 하여 일어난 사건들을 소설적인 수법으로 서술했다"[57]고 정의했다. "근조의 궁정소설에는 <계축일기>, <한중록>, <인현왕후전> 등이 있다"고 하여 주왕산과 견해를 같이했다.[58]

고정옥은 소설의 세계는 단순한 것이 아니어서 창극이나, 서민의 생활과 동떨어진 한 문맥의 산문으로 쓰여진 궁정소설 <한중록>, <인현왕후전> 따위도 있다[59]고 하였다. 김기동도 '일반가정에서 일어나는 사건을 표현한 작품을 가정소설이라 할 수 있다면, 궁정에서 일어난 사건을 서술한 작품을 궁정소설이라 하겠다'[60]고 하여 이병기 설에 동참하였다. 박성의도 "<인현왕후전>은 원명 그대로 인현왕후의 덕행록이다. 그러나 작자들은 소설적인 수법으로 궁중 비사, 비화를 묘

---

56) 주왕산, 『조선고대소설사』, 정음사, 1950, 295~298쪽.

57) 백철, 이병기 공저, 『국문학전사』, 앞의 책, 167쪽.

58) 백철, 이병기 공저, 『국문학전사』, 위의 책, 165쪽.

59) 고정옥, 『국어국문학요강』, 앞의 책, 48쪽.

60) 김기동, 『이조시대소설론』, 앞의 책, 356쪽.

사하고 있기 때문에 궁중소설로 다루어 본다"[61]고 하였다. 그러나 김동욱은 <계축일기>와 <한중록>은 수필로 보고, <인현왕후전>은 가정소설[62]이라 했다.

김사엽 또한, "이것은 가정소설이라고 하지마는 궁금(宮禁)에 일어난 비화를 엮은 글이다. 작자 및 연대 미상이나 인현왕후의 측근의 궁녀, 또는 이 비화를 전문한 후대의 궁녀가 지은 것일 것이다. 내간체로 우아하고 유숙(柔淑)한 필치 속에 오히려 휘여지지 않는 사건 진전의 건실성을 견지하여 간연(間然)함이 없는 일작(逸作)이다"[63]고 하며 궁정소설로 장르를 구분하였다.

이와 같이 '<인현왕후전>은 궁정소설이다'는 설이 정설로 받아지는 듯하였으나, 조윤제에 의해 이의가 제기되었다. 처음엔 그도 처첩 간에 일어나는 사실을 다룬 가정소설[64]로 보았으나 개수본을 내면서 수정하였다. "사실상 우리들이 왕조의 역사를 뒤적이면 거기에 화려한 점도 많았지마는 또 왕자왕손의 사이에 비빈후궁의 사이에는 인생의 비참한 일이 얼마든지 있는 것을 본다. 이런 것이 여태까지는 왕 중의 숨은 비화로서밖에 가끔 굴러 나오는 정도이었지마는 국문학의 발전 시대에 들어와서는 그것이 기사체로 기록되어 밖에 나왔다. 이것을 우리는 왕정기사체문학이라 하나 그 작품으로는 <계축일기>와 <인현왕후전>이 있다"[65]고 하여, 소설로 굳어진 듯 한 양식론에 이의를 제

---

61) 박성의, 『한국고대소설론과 사』, 앞의 책, 386쪽.

62) 김동욱, 『국문학사』, 앞의 책, 198~199쪽.

63) 김사엽, 『조선문학사』, 정음사, 1948, 439쪽.

64) 조윤제, 『국문학사』, 동방문화사, 1947, 329쪽.

기하였다. 그 후 장르논의는 활발하게 개진된다.

이렇게 <인현왕후전>은 <한중록>, <계축일기>와 함께 궁중문학 또는 궁정문학으로 분류되어 늘 함께 거론되었다. 그것은 이 작품들이 조선조 역사에서 주요한 사건들을 배경으로 하고, 궁중이라는 특수한 공간에서 생성된 공통점을 지니고 있기 때문이다. 그러나 이러한 분류는 작품의 생성 배경에 초점을 둔 것으로, 작품의 내재적 질서와 원리를 존중한 장르 구분에 의한 것이 아니다. 그러므로 오랫동안 장르의 합일점을 찾지 못한 채 혼란이 거듭되고 있었다.

장덕순은 <인현왕후전>이 양식에서 합일점을 찾지 못한 이유는, '궁정에서 일어난 사건을 기록 내지 서술한 것으로서, 역사적인 사실을 단지 사실에 충실하여 기록한 것이기 때문에 소설로 볼 수 없다는 설과, 그 표현 방식이 소설로서의 서술 형식이라 하여 궁정소설로 간주하는 설이 있다. 따라서 이들 작품들에 대한 연구 방법도 순전히 소설 연구 방법을 적용시킬 수만도 없어, 이에 대한 문학적 접근은 비교적 한산한 편'[66]이라 하여 장르의 혼란이 작품연구의 저해 요인이 되었다고 했다.

김기동도 "인현왕후전도 작자 미상의 궁인이 쓴 여성의 작품이다. 숙종 대 궁중에서 일어난 숙종의 민비 폐모사건을 서술한 작품으로, 소설의 표현 형식을 취하였기 때문에 궁정소설에다 포함시켜보았다"면서, 아래와 같이 <인현왕후전>을 인용하였다.

---

65) 조윤제, 『국문학사』, 앞의 책, 260쪽.
66) 장덕순, 『한국문학사』, 앞의 책, 233~234쪽.

차세 동십월에 장시 왕자를 탄생하니 상이 과애하심은 이라지 말고 휘 대열하사 어루만져 사랑하시기를 기출 같이 하시니 장시 지분하여 이시면 그 영화를 어찌 측량하리오. 문득 참남한 뜻과 방자한 마음이 불이듯 하니 중궁전 용색이 일국에 솟아나고 인망이 다 돌아가니 시기하여 가만히 제어하여…….

"이상과 같은 표현법을 보면 전술한 <서궁록>과 같은 사실적 표현이 아니고, 다른 이조소설과 같이 서술적인 표현법을 썼음을 알 수 있다"[67]하여 <계축일기>와 다르게 이조소설의 일반적인 표현법을 썼다고 했다.

그 후에도 장르논의는 계속되었다. 정창범은 전기문학을 전기소설과 관련하여 논의하면서, 전기는 주로 평범한 개인보다는 시대의 의지를 표현하고 실행한 인물을 다루지만, 독자에게 교훈을 주려는 데에 목적이 있고, 주인공의 개성을 리얼하게 파악하기보다는, 그들의 업적과 무용성을 강조하기 위하여 작자가 마음대로 사실성을 무시하는 경향이 있음을 들어 전기소설[68]로 보았다. 최신호도 전기소설로 보는 이유를, 사실을 '전'하고, '기술'하고, '기록'한다는 뜻을 지니고 있음에서 찾았다.[69]

이금희는 등장인물의 성격을 검토하여 <인현왕후전>은 숙종을 둘러싼 인현왕후와 장희빈에 얽힌 역사적 사실과, 작가의 문학적 허구로

---

67) 김기동, 『이조시대소설론』, 앞의 책, 361~363쪽.
68) 정창범, 「전기의 문학성을 위한 시론」, 『현대문학』, 현대문학사, 1974, 11쪽.
69) 최신호, 「전기 · 전기소설」, 『성심어문론집』 제6집, 성심여자대학 국어국문학과, 1981. 12.

이루어진 한 편의 소설로 보았다. 그에 의하면 서두가 서사문학에서 흔히 볼 수 있는 신이한 탄생 및 성장과정으로 되어 있으며, 인물들의 성격이 선과 악의 극단적인 대립으로 당시의 윤리관이 표면적으로 드러나고, 고소설에서 흔히 문제 해결 및 암시를 위하여 사용되는 꿈이 중요한 의미로 부각되고, 상징적 삼이라는 수가 포괄적으로 사용되었으며, 작품 결미의 에필로그 및 평론은, 서술자의 전지적 시각에 의한 것으로, 당시의 사회에서 소설을 서사서술의 한 파생과정으로 보아, 이 작품은 역사적(경험적) 자아와 허구적(서사적) 자아가 혼용 되어 이룩된 한 편의 소설이라 했다.[70]

그 후 <인현왕후전>을 소설로 인식하는 연구자들은 보다 세분된 양식론을 거론하였다. 김용덕은 전기소설의 유형을 실기형, 설화형, 복합형으로 삼분(三分)하고, <인현왕후전>은 <박태보전>과 함께 실기형전기소설(實記型傳記小說)이라 하고 그 특징을 다음과 같이 기술하였다.

실기형전기소설은, 내용상으로는 사실에 의존하는 실사형이며 형식상으로는 단일 사건을 순차적 시간의 흐름에 따라 구성하는 연대기형이다. 그러므로 주인공의 행위는 실제의 사적과 일치한다. 이 소설의 작가는 사실을 올바로 알린다는 의식을 가지고 짓고, 독자 또한 역사상의 사건이나 인물에 대한 실상을 사실대로 알리려는 생각을 가지고 읽었다. 이러한 까닭에서 작가는 역사가의 역사 서술태도와 근접하는 일면이 있다.[71]

---

70) 이금희, 「인현왕후전고-작품구조 및 성격을 중심으로-」, 『원우론총』 제2집, 숙대 대학원, 1984.

김신연은 <인현왕후전>에 나타나는 전적(傳的) 특성(사실에 충실한 일대기형의 구조, 인격의 발전이나 변화가 보이지 않는 전의 시간 등)과, 소설적(小說的) 특성(인현왕후의 비범함을 보여주는 소설적 허구, 장면 묘사의 치밀함, 전지적 작가시점 등)을 고찰하여 전계소설(傳系小說)로 규정하였다.[72] 한편 민영대는 사실계소설이라 했다.[73]

이와 같이 세분된 양식에서는 이견이 있으나, 크게는 소설 장르로 합일점을 이룬 것 같지만, 비소설로 보는 견해도 있다. 일찍이 조윤제가 궁정기사체로 했고, 조중업은 고대 여류 수필을 6종류로 분류하면서 전기류(傳記類)에서 <인현왕후전>을 들고 있다. 그는 "전기류는 주로 개인의 전기를 말할 수 있는데, 개인의 전기라 하면 행장(行狀), 전(傳), 묘비명(墓碑銘) 등이 있을 것이다. 이 전기류는 전기소설과 흡사한 바 있어 어떤 곳에서는 분간하기 어려운 것도 있다. 가령 <인현왕후전>을 보더라도 대부분의 소설가들이 소설로 보려는가 하면, 반면에 일부 학자들은 수필로 보려고 하는 것이다. 문제는 이것이 사실 그대로를 기록한 것이냐, 아니면 소설적 허구가 있느냐에 따라서 판단해야 할 것이다. 그런데 <인현왕후전>은 인현왕후의 일대기로서 작자는 미상이나 측근의 궁녀 등에서 지은 것 같다는 것이다. 이것이 과연 궁중비화를 사실대로 기록한 것으로 볼 때에 역시 소설보다는 수필로 보는 것이 나을 것 같다"[74]며 수필 양식에 귀속시켰다.

---

71) 김용덕, 『한국전기문학론』, 민족문화사, 1987, 127~137쪽.

72) 김신연, 「인현왕후전 연구」, 앞의 논문, 132~157쪽.

73) 민영대, 『조선조사실소설연구』, 한남대 출판부, 1991.

74) 조종업, 「한국 여류수필에 대하여」, 앞의 논문, 55쪽.

한편 김용숙은 <인현왕후전> 등 궁중문학이 오랫동안 장르 수용에서 논란이 계속되자, 종래의 서정·서사·극적양식이라는 삼분법으로는 혼란을 극복할 수 없음을 인식하고 탈장르적 입장에서 시도된 주제적 양식에 이들 작품을 귀속시켜 실기문학이라는 장르를 제시하였다.[75]

그 후 필자는 실기문학에 대한 보다 구체적인 이론적 근거를 모색하는 과정에서 고소설목록에 '실기'라는 명칭이 붙은 작품들이 발견되는 것에 착안하여 공통점을 찾았다. 그 결과 이들 작품은 전쟁이나 격동기를 살아가는 동안, 역사상 중요한 역할을 담당했던 실존인물들이, 자신이 겪은 사건들을 전(傳)·록(錄)·기(記)라는 고전문학의 대표적 양식을 빌려서 썼음을 발견하였다. 그러므로 다큐멘터리나 리포르타즈 등을 포괄할 수 있는 기록문학을 보다 광의의 유개념(類槪念)이라 한다면, 실기문학은 한 개인적인 사실이 아닌 국가적인 차원의 역사적인 사실을 바탕으로 생성된 작품들로 기록문학의 종개념(種槪念)으로 설정하고, 궁중을 배경으로 생성된 작품들은 다시 실기문학의 하위 개념으로 궁정실기문학이라 정리하였다.[76]

그러나 그 후에도 혼란은 계속되었다. 그것은 '궁중실기문학'이라는 용어 출현이 <계축일기>·<한중록>·<인현왕후전>을 함께 거론하는 과정에 발견된 모순을 극복하기 위해서였다. 그러므로 세 작품이 주제적 양식에서는 공통점을 지녔지만, 일반적으로 인식되는 오분

---

75) 김용숙, 황패강 외 편, 「왕조사회와 실기문학」, 『한국문학연구입문』, 지식산업사, 1982, 389쪽.

76) 정은임, 「궁정실기문학 연구」, 앞의 논문.

법으로 작품들이 지닌 특성을 세밀하게 검토하면 다시 이견이 발견되기 때문이다.

필자가 세 작품을 기존의 오분법에 의하여 검토한 결과 <인현왕후전>은 <계축일기>나 <한중록>과는 다른 면이 있었다. 즉 우선 표현면에서 두 작품이 사실적인 표현을 쓴 것과는 달리, 인물들의 성격이나 사건의 형상화 등이 거의 완벽에 가까워 전문 작가의 솜씨가 느껴졌다. 추상적이고 서술적인 표현이나, 작품의 서두가 주인공의 가계와 탄생과정으로 이어지는 구성 기법은 고소설의 일반 패턴과 일치되었다. 그러므로 <인현왕후전>은 이본의 여러 제목에서 말해 주듯이 인현왕후의 덕행을 본받기 위해 창작되었으며, 작자는 독자들이 재미를 느끼는 가운데 창작의도가 보다 선명하게 전달되게 하기 위하여 당시에 넓은 독자층을 지닌 소설의 수법을 차용했을 것으로 보았다.[77] 좀 더 구체적으로 검토하면 아래와 같다.

1) <인현왕후전>은 고소설의 일반적인 서두와 일치한다

화설 조선국 숙종대왕 계비 인현왕후 민씨의 본은 여흥(驪興)이시니, 행 병조판서 여양부원군(驪陽府院君) 둔촌(屯村) 민공의 여(女)이시오, 영의정 송동춘선생의 외손이라.

모부인(母夫人) 송씨 기이하신 신몽(神夢)을 꾸시고 정미 사월 이십삼일 탄생하오시니, 집 위에 서기(瑞氣)일어나고 산실(産室)에 향취 옹실(香臭擁室)하여 오래 되도록 없어지지 않으니 부모 지기하심이 있어 가중(家中)에 말을 내지 못하시게 하시더라.[78]

---

77) 정은임, 「조선조 궁중문학의 장르 재조명」, 앞의 논문.

인용문은 <인현왕후전>의 서두다. 주인공의 가계와 탄생과정으로 이어지는 등 고소설의 일반 패턴과 일치된다. 이러한 서두는 <인현왕후전>과 같이 장르에 이견이 있는 <계축일기>의 아래 인용하는 서두와는 사뭇 다르다.

> 만력 임인년에 중전이 아기 계오시다 듣고 유가가 낙태(落胎)하실 일을 하노라 놀래오되, 궐내의 팔매질도 하고 액정 사람을 사괴여 내인 측간에 구무 뚫고 남그로 쑤시며 여염 처에 명화강도 났다 소문내니, 기시에 궁중에서도 유가를 의심하더라.[79]

2) 추상적이고 과장된 표현법을 쓰고 있다

> 맑고 고운 골격이 설중 매화 같으시고 높고 곧은 절개 한천송백 같으시니 부모와 양위 당숙이 사랑하고 중히 여기시며 원근 친척이 다 기이함을 놀라고 탄복하여 아시적 부터 공경치 않을 이 없어 꽃다운 향명이 세상에 가득하더라. 항상 세수 물에 맑은 무지개가 찬란하니 민공이 반드시 귀히 될 줄 짐작하고[80]

인용문은 주인공 인현왕후의 인물을 묘사하는 장면이다. 골격은 설중매화 같고 절개는 한천송백과 같다는 등 매우 추상적이다. 또한 세숫물에 무지개가 찬란했다는 과장된 묘사는 고소설에서 흔히 쓰는 표현이다. 이러한 표현 수법은 <계축일기>에서 어린 영창대군이 어머

---

78) 정은임, 『교주 <인현왕후전>』, 이회문화사, 2004, 17쪽. 이후 인용하는 <인현왕후전>은 작품명과 쪽수만 밝힌다.

79) <계축일기>, 23~24쪽.

80) <인현왕후전>, 100쪽.

니 곁을 울며 떠나지 아니하려는 정경을 간결하고 사실적인 화법으로 쓴 아래 인용문과 비교된다.

> 날은 늘어가고 하 민망하여 힐우다가 못하여 우흔 정 상궁이 업삽고, 공주 아기시는 주 상궁이 업삽고 대군 아기시는 김 상궁이 업사왔으니 대군이 하시되,
> "웃전과 누으님과 먼저 서시고 나는 뒤에 서지라."
> 하셔늘,
> "어찌 그리 서라 하시는고?"
> 하니,
> "내 먼저 서면 날만 내고 다 아니 나오실 것이니 나 보는 데서 가압사이다."
> 하시더라.
> "웃전과 누님은 먼저 서시고 나는 뒤에 서게 하라." 하시거늘 '어찌 그리 서라 하시는고' 하니, "내 먼저 서면 날만 내가고 다 아니 나오실 것이니 나 보는 데서 가압사이다." 하시더라.[81]

정리하면, <인현왕후전>은 양식론에 대한 논의가 다른 궁정문학에 비하여 적은 편이다. 작품의 생성 공간에 초점을 두고 구분한 궁정소설(궁중소설)과, 작품의 서술 방식이나 역사적 사실에 주목하여 전기소설(傳記小說)·전계소설(傳系小說)·역사소설(歷史小說)로 세분되지만, 크게는 소설(小說) 양식으로 묶을 수 있다. 그러므로 작품의 주제적 장르에서는 <계축일기>, <한중록>과 같이 궁정실기문학(宮廷實記文學)이지만, 오분법(五分法)에 의한 장르 구분에서는 소설이라 할 수 있다.

---

81) <계축일기>, 91쪽.

3. 이본연구

<인현왕후전>은 이본(異本)들 간에 조금은 차이가 있으나, 대체로 조선 19대 숙종 때에 왕후의 폐위와 복위 과정에서 야기된 사건들이 숙종을 축으로 선(善)의 화신인 인현왕후와, 악(惡)의 전형으로 인식되는 장희빈과의 대비로 구성되어 있다. 궁중문학 중에서 가장 많은 독자층을 지녔음인지 세 작품 중에서 이본이 가장 많다. 그러므로 <계축일기>나 <한중록>에 비하여 이본 연구가 많다.

<인현왕후전>의 이본은 현재 19종의 필사본과 1종의 구활자본으로 총 20종이 발견되었다. 많은 고전 작품이 그러하듯이 원전이 발견되지 않은 채, 최고본과 파생계통에 대하여 합일점을 찾지 못하고 있다.

<인현왕후전>의 이본연구는 김동욱이 <일사본>과 <가람본>을 비교하면서 시작되었다. 그는 두 이본이 근세(논문 발표 시 칠십여 년 전이라 했다)에 필사된 사본으로 근본적인 스토리는 동일하지만, 아래와 같은 이유로 <일사본>이 <가람본>보다 연대가 오래되었음을 밝혔다.[82]

① <가람본>에는 고어의 자취가 빈약하다.
② <가람본>에는 우리말보다 유식한 한문숙어를 의식적으로 많이 사용하였다.
③ <가람본>은 내용면에서 부연된 설명과 과장된 표현이 발견된다.

---

82) 김동욱, 「<인현왕후전> 이본고」, 앞의 논문.

그 후 박요순은 이미 검토된 위의 두 필사본 외에 <남애본>과 <국립도서관본>을 추가하고, 자신이 소장한 미발표본 2종을 A본과 B본으로 명하여 6종의 파생 과정을 다음과 같이 밝혔다.

① <일사본>, <박요순 A본>, <박요순 B본> 3종은 동일 계통(인현왕후의 덕행과 생애, 장희빈의 악행과 말로를 담고 있음에 근거)으로 고본이다.

② (1) <남애본>은 위의 3종 내용과 함께 민비의 폐출을 반대하다가 희생된 박태보의 사적이 상세히 삽입되어 있다.

(2) <가람본>은 민비와 연관된 삽화와, 숙종과 경종 사후 영조가 집권하여 오십여 년을 집권한 후일담을 더 붙였다.

(3) <남애본>과 <가람본>은 위의 3종의 고본에서 파생되었다.

③ <국립도서관본>은 <가람본>을 모본으로 하여 박태보의 수난이 상세히 수록되었다.

정리하면, <일사본>, <박요순 A본>, <박요순 B본>을 최고본으로 하여 <남애본>과 <가람본>이 파생되었으며, <가람본>은 다시 <국립도서관본>을 파생하였다고 보았다.[83]

한편 이경혜는 <유구상본>과 <석헌본>을 소개하고 박요순에 의해 검토된 4종(<일사본>, <가람본>, <국립도서관본>, <남애본>)을 더하여 6종의 이본을 검토하였다. 그는 먼저 이본들의 서지를 검토

---

83) 박요순, 「인현왕후전 연구—특히 미발표이본을 중심으로—」, 『수필문학연구』, 정음문화사, 1985, 297~323쪽.

한 후 내용을 대비하여 김동욱과 박요순에 의해 최고본으로 확인된 <일사본>을, <유구상본>과 <석헌본>의 내용을 국어학적인 측면에서 비교하여 선후 관계를 밝히려 했다. 그 결과, <유구상본>→<일사본>→<가람본>→<국립도서관본>→<남애본>→<석헌본> 순으로 파생 계통을 세우고, <유구상본>을 최고본으로 보았다.[84]

그 후 이본 연구는 김신연에 의해 확대되었다. 그는 두 편의 이본 연구를 발표한[85] 후 총 16종의 이본을 필사본과 구활자본으로 나누고, 필사본은 다시 삽입된 일화의 짜임과 성격에 따라 세 계통으로 분류하여 아래와 같이 특징을 밝혔다.

① 〈유구상본〉 계통

가장 고본으로 추정되고 오자와 탈자가 적으면서 보존 상태가 양호한 유구상 소장의 <인현왕후덕행록>을 대표본으로 하여, 두 종의 일사문고 소장 <민즁뎐덕행록>과 두 종의 박요순 소장본 등 11종을 포한한다. 중궁의 간택으로 시작하여 인현왕후의 가계 소개, 인현왕후의 즉위와 뒤이어 장희빈의 등장, 박태보 사건에 대한 간략한 서술, 민중전 승하와 두 편의 제문, 그리고 장희빈의 죽음 순으로 전개되고 끝에 경계의 말을 덧붙이고 있다.

---

84) 이경혜, 「<인현왕후전> 이본고」, 고려대 교육대학원 석사논문, 1976.

85) 김신연, 「<인현왕후전> 이본고」, 『원우론총』 제10집, 숙대 대학원 총학생회, 1992,

　　김신연, 「<인현왕후전> 이본 대비」, 『어문 논총』, 숙대 어문학연구소, 1993.

② 〈국립도서관본〉계통

국립도서관소장의 <인현왕후성덕현행록>과, 가람문고 소장의 <인현성모민시덕행록> 두 이본을 말한다. 내용은 인현왕후의 가계와 한자투의 미사여구로 인현왕후의 성덕을 부각시키고, 성장기와 폐위사건의 원인과 결과, 박태보 사건과 인현왕후 복위 시의 상황이 자세하게 묘사되어 있다. 또한 인현왕후 사후 세 편의 제문과 함께, 후일담으로 영조대의 이야기가 덧붙여졌다. 작품의 완성도는 가람문고 소장의 <인현성모민시덕행록>이 높다 했다.

③ 연대 62장 계통

연세대학교 소장의 <인현왕후전>(62장본)과 남애 안춘근 소장의 <인현왕후전>을 말한다. 내용은 유구상 계통본과 같이 중궁전 간택으로 시작하고, 박태보 부분이 확대 부연되었다. 또한 장희빈을 고아와 청상과부로 소개하고, 강교리란 인물이 등장하며, 왕이 장희빈을 처음 만나게 되는 과정과 장면이 나타난다. 경계의 말은 없고 인현왕후 사후에 왕이 제문을 읽고 통곡하는 것으로 끝나는 등 허구화가 심하다.

④ 구활자본

1924년에 대산서림에서 간행된 <민중전실기>로 가장 최근에 나온 이본이다. 내용은 인경왕후 승하에서 시작되어 인현왕후에 대한 장희빈의 모함이 구체적으로 묘사되었다. 공주와 궁녀 유생들의 이름이 정확하게 기록되어 있으며, 장희빈이 왕비로 즉위하는 장면이 유일하게 있다. 또 장희빈이 죽기 직전 화풀이로 세자의 하초를 잡아 늘리는 바람에 세자가 기절하였다는 일화도 유일하게 삽입되어 있다.[86]

근래에 이경혜는 필사본 19종과 활자본 1종, 총 20종의 이본을 비교 연구하였다.[87] 그는 사건 전개, 수용어투, 문장의 흐름 등 서술기법을 근거하여 상관성이 많은 이본을 묶어 네 가지 계통으로 분류하고, 구 활자본인 <대산본>을 첨부하여 각 이본들의 서지관계와 특징 등을 매우 자세하게 정리하였다. 현재까지의 이본 연구에서 가장 많은 이본을 깊게 연구한 것으로 생각되어 요약하여 정리한다.

유구상 A본 계열	<유구상 A본>
남애본 계열	<남애본> <연대 A본> <정문연 남애본>
일사본 계열	<일사본> <일사고본> <박요순 A본> <박요순 B본> <정문연 신사본> <박호순본> <유구상 B본> <정문연 계묘본> <연대 B본> <석헌본> <성대본>
가람본 계열	<가람본> <국립도서관본> <나손본> <단국대 나손본>
기타	<대산본>

---

86) 김신연, 「<인현왕후전> 연구」, 앞의 논문.
87) 이경혜, 『<인현왕후전> 연구』, 학고방, 2011, 51~158쪽.

1) 유구상 A본

명칭			특징
유 구 상 A 본	소장처	유구상(柳龜相)	① 서사 전개와 사용어투는 가장 고원성을 지니고 있으나 같은 체제를 가진 이본은 현재 발견된 것이 없다. ② 지금까지 학계에서 <유구상본>으로 소개되었으나 유구상은 또 다른 판본을 소장하고 있었음으로 편의상 새로 발견된 것은 <유구상 B본>으로 한다.
	겉표지	<인현왕후덕힝록>	
	본문제목	<민즁뎐닌현왕후덕힝록>	
	간행사항	45장 90쪽 12행 17~18자	

2) 남애본 계열

명칭			특징
남 애 본	소장처	남애(南涯) 안춘근(安春根)	① 본문은 국문 필사본으로 어휘 사용과 문장이 정확하지 못하고 오탈자가 많음으로 겉표지와 본문의 필사자는 동일하지 않은 것으로 추측된다.
	겉표지	행서체(行書体) <仁顯王后傳>	

	본문 제목	<민즁젼젼권지단>	② 본문의 필사자는 문장의 어투로 보아 남도 사투리를 쓰는 사람일 것으로 본다.
	간행 사항	1 책(冊) 42 장(張) 크기 : 37.2 X 23.5cm	
연 대 A 본	소장 처	연세대학교 중앙도서관	① <남애본>과 사건의 전개가 완전히 동일하나 필체가 다르며, 한문 투의 어휘가 많고 토씨 사용도 다르다. ② 다른 이본에는 없는 '장씨가 대비의 눈에 거슬려 궁 밖으로 쫓겨났다가 민비의 간청으로 다시 입궁한다'는 대목이 들어 있다. ③ <남애본>에 등장하는 강교리의 이야기가 있고 장씨의 출신과 장씨가 처음 왕과 대면하는 장면이 서술되어 있다.
	겉표 지	<인현왕후전권지단>	
	본문 제목	<민즁젼전>	
	간행 사항	총 123쪽 10행 16자 내외	
	필사 연대	계히년밍동졍쵸	
정 문 연 남 애 본	소장 처	한국정신문화연구원 장서각	<남애본>과 글씨체, 쪽 수 등이 모두 동일함으로 <남애본>과 동일본이라 할 수 있다.
	소장 상태	마이크로필름	
	제목	행서체(行書体) <仁顯王后傳>	
	본문 제목	<민즁젼전 권지단>	

3) 일사본 계열

명칭			특징
일사본	소장처	일사(一簑) 방종현(方鍾鉉) 서울대학교 규장각 일사문고	① 작품의 서두는, "죠선국 숙종죠의 즁궁를 간퇵ᄒ오실시 만죠빅관의 여ᄌᆞ 간퇵의 들ᄉᆡ빅의 열을 쌔시고 열의 하ᄂᆞ흘 쎅시니……"로 시작하고, 말미는, "갑진 원월 회일 필셔ᄒᆞ나 눈은 어둡고 외ᄌᆞ낙셔 만을 듯 ᄒᆞ나 심심파젹 ᄒᆞ는 듯"이라는 말이 첨부되어 있다. ② 1959년 김동욱이 「<인현왕후전> 이본고」에서 <가람본>과 <일사본>을 비교하면서 처음으로 학계에 소개되었다.
	표지제목	<閔中殿德行錄 全>	
	본문제목	<민즁뎐덕힝녹 권지단>	
	간행사항	38장, 9~10행, 19자 내외	
	글씨체	한글 달필	
일사고본	소장처	서울대학교 규장각 일사문고	① 서울대학교 규장각 일사문고에 소장되어 있으나 일사 방종현 소장본은 아니라고 한다. 일사문고에 '古本'이라는 또 다른 이본이 있어 <일사고본>이라 한다. ② <인현왕후전> 뒤에 한글 장편 가사 <목난가>와 <옥셜화담>이 첨부되어 있음으로
	표지제목	겉-<閔中殿德行錄 全> 속-<閔中殿德行錄 全>	
	본문제목	<민듕젼덕힝녹권지단>	
	간행사항	54장 107쪽, 9행 18자 내외	

	글씨 체	정자와 흘림체의 달필로 한글 궁체	여성들의 교양서로 읽혀진 것으로 추측된다.
박 요 순 A 본	소장 처	설태(雪苔) 박요순(朴堯順)	소장자는 <일사본>과 비슷한 시기에 판본 되었다고 했다.
	표지 제목	<민즁전덕힝녹> 곁-<민듕전 일권>	
	본문 제목	<민듕전덕힝녹>	
	간행 사항	48장, 20행 16자 내외	
박 요 순 B 본	소장 처	설태(雪苔) 박요순(朴堯順)	① 본문 말미에 "즁전 졀힝녹이라 셩은 민시오 본은 여홍이라 갑술 원일 동이라"는 간기(刊記)가 있다. ② 김신연은 갑술년인 고종 11년(1874)과 1934년 중에서 '아래 아'가 탈락된 것이 많고 즁전, 죠션 등 단모음화 현상이 발견되지 않은 것에 근거하여 필사 연도를 1874년으로 추정하였다.[88]
	표지 제목	<閔中殿記>	
	본문 제목	<민즁전긔>	
	간행 사항	10행 15~16자 내외	
	글씨 체	약간 서투른 정자체와 흘림체가 혼용됨	
정 문	소장 처	한국정신문화연구원	① 총 75쪽에서 전반부 51쪽까지는 인현왕후 민씨의 이야기이며, 후반부는 "박학亽사졀녹"이라는 제목이 붙어 있어 <박
	표지 제목	<閔中殿> 작은 글씨로 卷之單	

연신사본	다음장	<閔中殿 卷之單> <민듕전 권디단>	태보전>이라고 할 수 있다. ② 전체적으로는 <일사본>과 일치되지만 표현상에서 더 세련되어 <유구상 A본>에 더 가깝다. ③ 본문 말미에 "신ᄉ삼월망칠일산듕거ᄉ송암잠초ᄒ로라"라고 하여 필사일과 필사자를 밝혔다.
	본문제목	<민듕전힝장녹권디단>	
박순호본	소장처	박순호	① 겉표지는 두 행으로 '德行閔宮'과 '덕행 민궁'으로 표기되었다. ② 필사 시기는 겉표지의 '己酉春正日'에 근거하여 기유년(1849, 1909) 중에서 'ᆞ'와 'ᄤ'의 합용병서가 표기되었음으로 1849년으로 추정하였다.[89]
	표지제목	<東宮錄>	
	본문제목	<민듕뎐덕힝>	
	간행사항	50장, 11행 20자 내외	
	글씨체	읽기가 난해할 정도의 흘림체	
유구상 B본	소장처	유구상	① 유구상 부친이 소장하던 것으로 이경혜가 처음으로 소개했다. ② <박순호본>과 내용이 거의 동일하며, <유구상 A본>과도 전개 방식과 내용이 거의 동일하다.
	표지제목	<민듕뎐 덕행>	
	본문제목	<민듕전덕행>	

	간행 사항	42장 82쪽	③문장 구사가 어눌한 곳이 많다.
	글씨 체	판독이 어려울 정도의 한글 흘림체	
정문연계묘본	소장 처	한국 신문화연구원 장서각	① '계묘 ᄉ월'과 '癸卯 四月'의 간지가 있다. ② 후반부에 박태보에 관한 이야기를 적은 <박학ᄉ사절녹이라>의 부제가 있는 글이 첨부되어 있어 <정문연신사본>과 같은 체제로 볼 수 있다.
	표지 제목	<민즁뎐젼 권지단> <閔中殿傳卷之單>	
	본문 제목	<민듕젼힝장녹 권지단>	
	간행 사항	57장 크기 : 34.8×22.7㎝	
	글씨 체	소박한 한글 정자체	
연대 B 본	소장 처	연대 중앙도서관	① 한글 필사본으로 <정문연신사본>과 <정문연계묘본>과 같이 전반부와 후반부로 나누어져 있다. ② 39쪽 12행까지는 인현왕후 이야기이며, 조금 아래에 <박태보ᄉ절녹>이라는 제목이 첨부되어 있다. ③ 간기로 "光武 七年 癸酉 陽月 念六日 未時 九刻 五分 竹天居士 粧丹無書 天惠園精舍"에 근거하여 필사시기는 광무 7년
	표지 제목	<閔中殿 記單>	
	간행 사항	38장, 13행 25자 내외 크기 : 30.3×20.5㎝	

			(1903)이며 필사자는 죽천거사, 필사장소는 천혜원 정사임을 알 수 있다. ④ 판본 뒤에 있는 <박태보ᄉ 절녹> 부분은 <졍문연신사본>의 후반부에 있는 <박하ᄉ사 절녹>과 내용이 같다.
석헌본	소장처	석헌(石軒) 정규복(丁奎福)	① 앞부분 약 10쪽은 훼손이 심하여 판독이 어려우나 서두는 <일사본>과 거의 흡사하다. ② 앞부분의 훼손된 것을 제외하면 <남애본>과 같이 흐름이 온건하여 완성도가 높다.
	본문제목	<민듕젼>	③ 후기에 "니 칙을 등셔ᄒ오나 지쭐필둔ᄒ와 그릇흔 것만ᄉ오니 보시압난 니덜 눌어 보시고 ᄾ죵 마압시기 쳔만 ᄇ라압나이다 갑오 졍월 니십닐노 등셔ᄒ와 니십 삼닐의 쭐필 니옵나이다 공쥬산의결국ᄉ난셔라"의 첨기로 갑오년 정월 20일에 쓰기 시작하여 23일에 마친 것을 알 수 있다.
	글씨	달필로 전라 방언 사용	④ 박태보와 관련된 부분과 친국(親鞫)의 내용이 부각되지 않은 것으로 양반집 부녀자 혹은

			세책가의 책이라는 느낌이 드는 이본이다.
성 대 본	소장처	성균관대학교 도서관	① 말미에 "갑오남월초구일갑동필서", "즁듀유긕셕셔거ᄉᄂᆞᆫ 셔슐노니젼지물실ᄒ여필젹을 의역ᄒ라"와 횡서체(橫書体)로 "更子八月日大寺洞"으로 끝을 맺었다.
	표지 제목	<閔中殿傳>	② 본문의 서두는, "문득 민듕젼이 둘러오시니 장시 들으ᄆᆡ 무른 하날의 벽역이 ᄂᆞ리오ᄂᆞᆫ 듯 ᄆᆞ롬이 놀잡고 분ᄒᆞᄆᆡ 진 납이 가삼의셔 쒸노ᄂᆞᆫ 듯 분ᄒᆞ 믈 이긔지 못ᄒᆞ야"와 같이 폐위되었던 민비가 복위하는 과정에서 시작된다.
	본문 제목	<민듕젼듕흥일긔>	
	간행 사항	35장, 8행 18자 내외	③ 다른 이본들에 있는 서두의 민비 가문이나 탄생에 관한 이야기와, 말미의 경계 내용이 생략되었다.

---

88) 김신연, 「<인현왕후전> 연구」, 앞의 논문, 22쪽.

89) 위의 논문, 20쪽.

4) 가람본 계열

명칭			특징
가람본	소장처	가람 이병기 서울대 규장각 가람문고	이본들 중에서 비교적 후대에 와서 이루어져 완결본이라는 인상을 주며 보존 상태가 매우 양호한 최선본이다.
	표지제목	<仁顯聖母德行錄 全>	
	본문제목	<인현성모닌시덕힝녹>	
	간행사항	63장, 9행 20~22자 내외	
	글씨체	한글궁체로 단아한 달필로 아름답다	
국립도서관본	소장처	국립도서관	① 박태보 이야기가 상세하게 기록되어 현재 발견된 이본 중에서 가장 분량이 많다. ② 박태보 이야기를 제외하면 <가람본>과 거의 동일하다. ③ 책의 말미의 "셰임인초하츙듀죡동필셔"로 임인년 초여름에 필사한 것을 알 수 있다.
	표지제목	<仁賢事實>	
	본문제목	<인현왕후성덕현힝록>	
	간행사항	86장, 10행 20자 내외	
	글씨체	앞부분은 정자체 후반부는 흘림체	

나손본	소장처	나손(羅孫) 김동욱(金東旭) 단국대학교 천안캠퍼스 율곡 기념 도서관	① 내용은 <가람본>과 거의 동일하나 인현왕후의 복위과정이 상세하다. ② 필사자는 두 사람 이상으로 훼손된 상태가 매우 심하다.
	본문 제목	<인현왕후덕힝녹>	
단국대나손본	소장처	단국대학교 천안캠퍼스 율곡 기념 도서관	① <나손본>과 동일한 이본이다. ② 이면지를 활용하여 기록한 것으로 훼손이 심하여 정확한 장수와 행을 가리기 어렵다.
	표지 제목	<인현왕후덕힝녹>	

5) 기타

명칭			특징
대산본	소장처	한국정신문화연구원	① 발행 시기는 大正 十三年 (1924) 5월 5일이다. ② 발행처는 京城 大山書林에서 발행, 大東成文社 大山書林發行이다. ③ 책 뒤쪽에, '발행자 韓鳳熙, 인쇄인 金鍾憲, 인쇄소 普明社 인쇄소, 分賣所는 東亞書館'이라고 명시되었다.
	소장 상태	마이크로필름	
	표지 제목	<歷史小說 閔中殿實記> 첫째 장－<閔中殿實記> 둘째 장－<민즁전실긔>	
	간행 사항	78쪽, 14행 34자 내외	

정리하면, 이경혜는 현재 발견된 <인현왕후전> 이본 20본을 대상으로 한 이본연구에서 고본(古本)은 <유구상 A본>이며, 선본(善本)은 <가람본>이라 했다.[90] <인현왕후전>은 조선 궁중문학의 대표적인 작품 중에서는 이본이 가장 많으므로 이본연구도 가장 많이 연구되었다. 그러나 아직 원전이 발견되지 않았고, 최고본과 파생 경로에 대해서도 합일점을 이루지 못한 채 과제로 남아 있다.

---

90) 이경혜, 『<인현왕후전> 연구』, 앞의 책, 123쪽.

III

〈인현왕후전〉 인물연구

    〈인현왕후전〉은 제목이 암시하듯이 작품의 생명력은 인현왕후의 덕행에 있다. 그러므로 등장인물에 대한 언급은 작품발표 초기부터 있었으나 본격적으로 거론된 것은 1950년대 후반부터다.

    김용숙은 〈인현왕후전〉의 주요 인물인 장희빈을 인간적인 면에서 검토하였다. 그에 의하면 숙종과 인현왕후와 장희빈의 삼각관계를 권선징악의 표본으로 내세워, 시간이 흐르는 동안에 악인은 더욱 극단적인 악인으로 조작해 내고, 선인은 더욱 선인으로, 자기들 봉건 윤리의 척도에 의해 과장시켜왔다. 그러나 시간이 지난 오늘날, 장씨만을 나무랄 수는 없다. 오히려 그녀는 일부다처주의에 희생당한 여인이었고, 다정다감한 남성의 부질없는 사랑의 희생양이다. 그러므로 사랑과 권세, 그리고 골육의 정을 다시 찾기 위하여 저주했다는 장희빈의 심사는 인간적인 면에서 이해되어야 하며 이 또한 시대적 흐름 속에 재현된 사랑의 형태[91]로 보았다.

한편 김함득은 궁정소설에 나타난 무속을 상식적으로 고찰하면 일종의 병적행위에 불과하지만, 처참한 맛과 초자연적인 신비성에서 오는 매력은 예술상과 구성의 중요한 요소가 됨을 밝혔다. 그중 <인현왕후전>에서는 장희빈이 숙종의 총애를 독점하기 위한 수단으로 행하여진 굿과 방정술이, 사건의 기복선을 긋는 중요한 역할을 하였으며, 인현왕후와 장희빈과의 상대적인 사랑의 두 형태를 볼 수 있게 한다[92]고 했다.

또한 송민호는 작품에 나타난 왕후의 언행과 행동을 종합하여, '한국여성이 가질 수 있는 고유한 성격을 유형화하여 표준을 삼으려 하였으므로, 마치 성현의 계녀서를 읽는 것 같다. 우선 그녀는 재덕을 완전히 체득한 덕의 화신일 뿐 아니라, 대장부도 감히 따를 수 없는 위엄과 도량은 성자의 모습을 방불케 한다. 그러나 왕후의 성격이 당시의 사회에서 볼 때 특이한 것이 아니라 유학의 교리에 충실하게 행동화한 데 지나지 않는다. 그러므로 모함을 당하였을 때나, 생명을 좌우하는 불행에 부딪혔을 때도, 덕을 간직할 수 있는 인내심을 발휘한 왕후의 성격은 유교교리에서 풀어나가야 하며, 이러한 부덕은 고대뿐 아니라, 근대의 작품에도 일맥상통하는 유형을 만들었다'고 하여, <춘향전>과 현진건의 <빈처>를 예로 들었다.[93]

---

91) 김용숙, 「사랑의 형태와 장희빈」, 『청파문학』 제1집, 숙대 청파문학회, 1958. 9.
92) 김함득, 『궁정소설연구』, 광림사, 1974 참조.
93) 송민호, 「<인현왕후전>에 나타난 여성관」, 『국문학』 3, 고려대 국문학회, 1959. 10.

이후에도 인현왕후와 장희빈을 선악의 전형적인 인물로 대비시키는 연구가 많았다.[94] 연구자들은 인현왕후는 조선조의 윤리적 규범에서 추구하는 가장 이상적인 여인상으로 그려져 있음에 반하여, 장희빈은 부정적인 여인상의 대명사로 고착되었다고 했다.

이와 같이 <인현왕후전> 연구는 주요 인물 탐색에 집중되었음을 알 수 있다. 그것은 <인현왕후전>이 이본들 간에 차이는 있으나, 대체로 조선 숙종 때, 인현왕후의 폐위와 복위 과정에 일어난 역사적 사건이, 숙종을 중심으로 하여 선(善)의 화신인 인현왕후와 악(惡)의 전형으로 인식되는 장희빈과의 대비로 구성되어 있기 때문이다. 작품의 주인공은 물론이고 사건에 직접 또는 간접적으로 연루 되었던 수많은 사람들의 이야기가 허구보다 더 극적으로 궁중실기문학의 대표작으로 평가되고 있다.

궁중실기문학은 실기문학의 하위개념으로 역사적인 사건과 관련되어 중요한 역할을 담당했던 실존 인물들의 삶이 투영된 작품이다. 본고에서는 <인현왕후전>의 주요 사건과 인물들을 정사(正史)『조선왕조실록』과, 야사(野史)『연려실기술』에 기술된 내용들을 비교 검토

---

94) <인현왕후전>에서 인현왕후와 장희빈의 성격 대비는 연구자들 대다수가 언급했으나, 구체적으로 비교한 논문은 다음과 같다.

① 원선자, 「<인현왕후전>과 <사씨남정기>의 비교연구-작품분석을 중심으로-」, 숙대대학원 석사논문, 1972.

② 이명숙, 「인현왕후 덕행록 내용고」, 이대 교육대학원 석사논문, 1975.

③ 이금희, 「<인현왕후전>고-작품구조 및 성격을 중심으로-」, 앞의 논문.

④ 정은임, 「<사씨남정기>와 <인현왕후전>의 비교연구」, 『논문집』 16집, 강남대학, 1986.

하여 <인현왕후전>의 문예적인 탐색과 실기문학으로서의 가치를 확인하려고 한다.

1. 삼각관계의 중심 축(軸), 숙종[95]

<인현왕후전>의 주인공은 인현왕후[96]지만 주인공의 삶에 절대적

---

95) 숙종(肅宗, 1661~1720)은 현종 2년(1661) 8월 15일에 명성왕후(明聖王后) 소생으로 경덕궁 회상전(會祥殿)에서 태어났다. 이름은 순(焞), 자는 명보(明普)로 현종의 외아들이다. 7세인 현종 8년(1667)에 왕세자에 책봉되고, 11세인 현종 12년(1671)에 김만기(金萬基)의 딸과 가례를 행하였다. 14세인 현종 15년(1674) 8월 18일 아버지 현종이 승하하여 8월 23일 조선 19대 왕으로 즉위하였다. 20세인 숙종 6년(1680) 10월 26일에 인경왕후가 승하하여 21세인 숙종 7년(1681) 민유중(閔維重)의 딸을 계비(인현왕후)로 맞이했다. 29세인 숙종 15년(1689) 1월 11일 소의 장씨(장희빈)의 소생(후일 경종)으로 원자로 정하였다. 5월 2일 인현왕후를 폐하여 서인(庶人)으로 하고, 5월 6일 희빈 장씨를 왕비로 삼았다. 35세인 숙종 21년(1695) 인현왕후를 복위하고 희빈 장씨를 폐위하였다. 41세인 숙종 27년(1701) 8월 14일 인현왕후가 승하한 후에 장희빈의 저주 사건이 발각되어 10월 10일 자진하게 하였다. 숙종은 이후 빈(嬪)을 후비(后妃)로 승격하는 일을 없애는 법을 만들었다. 숙종은 재위 46년(1720) 6월 8일 경덕궁 융복전(隆福殿)에서 60세로 승하했다. 시호는 현의광륜예성영렬장문헌무경명원효(顯義光倫睿聖英烈章文憲武敬明元孝)이다. 능호는 명릉(明陵)으로 현재 경기도 고양시 서오릉(西五陵)에 있다.

96) 인현왕후(仁顯王后, 1667~1701)는 현종 8년(1767) 4월 23일 아버지 여양부원군(驪陽府院君) 민유중(閔維重)과 어머니 은진 송씨(恩津宋氏)의 딸로 출생했다. 15세인 숙종 7년(1681)에 숙종의 계비(繼妃)로 입궁했다. 23세인 숙종 15년(1689) 1월 11일에 소의 장씨(장희빈)의 소생(후일 경종)으로 원자로 정하던 그해 5월 2일, 장희빈의 이간으로 폐비되어 안국동 본댁(本宅: 感古堂)에서 6

으로 영향을 미치는 인물은 숙종이다. 그러므로 숙종은 인현왕후와 장희빈의 삼각관계 중심에서 두 여인을 일희일비(一喜一悲)하게 하며 작품에서 가장 많이 등장하는 인물이다. <인현왕후전>은 아래와 같이 시작한다.

> 조선국 숙종대왕의 계비 인현왕후 민씨의 본은 여흥이시니 행병 조판서 여양부원군 둔촌 민공[97]의 따님이시고, 영의정 송동춘[98]

년간 고초를 겪었다. 그 뒤 숙종이 폐비에 대한 처사를 후회하고 있던 중에 갑술옥사로 28세인 숙종 20년(1694)에 다시 복위되었다. 35세인 숙종 27년(1701) 8월 14일 창경궁 경춘전(景春殿)에서 승하했다. 생전에 소생을 두지 못했다. 존호는 효경숙성장순(孝敬淑聖莊純), 휘호는 의열정목(懿烈貞穆)이다. 능호는 명릉(明陵)으로 경기도 고양시 서오릉(西五陵)에 쌍릉(雙陵) 형식으로 숙종은 왼쪽에, 인현왕후는 오른쪽에서 안식하고 있다.

97) 민유중(閔維重, 1630~1687)은 조선 후기의 문신으로 본관은 여흥(驪興)이며 호는 둔촌(屯村)이다. 숙종의 계비 인현왕후(仁顯王后)의 아버지로 대사헌 기중(蓍重)과 좌의정 정중(鼎重)의 동생이다. 효종 1년(1650) 증광시(增廣試) 문과에 병과(丙科)에 급제하여 승문원을 거쳐 예문관검열이 되었다. 그 후 여러 관직을 거쳐 주요 요직을 역임하였다. 숙종이 즉위하면서 남인(南人)이 집권하자, 벼슬을 내놓고 충주에 내려가 지내다 끝내 흥해(興海)로 유배되었다. 그러나 이듬해 경신대출척으로 남인이 실각하자, 다시 조정에 들어와 공조판서(工曹判書), 병조판서(兵曹判書) 등을 역임하며 서인 정권을 주도하였다. 숙종 7년(1681) 3월 26일 둘째 딸이 숙종의 계비로 간택되어 국구(國舅)가 되자, 여양부원군(驪陽府院君)에 봉해지고 돈녕부영사(敦寧府領事)가 되었다. 이듬해에 금위영(禁衛營)의 창설을 주도하여 병권과 재정권을 모두 관장하여 외척으로 정권을 오로지 한다는 비난이 일어 관직에서 물러나 두문불출하다가 숙종 13년(1687) 6월 29일 안국방(安國坊) 사제(私第)에서 사망했다. 효종의 묘정과 장흥 연곡서원(淵谷書院)·벽동 구봉서원(九峯書院)에 배향되었다. 시호는 문정(文貞)으로 경서에 밝았으며 『민문정유집(閔文貞遺集)』 10권 10책이 전한다.

선생의 외손이시다.99)

　　인용문은 <인현왕후전>의 시간적 배경은 조선 19대 왕인 숙종 때
이며, 주인공의 신분과 함께 공간적 배경이 궁궐이라는 것도 자연스럽

---

98) 송동춘은 인현왕후의 외할아버지 송준길(宋浚吉, 1606~1672)의 호가 동춘당
　　(同春堂)에서 비롯된 것이다. 본관은 은진(恩津)이며 자는 명보(明甫)다. 인조
　　2년(1624) 진사가 된 뒤 학행으로 천거 받아 1630년 세마(洗馬)에 제수된 이
　　후, 효종이 즉위할 때까지 내시교관(內侍敎官)·동몽교관(童蒙敎官)·예안현
　　감·형조좌랑·지평·한성부판관 등에 임명되었으나 대부분 관직에 나가지
　　않았다. 인조 15년(1637)에 인현왕후의 어머니인 둘째 딸을 낳았다. 효종 즉
　　위년(1649) 김장생의 아들 김집(金集)·송시열(宋時烈)과 함께 발탁되어 부사
　　직(副使直)·진선(進善)·장령 등을 거쳐 통정대부가 올랐다. 효종이 승하한
　　후에 자의대비(慈懿大妃) 복상문제의 예송(禮訟)에서 송시열의 기년제(朞年
　　祭: 만 1년)를 지지하여 남인(南人)의 윤휴(尹鑴)·허목(許穆)·윤선도(尹善
　　道) 등의 3년 설과 논란을 거듭한 끝에 기년제를 관철시켰다. 이 해에 이조판
　　서가 되었으나 곧 사퇴하였다. 이후 우참찬·대사헌·좌참찬 겸 좨주·찬선
　　등에 여러 차례 임명되었으나 기년제의 잘못을 규탄하는 남인들의 거듭되는
　　상소로 계속 사퇴하였다. 현종 6년(1665) 송시열과 함께 원자 보양관이 된 후
　　에도 곧 사퇴하였다. 현종 13년(1672) 12월 2일 67세로 사망하였다. 송시열과
　　동종(同宗)이면서 학문경향을 같이한 성리학자로 이이의 학설을 지지하였고,
　　특히 예학(禮學)에 밝았으며 문장과 글씨에도 능하였다. 숙종 7년(1681) 숭현
　　서원(崇賢書院)에 제향되고 문정(文正)이라는 시호를 받았다. 김장생과 함께
　　문묘(文廟)에 종사(從祀)하려는 여러 차례의 상소가 있은 후 영조 32년(1756)
　　문묘에 제향 되었다. 충현서원(忠賢書院)·봉암서원(鳳巖書院)·둔암서원(遯
　　巖書院)·용강서원(龍岡書院)·창주서원(滄洲書院)·흥암서원(興巖書員)·
　　성천서원(星川書院) 등에도 제향 되었다. 저서로는『어록해(語錄解)』·『동춘
　　당집』이 있으며, 글씨로는 부산의 충렬사비문(忠烈祠碑文), 남양의 윤계순절
　　비문(尹啓殉節碑文)이 있다.

99) <인현왕후전>, 17쪽.

게 알게 된다. 숙종은 재위 46년 동안 임진왜란이나 병자호란과 같은 전쟁이 없어 대외문제가 비교적 평온하였으므로 성리학을 장려하여 많은 인재를 배출하였다. 또한 선조 말부터 시작된 대동법(大同法)을 확대 적용하여 실효를 거두었고, 주전(鑄錢) 사용을 확대하여 경제시책의 결실을 거두었다. 그러나 조선 중기 이후부터 계속되어 오던 붕당정치가 절정에 이르던 시기에, 숙종이 애증(愛憎)에 대한 감정 노출이 심하여 붕당정치를 격화시킴으로써 비참한 살육사건이 수차 일어났다. 후대의 사가(史家)들은 조선조에서 가장 당쟁이 심했던 기간이었다고 한다. 그러나 관료를 등용하거나 내쫓을 수 있는 군주의 고유권한을 적절히 활용하여 정권을 교체하였음으로 왕권이 강화되고 민폐의 제거와 민생안정책을 시행하는 데에 주력할 수 있었다.

숙종은 재위 46년 동안 역사적으로 중요한 사건들이 많지만 <인현왕후전>과 관련되지 않은 사건은 제외한다. 또한 <인현왕후전>은 숙종을 축(軸)하여 인현왕후와 희빈 장씨의 삼각관계로 전개되었으므로 숙종을 중심으로 검토하겠다.

1) 탄생

숙종은 현종 2년(1661) 8월 15일 경덕궁(현재 경희궁) 회상전(會祥殿)에서 태어났다.[100] 아버지는 조선 18대 현종(顯宗)[101]이고 어머니

---

100) 『현종실록』 권4, 현종 2년(1661) 8월 15일(신유).

101) 현종(顯宗, 1641~1674)은 인조 19년(1641) 2월 4일 효종과 인선왕후(仁宣王后)의 장남으로 효종이 인질생활을 했던 심양의 관저(館邸)에서 출생하여 조선 왕 중에서 외국에서 출생한 유일한 왕이다. 1645년 아버지 봉림대군이

는 명성왕후(明聖王后)[102]다. 8월 19일, 원자가 태어난 것을 종묘(宗

세자로 책봉되자 왕세손이 되었다가 1649년 아버지가 즉위하여 세자가 되었다. 11세인 1651년 청풍 김씨(후일 명성왕후)와 가례를 올리고 1659년 5월 9일 조선 18대 왕이 되었다. 재위 15년 동안 서인과 남인의 예송논쟁이 치열하게 전개되었다. 명성왕후와의 사이에서 1남(숙종)과 3녀(명선, 명혜, 명안공주)를 두었다. 조선에서 후궁이 1명도 없는 왕이다. 현종 15년(1674) 8월 18일 창덕궁 재려(齋廬)에서 승하했다. 능호는 숭릉(崇陵)으로 경기도 구리시 건원릉 서남쪽 산줄기에 조성되었다.

102) 명성왕후(明聖王后, 1642~1683)의 본관은 청풍(淸風)으로 인조 20년(1642) 5월 17일 아버지 영돈녕부사 청풍부원군(淸風府院君) 김우명(金佑明, 1619~1675)과 어머니 증 좌찬성(左贊成) 송국택(宋國澤, 1597~1659)의 딸인 덕은부부인(德恩府夫人) 은진 송씨(恩津宋氏, 1621~1660)의 딸로 장통방(長通坊) 사제에서 출생했다. 10세인 효종 2년(1651) 7월 27일 세자빈으로 간택되었다가 11월 21일 세자빈으로 책봉되었다. 18세인 효종 10년(1659) 5월 4일 효종이 승하하고 5월 9일 현종이 즉위하여 왕비가 되었다. 20세인 현종 2년(1661) 8월 15일 경덕궁 회상전(會祥殿)에서 숙종을 낳았다. 33세인 현종 15년(1674) 8월 18일 현종이 승하하고 8월 23일 아들 숙종이 14세로 조선 19대 왕으로 즉위하여 왕대비가 되었다. 숙종이 14세로 왕위에 오르자 수렴청정을 할 수 있었으나 숙종이 정치에 대한 식견이 있다는 이유로 수렴청정을 하지 않았다. 지능이 비상하고 성격이 과격하여 궁중의 일을 다스림에 거친 처사가 많았고, 숙종 즉위 초에는 조정의 정무에까지 간여하여 비판을 받기도 하였다. 숙종 6년(1681) 인조의 셋째 아들인 인평대군의 후손 복창군(福昌君)·복평군(福平君)·복선군(福善君) 3형제가 남인들과 결탁하여 왕위를 찬탈하려 한다는 '삼복'의 난이 발각되어 경신대출척(庚申大黜陟)으로 남인을 탄압하였다. 39세인 숙종 6년(1680) 10월 26일 며느리인 인경왕후가 승하하였다. 인경왕후가 승하한 후에 장희빈이 숙종의 은총을 입자 그녀를 궁궐 밖으로 내쫓았다. 40세인 숙종 7년(16810 3월 26일 당시 15세인 병조판서 민유중의 딸(인현왕후)을 간택하였다. 41세인 숙종 9년(1683) 10월 18일 숙종이 두질(痘疾)로 편찮게 되자 몸을 돌보지 않고 기도하여 11월 1일 숙종은 회복하고 있었으나 11월 22일부터 대비가 편찮기 시작했다. 12월 5일 저

廟)와 영녕전(永寧殿) 및 사직(社稷)에 고했다.[103] 다음 날 교문(教文)을 반포하며 가벼운 죄인들을 사면하고, 백관들이 전문(箋文)을 바치며 축하했다. 교문의 내용은 다음과 같다.

"국가는 세자에 의뢰해야 하므로 후사를 세울 생각이 항상 간절하였는데, 하늘이 복되게도 맏아들을 내려 주어 백성들의 기대와 부합하게 되었다. 이에 옛 법도에 따라 크게 고하노라.

삼가 생각건대, 국가의 운이 장구하게 되는 것은 진실로 자손들이 번창하게 되는 것에서 말미암는 것이다. 『시경』에서 주 문왕(周文王)을 칭송한 것은 백세토록 자손들이 융성하게 됨을 노래한 것이고, 『주역』에 진괘(震卦)를 배열한 순서는 장남이 보위를 원만하게 계승하는 것을 드러낸 것이다.

돌아보건대, 나는 덕이 부족한 몸으로 외람되이 이 큰 통서를 이어받았다. 후손을 두는 것보다 더 큰 효도가 없으므로 오직 자손이 영원토록 계승되기를 바랐고, 예는 선조를 잘 받드는 것이 중요하므로 항상 선조의 사업을 혹 잘못되게 하지 않을까 염려하였다. 다행스럽게도 하늘이 묵묵히 도와주심을 힘입어 대를 이을 적자(嫡子)가 태어남을 보게 되었다. 이렇게 무궁한 복이 내림은 조종께서 여러 대에 걸쳐 덕을 쌓은 덕분이고, 종묘의 제사를 맡길 수 있게 되어 신민들의 간절한 바람에 부응하게 되었다. 숙성하고 재지가 뛰어나 양궁(兩宮)께서 기뻐하시고, 품성 또한 매우 빛나고 고와서

승전(儲承殿)에서 42세로 승하했다. 시호는 명성(明聖), 휘호는 현열 희인 정헌 문덕(顯烈禧仁貞獻文德), 능호는 숭릉(崇陵)이다. 현재 경기도 구리시 건원릉 서남쪽 산줄기에 조성된 현종의 무덤 곁에 쌍릉으로 조성되어 있다. 지두환, 『현종대왕과 친인척』, 역사문화, 2009, 240~283쪽 참조.

103) 『현종실록』권4, 현종 2년(1661) 8월 19일(을축).

진실로 온 나라가 노래하며 칭송한다. 이는 어찌 다만 부자간의 정 일뿐이겠는가. 실로 사직의 경사라 할 것이다. 밝음이 계속 이어져 비추니 이미 비상한 조짐과 합치되었고, 은택이 사방으로 흘러넘치니 사면하는 은전을 어찌 아낄 것인가.

이번 달 20일 새벽 이전의 잡범으로 사죄(死罪) 이하는 모두 사면한다. 아, 슬기롭고 착하게 되느냐의 여부는 반드시 처음에 달려 있는 것이니, 멀고 가까움을 막론하고 모두 더불어 새롭게 다시 시작하라."104)

5세인 현종 6년(1665) 6월 17일, 송시열(宋時烈),105) 송준길(宋浚吉),

---

104) 전례(前例)에 의하면 원자가 탄생하여 7일이 지난 뒤에야 백관들이 전문을 바치며 진하한다. 그러나 마침 국기일(國忌日)과 겹치게 되었고 또한 구애되는 점이 있어 길한 25일로 물려 행하려고 하다가 대신들이 날짜가 너무 늦다고 하자, 이날로 당겨 시행했다. 『현종개수실록』 권6, 현종 2년(1661) 8월 19일(을축).

105) 송시열(宋時烈, 1607~1689)은 조선 후기의 문신으로 본관은 은진(恩津)이며 호는 우암(尤庵)이다. 8세 때부터 친척인 송준길(宋浚吉)의 집에서 함께 공부하게 되어, 훗날 양송(兩宋)으로 불리는 특별한 교분을 맺게 되었다. 김장생(金長生)에게 성리학과 예학을 배웠고, 1631년 김장생이 죽은 뒤에는 그의 아들 김집(金集)문하에서 학업을 마쳤다. 27세 때 생원시(生員試)에서 <일음일양지위도(一陰一陽之謂道)>의 논술로 장원으로 합격하여 학문적 명성을 알렸다. 2년 뒤인 1635년에는 봉림대군(鳳林大君: 후일의 효종)의 사부(師傅)로 임명되었다. 약 1년간의 사부생활은 효종과 깊은 유대를 맺는 계기가 된다. 그러나 병자호란으로 왕이 치욕을 당하고 소현세자와 봉림대군이 인질로 잡혀가자, 그는 좌절감 속에서 낙향하여 10여 년간 일체 벼슬을 사양하고 전야에 묻혀 학문에만 몰두하였다. 1649년 효종이 즉위하여 척화파 및 재야학자들을 대거 기용하면서, 그에게도 세자시강원진선(世子侍講院進善)·사헌부장령 등의 관직으로 벼슬에 나아갔다. 존주대의(尊周大義)와 복수설치(復

김수항(金壽恒), 김좌명(金佐明)을 원자 보양관으로 삼았다.[106]

숙종의 묘지문(墓誌文)[107]에는 망자와 관련된 몇 가지 일화가 전한다. 일화 중 하나는, 숙종의 할아버지인 효종의 꿈에 며느리인 명성왕후의 침실(寢室)에 어떤 물건이 이불로 덮여 있어 열어보니 용(龍)이었다는 내용이다. 효종이 꿈에서 깨어난 뒤 기뻐하며, '장차 원손(元孫)을 얻을 길조(吉兆)로다' 하고, 미리 아이의 이름을 용상(龍祥)이라 지어놓고 기다렸다고 한다.

다른 일화는, 숙종은 어려서부터 효심이 지극했으며 감수성 또한 남달랐다. 다섯 살 때 명성왕후가 산병(産病)이 있어 음식을 드시지 못하

雪恥)를 역설한 기축봉사(己丑封事)는 효종의 북벌의지와 부합하여 장차 북벌계획의 핵심인물로 발탁되는 계기가 되었다.

그러나 다음 해 2월 김자점(金自點) 일파가 청나라에 조선의 북벌동향을 밀고함으로써, 송시열을 포함한 산당(山黨) 일파는 관직에서 물러난다. 그 뒤 충주목사, 동부승지 등에 임명되었으나 사양하고 재야에 은거하면서 정치적 영향력을 행사했다. 1674년 효종 비 상례에 장렬왕후의 복상문제로 인한 2차 예송에서 서인들이 패배하여 숙종 1년(1675) 장기(長鬐)·거제 등지로 유배되었다. 1680년 경신환국으로 서인들이 다시 득세하여 중앙 정계에 복귀한다. 1689년 1월 숙의 장씨의 아들(후일 경종) 원자(元子) 호칭 문제로 일어난 기사환국으로 서인이 축출되었을 때에 올린 상소로 제주도로 유배되었다. 그해 6월 서울로 압송되어 오던 중 정읍에서 사약을 받고 사망했다.

1694년 갑술환국으로 관작이 회복되고 제사가 내려졌다. 저서로 『주자대전차의(朱子大全箚疑)』·『주자어류소분(朱子語類小分)』·『이정서분류(二程書分類)』·『논맹문의통고(論孟問義通攷)』·『경례의의(經禮疑義)』·『심경석의(心經釋義)』·『찬정소학언해(纂定小學諺解)』·『주문초선(朱文抄選)』·『우암집(尤庵集)』 등이 있다.

106) 『현종실록』 권10, 현종 6년(1665) 6월 17일(임신).

107) 『숙종실록』 부록, 「숙종 대왕 묘지문(墓誌文)」 참조.

자, 꿇어앉아 미음을 올리니, 어머니는 '네가 권하니 어찌 따르지 않을 수 있겠는가' 하시며 억지로 죽을 드셨다. 내의원에서 우락(牛酪: 소의 기름인 버터)을 구하기 위하여 송아지를 죽일 때에 비명을 지르자, 숙종이 그 까닭을 묻고 나서는 우락을 먹지 않았다고 한다. 또한 자라면서 기르던 참새 새끼가 죽자 버리지 말고 묻어주도록 하였다. 어버이에 대한 효심과 동물을 사랑하는 일화에서 숙종은 유달리 감수성이 섬세하고 예민한 성격의 소유자임을 알 수 있다.

6세인 현종 7년 3월 25일 이름 '광(爌)'을 '돈(焞)'으로 고쳤다. 『현종실록』에는 이름을 바꾸게 된 이유를 아래와 같이 기록하였다.

> 원자(元子)의 이름을 고쳐 지금의 이름으로 정하였다. 이에 앞서, '광(爌)' 자로 정했었는데, 대사헌 조복양(趙復陽)이 등대하여,
> "한(漢)나라 때 장군 이광(李廣)과 음(音)이 같고 또 매우 고약하고 흉악하기 짝이 없는 양광(楊廣)과 음이 같으니 고치지 않을 수 없습니다."
> 복양이 대신에게 의논을 하지 않은 채 지레 제 혼자서 아뢰었으므로 대신이 모두 논하였다.
> 우상 허적(許積)이,
> "복양이 빈청(賓廳)에서 의논하여 정할 적에 이미 참석하였는데 이제 와서야 비로소 뒷말을 하는 것은 사체가 부당합니다."
> 하자, 복양이 이 일로 인피하고 물러나갔다. 그 뒤 좌상 홍명하(洪命夏)와 이조 판서 김수항(金壽恒)이 등대하여 모두 아뢰기를,
> "원자의 이름을 정하는 것은 막중한 일입니다. 이미 다른 의론이 있는 이상 개정하지 않을 수 없습니다."
> 상이 처음에 하였던 것처럼 모여 의논하도록 명하였다. 불화 변

(火)의 세 자(字)로 삼망(三望)을 갖추어 써서 들이니, 상이 수망(首望)으로 정하도록 명한 것인데, 바로 지금의 이름으로서 '광명(光明)'의 뜻을 취한 것이었다.108)

2) 왕세자로 책봉되다

숙종은 7세에 창덕궁 인정전(仁政殿)에서 왕세자(王世子)로 책봉되었다.109) 그날 『현종실록』에는, "세자의 나이 겨우 7세였는데 거동 하나하나가 예에 맞지 않는 것이 없고 영특한 자태와 덕성스러움이 마치 성인(成人)처럼 엄연하니, 뜰을 가득 메운 신하들이 모두 탄복하여 목을 길게 빼고 바라보았다"고 기록했다. 책봉 때의 교문(敎文)은 아래와 같다.

"왕은 다음과 같이 이르노라. 원량이 바르게 길러지기 위해서는 일찍부터 가르쳐야 한다는 글을 『예기』에서 상고할 수 있고 종묘가 존엄해지려면 세자를 일찍 세워야 한다는 의논을 한사(漢史)에서 전하고 있다. 이는 하(夏)·상(商)·주(周) 삼대 때 오래도록 치세가 유지되었던 방법이었고, 또한 열성조(列聖朝)에서 모두 따라오던 교훈이었다. 이에 떳떳한 법에 따라 책명(策命)을 선포하노라.

오, 원자 돈(焞)아! 너는 모습이 수려하고 기질이 청명하다. 궁안에서 사랑과 공경을 스스로 도타이 펴 타고난 자품이 애연히 드러나고, 영특한 슬기가 어려서부터 드러나 엄연히 날마다 진취하였

---

108) 『현종실록』 권12, 현종 7년(1666) 3월 25일(을사).

109) 숙종의 왕세자 책봉일이 『현종실록』에는 현종 8년(1667) 1월 22일(정유)로 되어 있다. 그러나 『현종개수실록』에는 1월 21일(병신)로 기록되었다.

다. 옷을 가눌 무렵에 절하고 나아가는 예절을 익히었고, 보양관을 두어 가르치자 『효경』을 이미 통달하였다. 어찌 등을 어루만지는 나의 사적인 마음뿐이겠는가. 사실 목을 늘여 고대하는 백성들의 희망이 달려 있었다.

지난해부터 뭇 사람들의 마음에 세자로 세우기를 간절히 바랐는데, 이 좋은 때에 이르러 제사를 주관하게 하는 성대한 법전을 거행하노라. 세자의 자리에 올려 만세의 터전을 부탁하기 위해 너를 명하여 왕세자로 삼으니, 너는 지금 어렸을 때 큰 뜻을 세워야 할 것이다. 도의(道義)를 위주로 하면 저절로 그르고 편벽된 싹이 트지 않을 것이며, 학문하는 길은 다른 데 있지 않고 먼저 깊은 성리(性理)를 밝히는 데에 있는 것이다.

이미 스승의 손에서 떠났으니 오직 힘써 어진 이를 가까이 하며, 어렸을 때의 마음을 잃지 말고 덕을 성취하기에 더욱 힘쓰라. 익힘과 아울러 지혜가 발달하는 법이고 인(仁)은 효도로 드러나는 법이니라. 서책에 모두 남아 있으니 문왕이 세자로 있을 때의 일을 본받아 행하면, 성인의 경지에 이를 수 있을 것이니 반드시 '순임금은 어떤 사람이기에 배울 수 없겠는가'라고 하라. 부모가 기대하는 정성을 몸 받아 새벽부터 밤까지 게을리 하지 말며, 조종께서 이룬 어렵고도 큰 유업을 생각하여 시종 허물이 없게 하라."[110]

죽책문(竹册文)은 아래와 같다.

"왕은 이르노라. 나는 생각건대, 세자를 세워 적통을 수립하는 것은 종조(宗祖)를 계승하기 위함이요, 지위를 정하여 명분을 바르게 하는 것은 백성들의 기대를 묶어 놓는 것이다. 이는 진실로 대대

---

110) 『현종개수실록』 권16, 현종 8년(1667) 1월 21일(병신).

로 중하게 여겼던 일이니 어찌 어리다고 해서 늦출 수 있겠는가. 이에 예법을 따라 삼가 아름다운 식전을 펼친다. 아, 너 원자 돈(焞)은 나면서부터 효경(孝敬)을 알았고 자질도 총명하여 행동거지가 자연히 절도에 맞았으며 단정하고 영특한 모습은 마치 성인(成人)과 같이 늠름하였다. 학업이 이미 상당한 문리에 이르렀으며 덕성과 국량은 스승에게 배우지 않아도 될 정도가 되었다. 주(周)나라의 교육은 반드시 어린이를 가르치는 방법을 먼저 했는데, 한(漢)나라의 빈틈없는 의절에 어찌 세자를 미리 세우는 것을 늦추었겠는가. 이미 훌륭한 소문이 일찍 전파되었으니 마땅히 책호를 하루빨리 정해야 하겠다. 그러므로 여러 사람들의 뜻에 따라 이에 세자를 정하고 이제 너를 왕세자로 명한다.

아, 너의 어린 뜻을 버리고 나의 훈계하는 말을 공경히 받들라. 인·의·예·지의 떳떳함은 본래 천성이며, 요·순·우·탕의 도는 인륜을 벗어나지 않았다. 몸을 성실하게 하려면 훌륭한 사람을 친히 하는 것만한 일이 없으며, 이치를 밝히려면 학문을 강론하는 것만 한 일이 없다. 혹시라도 완호(玩好)를 일삼지 말며 혹시라도 주색에 빠져들어 즐기는 일을 따르지 말라. 날로 달로 진보하여 시종 학문을 생각하고 밤낮으로 부지런히 하여 태만함을 경계하라. 공경히 도심을 지키면 거의 우리 조상께 욕됨이 없을 것이고, 밝으신 명을 주심이 그 처음에 달려 있지 않음이 없다."[111]

3) 입학례

숙종은 9세인 현종 10년(1669) 8월 25일에 입학례(入學禮)를 행하였다.[112] 입학례는 왕세자(왕세손)가 성균관을 방문하여 공자를 모신 대

---

111)『현종개수실록』권16, 현종 8년(1667) 1월 21일(병신).

성전(大成殿)을 참배한 후에, 명륜당에서 성균관 박사에게 제자로서의 예를 행하고 가르침을 받는 의례를 말한다. 입학례는 『예기(禮記)』에 "왕세자의 입학례를 통해 사람들은 부자(父子), 군신(君臣), 장유(長幼)의 도리를 깨닫게 된다"고 한 것에 근거한 것이다. 조선의 입학례는 태종 3년(1403) 양녕대군의 입학례를 시작으로 19세기 말까지 계속되었다.113) 그러므로 『조선왕조실록』에는 세자 입학례의 모든 절차가 매우 세밀하게 기록되어 있다.

『현종실록』에도 9세의 숙종이 문묘(文廟)에서 작헌례(酌獻禮)를 행하고, 명륜당(明倫堂)에서 대제학(大提學) 조복양(趙復陽)을 박사(博士)로 거행한 입학례에 대한 기록이 있다. 당시 박사가 『소학』의 제사(題辭)를 음석(音釋)으로 한번 읽자, 세자가 제자의 예를 갖추어 받아 읽은 뒤에 글 뜻을 토론하였다. 당시, "세자의 기질이 청명하고 행동이 의젓하였을 뿐 아니라 강독하는 소리가 낭랑하여 교문(橋門) 밖에 둘러 모여 구경하는 사람들 모두가 감탄하며 기뻐하였다"114)고 기록되었다.

4) 관례(冠禮)

세자 관례는 입학례와 함께 국가의 중요한 행사다. 그러므로 『조선왕조실록』에는 관례의 모든 절차가 매우 상세하게 기록되어 있다. 숙

---

112) 『현종실록』권17, 현종 10년(1669) 8월 25일(을유), 『현종개수실록』권21, 현종 10년(1669) 8월 25일(을유).

113) 문화재청, 『조선시대 궁궐용어해설』, 2009, 404쪽.

114) 『현종실록』권17, 현종 10년(1669) 8월 25일(을유).

종은 10세인 현종 11년(1670) 3월 9일에 시민당(時敏堂)에서 관례(冠禮)를 행하였다.[115] 관례란 오늘날의 성년식으로 왕세자의 관례는 통상 왕세자 책봉식을 전후하여 거행된다. 관례를 올리는 나이는 일정하지 않았으나 대략 10세에서 12세 사이에 치러졌다. 왕세자의 관례에는 행사를 집행하는 주인과, 주인을 돕는 빈(賓), 찬(贊)이 진행한다. 주인은 종친 중에서 선발하고, 빈과 찬은 원자 강학관이나 세자시강원의 관료 중에서 임명한다. 숙종이 관례할 때의 빈(賓)은 좌의정 허적(許積), 찬(贊)은 예조 판서 박장원(朴長遠)이었다. 사(師)는 영의정 정태화(鄭太和), 찬선(贊善)은 송준길(宋浚吉), 빈객(賓客)은 민정중(閔鼎重)·이경억(李慶億)·조복양(趙復陽)이었으며, 주인(主人)은 낙선군(樂善君) 이숙(李淑)이었다.

왕세자 관례는 종묘에 고하는 의식을 갖고, 임금이 빈과 찬에게 "지금 원자에게 관례를 올리니 경등은 일을 도와서 진행하라"는 교서를 준다. 숙종 관례일에 효종이 내린 교서(宣敎)의 내용은 아래와 같다.

> "왕은 이른다. 세자 이돈(李焞)에게 교시하노라. 길일에 관례를 행하는 것은 대개 옛 법식을 따르는 것이다. 이에 좌의정 허적에게 명하여 동궁에 나아가 예식을 행하게 하노라.
>
> 나는 생각건대, 예는 나라를 다스리는 근본이요, 관례는 예를 행하는 시초이다. 하늘을 본뜬 것이 관의 제도이고 성인이 되게 하는 것은 관례의 의식이다. 관례를 행한 뒤에야 인도가 갖추어지고 인도가 갖추어진 뒤라야 예의가 확립되는 것이다. 이 때문에 옛날에 성왕들이 관례를 중요시하였다. 더구나 너는 임금의 후사로 종묘를

---

115) 『현종실록』 권18, 현종 11년(1670) 3월 9일(병인).

받들 것이므로 만백성들의 기대 속에서 관례를 행하게 되었으니 그 예가 중대하지 않을 수 있겠는가.

아, 너 세자 이돈은 천성이 순수하고 기질이 청명하였다. 어릴 때부터 늠름하기가 장성한 자 같아 힘써 가르쳐 주는 스승이 없었지만 행동은 반드시 법도를 따랐다. 겨우 옷을 지탱할 만한 때에 세자로 정하였더니, 공부가 날로 진보되고 글 솜씨도 날로 빛났다. 나를 따라 종묘에 알현케 하였더니 몸가짐을 스스로 엄숙하게 하였고, 나아가 배움에 있어서는 예의에 어긋남이 없었다. 나이는 비록 어리나 덕기가 이미 드러났기에, 너의 관을 갖추고 너의 의복을 갖추었다. 너에게 술을 내리고 자(字)를 내려 아름다운 일을 이루니, 나의 기쁨 매우 깊지만, 너의 책임은 더욱 커졌다. 이것을 성인이라고 하는 것이니, 어찌 힘쓰지 않을 수 있겠는가.

대체로 사람에겐 여러 가지 행실이 있으나 효제(孝悌)보다 앞서는 것은 없나니, 지극한 덕과 긴요한 도리를 성현이 밝게 가르쳤다. 너는 이미 능한 것을 바탕으로 삼아 힘써 행하여, 군친(君親)에게 사랑과 공경을 독실히 하고 동기에게 화락을 다하라. 이를 온 나라에 미루어 나가면 인륜의 기강이 설 것이니, 요순의 도도 이것이었을 따름이다. 그러나 반드시 배워서 밝혀야만 능히 행하여 실천할 수 있다. 배우는 방법의 요점은 이치를 궁구하여 성품을 다하고 공경을 주로 삼아 성심을 보존하는 데 있는 것이다. 심법(心法)으로 서로 전한 것이 책 속에 갖추어져 있으니, 너는 힘써 처음부터 끝까지 학문에 종사하라.

『전(傳)』에 '대인은 어린아이 때의 마음을 잃지 않는다'고 하였고, 『주역(周易)』에 '대인은 천지와 덕이 합치되고 일월과 밝음이 합치된다'고 하였다. 대인이 천지 일월과 합치될 수 있는 것은 어린아이 때의 마음을 간직하고 있기 때문이다. 네 이제 어린 나이로 수양이 벌써 올바라서, 천리가 완전하고 외부의 유혹이 섞이지 않았다. 이런 근본을 바탕으로 굳게 지켜 확충해 나가면, 지행(知行)이 서로 이루어지고 습성이 함께 이룩될 것이다. 그렇게 되면 그 조예를 어찌 헤아릴 수 있겠는가.

아, 우뚝한 관으로 머리를 장엄하게 하고 옷을 갖춰 몸을 감싸는 것은, 화려하게 하기 위한 것이 아니라 앞으로 실행을 책임 지우려는 것이다. 예식만 행하고 그 도리를 행하지 않는다면, 어린아이와 무엇이 다르겠는가. 너는 유념해야 할 것이다. 이 가르침을 마음에 새기고 이 예의를 공경히 하여 의관을 단정히 하고 시선을 바로 가지며, 공경의 예와 훌륭한 덕으로 성인의 학문에 몰두하되, 밤낮으로 공경하고 두려워하여 안일과 나태가 없게 하라. 그러면 하늘의 축복을 받아 길이길이 끝이 없을 것이다. 그러므로 이렇게 교시하노니, 다 알아들었을 것으로 생각하노라."116)

관례일에는 관례를 올리는 주인공에게 세 번 옷을 갈아입히는 의식(三加)이 거행된다. 숙종이 관례 때 행한 삼가례(三加禮)를 정리하면 아래와 같다.

초가 (初加)	상방관(尙方官)이 익선관(翼善冠)을 받들고 서편 계단으로 오르니, 빈이 받아서 세자의 자리 앞에 올리고, 동쪽을 향하고 서서 축원하기를, "좋은 달 좋은 날에 처음으로 관을 씌우니, 어릴 때의 뜻을 버리고 어른의 덕을 삼가소서. 오래오래 장수하시어 큰 복을 받으소서" 하고, 꿇어앉아 관을 씌웠다. 세자가 관을 쓰고 일어서니, 빈이 읍하였다. 세자가 동서(東序)찬이 관자의 머리를 빗질하고 머리싸개를 씌운다.
재가 (再加)	세자가 동서(東序)의 장막 안으로 들어가 곤룡포(袞龍袍)를 입고 나오니, 빈이 또 읍하였다. 세자가 자리에 앉으니,

116)『현종실록』권18, 현종 11년(1670) 3월 9일(병인).

	빈과 찬이 꿇어앉아 처음에 씌웠던 관을 벗기었다. 상방관이 원유관(遠遊冠)을 올리니, 빈이 받아서 앞에 올리고, 서서 축원하기를, "좋은 달 좋은 때에 아름다운 관(冠)을 다시 올리오니, 위의를 공경하고 덕을 밝히소서. 만년토록 장수하고 길이 행복을 받으소서" 하고, 꿇어앉아 관을 씌우고 빈이 읍하였다.
삼가 (三加)	세자가 들어가 강사포(絳紗袍)을 입고 나오니, 빈이 읍하고, 세자는 자리에 앉았다. 빈과 찬이 꿇어앉아 두 번째 씌웠던 관을 벗겼다. 상방관이 평천관(平天冠)을 올리니, 빈이 받아 앞에 올리고, 서서 축원하기를, "맛좋은 술을 정성껏 올리니 향기롭습니다. 절하고 받아 제사지내어 상서로움을 정하소서. 하늘의 아름다움을 받들어 노년이 되도록 잊지 마소서" 하고 꿇어앉아 관을 씌우고 빈이 읍하였다.

5) 초(醮) 및 자(字)를 지어주는 의식

삼가의 예가 끝나면 술을 따라서 축수하고 빈이 관자에게 자를 지어주며 축사를 한다. 세자의 경우에는 "예의가 이미 갖추어졌기로 아름다운 달 길한 날에 그 자를 밝게 고하오니, 군자의 마땅한 바이며 큰 복을 받아 길이 보존하시옵소서. 교지를 받들어 자를 모(某)라 하였습니다"라고 하면, 관자는 이를 받들어 합배한다. 삼가례가 끝나면 왕세자는 조정에서 임금을 뵙고, 다시 왕비 궁에서 왕비를 뵌 후에 세자궁으로 돌아간다. 왕세자 관례가 끝나면 국왕은 대사면과 같은 특별조치를 발령하여 백성들과 기쁨을 함께한다.

숙종 관례일에도 보덕(輔德)이 술자리를 마련하였다. 세자가 면복

(冕服)을 입고 나와 자리에 나아가 남쪽을 향하고 앉았다. 빈이 술을 받아 세자의 자리 앞에 나아가, 북쪽을 향해 서서 축원하기를, "맛좋은 술을 정성껏 올리니 향기롭습니다. 절하고 받아 제사지내어 상서로움을 정하소서. 하늘의 아름다움을 받들어 노년이 되도록 잊지 마소서" 하고, 꿇어앉아 술잔을 올렸다. 세자가 술잔을 받아 제사지내고 술을 마셨다. 필선(弼善)이 세자를 인도하여 서쪽 계단으로 내려와서, 서편 계단의 동쪽을 향하였다. 빈이 조금 앞으로 나가 자(字)를 전하면서, "관례가 이미 갖추어졌으니 좋은 달 좋은 날에 자(字)를 고하옵니다. 군자에게 마땅한 바이고 복 받기에 마땅하오니, 받아서 길이 보존하소서. 교지를 받들어 자를 명보(明普)라 하옵니다"라며 세자가 두 번 절하고, "내 비록 어리석으나 감히 공경히 받들지 않으리오"라고 하며 세자가 관례를 마치니, 빈(賓) 허적과 찬(贊) 박장원이 대궐에 나아가 복명하였다.

6) 인경왕후(仁敬王后)와 가례(嘉禮)를 하다

숙종이 10세가 되자 관례와 함께 가례에 대한 논의가 시작된다. 당시 부제학 이민적(李敏迪) 등은 세자의 나이가 혼례하기에는 너무 어리다고 아래와 같은 차자를 올렸다.

"제왕의 가례가 사서인과는 다르나 성인도 혈기는 보통 사람과 같습니다. 왕세자가 타고난 자질이 숙성하고 드높으나 나이로 말하면 겨우 10세인데, 어찌 아내를 둘 나이라고 하겠습니까? 신들도 대례(大禮)의 차례는 절목이 번잡하여 왕세자의 합방(合房)이 올해에 있지 않을 것임을 압니다만, 명호(名號)가 일단 정해져 절차를 진행시킨다면 2, 3년을 벗어나지 않을 것입니다. 송(宋)나라 철종(哲宗) 때에 유모 10명을 구하였는데, 범조우(范祖禹)가 태황태후에게 글을 올려 말하기를 '천금의 재산이 있는 집안에 13세 된 아들이 있어도 오히려 여색을 가까이 하지 않도록 하는데, 더구나 만승(萬乘)의 임금에 있어서이겠습니까'라고 하였습니다. 어릴 때의 혈기는 장년이 되어서야 왕성하게 되는 것이니, 범조우의 말은 장구한 앞을 내다본 염려라고 하겠습니다. 13세에 여색을 가까이 하는 것도 경계로 삼았는데, 왕세자의 춘추가 얼마나 되었기에 갑자기 이런 의논을 한단 말입니까?

신들은 감히 고사를 멀리 인용하지 않겠습니다. 삼가 생각건대, 선조 대왕과 인조 대왕은 모두 잠저(潛邸)로 대통을 이어받았는데 혼인을 모두 어린 나이에 하지 않았기 때문에 나라를 다스린 것이 혹은 40년이 넘고 혹은 30년 가까이 되기도 했습니다. 채침(蔡沈)의 무일편(無逸篇) 서문에 '문왕(文王)을 상세히 말한 것은 눈과 귀로 직접 보고 들었기 때문이다' 하였는데, 신들도 삼가 이 뜻을 붙여 감히 이렇게 아룁니다."

하니, 상이 답하기를,

"그대들이 걱정하는 것을 내가 어찌 생각하지 않겠느냐. 그대들은 지나치게 염려하지 말라."[117]

조선 왕실에서는 대체로 10대 초반에 결혼을 하였음으로[118] 현종이 염려하지 말라고 한 것이다. 간택단자 후에는 세 차례의 간택 절차가 시작된다. 9월 11일, 세자 가례도감이 결성되고 홍중보(洪重普)가 가

---

117) 『현종개수실록』 권22, 현종 11년(1670) 2월 14일(임신).
118) 신병주, 『66세의 영조 15세 신부를 맞이하다』, 효형출판, 2001, 283~285쪽.

례 도감 도제조가 되어[119] 본격적인 가례준비가 시작되었다. 삼간택에서 김만기(金萬基)[120]의 딸이 세자빈으로 간택된다.[121]『효종실록』에는 세자빈 간택과 관련하여 아래와 같은 기록이 있다.

세자빈을 세 번 간택한 후에 상이 빈청에 하교하기를,
"지금 참의 김만기 집 아이를 빈으로 정하려 하는데 어떠한가?"
하니, 좌의정 허적, 행 판중추부사 정치화, 예조 판서 조복양, 참판 이정기, 참의 홍만용이,
"삼가 성상의 분부를 받아보건대 참으로 신민의 소망에 흡족하고 실로 종묘사직의 무한한 복입니다. 신들은 큰 기쁨을 금할 수 없습니다."

---

119)『현종개수실록』권23, 현종 11년(1670) 9월 11일(을축).

120) 김만기(金萬基, 1633~1687)는 사계(沙溪) 김장생(金長生, 1548~1631)의 증손으로 조부는 증 의정부 영의정 김반(金槃, 1580~1640)이다. 아버지 김익겸(金益兼, 1615~1637)은 영의정에 추증된 광원부원군(光源府院君)이고 어머니는 윤지(尹墀, 1600~1644)의 따님 해평 윤씨(海平 尹氏)다. 인조 11년(1633) 12월 11일에 출생하여 송시열의 문인이 되었다. 20세인 효종 3년(1652) 생원시에 3등, 진사시에 2등으로 합격하고 효종 4년(1653) 11월 16일에 문과에 급제하여 관직에 나갔다. 29세인 현종 2년(1661) 9월 3일 인경왕후를 낳았다. 38세인 현종 11년(1670) 12월 26일 딸이 세자빈으로 간택되었다. 48세인 숙종 6년(1680) 10월 26일 인경왕후가 승하하였다. 숙종 13년(1687) 3월 15일 55세로 사망했다. 숙종 15년(1689) 기사환국으로 남인이 정권을 잡자 공신호 및 관작이 박탈되었다가 숙종 20년(1694) 윤 5월 21일 갑술환국으로 다시 서인이 정권을 잡자 관작이 회복되었다. 현종의 묘정(廟廷)에 배향되었으며 시호는 문충(文忠)이다. 저서로『서석집(瑞石集)』18권이 있다. 지두환,『숙종대왕과 친인척-숙종 왕비-』, 역사 문화, 2009, 61~94쪽 참조.

121)『현종실록』권18, 현종 11년(1670) 12월 26일(기유),『현종개수실록』권23, 현종 11년(1670) 12월 26일(기유).

세자빈이 정하여지자 그날로 궁궐에서 나와 어의동(於義洞) 별궁으로 나아갔다.122)

인용문에서 김만기의 딸이 세자빈으로 간택되었으며 법도에 따라 어의동 별궁에서 혼례일까지 생활했음을 알 수 있다. 어의동 별궁은 조선왕실에서 신부후보자가 왕실 법도를 배우고 이곳에서 혼례의 여러 절차를 행하는 곳이다.

숙종이 왕세자 때 행한 가례123)에서 납채례(納采禮)는 현종 12년(1671) 3월 8일에 행하였다. 당시 정사(正使)는 청평위(靑平尉) 심익현(沈益顯), 부사(副使)는 이조 판서 김수항(金壽恒)이었다.124) 3월 9일에 행한 납징례(納徵禮)125)와 3월 11의 고기례(告期禮)126)에 현종은 안질(眼疾)로 참석하지 못하였었다. 3월 22일에는 현종이 숭정전(崇政殿)에 나아가 김씨(金氏)를 책봉하여 왕세자빈(王世子嬪)으로 삼았다. 대제학 김수항(金壽恒)이 지은 교명문(敎命文)은 아래와 같다.

"예로부터 국가에서는 반드시 세자를 미리 세워서 나라의 근본을 튼튼하게 하였고, 또한 깨끗하고 현명한 사람을 널리 구하여 길상(吉祥)을 정하고 배필을 세워서 부인의 일을 잇게 하였다. 이는

---

122) 『현종실록』 권18, 현종 11년(1670) 12월 26일(기유).
　　『현종개수실록』 권23, 현종 11년(1670) 12월 26일(기유).
123) 가례의식은 <인현왕후전>의 주인공인 숙종과 인현왕후의 가례 항목에서 검토하려고 한다.
124) 『현종실록』 권19, 현종 12년(1671) 3월 8일(기미).
125) 『현종실록』 권19, 현종 12년(1671) 3월 9일(경신).
126) 『현종실록』 권19, 현종 12년(1671) 3월 11일(임술).

인륜이 시작되는 바이매 임금 교화의 바탕이니, 참으로 어려운 일이다. 그러므로 내가 선왕의 큰 명을 이어받아 가르침을 받들어 따르고 아름다운 법을 살피고 삼가서 신명과 백성의 뜻에 맞기를 바랐었다. 내 원사(元嗣)는 총명이 뛰어나서 일찍부터 종묘의 제사를 주관하는 중책을 받아 백성들이 이름을 우러러 보고 있으니, 아름다운 짝을 가려 그 아름다움을 같이 하게 하고 그 법도를 보이게 해야겠다.

아, 너 김씨는 덕스러운 성품을 하늘에서 받아 온순함이 어려서부터 나타났다. 네 조상 때부터 대대로 덕을 쌓아 가르침이 집에서 이루어지고 은택이 후손에 미쳤다. 이에 아름다운 여자를 길러 내가 자나 깨나 찾는 바에 응하였다. 그리하여 두루 간택을 거쳤는데 내 마음에 들었다. 말과 행실을 보고는 궁위(宮闈)가 모두 경하하고 점을 쳐보면 거북점과 시초점이 다 길하다 하였고 외조(外朝)에 물어 보면 사대부들이 모두 동의하니, 휘장(徽章)을 주는 예에 실로 합당하다.

그러므로 정사 심익현(沈益顯)과 부사 김수항을 보내어 절(節)을 가지고 예를 갖추어서 너를 왕세자빈으로 책봉하게 한다. 내 듣건대, 양(陽)의 덕은 음(陰)이 도와주는 공이 아니면 펴지 못하고 남자의 가르침은 여자가 순종하지 않으면 나타나지 못하는 것이니 이 상복(象服)에 어울리게 하는 것이 모두 너에게 달려 있다. 우리 종사(宗事)를 이어받고 우리 세자를 돕는 것은 효도와 공경, 화목과 순종에 있다. 그러니 너는 성심으로 이것을 생각하여 사치로 의리를 잃거나 방종으로 예의를 무너뜨리지 말고 오직 부지런하고 검소하여 끝까지 한결같이 하라. 그리하여 상제의 누이에 견줄 만한 아름다움이 주(周)나라에만 있게 하지 말라. 아, 공경하고 아름답게 하여 한없이 명예를 전파하는 것은 네가 어질기에 달려 있고 자손이 백세토록 전하여 우리 국가가 끝이 없게 하는 것도 네가 몸 받기에 달려 있으니, 밤낮으로 공경하여 내 가르침을 욕되게 하지 말라."[127]

그날 예문 제학(藝文提學) 강백년(姜栢年)이 지은 죽책문(竹册文)은
아래와 같다.

"소양(少陽)이 이극(貳極)의 자리에 오르니 나라의 근본이 융숭
해졌고, 혼인은 만복의 근원이므로 인륜이 비롯되는 바이다. 덕이
있는 자를 선택하는 것은 예절에 있어 당연하다. 누가 세자를 도울
것인가. 고요하고 그윽한 아름다운 짝이어야 한다. 아, 너 김씨는
곧고 엄숙하여 아름다운 모범을 지녔다. 예법이 있는 명문으로서
충성과 효도를 전해 온 집안이라 들은 바가 좋은 말과 착한 행실이
었다. 온순한 규방의 법도가 행동의 사이에 나타났었다. 특별한 간
택은 이미 자전의 마음에서 나왔고 모든 사람의 의논도 내 뜻과 맞
았으며, 거북점과 시초점도 길하다 하였기에 상복(象服)의 의물을
갖추었다.

이에 정사 심익현(沈益顯)과 부사 김수항(金壽恒)을 보내어 절(節)
을 가지고 예를 갖추어 너를 왕세자빈으로 책봉하게 한다. 집안에
서 화순(和順)하면 부모의 뜻이 안락할 것이고, 천지에 밝으면 군자
의 도(道)가 보존될 것이다. 순한 덕을 오직 온화하게 하고 몸단속
을 오직 검소하게 하되 끝까지 삼가고 조심하여 게을리 하지 않으
면 복록이 한없이 내려질 것이다.

아아, 네 조상의 가르침이 엄한 줄 아니 물론 다시 권면할 것이
없겠으나, 내 종사(宗嗣)의 중대한 것을 생각하면 더욱 공경하기를
매우 바란다. 반드시 공경하고 경계하여 어기지 말고 자손에 이르
도록 변하지 말라."[128]

---

127) 『현종실록』 권19, 현종 12년(1671) 3월 22일(계유).

128) 『현종실록』 권19, 현종 12년(1671) 3월 22일(계유).

『현종실록』에는 책봉된 세자빈의 가계를 아래와 같이 기록하였다.

　　빈(嬪)은 문원공(文元公) 김장생(金長生)[129]의 4대손이다. 예법 있는 집에서 태어나 일찍부터 참하고 얌전한 여자의 덕이 드러났었는데 때마침 세가(世家)의 처녀를 뽑는 데에 들어 궁중에 들어갔다. 빈의 나이가 겨우 열 살이었는데도 행동거지가 예에 어긋나는 것이 없었으므로 사전(四殿)이 모두 사랑하여 드디어 세자빈으로 정하였었다. 이때에 이르러 책례(冊禮)를 행하게 되었는데 마침 비가 내리다가 행사할 때가 되자 비로소 맑아지니 사람들이 다 서로 축하하였다.[130]

4월 3일 세자의 초례(醮禮)를 거행하였다.[131] 4월 4일 반포한 대제

---

129) 김장생(金長生, 1548~1631)은 조선 중기의 학자, 문신으로 본관은 광산(光山), 자는 희원(希元), 호는 사계(沙溪)로 이이(李珥)의 문하생이다. 창릉참봉(昌陵參奉)을 시작으로 정산현감(定山縣監) 등 관직에 있으면서 청백리로 올려졌다. 계축옥사에 동생이 관계되어 연좌되었으나 무혐의로 풀려나자 낙향했다. 그 뒤에도 여러 관직에 나갔으나 과거를 거치지 않고 늦은 나이에 벼슬을 시작하였음으로 요직을 맡지는 못하였으나 인조반정 후에는 서인의 영향력 있는 인물이 되었다. 문하생으로 송시열, 송준길, 이유태 등 조선의 유명한 인재들이 많았으며 예학을 깊이 연구하여 아들 집(集)에게 계승시켜 조선 예학의 태두가 되었다. 저서로 『상례비요(喪禮備要)』·『가례집람(家禮輯覽)』·『전례문답(典禮問答)』·『의례문해(疑禮問解)』·『근사록석의(近思錄釋疑)』·『경서변의(經書辯疑)』가 있고 시문집으로 『사계선생전서』가 있다. 문묘에 배향되었으며 연산의 돈암서원·안성의 도기서원 등 10개 서원에 제향되었다. 시호는 문원이다. 인경왕후의 고조할아버지다.

130) 『현종실록』 권19, 현종 12년(1671) 3월 22일(계유).

131) 『현종실록』 권19, 현종 12년(1671) 4월 3일(갑신).

학 김수항(金壽恒)이 지은 교서(教書)는 아래와 같다.

　　"왕은 이르노라. 세자는 한 나라의 근본이므로 세자의 자리가 정
해진 것을 오랫동안 기뻐하였고, 큰 혼인은 만세의 바탕인데 욕례
(縟禮)의 협길(協吉)을 비로소 보았다. 이에 임금의 고명(誥命)을 내
려 기쁜 마음을 편다. 생각건대 내 어진 큰 아들이 일찍부터 종묘
제사의 중임을 받았다. 처를 두었으면 하는 것은 본디 부모의 상정
이며, 집안을 다스리는 데에는 반드시 요조숙녀의 아름다운 짝이
있어야 한다.

　　왕세자빈 김씨는 좋은 자질을 타고나고 바른 교훈을 가정에서
이어받았다. 그리하여 유순한 법도와 아름다운 계책은 세자의 덕과
짝하기에 마땅하고, 부드러운 목소리와 법도 있는 용태는 이미 육
궁(六宮)에서 칭찬이 자자하였다. 이에 융숭한 단면(端冕)의 예로
맞아들이고 상복(象服)의 의식을 갖추어 명하였다. 닭이 울 때부터
잠자리를 여쭙는 데서 부부가 수반하는 것을 보겠고 자손을 위한
가르침을 끼친 데에서 자손이 번창하리라는 것을 점칠 수 있다. 어
찌 나 한 사람의 사사로운 기쁨일 뿐이겠는가. 너희 뭇 지방과 기쁨
을 같이 해야 할 것이다. 아, 관저(關雎)·인지(麟趾)의 아름다움에
추구하면 유업을 맡기기에 다시금 근심할 것이 있겠는가. 홍범구주
(洪範九疇)의 복을 내리면 생성(生成)의 덕을 모두 누릴 수 있을 것
이다."132)

　　6월 5일은 가례를 위하여 수고한 집사(執事)와 도감(都監)의 도제조
(都提調) 이하의 관원들에게 상을 주는 것으로 가례의 모든 절차가 끝
났다.133)

---

132) 『현종실록』권19, 현종 12년(1671) 4월 4일(을유).

세자빈으로 입궁한 그녀가 숙종 비 인경왕후(仁敬王后)다. 왕후의 본관은 광산(光山)으로 광성부원군(光城府院君) 김만기(金萬基)와 한유량(韓有良)의 따님인 서원부인(西原府夫人) 청주 한씨(淸州 韓氏) 소생으로 현종 2년(1611) 9월 3일 인시(寅時)에 한양 회현방(會賢方) 사제에서 태어났다. 10세인 현종 11년(1670) 12월 26일 세자빈으로 간택되어 현종 12년(1671) 3월 22일 11세로 왕세자빈에 책봉되었다.

7) 조선 제19대 왕으로 즉위하다

현종 15년(1674) 8월 18일 밤 해시(亥時)에 현종은 34세로 창덕궁(昌德宮) 재려(齋廬)에서 승하했다. 허적(許積)이 원상(院相)[134]으로 하

---

133) 정사(正使) 청평위(靑平尉) 심익현(沈益顯), 부사(副使) 판서 김수항(金壽恒), 도제조 우의정 홍중보(洪重普)에게는 각각 안구마(鞍具馬)를 내리고, 제조 김수항·권대운(權大運)·조형(趙珩)에게는 각각 숙마(熟馬) 한 필을 내렸다. 도청(都廳) 사인(舍人) 이단하(李端夏), 정(正) 홍주삼(洪柱三)과 전교관(傳敎官) 우승지 김우형(金宇亨), 보덕(輔德) 김만균(金萬均), 필선(弼善) 이익상(李翊相)에게는 모두 가자(加資)하고, 그 나머지 여러 집사에게는 차등을 두어 상을 주었다. 『현종실록』 권19, 현종 12년(1671) 6월 5일(갑신).

134) 숙종은 부왕 현종의 뜻을 이어 받아 차 장자(次長子) 설을 지지하는 허적(許積)을 원상(院相)으로 삼아 장례절차를 진행하였다. '원상'은 왕이 죽은 뒤에 원로 재상이 스무엿새 동안 어린 왕을 보좌하던 임시 벼슬이다. 원상을 남인 허적이 맡음으로써 숙종 즉위 초는 남인이 득세하게 된 것이다. '예론'은 인조의 계비 장렬왕후(莊烈王后)의 복상문제로 서인과 남인의 정치적 논쟁을 말한다. 장렬왕후는 24세 때 인조가 승하하면서 대비가 된 후, 효종, 현종의 죽음을 지켜보았다. 1659년 5월 4일 효종이 승하하였을 때에 그녀가 입어야 할 복상(服喪) 문제가 쟁점화되었다. 당시 집권파인 서인이 1년간 상복(喪服)을 입는 기년설(朞年說)을 주장하여 그 절차대로 복상을 치렀다.

여 장례준비가 시작되었다.[135] 8월 20일에 소렴(小斂),[136] 22일에 대렴(大斂),[137] 23일에 성복(成服)하는 날에 숙종은 창덕궁 인정문(仁政門)에서 조선 19대 왕으로 즉위(卽位)하였다.[138]

그날 왕비(王妃)를 높여서 왕대비(王大妃)로 삼고, 빈(嬪) 김씨(金氏)

이듬해인 현종 1년(1660) 남인의 허목(許穆) 등이 장렬왕후의 복상에 대하여 삼년설(三年說)을 주장하며 서인을 공격하였다. 당시 송시열 등 서인은 효종은 맏아들이 아니고 인조의 둘째 왕자이므로 계모인 그의 복상은 기년설이 옳다고 계속 주장하였으나, 윤휴(尹鑴) 등은 효종이 왕위를 계승하였으므로 맏아들이나 다름없다고 반박하였다. 그러나 송시열 등이 끝내 기년설을 고집하여 기년복은 그대로 지켜지고 서인의 세력이 더욱 공고히 되었다.

그 후 현종 15년(1674) 2월 23일, 효종의 비인 인선왕후(仁宣王后) 장씨가 승하하여 복상 문제가 재연되었다. 당시 서인은 9개월간 상복을 입는 대공설(大功說)을, 남인은 기년설을 각각 주장하였다. 이번에는 남인의 기년설이 채택됨으로써 서인 정권은 몰락하고 남인이 득세하는 계기가 되었다. 이렇게 장렬왕후의 복상 문제로 정권이 바뀌는 상황이 거듭된 것을 후세의 사가들은 '예론' 또는 '예송'이라 하였다. 지두환, 『숙종대왕과 친인척』, 앞의 책, 72~80쪽.

135) 당시 김수항(金壽恒)을 총호사(摠護使)로, 장선징(張善澂)·이익상(李翊相)·오시수(吳始壽)를 빈전 도감 당상(殯殿都監堂上)으로, 민유중(閔維重)·민희(閔熙)·홍처대(洪處大)를 국장 도감 당상(國葬都監堂上)으로, 이정영(李正英)·민정중(閔鼎重)·이원정(李元禎)을 산릉 도감 당상(山陵都監堂上)으로, 이정영(李正英)을 명정 서사관(銘旌書寫官)으로, 복창군(福昌君) 이정(李楨)을 재궁 상자 서사관(梓宮上字書寫官)으로, 영창군(瀛昌君) 이침(李沉)을 수릉관(守陵官)으로, 복선군(福善君) 이남(李柟)을 대전관(代奠官)으로 삼았다. 숙종 1권, 즉위년(1674) 8월 19일(경술).

136) 『숙종실록』 권1, 숙종 즉위년(1674) 8월 20일(신해).

137) 『숙종실록』 권1, 숙종 즉위년(1674) 8월 22일(계축).

138) 『숙종실록』 권1, 숙종 즉위년(1674) 8월 23일(갑인).

를 왕비(王妃)로 삼았으며 교서(敎書)를 반포하여 잡범(雜犯)을 용서해 주고, 관직에 있는 사람은 각기 한 자급(資級)을 올려 주었다. 대제학 김만기(金萬基)가 지은 교서(敎書)는 아래와 같다.

"왕은 이와 같이 말한다. 하늘이 우리 가문에 재앙을 내리어 갑자기 큰 슬픔을 만났으므로, 소자(小子)가 그 명령을 새로 받게 되니, 군신의 심정에 힘써 따라서 이에 신장(腎腸)을 펴게 되어 더욱 기(氣)가 꺾이고 마음이 허물어지는 듯하다. 국조에서 왕통을 전함은 당우(唐虞)와 융성(隆盛)을 견줄 만하였다. 종(宗)은 덕으로서, 조(祖)는 공(功)으로서, 성현이 6대 7대나 일어났으며, 문모(文謨)와 무열(武烈)로서 자손에게 억만년을 물려 주셨다.

삼가 생각하건대, 대행 대왕(大行大王)께서는 진실로 잘 계술(繼述) 하셨다. 효우(孝友)는 마음을 따라 절로 일어났고 풍화(風化)는 사방에 미쳤으며, 청명(淸明)은 자신에 있었고 기욕(嗜欲)은 물러나게 되었다. 하늘의 노함을 공경하여 한결같이 지성으로 대하니, 성실에 감응(感應)하는 것이 메아리가 응하듯 하였고, 백성의 빈궁을 진휼(賑恤)함이 거의 빈 해가 없었으니, 도탄(塗炭)에 헤매던 사람이 모두 살게 되었으며, 영왕(寧王)이 이루지 못한 공(功)을 장차 넓히려 하였고, 우리 조선의 위대할 수 있는 업(業)을 크게 세우려 하셨다.

효심은 한이 없으되, 비통은 겨우 경렴(鏡奩)에 맺혀졌고, 몽령(夢齡)이 징조가 없으니 유명(遺命)이 갑자기 옥궤(玉几)에서 공언(公言)되었다. 병환이 나서 열흘이 되었는데도 약은 효과가 나지 않았으며, 내 몸이 대신 죽으려는 성심이 간절했는데도 신(神)이 굽어 살피지 않았다. 종천(終天)까지 이르는 거창한 일을 당했으니 큰 소리로 부르짖어도 미칠 수가 없었으며, 엄한 훈계를 받들 시일이 없게 되었으니 보잘 것 없는 작은 내 몸이 어디에 의지하겠는가?

더구나 이 대위(大位)를 갑자기 계승하게 되니, 나로 하여금 지정(至情)을 억제하게 한다. 그러나 종묘·사직(社稷)의 큰 책임은 실로 후인에게 있으므로, 부형(父兄)·백관(百官)들이 같은 말을 하니 중인(衆人)의 소망을 막기가 어려웠다. 자성(慈聖)의 자상한 유시(諭示)를 우러러 본받아 성주(成周)의 예전 법도를 따랐다. 이에 본년(本年) 8월 23일 갑인(甲寅)에 인정문(仁政門)에서 즉위하여 왕비를 높여서 왕대비로 삼고, 빈(嬪) 김씨를 왕비로 삼는다.

욕의(縟儀)를 대하매 슬퍼서 부르짖게 되고, 중기(重器)를 주관하매 두려워서 마음이 편안하지 못하다. 부왕(父王)의 자리에 앉아 부왕의 예절을 행하니 사모함이 갱장(羹墻)에 더욱 돈독하게 되고, 중대하고 어려운 책임을 맡게 되니 두려움은 실로 연곡(淵谷) 보다 깊었다. 역대 임금의 큰 사업을 계승했으니, 어찌하면 하늘의 착한 명령을 맞이할 수 있겠으며, 선왕(先王)의 끼친 백성을 다스리게 되니, 어찌하면 우리나라를 어루만져 편안하게 할 수 있겠는가? 다만 혹시 부왕(父王)의 사업을 무너뜨릴까를 두려워할 뿐인데, 어찌 숙소(夙宵)의 조심을 조금이라도 늦추는 것을 감내하겠는가?

마침내 큰 칭호를 공포하여, 모든 품계(品階)에게 두루 미치게 한다. 본월(本月) 23일 어둑새벽 이전부터 잡범(雜犯)으로서 사죄(死罪) 이하는 모두 용서해 주고, 관직에 있는 사람은 각기 한 자급(資級)을 올리되 자궁(資窮) 한 자는 대가(代加)한다. 아! 공을 도모하여 일을 마쳐서 시종 쇠퇴하지 않기를 원하고, 과오를 고치고 흠을 씻어버려 생육(生育)에까지 모두 용서되기를 바란다. 이런 까닭으로 이에 교시(教示)하니 마땅히 죄다 알고 있을 것이다."[139]

---

139)『숙종실록』권1, 숙종 즉위년(1674) 8월 23일(갑인).

숙종이 어좌(御座) 앞에 서서 차마 자리에 오르지 못하고 소리를 내
어 슬피 울기를 그치지 아니하여 승지와 예조 판서가 서로 잇달아 임
금의 자리에 오르기를 권하였다. 여러 차례 권유 끝에 어좌(御座)에 오
르자, 백관들이 사배(四拜)하고 의식대로 진행하고 산호(山呼)를 외치
는 소리를 들으며 14세의 세자는 조선 19대 왕이 된다.[140]

숙종은 아버지의 시호를 '순문숙무경인창효(純文肅武敬仁彰孝)'라
올리고, 묘호(廟號)는 '현종(顯宗)', 능호(陵號)는 '숭릉(崇陵)', 혼전호(魂
殿號)는 '효경(孝敬)'이라 하였다.[141] 그해 12월 13일에 장례하였다.[142]

8) 인경왕후의 승하

인경왕후는 19세인 숙종 5년(1679) 10월 23일, 왕비는 공주를 낳았
으나 이튿날 사망했다.[143] 20세인 숙종 6년(1680) 7월 22일에는, "왕
비가 유산(流産)할 징후가 있어 약방에서 문안하고 약을 의논하였다"[144]
는 기록만 있고 아기에 대한 내용이 없는 것으로 보아 사산(死産)한 것
으로 생각된다. 이틀 후인 7월 24일, 왕대비(王大妃)가 언서(諺書)로 약
방(藥房)에 "대내(大內)에 요즈음 재이(災異)가 있으니, 밖에서는 무슨
재앙이 있는지를 알지 못하였는데, 혹자는 귀신의 변고가 있었다고 하
며, 그때 내전에 여러 달 동안 포태(抱胎)의 징후가 있었는데, 갑자기

---

140) 『숙종실록』 권1, 숙종 즉위년(1674) 8월 23일(갑인).
141) 『숙종실록』 권1, 숙종 즉위년(1674) 8월 24일(을묘).
142) 『숙종실록』 권1, 숙종 즉위년(1674) 12월 13일(임인).
143) 『숙종실록』 권8, 숙종 5년(1679) 10월 23일(갑신).
144) 『숙종실록』 권9, 숙종 6년(1680) 7월 22일(기유).

침전에서 도깨비를 보고 그로 인하여 놀란 나머지 하혈하고 낙태한 사고라고 전한다. 아주 매우 놀랍고 걱정되어 여러 번 다른 곳으로 옮겨 거처해야 한다는 뜻으로 힘써 권하였는데, 대전(大殿)에서는 불가하다고 하며 한결같이 미루기만 하니, 약방에서는 모름지기 이러한 뜻을 알고 또한 힘껏 청하라"고 명하였다. 약방 도제조(藥房都提調) 김수항(金壽恒) 등이 자전(慈殿)의 뜻을 숙종에게 전하면서 거처를 경덕궁(慶德宮)으로 옮기기로 하였다.145)

10월 19일, 두진(痘疹)을 앓던 중궁의 증세가 악화되어 임금이 자전(慈殿)을 모시고 창경궁(昌慶宮)으로 이어(移御)하고146) 궁궐에는 의약청(議藥廳)을 설치하여 내외(內外) 각사(各司)의 대소 형장(大小刑杖)을 정지시키게 하고, 김석주(金錫冑)·신정(申晸)을 분내의원(分內醫院) 제조(提調)로 하고 경덕궁(慶德宮)에 숙직(宿直)하게 하였다.147)

10월 26일 2경(二更), 인경왕후는 경덕궁(慶德宮)에서 승하(昇遐)하였다. 당시 임금은 며칠 전부터 야간(夜間)에 또 구토(嘔吐)하는 증세가 있었음으로 자전(慈殿)에게 먼저 알렸다. 부음을 접한 대비는, "본방(本房)의 서찰(書札)을 보고서야 비로소 위급하다는 보고(報告)를 들었는데, 지금 또 이 말을 들으니 망극(罔極)하여 효유(曉諭)할 말을 알지 못하겠다. 주상께서 야간(夜間)에 구토(嘔吐)한 뒤에 가슴과 배에 통증(痛證)이 조금 있었는데, 지금 겨우 진정이 되어 잠자리에 들었다. 만약 이러한 때에 갑자기 부음(訃音)을 전한다면, 주상께서 경동(驚動)하실

145)『숙종실록』권9, 숙종 6년(1680) 7월 24일(신해).
146)『숙종실록』권10, 숙종 6년(1680) 10월 19일(갑진).
147)『숙종실록』권10, 숙종 6년(1680) 10월 19일(갑진).

염려가 있을까봐 두려우니, 기다렸다가 잠자리에서 일어난 뒤에 조용히 고하여 아뢰고"라고 하였다.

이러한 이유로 숙종은 왕비의 마지막 임종을 지키지 못하였으며 부음도 즉시 알지 못하였다. 그러므로 신하들이 왕비의 부음을 알면서 거애(擧哀)하고 변복(變服)하지도 못하고 일이 매우 미안(未安)하여 김수항이 여러 신하들을 거느리고 대궐문 밖으로 나가 파자전교(把子前橋)의 큰 길에서 망곡(望哭)하고 상복으로 갈아입었다. 뒤늦게 왕비의 죽음을 알게 된 임금이 대내(大內)에서 거애하고, 승정원·옥당(玉堂)은 선정문(宣政門) 밖에서 거애하고, 백관(百官)들은 인정전(仁政殿)의 뜰에서 다시 거애하였다.[148]

민정중(閔鼎重)을 총호사(摠護使)로, 남용익(南龍翼)·신정(申晸)·남이성(南二星)을 빈전 도감제조(殯殿都監提調)로, 민유중(閔維重)·여성제(呂聖齊)·조사석(趙師錫)을 국장도감제조(國葬都監提調)로, 박신규(朴信圭)·이익상(李翊相)을 산릉도감제조(山陵都監提調)로 삼고, 여성제에게 산릉도감을 겸하여 살피게 하였다.[149]

10월 27일, 대행왕비(大行王妃)의 습례(襲禮)를 행하고[150] 10월 28일에 소렴(小斂)을,[151] 10월 30일에 대렴(大斂)을 행하였다.[152]

11월 2일, 대행왕비의 시호(諡號)를 '인덕(仁德)을 베풀고 정의를 행

---

148) 『숙종실록』 권10, 숙종 6년(1680) 10월 27일(임자).
149) 『숙종실록』 권10, 숙종 6년(1680) 10월 27일(임자).
150) 『숙종실록』 권10, 숙종 6년(1680) 10월 27일(임자).
151) 『숙종실록』 권10, 숙종 6년(1680) 10월 28일(계축).
152) 『숙종실록』 권10, 숙종 6년(1680) 10월 30일(을묘).

하였으며 자나 깨나 항상 조심하고 가다듬는다'는 뜻을 지닌 '인경(仁敬)'으로 하였다. 능호(陵號)는 익릉(翼陵), 전호(殿號)를 영소(永昭),[153] 산릉(山陵)은 고양(高陽)의 경릉(敬陵) 경내 축좌(丑坐)의 산지로 정하였다.[154] 숙종 7년(1681) 2월 19일, 빈전(殯殿)에서 계빈(啓殯)과 조전의(祖奠儀)를 행하고,[155] 2월 20일 발인(發靷)하여 사시(巳時)에 산릉(山陵)에 도착하였다.[156] 숙종은 궐내에서 망곡하였다. 대제학(大提學) 이민서(李敏敍)가 제술(製述)한 애책문(哀册文)은 아래와 같다.

"유세차(維歲次) 경신년 10월 26일 신해에 대행왕비(大行王妃)께서 경덕궁의 회상전에서 훙서(薨逝)하여 다음 해 2월 20일 갑진에 조전(祖奠)에 천좌(遷座)하였다가, 22일 병오에 익릉(翼陵)에 영구히 천좌하려 하니, 이것이 예(禮)입니다. 궁궐에서 조전(祖奠)을 마친 후 흰 신위(蜃衛)가 오더니, 용순(龍輔)이 엄숙하게 밤중에 실리고 봉삽(鳳翣)이 처량하게 새벽바람에 나부꼈습니다. 백신(百神)이 경계하여 우러러 따르고, 천관(千官)이 울면서 급히 따라가는데, 우러러 바라보아도 미칠 데가 없으니, 상상한들 무슨 도리가 있겠습니까? 오로지 우리 주상 전하께서 어진 보좌를 갑자기 잃음을 비통해 하시고, 휘음(徽音)이 영원히 떠나가심을 애도하시고, 초도(椒塗)를 돌아보시면 몹시 슬퍼하시고, 해로(薤露)에 감개하여 더욱 슬피 우셨습니다. 이에 동관(彤管)에 명하여 공덕(功德)을 기록하게 하고, 보책(寶册)을 베풀어 그 빛을 드날리게 합니다."

153) 『숙종실록』 권10, 숙종 6년(1680) 11월 2일(정사).
154) 『숙종실록』 권10, 숙종 6년(1680) 11월 15일(경오).
155) 『숙종실록』 권11, 숙종 7년(1681) 2월 19일(계묘).
156) 『숙종실록』 권11, 숙종 7년(1681) 2월 20일(갑진).

그 사(詞)에 이르기를,

"왕실이 창성함은 진실로 좋은 배필에 의뢰하는 것이다. 이비(二妃)는 우(虞)나라의 본보기가 되었고, 일란(一亂)은 주(周)나라를 흥성(興盛)하게 하였네. 빛나는 성조(盛朝)에 옛 아름다운 배필보다 뛰어나니, 열조(列祖)께서 지복(祉福)을 쌓아 두셨다가 신손(神孫)을 계우(啓佑)하여 초기에 짝을 지어 주셨다.

지극히 아름다운 명문(名門)은 훌륭하고도 법도가 있었으니, 그 의(儀)를 숙신(淑愼)하여 모부(姆婦)를 따라 예(禮)를 행하였고,『사기』를 보고 시를 지었다. 아침 · 저녁으로 온순하고도 공손하여 옥도(玉度)가 어긋남이 없으니, 임금의 배필로 뽑혀서 영문(令聞)이 날로 빛났다.

완유(婉愉)하고 승환(承懽)하며 진실로 돈독하게 사랑하고 공경하니, 사성(四聖)께서 기뻐하시고 육궁(六宮)이 노래하였다. 내치(內治)를 이어받아 보좌함이 더욱 성대하였고, 검소함을 대련(大練)으로 보이고 은혜는 사경(私逕)을 끊었다. 탈잠(脫簪)하면 규계(規戒)를 아뢰고, 첫닭이 울면 거듭 경계하였다. 방락(房樂)이 화목(和穆)함을 펴고, 곤범(坤範)이 순정(純正)함을 좇았다. 게으르지 아니함이 신기(神祇)가 임한 듯하셨으며, 인자하면서도 엄격하게 임하니, 여러 아랫사람들이 공경하였다. 간위(艱危)가 모인 곳에서도 그 마음을 골고루 단단하게 하여 우레 · 폭풍 같은 위엄으로 거동하니, 음즐(陰隲)이 나타나고 요얼(妖孽)이 행하여지지 못하였다. 순조롭게 길함을 얻어 정위(正位)에 자리하여 널리 후한 은혜를 베푸니, 우리 왕정(王政)의 기초가 되어 옛날 이남(二南)에 견주어지도다. 강릉(岡陵)이 일제히 덕을 기리고, 축사(祝史)에 부끄러움이 없었다.

거의 백세를 향수(享壽)할 줄 알았는데, 복록이 더디게 이르러 어찌 천명이 돕지 않는가? 마침내 신리(神理)를 헤아리기 어려웠는데, 갑자기 관대(觀臺)에서 재앙을 고하자, 문득 궁궐에 흉구(凶咎)가 감돌았다. 월어(月馭)가 재촉하니 당길 수가 없었고, 풍륜(風輪)이 끝내 멀리 떠나가고 말았다.

아! 슬프도다. 구중궁궐에서 온화(溫和)하였고, 뭇 신령께서 상서롭지 못한 것을 가지(呵止)하였는데, 절선(節宣)하지 않은 허물인가? 어찌 재앙이 갑자기 이르렀으며, 누가 대태(臺駘)에 제사 지낼 수 있겠는가? 처음엔 창황하여 의장(儀仗)을 나누고, 조금 후엔 별안간 영결하니, 유한(幽恨)을 봉하여 미칠 곳이 없네. 차마 영구히 이별하니, 자손이 번창하는 경사가 막히고, 일찍이 세자를 얻지 못하였음을 애통해 하네. 인자는 장수한다는 말을 징험할 바 없고, 성자는 다남(多男)한다는 것이 어디에 있는가?

아! 슬프도다. 좋은 날은 멈추지 아니하고 깊은 밤은 새벽을 막지 못하네, 견관(繭館)은 이미 썰렁하고, 보렴(寶奩)에는 먼지가 쌓이고, 난궁(蘭宮)의 깊숙한 곳에는 이끼가 끼었네, 혜원(蕙苑)은 고요한데 환패(環珮) 소리만 들리고, 상의(裳衣)는 완연한데 유전(帷殿)만 있네. 패조(旆旐)는 어지러이 나부끼며 들판을 가니, 요지(瑤池)는 멀어서 한낮이 저무네. 선로(仙路)는 아득하여 운변(雲輧)이 빨리도 달리니, 옥란(玉欄)에서 천파(天葩)를 구경하고, 은하[銀漢]에서 기사(機絲)를 찾아보네. 영항(永巷)에 신정(宸情)을 맺었으니, 층관(層觀)에 생각을 머물러 두었네.

아! 슬프도다. 고읍(高邑)은 익익(翼翼)하고, 가성(佳城)은 울울(鬱鬱)하네. 현귀(玄龜)에 점을 치니, 청오(靑烏)가 비결에 맞았네. 이릉(二陵)을 가린 송백(松栢)은 신향(神享)을 접하였으니 많은 사람의 바람이네. 내는 굽이굽이 휘돌아 흐르고, 산골짜기는 처량하네. 현방(玄房)이 닫혀서 깊숙하고, 비수(秘隧)가 깊으니 누가 엿보겠는가? 높은 산의 상설(象設)을 돌아보니, 백세에 전하고도 남는 슬픔이 있네.

아! 슬프도다. 물은 구렁으로 흘러가고, 구름은 하늘 끝으로 떠가는데, 인생(人生)은 이 두 사이에서 빨리도 죽어가니, 길고 짧은 것을 헤아려 본들 얼마나 될 것인가? 마침내 함께 명막(冥漠)한 데로 돌아가게 되는 것이니, 오로지 지극한 덕은 소멸되지 아니하고, 아울러 끝없이 밝게 빛날 것이다. 완염(琬琰)을 의탁하여 슬픔을 술회하노니, 아름다운 방명(芳名)이 천억 년 동안 전해지리라. 아! 슬프도다."[157]

인경왕후(仁敬王后)를 익릉(翼陵)의 축좌미향(丑坐未向)에 장사하였다. 영중추부사(領中樞府事) 송시열(宋時烈)이 제술(製述)한 지문(誌文)은 아래와 같다.

"삼가 우리 현종 대왕(顯宗大王)을 생각하건대 종사(宗社)의 대계(大計)를 깊이 생각해서 미리 우리의 금상 전하(今上殿下)를 세워 세자를 삼으시고, 이미 또 옛 제왕의 흥망성쇠가 비필(妃匹)로 말미암지 않는 바 없음을 생각하셨는데, 비필(妃匹)의 어짊은 대개 족성(族姓)의 덕미(德美)에 근본 하니, 촉(蜀) · 도(塗) · 신(莘) · 지(摯)가 바로 그러하다. 이에 우리 인경 왕후 김씨께서 간택을 받으시어, 신해년 4월 초3일 갑신에 대혼(大婚)의 정례(正禮)를 갖추니, 우리 전하께서 머물고 계시던 제궁(齊宮)에서 친영(親迎)하셨다. 예를 마치자, 종묘에 고하였으며, 중외(中外)의 군자(君子)들에게 반교(頒敎)하시기를, '황류(黃流)의 술을 받힘에 옥찬(玉瓚)에 담기에 합당하니, 믿을 것인저!' 하셨다.
···중략···
<김만기는> 일찍이 병조 판서 · 대제학이 되었고, 군수 한유량(韓有良)의 딸에게 장가들었다. 참판과 생원을 모두 충청도 회덕현

---

157)『숙종실록』권11, 숙종 7년(1681) 2월 20일(갑진).

의 정민리에 장사지냈는데, 술인(術人)이 말하기를, '반드시 덕행이 있는 임사(任姒)같은 사람이 태어날 것이다' 하였는데, 왕후께서 과연 숭정(崇禎) 기원(紀元) 34년 신축년 9월 초3일 을묘 인시(寅時)에 경사(京師) 회현방 사제에서 태어나셨다.

그런데 이미 태어났으나, 울음소리가 끊어져 희미하므로, 집안 사람들이 혹시나 하고 염려하였는데, 의원이 말하기를, '다친 곳은 없고 성질(性質)이 그러합니다' 하였다. 이미 말을 배워서는 말을 가볍게 꺼내지 아니하나, 꺼내면 반드시 이치가 있었다. 그리고 보행은 더디고 느렸으며, 함부로 뜰 계단을 내려가지 아니하였고, 스스로 타고난 존귀함이 있었다. 동배(同輩)와 서로 만났을 때 곁에 있는 자들이 병아리를 희롱하거나 공기놀이를 하거나 배·밤을 다투거나 엿과 떡을 갖거나 간에 평소 꼼짝도 않은 채 단정히 앉아 보지 않은 것 같이 하였으며, 함께 먹을 때에는 반드시 기다렸다가 모두 모인 후에야 먹었다.

또 화려한 물건을 애호하지 아니하였고, 의복이 비록 때가 묻고 해졌다 하더라도 싫어하는 적이 없었으며, 곱고 아름다운 옷을 입은 자가 있어도 부러워하는 빛이 없었다. 그리고 자기가 가지고 있는 좋은 것을 다른 사람에게 옮겨 주려고 하면, '좋다' 하면서 절대로 아까와 하는 적이 없었다.

나이 7, 8세가 되자, 집안에 깊숙이 들어앉아 나가지 아니하고 예를 익혀 10세가 되니, 또 조달(早達)하였다. 일찍이 혼인이 있었는데, 마침 노인네들이 모여 구경하고는 또 꽃구경을 하자고 청하는 사람이 있어 말하기를, '저 집은 이웃이고, 친척이다' 하였으나, 모두 달갑게 여기지 아니하며 말하기를, '혹시라도 외부의 사람이 있을까 두렵다'고 하였다. 그러자 부모가 말하기를, '만약 여자가 아니라면, 마땅히 명유(名儒)가 되어 전열(前烈)을 이어받았을 것이다' 하였는데, 이로부터 덕성이 날로 진보하여 온공(溫恭)하고 화수(和

粹)하며 장중(莊重)하고 공손해서, 사람들은 오만하고 게으른 용모와 비속한 말이 있음을 보지 못하니, 육친(六親)이 모두 기이하게 여겼다.

그리고 얼마 안 되어 덕선(德選)을 받들게 되니, 이때 대개 10세였는데, 선대왕께서 두루 절충하고 응대하는 바가 마땅함을 가상하게 여기셨으며, 여러 여관들로 모두 말하기를, '천제의 누이동생과 같다' 하였다. 이미 간선되어 별궁에 있을 때 부친이 때때로 들어가서 비로소 『소학』을 가르쳤는데, 단지 한 번 음독(音讀)만 가르쳤으나, 그 뜻을 익숙하게 통하였으며, 한 자도 틀리지 않고 읽었고, 또 문득 암송하였다. 그리고 겸해서 『내훈』을 한 번 보고는 끝내 잊지 않았고, 사람들이 말하는 고금의 가언(嘉言)과 선행 듣기를 좋아하여, 아침 일찍부터 밤늦게까지 게을리 하지 아니하였다.

…중략…

왕후께서 이미 궁내(宮內)의 일을 이어받아 주장해 다스리게 되었는데, 반드시 공경하고 삼가면서 옛날의 성비(聖妃)를 모범삼아 후세에 사가(私家)의 은택을 구하지 않은 것은 족히 말할 것도 없다. 항상 성덕(聖德)을 보필하는 것으로 마음을 삼아 연사(宴私)의 뜻이 동정(動靜)에 나타나지 아니하였고, 잠경(箴警)이 연거(燕居)에 끊이지 아니하니, 우리 전하께서 일찍이 말씀하시기를, '내가 내조에 힘입은 바가 진실로 많았다' 하셨다. 존속(尊屬)을 접대하는데 여러 가지로 주장하는 것이 모두 곡진하여 예의로운 마음이 있었고, 내사(內史)를 다스리는 데 은혜와 위의를 아울러 갖추니, 사람들이 모두 사랑하면서도 두려워하였으며, 복어(服御)의 여러 가지 일은 반드시 분수에 넘치게 사치한 것을 경계하였다.

…중략…

경신년 10월에 두창(痘瘡)에 걸렸는데, 상감을 염려하여 스스로 아픈 것조차 잊었다. 헛소리를 하는 데까지 이르러 부원군(府院君)

이 여의(女醫)가 진맥하는 데 따라 들어가면, 반드시 병을 참고 일어나 앉으면서 몸을 단정히 하여 공경을 다하였는데, 어깨와 등을 곧바로 세우는 것이 병들지 않았을 때와 같았다. 대점(大漸)함에 이르러서 정신이 조금도 흐려지지 아니하더니, 마침내 26일 신해 해시(亥時)에 경덕궁(慶德宮)의 회상전(會詳殿)에서 승하하셨다. 이때 위로 자전(慈殿)의 뜻을 받들어 전하께서 창경궁(昌慶宮)에 이어(移御)하셨었는데, 부음(訃音)을 듣고 몹시 슬퍼하고 상심해 하시고는 내어(內御)에게 명하여 모든 월제(月制)와 일제(日制)의 일은 모두 궐내(闕內)에서 구비(具備)하도록 하셨으니, 이는 대개 평일에 인자하고도 검소하셨던 마음을 본받아 저자(市律)와 같이 번거롭고 요란하지 않고자 함이었다.

군신(群臣)이 시호(諡號)를 올리기를 인경(仁敬)이라 하였는데, 주(註)를 살펴보건대, 인자함을 베풀고 의(義)를 행한 것을 인(仁)이라 하고, 이른 아침부터 밤늦게까지 경계(儆戒)한 것을 경(敬)이라 한다. 능호(陵號)를 익릉(翼陵)이라 하고, 전우(殿宇)를 영소전(永昭殿)이라 하였다. 길(吉)한 날을 가려 신유년 2월 22일 병오 묘시(卯時)에 예장(禮葬)하였는데, 흠위(廞衛)와 의물(儀物)은 모두 간략한 것을 따랐다. 능(陵)은 경기도(京畿道) 고양군(高陽郡)에 있는데, 도성(都城)에서 20리가 된다.

…중략…

또한 이에 신은 가만히 깊이 느껴 거듭 슬퍼하는 바가 있는데, 기억하건대, 옛날에 일찍이 성조(聖祖)를 모시던 별전(別殿)에서 우리 선대왕께서 거처하시던 동합(東閤)을 가리키면서 성사(聖嗣)의 시기가 늦어짐을 깊이 한탄하셨는데, 하늘의 종방(宗祊)을 도우심에 미쳐서 우리 전하께서 탄생하셨지만, 성조(聖祖)께서는 이미 미처 보지 못하셨다. 그래서 우리 성비(聖妃)께서 공손히 종사(宗事)를 받드는 데 미치면, 항상 말씀하시기를, '많은 경사스러운 일이 있으면 하늘에 계신 우리 성조(聖祖)의 영혼을 위로해 드려야 한다'고 하셨는데, 이제 곤의(坤儀)가 비게 되어 갑관(甲觀)을 열지 못하게 되었으므로, 성비(聖妃)의 덕행으로써도 끝내 성조(聖祖)의 유택(遺澤)을 입지 못하게 되었으니, 아! 슬프도다."[158]

임금이 두 자전(慈殿)을 모시고 궁궐(宮闕)에서 망곡(望哭)하였으며 미시(未時)에 반우(反虞)하여 우주(虞主)를 경덕궁(慶德宮)의 영소전(永昭殿)에 봉안(奉安)하였다.[159] 그 후 숙종 39년(1713) 3월 9일 인경 왕후에게 '광렬(光烈)'이란 존호(尊號)를 올렸다. 판중추부사(判中樞府事) 서종태(徐宗泰)가 지은 책문(册文)은 아래와 같다.

"중신(重宸)의 현저한 공렬(功烈)을 찬양하여 성대한 의식을 이에 거행하고, 원비(元妃)의 가지런한 아름다움을 우러러 생각하여 가호(嘉號)를 추천하나이다. 이전(彝典)이 이에 있으니, 성덕이 더욱 빛나옵니다. 삼가 생각건대 인경 왕후 전하께서는 높은 가문에 상서로움이 생겨서 즉위하시기 전에 배위(配位)가 되시었습니다. 의범(懿範)은 일찍이 거룩하여, 그로 인해 숙목(肅穆)한 기풍이 이루어졌고, 남모르는 공력으로 내조를 하여 그를 힘입어 영장(靈長)의 경사가 이룩되었습니다. 선령(仙齡)이 감소되어 궁중을 다스리는 일을 끝까지 못하셨으나, 보명(寶命)이 새로우매 성덕(聖德)이 더욱 숭고합니다. 거룩한 아름다움을 찬양하여 큰 칭호를 올리는 것은 실로 고사에 따른 것이요, 지존(至尊)을 짝하시어 현책(顯册)을 받는 것은 이에 상규(常規)가 있습니다. 어찌 감히 아름다움을 찬양하여 형용하겠습니까. 임금의 높은 공과 빛나는 덕에 아울러

158) 『숙종실록』 권11, 숙종 7년(1681) 2월 22일(병오).
159) 『숙종실록』 권11, 숙종 7년(1681) 2월 22일(병오).

빛내는 것이 진실로 마땅할 것입니다. 뭇사람들의 마음이 모두 다 기뻐하여 성대한 예(禮)를 이에 거행하나이다. 신 등은 대원(大願)을 견디지 못하여 삼가 보책(寶册)을 받들어 '광렬(光烈)'이란 존호(尊號)를 올립니다.

　　삼가 바라건대 왕후 전하께서는 부디 명림(明臨)을 하시어 굽어 융성함을 받으셔서, 큰 복을 종사(宗祀)에 펼쳐 만년 무강(萬年無疆)토록 하시고, 유순한 덕화가 궁중에 영원히 전하여 이남(二南)과 동일한 법칙이 되게 하소서."

그날 인경왕후의 오빠 김진규(金鎭圭, 1658~1716)는 아래의 악장 (樂長) <순성곡(順成曲)>을 지어 영소전(永昭殿)에 올렸다.

천명숙덕(天命淑德)	하늘이 현숙(賢淑)한 덕을 명하시어,
함왕초재(合王初載)	왕의 초년에 배합되었도다.
이방지부(履邦之否)	나라의 비운(否運)을 거쳤으나,
종회우태(終回于泰)	마침내 태운(泰運)으로 회복되었습니다.
보천이석(補天以石)	하늘을 돌로 기우시어
현기시알(玄機是幹)	현기(玄機)가 이에 돌아갑니다.
용함이광(用含而光)	함묵(含默)하시나 빛이 나서
순성기열(順成其烈)	그 정렬(貞烈) 순히 이루었네.
수적지렴(雖迹之斂)	비록 자취는 감추셨으나
유택즉장(流澤則長)	전하는 은택은 길기만 하네.
어소만년(於昭萬年)	아! 소명(昭明)에 만년(萬年)을 두고
우아종팽(佑我宗祊)	우리 종사 도와주소서.160)

그 후 숙종이 승하한 후인 경종 2년(1722) 5월 6일에 광렬인경왕후 (光烈仁敬王后)의 휘호(徽號)를 '효장명현(孝莊明顯)'이라 올리고,[161] 8 월 10일 숙종의 신주를 종묘에 모실 때에 인경왕후도 인현왕후와 함께 종묘에 모셔졌다.[162] 그 후에도 영조 때에 '선목(宣穆)'[163]과 '혜성(慧 聖)'[164]의 존호가 올려졌다.

숙종의 첫 왕비 인경왕후는 현종 2년(1661) 9월 3일 인시에 한양 회 현방(會賢方) 사제에서 예학의 태두로 추앙되는 김장생의 후손으로 태 어났다. 10세에 세자빈으로 간택되어 11세에 세자빈이 되었으며 14세 에 왕비가 되어 만백성의 어머니로 조선 최고의 여성이었다. 그러나 생전에 두 딸을 생산했으나 생장시키지 못하였고 20세의 짧은 생애를 마감하였다. 이렇게 숙종은 첫 왕비 인경왕후와는 이승의 인연이 끝나 고, <인현왕후전>의 주인공인 숙종의 계비가 입궁함으로써 작품이 시작된다.

---

160) 『숙종실록』 권53, 숙종 39년(1713) 3월 9일(병술).

161) 『경종실록』 권8, 경종 2년(1722) 5월 6일(경인).

162) 『경종실록』 권8, 경종 2년(1722) 8월 10일(계해).

163) 『영조실록』 권80, 영조 29년(1753) 12월 26일(병오).

164) 『영조실록』 권127, 영조 52년(1776) 1월 7일(기묘).

2. 숙종의 계비(繼妃) 인현왕후(仁顯王后)와 장희빈(張禧嬪)

1) 인현왕후의 탄생과 성장 일화(逸話)

<인현왕후전>의 서두는 "화설 조선국 숙종대왕 계비 인현왕후(仁顯王后) 민씨(閔氏)의 본은 여흥(驪興)이시니, 행 병조판서 여양부원군(驪陽府院君) 둔촌(屯村) 민공의 여(女)이시오"[165]로 주인공의 가계를 서술하면서 시작된다. 주인공 인현왕후는 여흥(驪興) 민씨(閔氏)로 여양부원군(驪陽府院君) 민유중의 딸이다. 숙종이 지은 인현왕후의 행록에는 여흥민씨의 가계를 아래와 같이 기술했다.

"대행왕비의 성은 민씨이니, 계통이 여흥(驪興)에서 나왔다. 민 칭도(閔稱道)가 고려조에 벼슬하여 상의원 봉어(尙衣院奉御)가 되고부터 비로소 족성(族姓)의 글에 보이는데, 그 후 대대로 문인(聞人)이 있었다. 고조(高祖) 민여건(閔汝健)은 벼슬이 장흥고 영(長興庫令)을 지내고 이조 판서에 추증되었고, 증조(曾祖) 민기(閔機)는 문과에 급제하여 벼슬이 경주 부윤(慶州府尹)을 지내고 영의정에 추증되었는데, 청백(淸白)과 소박한 행실로 진신(搢紳)의 모범이 되었다. 조부(祖父) 민광훈(閔光勳)은 문과에 급제하여 벼슬이 강원도 관찰사를 지내고 영의정에 추증되었는데, 근후(謹厚)한 장덕(長德)으로 집안의 명성을 대대로 이어왔다. 고(考) 민유중(閔維重)은 벼슬이 영돈녕부사(領敦寧府事) 여양 부원군(驪陽府院君)이고 시호(諡

---

165) <인현왕후전>, 18쪽.

號)는 문정(文貞)인데, 이른 나이에 이미 영명(英名)이 널리 알려지고, 화직(華職)을 차례로 거쳐서 맑은 이름과 높은 인망(人望)으로 세 조정의 지우(知遇)를 받았다.[166]

<인현왕후전>은 이어서, "영의정 송동춘 선생의 외손이라"[167]며 작품의 서두에 외할아버지를 거명했다. 그것은 왕후의 외할아버지가 성리학과 예학에 일가를 이룬 송준길(宋浚吉)이기 때문이다. 노론의 거두로 학문과 문장에 뛰어났던 송준길은 생전에는 관직이 의정부좌참찬(議政府左參贊)이었으나 현종 14년(1673)에 영의정으로 추중되었으므로 영의정이라고 한 것이다.[168] 또한 '송동춘'은 송준길의 호가 동춘당(同春堂)이었기 때문이다. 왕후의 어머니 은성부부인(恩城府夫人)은 송준길의 2녀다.

<인현왕후전>에는 왕후의 탄생이 예사롭지 않았음을 예고하는 대목으로, "모부인(母夫人) 송씨 기이(奇異)하신 신몽(神夢)을 꾸시고"[169]라고 추상적으로 서술하여 태몽의 내용을 구체적으로 알 수 없다. 그러나 왕후가 사망한 후에 숙종이 지은 명릉지(明陵誌)에는, "어머니의 꿈에 해와 달이 두 어깨에서 돋아났다"[170]고 하여 장차 귀인이 탄생할 것을 암시하였음을 알게 한다.

왕후는 현종 8년(1667) 4월 23일 오시(午時)에 4월 23일 정묘일 오

---

166) 『숙종실록』 권35, 숙종 27년(1701) 11월 23일(병오).

167) <인현왕후전>, 17쪽.

168) 『현종실록』 권21, 현종 14년(1673) 2월 8일(무신).

169) <인현왕후전>, 17쪽.

170) 『숙종실록』 권35, 숙종 27년(1701) 11월 23일(병오).

시(午時)에 경사(京師)의 서부(西部) 반송동(盤松洞) 사제(私第)에서 태어났다. <인현왕후전>에는 왕후가 탄생했을 때의 일화를 아래와 같이 서술했다.

정미 사월 이십 삼일 탄생하오시니, 집 위에 서기(瑞氣)일어나고 산실에 향취 옹실(香臭擁室)하여 오래 되도록 없어지지 않으니 부모 지기 하심이 있어 가중(家中)에 말을 내지 못하시게 하시더라.[171]

위의 태몽과 탄생 때의 징조로 보아 보통 아이와 다르다는 것을 알게 된 부모님은, 혹 부정 탈 것을 염려하여 소문을 내지 못하게 한 것이다. 아래 인용문들은 왕후의 용모와 재주, 성품, 학문 등을 짐작할 수 있는 부분이다.

유정유일 하시고 숙연하사 회포(懷抱)를 남이 알지 못하며 무심 잠간 장성하매 정정탁월하사 화월(花月)이 부끄리는 듯 하시고, 용안이 황홀찬란(恍惚燦爛)하사 백일(白日)이 빛을 잃으니 고금(古今)에 비할 곳이 없으시며, 여공재정이 민첩 신이하사 일백신령(一百神靈)이 가르치는 듯 하시나 안색에 나타나지 아니하시고[172]

인용문에서 인현왕후의 뛰어난 용모는 꽃과 달이 부끄러워하고 태양은 빛을 잃은 정도로 아름다워 그 누구와도 비교할 수 없었다고 한다. 재주 또한 비범하여 바느질과 길쌈하는 솜씨가 너무나 뛰어나 백

---

171) <인현왕후전>, 17쪽.
172) <인현왕후전>, 18쪽.

명의 신령이 도운 것 같다고 묘사했다. 아래 인용문은 인현왕후의 성품을 알 수 있는 부분이다.

> 흡연하신 성덕(聖德)이 유화 천연하사, 덕행 예절이며 효의 특출하사 유한 정전하시고, 단일 성장하시고, 너른 도량이 어위하시고 백행(百行)이 구비하시니, 종일 단좌(終日端坐)하시매 화풍 경운이 옥체에 둘렸으니 단엄 침중하사 사람이 우러러보지 못하며, 맑고 좋으신 골격(骨格)과 향기로시기 가을 물결과 높은 하늘같으시고, 높고 곧은 절개는 금옥(金玉)과 송백 같으시고, 어려서부터 희학과 사치를 좋아 않으시고, 단순이 적적하시니 무색(無色)한 의대(衣帶) 가운데 기이한 자태 비상(非常)하시며 정대(正大)하사 일백 가지로 빼어나시고, 문필(文筆)이 유여하사 만고 역대(萬古歷代)를 무불통지(無不通知)하시나, 가만한 가운데나 붓을 들어 문장(文章)을 쓰지 않으시니 부모와 삼촌 형제 사랑 과중(過重)하사 하시고, 원근 친척(遠近親戚)이 놀라고 탄복하여 지내니, 아시(兒時)적부터 공경치 않을 이 없어 꽃다운 이름이 세상에 가득 하더라.173)

왕후의 성품은 온화하고 겸손하여 감히 우러러 볼 수 없을 정도로 맑았다. 또한 고고하고 우아하여 이른 봄날 눈 속에 피어난 매화와 같았으며, 겨울에 홀로 청청하게 빛나는 소나무나 잣나무와 같았다. 평소에 검소하면서도 기품이 있으셨고 학문에 조예가 있으면서도 교만하지 않아 아름다운 소문이 먼 곳에까지 퍼졌다. 왕후의 명릉지에도 "어릴 때부터 노는 것이 범상한 아이와 아주 달라서 남과 다투지 않았고 남의 허물을 말하지 않았으며, 혹시 남의 옳고 그름을 논하는 자가

---

173) <인현왕후전>, 18~19쪽.

있으면 언제나 웃으면서 대답하지 않았다"[174]고 기록되었다. 이렇게 재색을 겸비하고 덕을 갖춘 왕후의 앞날을 예견하는 내용이 <인현왕후전>에는 아래와 같이 서술되었다.

> 상시 세수물에 붉은 무지개 찬란하니 민공이 반드시 귀히 될 줄 짐작하고 심중에 염하여 범사 교훈함을 간절히 하시니, 그 중부 노봉 민선생 승학 대도(承學大道)와 엄정한 성(性)으로 후를 사랑하시기를 모든 자질 중(子姪 中)에 더하시되 매양 가라사대,
> "물이 극히 맑으면 귀신이 꺼리나니, 차아(此兒)가 과히 현미(賢美)한즉 수한이 길지 못할까 근심하노라." 하시더라.[175]

인용문은 '세숫물에 붉은 무지개가 찬란하였다'고 하여 인현왕후를 신격화(神格化)하고 있음을 보여준다. 태몽과 탄생하던 날에도 향기가 퍼지는 등 범상치 않았는데 자랄 때의 모습을 표현한 이 대목은 귀하게 될 인물임을 다시 강조했다. 그러나 중부(仲父)께서 '물이 너무 맑으면 귀신이 꺼리므로 수명이 길지 못할 것을 근심했다'는 대목은 왕후의 수명이 길지 않을 것을 암시한다. 왕후는 일찍 어머니를 여의고 계모에게 양육되었으나 아름다운 성품을 잃지 않았음을 아래 두 곳의 인용문에서 확인할 수 있다.

> 일찍 모부인 상사를 만나, 지통이 되어 애훼하시며 세월이 오래되 예의 넘으시며, 계모 조씨 봉양하심을 지성으로 하시니 외조 동춘 선생이 애중히 여기사 데려다 슬하에 두실 때 가만히 날로 일컬

---

174)『숙종실록』권35, 숙종 27년(1701) 11월 23일(병오).
175) <인현왕후전>, 19쪽.

어 가라사대,

"임사의 덕행이 있다."

하셔, 내외 문중의 경학 대통(經學大統)과 절부의 극진 여행(極盡女行)을 교훈하시니, 설사 후(后)의 천성에 불민하심이 계셔도 이름이 없지 아니하려든 하물며 산고 옥출이요, 해심 생태라 하니 명가지문에 성인이 생하시니 범연(凡然)하시리요.[176]

성품이 지극히 효성스러워 6세에 부부인(府夫人)을 여의었는데 슬퍼함이 성인과 같았으며, 이때부터 혹은 중고(仲姑) 홍씨의 집에서 양육되기도 하고, 혹은 문정공을 따라 전야(田野)와 영해(領海) 사이로 쫓겨 다니며 외로움과 고생을 갖추 겪었으나, 항상 곁에서 기쁜 빛으로 모시면서 일찍이 근심하는 빛이 없었다. 매양 계절에 나오는 새로운 식물을 보면, 문정공이 미처 맛을 보지 않았거나 혹은 가묘(家廟)에 천신(薦新)하기 전에는 먼저 맛보지 않았으며, 다른 아이가 먹는 것을 보면 또한 반드시 이를 경계하여 꾸짖으니, 문정공이 매우 기이하게 여기고 사랑하여 일찍이 말하기를, '이 아이의 현명함은 여러 자녀가 미칠 자가 없다. 내가 일찍이 한 번도 그릇된 행동을 보지 못하였으며, 또한 일찍이 한 번도 말을 빨리 하거나 당황하는 빛을 짓는 것을 보지 못하였다'고 하였다. 덕성이 날로 진취(進就)하여 공손하고 장중(莊重)하였는데, 얼마 되지 아니하여서 덕선(德選) 되니,[177]

두 곳의 인용문은 왕후의 성품을 매우 구체적으로 알 수 있는 대목이다. 왕후는 6세에 생모 송씨를 여의었다. 어린 나이지만 슬픔을 억누

---

176) <인현왕후전>, 19~20쪽.

177) 『숙종실록』 권35, 숙종 27년(1701) 11월 23일(병오).

르고 아버지께는 기쁜 빛으로 모시면서 일찍이 근심하는 빛이 없었다고 한다. 왕후가 10세 때, 아버지가 풍양 조씨(豊壤 趙氏)와 재혼한 후에는 계모께도 효성을 다하였음을 알 수 있다. 인현왕후는 타고난 인품에다 명문가의 가정교육으로 현숙한 여성의 표상으로 일컬어지는 중국 주나라 문왕(文王)의 어머니 태임(太妊)과 부인 태사(太姒)와 비견할 수 있는 '임사(妊姒)의 덕(德)'을 갖춘 숙녀로 성장했다.

2) 인현왕후, 숙종의 계비(繼妃)가 되다

숙종 6년(1680) 10월 26일, 인경왕후가 승하했을 때 인현왕후는 14세였다. 왕후가 15세 때인 숙종 7년(1681) 1월 3일, 인경왕후의 장례를 치루기도 전에 왕대비(명종 비, 명성왕후)가 중전 간택과 관련하여 아래와 같이 하교(下敎)하였다.

"인경 왕후는 곤법(壼法)을 매우 잘 갖추었고, 현명하고 효경(孝敬)함이 지극히 극진하였으며, 주상께 내조함이 진실로 많았는데, 국운이 불행하여 뜻밖에 승하하였고, 또 후사(後嗣)가 없으니, 상하의 비통함을 어찌 다 말할 수 있겠는가? 이제 해가 이미 바뀌어서 산릉(山陵)의 길일이 멀지 아니하니, 슬픔이 더욱 간절하다.

그래서 주상을 생각해 보건대, 오히려 국본이 있지 아니하니, 국가의 중대한 일로서 이보다 큰 것이 없다. 예문(禮文)을 가지고 말한다면, 대혼(大婚)은 기년(朞年) 후에 거행해야 마땅하겠지만, 국가의 사변(事變)이 무궁하고, 또한 권도(權道)가 없지 아니하므로, 밤낮으로 생각해 보고 조정에 문의하고자 하는 것이다.

일찍이 국조의 고사를 들어 보건대, 계비의 책봉은 숙의(淑儀)로

부터 그대로 정위(正位)에 오르는 일이 많았다고 하는데, 지금은 숙
의가 없을 뿐만 아니라, 국모를 존숭하는 의식을 지금 미리 정하고
자 한다면, 먼저 이러한 명호(名號)로써 뽑아 들여야 할 것이니, 도
리에 마땅하지 못하다. 비록 기년(朞年) 전이라 하더라도 이미 권도
(權道)를 썼다면, 육례(六禮)를 거행하지 않을 수 없는데, 여러 사람
의 의논이 어떠한지 알지 못하겠다.

　예문(禮文)은 본래 절차가 많아서 시일이 이로부터 천연(遷延) 되
는 것이다. 그렇다면 특별히 속히 행할 뜻은 없으니, 이제 마땅히
예조(禮曹)에서 지위(知委)하여 경외(京外)의 처자들의 단자(單子)
를 거두어들이게 하고, 3월의 졸곡(卒哭) 후에 초간택을 행할 것을
정하는 것이 어떠한지 알지 못하겠다. 만약 미리 금혼령을 내리지
않는다면 여염(閭閻)에서 잇달아 혼인하는 집이 없지 아니할 것이
고, 합당한 나이의 처자로서 혹 피할 것을 꾀하여 단자를 들이지 않
는 폐단이 있을 것이니, 이 때문에 신칙(申飭)함이 옳을 듯하다. 삼
공(三公) · 원임 대신(原任大臣) · 예관(禮官)이 모여 의논하여 정탈
(定奪)하기를 바란다."[178]

　당시 대신들[179]은 대비께서 국본(國本)이 있지 않다는 것을 근심하
여 내린 하교(下敎)가 종묘사직(宗廟社稷)을 위한 계책(計策)이라는 것
을 알지만 일에도 완급(緩急)이 있고, 예(禮)는 상(常)과 변(變)이 있으
므로 임금의 뜻을 묻는다. 이에 숙종은 "나 또한 감히 스스로 결단(決
斷)하지 못하겠다"며 대비의 뜻에 따라 처리하도록 하였다.[180]

---

178)『숙종실록』권11, 숙종 7년(1681) 1월 3일(정사).

179) 영중추부사(領中樞府事) 송시열(宋時烈) · 좌의정(左議政) 민정중(閔鼎重) ·
　　우의정(右議政) 이상진(李尙眞) · 예조 판서(禮曹判書) 이단하(李端夏)다.『숙
　　종실록』권11, 숙종 7년(1681) 1월 3일(정사).

이튿날에도 대신들은, 3월 초에 간택단자를 시행하더라도 절차를 간소하게 하면 가례까지 시일이 오래 걸리지 않으므로 졸곡(卒哭) 후에 시작할 것을 건의한다. 이에 대비는, 단자(單子)를 미리 하고자 하는 것은 경중(京中)뿐만 아니라, 반드시 외방(外方)의 단자를 올라오기를 기다렸다가 초간택을 거행하면 거의 두 달이 지연된다. 초간택을 3월로 정하면 외방(外方)의 처자들은 반드시 미리 올라올 것이다. 또 길흉(吉凶)이 서로 중첩된다는 것은 가례(嘉禮)를 3월 안에 거행하고자 하는 것은 아니다. 그러므로 단자를 곧바로 시행할 것을 거듭 명한다.[181]

이에 대신들은 "외방(外方)의 처자들은 간택할 때에 혹 재간택에 추가로 참여하게 한 적이 전례가 있음으로 경중(京中)과 기전(畿甸)에서 먼저 간택하고, 원방(遠方)은 해조(該曹)로 하여금 단지 명가 우족(名家右族)만을 택해서 합당할 만한 자의 단자를 거두어들이게 한다면, 3월 안에 초간택(初揀擇)을 거행할 수 있기에 졸곡(卒哭) 전에 단자를 거두는 것은 사체(事體)상으로 미안할 뿐만 아니라, 정리에 있어서도 차마 하지 못할 바라 불가하다"며 대비의 하교를 거두기를 여러 차례 간했다. 이렇게 전 왕비의 장례를 치루기도 전에 새로운 왕비를 간택하는 것은 법도에 어긋난다며 대신들이 강력하게 반대하는 데에도 왕비 간택을 서두른 것은 궁인 장씨 때문이었다. 아래 인용문에서 그 이유를 확인할 수 있다.

장씨를 책봉하여 숙원(淑媛)으로 삼았다. 전에 역관(譯官) 장현

180) 『숙종실록』 권11, 숙종 7년(1681) 1월 3일(정사).
181) 『숙종실록』 권11, 7년(1681) 1월 4일(무오).

(張炫)은 국중(國中)의 거부로서 복창군(福昌君) 이정(李楨)[182]과 복선군(福善君) 이남(李柟)[183]의 심복이 되었다가 경신년의 옥사(獄事)에 형을 받고 멀리 유배되었는데, 장씨는 곧 장현의 종질녀(從姪女)이다. 나인으로 뽑혀 궁중에 들어왔는데 자못 얼굴이 아름다웠다. 경신년 인경 왕후가 승하한 후 비로소 은총을 받았다. 명성왕후(明聖王后)가 곧 명을 내려 그 집으로 쫓아내었는데, 숭선군(崇善君) 이징(李澂)의 아내 신씨(申氏)가 기화(奇貨)로 여겨 자주 그 집에 불러들여 보살펴 주었다. [184]

오늘날 장희빈으로 불리는 이 여인은 효종 10년(1659)에 역관 장경(張炯)의 둘째 딸로 태어났으며 어렸을 때 이름은 '옥정'이다. 어머니 윤씨는 장경의 재취(再娶)로, 시집오기 전에 조사석(趙師錫)[185]의 처갓

---

182) 복창군(福昌君, ?~1680)의 이름은 정(楨)이다. 인조의 3남 인평평대군의 아들로 인조의 손자다. 사은정사(謝恩正使)로 청나라에도 다녀왔으나 경신대출척(庚申大黜陟) 때 유배되었다가 사사되었다.

183) 복선군(福善君, ?~1680)의 이름은 남(柟)으로 인조의 손자다. 사은사(謝恩使), 동지사(冬至使), 변무사(辨誣使) 등으로 여러 차례 청나라에 다녀왔다. 숙종 6년(1680) 경신대출척(庚申大黜陟) 때 서인 김석주(金錫胄)와 김익훈(金益勳) 등이 허적(許積)의 서자인 허견(許堅) 등의 추대를 받아 역모한다는 서인의 무고로 유배되었다가 사사되었다.

184) 『숙종실록』 권17, 숙종 12년(1686) 12월 10일(경신).

185) 조사석(趙師錫, 1632~1693)은 조선 후기의 문신으로 본관은 양주, 자는 공거(公擧), 호는 만회(晩悔)다. 현종 1년(1660) 진사가 되고 1662년 증광문과에 을과로 합격하여 관직에 나갔다. 그 후 강원도 관찰사, 예조판서, 대사헌 등 중요 요직을 거쳐 1688년 좌의정이 되었다. 1691년 왕세자 책봉하례에 참석하지 않은 죄로 고성에 유배되었다가 배소에서 사망했다. 시호는 충헌(忠憲)이다.

집 종이었다. 현종 10년(1669), 그녀가 11살 때 아버지가 돌아가신 후 어머니의 정부(情夫)였던 조사석과 종친인 인조 후궁 폐귀인 조씨(廢貴人 趙氏)186) 소생인 숭선군(崇善君) 이징(李澂)187)의 아들 동평군(東平君) 이항(李杭)188)의 주선으로 궁녀로 들어갔다.189) 조사석은 남인

186) 폐귀인 조씨(廢貴人 趙氏, ?~1651)의 아버지는 가선대부(嘉善大夫), 경상우도(慶尙右道), 병마절도사(兵馬節度使) 조기(趙琦, 1574~?)의 딸로 인조 서 1남 숭선군, 서 2남 낙선군과 서 1녀 효명옹주의 생모다. 인조 16년(1638) 8월 29일 정 3품 소용(昭容), 인조 23년(1645) 10월 2일에 정 2품 소의(昭儀), 인조 27년(1649) 2월 23일 정 1품인 귀인(貴人)이 되었다. 인조 21년(1643) 4월 17일 후궁 이씨와 조귀인 사이에 저주의 옥사가 발생했다. 당시 후궁 이씨가 조씨를 해치려고 한 것으로 알았으나 사실은 조씨가 벌인 자작극이라고도 했다. 그 후 효종 2년(1651) 11월 23일에도 저주사건이 연루되었다. 조씨는 효명옹주의 여종 영이(英伊)를 사랑하여 큰아들 숭선군과 살게 하면서 숭선군의 부인 신씨(申氏)를 몹시 미워했다. 신씨는 이모인 인조의 계비 장렬왕후께 고하였고 신씨의 말을 듣고 노하여 영이를 문초하는 중에 자전과 대전에 저주한 사건이 발각되었다. 이 저주사건으로 12월 14일 자결하게 했다. 지두환,『인조대왕과 친인척』, 역사 문화, 2000, 277~285쪽 참조.

187) 숭선군(崇善君, 1639~1690)의 이름은 징(澂)이다. 인조 17년(1639) 10월 17일 폐 귀인 조씨 소생으로 인조 24년(1646) 12월 25일에 숭선군에 임명되었다. 부인은 신익전(申翊全)의 딸 평산(平山) 신씨와 사이에 2남 4녀를 두었다. 13세인 효종 2년(1651)에 어머니 조씨의 저주사건이 발각되어 어머니가 사사될 때에 죽음을 면하였으나 14세인 효종 3년(1652) 교동에 위리안치 되었다가 18세인 효종 7년(1656) 복작되었다. 숙종 16년(1690) 1월 6일 52세로 사망했다. 시호는 효경(孝敬)이다. 지두환, 위의 책, 295~306쪽 참조.

188) 이항(李杭, ?~1701)은 조선 중기의 종실로 할아버지는 인조이고 숭선군(崇善君) 이징(李澂)의 아들로 동평군에 봉해졌다. 1689년 인현왕후가 폐위되고 장희빈이 왕비가 된 후에 폐비사건을 설명하기 위하여 주청사로 청나라에 다녀왔다. 1701년 장희빈이 사사될 때에 평소 장씨 일가와 친하면서 장희빈의 소생(경종)을 세자로 봉할 때에 세자의 어머니는 중궁이 되어야 한다

으로 인조의 서 1남인 숭선군과는 사촌 처남 매부 간이고, 숭선군의 아들 동평군은 사촌 여동생(從妹)의 아들이었다. 당시 궁궐의 가장 어른인 인조의 계비인 대왕대비 장렬왕후[190]는 숭선군 부인의 이모였다.

이러한 인연으로 궁궐에 들어간 장옥정은 인경왕후가 승하한 후에 승은을 입은 것을 알고 명성왕후가 그녀를 궁궐 밖으로 쫓아냈다. 쫓겨난 장옥정을 숭선군 이징의 아내 신씨가 자주 집에 불러 보살펴 주었다. 후일 조사석을 정승으로 임명하려 할 때 영의정 김수항(金壽恒)이 "조사석이 궁액(宮掖)에 연줄을 대어 남몰래 정승 자리를 도모한 것

는 편지를 전달한 사건과, 노비 숙정을 양인으로 속여 희빈의 오빠 장희재에게 보내 심복으로 삼도록 한 사실이 발각되어 절도에 유배되었다가 사사되었다.

189) 지두환, 『숙종대왕과 친인척-숙종의 후궁-』, 역사 문화, 2009, 34쪽.

190) 장렬왕후(莊烈王后, 1624~1688)는 영돈녕부사(領敦寧府事) 한원부원군(漢原府院君) 조창원(趙昌遠, 1583~1646)과 어머니 대사간(大司諫) 최철견(崔鐵堅, 1548~1618)의 딸인 완산부부인(完山府夫人) 전주 최씨 소생으로 인조 2년(1624) 11월 7일에 출생했다. 15세인 인조 16년(1638) 12월 4일 인조의 계비로 입궁했다. 26세인 인조 27년(1649) 5월 8일 인조가 승하하고 5월 13일 효종이 즉위하여 왕대비가 되었다. 36세인 효종 10년(1659) 4월 22일 효종이 승하하여 대왕대비가 되었다. 당시 장렬왕후의 복상문제로 정치문제화 되었으나 서인의 기년설(朞年設)이 채택되었다. 51세인 현종 15년(1674) 2월 23일 며느리인 효종비 인선대비(仁宣大妃)가 승하하여 다시 복상문제가 재현되었다. 당시 서인은 대공설(大功設, 9개월 복상)을 남인은 기년설(1년 복상)을 주장하였으나 남인의 기년설이 채택되어 남인이 정권을 잡게 되었다. 숙종 14년(1688) 8월 26일 묘시에 65세로 승하하였다. 휘호는 자의공신 휘헌강인 정숙온혜 장렬왕후(慈懿恭愼徽獻康仁貞肅溫惠莊烈王后)며 능호는 휘릉(徽陵)이다. 지두환, 『인조대왕과 친인척』, 앞의 책, 249~261쪽.

이다. 그런 사람과는 함께 일할 수 없다"[191]며 여러 차례 사직을 원하는 상소를 올린 것으로 보아 장희빈의 정치적 배경을 짐작하게 한다.

다음 날에도 대신들이 강력하게 반대하자 대비는, "의논하여 아뢴 말뜻은 모두 마땅하니, 가례를 정하여 거행하고, 처자의 단자는 졸곡(卒哭) 후에 다만 경중(京中)에서만 거두어들이는 것이 옳겠다"[192] 하여 간택단자는 경중(京中)에 있는 처자들만 참여하게 된다.

이날 영중추부사(領中樞府事) 송시열은, "앞으로 있을 대혼(大婚)의 예(禮)는 진실로 흥폐(興廢)에 관계되므로, 신은 원하건대, 전하께서는 주자(朱子)가 진관(陳瓘)의 서첩(書帖)에 쓴 발문(跋文)의 말과 문성공(文成公) 이이(李珥)의 봉사(封事) 가운데 진계(陳戒)한 말을 유신(儒臣)으로 하여금 상고하게 하시고, 이를 채택하여 시행하소서. 그러면 이른바 호연지기(浩然之氣)란 것이 전하의 성학(聖學)으로써 어찌 천지 사이에 더욱 채워지지 아니하겠으며, 이른바 만복의 근원이란 것도 또한 천만세에 영구히 미치지 아니하겠습니까?"라고 상소했다. 이에 임금은, "경이 말한 바는 진실로 가세(家世)와 덕용(德容)을 추구하되, 마땅히 용모와 자태는 취하지 말라는 뜻에 있는 것이다. 정성이 매우 간절하고 지극하니, 유의하여 깊이 생각지 않을 수 있겠는가?"[193]로 답한다.

봉건군주제에서 국부(國父)가 있으면 국모(國母)가 있어야 한다. 인경왕후가 승하하였으므로 왕비간택이 시작되는 것은 당연하지만 장

---

191) 『숙종실록』 권18, 숙종 13년(1687) 7월 24일(경자).
192) 『숙종실록』 권11, 숙종 7년(1681) 3월 4일(정사).
193) 『숙종실록』 권11, 숙종 7년(1681) 3월 4일(정사).

례를 치르기 전이라 대신들의 반대가 있었던 것이다. 조선 왕실에서는 왕이나 왕세자, 왕세손, 공주와 옹주의 혼인이 결정되면 가례도감(嘉禮都監)이 설치되어 전국에 금혼령(禁婚令)을 내린다. 금혼령이 반포되면 사대부가에서는 혼인이 금지되고 배우자가 될 가능성이 있는 후보자들은 관가에 신고를 해야 한다. 이를 간택단자(揀擇單子)라 한다.

　단자에는 후보자의 사주(四柱)와 거주지, 그리고 부(父), 조부(祖父), 증조부(曾祖父), 외조부(外祖父)의 이력을 기록하여 가문의 내력을 한눈에 알 수 있도록 했다. 이러한 간택제도는 왕족의 배우자를 '가려 뽑는다'는 뜻으로 왕과 세자는 미와 덕을 갖춘 규수를, 공주와 옹주는 학문과 인품이 훌륭한 배우자를 뽑기 위해서였다. 왕족 배우자의 후보 조건은 다음과 같다.

　<후보자 자격 조건>
　가. 국성(이씨) 이외의 사대부 딸
　나. 대왕대비와 같은 성은 6촌부터
　다. 왕대비와 같은 성은 8촌부터 왕대비의 외가 성은 7촌부터
　라. 왕비와 같은 동성동본은 8촌부터
　마. 왕과 다른 성을 가진 친척은 9촌부터
　바. 양친이 다 생존해 있는 처자
　사. 세자(또는 왕 자녀)보다 2~3세 연상

　위의 조건으로 보면 사대부의 자손이면 관직의 높고 낮음은 문제되지 않았음으로 후보자가 많았을 것임에도 매번 25~30명을 넘지 않았

다. 마지못해 단자를 한 후에도 서류를 도로 가져가는 등 잡음이 끊이지 않았다. 그것은 이미 후보자는 내정된 가운데 다른 처자들은 왕실 혼례의 권위를 위한 들러리라는 것을 알고 있었기 때문이다. 숙종의 손자인 사도세자와 가례를 올린 혜경궁은 <한중록>에서 세자빈 간택 당시를 아래와 같이 회고했다.

> 그해에 간택단자 받는 명이 내리니 혹이 말하되 "선비 자식이 간택에 참예치 않으나 해로움이 없을지니 단자를 말라, 빈가(貧家)에 의상 차리는 폐를 덞이 마땅하다" 하니, 선인이 가라사대 "내 세록 지신이요, 딸이 재상의 손녀니 어찌 감히 기망(欺罔)하리오" 하시고 단자를 하시나[194]

인용문에서 간택에 참여하여야 할 의무가 있는 집안에서도 단자를 하지 않는 예가 있음을 알 수 있다. 『영조실록』에도 "왕세자빈 간택 봉단(揀擇捧單)이 지체되었으므로 해당 관리를 벌주라"[195]는 내용이 있고, "영남의 권숭(權崇)이란 자가 단자를 뽑아가지고 돌아갔으니 벌을 내려야 한다"는 상소가[196] 있었다.

간택단자 후에는 세 차례의 간택 절차가 진행된다. <인현왕후전>에는 숙종과 인현왕후의 결혼 장면이 추상적으로 묘사되어 구체적인

---

194) 정은임, 교주 <한중록>, 이회문화사, 2002, 27쪽. 이후 인용하는 <한중록>은 작품명과 쪽수만 밝힌다.

195)『영조실록』권58, 영조 19년(1743) 8월 3일(계축).

196)『영조실록』권58, 영조 19년(1743) 8월 23일(계유); 정은임,『한중록 연구』, 앞의 책, 81~83쪽.

간택과정을 확인할 수 없다. 그러나 숙종의 손부(孫婦)인 혜경궁은 세자빈으로 간택되기까지의 모든 절차를 매우 소상하게 기술하였다. 왕비로 간택되는 인현왕후와는 신분의 차이가 있지만 직접 경험한 사실을 회고한 것이므로 궁중 혼례 절차와 함께 후보자의 내면세계를 짐작할 수 있는 귀중한 자료가 된다. 혜경궁이 61세에 친정조카에게 주려고 기술한 <한중록>에는 9살 어린 시절에, 놀람과 두려움으로 경험했던 간택단자와 초간택, 재간택, 삼간택, 그리고 별궁 생활 등을 아래와 같이 회고했다.[197]

(1) 초간택

그때 내 집이 극히 빈곤하여 의상을 해 입을 길이 없으니 치마차는 선형 혼수에 쓸 것을 하고, 옷 안은 낡은 것을 넣어 입히시고 다른 결속(結束)은 빚을 내어 선비께서 근로하시며 차리오시던 일이 눈에 암암하며[198]

구월 이십팔 일 초간택이 되니 선대왕께서 용열한 재질을 천포가 과히 융중(隆重)하서 각별 어여삐 여기시고, 정성왕후께서 가즉이 보시고 선희궁께서 간선(揀選)하는 보계에 오르지 않으서 먼저 불러 보시고 화기 만안(滿顔)하여 사랑하오시고, 궁인들이 다투어 안거늘 내 심히 괴로와하였더니 사물(賜物)을 내리오시니, 선희궁께서와 화평옹주께서 내 행례하는 거동을 보시고 예모를 가르치시거늘 그대로 하고 나와 선비 품에서 자더니, 조조(早朝)에 선인이

---

197) 정은임,『한중록연구』, 앞의 책, 84~95쪽 참조.
198) <한중록>, 27쪽.

들어오셔서 선비께 "이 아이 수망에 들었으니 이 어쩐 일인고" 하오시고 근심하시니, 선비 하시되 "한미(寒微)한 선비의 자식이니 들이지 말았다면" 하시고 양위(兩位) 근심하시는 말씀을 잠결에 듣고 자다가 깨어 마음이 동하여 자리에서 많이 울고, 궁중이 사랑하던 일이 생각이 나 놀라와 즐기지 아니하니 부모 도리어 위로하시고, "아이가 무슨 일을 알리" 하시나, 내 초간택 후로 심히 슬퍼하기를 과히 하였으니 궁중에 들어와 억만창상을 겪으려 마음이 스스로 그러하던가, 일변 고이하고 일변 인사가 흐리지 아니한 듯하더라. 간택 후, 일가가 찾는 이도 많고 문하 하인(門下下人) 절적(絶跡)하였던 것도 오는 이 많으니 인정과 세태를 가히 볼지라.[199)

궁중 풍속에 의하면 초간택에 참가하는 처자들은 성적(成赤, 이마의 잔머리를 뽑고 연지. 곤지를 찍는 화장)은 하지 않고, 국산 명주를 염색한 노랑(송화색) 저고리에 다홍치마를 입는 평상복 차림을 한다. 입궁할 때 사인교를 타고 가마 앞·뒤에는 몸종과 유모가 따른다. 지체가 높은 아가씨는 수모(미용사)가 따라가지만 수모가 없는 경우에는 유모가 대신한다. 혜경궁의 회고에 의하면 초간택을 준비할 때에 일찍 죽은 언니의 결혼을 위해 준비해 두었던 천으로 어머니가 직접 만들어 주신 옷을 입었다고 한다.

절적(絶跡)하였던 것도 오는 이 많으니 인정과 세태를 가히 볼지라.[200)

---

199) <한중록>, 27~28쪽.
200) <한중록>, 27~28쪽.

초간택 다음날 『영조실록』에는, "임금이 몸소 세자빈을 간택하고 홍봉한(洪鳳漢)·최경홍(崔景興)·윤현동(尹顯東)·정준일(鄭俊一)의 딸 등 8명의 처자를 재간택(再揀擇)에 들게 하였다"[201]는 기록이 있다. 초간택 후, 홍봉한의 딸이 유력한 후보자라는 소문이 있었음인지 평소에 오지 않았던 사람들까지 방문한 것에서 세상의 인심을 볼 수 있다고 회고했다.

(2) 재간택

재간택은 초간택이 있은 지 한 달 후인 10월 28일이었다. 일반적으로 재간택은 초간택에서 뽑힌 5~7명의 처자들을 약 한 달 후에 다시 입궁시켜 초간택과 같은 절차로 선을 본다. 초간택 때와는 달리 성적을 하고, 옷 색깔은 초간택과 같지만 옷감은 규제가 없어 중국비단도 입을 수 있으며 저고리 위에는 초록 곁마기를 입는다. 재간택에서 보통 세 사람을 뽑지만 적임자가 내정되어 귀가할 때엔 육인교를 타고 50명의 호송을 받으며 귀가한다. 내정된 처자의 집에서는 처자를 극존칭으로 공대하여 맞이한다. 글월비자가 가져온 궁중 편지는 격식에 맞추어 (왕비의 글은 네 번, 후궁의 글은 두 번 절을 하고 받음) 받으면서 사실상 혼례 준비에 들어가게 된다. 이때를 작자는 아래와 같이 회고했다.

십월 이십팔일 재간택이 되니 내 심사 자연 놀랍고 부모 근심하셔 들여보내시며 요행 빠지기를 죄여 보내시더니 궁중에 들어오니 궐내서는 완정(完定)하여 계시던 양하여 의막을 가즉이 하고 대접

---

201) 『영조실록』 권58, 영조 19년(1743) 9월 29일(무신).

하는 도리가 다르시니 더욱 심사 당황하더니, 어전에 올라가매 다른 처자와 같게 아니하사 염내로 들어오서 선대왕이 어루만져 사랑하시고, "내 아름다운 며느리를 얻었도다, 네 조부를 생각하노라." 하시고, "네 아비를 내 보고 사람 얻은 줄을 기꺼하였더니 네 아모의 딸이로다." 하오시며 기꺼하오시고,[202]

이날『영조실록』에는, "홍봉한(洪鳳漢) · 최경흥(崔景興) · 정준일(鄭俊一)의 딸을 삼간택(三揀擇)에 들게 하고, 나머지는 모두 혼인을 허락하도록 명하였다"[203]고 기록되었다. 이 기록에서 재간택에서는 3명을 뽑았으며 재간택 후에는 전국에 내려졌었던 금혼령이 해제되는 궁중 풍속을 확인할 수 있다.

혜경궁은 간택 당시 궁궐에서 간단한 점심 식사로 낮 것을 먹었다고 회고한다. 낮 것(낮 것)은 점심(點心)을 말하며 평소에는 마음에 점을 찍을 정도로 가벼운 음식인 옹이 · 미음 · 죽 등의 유동식이나 간단한 다과상으로 대신 했음을 알 수 있다. 음식의 종류는 정확하게 알 수 없어도 간택 후에는 후보자들에게 음식을 대접하며 오랫동안 궁궐에 머무르게 하면서 세밀하게 관찰했음을 알 수 있다. 또한 옷의 치수를 재기 위하여 견막이(곁마기)를 벗기려 하였을 때, 벗지 않겠다고 하니 내인이 달래어 벗고 척수를 재었다고 회고한다. 함부로 옷을 벗지 않으려 한 것이나, 눈물이 나는 것을 참았다가 가마에서 몰래 울었다는 것은 양반가 규수의 전형적인 모습이다. 9살 소녀가 감당하기에 힘들었을 것으로 생각된다.

---

202) <한중록>, 28~29쪽.
203)『영조실록』권58, 영조 19년(1743) 10월 28일(정축).

혜경궁은 재간택에서 적임자로 내정되었음으로 육인교를 타고 50명의 호송을 받으며 귀가하였을 것이다. 귀가 길에서 왕비(정성왕후)와 세자 생모(영빈 이씨)의 편지를 든 글월비자가 흑단장을 한 것을 보고 놀랐다고 한다. 비자(婢子)는 궁녀의 하인으로 궁중 여인들의 편지 심부름을 하는 직책이다. 당시 여성들은 외출할 때 얼굴을 가리기 위하여 머리에서부터 길게 내리쓰던 장옷을 입었다. 글월비자의 장옷이 검은색이라 놀란 것이다.

재간택을 마치고 가마가 대문을 지나 사랑문으로 가니 부모님이 예복을 입고 공경하는 태도로 맞이하시니 참았던 눈물이 흘러 막을 수 없었다고 회고했다. 이어서 글월비자가 가져 온 왕비의 편지는 네 번, 세자의 생모인 영빈 이씨의 편지는 두 번 절을 한 후에 받으면서 사실상 혼례 준비에 들어가게 된다.

재간택 이튿날인 영조 19년 10월 29일, 세자 보모상궁의 우두머리인 최상궁이 편지를 관장하는 색장(色掌) 내인 김가효덕을 데리고 나와 옷의 치수를 재어가고, 삼간택(11월 13일) 전에도 최상궁이 색장 문가대복과 함께 왕비의 선물을 가지고 방문하였다고 회고 했다. 본격적인 혼례준비가 시작된 것이다. 『영조실록』에는 "김재로(金在魯)를 가례도감 도제조로, 이병상(李秉常)·민응수(閔應洙)·조관빈(趙觀彬)을 제조로, 윤심형(尹心衡)·이천보(李天輔)를 도청 낭청으로 삼았다"고 기록[204]했다. 궁궐에서도 재간택 다음 날부터 왕세자 혼례를 위한 가례도감의 임시기구가 구성되어 본격적인 가례준비가 진행된 것을 알 수 있다.

---

204) 『영조실록』 권58, 영조 19년(1743) 10월 29일(무인).

(3) 삼간택

혜경궁 홍씨의 삼간택은 재간택을 치른 지 보름 후인 11월 13일이었다. 삼간택은 재간택에서 내정된 처자에 대하여 재삼 확인하는 절차다. 복장은 재간택 때와 같이 성적을 하고, 귀걸이도 한다. 옷도 재간택 때의 곁마기보다 한 단계 높은 예복인 소례복(小禮服) 차림으로 초록당의에 중간 크기의 노리개 석줄(中三作)을 차고 족두리를 쓴다. 삼간택에서는 왕이 이름을 지적하여 영의정을 통하여 공시한다. 삼간택에서 최후로 뽑힌 처자에게는 다른 후보자들이 큰 절을 하여 왕비 또는 세자빈의 대우를 받는다. 간택된 후보자는 집으로 가지 않고 궁궐 가까운 곳에 있는 별궁(別宮)에 머물면서 혼례까지 궁중법도를 익힌다.

혜경궁은 재간택 후부터 부모님과 집안 어른들까지 공경하여 마음이 불안하였다고 했다. 또한 궁녀들과 친척들의 방문 등으로 정신없이 보름을 보냈을 것이다. 이제 내일이면 영원히 집을 떠나는 전날 밤의 정경을 아래와 같이 회고했다.

삼간이 십일월 십삼일이니 남은 날이 점점 적으니 갑갑히 슬프고 서러워 밤이면 선비 품에서 자고, 두 고모와 중모(仲母)께서 어루만져 떠나기를 슬퍼하시고 부모께서 주야에 어루만져 어여삐 하오시고 잔잉히 여기오셔 여러 날 잠을 못 자오시니 이제라도 생각하면 흉금이 막히더라. …… 날수가 흘러 삼간 날이 되니 고모네께서 "집이나 다 두루 살피라." 하서 십이일 밤에 데리고 다니시니, 월색이 명랑하고 눈 위에 바람이 찬데 손을 이끌고 다니니 눈물이 흐르더라.205)

혜경궁은 삼간택 전날 밤에는 여러 감회가 교차되어 늦도록 잠을 이루지 못하였다. 삼간택 날, 이른 아침부터 입궐하라는 재촉을 받으면서 준비하던 때를 환갑이 되어서 아래와 같이 회고하였다.

방에 들어와 견디어 잠을 이루지 못하고 이튿날 일찍부터 "입궐하라." 재촉하니 궐내에서 삼간 미처 나온 의복을 입으니라. 원족 부녀들이 그날 와 하직하고 가까운 친척은 별궁으로 간다 하고 모였더니 사당에 올라 하직할 새 고유다례를 지내고 축문을 읽으니 선인께서는 눈물을 참사오시고 모두 차마 떠나기 어려워하던 정경이야 어찌 다 이르리오. ······ 궐내 들어와 경춘전에 쉬어 통명전에 올라가 삼전께 뵈오니 인원왕후께오서 처음으로 감하오시고, "아름답고 극진하니 나라의 복이라." 하오시고, 선대왕께서 어루만져 과애(過愛)하오시고, "슬거운 며느리니 내 잘 가리었노라." 하오시고, 정성왕후께서 기꺼하오심과 선희궁께오서 극진히 자애하오심이 이를 것이 없으니, 아이 적 마음이나 감은(感恩)하여 우럴잡는 마음이 스스로 나는지라.206)

궁궐에 들어와서는 창경궁 경춘전에서 잠시 휴식한 후에 통명전에서 삼전(三殿)을 뵈었다. 통명전은 왕비의 침전으로 임금이 임시로 거처하는 곳인 시어소(時御所)이기도 하여 창경궁에서 가장 중요한 건물이다. 이곳에서 초간택과 재간택 때에도 뵙지 못했던 대왕대비 인원왕후207)를 처음 뵙는다. 그때 대왕대비를 뵈었을 때를 혜경궁은 '보다'의

205) <한중록>, 30~33쪽.
206) <한중록>, 33쪽.
207) 인원왕후(仁元王后, 1687~1757)는 이조 판서 김남중(金南重)의 증손녀이며

궁중어인 '감하다(鑑)'라고 표현하였다. 인원왕후도 "아름답고 극진하니 나라의 복이라"고 덕담을 하였다. 궁궐 사람들은 일상의 생활언어에서도 궁궐 밖의 사람들과는 다르게 품위 있는 궁중어를 사용하였음을 알 수 있다. 그날『영조실록』에는 "세자빈 삼간택(三揀擇)의 예(禮)를 거행하여 세마(洗馬) 홍봉한(洪鳳漢)의 딸이 간택되었다"208)고 기록했다.

숙종 7년(1681) 3월 26일, 명성왕후는 대신들을 빈청(賓廳)에 모이게 하고 언서(諺書)로 "대혼(大婚)을 병조 판서 민유중(閔維重)의 집과

아버지는 영돈녕부사 경은부원군(慶恩府原君) 김주신(金柱臣, 1661~1721)이고 어머니는 조경창(趙景昌, 1634~1694)의 따님인 임천 조씨(林川趙氏, 1660~1731)다. 숙종 13년(1687) 9월 29일 외가인 한양 순화방(順化坊) 사제에서 태어나 궁정동(宮井洞)에서 생장하였다. 15세인 숙종 27년(1701) 인현왕후(仁顯王后)가 승하한 후에 16세인 숙종 28년(1702) 9월 3일 숙종이 직접 간택하여 10월 4일 왕비가 되었다. 34세인 숙종 46년(1720) 6월 8일 숙종이 승하하고 6월 13일 경종이 즉위하여 왕대비가 되었다. 경종 1년과 2년에 걸쳐 경종을 비호하는 소론과 왕세제인 연잉군을 중심으로 한 노론과의 극한 대립에서 왕세제를 보호하였다. 38세인 경종 4년(1724) 8월 25일 경종이 승하하고 8월 30일 왕세제 연잉군이 즉위하여 대왕대비가 되었다. 자녀는 없으며 영조에게는 법적으로 어머니가 된다. 왕의 어머니가 대왕대비인 것은 아버지 숙종(19대)을 이은 이복형 경종(20대, 장희빈 소생)이 자식이 없어 동생이 왕(영조)이 되었기 때문이다. 영조 33년(1757) 3월 26일 창덕궁 영모당(永慕堂)에서 71세로 승하했다. 시호는 인원(仁元), 휘호는 혜순 자경 헌열 광선 현익 강성 정덕 수창 영복 융화 휘정 정운 정의 장목(惠順慈敬獻烈光宣顯翼康聖貞德壽昌永福隆化徽靖正運定懿章穆), 능호는 명릉(明陵)으로 경기도 고양군 서오릉(西五陵) 구역 내에 있다. 지두환,『숙종대왕과 친인척―숙종의 왕비―』, 역사문화, 2009, 304~371쪽.

208)『영조실록』권58, 영조 19년(1743) 11월 13일(임진).

정하였는데, 여러 대신들의 뜻은 어떠한가"라고 묻는다. 영의정 김수항(金壽恒) 등 대신들이, "진실로 신인(神人)의 소망에 맞으니, 이는 온 나라 신민(臣民)의 복입니다. 신 등은 기뻐서 하례하는 바가 지극함을 견디지 못하겠습니다"고 대답하는 것으로 왕비 간택은 마무리 된다. 숙종의 계비로 간택된 인현왕후는 15세였으며 신랑인 숙종은 20세였다. <인현왕후전>은 간택 과정의 이유를 아래와 같이 서술했다.

경신 동(冬)에, 인경왕후 김씨 승하하시니 대왕대비께옵서 곤위가 비었음을 근심하사, 간택하는 영(令)을 내리오사 숙덕을 구하시니, 청풍부원군 김공이 후(后)의 덕행을 익히 들은 고로 대비께 주달(奏達)하고, 영의정 송선생이 상전(上前)에 아뢰되,

"국모는 만인의 복이라, 당금(當今) 병판(兵判) 민모의 여아(女兒)가 숙덕이 쌍전(雙全)함을 신이 익히 아오니, 복망, 전하는 번거이 간택을 말으시고 대혼을 완정하소서."

대비 대열(大悅)하사 비망기를 나리와 전교하사 지실하라 하오시니,[209)]

인용문은 인경왕후가 승하한 후에 왕비 간택이 당시 궁궐의 제일 어른인 대왕대비(인조의 계비, 장렬왕후)의 명으로 시작되었다고 하였다. 그러나 사실은 대비인 숙종의 어머니 명성왕후가 모든 것을 주도하였다.

인경왕후가 승하한 후에 궁인 장씨(후일 장희빈)가 숙종의 총애를 받고 있었다. 그 사실을 알게 된 명성왕후는 그녀를 궁궐 밖으로 내쫓

---

209) <인현왕후전>, 20~21쪽.

왔다. 봉건군주제에서 왕은 하늘이 선택한 사람이기에 그 자손이 번창하도록 후궁을 권장하는 것이 관례다. 그럼에도 왕이 총애하는 궁녀를 내쫓은 것은, 당시 서인과 남인으로 대립된 정국에서 명성왕후와 인경왕후, 인현왕후 집안은 서인 측이었기 때문이다. 반면 장희빈은 남인측에서 정치적으로 입궁시킨 여인이었기에 남인 세력을 견제하기 위하여 서둘러 왕비를 간택한 것이다.

3) 인현왕후의 별궁 생활

왕비나 세자빈으로 간택된 예비 신부는 입궁하기 전까지 별궁에서 생활한다. 별궁은 조선왕실에서 신부 후보자가 왕실 법도를 배우고 이곳에서 혼례의 여러 절차를 행하는 곳이다. 현재 전하는 조선의 『가례도감의궤』에 의하면 조선 후기의 별궁은 태평관(太平館), 어의궁(於義宮), 운현궁(雲現宮) 세 곳이었다. 그중 어의궁이 별궁으로 가장 많이 사용되었다.[210] 태평관은 숭례문 안의 양생방(서울 중구 서소문동)에 있던 중국사신을 접대하던 곳이고, 운현궁(서울 종로구 운니동)은 고종이 출생하여 12세에 왕이 되기까지 생활했던 곳이다. 어의궁은 현재

---

210) 태형관은 외국 사신을 접대하는 공관으로 이곳에서 중종의 제2계비 문정왕후가 처음 별궁으로 사용했다. 선조의 계비 인목왕후와 인조 때 소현세자도 이곳을 별궁으로 사용했다. 인조의 계비 장렬왕후(莊烈王后)가 효종의 잠저(潛邸)인 어의동 본궁(於義洞本宮)을 별궁으로 사용한 후 철종(哲宗)까지 어의동이 별궁으로 사용되었다. 단 효종은 자신의 궁을 쓸 수 없으므로 이현별궁(梨峴別宮)을 사용했다. 김용숙, 『조선조 궁중풍속 연구』, 1987, 일지사, 230쪽.

종로구 연건동의 기독교회관 부근이다. <인현왕후전>은 별궁생활을
아래와 같이 묘사 하였다.

　　중사와 궁인을 보내사 후를 어의동 본궁으로 모실새, 궁인이 상
　명(上命)을 받자와 후를 뵈옵고 놀라며 경복(敬服)하여 부부인께 사
　뢰되,
　　"궁인이 천은을 입사와 금궐(禁闕)에 들어 삼대왕 대행성덕(大行
　盛德)을 뵈옵고 열인안목이 팔십이 넘사오되 이 같으신 성덕용광을
　처음 뵈오니 국가와 만민의 만행(萬幸)뿐더러 궁인의 오래 사온 것
　이 영화(榮華)이로소이다."
　하니 부부인이 불감(不敢)함을 손사하고 예용(禮容)이 법(法)다우니
　상궁이 차탄하고 궐내에 들어와 본대로 아뢰오니, 대비 크게 기꺼
　길일을 날로 기다리시며 더딤을 한(恨)하더라.[211]

　인용문은 인현왕후의 별궁생활 모습에서 왕후의 아름다운 모습과
겸손하고 덕성스러운 모습을 부각시켰으나 구체적인 일정에 대한 내
용이 없다. 그러나 자신이 직접 경험한 사실을 회고한 <한중록>에는
세자빈으로 간택된 영조 19년 11월 13일부터 가례일인 영조 20년 1월
11일까지의 별궁생활이 구체적으로 서술되어 있다. 공적인 기록에서
는 확인할 수 없는 내용으로 세자빈이나 왕비로 간택된 후에 별궁에서
의 생활을 엿볼 수 있는 소중한 자료다. 혜경궁은 별궁에서의 첫날밤
을 아래와 같이 기술했다.

---

211) <인현왕후전>, 22~23쪽.

세소(洗梳) 고치고 원삼 입고 앉아 상 받고 날이 저물기 재촉하여 삼전께 사배(四拜)하고 별궁에 나오니 선대왕께서 덩 타는 곳에 친림(親臨)하오셔서 보시고 집수(執手)하오시며, "조히 있다가 오라." 하오시고, "『소학』을 보낼 것이니 아비께 배우고 잘 지내다가 들어오라." 하오시며 권권연애하오심을 받잡고 나오니 날이 저물어 불을 혔더라. 궁인들이 좌우로 데리고 있으니, 내가 선비를 떠나 잘 일이 악연하여 잠을 못자고 슬퍼하니 선비 마음이 또 어떠하시리오. 보모 최상궁이 성(性)이 엄하고 사정이 없어, "나라 법이 그렇지 아니하니 내려가소서." 하여 모시고 자지 못하니 그런 박절한 인정이 없더니라.212)

또한 별궁에서 당시 여성이 갖추어야 할 기본 지식 배웠음을 알 수 있는 내용도 있다.

이튿날 소학을 보내어 계시니 날마다 선인께 배우고 당숙도 한 가지로 들어오시고 중부와 선형이 또 들어오시고 숙계부께서는 동몽으로 들어오시더니라. 선대왕께오서 또 "『훈서(訓書)』를 보내오셔 『소학』 배운 여가에 보라 하시니 그 훈서는 효순왕후 들어오신 후 지어 주신 어제더라.213)

인용문에서 별궁생활의 일과는 교양 기초 과목인 『소학』을 선인(아버지), 당숙,214) 중부,215) 선형216) 등 가족에게 번갈아 배웠음을 알 수

---

212) <한중록>, 33~34쪽.
213) <한중록>, 34쪽.
214) 홍상한(洪象漢, 1701~1769), 혜경궁 홍씨의 큰 아버지다. 조선 후기의 문신으로 자는 운장(雲章)이다. 아버지는 이조참판 석보(錫輔)이며, 어머니는 승

있다. 삼간택을 마치고 궁궐을 떠나려 할 때, 영조는 "조히 있다가 오라"면서 『소학』과 함께 『훈서』를 주었다. 그중 『훈서』는 영조가 진종217) 비(효순왕후)218)를 위해 직접 지은 책이었다. 이와 같이 삼간택

지 조의징(趙儀徵)의 딸이다. 어유봉(魚有鳳)의 문인이며 사위이다. 영조 4년(1728) 진사시에 합격하여 의금부도사가 되었다. 이듬해 증광문과에 병과로 급제하여 검열, 지평, 전라감사, 이조참판, 도승지, 대사헌 등 주요 관직을 지냈다. 1769년 병으로 관직에서 물러나 봉조하(奉朝賀)가 되었다. 저서로는 『풍산세고』 · 『정혜공유고(靖惠公遺稿)』가 있다. 시호는 정혜(靖惠)이다.

215) 홍인한(洪麟漢, 1722~1776), 혜경궁 홍씨의 작은 아버지다. 영조 29년(1753)에 정시문과 병과에 급제, 가주서(假注書) · 정언(正言)을 지내고 이듬해 교리(校理)로 조영순(趙榮順)을 신구(伸救)하려다 파직되었다. 1755년 헌납(獻納)을 거쳐 1757년 전라도 관찰사에 승진, 그 후 도승지, 경기도관찰사를 역임하고, 공조, 이조, 병조 등 각조의 판서를 지낸 뒤 영조 50년(1774)에 우의정, 이듬해 좌의정이 되었다. 풍산 홍씨들이 시파(時派)에 가담하여 세손을 보호했으나 그는 벽파(僻派)에 가담하여 세손의 즉위를 반대했다. 1776년 정조가 즉위하자 여산(礪山)에 유배된 후 고금도(古今島)에 위리안치(圍籬安置) 되었다가 사사되었다. <한중록>에는 자신이 작은아버지께 특별히 부탁하여 정조의 대리정사를 반대하게 했다고 기술했다.

216) 홍낙인(洪樂仁, 1729~1777), 홍봉한(洪鳳漢)의 장자로 혜경궁의 큰 오빠다. 영조 37년(1761)에 정시 문과(庭試文科)에 장원으로 급제하였다. 1763년에 통신사(通信使)의 종사관(從事官)으로 일본에 다녀오기도 하였으며 예조참의(禮曹參議) · 좌부승지(左副承旨) · 대사성(大司成) 등을 역임하고 1775년에는 이조참판(吏曹參判)을 지냈다. 저서로는 『안와유고(安窩遺稿)』가 있다.

217) 진종(眞宗, 1719~1728), 숙종 45년(1719) 2월 15일, 정빈 이씨(靖嬪李氏) 소생으로 영조의 장남이다. 어릴 때 이름은 '만복(萬福)'으로 효장세자가 태어났을 때, 아버지는 왕의 후계자가 아니었다. 6세(1724)에 아버지가 왕이 되어 경의군(敬意君)으로 봉해졌다가 7세(1725)에 왕세자가 되었다. 9세(1727, 9월 29일)에 13세의 조문명(趙文命, 1680~1732)의 딸과 가례를 올렸으나 10세인 영조 4년(1728) 11월 16일에 창경궁 진수당(進修堂)에서 승하했다.

후, 별궁생활은 궁중법도와 교양을 쌓으며 왕비와 왕세자빈으로서 품위를 지닐 수 있도록 교육하는 기간이었음을 알 수 있다. 뿐만 아니라 별궁에서 생활하는 동안은 친정 부모님과 친족들이 자유롭게 드나들며 친정 친족들과의 정을 나눌 수 있도록 배려했음을 아래 인용문에서 확인할 수 있다.

> 별궁에서 지내기를 오십여 일을 하니 삼전께오서 안부 묻자오시는 상궁이 자로 오면 본댁을 청하여 뵈옵고 관대하니 감축함을 어찌 형용하리오. 상궁이 와 미처 오래지 않아 잔상과 예관이 좇아 들어오면 풍성하고 후하여 갑자 가례 때 장함을 궁중이 일컫더라.[219]

인현왕후도 숙종 7년(1681) 3월 26일에 왕비로 간택되어 5월 13일 입궁하기 전까지 50여 일의 별궁생활이 혜경궁과 크게 다르지 않았을

시호(諡號)는 효장(孝章)이다. 영조 38년(1762) 동생 사도세자가 뒤주에 갇혀 죽은 후에 영조는 왕세손(정조)을 효장세자의 양자로 하여 대를 잇게 하였다(영조 40년, 2월 21일). 정조 즉위 후 효장세자는 진종(眞宗)으로 추존되었다. 그 후 고종 때에 다시 진종소황제(眞宗昭皇帝)로 추존되었다.

218) 효순왕후(孝純王后, 1715~1751)는 풍릉부원군(豊陵府院君) 조문명(趙文命, 1680~1732)의 따님으로 숙종 41년(1715) 12월 14일 생이다. 13세인 영조 3년(1727)에 세자빈이 되었으나 14세에 효장세자가 승하하여 청상(靑孀)이 되었다. 21세인 영조 11년(1735) 3월 16일 현빈(賢嬪)으로 봉해졌다. 영조 27년(1751) 11월 14일 창덕궁 의춘헌(宜春軒)에서 37세로 승하했다. 시호를 효순(孝純)이라 하였음으로 정조 즉위 후 효순왕후로 추증되었다. 영조는 어린 나이에 혼자 된 며느리를 특별히 사랑하면서 자신의 마음을 알아주는 사람은 화평옹주와 함께 현빈이라고 말하기도 하였다.

219) <한중록>, 35쪽.

것으로 생각된다. 이후 혼례준비는 정사(正使) 영의정 김수항(金壽恒)과 부사(副使) 병조 판서 이숙(李翻)을 중심으로 진행된다. 숙종과 인현왕후의 육례(六禮) 일정을 정리하면 아래와 같다.

(1) 납채(納采)

4월 13일, 어의동(於義洞) 별궁(別宮)에서 납채례(納采禮)를 거행하였다.

납채는 대궐에서 별궁으로 사자를 보내 결혼을 청하는 의식으로 혼담이 통보된 후에 예물과 사주를 보내는 의식이다. 납채 후 남은 일정에 착오가 없도록 4월 16일에 가례 연습[220]을 시작하여 4월 17일,[221] 4월 19일[222]까지 모두 세 차례 연습을 한 기록이 있다.

(2) 납징(納徵)

4월 20일, 어의동 별궁에서 납징례(納徵禮)를 거행하였다.

납징은 혼약의 증거로 신랑 집에서 폐백(幣帛)을 보내면 신부 집에서 받는다는 뜻으로 납폐(納幣)라고도 한다. 가례에서 납징은 대궐에서 혼인의 징표로 별궁에 예물을 보낸다. 국왕의 가례에서는 비단을 넣은 속백함(束帛函), 교서, 말 4필을 보내며, 왕세자의 가례에는 속백함과 말 2필을 보낸다. 신부 집에서는 이에 대한 답서를 보내는 의식이다.

---

220) 『숙종실록』 권11, 숙종 7년(1681) 4월 16일(기해).
221) 『숙종실록』 권11, 숙종 7년(1681) 4월 17일(경자).
222) 『숙종실록』 권11, 숙종 7년(1681) 4월 19일(임인).

(3) 고기(告期)

4월 25일, 어의동 별궁에서 고기례(告期禮)를 거행하였다.

고기례는 대궐에서 길일을 택해 가례 일자를 결정한 후 별궁에 알려주는 의식이다. 신랑 측에서 혼인 기일을 정하는 것을 청기(請期)라 하고, 신부 측에서 정하는 것은 고기라 하였으나 왕실의 가례에서는 이를 구분하지 않았다.

(4) 책비(册妃)

5월 2일, 임금이 인정전(仁政殿)에 나아가서 정사(正使) 김수항(金壽恒)과 부사(副使) 이숙(李翿)을 보내어 책비례(册妃禮)를 거행하였다. 책비는 별궁으로 사신을 보내 책봉을 받도록 하는 성스럽고 경사스러운 의식이다. 이때 별궁에서는 주인이 사신을 맞이하여 신부가 북벽단에 올라서면 상궁이 교명문을 받들어 책봉을 선포한다. 인현왕후가 받은 교명문(敎命文)은 아래와 같다.

> "왕은 말하노라. 내가 듣건대, 옛날의 성왕(聖王)이 경신(敬愼) 중정(重正)하는 바는 혼례라 하고, 『주역』의 가인 패(家人卦)에 위치를 바로잡는 것을 우선으로 하였으니, 가도(家道)가 바르게 되어야 천하가 안정되는 것이다. 이에 내가 과매(寡昧)한 몸으로 선대(先代)의 무거운 기업을 이어받고 큰 통서(統緖)를 이어받아 우리 선왕과 종묘를 받들었으니, 날로 간우(艱虞)에 떨고 있는 이때에 어떻게 감히 궁실(宮室)의 편안함만 생각하여 풍악을 울려 즐기겠는가?
> 그러나 주기(主器)를 세우지 못하였고, 음교(陰敎)가 바야흐로 비

었는데, 기업을 도모하는 데 관계되는 일은 아득하여 의뢰할 곳이 없다. 이에 태모(太母)의 휘교(徽敎)를 받들고, 겸해서 보좌하는 신하들의 첨의(僉議)를 채택해보니, 종조(宗祧)는 반드시 계승해야 하고, 풍화(風化)는 반드시 근본이 되는 바가 있으므로, 인륜의 시초는 늦출 수가 없다고 말하였다. 이에 곧 훌륭한 문벌(門閥)에 밝게 알리고, 자위(慈闈)께서 거듭 가려서 간택하시고, 거듭 길조(吉兆)를 점쳐서 곤위(壼位)를 바로잡게 하셨다.

아! 그대 민씨는 시례(詩禮)를 익힌 명문출신으로 선상(善祥)이 대대로 이어져 왔으니, 매우 유한(幽閑)하고 정정(貞靜)하여 아름다운 성명(聲名)이 있었다. 공손하고 온순하며 우아하게 드러난 유칙(柔則)은 진실로 애타게 구하던 바에 부응(副應)하므로, 위적(褘翟)의 존귀함에 합당하다. 이제 정사(正使) 영의정 김수항과 부사(副使) 병조 판서 이숙을 보내어 길일을 가려서 의례를 갖추게 하고, 금보(金寶)와 옥책(玉冊)을 주어 그대를 책봉하여 왕비로 삼는다.

아! 오로지 효경(孝敬)해야 궁위(宮闈)를 받들어 기쁘게 할 수 있고, 공검(恭儉)해야 장차 복리(福履)를 흥성(興盛)하게 할 수 있을 것이니, 오직 바르고 밝은 마음으로 아침부터 밤늦게까지 예에 따라 게을리 하지 않는다면 거의 경계하여 상성(相成)하는 보좌가 있을 것이며, 『주역』의 집안을 바로잡는 법을 본받고, 『예기』의 어버이를 공경하는데 힘쓰는 까닭이 진실로 이에 있는 것이다. 거룩한 임사(任姒)가 희주(姬周)의 아름다운 배필이 되어 관저(關雎)의 교화를 펴서 인지(隣趾)·종사(螽斯)의 보응(報應)에 이른 것이 또한 이에 달려 있으니, 아! 공경할지어다. 그러므로 이에 교시하니, 의당 알라."[223]

---

223) 『숙종실록』 권11, 숙종 7년(1681) 5월 2일(갑인).

옥책문(玉册文)은 대제학(大提學) 이민서(李敏敍)가 제술(製述)한 것으로 아래와 같다.

"왕은 말하노라. 왕자가 신령(神靈)의 다스림을 받는 것은 반드시 내조의 어짊에 의뢰하는 것이고, 성인은 풍화의 근원을 귀중하게 여기니, 더욱 대혼의 예를 근엄하게 하는 것이다. 종사를 공경히 받드는 까닭도 또한 이에 의뢰하여 치공(治功)을 보성(輔成)하는 것인데, 국세가 다난한 때를 당하였으니, 어찌 곤직(壼職)을 잠시라도 비워 둘 수 있겠는가? 그리고 자지(慈旨)를 공경히 받들건대, 밤낮으로 간절하게 구하고, 여러 사람의 의견을 물으니, 다행히 유가(柔嘉)한 길조를 얻었다. 이에 구제(舊制)를 좇아 욕의(縟儀)를 거행한다.

아! 그대 민씨는 시기적으로 현부(玄符)에 감응(感應)되어 경사는 화주(華胄)에 넘쳐흐르며, 유한(幽閑)하고 정정(貞靜)한 절조(節操)는 등륜(等倫)에 뛰어나고, 온순하고 숙신(淑愼)한 자태는 규범(規範)을 준수하였으니, 봉황(鳳凰)의 가요(佳謠)를 기다리지 않고도 이미 저구(雎鳩)의 좋은 짝에 화합하였다. 대개 예부터 흥폐(興廢)의 이유를 살펴보면 항상 이로 인한 것이었으므로, 당세(當世)의 이름난 덕망이 있는 족벌(族閥)에서 두루 가려서, 모두 좋다고 해야 휘유(翬褕)의 아름다움에 합당하고, 왕후의 위(位)를 바로잡을 것이다. 그리하여 전책(典册)을 펴자면 정문(情文)이 갖추어져야 하고, 물채(物采)를 높이자면 복색(服色)이 이에 빛나야 한다.

아! 효경(孝敬)이 아니고서는 집안과 나라를 훈도(訓導)하지 못하고, 공검(恭儉)이 아니고서는 부귀를 지킬 수가 없으니, 계명(雞鳴)으로 거듭 경계해야 능히 휘음(徽音)을 이어서 작소(鵲巢)의 전파된, 성시(聲詩)로 크게 음교(陰敎)를 펴도록 해야 희란(姬亂)에 필미(匹美)를 숭상하고 곤원(坤元)에 찬리(贊理)를 기대할 것이니, 영유

(牲牷)를 폐하지 아니하여 영구히 총명(寵命)을 편안히 하도록 할지 어다. 그러므로 이에 교시하니, 의당 자세히 알라."[224]

당시 전국에는 가뭄이 심하여 여러 차례 기우제를 지냈는데 지진(地震)까지 일어났다. 정사인 김수항이 책비례(册妃禮) 일정을 미루자고 건의하여 길일을 알아보기도 하였으나, 기일(期日)을 늦추게 되면 폐단이 크다는 이유로 행사를 거행하였다.

(5) 친영(親迎)

5월 13일, 신랑인 숙종이 어의동 별궁으로 행차하여 전안례를 거행하고 오시(午時)에 궁궐로 환궁하였다. 친영은 왕(세자, 세손)이 별궁에서 신부 수업을 받고 있던 왕비(왕세자빈, 세손빈)를 맞이하여 대궐로 돌아오는 의식이다. 육례 중에서 가장 중요한 행사로 오늘날 결혼식과 같다. 이때 신랑은 부부의 백년해로를 의미하는 기러기를 앞세우고 가므로 전안례(奠雁禮)라고도 한다. 별궁에서 행하는 친영 절차는 아래와 같다.

① 왕(왕세자)을 영접	주인(왕비, 또는 세자빈의 아버지)이 대문 밖에 나가 왕(왕세자)의 행차를 맞이한다.
② 왕(왕세자)의 입궁	왕(왕세자)이 주인과 막차(幕次)로 들어간다. 종친과 문무백관도 입궁하여 자리로 나아간다.

---

224)『숙종실록』권11, 숙종 7년(1681) 5월 2일(갑인).

③ 왕(왕세자)의 등단	왕(왕세자)이 막차에서 나와 동벽 단에 올라 서쪽을 향하여 선다.
④ 왕(왕세자)과 왕비(세자빈)의 등단	왕(왕세자)과 왕비(세자빈)가 북벽 단에 오른다. 왕(왕세자)의 자리는 동쪽에, 왕비(세자빈)의 자리는 서쪽이다. 주인은 왕(왕세자) 뒤에, 주모(왕비 또는 세자빈의 어머니)는 왕비(세자빈) 뒤에 자리 잡는다.
⑤ 전안례(奠雁禮)	왕(왕세자)이 기러기(전안)를 북벽 단에 있는 전안석에 올려놓고 절을 한다.
⑥ 왕(왕세자)과 왕비(세자빈)가 단을 내려온다.	왕(왕세자)과 왕비(세자빈)가 자리에서 내려와 막차로 돌아간다. 전안석의 기러기를 물린 뒤에 주인과 주모가 왕비(세자빈)에게 덕담을 한다.
⑦ 국궁례(鞠躬禮)	왕(왕세자)과 왕비(세자빈)가 자리에 오른 뒤에 문무백관은 몸을 굽혀 절을 하는 국궁례를 행한다.

(6) 동뢰연(同牢宴)

5월 13일, 숙종과 왕비(王妃)가 궁궐에 들어와 신시(申時)에 술잔을 나누는 동뢰연을 행하였다. 동뢰는 함께 음식을 나눈다는 뜻으로 '굳게 한결같이 하나가 된다'는 의미다. 서민의 혼례에서는 초례(醮禮)에 해당한다. 왕실 혼례에서 왕(왕세자)이 친영에서 궁궐로 모셔온 왕비(세자빈)와 함께 절하고, 하나의 박을 쪼개어 만든 잔으로 석 잔의 술을 마시는 가례절차의 마지막 의례다. 한편 첫날밤을 위해 방에는 깔개를 겹으로 깔고, 그 위에 잠자리를 따로 마련하여 머리맡에 도끼무늬가 그려진 병풍을 놓았다. 첫날밤을 보낸 왕(왕세자)과 왕비(세자빈)는 이튿날 왕대비, 왕비와 같은 왕실의 어른들을 찾아 인사를 올리고 종묘와 사직에도 참배(參拜)한다. 그 후 중국에 왕비 책봉을 요청하여 황제가 보내준 고명(誥命)을 받으면 국내외적으로 지위가 공인된다.

이 모든 일정을 기록한 『숙종·인현왕후 가례도감 의궤(肅宗仁顯王后嘉禮都監儀軌)』에는, 17세기에 치러진 국왕의 가례 일정 모두와 사용된 물품이 총 347쪽에 상세하게 기록되었다. 말미에 첨부된 반차도에는 무슨 행렬이라고 명시되어 있지는 않으나 의궤에 "왕비가 별궁으로부터 예궐(詣闕)할 때의 반차도를 전례에 의해 이미 그려서 들여갔다(王妃自別宮詣闕時班次圖旣已起畵依例入)"고 되어 있으므로 왕비가 동뢰연을 치르러 입궐하는 장면임을 알 수 있다.

의궤에 첨부된 채색반차도(彩色班次圖)는 총 19쪽으로 17세기에 거행된 왕의 대표적 가례반차도다.[225] 반차도에 그려진 인원이 601명으로 왕비의 연(輦) 하나만 있으므로 왕비가 동뢰연을 치르러 입궐하는 행렬임을 알 수 있다. 숙종·인현왕후 가례반차도(肅宗仁顯王后 嘉禮班次圖)를 간략하게 해설하면 다음과 같다.[226]

---

225) 이성미 외, 『장서각소장 가례도감의궤』, 한국정신문화연구원, 1994, 45쪽.

226) 필자는 <인현왕후전> 교주본, 앞의 책 부록(556~560쪽)에 한국정신문화연구원의 장서각(藏書閣)에 보관된 『숙종 인현왕후 가례도감의궤』 중에서 이성미 교수(한국정신문화연구원, 미술사)가 『숙종 인현왕후 가례반차도』(한국정신문화연구원, 이회문화사, 2002) 해제 내용을 참조하여 정리한 바 있다.

제1면	포살수(砲殺手)들이 양쪽에 각 7명, 중앙의 포살수(3인)는 행렬의 선두에 기를 들고 가며, 그 뒤를 초관(哨官)이 따른다.
제2면	앞에는 보마(寶馬, 임금이 타는 말)가 마부(2인)에 의해 인도되고, 교명문(敎命文, 왕비를 책봉하고 훈유(訓諭)하는 말을 쓴 글)을 실은 홍색 가마인 교명채여(敎命彩輿)가 뒤에 말 탄 집사(執事, 4인)를 대동한 채 가는 모습이 묘사되었다.
제3면	옥책(玉册, 왕비 책봉문을 적은 옥편을 금사슬로 묶은 것)을 실은 홍색 가마가 앞에는 말을 탄 내관(內官, 3인)이, 뒤에는 말을 탄 집사(執事, 4인)의 호위를 받으며 가는 모습이 보인다.
제4면	금보(金寶, 왕비의 인장)를 실은 홍색 가마가 앞에는 말을 탄 내관(3인), 뒤에 말을 탄 집사(4인)가 호위한다.
제5면	명복(命服, 왕실에서 왕비에게 하사하는 의복)을 실은 홍색 가마가 앞에 말을 탄 내관(3인)과 뒤에 말을 탄 집사(4인)의 호위를 받으며 간다.
6~11면은 왕비의장(王妃儀仗)이다.	
제6면	선두에 3명의 말을 탄 내관이 묘사되어 있고, 이어서 양쪽에 대칭형으로 백택기(白澤旗), 은등(銀鐙), 금등(金鐙), 은등(銀鐙), 금등(金鐙), 은장도(銀粧刀), 금장도(金粧刀), 은립과(銀立瓜), 금립과(金立瓜)를 든 인물들이 묘사되었다.
제7면	중앙에 은배(銀盃), 은관자(銀灌子), 답진(踏陣)을 중심으로 양쪽에 대칭으로 은횡과(銀橫瓜), 금횡과(金橫瓜), 모절(旄節), 은월부(銀鉞斧), 금월부(金鉞斧), 작선(雀扇, 3인), 봉선(鳳扇, 4인), 홍개(紅盖, 1인)의 순으로 배치되었다.

제8면	7면에 이어서 중앙에 은교의(銀交倚), 향통배(香桶陪)를 중심으로 양쪽에 청개(青盖), 장마(仗馬) 각 1인, 내관(內官) 각 6인이 묘사되었다.
제9면	8면에 이어 중간까지 양쪽으로 마부를 대동한 기마내관의 행렬이, 이어서 마부 없이 7인의 기마 금군(禁軍)이 화살통을 등에 메고 가는 모습이 10면의 중간까지 이어진다.
제10면	시작 부분에 녹색 의상을 입은 전악(典樂)을 중심으로 홍색 의상을 입은 16인의 악공(樂工)들이 각종 악기를 들고 2열로 서 있는 모습이 배면(背面)으로 묘사되어 있다. 중간쯤에 양쪽에는 금군들의 뒤를 이어 마부를 대동한 기마 주장내관(朱杖內侍)들이 한쪽에 6인씩 11면 중간까지 이어진다. 중앙에는 악공들 뒤에 홍양산(紅陽傘)을 든 사람을 중심으로 좌우에 지거이(支擧二)라는 인물이 양쪽에 2명씩 등에 붉은 짐을 지고 가는 것이 11면 앞줄까지 이어진다. 양쪽에는 붉은 장대를 들고 걸어가는 나장(羅將)들이 한쪽에 6인씩 11면까지 이어진다.
제11면	10면의 주장내관과 지거이에 이어 붉은 막대를 든 나장(羅將, 5인) 등 3열씩 6열의 인물들이 빽빽이 늘어서 있다. 양쪽에 각기 별감 15인(녹색의상 9인, 홍색의상 6인)과, 안쪽에 말을 탄 내인(騎行內人, 2인), 걸어가는 내인(步行內人, 4인. 그중 2인은 각기 머리에 붉은 짐을 이고 있다)에 이어 말을 탄 시녀(騎馬侍女, 1인)과 향차비(香差備, 1인)가 뒤따른다. 끝 부분의 금헌도사(禁喧都事)와 마부(馬夫)를 포함하면 80인이 6~11쪽에 화려하게 묘사되어 있다.
제12면	중앙의 왕비 가마를 중심으로 앞에 별감(別監, 2인), 양쪽으로 걸어가는 내시(內侍, 4인), 검은 너울을 쓴 기마시녀

	(騎馬侍女, 4인)들이 연(輦)을 호위하고 있다.
제13면	너울 쓴 기마시녀가 12쪽에 이어 2명씩 더 있고, 기마 의녀(醫女, 1인)가 뒤따른다. 중앙에는 청선(靑扇)을 바쳐든 사람(2인) 뒤로 붉은 옷차림의 배면상(背面像)의 남자 7인이 일렬로 서 있다. 이들이 누구인지 그림에 명시되어 있지 않으나 1702년 숙종의 제2계비(인원왕후)를 맞이할 때의 반차도에는 같은 위치의 사람들을 연배여군(輦陪餘軍)으로 표기되어 있으므로 이 반차도에서도 같은 인물로 볼 수 있다. 이어서 기마내시 4인, 승지(承旨) 2인이 따르고, 양 옆으로는 기마 부장(部將, 각 3인)들이 호위한다.
제14면	13면에 이어 기마부장(각 2인)이 양 옆에, 중앙에는 사관(史官, 2인), 가위장(假衛將, 2인)에 이어 왼쪽엔 분도총관(分都摠官, 2인), 오른쪽엔 분병조당상(分兵曹堂上, 2인)으로 나뉘어 있다. 다음 줄 왼쪽에는 분도총도사(分都摠都事, 2인), 오른쪽에 분병조낭청(分兵曹郞廳, 2인)이 모두 마부를 대동한 배면 기마상(背面騎馬像)으로 묘사되었다. 이들 뒤에는 푸른색 옷차림에 장대를 든 사령(使令, 8인)들이 배면으로 일렬로 서 있다.
제15면	앞줄에 검은 모자에 청색 복장을 한 서리(書吏, 8인)들이 배면으로 서고, 장대를 든 사령(使令, 2인)과 도제조(都提調)가 한 조로 묘사되었다. 그 뒤로 같은 형식으로 사령과 제조(提調)가 3조, 사령과 도청이 2조를 이루어 뒤따른다. 사령들은 푸른색 의상을, 도제조 이하 관원들은 붉은 색 조복을 입어 전체 구성이 선명하게 색채의 대조를 보인다.
제16면	사령(3인)과 낭청(郞廳, 3인)으로 구성된 두 조가 좌우로 배치되고, 그 뒤로 사령(4인)과 감조관(監造官, 4인)이 한

	조가 되어 역시 좌우로 배치되어 완전 대칭형 구도를 보인다.
제17면	양쪽으로 기마인물상(騎馬人物像) 6인(홍색 옷 3인, 청색 옷 3인)들이 선명한 색채의 대조를 보이며 나열되어 있다.
제18면	17면에 이어 양쪽으로 각기 6인이 푸른색 옷을 입고 말을 타고 있다. 17~18쪽에는 인물들에 대한 직책이 명시되지 않았다. 이 행렬의 선두와 후미의 인물 배치가 같으므로 17쪽 선두의 붉은 색 옷차림의 6인은 집사로 추측되고, 나머지 푸른 복장의 인물들은 내관으로 보인다.
제19면	18면의 내관 행렬의 후미와 가운데에 기마초관(騎馬哨官, 1인)을 중심으로 17인의 포살수(砲殺手, 중앙에 3인, 양쪽에 각 7인)가 붉은 기를 들고 서 있는 모습으로 묘사되었다. 특히 가장 후미의 포살수(5인)들은 붉은 옷을 입고 있어 푸른 옷과 대비되면서 붉은 깃발의 색채와 조화되어 장엄함과 화려함을 더한다.

조선조는 건국 초부터 유교를 통치이념으로 하였기 때문에 정도전은 『조선경국전(朝鮮徑國典)』을 제정하여 예제(禮制)의 근간을 마련하였다. 그 후 세종 때에 길례(吉禮), 가례(嘉禮), 빈례(賓禮), 군례(軍禮), 흉례(凶禮)로 구분한 『오례의(五禮儀)』를 제정하였다. 성종 5년(1474)에는 『국조오례의(國朝五禮儀)』를 보완하여 국가의 기본예전으로 삼았다. 그중에서 '가례'는 탄일에 백관이 국왕을 배알하고 축하를 올리는 조현봉하(朝見奉賀) 의식, 성절일(聖節日)에 군신을 이끌고 망궐례(望闕禮)를 행하는 의식, 황제의 조서(詔書)와 사물(賜物)을 받는 의식, 국가의 혼례, 왕실의 존호 및 책봉례, 문무과(文武科) 전시에 관한 의례

등 경사스러운 행사의 의례를 말한다. 그 후 가례는 왕실의 혼례를 뜻하는 것으로 굳어지게 되었다.

조선조는 궁중의 중요한 행사가 있을 때엔 도감(都監)이라는 임시기구를 설치하여 모든 절차를 관장하게 하고, 행사가 끝나면 도감의궤(都監儀軌)를 작성하여 후에 유사한 행사가 있을 때에 참고하도록 했다. 왕조사회에서 왕이나 장차 왕이 될 왕세자와 왕세손의 혼례는 국가의 중대한 행사이므로 혼례의 모든 과정을 기록하여 가례도감의궤(嘉禮都監儀軌)로 보관하였다. 왕실에서 왕비, 세자빈, 세손빈은 신분의 차이가 있으므로 왕비의 혼례는 더욱 성대하고 화려했음을 현재 전하는 가례의궤에서 확인할 수 있다.

현재 임진왜란 이전의 가례도감의궤는 소실되어 전하지 않는다. 인조 5년(1672)에 거행된 『소현세자 가례도감의궤(昭顯世子嘉禮都監儀軌)』에서부터 광무 10년(1906)에 거행된 『순종·순종비 가례도감의궤(純宗純宗妃嘉禮都監儀軌)』까지 총 20건이 전한다. 279년 동안 왕의 가례가 9건, 왕세자 가례가 9건, 왕세손 가례[227]가 1건, 황태자 가례[228]가 1건으로 가례도감 30책에 모두 전한다. 20건의 가례에서 30책이 전하는 것은 영조 25년(1749)에 제정된 『국혼정례(國婚定例)』와 영조 28년(1752)에 완성된 『상방정례(尙方定例)』에서 혼례의 법이 이전보다 엄격해지면서 가례도감의궤를 2책으로 하였기 때문이다.[229]

---

227) 영조 38년(1762) 왕세손(정조)과 세손빈 김씨(효의왕후)의 가례를 말한다.

228) 광무 10년(1906) 황태자와 동궁 계비 윤씨(후일 정순 효황후)의 가례로 1985년 우리나라의 국체(國體)가 제국(帝國)으로 바뀐 후 거행된 유일한 가례다. 이성미·강신항·유송옥 공저, 장서각소장 『가례도감의궤』, 한국정신문화연구원, 1994, 10쪽, 67쪽.

연구자들은 영조 35년에 거행된『영조·정순왕후 가례도감의궤(英祖貞純王后嘉禮都監儀軌)』를 기점으로 전기와 후기로 구분한다. 즉, 전기에 해당하는 10건의 가례에서는 가례도감의궤를 각각 1책으로 하였으나 후기의 10건은 각각 2책으로 하였기 때문에 30책이 된 것이다. 이렇게 전기와 후기의 가례도감의궤에 차이가 있으므로 의궤 끝부분에 행사 과정에 주요 장면을 그림으로 첨부했던 의궤반차도(儀軌班次圖)의 지면도 전기는 8쪽에서 19쪽이다. 그러나 후기는 최고 92쪽(철종·철인후 가례반차도)까지 많아지면서 구성에도 차이가 있게 된다. 1책으로 된 전기의 가례반차도는 동뢰연(同牢宴)을 위하여 왕비가 입궐하는 장면으로 왕비의 연(輦)이 호위를 받으며 입궁하는 장면이다.

그러나 2책으로 된 후기의 가례반차도에서는 왕이 친영의(親迎儀)를 마치고 궁으로 돌아오는 장면이므로 왕의 행렬이 왕비 행렬 앞에 추가되어 행렬도가 길어지게 된다. 가례도감의궤는 많게는 8건에서 적게는 5건을 제작하였다. 어람용(御覽用), 예조(禮曹), 강화부, 태백산, 오대산, 적상산성 등의 사대사고(四大史庫)에 각각 비치하였으나 정조 원년(1776)에는 왕실도서관인 규장각(奎章閣)이 궁궐에 설치되어 어람은 규장각에서 보관하였다.

현재 전하는 가례도감의궤는 규장각(奎章閣, 서울대 도서관)에 20건 30책이 모두 소장되어 있고, 장서각(藏書閣, 한국정신문화연구원), 파리 국립도서관에 부분적으로 있다. 파리 국립도서관에 보관된 의궤는 1781년 강화부 사고 별고(別庫)를 신축하여 만든 또 하나의 규장각, 즉

---

229) 이성미·강신항·유송옥 공저,『가례도감의궤』, 앞의 책, 10쪽 참조.

외규장 또는 강도외각(江都外閣)에 있던 것으로 1866년 병인양요(丙寅洋擾) 때 프랑스군이 강화를 침범하여 탈취해 갔던 도서 중 일부다.[230] 2011년 5월 반출된 후 145년 만에 외규장각 도서 297종의 도서가 고국에 돌아왔다. 반환 도서 중에는『영조 정순왕후 가례도감 의궤』중 어람용 의궤 등이 포함되어 있다.

숙종 8년(1682) 6월 12일, 청(淸)나라 사신(使臣)이 왕비(王妃) 책봉(册封)의 칙서(勅書)를 가지고 옴으로써 인현왕후는 숙종의 계비로서의 신분이 대내외에 확인되었다.[231]

4) 명성왕후 승하(昇遐)

인현왕후는 입궁 후에 궁인 장씨의 이야기를 듣고 시어머니인 명성왕후께, "임금의 은총을 입은 궁인(宮人)이 오랫동안 민간에 머물러 있는 것은 사체(事體)가 지극히 미안하니 다시 불러들이는 것이 마땅할 듯하다"고 하였었다. 당시 명성왕후는, "내전(內殿)이 그 사람을 아직 보지 못하였기 때문이오. 그 사람이 매우 간사하고 악독하고, 주상이 평일에도 희로(喜怒)의 감정이 느닷없이 일어나시는데, 만약 꾐을 받게 되면 국가의 화가 됨은 말로 다할 수 없을 것이니, 내전은 후일에도 마땅히 나의 말을 생각해야 할 것이오"라고 하였다. 이에 내전은, "어찌 아직 일어나지도 않은 일을 미리 헤아려 국가의 사체(事體)를 돌아보지 않으십니까?"라 하였으나, 명성왕후는 끝내 허락하지 않았다.[232]

---

230) 이성미 · 강신항 · 유송옥 공저,『가례도감의궤』, 앞의 책, 36~55쪽 참조.
231)『숙종실록』권13, 숙종 8년(1682) 6월 12일(무자).

숙종 9년 9월 19일, 두질(痘疾)이 유행하여 왕의 강연(講筵)이 중지될 정도로 매우 성행했다.[233] 당시 숙종은 두질을 앓지 아니하였는데 성내(城內)에는 두질이 크게 번지고 있었음으로 10월 13일 왕대비(王大妃)는 아래와 같이 하교(下敎)하였다.

"금표(禁標) 안에서 금찰(禁察)할 것을 신칙(申飭)하고, 조정의 사대부들 또한 모두 재숙(齋宿)하여 출입케 하라. 다만 군졸로서 입직(入直)하는 자들과 이서(吏胥)로서 궐중에 왕래하는 자들은 모두 여염(閭閻)에 뒤섞여 사는 사람들이니, 어찌 행동거지가 모두 깨끗하다고 보장할 수 있겠는가? 지금 막 앓고 있는 자들을 성 밖으로 쫓아낸다면 쉽사리 상(傷)하거나 죽을 것이니, 비록 차마 할 수 없다고 하더라도, 만약 아직 앓지 않는 무리를 하나하나 조사해 내어 모두 성 밖으로 옮겨서 피하게 한다면 성 안이 쉽사리 건정(乾淨)해질 듯하다."[234]

인용문은 명성왕후가 아들이 두질에 걸릴 것을 염려하여 병에 걸린 사람들을 도성 밖으로 내보라고 한 것이다. 당시 숙종은, "추운 때를 당하여 내보낸다면 동상(凍傷)에 걸릴 것이 염려스럽다고 하여 허락하지 아니하고, 단지 그 금표(禁標)만 넓히라고 명하였다."[235]

10월 18일, 어머니가 염려하던 대로 숙종에게 두질 증상이 보이더니,[236] 10월 19일부터 반점(斑點)이 나타나며 악화되었다.[237] 21일에

---

232) 『숙종실록』 권17, 숙종 12년(1686) 12월 10일(경신) 참조.
233) 『숙종실록』 권1, 숙종 9년(1683) 9월 19일(정해).
234) 『숙종실록』 권14, 숙종 9년(1683) 10월 13일(경술).
235) 『숙종실록』 권14, 숙종 9년(1683) 10월 13일(경술).

는 병세가 더욱 악화되자, 명성왕후는 약방을 왕이 거처하는 저승전(儲承殿)에서 가까운 창경궁(昌慶宮)의 내병조(內兵曹)로 옮겨서 설치하게 하였다.238) 25일부터는 환후(患候)에 곪은 기운이 있고,239) 27일 밤에는 더욱 심하여 혼미한 상태로 베개에 기대어 신하들에게 턱만 끄덕일 정도였다.240) 그러나 28일부터는 부스럼이 아물어 딱지가 생기면서241) 병세가 호전되기 시작하여 11월 1일에는 환후(患候)가 크게 회복(回復)되어 딱지가 떨어지며242) 회복하기 시작했다.

그러므로 양대비전(兩大妃殿)에 두환으로 금기하였던 육선(肉膳)을 진어(進御)하게 하고243) 11월 5일에는 시약청(侍藥廳)을 철거하게 된다.244) 이렇게 무서운 두진에서 무사히 회복되었으므로 예조에서 종묘(宗廟)와 사직(社稷)에 경사(慶事)를 고(告)하고 진하(陳賀)·반사(頒赦)할 것을 청하였다. 당시 숙종은, "질병에 조심하지 아니하여 두 분 자성(慈聖)께 근심을 끼쳐드렸으니, 종묘에 고하고 진하하는 것은 마음에 편안하지 못하다"며 허락하지 아니하였으나 여러 대신들이 거듭 청하여 허락하였다.245) 이렇게 절박했던 숙종의 두진과 관련하여 <인현

---

236)『숙종실록』권14, 숙종 9년(1683) 10월 18일(을묘).

237)『숙종실록』권14, 숙종 9년(1683) 10월 20일(정사).

238)『숙종실록』권14, 숙종 9년(1683) 10월 21일(무오).

239)『숙종실록』권14, 숙종 9년(1683) 10월 25일(임술).

240)『숙종실록』권14, 숙종 9년(1683) 10월 27일(갑자).

241)『숙종실록』권14, 숙종 9년(1683) 10월 28일(을축).

242)『숙종실록』권14, 숙종 9년(1683) 11월 1일(무진).

243)『숙종실록』권14, 숙종 9년(12683) 11월 1일(무진).

244)『숙종실록』권14, 숙종 9년(1683) 11월 5일(임신).

왕후전>은 아래와 서술했다.

　　계해년 겨울에 상이 두환으로 미령하사 증세위중(症勢危重)하시
니 후가 크게 염려하사 주야 띠를 끄르지 않으시고 정성이 아니 미
친 곳이 없으시니, 대비께오서 또한 근심하시며 우민하사 후로 더
불어 찬 물에 목욕하시며 후원(後苑)에 단을 모으고 친히 주야로 축
원하시니, 후가 대비의 옥체 상하실까 염려하사 몸소 대행(代行)하
여 치성할 바를 아뢰어 간절히 애권(哀勸)하되, 듣지 않으시고 주야
로 정성을 한가지로 하시니, 창천이 감동하사 가만한 가운데 도우
심이 있어 상후평복하시니 신민의 경행(慶幸)함이 측량없는지라.246)

　　숙종은 23세가 되도록 천연두를 앓지 않았기에 늘 걱정하였는데 감
기 증세가 보이던 이틀 만인 10월 18일에 천연두 증세가 나타났다. 대
비는 숙종이 높은 고열과 물집이 생기자 왕후와 함께 밤낮을 가리지
않은 채 목욕재계하고 기도를 했다. 당시 왕후는 대비의 건강을 염려
하여 적극 말렸지만 자식을 향한 어머니의 사랑을 멈추게 할 수는 없
었다. 어머니의 정성이 효험을 보았는지 왕은 회복되었으나 추운 겨울
에 몸을 돌보지 않고 기도하던 어머니가 자리에 눕게 된다.

　　『숙종실록』에는 "왕대비(王大妃)가 불예(不豫)하였다"247)로 명성왕
후의 병세가 시작되었다고 기록되었다. 11월 30일에는 "대비의 병은
임금의 병이 위독하였을 때 대비께서 근심이 너무 지나친 나머지 목욕

---

245) 『숙종실록』 권14, 숙종 9년(1683) 11월 7일(갑술).
246) <인현왕후전>, 25~26쪽.
247) 『숙종실록』 권14, 숙종 9년(1683) 11월 22일(기축).

재계하는 중에 생긴 감기가 오랫동안 회복되지 못하면서 점차 위독해

졌다"248)며 병이 나게 된 동기를 설명하였다. 12월 3일부터 대비의 병

세가 위독하더니249) 밤사이에 자성(慈聖)의 환후(患候)가 더욱 위독해

지자. 청성 부원군(淸城府院君) 김석주(金錫胄)250)에게 명하여 입진(入

248) 『숙종실록』권14, 숙종 9년(1683) 11월 30일(정유).

249) 『숙종실록』권14, 숙종 9년(1683) 12월 3일(경자).

250) 김석주(金錫胄, 1634~1684)는 조선 중기의 문신으로 본관은 청풍. 자는 사
백(斯百), 호는 식암(息庵)이다. 할아버지는 영의정 육(堉)이고, 아버지는 병
조판서 좌명(佐明)이다. 효종 8년(1657) 진사가 되었으며, 현종 2년(1661) 왕
이 직접 성균관에 나와 실시한 시험에서 성적이 우수하여 곧바로 전시(殿試)
에 응시할 수 있는 특전을 받았다. 이듬해 증광문과에 장원하여, 전적이 된
후 이조좌랑 · 정언 · 지평 · 부교리 · 수찬 · 헌납 · 교리 등을 차례로 역임하
고, 1674년 겸보덕(兼輔德)에 이어 좌부승지가 되었다. 1674년 자의대비(慈
懿大妃)의 복상문제로 제2차 예송이 일어나자, 남인 허적(許積) 등과 결탁하
여 송시열(宋時烈) · 김수항(金壽恒) 등 산당을 숙청하고 수어사(守御使)에
이어 도승지로 특진되었다. 그러나 남인의 정권이 강화되자 이를 제거하기
위해 다시 남인들의 책동을 꺾으면서 송시열과 밀접한 관련을 맺었다. 1680
년 허적 등이 유악사건(帷幄事件: 어용장막(御用帳幕)을 사사로이 사용하여
일어난 사건)으로 실각당한 뒤 이조판서가 되어 이들 남인의 잔여세력을 박
멸하고자 허견(許堅)이 모역한다고 고변하게 하여 이들을 추방하고, 그 공으
로 보사공신(保社功臣) 1등으로 청성부원군(淸城府院君)에 봉해졌다. 1682
년 우의정으로 호위대장(扈衛大將)을 겸직하였다. 이어 김익훈(金益勳)과 함
께 남인의 완전박멸을 위해 전익대(全翊戴)를 사주하여, 허새(許璽) 등 남인
들이 모역한다고 고변하게 하는 등 음모를 꾀하였다. 1683년에 사은사로 청
나라에 다녀온 뒤 음험한 수법으로 남인의 타도를 획하였다 하여, 같은 서인
의 소장파로부터 반감을 사서 서인이 노론 · 소론으로 분열한 원인의 하나
가 되었다. 1689년 기사환국으로 공신 호를 박탈당했다가 후에 복구되었
다. 숙종 묘정에 배향되었다. 저서로는 『식암집』 · 『해동사부 海東辭賦』가
있다. 시호는 문충(文忠)이다.

診)하게 한다.251)

12월 5일, 명성왕후는 저승전(儲承殿)에서 42세로 승하한다. 당시 숙종은 병환에서 회복되어 가는 중이었으므로 어머니의 병세가 점점 위독해지자 허둥지둥하다가 종묘와 사직과 산천(山川)에 가서 기도했는데, 그날 미시(未時)에 승하하였다.252)

명성왕후는 병이 심해지자 회복하기 어려움을 알고 언문으로 지은 유교(遺敎)를 봉(封)해 궁인에게 맡기고, 상렴(喪斂)에 드는 의대(衣襨)와 여러 물품들을 봉해 두었었다. 대비가 승하한 후에 개봉한 유서는 아래와 같았다.

"습(襲)은 공주(孔珠)를 없이 할 것이며, 대렴(大殮)·소렴(小殮)의 의대(衣襨)는 교포(絞布)로써 할 것이다. 그리고 입관(入棺)하는 의대와, 초상(初喪) 때 명정(銘旌)과 발인(發靷) 때 명정의 소금저(素錦褚)와, 평상시에 덮는 구의(柩衣)와, 현궁(玄宮)에 내릴 때 삼중구의(三重柩衣)와, 영좌(靈座)의 휘장(揮帳)과, 신문(神門)의 휘장과, 영좌의 교의(交椅) 아래에 까는 욕(褥)과 제상(祭床)의 탁의(卓衣)와, 영상(靈床) 교의(交椅)의 방석(方席)과, 혼백(魂魄) 교의의 복(袱)과, 초상(初喪)에 쓰이는 홍초 탁의(紅綃卓衣)와, 산릉(山陵) 영침(靈寢)의 욕(褥)과, 퇴광(退壙)에 들이는 함자(函子)의 안팎 복(袱)과, 산릉(山陵) 찬궁(攢宮)의 현훈(玄纁)은 신묘년 납채(納采) 때의 두 빛깔의 필단(疋段)이 있으니 예기(禮器)의 척도(尺度)에 의하여 재단(裁斷)해 쓰고 새로 직조(織造)하지 말 것이다.

발인(發靷) 때의 영침함(靈寢函)과, 유의함(遺衣函)과, 다른 것을

251)『숙종실록』권14, 숙종 9년(1683) 12월 4일(신축).
252)『숙종실록』권14, 숙종 9년(1683) 12월 5일(임인).

담는 함자(函子)와 복(袱)은 내간(內間)에 있는 것이 또한 쓸 만하니, 이것을 가져다 쓸 것이다. 중궁 책례(册禮) 때의 교서(敎書)와 옥보(玉寶) · 책보(册寶), 이 세 가지 물건의 안팎 복(袱)은 모두 새 필단(疋段)으로 바꾸어 이들 물건은 모두 글에 쓴 대로 이미 비치(備置)하였으니 즉시 먼저 분부하여 겹쳐서 만들지 않게 할 것이다.

삭망제(朔望祭)의 과실 그릇의 수는 전례(前例)를 따르지 말고 모두 절반으로 할 것이며, 아침저녁의 전(奠)은 비록 행하지 않는다 해도 좋을 것이나, 만약 예 때문에 다 폐지할 수 없다고 생각한다면 유과(油果)와 이병(餌餅)을 한 그릇씩 차릴 것이며, 다른 전물(奠物)도 또한 반으로 감할 것이다. 그리고 각도와 각사(各司)의 진향(進香) 또한 정지시킬 것이다.

제사에 쓰는 상탁(床卓)은 혹 전날 쓰던 것이 있다면 그대로 다시 쓰도록 할 것이며, 초상에서부터 발인(發靷)하여 현궁(玄宮)에 내리고 반우(返虞)하는 데 이르기까지의 여러 기구로서 만약 예전대로 쓸 만한 것이 있다면 또한 다시 만들지 말게 하여 폐단을 줄이는 바탕으로 삼을 것이다. 그리고 비록 혹 너무 검약(儉約)한 것을 불가하다고 생각하는 사람이 있다 할지라도 이는 위에서부터 감하고 줄이는 것과는 다름이 있는 것이다.

내 뜻은 본래 이와 같으니, 모름지기 내 뜻을 유사(有司)에게 말하여 여러 사무를 줄이고 간략하게 하는 것이 바라는 바이다. 지금 지부(地部)가 텅텅 비고, 민력(民力)이 또한 고갈되었으니, 국사가 망극하다 할 것이다. 지금 만약 구례(舊例)를 따르지 않고 절손(節損)하는 바가 있다면 혼백이 편안할 수 있을 것이다. 오직 성상의 마음이 어질고 효성스러워 어김이 없을 것을 믿기 때문에 이와 같이 말하는 것이다."[253]

---

253) 『숙종실록』권14, 숙종 9년(1683) 12월 5일(임인).

인용문은 장례를 검소하게 치를 것을 당부하는 내용으로 상례의 모든 절차에서 있는 물건들을 활용하는 방법을 매우 구체적으로 명시하였다. 이에 근거하여 송시열은 명성왕후의 지문을 아래와 같이 지었다.

'초상부터 묻을 때까지 쓸 제구를 내가 다 만들었으니, 다시 유사(有司)를 번거롭히지 말고, 중외(中外)에서 진향(進香)하는 것도 다 멈추고, 아침·저녁 궤전(饋奠)의 그릇 수도 모두 태반을 줄이게 하라' 하고, 또 '지금 나라의 저축이 다 없어지고 백성의 힘도 다하였으니, 대부(大夫)들이 구례(舊例)를 따르지 말고 일체 줄여 절약하면, 내 넋이라도 편안할 수 있을 것이다' 하고, 또 '주상은 인자하고 효성하여 반드시 내 뜻을 몸받을 것이므로, 이렇게 말한다.'[254]

승하 후 2경(二更)에 습례(襲禮)를 하고 숙종이 친히 반함례(飯含禮)를 행하였다.[255] 12월 7일에는 소렴례(小斂禮)를,[256] 12월 9일에 대렴례(大斂禮)를 행하고 빈전(殯殿)은 선정전(宣政殿), 혼전(魂殿)은 문정전(文政殿)에 설치하였다.[257] 12월 10일 아침에 성복(成服)을 하고,[258] 이튿날 대행 왕대비(大行王大妃)의 시호(諡號)는 '명성(明聖)', 휘호(徽號)는 '정헌 문덕(貞獻文德)', 전호(殿號)는 '영모(永慕)'로 하였다. 능호(陵號)는 현묘(顯廟)의 구릉(舊陵)이었으므로 따로 정하지 아니하였다.[259]

---

254) 『숙종실록』 권15, 숙종 10년(1684) 1월 15일(신사) 송시열이 지은 명성왕후 지문 발췌.
255) 『숙종실록』 권14, 숙종 9년(1683) 12월 5일(임인).
256) 『숙종실록』 권14, 숙종 9년(1683) 12월 7일(갑진).
257) 『숙종실록』 권14, 숙종 9년(1683) 12월 9일(병오).
258) 『숙종실록』 권14, 숙종 9년(1683) 12월 10일(정미).

12월 9일 숙종은 친히 어머니의 행록을 탈고하여 청성 부원군(淸城府院君)의 집으로 보내면서 망극(罔極)한 가운데 심신이 어지러워 지극한 덕과 아름다운 행적을 능히 기억하지 못한 것이 많으니 빠진 곳을 다듬고 윤색(潤色)하게 하라며 아래와 같이 지었다.

"기축년 5월에 선왕께서 이저(貳儲)에 오르시자 효묘(孝廟)께서 친히 비필을 간택하셨는데, 후(后)의 응대함이 예에 맞고 주선(周旋)함이 절도에 적중함을 보시고는 몹시 기특하게 여기시고 사랑하시었다. 이때 후의 춘추가 겨우 10세였는데, 대개 그 덕성은 하늘이 이룬 것이라 어려서부터 그리하였던 것이다. 후께서 드디어 응선(膺選)되자, 신묘년 11월에 세자빈으로 책봉하였고, 12월에는 가례를 행하였다. 후께서 이미 대내로 들어오시자, 밤낮으로 부지런히 양전(兩殿)을 받들어 섬겼으며, 효성과 공경함이 날로 독실해져 매번 기이한 물건을 얻게 되면 곧 양전께 올리셨다. 비록 추운 겨울이나 무더운 여름이라 하더라도 밤새도록 곁에서 모시었으며, 일찍이 게으른 기색이 있지 아니하니, 효묘(孝廟)께서 늘 가상하게 여기시며, '내가 좋은 아들과 며느리를 두었으니 다시 무엇을 근심할 것인가?'라고 하셨다.

기해년 여름 효묘께서 빈천(賓天)하시자, 후께서는 예를 다하여 애모(哀慕)하셨고, 이미 중곤(中壼)에 정위(正位)하시자 더욱 길이 경외(敬畏)하시니, 음교(陰敎)가 더욱 드러났다. 예로써 몸을 단속하시고, 정성으로 윗분을 섬기셨으며, 어짊으로써 사물에 접하고 의로써 아랫사람 다스리기를 16년 동안 시종 한결같이 하시니, 궁위(宮闈)에 화락(和樂)한 기운이 흘러넘쳤다. 복식과 기완(器玩)은 항상 검약하게 하시고 화미(華美)한 것을 통렬히 끊으시어, 일찍이

259) 『숙종실록』 권14, 숙종 9년(1683) 12월 11일(무신).

자손들에게 하교하여 계칙(戒飭)하시기를, '사치스런 데서 검소한 데로 들어가기란 어렵고, 검소한 데서 사치스런 데로 들어가기란 쉽다는 것이 옛사람의 지극한 가르침이니, 너희들이 그것을 삼가 생각하지 않을 수 있겠는가?'라고 하셨다.

갑인년 가을 거듭 대상을 만나자, 후께서 곡벽(哭擗)하심이 제도를 넘었으나, 송종(送終)하는 일에 있어서는 크건 작건 간에 반드시 친히 주관하시고 여어(女御)에게 맡기지 아니하셨으며, 반드시 정성스럽고 반드시 삼가는 도리를 힘써 다하셨다. 발인하기 전에 단지 죽만 마시셨으므로, 애자(哀子)가 곁에서 울며 힘써 청하자 일찍이 힘써 따르지 아니하심이 없었으나, 반드시 빈전(殯殿)의 상식(上食)으로서 이미 진어한 것을 올리게 하셨으니, 이 또한 애모(哀慕)하는 지극한 정성에서 나왔던 것이다. 무릇 수재와 한재의 재이(災異)가 있으면, 후께서는 곧 근심스런 기색을 지으시며 말씀하시기를, '국가가 불행하여 구징(咎徵)이 겹쳐 닥치고, 우우(憂虞)가 다단(多端)하니, 알지 못하겠거니와, 어떤 화기(禍機)가 어두움 속에 숨어 있어, 어지신 하늘이 견책(譴責)하여 알리심이 이와 같이 분명한가?' 하셨다.

작년 가을에 농사가 대무(大無)하여 백성들이 장차 구렁을 메우게 되자, 후께서 들으시고는 슬퍼하시어 침식이 편안하지 못하였다. 그리하여 특별히 수진(壽進) · 어의(於義) 두 궁(宮)에 명하여 쌀과 포(布)를 해청(該廳)에 넉넉히 주어 백성을 구제하는 물자에 보태게 하였으니, 그 나라와 백성을 근심하고 과궁(寡躬)을 교회(敎誨)하신 것이 사표(辭表)에 흘러넘치고 지극한 정성에서 나와, 실로 겉에다 거짓으로 꾸민 것이 아니었다.

아! 슬프다. 후께서는 천자(天姿)가 정정(貞靜)하시고, 자애롭고 효성스러우시며, 너그럽고 어지시어, 지극한 덕과 아름다운 행실이 모두 의범(儀範)이 될 만하였으니, 비록 편안하지 못한 절기(節期)

와 한가롭게 계실 때라고 하더라도, 반드시 예로써 자신을 지키셨다. 여러 궁을 돌보고 대우하시고, 친척에게 두루 화목하시어 은혜와 예가 같이 미쳤으나, 일찍이 굽은 길로 간택(干澤)하심이 없었고 내외를 끊은 듯이 하셨다.

후께서 갑인년 가을 대상 때부터 애훼(哀毁)하신 것이 병이 되었는데, 계해년 12월에 이르러 위에(違豫)한 환후가 문득 위중해졌다. 애자(哀子)가 밤낮으로 전오(煎熬)하여 무릇 보호하는 방법을 지극하게 하지 아니함이 없었으나, 정성과 효성이 천박(淺薄)하여 신명께 죄를 얻어 마침내 종천(終天)하는 망극의 아픔을 당하게 되었다. 자안(慈顔)을 영원히 이별하니, 장차 어디에 의지하겠는가? 울부짖으며 가슴을 치니, 오장이 찢어지는 듯하다. 슬프다. 초상(初喪)의 교금(絞紟)·복습(複褶) 등속에서부터 크고 작은 제전(祭奠)에 이르기까지, 무릇 소민에게 끼칠 백 가지의 폐는 유교를 준봉(遵奉)하여 힘써 검약함을 따를 것이니, 그 길이 어짊과 두터운 은택을 어찌 다만 한 나라의 신민만이 공경히 찬송하며 슬퍼하며 사모할 따름이겠는가? 또한 장차 만세에 찬사가 있을 것이다.

아! 저으기 생각해 보건대, 보잘것없이 작은 소자(小子)의 몸에 재앙이 쌓이어, 미처 약관(弱冠)의 나이가 되기도 전에 갑자기 천붕(天崩)의 아픔을 만났다. 그리하여 그 밤낮으로 우러러 모실 분은 오직 우리 자성(慈聖)뿐이었으므로, 복록을 끝없이 받으시어 강릉(岡陵)과 같은 수(壽)를 누리시며, 뜻과 물건을 다해 봉양할 것을 바랐는데, 황천(皇天)이 재앙을 내리었다. 근자에 소자가 병을 얻음으로 인하여 성모(聖母)께 근심을 끼쳐드리자, 더욱더 몸이 상하시어 숙환(宿患)이 갑자기 위중해지셨고, 자리에 누워 있는 나머지 관대(冠帶)의 봉양을 능히 다하지 못하였으므로 더욱더 운절(隕絶)하게 하였으니, 곧 죽고 싶다. 아! 슬프다. 아! 슬프다."260)

---

260) 『숙종실록』 권14, 숙종 9년(1683) 12월 28일(을축).

숙종 10년 1월 15일 송시열(宋時烈)은 명성왕후의 지문(誌文)을 지어 올렸다. 사신은, "송시열(宋時烈)의 지문(誌文)은 참으로 진실한 기록이다"[261]고 평하였다. 지문의 내용은 명성왕후의 일생을 알 수 있는 소중한 자료라고 생각하여 장황하지만 인용한다.

"신(臣)이 삼가 살펴보건대, 주아(周雅)에는 태사(大姒)를 칭송하여 견천지매(俔天之妹)라 하였고, 송나라 사람은 선인 고 태후(宣仁高太后)를 칭송하여 여중 요순(女中堯舜)이라 하였는데, 아! 우리 대행 왕대비(大行王大妃)께서는 여기에 견주어도 남음이 있지 않으시겠습니까? 처음에 후께서 규문 밖을 나가지 아니할 나이에 왕가에 빈(嬪)이 되어 들어오셔서는 우리 자의전(慈懿殿)과 우리 효종 대왕·인선 대비께서 그 효경을 자주 칭찬하셨고, 내치를 주장하게 되셔서는 궁중이 다 그 인애(仁愛)를 입고 국중이 다 그 교화를 받았으며, 동조(東朝)에 계시게 되어서는 안팎에서 더욱 그 덕에 대하여 흠잡는 일이 없었습니다.

지난 계해년 겨울에 미쳐서는 하늘이 그 지극한 정성에 감동하여 우리 주상전하께서 병환이 없어지시는 경사를 맞게 하여 천하의 모든 백성이 바야흐로 억만 년의 긴 복을 축원하였는데, 아! 무슨 까닭으로 하늘이 그 정성에 감동하면서도 그 수(壽)에 인색하여 경사에 따른 사유(赦宥)가 반포되자 유교가 곧 선포되게 합니까? …중략… 후의 성은 김씨인데, 옛 신라의 김성(金姓)인 왕의 후예이며, 청풍부(淸風府)에 관적(貫籍)을 받았습니다. …중략… 그 현손(玄孫) 김육(金堉)은 인종(仁宗)·효종(孝宗) 때의 명신(名臣)으로서 벼슬은 영의정이고 시호(諡號)는 문정(文貞)이며, 그 둘째 아들 김우명은 영돈녕부사(領敦寧府事) 청원 부원군(淸原府院君)인데, 졸서

---

261) 『숙종실록』 권15, 숙종 10년(1684) 4월 5일(경자).

(卒逝)하여 시호를 충익(忠翼)이라 하였고, 후사(後嗣)로 들어간 바의 선고(先考)는 김지(金址)인데, 증(贈) 영의정입니다.

충익공이 은진 송씨(恩津宋氏)를 아내고 맞았는데, 봉작(封爵)은 덕은 부부인(德恩府夫人)이며, 그 선고는 참의(參義) 증(贈) 찬성(贊成) 송국택(宋國澤)입니다. 숭정(崇楨) 임오년 5월에 송 부인이 임신한 지 겨우 여덟 달 만에 새가 옥(玉)을 물고 침방을 날아서 지나다가 떨어뜨렸는데, 문정공이 점쳐서 어진 이를 기를 조짐임을 알았고, 이튿날 17일(을유) 진시(辰時) 후께서 한성(漢城) 장통방(長通坊)에 있는 사제(私第)에서 나셨습니다. 후의 덕용(德容)은 천성이고 정숙하고 유순하며 동지(動止)에 법도가 있었는데, 신묘년 효종께서 현종(顯宗)을 위하여 배필을 가리실 때에 후께서 세 번 간선(揀選)에 드시니, 효종께서 곧 더욱 기특히 사랑하시여 드디어 왕세자빈으로 책봉하고 이어서 자주 칭찬하기를, '아름다운 이 며느리는 마침내 우리 국가를 복되게 할 것이다' 하셨습니다. 이해 12월에 가례를 거행하였는데, 후께서 들어가 세 궁(宮)을 섬기고 물러나오면 곧 다섯 공주와 한 방에 같이 거처하니, 궁위(宮闈) 사이에 화기가 찼습니다. 효종께서 일찍이 한 폭의 그림을 내리며 말하기를, '이 백발의 늙은 신선이 어린 사내아이를 안고 가는 것은 곧 내가 신손(神孫)을 안기를 바라는 뜻이다' 하셨습니다.

기해년 여름에 현종께서 사업을 이으시니, 드디어 중곤(中壼)에 진위(進位)하여서는 세심하게 공경하고 삼가서 이른 아침부터 늦은 밤까지 게을리 하지 않았으므로 16년 동안에 선왕의 관인(寬仁)하고 공검(恭儉)한 정치를 돕는 방도를 다하셨습니다. …중략… 갑인년 가을 현종께서 승하하셨을 때에 후께서 통곡하다가 기절하고 미음을 들지 않으므로 우리 전하께서 곁에서 울며 청하여 억지로 드시게 하셨습니다. 그 금모(衾冒)의 제구를 다 친히 장만하고 유사(有司)에 맡기지 않으셨습니다. …중략… 후의 성품이 인자하므로 꿈틀거리는 벌레 따위 미물도 상해하신 적이 없었습니다. 작은 뱀이 침실에 서려 있어 궁인들이 다 실색(失色)하였을 때에, 후께서는 빙그레 웃으시며 '숲의 그늘이 가까우니 괴이할 것이 없다' 하고 쫓아 보내게만 하고 고사(瞽史)에게 묻지도 않으셨습니다.

계해년 10월에 전하의 몸에 두창이 나매, 후께서 크게 놀라고 염려하여 무오년처럼 목욕재계하고 자신이 갈음하기를 청하시니, 11월에 성상께서 병환이 나으셨는데 후께서는 이 때문에 지쳤다가 조금 나으셨으나 전하께서 스스로 이겨 내지 못할 것을 염려하여 친히 가서 살펴보시고는 성상께서 병환이 태반은 나으신 것을 보고 반가와 몹시 기뻐하셨습니다.

그런데, 얼마 지나지 않아 후께서 병환이 다시 위독하시매, 성상께서 병환을 무릅쓰고 입시(入侍)하셨는데, 후께서는 성상께서 기후가 지치실 것을 염려하여 안정하기를 청하셨으나, 성상께서는 끝내 물러가지 않고 이어서 대신에게 명하여 병진년처럼 기도하게 하셨습니다. 그러나, 12월 5일 미시(未時)에 마침내 저승전(儲承殿)의 서 별당에서 승하하시니, 춘추는 42세였습니다.

유교(遺敎) 수백 마디가 계셨는데, 대개 '초상부터 묻을 때까지 쓸 제구를 내가 다 만들었으니, 다시 유사(有司)를 번거롭히지 말고, 중외(中外)에서 진향(進香)하는 것도 다 멈추고, 아침·저녁 궤전(饋奠)의 그릇 수도 모두 태반을 줄이게 하라' 하고, 또 '지금 나라의 저축이 다 없어지고 백성의 힘도 다하였으니, 대부(大夫)들이 구례(舊例)를 따르지 말고 일체 줄여 절약하면, 내 넋이라도 편안할 수 있을 것이다' 하고, 또 '주상은 인자하고 효성하여 반드시 내 뜻을 몸받을 것이므로, 이렇게 말한다' 하셨습니다. …중략… 후께서는 크게 천경(天慶)을 받아 우리 주상 전하를 낳으셨고, 처음에는 인경 왕후 김씨를 맞아들였습니다. 또한 신라임금의 후예 영돈녕부사(領敦寧府事) 광성 부원군(光城府院君) 김만기의 따님인데, 경신년 10월에 훙서(薨逝)하셨습니다.

　이듬해 정월에 후께서 계비(繼妃)를 가릴 것을 의논하셨는데, 조정의 신하들이 너무 빠르다고 말하였으나, 후께서 '강한 나라가 옆에 있으니, 고집할 수 없다' 하셨으니, 대개 전조(前朝)의 일에 징계되었기 때문이었습니다. 그 깊이 근심하고 멀리 염려하시는 것이 대개 이러하셨습니다. 그 해 5월에 지금의 중궁 전하께서 정위(正位)에 뽑히시니, 영돈녕부사 여양 부원군(驪陽府院君) 민유중(閔維重)의 따님입니다. 명안 공주는 해창위(海昌尉) 오태주(吳泰周)에게 하가(下嫁)하였습니다.

　…중략…

　우리 전하께서 나이 어리고 병약하시기 때문에 마음이 근심되시는데 밖에는 권간(權奸)이 줄지어 섰으므로, 나라의 명백이 철류(綴旒)이니, 이때를 당하여 일이 뜻대로 되지 않고 절박하였던 짓을 어떻게 이루 말할 수 있겠습니까? 지난겨울 성상께서 이상한 병에 걸려 중세가 비상하실 때에는 또 추위를 무릅쓰고 없는 힘을 다하여 하늘에 목숨을 빌어서 겨우 신명의 위로를 받게 되자 곧 스스로 병환에 걸리셨습니다. 아! 하늘이 어찌하여 이 큰 덕이 있는 이를 내고서 복록은 내리지 않아 우리 성상께서 몹시 슬픔을 더하시고 이 신민이 울부짖고 사모하는 것이 더욱 깊게 합니까? 그러나, 자신에 성덕이 있어서 지위를 얻고 명예를 얻어, 공(功)이 사직(社稷)에 남고 은택이 백성에 미쳐서 후세 억만 년에 음덕(陰德)을 내리시니, 참으로 하늘이 덕 있는 이를 낸 뜻을 저버리지 않으셨습니다. 다시 무슨 유감이 있겠습니까? 이것이 성상의 효사(孝思)를 조금 위로 하고 또 신민의 지극한 슬픔을 늦출 것입니다. 아! 아름답습니다."[262]

---

262) 『숙종실록』 권15, 숙종 10년(1684) 1월 15일(신사).

인용문에서 알 수 있듯이 명성왕후는 아들 숙종이 병으로 어려움에
처하자 추위를 무릅쓰고 목욕재계하면서 기도를 하다가 병이 나게 되
었음을 알 수 있다. 명성왕후의 승하와 관련하여 <인현왕후전>에는
아래와 같이 서술되었다.

> 대비 상후 중에 한절(寒節)을 무릅써 많이 근로하신 고로 옥체 자
> 못 상하사 신음하시더니 점점 침중하시매, 상과 후가 우황초민하사
> 주야시탕(晝夜侍湯)하시며 호읍을 마지아니하시고, 대신을 명하사
> 종묘사직에 빌라 하시며 조서(詔書)를 내리와 통개옥문하여 죄인을
> 다 놓으시고, 모든 어의(御醫)로 시탕을 배설하여 의약을 지성하시
> 되 효험을 보시지 못하시니 상과 후가 망극하사 초황하시며 신민이
> 황황망조하더라. 납월 초오일 인시에 창경궁 저승전에서 승하하시
> 니 이때 춘추가 사십이 세시라. 신민이 황황(惶惶)하고 궁중이 경황
> (驚惶)하여 곡성이 흔천하고 상과 후가 애통하심이 지극하사 육찬
> (肉饌)을 나오지 않으시니, 궁중 상하가 그 성효를 탄복치 않을 이
> 없더라. 삼 년을 지내시고 혼전을 파하매 상과 후가 새로이 애통망
> 극하시더라.263)

숙종 10년 3월 27일 묘시(卯時)에 찬궁(攢宮)을 열고 신시(申時)에
조전(祖奠)을 거행하였다.264) 4월 3일 인시(寅時)에 견전(遣奠)을 거행
하고 대행왕대비(大行王大妃)의 발인(發靷)이 있었다.265) 4월 5일 인시
(寅時)에 숭릉(崇陵)에서 대행왕대비(大行王大妃)의 하현궁(下玄宮) 하

---

263) <인현왕후전>, 26~27쪽.
264) 『숙종실록』 권15, 숙종 10년(1684) 4월 2일(정유).
265) 『숙종실록』 권15, 숙종 10년(1684) 4월 3일(무술).

고,[266) 오시(午時)에 반우(返虞)하였다.[267] 명성왕후 장례를 거행하던 날 사신은 아래와 같이 망자를 논평했다.

사신(史臣)은 말한다. "갑인년 이래로 뭇 간사한 자가 나라의 권세를 잡고 반역하는 종친이 세력을 폈으나, 오히려 성모(聖母)를 꺼려서 번갈아 흉악한 소(疏)를 올려 어린 임금을 속이고 양궁(兩宮)을 이간하려 꾀하였으니, 이때는 위태로웠다 하겠는데, 우리 성모가 일념으로 걱정하고 지성으로 도와 성심(聖心)을 깨우쳐서 국맥(國脈)을 유지하였다. 우뚝한 공훈과 성대한 덕은 선인 황후(宣仁皇后)라도 이보다 더할 수 없으니, 송시열의 지문(誌文)은 참으로 진실한 기록이다. 멧부리처럼 높은 수(壽)를 빈 공도 없이 유교가 문득 선포되었으니, 아! 슬픕니다.[268]

명성왕후(明聖王后)는 조선의 제18대 현종비로 본관은 청풍(淸風)이다. 아버지 김우명(金佑明)[269]은 영돈녕부사(領敦寧府事)로 청풍부원

---

266) 『숙종실록』 권15, 숙종 10년(1684) 4월 5일(경자).
267) 『숙종실록』 권15, 숙종 10년(1684) 4월 5일(경자).
268) 『숙종실록』 권15, 숙종 10년(1684) 4월 5일(경자).
269) 김우명(金佑明, 1619~1675)은 조선 중기의 문신으로 본관은 청풍(淸風)이다. 자는 이정(以定). 아버지는 육(堉), 딸은 현종의 비이다. 인조 20년(1642) 진사시에 합격하여, 강릉참봉 · 세마(洗馬) 등을 역임. 1659년 현종이 즉위하자 국구(國舅)로서 청풍부원군(淸風府院君)에 봉하여졌다. 1661년 영돈녕부사가 되고 이어 오위도총관과 호위대장을 겸직하였다. 송시열(宋時烈)과 같은 서인이었으나 민신(閔愼)의 대부복상문제(代父服喪問題: 실성한 아버지 대신 손자가 상주가 된 것에 대한 대립문제)를 계기로 남인인 허적(許積)에 동조하였다. 또한, 숙종 초에 복창군 정(福昌君楨) · 복평군 남(福平君柟) 형제가 궁중을 드나들면서 궁녀들을 괴롭힌 사실을 들어 이들의 처벌을 상

군(淸風府院君)이고, 어머니 은진 송씨(恩津 宋氏)는 덕은 부부인(德恩府夫人)이다. 인조 20년(1642) 5월 17일생으로 10세인 효종 2년(1651) 11월 21일에 세자와 가례를 하여 세자빈이 되었다. 1659년 5월 9일 현종이 왕위에 오르자 왕비가 되었으며, 33세(1674)에 현종이 승하하여 아들(숙종)이 왕이 되자 대비가 된다.

조선의 왕비 중에서 유일하게 왕세자빈, 왕비, 왕대비의 신분을 지녔던 인물이다. 현종과의 사이에 숙종과 3명의 공주(명선, 명혜, 명안)를 두었다. 아들 숙종이 14세로 왕위에 오르자 수렴청정을 할 수 있는 위치에 있었지만, 숙종이 정치에 대한 식견이 있다는 이유로 수렴청정을 하지 않았다. 그러나 아버지 김우명과 사촌 김석주(金錫胄, 1634~1684)는 서인의 중심인물이었으므로 숙종이 남인의 비호를 받을 때에는 숙종과 소원해지기도 했다.

숙종 9년(1683) 12월 5일, 창경궁 저승전에서 42세로 생을 마감했다. 시호는 명성(明聖), 휘호는 현열희인정헌문덕(顯烈禧仁貞獻文德)이다. 능호는 숭릉(崇陵)으로 현재 경기도 구리시 인창동 산11~2번지의 동구릉 내에 조선 제18대 왕 현종과 함께 안식하고 있다.

명성왕후의 사망으로 인현왕후의 앞날에 어둠이 깃들기 시작한다. 명성왕후의 친정과 인현왕후의 친정은 정치적으로 뜻을 같이하는 서인(西人)이었다. 그러므로 인현왕후에게는 명성왕후가 자상한 시어머니인 동시에 든든한 버팀목이었다. 서인 또한 명성왕후의 승하로 입지가 약해지기 시작한다.

소하였다. 그 뒤 남인 윤휴(尹鑴)·허목(許穆) 등과 알력이 심하여짐으로써 벼슬을 그만두고 두문불출하였다. 시호는 충익(忠翼)이다.

5) 장옥정 궁궐에 다시 들어오다

숙종 9년(1683) 12월 5일, 명성왕후가 승하한 후에 명성왕후의 예견은 현실로 다가왔다. 숙종은 어머니 때문에 사랑하는 여인과 헤어졌으나 궁궐의 제일 어른인 대왕대비 장렬왕후가 힘써 권하니 궁궐 밖에 둘 이유가 없었다. 장옥정의 입궁으로 사적(私的)으로는 한 남성이 두 여인과 사랑을 주고받는 삼각관계지만, 정치적으로는 '인현왕후=서인', '장옥정=남인'이란 등식으로 인식되어 서인과 남인의 운명도 함께하게 된다. 따라서 후일 기사환국(己巳換局)[270] 때는 인현왕후와 서인이 쫓겨나고, 갑술환국(甲戌換局)[271] 때는 장옥정과 남인이 몰락하

---

270) 기사환국(己巳換局)은 인현왕후가 왕자를 낳지 못하는 가운데 숙종이 총애하던 소의 장씨가 아들을 낳자 숙종은 그 아들을 원자를 삼으려고 했으나 서인들이 반대했다. 숙종은 초비 김만기의 딸 인경왕후가 사망하자 민유중의 딸을 계비로 맞이했다. 김만기와 민유중은 모두 노론으로 중전의 나이가 젊은 데 후궁 소생을 원자로 정하는 것은 옳지 못하다고 반대하자 숙종 15년(1689) 인현왕후를 폐비하고 장씨를 왕비로 책봉하였다. 이 사건으로 서인을 축출하고 남인을 등용하여 남인이 정권을 장악하게 된다.

271) 갑술환국(甲戌換局)은 기사환국으로 집권하던 남인이 물러나고 소론과 노론이 다시 집권하게 된 사건으로 갑술옥사, 또는 갑술경화(甲戌更化)라고도 한다. 숙종 20년(1694)에 노론계 김춘택(金春澤)과 소론계의 한중혁(韓重赫) 등이 폐비 민씨의 복위운동을 전개하다가 발각되었다. 남인계의 민암(閔黯)·이의징(李義徵) 등이 주동자를 심문하던 중 숙종이 도리어 민암 등 남인들을 귀양 보내고 노론과 소론계를 등용한 사건을 말한다. 당시 서인계는 숙종의 사랑을 받고 있던 숙빈 최씨를 통하여 남인계의 잘못을 숙종이 자세하게 알게 하여 정권회복을 꾀하고 있었다. 갑술환국으로 인현왕후가 복위되고 기사환국 때에 처벌했던 송시열 등 서인들이 복관되었다. 한편 남인 측은 이 사건으로 몰락하여 그 뒤 세력을 만회하지 못하였으며 장씨도 왕비에서 희빈으로 강등되었다.

여 정치적으로 두 번의 큰 옥사(獄事)가 있게 된다.

장옥정은 궁궐에 다시 들어오자 곧 숙종의 사랑을 받았다. 숙종이 장옥정을 사랑한 것은 젊음 때문이 아니었다. 숙종이 현종 2년(1661), 인현왕후는 현종 8년(1667), 장옥정이 효종 10년(1659)에 태어났으니 장씨는 숙종보다 2년, 인현왕후보다는 8년 연상이다. 궁궐에는 아름다운 여인들도 많고 아직 신혼이라 할 수 있는 젊은 왕비도 있는데 숙종의 마음을 사로잡은 비법은 무엇이었을까? 아래 인용문은 장씨(張氏)가 숙원(淑媛)으로 책봉되던 날의 『숙종실록』 기록이다.

> 장씨는 내인으로 뽑혀 궁중에 들어왔는데 자못 얼굴이 아름다웠다. 경신년 인경 왕후가 승하한 후 비로소 은총을 받았다. 명성왕후가 곧 명(命)을 내려 그 집으로 쫓아내었는데, 숭선군(崇善君) 이징(李澂)의 아내 신씨(申氏)가 기화(奇貨)로 여겨 자주 그 집에 불러들여 보살펴 주었다.[272]

인용문에서 '얼굴이 아름다웠다'고 한 것으로 보아 뛰어난 미인으로 생각된다. 아름다운 여인은 동서고금에서 언제나 남성들의 사랑을 받았으며 앞으로도 영원히 변하지 않을 것으로 생각된다. 그러나 그녀는 단순히 아름답기만 한 백치 미인이 아니었음을 아래 인용문에서 알 수 있다.

> 어느 날 임금이 그녀를 희롱하려 하자 장씨가 피해 달아나 내전 앞에 뛰어 들어와, "제발 나를 살려 주십시오."라고 하였는데 내전의 기색을 살피고자 함이었다. 내전이 낯빛을 가다듬고 조용히, "너

---

272) 『숙종실록』 권17, 숙종 12년(1686) 12월 10일(경신).

는 마땅히 전교(傳敎)를 잘 받들어야만 하는데, 어찌 감히 이와 같이 할 수가 있는가 하였다. 이후로 내전이 시키는 모든 일에 대해 교만한 태도를 지으며 공손하지 않았으며, 심지어는 불러도 순응하지 않는 일까지 있었다.[273]

인용문은 명성왕후 승하 후에 다시 입궁한 장씨가, 왕이 자신을 희롱하려고 하는데 어떻게 행동해야 하는가를 왕후에게 물어서 승인을 얻는 부분이다. 이 기록에서 자신이 먼저 왕을 유혹한 것이 아니라는 것을 왕후에게 알리고 앞으로의 행동을 정당화 하려는 놀라운 기지(機智)를 발휘하였음을 알 수 있다. <인현왕후전>은 그녀를 아래와 같이 묘사했다.

민첩혜힐(敏捷慧黠)하여 상의(上意)를 영합하니 상이 극히 총애하시더라.[274]

인용문은 그녀가 약삭빠르고 교활하여 임금의 뜻을 빨리 알아차렸으므로 총애하게 되었다고 한다. '약삭빠르고 교활하다'고 부정적으로 묘사했지만 상황에 따라서 임금이 좋아하는 행동을 할 만큼 머리가 좋았을 것이다. 남인 측에서 정치적인 이유로 그녀를 궁궐에 들여보낼 때에는, 임금을 한눈에 사로잡을 미모는 물론이고 자신들의 목적을 달성할 수 있는 재치 있고 똑똑한 인물이었기에 선택했을 것이다.

그 후 장옥정은 더욱 교만하고 방자하였으나 숙종의 마음을 돌이킬

---

273) 『숙종실록』 권17, 숙종 12년(1686) 12월 10일(경신).
274) <인현왕후전>, 27쪽.

대안이 없었다. 왕후가 아직 젊기는 하지만 원자를 생산하지 못하여 서인 측은 위기의식을 느끼게 된다. 이러한 때 인현왕후는 자신이 덕과 재질이 부족하여 후계자를 생산하지 못하고 있으니 종사의 큰 죄를 지은 것 같아 밤낮으로 살얼음을 밟듯이 조심스럽다면서, "한(왕후) 여자 생산만 기다리지 말고 후궁을 간택하시라"고 숙종에게 아래와 같이 적극 권한다.

> 상의 춘추가 거의 삼십이 되시나 농장의 경사를 보시지 못함을 근심하시는지라, 후가 깊이 염려하사 일일 종용히 상께 고하사 어진 후궁을 ᄈ 자경보심을 권하신대, 상이 처음은 허치 않으시더니 후가 날마다 권하여 일녀자(一女子)의 생산을 기다리고 막중종사를 경솔히 못할 줄로 간절히 아뢰니, 정정(貞靜)한 덕과 유화하신 말씀이 혈심이라 상이 감탄하시고 조정에 후궁간택하시는 전지(傳旨)를 내리시니[275]

인용문은 인현왕후가 후궁간택을 권하였을 때 숙종이 처음에는 허락하지 않다가 여러 번 청한 후에야 허락하였음을 알게 한다. <인현왕후전>은 왕후가 후궁 간택을 권한 것을 왕후의 후덕(厚德)을 강조하는 데 초점을 두었다. 그러나 이면에는 장옥정의 총애로 남인이 득세할 것을 두려워한 서인 측의 어쩔 수 없는 정치적 묘책이었다.

당시 서인 측에서 추천한 규수는 청양현감(靑陽縣監) 김창국(金昌國)[276]의 딸이었다. 후궁간택이 결정되는 무렵 영의정 김수항[277]이,

---

275) <인현왕후전>, 27쪽.
276) 김창국(金昌國, 1644~1717)은 청음 김상헌(金尙憲, 1570~1652)의 증손이

"김창국은 제 형의 아들이라 그 딸을 잘 안다면서 어릴 적부터 배를 크게 앓아서 경후(經候)가 고르지 못하니 후사(後嗣)를 잇기 위한 적임자는 아니라"고 말한다. 숙종은, "부인의 임산(姙産)이란 오로지 복병(腹病) 유무에 달린 것이 아니니 바꾸기 어렵다"며 받아들이지 않았다.[278] 이를 보면 숙의(淑儀) 김씨를 후궁으로 맞이한 것은 후사(後嗣)를 낳기 위한 것이 주목적이었음을 알 수 있다.

종사의 대계를 잇기 위하여 간택된 안동 김씨는 아버지 김창국(金昌國)과 어머니 전주 이씨(全州 李氏)의 2녀로 현종 10년(1669)에 태어났

며 김광찬(金光燦, 1597~1688)의 손자다. 아버지는 김수증(金壽增, 1624~1701)이며 어머니는 문충공(文忠公) 회곡(晦谷) 조한영(曺漢英, 1608~1670)의 따님인 창녕 조씨(昌寧 曺氏, 1627~1671)다. 김수항은 중부(仲父)다. 인조 22년(1644) 2월 14일생으로 부인은 이정영(李正英, 1616~1686)의 1녀와 혼인하였다. 23세인 현종 7년(1666) 식년(式年) 진사(進仕)에 3등으로 합격하였으며 26세인 현종 10년(1669) 영빈 김씨를 낳았다. 43세인 숙종 12년(1686) 3월 28일에 둘째 딸이 숙의(淑儀, 후일 영빈 김씨)가 되었다. 숙종 43년(1717) 4월 16일 74세로 사망했다. 지두환, 『숙종대왕과 친인척—숙종의 후궁』, 앞의 책, 233~243쪽 참조.

277) 김수항(金壽恒, 1629~1689)은 청음 김상헌(金尙憲, 1570~1652)의 손자이며 김광찬(金光燦, 1597~1688)의 3남이다. 진사시(進仕試)에 1등으로 합격했으며 알성문과(謁聖文科)에 장원급제하여 사가독서(賜暇讀書)를 하고 숙종 때 영의정에 올랐다. 숙종 15년(1689) 기사환국으로 남인이 집권하자 우암 송시열 등과 귀양을 가서 사약(死藥)으로 사망했다. 1남 몽와(夢窩) 김창집(金昌集, 1648~1722) · 2남 농암(農巖) 김창협(金昌協, 1651~1708) · 3남 삼연(三淵) 김창흡(金昌翕, 1653~1722) · 4남 노가재(老稼齋) 김창업(金昌業, 1658~1721) · 5남 포음(圃陰) 김창즙(金昌緝) · 6남 택재(澤齋) 김창립(金昌立, 1666~1683)으로 육창(六昌)으로 불린다. 위의 책, 235~236쪽 참조.

278) 『숙종실록』 권17, 숙종 12년(1686) 3월 23일(정축).

다. 18세인 숙종 12년(1686)에 종2품인 숙의(淑儀)로 봉해지면서 노비 150명을 하사받고,[279) 4월 26일 입궐하여 5월 27일에 정2품 소의(昭儀)가 된다.[280)

숙종은 후궁을 간택하고서도 궁인 장씨에 대한 사랑은 더욱 깊어만 갔다. 9월 5일, 장령(掌令) 이국화(李國華) 등이 천재(天災)가 거듭 일어나 백성이 거의 죽게 되었으니 궁중의 건축을 중지하기를 청하였다. 당시 궁궐에는 궁인 장씨를 위하여 별당(別堂)을 짓고 있었다. 천재로 백성들이 고통 받고 있는 때에 사랑하는 여인을 위하여 아름다운 궁궐을 지으려니 민망했었는지 이른 아침과 늦은 저녁에 목재를 운반하게 하는 등 남몰래 공사를 진행하고 있었다. 당시 숙종은 "전해들은 것이 사실과 다르다"면서 공사를 중지하지 않았다.[281)

9월 13일에도 숙의 김씨의 종숙부인 대사헌(大司憲) 김창협(金昌協)[282)이, "후궁 중에서 특별히 사랑하는 여인이 있더라도 관어(貫魚)

---

279) 『숙종실록』 권17, 숙종 12년(1686) 3월 28일(임오).
280) 『숙종실록』 권17, 숙종 12년(1686) 5월 27일(경술).
281) 『숙종실록』 권17, 숙종 12년(1686) 9월 5일(병술).
282) 김창협(金昌協, 1651~1708)은 조선 후기의 유학자로 본관은 안동, 자는 중화(仲和), 호는 농암(農巖) 또는 삼주(三洲)다. 영의정 김수항의 2남으로 숙종 8년(1682) 증광문과(增廣文科)에 장원급제하여 대사간 등을 역임하였다. 기사환국으로 아버지가 사사되자 사직하고 영평(永平)에 은거하였다. 갑술옥사 후 아버지가 신원되어 호조참의, 예조판서 등에 임명되었으나 모두 사직하고 학문에만 전념하였다. 문장에 능하고 글씨도 잘 썼다. 숙종의 묘정에 배향되었으며 양주의 석실서원(石室書院), 영암의 녹동서원(鹿洞書院)에 제향되었다. 저서로 『농암집(聾巖集)』・『논어상설(論語詳說)』・『오자수언(五子粹言)』・『이가시선(二家詩選)』・『주자대전차의문목(朱子大全箚疑問目)』

대로 하여야 종사(螽斯)에 경사가 있어 미색에 현혹되었다는 비난이 없게 된다"283)는 내용으로 상소했다. '관어'는 궁인 거느리기를 물고기를 엮듯이 순서가 있게 해야 한다는 뜻이고, '종사'는 메뚜기나 여치 등의 곤충이 한 번에 99개의 알을 낳는 것을 비유하여 부부가 화합하여야 자손이 번성하게 된다는 뜻이다. 즉 왕은 후궁들을 공평하게 사랑하여 자손이 번성하여야만 미색에 현혹되었다는 비난을 받지 않는다는 뜻이다. 아름다운 장씨에게 현혹되어 있는 왕의 행동을 경계한 것이다.

대신들의 이러한 충고에도 아랑곳하지 않고 12월 10일에는 궁인 장씨를 종4품인 숙원(淑媛)으로 책봉했다. 왕의 총애를 받더라도 자녀를 낳지 않은 궁녀가 정식 직책을 받은 것은 관례에 어긋나는 처사였다. 숙종도 자신의 파격적인 행동이 민망했는지 장씨를 숙원으로 책봉한 다음 날에, 지난 9월 5일에 장령(掌令), 이국화(李國華) 등이 궁인 장씨를 위하여 별당을 짓는 것을 우려하여 상소하였을 때에 사실과 다르다면서 공사를 중지하지 않은 것은, "본래 숨기려고 한 것은 아니었다. 그때 말이 명백하지 않은 듯하다. 경연(經筵) 석상에서 분명하게 밝히려고 하였으나 아직 하지 못 하였다. 아뢴 바가 실로 옳으니, 내가 마땅히 깊이 생각하겠다"284)고 변명한다.

그리고도 14일에는 숙원방(淑媛房)에다 나라에 공이 있는 신하와 종친인 왕족에게 내려주는 사패노비(賜牌奴婢) 100명을 주라는 명을 내린

등이 있다.

283) 『숙종실록』 권17, 숙종 12년(1686) 9월 13일(갑오).
284) 『숙종실록』 권17, 숙종 12년(1686) 12월 10일(경신).

다.[285] 당시 정언(正言) 한성우(韓聖佑)는, "신이 삼가 깊이 우려하는 것은, 장씨의 일은 전하께서 그 미색(美色) 때문이며, 전하가 장씨를 봉한 것은 그를 총애하기 때문이니, 오늘날 신민(臣民)들의 근심이 이보다 더 큰 것이 어디에 있겠습니까? 이징명(李徵明)이 진언한 바의, '말을 들어 참소를 초래한다'는 것이 훗날에 드러나지 않을 것이라고 어찌 알 수가 있겠습니까?"[286]라는 상소를 올렸다. 그 후에도 숙종이 장씨에 대한 총애가 지나치다며 대신들의 반대가 많았다.

그러나 왕은 이듬해(1687) 2월 15일에도 전에 사패노비를 줄 때 누락되었다면서 논밭(田土) 1백 50결(結)을 더 주라고 명한다. 당시 승정원(承政院)에서, "팔도(八道)에 흉년이 들어 굶주려서 죽는 사람이 길에 널려 있으므로, 막중한 종묘(宗廟)의 제향(祭享)도 절감하자는 의논이 있으니, 이와 같이 시급하지 않은 일은 마땅히 조용하게 천천히 의논해야 합니다" 하니, 가을까지 기다렸다가 갈라 주도록 하였다.[287]

그 해 6월에 큰 수해가 났다. 『숙종실록』에는, "외방(外方)에서 장문(狀聞)한 것으로 수재의 참상이 여러 도(道)가 똑같았는데, 강양도(江襄道)에 있어서 원성(原城) 읍내(邑內)는 급하게 내리는 비가 막 쏟아져 기세(氣勢)가 강(江)을 뒤집어 놓은 것 같았기 때문에, 집이 물에 잠기어 파괴된 것이 1백 64호나 되도록 많았고 살림살이도 남김없이 떠내려갔으며 민중들이 도망하여 피할 적에 물에 휩쓸려 죽은 사람이 또한 매우 많아, 예전에 없던 큰 이변이었다. 옛적의 역사에 큰 수해를 여총

---

285) 『숙종실록』 권17, 숙종 12년(1686) 2월 14일(갑자).
286) 『숙종실록』 권17, 숙종 12년(1686) 12월 14일(갑자).
287) 『숙종실록』 권18, 숙종 13년(1687) 2월 15일(계해).

(女寵)의 징조라고 했었다. 이때 장씨(張氏)의 폐총(嬖寵)이 바야흐로 융숭했었으니, 이번의 수재가 생긴 것은 우연한 일이 아니다. 다른 도(道)들도 역시 큰 수해로 잇달아 장문(狀聞)했는데, 사람과 가축이 죽거나 부상하고 집들이 떠내려가고 분묘(墳墓)가 무너진 것이 매우 많았으며, 또한 벼락 맞아 죽은 사람이 많았다"[288]고 기록되었다. 백성들은 수해로 큰 피해가 난 것은, "왕이 장씨를 지나치게 총애하는 것을 하늘이 경계하는 징조"라고 생각할 정도로 숙종은 그녀를 사랑했다.

이렇게 장숙원에 대한 숙종의 총애가 멈추지 않더니, 숙종 13년(1687) 1월 23일에는 장숙원의 비호 세력이며 생모의 정부인 조사석(朝師錫)을 이조판서(吏曹判書)[289]로, 5월 1일에는 우의정(右議政)으로 임명하였다. 그날 『숙종실록』에는, "조사석은 평소에 인망(人望)이 모자랐고 또한 지난해에는 왕에게 엄한 책망을 받기도 하여 임금의 돌봄이 또한 융성하거나 진지하지 않았는데 갑자기 심상치 않은 명이 내린 것이다"[290]고 기록되었다.

그 후 조사석은 여러 번 사직을 청하고, 왕은 허락하지 않는 일이 계속된다.[291] 『숙종실록』에는 조사석이 사직을 청한 이유를, "당초에 후

---

288) 『숙종실록』 권18, 숙종 13년(1687) 6월 13일(기미).

289) 『숙종실록』 권18, 숙종 13년(1687) 1월 23일(임인).

290) 『숙종실록』 권18, 숙종 13년(1687) 5월 1일(무인).

291) 조사석은 숙종 13년(1687) 5월 1일에 우의정으로 임명된 후, 5월 7일, 5월 25일, 5월 26일, 6월 13일, 6월 15일, 6월 21일, 7월 24일에 사직의 소를 올렸으나 받아들여지지 않았다. 임금이 사관(史官)을 보내어 조사석(趙師錫)에게 유시(諭示)하니, 조사석이 가는 길에 나와 계사(啓辭)를 써서 올렸는데, 위험한 말로 충동하고 임금의 마음을 격분시키려는 저의가 아닌 것이 없었다. 임

궁(後宮) 장씨(張氏)의 어미는 곧 조사석(趙師錫)의 처갓집 종이었는데 조사석이 젊었을 때에 사사로이 통했었고, 장가(張家)의 아내가 된 뒤에도 오히려 때때로 조사석의 집에 오갔었다. 동평군(東平君) 이항(李杭)은 또한 조사석의 종매(從妹)의 아들이었는데, 조사석이 정승에 제수되자, 온 세상이 모두 궁중 깊은 곳의 후원에 의한 것으로 여겼기"292) 때문이라고 했다. 그러므로 "조사석이 궁액(宮掖)에 연줄을 대어 남몰래 정승 자리를 도모한 것이라는 소문 때문에 조사석이 꺼리어 피하고 들어앉아 계속해서 글을 올려 면직하기를 바랐었다"293)고 기록하였다.

이러한 때 지경연사(知經筵事) 김만중(金萬重)294)은, "귀인(貴人) 장

금이 또 사관을 보내어 즉시 입시(入侍)하도록 하니, 조사석이 검정 갓에 흰 옷 차림으로 말 앞에 엎드리므로 임금이 말을 멈추었다. 조사석이 아뢰기를, "신(臣)의 일 때문에 마침내 청명(淸明)한 조정에 누를 끼치게 되었으니, 신의 형편이 결코 나아갈 수 없습니다" 하니, 임금이, "그런 말을 만들어낸 사람은 곧 역신(逆臣)인데, 법대로 하지 못하고 있으니, 이것이 나의 한이다" 하고, 끊임없이 위유(慰諭)하여 시급히 조정에 나오도록 하자, 조사석이 배사(拜謝)하고 나갔다. 조사석이 말을 하는 동안에 마치 목이 메고 울부짖는 사람 같았고, 화를 내는 기색이 안색과 말투에 나타났었으며, 수레의 먼지와 말들의 발굽 사이에 부복(俯伏)하기를 마치 어느 집 비복(婢僕)들이 상전에게 애걸하며 은혜를 바라는 것 같았다. 대신의 처신하는 도리를 어찌 이처럼 비굴하게 할 수 있으며, 임금이 예우(禮遇)하는 것도 단지 오욕(汚辱)만 가져오게 되는 것이라고들 하였다. 『숙종실록』 권18, 숙종 13년(1687) 10월 11일(병진).

292) 『숙종실록』 권18, 숙종 13년(1687) 6월 16일(임술).
293) 『숙종실록』 권18, 숙종 13년(1687) 7월 24일(경자).
294) 김만중(金萬重, 1637~1692)의 본관은 광산, 자는 중숙(重淑), 혼은 서포(西

씨가 동평군(東平君) 이항(李杭)과 결탁하여 조대비에게 아첨하였으며 조사석이 정승이 된 것은 조사석이 장귀인의 어머니 윤씨 집과 친하여 임명된 것이다"고 하여 하옥된다.295) 당시 김만중은 세 번 형추하였으나 불복하여296) 9월 12일 선천(宣川)으로 귀양을 가게 된다. 그날『숙종실록』에, "김만중을 구금한 지 여러 날이 되었고 여러 차례 엄한 국문(鞫問)을 받아도 마침내 증거 대는 말을 하지 않으므로, 드디어 이러한 명이 있었던 것이다. 김만중은 일찍이 현종조(顯宗朝)에 허적(許積)이 정승에 적합하지 않음을 말하다가 귀양 갔었고, 이번에 또 조사석(趙師錫)의 일 때문에 귀양 가게 되었으니, 세상에서 모두 그의 과감하게 직언(直言)한 것을 칭찬했다. 승정원과 옥당(玉堂)에서 청대(請對)하여 구원하다가, 임금이 진노(震怒)하여 물리치므로, 여러 신하들이 두려워하여 감히 말을 다하는 사람이 없었다"297)고 기록되었다. 김만중은 숙종 비 인경왕후의 숙부로 한국 문학사의 중요한 작품인 <구운몽>과 <사씨남정기>의 작자다. 9월 14일, 김만중은 귀양지 선천으

浦)다. 조선조 예학의 대가인 김장생(金長生)의 증손이고 인경왕후의 숙부다. 현종 6년(1665)에 정시문과에 급제하여 관료생활을 시작하였다. 정언 수찬, 암행어사 등을 역임한 후에 1686년에 대제학이 되었으나 1687년 장숙의(장희빈) 사건에 연루되어 선천으로 유배되었다. 1688년 11월에 배소에서 풀려났으나 1689년 2월에 다시 남해에 안치되어 있던 중 어머니 윤씨가 죽었으나 장례에도 참석하지 못한 채 1692년 적소에서 사망했다. 작품으로 소설 <구운몽>과 <사씨남정기>가 있고 시문집으로『서포집』·『서포만필』이 있다.

295)『숙종실록』권18, 숙종 13년(1687) 9월 11일(병술).
296)『연려실기술』권35,「숙종조 고사본말」.
297)『숙종실록』권18, 숙종 13년(1687) 9월 12일(정해).

로 떠나면서 자신의 마음을 아래의 시로 표현했다.

정지우망발(情知又妄發)	또 망발인 줄을 분명히 알거니,
하족보심인(何足報深仁)	어찌 족히 깊은 어지심에 보답할 만하겠는가.
상유구구의(尙有區區意)	아직도 구구한 뜻이 있으나,
종자공막신(從玆恐莫伸)	이로부터 펴지 못할까 걱정스럽다.298)

숙종 14년(1688) 8월 26일 묘시(卯時)에 장숙원을 적극적으로 돌봐주던 대왕대비 장렬왕후가 창경궁(昌慶宮) 내반원(內班院)에서 65세로 승하한다.299) 장렬왕후의 승하는 장씨와 그녀의 배후세력인 남인에게 큰 타격이 될 수 있었다. 그러나 당시 장씨는 잉태 중이었고 10월 27일에는 아들을 낳음으로써 모든 불안을 떨칠 수 있게 된 것이다.

6) 소의(昭儀) 장씨, 아들을 낳다

숙종 14년(1688) 10월 27일 실록은, "왕자가 탄생하였으니 소의 장씨(昭儀 張氏)가 낳았다"고 기록되었다. 왕자를 낳을 당시 종4품 '숙원'에서 정2품의 '소의'로 품계가 높아졌음을 알 수 있다. 장소의가 숙종의 지극한 사랑에 보답이라도 하듯이 그토록 바라던 왕자를 낳은 것이다. 당시 숙종은 28세였고 소의 장씨는 30세였다. 이후 소의 장씨는 물

---

298) 김병국 외 역, 『서포연보』, 서울대학교 출판부, 1992, 226쪽.
299) 『숙종실록』 권19, 숙종 14년(1688) 8월 26일(병인).

론 그녀의 어머니도 기세가 등등하여 산모를 보살피려고 궁궐에 드나
들 때에는 뚜껑 있는 옥교(屋轎)를 타고 입궐하였다. 이를 알게 된 지평
(持平) 이익수(李益壽)가 금리(禁吏)를 보내어 그 종을 잡아다가 죄를
다스리고, 다음과 같이 상소(上疏)하였다.

　　"신이 듣건대 '장 소의 모친이 8인이 메는 옥교(屋轎)를 타고 궐
　　중(闕中)에 왕래한다'고 합니다. 그런데 장 소의의 어미는 한 천인
　　일 뿐인데, 어찌 감히 옥교를 타고 대궐에 드나들기를 이와 같이 무
　　엄하게 할 수가 있습니까? 옛날 선조 초년에 유모가 옥교를 타고 입
　　궐하니, 선조께서 매우 준엄하게 꾸짖으시며 즉시 명하여 내쳐 물
　　리치고는 걸어서 돌아가게 하였으니, 화란의 조짐을 막는 뜻이 이
　　또한 지극했던 것입니다. 대저 명분이 혹 문란하게 되면 법도에 지
　　나친 습관이 불어나고, 궁위(宮闈)가 엄중하지 않으면 외인의 출입
　　을 막는 법도가 해이해질 것입니다. 전하께서는 잇달아 지금부터 마
　　땅히 액정(掖庭)을 경칙(警勅)하여 등급의 한계를 정돈하고 안과 밖
　　을 엄숙 화목하게 하여 위와 아래의 구분이 확실해지게 하소서."300)

　이에 숙종은, "왕자의 외가에서 전교로 인하여 출입하는데도, 대간
(臺諫)의 소(疏)에 혹은 천인이라 하고 혹은 도보(徒步)라 하니, 그들
이 기기(忌器)의 혐의를 생각지 않고 방자한 뜻으로 모욕하는 것이 이
미 매우 적지 않으며, 오늘의 일은 더욱 한심한 것이 있다. 사헌부 금리
(司憲府禁吏)와 조례(皂隸)를 체포하여 내수사(內需司)의 감옥에 내려
장살(杖殺)하라"고 명(命)하였다. 두 사람은 옥(獄)에서 나오자마자 잇

---

300)『숙종실록』권19, 숙종 14년(1688) 11월 12일(신사) 참조.

달아 죽었다.301) 한편 지평(持平) 이익수(李益壽)와 이언기(李彦紀)도 파직시켰으나 승정원(承政院)에서 곧 봉환(封還)하고 간쟁(諫爭)하니, 임금이 억지로 따랐다302)고 한다.

다음 해인 숙종 15년(1689) 1월 11일, 숙종은 소의 장씨의 소생의 왕자를 원자(元子)로 정하려고 했다. 당시 서인 측은 왕후가 아직 젊어(당시 인현왕후 23세) 대군 탄생이 가능하며 만약 중궁께서 생남(生男)의 경사가 없으면, 국본(國本)은 자연히 정해질 것이라며 반대했다. 그러나 숙종은, 고훈(古訓)에 "불효 중에서 후사(後嗣)가 없는 것이 가장 큰 불효인데 내가 30이 되도록 저사(儲嗣)가 없어 밤낮으로 근심하고 두려워하다가 이제야 왕자를 두어 명호(名號)를 정하려는 것이 어찌 빠르다고 하느냐면서, 작년 5월에 꾼 꿈을 이야기한다. "꿈속에서 어떤 사람을 만나, '내가 언제 아들을 낳겠느냐?'고 물으니, '이미 잉태하고 계신데 남자(男子)입니다'고 하였다. 내가 듣고서 스스로 기뻐하였는데 아들을 낳게 되어서는 내 마음에 믿는 바가 있게 되었다"며 명호 정하기를 고집한다.

임금의 설득에도 신하들의 반대가 계속되었지만 남인 측의 협조로 원자(元子)의 정호(定號)를 종묘와 사직에 고(告)하였다.303) 원자의 생모는 소의(昭儀)에서 정1품의 희빈(禧嬪)으로 봉하고304) 희빈 장씨의 아버지 장경(張烱)은 영의정(領議政), 할아버지 장응인(張應仁)은 우의

---

301) 『숙종실록』권19, 숙종 14년(1688) 11월 12일(신사).

302) 『숙종실록』권19, 숙종 14년(1688) 11월 13일(임오).

303) 『숙종실록』권20, 숙종 15년(1689) 1월 15일(계미) 1번째 기사.

304) 『숙종실록』권20, 숙종 15년(1689) 1월 15일(계미) 3번째 기사.

정(右議政), 증조할아버지 장수(張壽)는 좌의정(左議政)의 벼슬을 추증(追贈)하여 원자 외가로서의 품위를 지킬 수 있도록 배려하였다.

그날 사신은, "후궁(後宮)이 탄생한 원자(元子)를 중궁(中宮)의 아들로 삼으면, 국구(國舅)는 외조(外祖)가 되는 것이 예(禮)이니, 장경을 추은(推恩)한다는 것은 진실로 의(義)가 없다. 더욱이 우리 조정의 고사(故事)에 후비(后妃)의 아버지에게 의정(議政)을 증직함은 많았으나, 또한 일찍이 아울러 삼대(三代)에 미치지는 않았던 것이다. 그런데 장경은 역관(譯官)의 무리로서 후궁의 아비가 되고, 곧 그 부조(父祖)와 더불어 의정(議政)에 증직되었다. 그러니 대개 장씨는 바야흐로 성총(盛寵)이 있으며, 그 대우하는 것이 후비(后妃)의 집보다 지나쳤으니, 상의(上意)의 하고자 하는 바를 이에서 알 수 있는 것이다. 일의 기미가 미묘한 때에는 조심하지 않을 수 없거늘, 최석정은 몸이 정석(政席)에 있으면서도 봉행(奉行)하기를 오직 삼가하여 끝내 감히 위복(違覆)하는 계책을 하지 못했으니, 무엇 때문인가? 그 마음의 소재에 알 수 없는 것이 있다"[305]고 했다.

희빈 장씨의 왕자 탄생과 인현왕후가 왕자를 사랑하던 모습을 <인현왕후전>은 아래와 같이 묘사했다.

차세 동시월(冬十月)에 희빈 장씨 처음으로 왕자를 탄생하니 상의과애(上意過愛)하심은 이르지 말고 후가 대열(大悅)하사 어루만져 사랑하시기를 기출같이 하시니, 장씨 지분하여 있으면 그 영화를 어찌 측량하리요.[306]

---

305)『숙종실록』권20, 숙종 15년(1689) 2월 2일(경자).

인용문은 희빈 장씨가 처음으로 왕자(경종)를 생산하자 숙종이 지나치게 사랑하고 인현왕후도 크게 기뻐하며 자신이 낳은 것같이 사랑하였다고 한다. 그러므로 장씨가 자신의 분수를 알고 지켰으면 영화가 가득할 것인데도 방자한 마음이 불 일어나듯 하여 나라를 어지럽게 하게 되었다고 서술했다.

이후 서인의 거두 송시열이 세자를 봉함이 아직 빠르다고 상소하자, 숙종은 이미 명호(名號)가 결정되었는데 이런 의견을 내는 것은 무슨 일이냐고 진노한다.[307] 2월 2일에는 영의정 김수흥(金壽興)을 파직시키고 권유(權愈)와 목창명(睦昌明)을 승지로 특별 임명하는 등 남인을 대거 등용하였다.[308] 그 후 대사간(大司諫) 이항(李沆)과 정언(正言) 목임일(睦林一) 등이 송시열의 상소를 논박하여 송시열은 제주목(濟州牧)에 안치(安置)시키고 엄중하게 천극(栫棘)을 더하게 했다.[309] 김수항도 영암의 귀양지에서 사약을 받고 죽으면서[310] 서인은 몰락하고 남인이 정권을 잡게 된다.

7) 인현왕후 폐비되어 궁궐에서 쫓겨나다

숙종 15년(1689) 4월 21일, 대사헌(大司憲) 등이 송시열의 죄를 논하고 처벌할 것을 상소하였을 때, 숙종은 단지 송시열의 일만 그런 것이

---

306) <인현왕후전>, 29쪽.
307) 『숙종실록』권20, 숙종 15년(1689) 2월 1일(기해).
308) 『숙종실록』권20, 숙종 15년(1689) 2월 2일(경자).
309) 『숙종실록』권20, 숙종 15년(1689) 2월 4일(임인).
310) 『숙종실록』권20, 숙종 15년(1689) 윤3월 28일(을축).

아니고 궁궐에도 괴이한 일이 일어나고 있다면서, "중전이 희빈(禧嬪)이 처음 숙원(淑媛)이 될 때부터 분을 터뜨리고 투기를 일삼은 정상은 이루 다 말할 수가 없다. 어느 날 나에게 꿈에 선왕(先王)과 선후(先后)를 만났는데 '내전(內殿)과 귀인(貴人)은 선묘(宣廟) 때처럼 복록이 두텁고 자손이 많을 것이다. 그러나 숙원(淑媛)은 아들이 없을 뿐만 아니라 복도 없으며 국가에 이롭지 못할 것이다' 하였다. 투기가 통하지 않게 되자 이러한 헤아릴 수 없는 말을 만들었는데 삼척동자인들 어찌 이 말을 믿겠는가? 그리고 숙원에게 아들이 없는 것이 사실이라면 원자는 어떻게 탄생되었는가? 그 거짓된 작태가 여기에서 더욱 증험되었다"311)고 말한다.

승지 이시만(李耆晩)이, "옛사람이 말하기를, '어리석지 않고 귀먹지 않으면 가장 노릇을 할 수 없다'고 하였습니다. 범인도 이러한데 더구나 군주야 말할 게 무어 있겠습니까? 오직 용납하고 참음으로써 진정시켜야 합니다"고 하였다. 강선(姜銑)도, "중궁께서 원자에 대해 곧 자신이 낳으신 것이나 다름이 없으니 사랑하는 마음이 전하와 다름이 없을 것입니다"고 하니, "내가 어찌 제가(齊家)하려 하지 않겠는가? 그러나 투기할 뿐만이 아니라 선왕과 선후의 말이라고 속이는 것이 이 지경에 이르렀으니, 내가 무엇을 어떻게 할 수 있겠는가? 그의 마음이 이러하니 원자를 자기가 낳은 것으로 여긴다는 것은 나로서는 알 수 없는 일이다"면서 반대하는 대신들을 파직시킨다.312)

그날 숙종은 김수항(金壽恒)이 죽게 된 이유를, "내외(內外)를 교결

311) 『숙종실록』 권20, 숙종 15년(1689) 4월 21일(정해).
312) 『숙종실록』 권20, 숙종 15년(1689) 4월 21일(정해).

(交結)하여 임금의 동정(動靜)을 살핀 것"이라 했다. 숙종이 이런 말을 한 의도는 "귀인(貴人) 김씨(金氏)를 가리킨 것"이었다.

다음 날인 4월 22일, 서인에 의해 입궁한 간택후궁 귀인(貴人) 김씨의 작호(爵號)를 삭탈하고 폐출시켰다.[313] 숙종은 김씨를 폐출하면서 비망기에, "김씨는 궁궐에 들어온 뒤로 조금도 경순(敬順)한 행실이 없었고 해괴하게 질투만을 일삼은 일이 한두 가지가 아니었다. 밖으로는 김수항(金壽恒) 및 주가(主家)와 교결(交結) 화응(和應)하여 임금의 동정을 살폈으므로 궁중의 모든 일이 누설되지 않은 것이 없었다. 또 신하들을 인견(引見)할 때에 한 말을 적어 놓은 소지(小紙)를 훔쳐 몰래 보고 나서는 소매 속에 감추어 두었다가 누차 힐문을 받은 뒤에야 비로소 도로 바쳤다. 정말 마음이 음흉하여 실로 헤아리기가 어렵다. 안으로는 교사스러워 간특한 부인(인현왕후)에게 주야로 아첨하여 혈당(血黨)을 맺고 유언비어를 날조하여 못하는 짓이 없었는가 하면, 국가를 교란시키기 위해 군상(君上)을 무함했으니 실로 패역부도(悖逆不道)한 죄과(罪科)를 범한 것이다"[314]고 하였다.

<인현왕후전>은 인현왕후가 모함을 받는 부분을 아래와 같이 서술하였다.

문득 참람한 뜻과 방자한 마음이 불 이듯하니, 중궁전(中宮殿) 성덕과 용색이 일국에 솟아나고 인망(人望)이 다 돌아가니 간출 시기하여 가만히 제어하고 대위를 엄습고자 하니, 그 참람한 역심이 더

---

313) 『숙종실록』 권20, 숙종 15년(1689) 4월 22일(무자).
314) 『숙종실록』 권20, 숙종 15년(1689) 4월 24일(경인).

욱 심하여, 날로 기색을 살펴 중전을 참소하려 하는 말이, "신생 왕자를 짐살하려 한다" 하고, 또 "희빈을 저주한다" 하여 궁모곡계 아니 미친 곳이 없어, 간악한 후빈(后嬪)을 체결(締結)하여 말을 내고 자취를 드러내어 상이 듣고 보시도록 하니, 예로부터 악인을 의롭지 않게 돕는 자가 있는지라.

중전 간악하단 말이 날로 치성하니 상이 점점 의심하사 중궁을 아주 박대하시고 장씨 요악한 정태로 천심을 영합(迎合)하며 왕자로 협종이 되어 권세 중하니, 상이 점점 편벽히 혹하사 능히 혹백을 분변치 못하시니, 전일 엄정(嚴正)하시던 성도가 아주 변감(變減)하사 현인군자는 다 물리치시며 간신적자(奸臣賊子)를 많이 쓰시니, 조정이 그윽이 의심하고 후가 근심하사 장씨의 위인이 반드시 변고가 날 줄 알으시고, 또 왕자의 당당한 기상이 있는 고로 지감하시고 만행(萬幸)히 여기사 사색(辭色)치 않으시고 갈수록 숙덕성심(淑德聖心)을 행하시더니,[315]

인용문은 장희빈이 자신의 분수를 알고 지켰으면 영화가 가득할 것인데 방자한 마음이 생겨 왕후를 제거하고 중전의 자리를 뺏기 위하여, '새로 태어난 왕자에게 독약을 먹여 죽이려 한다', '희빈을 저주한다'는 거짓말을 퍼뜨리고 저주의 흔적을 만들어 숙종이 보고 듣게 하였다. 모함하는 말을 계속 들은 숙종이 인현왕후를 의심하게 되었고, 장희빈은 요사스러운 자태로 상감마마의 마음을 사로잡고 왕자를 위세로 하여 권세가 커지게 된다. 당시 숙종은 이미 분별력을 잃었으므로 어질고 현명한 사람들(서인)은 다 물리치고 간신들(남인)을 많이 등용하였다. 한편 인현왕후는, 장씨의 사람됨을 알고 있었으나 말이나

---

315) <인현왕후전>, 29~30쪽.

얼굴에 티를 내지 않고 덕스러운 말과 행동으로 일관하였다고 하여 상황이 바뀌어도 변하지 아니하는 인현왕후의 덕을 칭송하고 있다.

4월 23일은 중전의 탄신일이었다. 숙종은 중궁전 내시(內侍) 주빈(朱彬)이, "왕비의 탄신일에 신하들이 문안을 하지 말라"는 명령을 대신들에게 알리지 않았다는 이유로 문책한다. 그날 영의정 권대운(權大運) 등 여러 대신들이 중전 탄일에 문안을 금하는 것은 예에 어긋난다고 하자, 숙종은 중전의 질투심이 극에 달하여 원자를 보호하기 어려운 상황에 처하였기 때문이라고 아래와 같이 말한다.

치란(治亂)과 흥폐(興廢)는 모두 후비(后妃)에게서 연유되는 것이다. 지금 궁궐에는 마음씨 곱고 정조가 바른 그런 덕은 없어 평시의 언동이 모두 분노와 원망에 차 있었기 때문에 세월이 쌓여 갈수록 감화의 기대가 끊겨가고 있었다. 투기하는 마음이 제대로 먹혀들지 않자 선왕(先王)과 선후(先后)의 분부를 지어내었다. 전대의 역사를 두루 살펴보건대 후비로서 분노와 원망을 품은 사람이 간혹 있기는 하였으나 지금처럼 구고(舊姑)의 말을 빌어서 임금을 능멸하는 간악한 짓을 한 것은 듣지 못하였다. 내가 나이 30에 비로소 원자를 두었으니 이것은 종묘사직의 무한한 복인 것이다. 그런데도 원자가 탄생하였다는 말을 듣고부터는 매우 노여운 기색을 드러내며 도리에 어긋난 불평하는 말을 한 것이 한두 번이 아니다. 이런 사람이 일국의 국모로 군림할 수 있겠는가? 구전(舊典)을 상세히 조사하여 속히 거행하기를 명한다. 그날 승정원(承政院)에서 여러 차례 중지할 것을 청하였으나 숙종은 위와 같은 이유로 받아들이지 않았다.316)

---

316) 『숙종실록』 권20, 숙종 15년(1689) 4월 23일(기축).

4월 24일, 영의정 권대운(權大運) 등 여러 대신들이 "어제의 분부를 신하로서는 차마 들을 수 없는 것이어서 어찌할 줄을 모르겠습니다"고 했을 때에도, 숙종은 "그가 선왕과 선후의 분부라며 거짓으로 말한 것은 총애를 독점하기 위해서였다. 이제 원자(元子)가 탄생하였으니 모두 거짓임이 드러나고 말았다. 국모가 된 몸으로 간특한 것이 이와 같은데도 경들은 매양 '한때의 조그만 잘못이니 끝내는 반드시 감화될 것이다' 하니, 이것이 무슨 말인가"며 뜻을 굽히지 않는다.

그때 강선이 "중궁께서 일국의 국모로 군림해 오신 지 이제 10년이 다 되었습니다만, 실덕(失德)한 일이 있다는 것을 듣지 못하였습니다. 전하께서는 어찌하여 갑자기 이렇게 차마 들을 수 없는 분부를 내리십니까?"고 한다. 그때에도 숙종은, "이름이 국모였지 실제로는 그런 덕이 없는데도 국모로 대우할 수가 있겠는가?"[317]며 뜻을 굽히지 않는다. 이후 숙종은 인현왕후의 폐출에 관하여서는 대신들과 대화를 거부하며 폐출이 기정사실로 굳어지게 된다. <인현왕후전>은 폐출 때의 상황을 아래와 같이 서술했다.

> 상이 이미 결단하신 마음이 계신고로 발설치 않으시나 민간에 소설이 낭자하여,
> "중전 폐위한다."
> 하더니 사월 이십삼일은 중궁전 탄일이라, 각 궁과 내수사에서 공상단자를 드리니 상이 단자를 내치시고 음식을 다 물리치시며, 대신과 이품 이상을 인견하사 폐비하심을 전교하시니, 좌승지 이시만이 불가함을 간간하니 상이 익노하사 원찬하라 하시매, 이렇듯 대

---

317) 『숙종실록』권20, 숙종 15년(1689) 4월 24일(경인).

신 중신이 사십 여인이 변지에 정배(定配)하고 또 비망기를 내리시
니, 조정이 진경하여 일시에 정청을 배설하고 다투는 체하나 실정
은 아니라.318)

인현왕후를 폐위할 때의 상황이 『숙종실록』과 <인현왕후전>의
내용이 일치된다. 당시 왕후를 폐위하는 엄청난 일에 당면한 대신들은
두렵고 놀라웠을 것이다. 서인 측은 왕후의 폐위는 곧 자신들의 몰락
이었기에 적극적으로 반대하였다. 한편 남인 측 입장에서는 오히려 좋
은 기회였으나 일국의 국모를 내쫓는 것에 쉽게 동조할 수 있는 사안
이 아니므로 '정청'에서 다투는 체하지만 사실은 그렇지 않았다고 한
것이다.

4월 25일, 현종의 3녀 명안공주319)의 시아버지 오두인(吳斗寅)320)

318) <인현왕후전>, 30~31쪽.
319) 명안공주(明安公主)는 현종의 셋째 딸로 어머니는 명성왕후다. 현종 6년
    (1665) 5월 18일 출생하여 7세인 현종 12년(1671)에 명안공주에 봉작되었
    다. 15세인 숙종 5년(1679) 10월 4일 부마 간택에서 12세의 전 참판 오두인
    의 아들이 간택되어 12월 2일 해창위(海昌尉)에 봉하였다. 16세인 숙종 6년
    (1680) 2월 18일 혼례를 행할 때에 특별히 승지를 보내어 술을 하사하고 집
    을 지어주기도 했다. 명성왕후는 첫째 딸 명선공주(明善公主, 1659~1673)
    가 부마 간택을 끝내고 혼례를 앞두고 15세에 사망하였고, 둘째 딸 명혜공
    주(明惠公主, ?~1673)도 부마 간택 후에 혼례를 치르기 전에 사망했다. 그러
    므로 셋째 딸 명안공주를 각별히 사랑했다.
320) 오두인(吳斗寅, 1624~1689)은 조선 후기의 문신으로 본관은 해주(海州), 자
    는 원징(元徵), 호는 양곡(양곡)이다. 이조판서 상(翔)의 아들로 숙부 숙(䎘)에
    게 입양하였으며, 어머니는 고성 이씨(固城 李氏)로 병조참판 성길(成吉)의
    딸이다. 인조 26년(1648)에 진사시에 1등으로 합격하고, 이듬해 별시문과에
    장원으로 급제하였다. 그 후 지평 · 장령 · 헌납 · 사간 등을 역임하였다. 아들

등 86인이 인현왕후 폐위를 반대하는 상소를 올린다.321) 당시 서인(西人)들은 귀양을 가거나 모두 파면 당하였음으로 통문을 돌려 모여서 소를 올려 극력 간하기로 하였다. 전 판서 오두인, 전 참판 유헌(兪櫶)·이세화322) 등 40여 명이 와서 모였는데, 전 응교 박태보(朴泰輔)323)가

태주(泰周)는 명안공주의 부마로 해창위(海昌尉)다. 숙종 5년(1679) 공조참판으로서 사은부사가 되어 청나라에 다녀와 이듬해 호조참판, 경기도관찰사, 공조판서 등을 역임했다. 1689년 형조판서로 재직 중 기사환국으로 서인이 실각하자 지의금부사(知義禁府事)에 세 번이나 임명되고도 나가지 아니하여 삭직 당하였다. 5월에 인현왕후가 폐위되자 이세화(李世華), 박태보(朴泰輔) 등과 함께 반대하는 소를 올려 국문을 받고 의주로 유배도중 파주에서 사망했다. 그해에 복관되어 1694년에 영의정에 추증되었다. 파주의 풍계사(豊溪祠)·광주(光州)의 의열사(義烈祠)·양성(陽城: 지금의 경기도 안성)의 덕봉서원(德峰書院)·의성(義城)의 충렬사(忠烈祠)에 제향 되었다. 저서로는『양곡집』이 있고 시호는 충정(忠貞)이다.

321)『숙종실록』권20, 숙종 15년(1689) 4월 25일(신묘).

322) 이세화(李世華, 1630~1701)는 조선 후기의 문신으로 본관은 부평(富平), 자는 군실(君實), 호는 쌍백당(雙栢堂), 칠정(七井)이다. 효종 2년(1651) 진사가된 후에 1657년 식년문과에 병과로 급제하였다. 그 뒤 정언, 장령 등을 거쳐황해도, 평안도, 전라도, 경상도관찰사 등을 역임하고 서호(西湖)의 향리로 돌아갔다. 그해 인현왕후(仁顯王后) 폐비 설을 듣고 반대소를 올렸다. 상소에 판서 오두인(吳斗寅)과 그의 이름이 전면에 올라있어 숙종이 분노하여 밤중에 친국하였다. 다음 날 정주로 유배가다 풀려나와 파산(坡山)의 선영 아래로 돌아왔다. 갑술환국 후 대사간, 호조판서에 제수되었으나 고사하고 나아가지 않다가 인현왕후 복위 뒤에 의금부사 겸 지경연사·세자빈객에 오르고 청백리로 선정되었다. 그 뒤 공조·형조·병조·예조·이조판서·지중추부사 등을 역임했다. 저서에『쌍백당집』이 있으며 풍계(豊溪)의 충렬사(忠烈祠)에 제향 되었다. 시호는 충숙(忠肅)이다.

323) 박태보(朴泰輔, 1654~1689)는 조선 후기의 문신으로 본관은 반남(潘南), 자는 사원(士元), 호는 정재(定齋)다. 아버지는 판중추부사 박세당(朴世堂)이며 어머니는 현령 남일성(南一星)의 딸이다. 숙종 1년(1675) 사마시에 합격하고

여러 사람의 소본(疏本)을 가져다가 손수 첨삭(添削)하여 써냈다.[324] 크게 진노한 숙종은 여러 날 친히 문초하면서 참혹한 형벌로 서인들을 죽이거나 유배시키면서 정국은 남인들이 주도하게 된다. 이때 박태보는 주동자로 지목되어 심한 형벌을 받았다.

<인현왕후전>의 이본 중 <국립도서관본>에는 인현왕후 폐출과 관련하여 숙종과 박태보의 설전(舌戰)이 매우 상세하게 서술되었다.[325] 그중 일부분을 발췌하면 아래와 같다.

이때 응교 박태보가 시방 파직 중 있어 정청에도 참예치 못하고

숙종 3년 알성무과에 장원하여 숙종 6년부터 수찬, 정언(正言)을 거쳐 교리가 되었다. 숙종 8년(1682) 홍문관의 사가독서로 선발되었으며 이천현감(伊川縣監), 부수찬 · 교리 이조좌랑 · 호남의 암행어사 등을 역임하였다. 숙종 15년 기사환국 때에 인현왕후의 폐위를 강력히 반대하는 소를 올리는데 주동적인 역할을 하였다. 심한 고문을 받고 진도로 유배도중 옥독(獄毒)으로 노량진에서 사망했다. 그가 죽은 뒤 충절을 기리기 위하여 정려문이 세워졌다. 영의정에 추증되고 풍계사(豊溪祠)에 제향 되었다. 시호는 문열(文烈)이다.

324) 『연려실기술』 권35, 「숙종조고사본말(肅宗朝故事本末)」, 원자(元子)의 명호(名號)를 정하다. <기사유문>.

325) 필자는 <인현왕후전> 교주본을 집필할 때에 훼손된 부분과 오자가 많아 어려움이 있는 부분은 『연려실기술』 중 숙종조 고사본말(32~38권)을 참고하였다. 그중 <국립도서관본>은 숙종과 박태보와의 설전(舌戰) 내용과 박태보가 모진 고문을 이겨내고 유배지로 떠나기 전에 고통을 참으며 의연하게 가족과 친구들을 만나는 모습들이 매우 감동적으로 서술되었다. 그러나 그 부분이 훼손된 것이 많고 대화 내용 중에 생략된 부분이 많아 교주에 어려움이 있었다. 내용 중 『숙종실록』이나 관련 인물들의 문집에서 찾기 어려운 많은 부분을 『연려실기술』 35권, '원자(元子)의 명호(名號)를 정하다' 항목을 참고하여 필사본의 오자를 고치고 탈자를 복원하여 해독이 불가능한 여러 부분을 주석한 바 있다.

달리 간할 길이 없어, 이에 모든 파직 조사들에게 통문 놓아 한 가지로 상소할 새, 전 판서 오두인이 벼슬 품(品)이 높으매 소두가 되고, 응교 손수 짓고 조사 여러 손이 합소(合疏)하여 이십오일 정원에 바치고 비답을 궐하에서 기다리더니, 상이 상소를 보시고 대노하사 즉지로서 추국하려 하시고 옥교를 타시고 무감(武監)과 여간 내관을 데리시고 인정전(仁政殿)에 문죄어좌(問罪御坐)하시니, 금부당상들과 대신 삼사들을 급히 불러 천지 진동하사 추국기구(推鞫器具)를 일시에 차리실새, 횃불이 궐내에 조요하고 일시에 내외에 지져내는 소리가 진동하더라.326)

상이 어좌에 두간 동안은 따에 꿇리시고 크게 소리 하사, 응교더러 일러 갈오사대,

"내 네놈을 자전(自前)으로 통악(痛惡)히 여긴 지 오래거든 네 가지록 이렇듯이 하는가? 전부터 나를 범하여 독을 부리니 괘씸히 여기되 목도시를 지금 어기지 아니하였다가 욕을 본 바라. 이제 나를 배반하고 간악한 부인을 위하여 무슨 뜻을 안아 간특흉역(奸慝兇逆)의 노릇을 하는가?"

응교 도처 엎드려 정색 대 왈,

"전하, 어이 이런 말씀을 차마 하시나니이까. 군신부자일체라 하오니, 아비 성이 과하여 애매한 어미를 내치고자 하면 자식이 어이 살고 싶은 뜻이 있으리이까? 이제 전하가 연고 없이 무전과거를 하오셔 곤위 장차 평안치 못하시게 되오니, 의신이 망극하와 오늘날 죽사옴을 정하여 상소를 드리오니, 어찌 전하를 반(叛)하올 뜻이 있사오리이까? 중궁 위하온 일이 정히 전하를 위하온 일이오니 전하 보온 중궁(中宮)이 아니시니이까?"

상이 익노 왈,

---

326) <인현왕후전>, 112~113쪽.

"급급 결박하라. 이놈아, 네 가지록 나를 욕하는가? 네 역률 쓰리라."[327]

상이 익노 왈,

"음측한 계집을 위하여 저렇듯 강악하뇨?"

웅교가 그 말씀을 듣고, 각별 소리를 엄정히 하여 다시 기침하고 주(奏) 왈,

"전하가 어이 차마 이런 말씀을 하시나니꼬? 부부는 인륜지시요, 성(聖)은 인륜지지(人倫之至)라 하오니, 무릇 여염 사람도 부부의(夫婦義)를 중히 여기옵거늘, 중궁(中宮)이 뉘 배필이시라 성노(聖怒)가 발하시기로 성인의 말씀을 글히게 아니하오셔 사어를 이렇듯 상되이 하시나이까."

상이 익익 대로 왈,

"네 다학 나를 공책 하느냐? 네 일정 지만을 안 이르느냐?"

웅교가 대 왈,

"전하가 근래『주역(周易)』을 강(講)하시며 어찌 건곤(乾坤)의 의(義)를 알지 못하시리잇고? 중궁에서 설사 흉허물이 계오시다 일러도 명성왕후 계오실 적 극진히 사랑하실 따름이요, 과실이 계시다 하옴을 듣잡지 못함을, 어이 이제 원자 탄강(誕降) 하오신 후 저렇듯 허물을 아오시니 의신은 이위침윤 임숙지참을 듣자오실 줄 아오이다."[328]

"꿈 말은 어인 말인고?"

웅교가 대 왈,

"의신의 회포(懷抱)는 상소에 다 하였사오니 무슨 무상(無常)을 하였다 하시나니이까? 의신은 추호도 무상부도하온 일이 없사오니 지만하올 일이 없나이다. 꿈 말씀도 다른 데로 아옵지 않았사오니 어

---

327) <인현왕후전>, 118~119쪽.
328) <인현왕후전>, 121~122쪽.

이 아오리까마는 전하 비망기 중에 있삽기 보압고 알았삽나이다."

"이놈, 네 그러면 나를 거짓말을 한다 하는가?"

웅교가 대 왈,

"궁내간(宮內間) 일을 의신이 자시 아옵지 못하거니와, 꿈이란 것은 본디 허탄한 일이오니 어이 구태여 일일이 맞히기를 기약하리 잇고? 우연한 몽사(夢事)를 맞히지 못하신들 그 무슨 과실이오며, 몽매간(夢寐間) 일을 우연히 부부간에 아뢰었사온들, 그 무슨 대단하신 허물이시라 일을 절박하요서 큰 죄를 삼으시니, 이 큰 과거(過擧)가 아니시니이까? 비록 중궁을 꿈을 믿는다 하오셔도 이전에는 전하가 재미의 호몽(好夢)을 하오셔 여러번 인견(引見)에도 꿈 말씀을 하여 계시오니, 의신은 전하가 스스로 잘못하신 같으신가 하나이다."[329]

그날 사신(史臣)은, "오두인(吳斗寅) 등이 왕비를 폐출(廢黜)하려는 거조를 바로잡기 위하여 서로 이끌고 상소를 올리면서 '알력한다, 핍박한다, 헐뜯는다' 등의 말을 씀으로써 임금의 극심한 노여움을 촉발(觸發)시켰다. 그리하여 낭간(琅玕)을 저녁에 올리자 우레 같은 진노가 밤에 울려 충정(衷情)을 아뢰지도 못한 채 전정(殿庭)에서 뼛골이 부서졌다. 저 세 사람의 억울함은 똑같으나, 박태보(朴泰輔)는 임금의 노여움이 더욱 격발될수록 응대(應對)가 화평스러웠고, 형위(刑威)가 혹독할수록 정신(精神)이 의연하였으니, 참으로 절의(節義)가 있는 선비라고 할 수 있다. 그런데 화(禍)를 자초(自招)하여 끝내 운명(殞命)하고 말았으니, 성세(聖世)의 누(累)가 됨을 이루 말할 수 있겠는가?"[330]라고 기록하였다.

---

329) <인현왕후전>, 124~125쪽.

330) 『숙종실록』 권20, 숙종 15년(1689) 4월 25일(신묘).

다음 날, 박태보는 낙형(烙刑)을 받은 끝에 또 중형(重刑)을 받아 그 참혹함이 말할 수 없는 정도여서 목숨이 끊길 지경이 되었다.[331] 사신은, "후비(后妃)를 폐치(廢置)하는 것은 국가의 큰 변고이고, 정청과 복합은 조정의 대대적인 거사이다. 국가의 큰 변고를 당하여 조정의 대대적인 거사를 함에 있어 이틀 사이에 시작했다가는 곧 그침으로써 마침내 국모를 폐출되게 하였고, 끝내는 군부(君父)의 잘못된 거조(擧措)를 완성시켜 주었다"[332]고 기록했다.

인현왕후의 폐위를 반대하는 상소로 오두인은 의주(義州)에 정배(定配)되고 박태보는 진도(珍島)로 정배된다. 이 두 사람이 감옥에서 나오자 경성(京城)의 사녀(士女)들이 길을 메우고 "충신의 면모를 보고 싶다"며 눈물을 흘리는 사람까지 있었다.[333]

<인현왕후전>에도 모진 형벌을 받으면서도 뜻을 굽히지 않은 박태보의 충절과 백성들의 뜻을 아래와 같이 서술했다.

옥졸들이 다 이르되,
"자고로 이런 형벌 입고 옥문 밖을 난 이 없으되, 지금 살아계시니 나으리 충성을 하늘이 감동하여 지금 살아 있다."
하더라. 사월 염 칠일 적소(謫所)를 정하여 금부 문밖에 나니 그 얼굴 보려 다투어 사람이 메워 싸 길을 나오지 못하는데, 옹교가 중인(衆人) 중에 친붕(親朋)을 알아보고 손을 들어 사례하더라. 경중(京中) 상하와 노소 없이 한결같이,

---

331) 『숙종실록』 권20, 숙종 15년(1689) 4월 26일(임진).
332) 『숙종실록』 권20, 숙종 15년(1689) 4월 26일(임진).
333) 『숙종실록』 권20, 숙종 15년(1689) 4월 26일(임진).

"충신의 얼굴을 살았을 제 보리라."

하고 무수한 사람이 메였으며, 혹 통곡하여 아껴 함을 마지아니하
더라.334)

숙종은 날마다 중궁전(中宮殿)에 공진(供進)하던 물품을 중지하라고
명한다.335) 그 후에도 폐비와 관련한 상소가 수천이었으나 승정원에
서 받아들이지 않았다.336) 5월 2일 드디어 왕비(王妃) 민씨(閔氏)를 폐
하여 서인(庶人)으로 하면서 여러 차례 비망기(備忘記)를 내려 폐비의
정당성을 강조했다. 그중 한 예는 아래와 같다.

"폐비 윤씨는 단지 투기에만 관계되었으며, 또 저사(儲嗣)가 있
었으나, 성묘(成廟)께서 단연코 폐해 쫓으시고, 조금도 용서하지 아
니하셨다. 그리고 뭇 신하가 힘써 간쟁한 바도 또한 국본(國本)이
난처한 까닭에 지나지 않았을 뿐이었다. 어찌 일찍이 박태보의 무
리와 같이 무상(無狀)한 자가 있었겠는가?

아! 예로부터 후비가 투기로 인하여 원망하고 분노하는 경우가
진실로 혹 있었으나, 지금의 일은 그런 것이 아니다. 투기하는 것
외에도 별도로 간특한 계획을 꾸며, 스스로 선왕(先王)·선후(先后)
의 하교를 지어내어서 공공연히 나에게 큰소리로 떠들기를, '숙원
(淑媛)은 전생에 짐승의 몸이었는데, 주상께서 쏘아 죽이셨으므로,
묵은 원한을 갚고자 하여 이 세상에 태어났습니다. 그래서 경신년
역옥(逆獄) 후에 불령(不逞)한 무리와 서로 결탁하였던 것이며, 화
(禍)는 장차 헤아리지 못할 것입니다. 또 팔자에 본디 아들이 없으

---

334) <인현왕후전>, 134~135쪽.

335) 『숙종실록』 권20, 숙종 15년(1689) 4월 28일(갑오).

336) 『숙종실록』 권21, 숙종 15년(1689) 5월 1일(병신).

니, 주상이 하서도 노고(勞苦)하서도 공이 없을 것이며, 내전(內殿)에는 자손이 많을 것이니, 장차 선묘(宣廟) 때와 다름이 없을 것입니다'라고 하였으니, 이는 비록 삼척동자라도 반드시 듣고 믿지 아니할 것이다.

더욱이 이제 조종(祖宗)이 묵묵히 도우심으로 원량(元良)이 탄강(誕降)하자, 흉한 꾀가 더욱 드러났으니, 그 누구를 속이겠는가? 아! 국모로 한 나라에 임하여 신민(臣民)이 우러러 받드는데, 이런 간특한 정상이 있음은 천고에 듣지 못한 바이다. 이것을 참는다면 무엇을 참지 못하겠는가? 이미 윤씨에게도 없는 죄인데, 박태보 등이 죽음으로써 절개를 세운다고 하면서 군상(君上)을 무함(誣陷)한 것은 또한 성묘조(成廟朝)에도 있지 않았던 바이다. 성묘께서 폐비(廢妃)할 때 하교하시기를, '만약 후궁의 참소를 듣고 잘못으로 이 일을 하였다면, 천지와 조종(祖宗)이 위에서 밝게 질정(質正)할 것이다'라고 하였으니, 지극하다.

왕의 말씀이여! 경등은 시험 삼아 생각해 보라. 아침저녁으로 말하고 행하는 것이 투기와 원노(怨怒)가 아님이 없는데, 이것도 부족하여 구고(舅姑)의 말씀을 지어내어 과인의 몸을 업신여겼으며, 총애를 독차지하려고 난(亂)을 얽고 겸하여 화(禍)를 조정에 전가(轉嫁)시켰으니, 그 이른바, '서로 핍박하고 서로 알력(軋轢)한다'고 하는 것과 과연 방불하다. 천지 귀신이 위에 임해 있고, 곁에서 질정할 수 있으니, 결단코 속일 수 없음이 이와 같은데, 안으로 장심(將心)을 품고 임금에의 도리를 잊은 흉역(凶逆)한 무리에게는 악을 징계하는 법이 없을 수 없다. 박태보·오두인·이세화 등의 아들·사위·동생 및 숙질(叔姪)을 아울러 영구히 삭탈(削奪)·금고(禁錮)하라337)

337) 『숙종실록』 권21, 숙종 15년(1689) 5월 2일(정유).

비망기는 인현왕후의 죄를 구체적으로 나열하고 폐비를 반대했던 박태보·오두인(吳斗寅)·이세화(李世華) 등의 아들·사위·동생 및 숙질(叔姪)을 아울러 영구히 삭탈(削奪)·금고(禁錮)하는 가혹한 벌을 내렸다. 그날 『숙종실록』은, "인형왕후는 소교(素轎)를 타고 요금문(曜金門)으로 나가서 본 곁으로 돌아가니, 조사(朝士)로서 파산(罷散)에 있는 자와 유생(儒生)들이 곡(哭)하면서 따르는 이가 넓은 길을 메웠고, 이조좌랑 이현조(李玄祚)는 공해(公廨)에 들어가서 뜰아래에서 통곡하였다"고 기록했다. 『연려실기술』에도, "전비(前妃) 민씨가 흰 옥교(屋轎)를 타고 요금문(曜金門)에서 나와 친정으로 돌아가니, 유생 수백 명이 길 아래에 엎드려 곡하였는데, 이조좌랑 이현조(李玄祚)는 길가에서 통곡했고, 성균관 유생들은 관을 비우고 나왔다"[338]고 하여 실록의 내용과 일치된다. 인현왕후가 폐비되어 안국동 본가로 나가는 장면이 <인현왕후전>에는 아래와 같이 묘사되었다.

이튿날 감찰과 상궁이 상명(上命)을 받자와 침전에 이르러 중궁 폐하는 전교를 아뢰니, 후가 천연히 일어나사 예복을 벗고 관잠을 끄르시며, 중계에 내리오서 전교를 듣잡고 즉시 대내를 떠나 본곁으로 나오실 새, 궁중이 다 통곡하여 곡성이 낭자한지라. …중략…
상노(上怒)가 급급하사 나심을 재촉하시니 차시 본곁에서 새문 밖 애오개로 나가고 약간 부인네만 있더니, 미처 가마를 꾸미지 못하여 벌써 요금문에 나오셨단 말이 들리거늘 황황급급하여, 흰 명주보(明紬褓)로 위를 덮어 들어가니, 벌써 경복당 앞에 내려 기다리시는지라. 개연히 교자(轎子)에 올라 요금문을 나실 새 궁녀 칠팔

338) 『연려실기술』 권35, 「숙종조 고사본말」.

인이 통곡하며 뒤에 따르니, 액정소속들이 일시에 따라오며 통곡하니, 행색이 처량하여 수운이 일어나며 천기 또한 음음하여 슬픔을 돕는지라. 참담함을 어찌 다 형언하리요.

선배 오십여 인이 요금문 앞에 대령하고 백여 인은 돈화문에 엎디어 상소를 드리고 호읍하더니, 중전 나심을 보고 대경 망극하여 뒤에 따르며 방성대곡하며, 선배 백 여인이 안동 본곁까지 이르니 울음소리 천지에 진동하고, 백성 남녀 없이 길을 막아 통곡하며 각 전시정이 다 저자를 파하고 통곡하니, 초목금수(草木禽獸)가 다 슬퍼하는 듯 수운이 참담하여 일색이 무광하는지라.[339]

5월 2일 영의정(領議政) 권대운(權大運)은 인현왕후를 별궁에 모시어 지난 일을 뉘우쳐 깨닫게 하여 스스로 징계하도록 하고 명호(名號)를 존속시키고, 사용하던 의물(儀物)을 그대로 두도록 권한다. 이에 숙종은, "민씨(閔氏)는 이제 이미 폐출되었고, 또 보책(寶冊)을 해조(該曹)에 내려 불태우게 하였으니, 조가(朝家)의 처분은 이미 끝났다"면서 이후는 이러한 소장은 다시는 들이지 못하게 하였다.[340]

5월 4일, 왕비 민씨를 폐하여 서인으로 삼는다는 교서를 반포하였다. 대제학(大提學) 민암(閔黯)이 지은 교서(敎書)의 내용은 아래와 같다.

"왕은 말하노라. 아내에게 본보기가 되게 하는 의(義)가 『시경』에 실려 있으니, 이는 치란(治亂)의 도(道)에 관계된다. 후비를 내치는 글이 예경(禮經)에 나타나 있으니, 이에 널리 고(告)하는 법을 거행한다. 마음에 민망함이 간절하나 내가 그만둘 수 없었다. 비(妃)

---

339) <인현왕후전>, 144~146쪽.
340) 『숙종실록』권21, 숙종 15년(1689) 5월 2일(정유).

민씨는 화순한 성품이 부족하고 유한(幽閑)한 덕이 적었다. 대개 책봉을 받은 처음부터 경계하고 삼가함을 생각하지 않았고, 궁중에서 질투하는 일을 드러내어 실로 허물이 많았다. 심지어는 꿈을 일컫기까지 이르렀으니, 이는 더욱 생각할 수 없는 일이었다. 일조일석에 생긴 일이 아니라 그것은 오래전부터이다. 선왕(先王)·선후(先后)의 말씀을 빙자하기까지 하였으니, 이를 참을 수 있으랴?

생각하건대 내가 서른의 나이에 다행히 생남(生男)의 상서로움을 보았으니, 인정으로 논하건대, 마땅히 자기 몸에서 낳은 것처럼 사랑을 더해야 할 것인데, 도리어 불평한 마음을 품어서 말에까지 나타내었으니, 마후(馬后)의 아기를 사랑하는 거룩한 덕성이 없고 곽씨(郭氏)의 점점 분한(忿恨)하는 편성(偏性)을 돌이킬 수가 없었다. 어찌 눈앞의 작은 은혜 때문에 후일의 깊은 근심을 생각하지 않을 수 있겠는가? 홀로 땅의 덕을 본받지 아니하니, 비록 포용(包容)하는 어짊에 힘쓸지라도 스스로 하늘에서 끊어지게 하여 마침내 뉘우쳐 고치는 뜻이 없었다. 신린(臣隣)이 함께 호소함을 돌아다보니, 억지로 어기고 싶지 않으나, 종사(宗社)의 큰 계책을 생각하니, 내린 명령을 거두기 어렵도다. 후사(後嗣)에게 화(禍)를 끼치게 하느니 보다는 차라리 과궁(寡躬)의 실덕(失德)을 감수하겠다. 이는 실로 국가의 흥망성쇠에 관계되나, 내조(內助)의 공을 바랄 수 없고 종묘사직(宗廟社稷)을 섬길 수 없는 자이니, 드러내어 폐출하는 일을 늦출 수 있겠는가?

이에 5월 초4일에 비(妃) 민씨를 폐하여 서인(庶人)으로 삼는다. 아! 육례(六禮)를 올릴 때의 일을 생각하건대, 지도(地道)가 있어 경고하였고, 이러한 칠거(七去)의 경계함을 범하였으니, 예법에 용납하기 어렵다. 진실로 처변(處變)의 마땅함에 합한 것이요, 감히 감정에 맡겨 발한 것이 아니다. 그가 반드시 그 죄를 알 것이고, 유현(儒賢)의 글에도 나타나 있어 내가 다시 말을 하고자 하지 않는 것은

충후(忠厚)한 도리를 손상할까 함이로다. 그래서 이를 교시하니 마
땅히 자세히 알 것이다."341)

인현왕후를 폐한다는 교지를 내린 그날, 인현왕후의 폐비를 반대하
다 죄를 입은 박태보는 유배지로 향하던 중 과천(果川)에서 고문의 후
유증으로 사망했다.342) <인현왕후전>에는 박태보의 사망일을 5월 5
일이라 하여343) 실록에 5월 4일로 기록된 것과는 다르다. 작품은 박태

---

341) 『숙종실록』 권21, 숙종 15년(1689) 5월 4일(기해).

342) 박태보의 졸기에, "박태보의 자(字)는 사원(士元)이니, 박세당(朴世堂)의 아들
    이다. 사람됨이 청개 경직(淸介勁直)하였는데, 일찍이 괴과(魁科)로 발탁되
    어 문학(文學)으로 이름이 있었고, 또 정사에 재능이 있었다. 창졸지간에 일
    어난 변고(變故)를 당하여 한 몸으로 곤극(坤極)을 붙들고 인기(人紀)를 세워
    서 세도(世道)의 중함이 되었다. 의(義)를 진달하고 이치를 분변하여 끝까지
    조금도 굽히지 않았으며, 도거(刀鋸)를 마치 다반(茶飯)처럼 보았으니, 아!
    장렬(壯烈)하도다. 다만 그 성품이 평소에 편협하고, 또 윤선거(尹宣擧)의 외
    손으로 사론(士論)이 둘로 나뉘었을 때 힘껏 송시열(宋時烈)을 헐뜯었고, 윤
    선거의 강도(江都)의 일은 '죽을 만한 의(義)가 없다'고까지 하였다. 또 송시
    열의 아버지 송갑조(宋甲祚)를 무함하여 그 외증조(外曾祖) 윤황(尹煌)을 추
    장(推奬)하는 뜻에 어긋남을 돌아보지 아니하였으므로, 사람들이 환혹(拗
    惑)됨을 병통으로 여겼다. 그러나 이에 이르러 송시열은 그가 죽었다는 소식
    을 듣고 그를 위해 눈물을 흘리고 소식(素食)을 하였고, 이어 자손에게 박태
    보의 이름을 부르지 말라고 경계하였다. 죽을 때 나이가 39세인데, 뒤에 증
    직(贈職) · 정려(旌閭)하고 시호(諡號)를 문열(文烈)이라 하였다"고 기록하였
    다. 『숙종실록』 권21, 숙종 15년(1689) 5월 4일(기해).

343) 『연려실기술』에는, 박태보가 5월 2일에 강을 건너 노량(露梁)에 이르렀는데
    병 때문에 더 갈 수 없으므로 잡아가던 금부도사가 장계를 올리고 곧 노량에
    머물렀다. 3일에 중궁이 이미 사사 집으로 쫓겨나갔다는 소식을 듣고 탄식
    하기를, "국사가 망극하도다" 하고, 부자가 서로 대하여서도 마침내 원망하

보의 최후 모습을 아래와 같이 서술했다.

> 오월 단오일(端午日) 사시(巳時)에 멍석에 누워 졸(卒)하니, 슬프다!
> 자고이래로 충신열사 원사한 이 많되 태보의 정충지절(精忠之
> 節)은 고금에 희한하니, 아름다운 이름이 금석에 금석 새겨 유전하
> 리니 어찌 죽었다 하리요마는, 칠십 지난 생양가(生養家) 부모 있으
> 니 극히 참혹하고, 태보의 죽음을 듣고 장안 사서인이 아니 울 이
> 없고, 간신소인(奸臣小人)이라도 차탄(嗟歎) 않는 이 없더라.344)

『연려실기술』에는 작자를 밝히지 않은 어떤 사람이 아래와 같은 만
시(挽詩)를 지었다고 기록했다.

는 말이 없었다. −5일에 세당이 말하기를, "네 이제 다시 살아날 가망이 없으
니 어찌 하겠느냐. 다만 조용히 죽어서 마지막을 빛나게 하라" 하니, 태보가
답하기를, "어찌 감히 가르치심을 좇지 않겠습니까" 하였다. 세당(世堂)이 울
면서 나갔는데, 사시에 숨이 끊어졌다. 『연려실기술』 권35, 「숙종조 고사본
말」, <기사유문>.
이때 남구만이 강릉(江陵)에 귀양 가 있었는데, 26일에 태화역(太和驛)에서
자다가 꿈을 꾸었다. 정태화·홍명하와 함께 임금 앞에 있는데 국가에 큰 일
이 있어 상황이 비참한지라 깜짝 놀라 깬 뒤에 이 일을 기록하였다. 또 5월 5
일에 꿈을 꾸니 태보가 준마(駿馬)를 타고 와서 절하고 멀리 떠나는 기색이었
다. 그 뒤에 서울 소식을 들으니, 곧 태보가 국문을 당하다가 명이 다한 날이
었다. 태보는 구만의 생질이다. 『연려실기술』 권35, 「숙종조 고사본말」, ≪약
천유사(藥泉遺事)≫.
<인현왕후전>의 이본 중 박태보의 후손이 윤색한 것으로 생각되는 <국립
도서관본>은 『연려실기술』을 많이 참고하였음으로 <인현왕후전>에도 5
월 5일을 사망일로 한 것으로 생각된다.
344) <인현왕후전>, 143쪽.

역지군응위륙신(易地君應爲六臣)	처지를 바꾸었더라면 응당 육신이 되었으리.
영연하우로량빈(靈筵何又露梁濱)	영연 사람이 죽은 뒤에 영좌를 보신 처소이 어찌 또 노량 물가려는고.
황천역식원매의(皇天亦識願埋義)	하늘도 역시 묻히기를 원하는 뜻을 알아
고유충혼여작린(故遺忠魂與作隣)	짐짓 충성된 혼으로 육신과 이웃을 만들었네.345)

이렇게 박태보는 진도로 유배되는 도중에 고문의 후유증으로 노량진에서 39세의 장년의 나이로 사망한다. 박태보는 죽음도 두려워하지 않은 곧은 절개를 높이 평가하여 인현왕후가 복위된 후에, 그의 충절을 기리기 위하여 정려문(旌閭門)을 세우고 영의정에 추중하였다. 그가 가혹한 형벌에도 당당하고 의연한 모습으로 임금과 주고받은 대화가 매우 흥미로워서인지 그를 주인공으로 한 소설 <박태보전>과 <박태보실기>가 전한다.

5월 9일, 인현왕후가 사용하던 연(輦)과 보안(保鞍)을 불에 태우는 것으로346) 궁궐에서 인현왕후의 흔적은 사라지게 된다.

---

345) 박태보는 유배지로 가는 도중 노량(露梁)에 이르러 고문 후유증으로 더 이상 움직일 수 없게 악화되었다. 노량진은 사육신의 무덤이 있는 곳이므로 비유한 것이다.『연려실기술』, <기사유문>.

346)『숙종실록』권21, 숙종 15년(1689) 5월 9일(갑진).

8) 궁녀 장옥정 왕비가 되다

5월 6일 숙종은, "『주역』은 건곤(乾坤)을 기본으로 하였고, 『시경』은 관저(關雎)를 첫머리로 하였으니, 대저 풍속을 바르게 하고 비필(妃匹)을 중하게 여기기 때문이다. 지금 주곤(主壼)을 아직 세우지 못하여 음교(陰教)가 통달하지 아니하니, 위호(位號)를 정하는 것을 하루라도 늦출 수 있겠는가? 희빈 장씨는 좋은 집에 태어나서 머리를 따 올릴 때부터 궁중에 들어와서 인효 공검(人孝恭儉)하여 덕이 후궁에 드러나 일국의 모의(母儀)가 될 만하니, 함께 종묘(宗廟)를 받들고 영구히 하늘의 상서로움을 받을 것이다. 이에 올려서 왕비를 삼노니, 예관(禮官)으로 하여금 일체 예절에 따라 즉각 거행하게 하라"347)는 전지(傳旨)를 내렸다. 이후 장씨를 왕비의 지위에 걸맞도록 친족을 추증하거나 등용하고 왕비의 신분을 내외에 알리는 행사들을 거행한다.

5월 9일, 추증한 옥산부원군 집에 근시(近侍)를 보내어 치제(致祭)하도록 하였으며,348) 장씨의 외조(外祖)를 정경(正卿)으로 추증하고, 시장에서 면포(綿布)를 파는 장씨의 외삼촌 윤정석(尹廷錫)을 사포별제(司圃別提)로 삼는다.349)

5월 13일에는 장씨의 명호를 정하여 비(妃)를 삼고, 종묘와 사직, 효사전(孝思殿)에 고하였다. 그날 인현왕후를 폐하고 장희빈을 왕비로 책봉해 줄 것을 허락 받기 위하여 청나라에 사신으로 보내는 주청정사

---

347) 『숙종실록』 권21, 숙종 15년(1689) 5월 6일(신축).
348) 『숙종실록』 권21, 숙종 15년(1689) 5월 9일(갑진).
349) 『숙종실록』 권21, 숙종 15년(1689) 5월 9일(갑진).

(奏請正使)는 궁녀 장옥정을 비호하던 동평군(東平君) 이항(李杭)으로 결정하였다.350)

8월 11일, 동평군 이항을 사은겸진주주청사(謝恩兼陳奏奏請使)로 하고, 부사(副使) 신후재(申厚載)·서장관(書狀官)·권지(權持) 등 일행은 폐비(廢妃)와 입비(立妃)의 주문(奏文)을 지니고 출발했다. 사은겸진주주청사 일행이 가지고 간 주문의 내용은 아래와 같다.

⟨인현왕후를 폐비(廢妃)하는 이유⟩

"의(義)는 집안을 바르게 하는데 있고, 예는 변(變)에 처하는 것이 귀한데, 신(臣) 계비(繼妃) 민씨는 성품과 도량이 그릇되고 신의 몸에 불순 할 뿐만 아니라, 말이 선신(先臣) 왕(王)과 선비(先妃)를 범하였으니, 빈번(蘋蘩)의 제사를 받들게 할 수 없습니다. 생각하건대 능히 대조(大朝)의 총명(寵命)을 받들지 못한 것을 두려워하나, 삼가 예경(禮經)의 제후(諸侯)가 부인을 내치는 글에 따라 신서(臣庶)에게 묻고 조묘(祖廟)에 고하여, 장차 민씨를 폐하여 사제(私第)에 두려고 하여 감히 이를 진주(陳奏)합니다."

⟨희빈을 입비(立妃)하는 이유⟩

"신이 덕이 박하여 능히 집을 다스리지 못해서 폐실(廢室) 민씨는 실덕함이 몹시 심하므로 곤위(壼位)를 맡기에 어려움이 있어서 감히 폐출한 원인을 가지고 우러러 신청(宸聽)을 번거롭게 하였습니다. 빈번

---

350)『숙종실록』권21, 숙종 15년(1689) 5월 13일(무신).

(蘋蘩)을 주장할 이가 없을 수 없고, 내직(內職)을 오래 비울 수 없는데, 부실(副室) 장씨는 좋은 집에서 나와서 덕이 후궁에 으뜸이 되고, 또 아들을 낳았으니 어미가 아들로써 귀해지므로 예(禮)가 곤위에 오르기에 합당합니다. 엎드려 빌건대, 황상께서 특별히 해부(該部)에 명하여 고명(誥命)과 관복(冠服)을 내리셔서 소방(小邦)의 신민(臣民)으로 하여금 총광(寵光)을 얻게 하소서."351)

  그날 실록은, 이항 일행이 출발할 때에 숙종은 관운향사(管運餉使)에서 전례보다 특별히 후하게 줄 것을 명하므로 임금이 이항(李杭)을 사랑함이 갈수록 더욱 두터웠다고 기록하였다.352)
  이항 일행은 이듬해 1월 21일에 장씨(張氏)의 고명(誥命)을 받아가지고 돌아왔다. 이튿날 장씨가 청나라로부터 왕비 책봉을 받았음을 팔도에 교서(敎書)를 반포하였다. 대제학(大提學) 민암(閔黯)이 지은 교서는 아래와 같다.

  "왕은 말한다. 곤의(坤儀)가 새로 정위(正位)하여 배극(配極)의 아름다움을 보고, 천조(天詔)가 멀리 내려져서 고명(誥命)을 내리는 은전(恩典)을 공경히 받으니, 총령(寵靈)에 힘입은 것인데, 포고(布告)를 어찌 늦추겠는가? 생각하건대, 내가 덕이 없고 어리석은 자질로 외람되게 조종(祖宗)의 통서(統緒)를 지키는데, 『대학』에는 치국·평천하의 서차를 논하되 반드시 제가(齊家)를 앞세웠고, 관저(關雎)는 왕화(王化)의 기본이 되는 데 귀하게 여긴 것이 정시(正始)이니, 지

___
351) 『숙종실록』 권21, 숙종 15년(1689) 8월 11일(갑술).
352) 『숙종실록』 권21, 숙종 15년(1689) 8월 11일(갑술).

난번 처변(處變)하는 도리에 따라 빈경(嬪京)의 상서를 크게 열었다.

선방(宣房)을 밝게 닦아 이미 위호(位號)가 정해짐에 따라 상국(上國)에 은혜를 바라 감히 책명(策命)을 더하기를 청하였는데, 뜻밖에 황화(皇華)가 와서 영광이 먼 지방에 입혀지도록 노고하니, 은혜가 석뢰(錫賚)에 감도는 것이 어찌 금채(錦綵)의 진기한 것일 뿐이겠는가? 물건이 이장(彝章)에 갖추어진 것도 우로(雨露)의 은택을 띠었다. 이것은 참으로 한 나라의 경사인데 사유의 반포가 없을 수 있겠는가?

이달 22일 매상(昧爽) 이전부터 사죄(死罪) 이하의 잡범은 모두 용서하고, 벼슬에 있는 자는 각각 한 자급(資級)을 올리되, 자궁(資窮)인 자는 대가(代加)한다. 아! 동관(彤管)의 천추(千秋)에 이미 상성(相成)의 아름다움을 적었으니, 청구(靑丘)의 팔역(八域)에서 영태(永泰)의 기약을 볼 것이다. 그러므로 교시하니, 잘 알아야 할 것이다."353)

숙종 16년(1690) 6월 16일, 숙종은 3세인 원자를 세자로 책봉했다. 후일 경종이 된 세자는 후궁인 희빈 장씨 소생으로 숙종 14년 10월 28일에 출생하였다. 백일 전인 숙종 15년 1월 11에 원자로 정하고 1월 15일에 종묘와 사직에 고하였었다. 당시 왕비가 23세이므로 적자가 탄생할 수 있는 가능성이 있으니 서둘러 후궁 소생을 원자로 정하는 것을 서인들이 강력하게 반대했다. 이 일로 서인은 몰락하고 남인들이 세력을 쥐게 되는 계기가 되었다.

이후 인현왕후는 폐비되고 희빈 장씨는 왕비가 되었음을 종묘와 사직, 효사전에 고하였고 청나라의 승인도 받았으므로 그녀의 소생은 적자(嫡子)가 되었다. 우의정 김덕원(金德遠)·부사(副使) 예조판서 이관

---

353) 『숙종실록』 권22, 숙종 16년(1690) 1월 22일(갑인).

징(李觀徵)을 보내어 교명(敎命)과 책보(册寶)를 전하는 의식을 거행하여 왕세자(王世子)로 봉(封)하였다. 대제학 민암이 지은 죽책문(竹册文)은 아래와 같다.

왕은 이르노라. 원자(元子)가 주기(主器)함은 한(漢)나라 사책(史册)의 일찍 세웠다는 글에서 밝히고, 세 살에 세자를 봉함은 명나라의 이미 행한 법을 따르는 것이다. 이는 참으로 종묘 · 사직을 위한 대계(大計)이니, 어찌 어리다 하여 조금이라도 늦추겠는가? 아! 너 원자 모(某)는 품성이 잘나고 슬기를 타고나서, 무지개가 흐르고 번개가 감돌아 기이한 상서가 신성(神聖)의 부(符)에 맞고, 넓은 이마 복판에 일형(日形)의 융기(隆起)가 있어 기이한 포상이 천인(天人)의 상(相)을 나타낸다.

주(周) 성왕(成王)은 포대기를 떠나기 전에 책봉되었고, 상(商)나라는 크게 어진 데에서 온 나라가 바루어졌다. 내가 나이 서른에 비로소 어린아이를 보는 즐거움을 알았고, 조종(祖宗)께서 이어 오신 통서(統緖)를 이제 다행히도 부탁할 사람이 있다. 아들이 태어난 처음부터 온 백성이 희망을 걸었고, 겨우 일어선 나이에 모두들 위호(位號)가 주어지기를 바랐다. 문의하니 다들 의논이 같으므로 번거로운 의례를 거행한다. 이에 너를 왕세자로 책봉하니, 너는 어려서는 희롱을 좋아하지 말고 자라서는 어진 이를 가까이하라. 평온한 기질이 절로 이루어진 것은 거의 타고난 것이니, 이제부터 학문이 날로 성취하기를 나는 나날이 바란다.

전후좌우가 다 바른 사람이니, 덕을 쌓아 가는 데에 반드시 도움을 줄 것이고, 석(石)을 통용케 하고 고르게 하면 왕의 부고(府庫)가 그득해질 것이니, 끼친 계책에 절로 전상(典常)이 있다. 조금도 안일에 빠지지 말고, 친근한 자라 하여 서로 버릇없이 말라. 마지막을 삼가려면 처음을 잘 꾀하여야 하니, 깊은 못에 다가가고 얇은 얼음을 밟듯이 경계하고 두려워하여야 하고, 크고 어려운 일이 내 몸에 끼쳐 맡겨졌으니, 기업은 계승을 잃지 말라. 대인(大人)이 전왕(前王)의 밝은 덕을 이어 가니 천하가 마침내 인(仁)으로 돌아가고, 문왕(文王)이 하루에 세 번 문안하는 일을 부지런히 하니 백행(百行)이 반드시 효에 근본 하였다. 하늘의 밝은 명을 항상 생각하고, 가르친 말을 공경하라. 그러므로 이에 교시(敎示)하니, 잘 알아야 한다."354)

홍문제학(弘文提學) 유명천(柳命天)이 지은 교명문(敎命文)은 아래와 같다.

"왕은 이르노라,『역경』에 동몽(童蒙)을 교양하는 공을 밝혔으므로 바야흐로 일을 공경하는 자손을 염려하고, 한사(漢史)에서 미리 세우는 의논을 밝혔으므로 이제 저군(儲君)을 책봉하는 예를 거행하니, 말은 진심을 펴는 데에서 나오고 기쁨은 머리를 쓰다듬는 데에 깊다. 생각하건대, 내가 즉위한 뒤로 오랫동안 아들을 얻는 상서가 없어, 스물여덟의 한창 나이에도 아버지가 되지 못하여, 3백 년 동안 전수(傳授)하여 온 기업이 내 몸에 와서 잘못될까 염려하였다. 뒷일에 의지할 곳이 없어 궁중에서 어린아이를 보는 낙이 없고, 국본이 불안하여 전국이 목을 늘여 기다리더니, 무슨 다행으로 하늘이 복을 내려 전성(前星)의 경사가 있게 되었는가?

아아, 너 원자(元子) 모(某)는 생김새가 매우 잘나고 성질이 범상하지 않아서, 장중(掌中)에 명주(明珠)가 있으니 엄연한 천인(天人)의 표상이 있고, 슬하(膝下)에 옷을 끄니 애연(藹然)한 부자의 정이 있다. 좋은 명예는 태어날 때부터 이미 드러났고, 덕기(德器)는 주

---

354)『숙종실록』권22, 숙종 16년(1690) 6월 16일(을해).

창(主鬯)하기에 합당하다.

원자의 위호(位號)를 처음 정하는 것은 본디 근본을 중하게 하는 계책이거니와, 세자의 자리가 오래 비어 있었으니, 어찌 명호(名號)를 정하는 전장(典章)을 늦추겠는가? 대신이 일제히 호소하는 것은 대개 주(周)나라의 옛 의례(儀禮)를 따른 것이요, 어린 나이에 책봉하는 것도 명나라의 끼친 법에 있는 것이다. 그러므로 품을 떠나는 나이에 통서(統緖)를 잇는 높은 자리에 올린다. 이에 너를 왕세자로 명하니, 너는 순결한 마음을 잃지 말고 점차로 아보(阿保)의 손을 떠나라.

춘방(春坊)의 요속(僚屬)을 두는 것은 오로지 어진 이를 가까이하기 위한 것이요, 하(夏)나라 계(啓)처럼 구가(謳歌)를 받는 것은 성덕(成德)을 풍성하게 하기를 바라는 것이다. 선왕의 밝은 덕을 우러러 이어 밝히면 부탁에 무슨 근심이 있겠는가? 하루에 세 번의 문안을 부지런히 하는 것은 장성한 때를 기다린다. 가르침은 이미 오늘에 간절하였으니, 마음에 간직하여 뒷날에 더욱 힘쓰라. 그러므로 이에 교시하니, 잘 알아야 한다."[355]

왕세자의 책례(冊禮)가 끝났으므로, 백관이 진하(陳賀)하고, 교서(敎書)를 내려 사유(赦宥)를 반포하였다. 대제학 민암이 지은 교서(敎書)의 내용은 아래와 같다.

"왕은 이르노라. 원자(元子)가 태어나서 겨우 품안을 벗어난 나이에 춘궁(春宮)에 자리가 정하여져 세자로 봉하는 전례(典禮)를 거행하였으니, 대명(大命)을 선양하고 함께 기쁨을 같이하려 한다. 전대(前代)의 나라를 가졌던 임금을 두루 살피건대, 다 장자가 주기

355) 『숙종실록』 권22, 숙종 16년(1690) 6월 16일(을해).

(主器)하는 것을 중하게 여겨, 주(周) 성왕(成王)은 의리를 일찍 깨우쳐서 마침내 좋은 명예가 나타나게 되었고, 한(漢) 문제(文帝)는 겸손으로 스스로 덕을 길렀으나 오히려 미리 세우자는 청을 따랐다.

우리나라의 제도를 생각하건대, 이 방도를 써서 어기지 않아, 예닐곱 성조(聖祖)께서 분명하게 자손에게 계책을 끼쳐, 3백 년 동안 계승하여 지금에 이르렀다. 내 나이가 스물여덟이 거의 차도록 후사(後嗣)에 근심이 깊은데 하늘이 도타이 돌보아 전성(前星)에 상서로운 광채가 문득 빛나서, 타고난 지혜로움이 염연한 천인(天人)의 상(相)이요, 즐기고 노는 것이 애연(藹然)한 부자(父子)의 정이 있으니, 이는 참으로 종묘·사직의 큰 복이요 나만의 사사로운 기쁨이 아니다. 포대기에 있을 때부터 이미 온 백성의 마음이 걸렸고, 원량(元良)으로 추대하기를 신하들이 간절히 바랐다.

이제 다행하게 아름다운 날을 당하여 위호(位號)를 정하였는데, 내전(內殿)에서 의례(儀禮)를 베푼 것은 예조에서 새 절차를 강구한 것이요, 상신(相臣)이 명을 전한 것은 명나라의 옛 제도를 따른 것이다. 시(詩)는 달이 차 가는 것을 기렸으니, 아아! 온갖 복록을 받을 것이고 노래는 변경(邊境)에서도 일어나니, 참으로 온 나라가 바루어질 것이다. 확고하게 뽑히지 않을 기업을 세우는 데에 어찌 인력(人力)을 쓰겠는가? 하늘이 돌보아 끝없는 사업을 맡기니 능히 천심(天心)에 맞을 것이다.

이달 17일 매상(昧爽) 이전부터 잡범으로서 사죄(死罪) 이하를 다 사유하고, 벼슬에 있는 자는 각각 한 자급(資級)을 올리되 자궁(資窮)인 자는 대가(代加)한다. 아! 경사가 이미 임금에게 컸으니, 은혜는 사유에 옮겨져야 할 것이다. 전대(前代)를 빛내고 후손을 넉넉하게 하면 문왕(文王)의 근심을 없앨 것이고, 열성(烈聖)을 이어받아 모훈(謨訓)을 나타내는 것은 참으로 임금의 책임일 것이다. 그러므로 교시하니, 잘 알아야 한다."356)

숙종 16년(1690) 10월 22일, 희빈 장씨를 왕비로 책봉한다. 지난해[357]에 이미 종묘사직에 고하였으나 장렬왕후(莊烈王后)의 상제(祥祭)와 담제(禫祭)를 지내지 않았으므로 책례(册禮)는 치르지 못하였었다. 늦었지만 형식을 갖추기 위하여 도감(都監)을 설치하여 책례를 거행한 것이다. 이날 왕비 장씨는 책봉례에 따라 옥책문(玉册文)과 교책문(敎册文)을 받고 백관들의 축하 인사를 받았다. 대제학 민암이 지은 옥책문(玉册文)은 아래와 같다.

"왕은 이르노라. 하늘과 땅의 덕이 모여서 만물이 힘입어 비로소 살듯이 부부의 윤리가 이루어지고, 낮과 밤이 나뉘어 해와 달이 번갈아 밝히듯이 안팎의 교화가 갖추어지므로, 임금의 다스림은 반드시 왕비의 어짊을 힘입어야 한다. 후궁에서 세자를 기르매 노경(魯經)에는 귀하게 된 어머니의 표상을 전하였고, 왕실에 효순하매 주아(周雅)에는 잘 다스린 신하의 아름다움을 실었다. 이제 다행히 궁 안에서 덕이 있는 사람을 가리매 자나 깨나 구하던 짝에 합당하니, 아름다운 위호(位號)를 바루고 절차를 갖춘 의례를 거행한다.

아! 너 장씨는 일찍부터 아름다운 자태를 타고나고 훌륭한 가르침을 베풀었다. 상서(祥瑞)가 몽일(夢日)에서 조짐을 보이매 요옹(姚翁)은 천하의 귀인이라 감탄하고, 사책(史册)에 사록(沙麓)이 무너진 것이 적혀 있으매 건공(建公)은 원성(元城)의 성녀를 점쳤다. 오직 그 의도가 법칙에 맞으므로 명성이 향기를 드날리니, 계명(鷄鳴)에서 경계를 더욱 밝히면 이보다 덕이 더 나타남이 없고, 인지(麟趾)에서 풍악을 울리면 하늘에서 녹(祿)을 받을 것이다.

356)『숙종실록』권22, 숙종 16년(1690) 6월 17일(병자).
357)『숙종실록』권21, 숙종 15년(1689) 5월 13일(무신).

왕비의 자리가 겨우 비게 된 이때에 큰 명이 허락됨을 보니, 귀장(龜章)·적불(翟芾)·상복(象服)이 빛나고, 일진이 좋은 때에 대례(大禮)는 거행된다. 이에 의정부 영의정 권대운(權大運)·행 병조판서 민암(閔黯)을 보내어 절(節)을 가지고 가서 예를 갖추어 왕비로 책명(册命)한다.

아아, 자손이 백세(百世)에 번영하고 교화가 사방에 터 잡으려면 교만하고 사치한 것을 염려하여야 하니, 늘 쉽게 발생하는 것을 경계하여야 한다. 절검(節儉)이 아니면 어찌 충만함을 유지하겠는가? 숭고(崇高)에 처할수록 겸외(謙畏)를 더하여 자신의 수양을 삼가고, 종묘(宗廟)를 받들어 제수(祭需)를 주관하여 내 효리(孝理)를 도와, 임금을 돕는 큰 길상(吉祥)을 힘써 보전하고, 동관(彤管)의 칭예(稱譽)를 길이 끼치라.[358]

홍문제학 유명천(柳命天)이 지은 교명문(敎命文)은 아래와 같다.

"임금은 이르노라, 대궐에서 원자를 길러 세자를 책봉하는 전례(典禮)를 치르자, 중궁의 위호(位號)를 밝혀 왕비를 세우는 의례를 거행하니, 음공(陰功)을 도우려면 참으로 교화에 근본 하여야 한다. 아! 너 장씨는 늘 내칙(內則)을 따라서 덕이 후궁 중에서 으뜸이니, 성품이 그윽하고 고요하여 주(周) 문왕(文王)의 후비와 아름다움을 짝할 만하고, 몸소 문안하여 대비를 섬기게 되더니, 어찌 다행히도 시중들던 끝에 과연 이처럼 단장을 마치는 경사가 있게 되었는가? 중대한 종사(宗社)를 부탁할 데가 있게 되는 것은 하늘이 나라를 돕는 것이고, 『춘추(春秋)』의 의리에서 상고할 것은 어머니가 아들 때문에 귀하여지는 것인데, 마침 중궁 자리가 비었을 때에 존귀한 중

---

358) 『숙종실록』 권22, 숙종 16년(1690) 10월 22일(기묘).

전 자리에 합당하다. 생각하면 성종(成宗) 때의 옛 일이 있어서 징험할 만하고, 상 고종(商高宗)이 상제(喪制)가 끝나기를 기다린 일에 비추어도 예(禮)에 있어서 당연하므로, 10월의 좋은 날을 가려서 중궁의 자리를 바룬다.

이에 의정부 영의정 권대운(權大運)·행 병조 판서(行兵曹判書) 민암을 보내어 절(節)을 가지고 가서 예를 갖추어 왕비로 책명(冊命)하게 하니, 귀장(龜章)·적불(翟茀)은 전책(典冊)에 갖추어서 빛을 내고, 옥갑(玉匣)·주유(珠襦)는 물채(物采)를 융성히 하여 더욱 환하다. 아! 자리를 지키되 반드시 공경하고 반드시 경계하며, 다스림을 돕되 능히 검소하고 능히 부지런하라. 인지(麟趾)와 같이 자손을 번성하게 하면 나라의 형세가 반석처럼 튼튼할 것이고, 계명(鷄鳴)과 같이 경계를 아뢰면 궁에 들어갔을 때에 간언(諫言)은 듣게 될 것이니, 태임(太姙)·태사(太姒)의 아름다운 명성을 떨어뜨리지 말고 조종(祖宗)의 훌륭한 공열(功烈)을 길이 이어받으라. 그러므로 교시하니, 잘 알아야 한다."359)

책례를 마치고 가벼운 죄인들을 사면하고 전국에 교서(教書)를 반포하였다. 대제학 민암이 지은 교서의 내용은 아래와 같다.

"임금은 이르노라, 천도(天道)가 지극히 크나 땅이 아니면 만물을 생성하는 공이 없으며, 인륜이 터 잡고서 집으로부터 나라를 다스리는 교화를 가져오니, 이 성대한 의례를 마치매 온 백성과 함께 기쁨을 같이하여야 마땅하다. 돌이켜보면 내가 기업을 이어받은 이래로 중궁이 중간에 자리를 비우니, 성녀(聖女)를 구하여 얻어서 자나 깨나 찾는 생각에 응하지 못하면 어찌 공경히 제사를 받들어 종

359) 『숙종실록』권22, 숙종 16년(1690) 10월 22일(기묘).

묘의 일을 주관하게 할 수 있으랴마는, 다행히 하늘의 돌봄을 힘입어 후궁에서 원자(元子)를 얻는 상서를 크게 열었다. 덕을 숭상하는 것은 태임 · 태사의 아름다운 명성을 이어받아 으레 법도를 따르고, 귀한 것으로는『춘추』의 대의(大義)에 맞아 원량(元良)을 길렀으니, 상복을 벗은 때에 맨 먼저 길일을 가려서 위호를 바룬다.

생각하건대, 예전에 내조의 보탬은 처음을 삼가서 마지막까지 꾀하려는 것이려니와, 그래서 임헌(臨軒)하는 옛 법을 강구하여 의물(儀物)을 갖춘 성대한 전례(典禮)를 거행하여 장씨를 왕비로 책봉하니, 완염(琬琰)이 빛나고 적불(翟茀)이 빛났다. 경계는 계명(鷄鳴)에 두매 밤낮으로 삼가는 아름다움이요, 경사는 인지(麟趾)에 맞으매 참으로 종사(宗社)와 백성의 복이니, 큰 은혜가 두루 미치게 하는 뜻에 붙여 대명(大命)을 선포하여 사유(赦宥)한다.

이달 22일 매상(昧爽) 이전부터 사죄(死罪) 이하의 잡범을 모두 용서한다. 벼슬에 있는 자는 각각 한 자급(資級)을 올리되 자궁(資窮)인 자는 대가(代加)한다. 아아, 십란(十亂)에 의지하여 후손을 길이 넉넉하게 하기를 바라거니와, 일월(日月)이 함께 밝으매 신인(神人)이 모두 기뻐함을 보았고, 뇌우(雷雨)가 일어나서 풀어 주니 백성이 다 새로워지기를 기대한다."360)

숙종이 반포한 교서의 내용 중에, "내가 기업(基業)을 이어받은 이래로 중궁이 중간에 자리를 비우니, 성녀를 구하여 얻어서 자나 깨나 찾는 생각에 응하지 못하면 어찌 공경히 제사를 받들어 종묘의 일을 주관하게 할 수 있으랴마는, 다행히 하늘의 돌봄을 힘입어 후궁에서 원자를 얻는 상서를 크게 열었다. 덕을 숭상하는 것은 태임(太妊)과 태사(太姒)의 아름다운 명성을 이어받아 법도를 따르고, 귀한 것으로는

360)『숙종실록』권22, 숙종 16년(1690) 10월 22일(기묘).

『춘추』의 대의(大義)에 맞아 원량(元良)을 길렀으니, 상복을 벗은 때에
맨 먼저 길일을 가려서 위호를 바룬다"고 한 내용은 숙종의 의도가 잘
나타나 있는 부분이다.

이러한 절차를 마친 희빈은 온전하게 왕비의 지위를 얻게 된다. 예
쁘고 똑똑하지만 천한 여인을 신데렐라로 만든 일등 공신은 어머니의
정부 조사석과 동평군 이항이었다. 조사석은 최고의 관직인 영의정이
되었고 왕족이라 관직에 나갈 수 없었던 동평군 이항은 주요 외교 사
절사로서의 역할을 수행하게 된 것이다.

이후 왕후 장씨의 권력에 힘입어 오빠 장희재는 금군별장(禁軍別
將),361) 총융사(摠戎使),362) 한성부 우윤(右尹)363)으로 임명되는 등 장
씨와 오빠 장희재의 권력은 극에 달하게 된다. <인현왕후전>은 장희
빈이 왕후가 된 후의 일들을 아래와 같이 서술했다.

> 희빈의 아비로 옥산부원군을 봉하고 빈의 오라비 장희재로 훈련
> 대장을 제수(除授)하시니 일국이 한심히 여기고 법장과 기강이 풀
> 어졌는 고로 위망을 기다리고, 팔도의 인심이 산란하여 소설이 흉
> 흉하니, 이듬해 경오에 장씨의 생자로써 왕세자를 책봉하시니 장씨
> 양양자득하여 방약무인하니, 이러므로 발악을 일삼아 비빈(妃嬪)을
> 절제하며 궁녀를 엄형(嚴刑)하여 포학한 말과 교만한 행지(行止) 불
> 가형언이라. 희재는 밖으로 탁란하고 음험하여 팔도에 장난하되 감
> 히 말할 이 없더라.364)

---

361)『숙종실록』권23, 숙종 17년(1691) 4월 29일(갑신).

362)『숙종실록』권24, 숙종 18년(1692) 3월 12일(신유).

363)『숙종실록』권25, 숙종 19년(1693) 2월 18일(임진).

또한 당시 세간에는 왕후 민씨를 폐하고 장씨를 왕비로 삼은 것을 풍자하는 참요(讖謠)가 유행했다. 참요의 내용은 아래와 같다.

"장다리는 한 철이고, 미나리는 사철이라."

9) 인현왕후의 근신(謹愼)과 인고(忍苦)의 세월

인현왕후는 15세에 왕비가 되어 집을 떠난 후, 8년 만인 23세에 폐비가 되어 본가로 돌아왔다. 만감이 교차했을 것이다. <인현왕후전>에는 왕후가 '부원군 옛 자취를 느끼시고 슬퍼하며 통곡하셨다'[365]고 하였다. 그러나 비참한 모습을 아버지가 보시지 않게 된 것을 다행으로 여겼을 것으로 생각된다. 아버지 민유중은 2년 전인 숙종 13년(1687) 6월 29일에 58세로 사망했다.[366] 왕후는 자신이 죄인이니 친족과 함

---

364) <인현왕후전>, 47~48쪽.

365) <인현왕후전>, 43쪽.

366) 여양 부원군(驪陽府院君) 민유중(閔維重)이 졸(卒)했는데, 나이가 58세이었다. 민유중은 성격이 강직하여 방정하고 총명하여 통달했었는데, 형 민정중(閔鼎重)과 함께 경술(經術)을 가지고 진출하여 사림(士林)들의 두터운 인망(人望)을 지녔다. 조정에 벼슬하면서는 언론이 준엄하고 단정하여 업적이 융성하게 나타났고, 집에 있을 적에는 행의(行誼)에 독실하여 예법(禮法)으로 자신을 제어하였으니, 임금이 왕비(王妃)를 그의 가문에서 정하였음은 대개 그의 가법(家法)이 올바름을 살폈기 때문이다. 이때 민유중이 바야흐로 서전(西銓)의 장관(長官)으로 있으면서 위계(位階)가 보국(輔國)에 올랐으므로 아침저녁 사이에 대배(大拜)하게 되었었는데, 국가의 제도에 얽매여 기밀(機密)한 요직을 모두 내놓고 마침내 등용하지 못하게 되므로 여론이 애석하게 여겼었다. 부고(訃告)가 오자, 하교(下教)하기를, "겨우 광성 부원군(光城府

께 할 수 없다며 궁녀 몇 명만 남기고 모두 내보내고 본채는 닫아두고 아래채에서 근신하며 지냈다. 이러한 왕후의 모습을 <인현왕후전>은 아래와 같이 묘사했다.

> 후가 안국동 본곁으로 나오시니 부부인이 마주 나와 붙들고 통곡하시니, 후가 부원군 옛 자취를 망극애통하시다가 이윽고 부부인께 고왈,
> "죄인의 몸으로 친족을 모셔 안연치 못할 것이니 나가소서."
> 권하시니, 부인네 통곡하며 마지못하여 애오개로 다 나가신 후, 당일 명하사 내외 문을 다 봉쇄하시고 본곁 비비를 일인도 두지 아니하시며, 다만 궁녀만 두시고 정당을 폐하고 하당을 거처하시니,367)

인현왕후가 폐비되어 본가에 돌아오고 얼마 지나지 않은 7월 19일, 중부인 좌의정 민정중(閔鼎重)368)이 유배되어 위리안치(圍籬安置)되

院君)의 상사(喪事)에 곡하고 나자 또 이 상사에 곡하게 되니, 놀랍고 비통한 마음을 어찌할 수가 없고 국가를 위해서도 불행함을 이루 말할 수 없다." 3년 동안 녹봉(祿俸)을 주도록 명하고서 희정당(熙政黨)에서 거애(擧哀)했다. 뒤에 시호(諡號)를 문정(文貞)이라고 하였다. 『숙종실록』 권18, 숙종 13년 (1687) 6월 29일(을해) 여양 부원군 민유중 줄기.

367) <인현왕후전>, 43쪽.

368) 민정중(閔鼎重, 1628~1692)은 조선 후기의 문신으로 본관은 여흥(驪興), 자는 대수(大受), 호는 노봉(老峯)이다. 송시열(宋時烈)의 문인으로 효종 즉위년(1649)에 정시문과에 장원하여 성균관전적으로 벼슬에 나아가, 예조좌랑, 세자시강원사서(世子侍講院司書)가 되었다. 직언(直言)으로 뛰어나 사간원정언·사간·홍문관수찬·사헌부집의 등을 지냈다. 외직으로는 동래부사를 지냈으며, 전라도, 충청도, 경상도에 암행어사로 나가기도 하였다. 1659년 현종이 즉위하자 소(疏)를 올려 인조 때 역적으로 논죄되어 죽음을 당한

었다가 숙종 18년(1692) 6월 25일 벽동(碧潼)의 적소(謫所)에서 65세
로 사망하였다.369) 이렇게 친정이 몰락하게 된 것이 모두 자신 때문이

강빈(姜嬪)의 억울함을 호소하자, 왕도 그의 충성을 알아주기 시작하였다. 이
어 병조참의에 제수되었으나 아버지가 죽어 관직에서 물러났다가 상복을 벗
은 뒤에 사간원대사간으로 나아갔다. 그 뒤 승정원동부승지(承政院同副承
旨)·성균관대사성·이조참의·이조참판·함경도관찰사·홍문관부제학·
사헌부대사헌을 거쳐, 현종 11년(1670) 이조·호조·공조의 판서·한성부
윤(漢城府尹)·의정부참찬(議政府參贊) 등을 역임하였다. 삼사에 재직할 때
는 청의(淸議)를 힘써 잡았고, 대사성에 있을 때는 성균관의 증수(增修)와 강
과(講課)에 마음을 다하여 조사(造士)의 효과가 매우 많았다. 또한 함경도관
찰사로 나갔을 때는 그곳의 유풍(儒風)을 크게 일으켰다. 숙종 1년(1675) 남
인이 집권하자 서인으로 배척을 받아 관직이 삭탈되어 장흥(長興)으로 귀양
갔다. 이듬해 경신환국으로 송시열 등과 함께 귀양에서 풀려 우의정이 되고,
다시 좌의정에 올라 4년을 지냈다. 1689년 기사환국으로 다시 남인이 집권
하게 되자 노론의 중진들과 함께 관직을 삭탈당하고 벽동(碧潼)에 유배되어
그곳에서 죽었다. 1694년의 갑술환국으로 남인이 다시 실각하자 관작이 회
복되었다. 현종의 묘정(廟廷)과 양주 석실서원(石室書院)·충주 누암서원(樓
巖書院)·장흥 연곡서원(淵谷書院)·함흥 운전서원(雲田書院)·벽동 구봉
서원(九峯書院)·정평 망덕서원(望德書院) 등에 제향 되었다. 저서로는『노
봉집』·『노봉연중설화(老峯筵中說話)』·『임진유문(壬辰遺聞)』등이 있다.
시호는 문충(文忠)이다.
369) 전(前) 좌의정(左議政) 민정중(閔鼎重)이 벽동(碧潼)의 적소(謫所)에서 졸(卒)
했는데, 65세였다. 민정중은 자(字)가 대수(大受)로 사람됨이 영특(英特)하고
강직하여 굴하지 않았으며 예법으로 자신을 신칙하였다. 일찍이 괴과(魁科)
에 올랐고, 극력 청의(淸議)를 붙들었으며, 송시열(宋時烈)·송준길(宋浚吉)
등 제현(諸賢)이 가장 중시하는 바가 되었다. 국자감(國子監)의 장관(長官)이
되어 선비들을 조성해 내는 데에 매우 공효가 있게 되므로, 당시에 정엽(鄭
曄) 이후의 제일인 사람이라고 했다. 그 뒤 다른 관직에 뽑혀서도 그대로 겸
임하고 있고 체직되지 않았으며, 게을리 하지 않고 교도(敎導)하므로 선비들

라 생각해서인지 왕후는 음식을 거의 먹지 못하고 사람도 일절 만나지
않았다.

이러한 날들이 계속되던 가을에 친정에서 보내온 송이를 보고 왕후
가 처음으로 눈물을 흘린다. 좀처럼 희로애락을 드러내지 않으시던 왕
후의 눈물을 보고, 모시던 궁녀들이 그 연유를 여쭙는다. 왕후는, "내
가 죄가 없이 이렇게 된 것도 타고난 운명이니 무엇을 슬퍼하겠는가?
내가 궁궐에 있을 때에 본가에서 송이를 보내오면 두 분 대비께서 즐
겨 잡수시기에 수라에 썼는데, 오늘 송이를 보니 마음이 절로 슬퍼지
도다"370)라며 슬퍼했다. 두 분 대비는 인조 계비 장렬왕후와 현종 비

의 풍습이 크게 바뀌게 되었다. 관북(關北)을 안찰(按察)하게 되어서는, 북쪽
의 풍속은 오로지 무예(武藝)만 숭상하고 문사(文事)에는 소홀하여 진실로
친상 사장(親上死長) 하는 의리에 어두우므로, 비록 재질과 능력이 강건(强
健)하여도 쓸 데가 없었다. 드디어 자신이 솔선시범(率先示範)하며 선비들의
교화(敎化)를 크게 천명(闡明)하므로, 얼마 되지 않아서 빈빈(彬彬)해져 볼
만하게 되었다. 그 뒤에 윤휴(尹鑴)와 허적(許積)이 나라의 일을 맡아 보게
되면서 남쪽 변방으로 귀양 갔었는데, 비록 배척받는 가운데 있었지만 여망
(輿望)은 더욱 높아져, 오늘날의 진요옹(陳了翁)이나 유원성(劉元城) 같은 사
람이라고 하게 되었다. 경신년의 경화(更化) 때에는 제일 먼저 태부(台府)에
들어오므로 여러 사람의 마음이 일치하게 되었고, 그 자리에 있는 몇 해 동
안 한결같이 임금의 덕을 바로잡는 것과 선비들의 공론을 붙잡기에 주력하
고, 여타의 것은 돌아보지 않았다. 만년(晩年)에는 윤증(尹拯)이 스승을 배반
하는 것을 보자, 김수항(金壽恒)과 함께 입대(入對)하여 옳음과 그름을 구별
하여 밝히므로 세상의 도의(道義)가 더욱 힘입는 바가 있게 되었다. 기사년
의 변(變) 뒤에는 뭇 간신들이 기필코 죽이려고 하면서도 오히려 돌아보며
두렵게 여기는 바가 있어 실행하지 못했었다. 이때에 이르러 졸(卒)하였는
데, 뒤에 관작(官爵)을 복구하고, 시호(諡號)를 문충(文忠)이라고 하였다.『숙
종실록』권124, 숙종 18년(1692) 6월 25일(계묘), 전 좌의정 민정중의 졸기.

명성왕후를 가리킨다. 쫓겨나서도 웃어른을 한시도 잊지 아니하는 효
심을 알 수 있는 대목이다.

인현왕후가 본가에서 근신하며 지내는 동안에도 왕의 처사를 비판
하는 상소가 끊이지 않았다. 그중 정언(正言) 송정규(宋廷奎)는, "지난
번 대신(大臣)의 청에 따라 옮겨 두고 늠료(廩料)를 주라는 분부가 계
셨으나, 은명(恩命)이 내려지자 도로 거두시어, 성덕(聖德)이 이미 빛났
다가 다시 어두워졌으므로 전후에 유신(儒臣)이 논하여 마지않았으니,
이것이 어찌 한 부인을 위한 것이겠습니까? 가의(賈誼)가 말하기를,
'관(冠)이 헐었더라도 신에 깔지 않는다' 하였는데, 더구나 임금에 짝하
여 한 나라의 어머니가 되었다가 하루아침에 장사하고 술파는 여자들
과 거리 가운데에서 섞여 살며 조강(糟糠)도 제대로 먹지 못하는데, 돌
보지 않습니까? 신(臣)이 듣건대, 폐서인이 집으로 돌아간 뒤로는 친척
이 감히 서로 다니지 않아서 집안이 적막하고 잡초가 뜰에 찼으며 부
리는 종이 적고 밖에는 어린 아이도 없습니다. 땔나무나 쌀의 어려움
은 본디 돌볼 것도 없으나, 물불이나 좀도둑은 또한 염려할 만하니, 전
하께서 그 괴로운 정상을 가엾이 여겨 별궁에 거두어 두고 옷 · 양식 ·
찬물(饌物)도 대어 주어 끝까지 은혜를 베푸셔야 마땅하겠습니다"라
는 내용을 상소한다. 이를 본 숙종은, "금령(禁令)을 업신여기고 앞장
서서 상소하니, 참으로 놀랍다"[371]며 조금도 태도를 바꾸지 않았다.

그 후에도 왕의 처사를 비판하는 상소는 계속되었다. 그중 정시한
(丁時翰)은 상소에, "폐비는 전하께서 짝하신 지 거의 10년이나 되므

---

370) <인현왕후전>, 45쪽.
371) 『숙종실록』 권22, 숙종 16년(1690) 9월 15일(임인).

로, 전하께서는 배필로 대우하시고 신민(臣民)은 어머니에 대한 도리로 섬겼으니, 이제 폐기되기는 하였으나, 별궁에 살게 하고, 예로 대우하여 전일의 은의(恩義)를 온전히 하여야 마땅한데, 이제 그렇지 못한데다가 서인(庶人)이라는 이름으로 여염 가운데에 두었으니, 대우가 너무 박하지 않습니까?"

이어서 인현왕후의 처우에 대하여, "폐인은 전하의 배필이 된 지 10년이 되었으므로 별궁에서 예로 대접하시는 것이 제왕의 가법임에도 이제 서인이라고 하며 사사 집에 두시는 것은 너무 박하지 않으십니까. 전일 유신(儒臣)과 대신들의 아룀으로 별궁을 수리하고 생활비용을 계속 내주라는 명을 내렸다가 곧 이를 중지하셨으니, 신은 삼가 애석하게 여깁니다. 바라건대, 전번에 정한 바에 의하여 다시 시행하게 하소서." 상소를 본 숙종은, "관직을 삭탈하라" 하고 이 뒤로 폐인의 일을 감히 제기하는 자는 중벌로 다스리겠다고 선포한다.[372]

위의 두 상소문으로 숙종이 인현왕후를 폐한 직후에는 대신들의 건의를 받아들여 별궁에서 생활하게 하려했었다가 취소했음을 알 수 있다. 정시한과 송정규의 상소는 당시 큰 반향을 일으키고 오랫동안 회자되었는지 『연려실기술』에도 '정시한의 소'라는 항목에 정시한의 장문 상소문과 송정규의 상소문이 있다.[373] 인현왕후가 본가에서 극도로 근신하며 생활했다는 내용이 <인현왕후전>에는 아래와 같이 묘사되었다.

---

372) 『숙종실록』 권23, 숙종 17년(1691) 1월 28일(갑인).

373) 「숙종조 고사본말(肅宗朝故事本末)」, '정시한(丁時翰)의 소', 『연려실기술』 권36.

창호(窓戶)와 사벽을 바르지 않으시며 너른 동산과 집에 풀을 매지 아니 하매 길같이 무성하여 인적이 고요하니 이매망량과 허다잡물(許多雜物)이 날 곧 저물면 사람 다니듯 하니 궁인들이 무서워 움직이지 못하더니 일일(一日)은 난데없는 큰 개 하나이 들어오니 모양이 심히 추한지라, 궁인이 쫓으되 또 들어오고 가지 아니하거늘 후가 가라사대, "그 개 출처 없이 들어와 쫓으되 가지 아니하니 기이한지라. 버려두라." 하시니 궁인이 밥을 먹여 두었더니, 십여 일 후에 새끼 셋을 낳으니 가장 크고 모진지라. 차후는 날이 저물어 망량의 불과 이매의 자취 있은 즉, 개 너이 함께 소리하여 짖으니 잡귀 급히 달아나 종적을 감추고 인하여 이매망량이 없어 궁중이 편안한지라. 대개 무지한 짐승도 도움이 있거늘 하물며 신민이랴.374)

인용문은 『숙종실록』과 『연려실기술』의 정시한과 송정규의 상소문 내용과 일치된다. <인현왕후전>의 작자는 세간에 회자되던 이야기를 『연려실기술』에서 확인하고 인현왕후가 본가에서 극도로 근신하며 생활했다는 내용을 독자들에게 전하려고 했다고 생각된다.

왕후는 아버지 민유중의 삼년상을 마친 후에는 아버지에 대한 그리움과 먼 곳에 귀양을 가 있는 오빠들을 생각하여서인지 편찮으시기를 자주하여 건강이 매우 나빠졌다. 아버지 상복을 벗게 되어 평상복인 무늬가 있는 옷을 입으시도록 주변에서 권하자,

"죄인이 어찌 채복을 입으리요. 무명으로 의복금침을 하라" 하오시니, 다시 무명 치마와 순색 저고리를 드리오니 입으시고 무명금침 덮으시며 보물과 진찬을 가까이 아니하시더라.375)

---

374) <인현왕후전>, 45~46쪽.

고 한 부분은 스스로 죄인이라며 근신하는 모습이다. 그러나 아래와 같이 연약한 모습을 엿보게 하는 내용도 있다.

> 후가 천성이 단중하사 요동하시는 바가 없으나, 매양 급한 풍우(風雨)에 뇌성을 두려하사 청사(廳舍)에 계시다가도 바로 방중으로 들으시나 종일 적요(寂寥)함을 이기지 못하사, 오라버님 민정자의 딸을 팔세에 데려다가 두시고 『소학』과 『열녀전』을 가르치시며 여공방직을 가르쳐 소일하시고, 신세 구차하며 황락(荒落)하시되 일찍 사람을 탓하고 귀신을 원망하는 바가 없어 천연자약(天然自若)하시니 좌우가 더욱 열복(悅服)하고 부원군 삼상을 마치시매, 후가 더욱 애훼통상하사 옥후가 자로 미령하시더라.376)

왕후는 폐비라는 최악의 상황에서도 감정을 표현하지 않는 강인한 모습을 보였으나 실은 비바람이 불며 천둥치는 소리를 두려워하는 연약한 여인이었다. 인현왕후는 외부와 단절한 채 큰 오라버님의 딸을 데려다 『소학』·『열녀전』 등 여성이 지녀야 할 규범과 바느질·길쌈을 가르치는 것으로 소일하면서도 자신의 신세를 한탄하거나 남을 원망하지 않았다. 그러나 왕후의 몸은 모욕과 고통을 참으며 본가에 머물기 시작한 지 6년이 되어갈 즈음 점점 수척해지고 있었다. <인현왕후전>의 작자는 사건의 반전을 예고하는 장치가 필요했음을 인식하고 숙종이 아래와 같은 꿈을 꾸게 한다.

---

375) <인현왕후전>, 47쪽.
376) <인현왕후전>, 46쪽.

임신년에 일몽(一夢)을 얻으시매 명성대비 안색이 진노하사 왈,

"중궁은 동국의 성녀요, 과인의 사랑하는 바이거늘 폐출하고 요
악천인(妖惡賤人)을 대위에 올리니 종묘사직(宗廟社稷)에 욕된지
라. 제향(祭享)을 내 흠향치 아니하노라."

하시고 노기(怒氣)로 떨쳐 일어나사 옥교(玉轎)를 타시고 후원 문으
로 중궁을 보러 간다 하시거늘, 상이 황황하사 따라가시니, 전후 문
을 긴긴히 봉하였거늘 민망무안한지라, 민후 무색한 의복으로 천의
를 바라고 앉아 계시다가 대비를 뵈옵고 사은(謝恩)하시니 대비 붙
들고 애연 통곡 왈,

"천생원수로 액운(厄運)이 태심(太甚)하나 불구(不久)에 천운이 회
래(回來)할 것이니 스스로 보중하여 간인의 마음을 마치지 말라."

하시니, 중궁 모신 궁인이 일시에 우는 소리에 놀라니 침상일몽이라.377)

인용문은 숙종의 꿈에 어머니(명성왕후)가 나타나 아들을 책망하는
대목이다. 어머니는, "중궁은 동국의 성녀요, 과인이 사랑하는 바이거
늘 폐출하고, 요사스럽고 악한 천인을 중전의 자리에 올린 것은 종묘
사직에 욕이 되니, 제사를 지내더라도 내가 받지 않았노라" 하시고, 노
한 모습으로 떨치고 일어나 옥교를 타고 후원 문으로 중궁을 보러 가
노라 하시므로 숙종도 따라갔다. 그곳에는 앞뒤 문을 꼭꼭 봉쇄하고
집 안은 풀과 먼지가 무성한 작은 집에 인현왕후가 소복 차림으로 있
었다. 명성왕후가 왕후를 붙들고 통곡하면서, "이는 전생의 원수로 액
운이 있으나 오래지 않아 하늘의 기운이 반드시 완전하게 돌아올 것이
니 스스로 보호하고 소중하게 하여 간사한 사람들이 생각하는 대로 행
동하지 말라." 중궁을 모신 궁인들이 한꺼번에 큰 소리로 우는 소리에
놀라 깨어 보니 꿈이었다.

---

377) <인현왕후전>, 95~96쪽.

이후 이어지는 내용에, 꿈에서 깨어난 숙종은 어머니의 얼굴 모습이 뚜렷하고 민후가 거처하는 집과 스스로 죄인으로 생각하며 근신하는 모양이 처량하여 슬프고 애처로워 종일 마음을 안정하지 못하면서 가엾게 여기는 마음이 생겼다. 즉시 왕후를 복위하고 싶었으나 체면이 있어 참으면서 충성스럽고 부지런한 사람으로 비밀리에 왕후의 기색을 살피게 하였다. 이때 액정서에 소속된 사람들은 중궁께서 떠나신 것이 지극한 한이 되었었다. 이 기회에 폐후께서 스스로 죄인으로 생각하시며 사람을 만나지 않으시니 사람의 자취가 끊어졌다는 것과, 민씨의 충성스럽고 정숙하게 조심하는 것을 임금이 감동하시도록 아뢴다. 이로써 숙종은 현실이 꿈과 같은 줄 알게 된다.

그러나 간인들은 거짓으로 모함하면서, "중궁이 일찍이 생각했던 것과는 달리 밖으로 외부 사람들을 만나 내통하여 인심을 얻어 대역을 도모하려 하고, 상감께 재앙이 내리도록 신령께 기도하더라"고 한다. 숙종은 듣는 척 하며 말없이 잠잠하였으나 민씨 왕후를 두둔하여 보호하시게 되었다[378]고 서술하였다.

<인현왕후전>의 작자는 당시 소설 장르에서 많이 사용되던 꿈을 삽입한다. 삽입된 꿈은 사건 전개의 중요한 소재로 활용되어 독자들에게 신비감과 흥미를 갖게 하고 인현왕후를 복위하는 장치를 마련하였다. 작자는 꿈을 삽입하는 고도의 수사법으로 작품의 완성도를 높일 수 있었다.

---

378) <인현왕후전>, 96쪽.

10) 갑술환국(甲戌換局)과 인현왕후 복위(復位)

숙종은 기사년인 숙종 15년에 사랑하는 여인을 왕비로 삼기 위하여 인현왕후를 내쫓고 서인 측의 여러 인재를 죽이는 기사사화(己巳士禍)를 일으켰었다. 그러나 영원할 것 같은 사랑도 시간이 지나면서 사랑의 감정이 식어서인지 숙종은 또 다른 여인을 사랑하여 아들을 낳게 된다. 그 여인이 후일 영조의 생모인 숙빈 최씨다. 그녀는 왕의 자녀를 생산하기도 전에 종4품의 숙원(淑媛)[379]으로 책봉되었으며 왕자(王子)를 탄생하였을 때는 정2품의 소의(昭儀)[380]가 되었다. <인현왕후전>에도 숙종이 장희빈에 대한 사랑이 식어가고 있음을 암시하는 내용이 있다.

> 이렇듯 삼사 년이 지나니, 천운이 순환하여 흥진비래요 고진감래(苦盡甘來)라. 부운이 점점 걷으매 태양이 밝는지라 성총이 깨달음이 계셔, 민후의 원억하심을 알으시고 장빈의 요음 간악함을 깨치사 의심이 가득하시니 기색이 전과 다르시고, 소인들이,
> "후의 삼촌 숙질을 다 안율하여지라."
> 날마다 계사하여 수년에 이르되 마침내 불윤(不允)하시니, 이러므로 민씨 일문이 보존함이 되니라.[381]

이러한 때인 숙종 20년(1694) 3월 23일, 서인으로 인경왕후의 아버

379)『숙종실록』권25, 숙종 19년(1693) 4월 26일(기해).
380)『숙종실록』권25, 숙종 19년(1693) 10월 6일(병자).
381) <인현왕후전>, 151쪽.

지 김만기의 손자 김춘택(金春澤)[382]과 한중혁(韓重爀) 등이 폐비된 인현왕후의 복위운동을 꾀하려다가 고발되었다.[383] 당시 남인의 영수로 우의정이던 민암(閔黯) 등이 이 기회에 서인을 완전히 제거하려고 김춘택 등 수십 명을 하옥하고 범위를 넓혀 큰 옥사를 일으켰다.[384] 4월

---

382) 김춘택(金春澤, 1670~1717)은 조선 중기의 문신으로 본관은 광산, 자는 백우(伯雨), 호는 북헌(北軒)이다. 아버지는 호조판서 진구(鎭龜)이고 할아버지는 인경왕후의 아버지 만기(萬基)다. 증조모 윤씨에게 학업을 익히고 종조부 만중으로부터 문장을 배웠다. 서인과 노론의 중심 가문에 속하였음으로 항상 정쟁의 와중에 있었다. 숙종 15년(1689) 기사환국 이후 남인이 정권을 장악하고 있을 때에는 여러 차례 투옥되고 유배되었다. 숙종 20년(1694) 재물로 궁중에 내통하여 폐비 민씨를 복위하게 하려고 한 혐의로 체포되었으나 갑술환국으로 풀려났다. 숙종 27년(1701) 소론의 탄핵을 받아 부안에 유배되었다가 숙종 32년(1706) 희빈 장씨 소생의 세자를 모해했다는 혐의로 제주도로 옮겨졌다. 이조판서를 추증 받았으며 <사씨남정기>를 한문으로 번역하였다. 저서로『북헌집』이 있고 시호는 충문(忠文)이다.

383)『숙종실록』권26, 숙종 20년(1694) 3월 23일(신유).

384) 민암(閔黯)이 아뢰기를, "신이 바야흐로 금영 제조(禁營提調)로 봉직(奉職)하고 있는데, 금영(禁營)의 군관(軍官) 최산해(崔山海)가 와서 그 매부(妹夫)인 함이완(咸以完)에게 알려서 '어떤 일로 뵈려고 문밖에 있습니다'고 하므로, 신이 들어와 보게 했더니, 함이완이 들어와서 말하기를, '제가 마침 최격(崔格)이란 자와 이웃이 되었는데, 최격의 말에 '전(前) 승지(承旨) 한구(韓構)의 아들 한중혁(韓重爀)이 김경함(金慶咸)과 내외종 형제가 되는데, 김경함이 귀양간 후로부터 이내 그 일을 주장하여, 김진귀(金鎭龜)의 아들 김춘택(金春澤)과 유명일(兪命一)의 아들 …중략… 등으로써 도당(徒黨)을 삼아서, 각기 금전과 포백(布帛)을 내었으며, 홍이도(洪以度)가 전라 병사(全羅兵使)가 되었을 때, 군포(軍布)를 많이 내어 이를 도왔는데, 이에 모두 그 재물을 한중혁과 강만태에게 맡겨서 그들이 하는 대로 내버려 두고서 그 남는 비용은 쓴 데를 묻지 않았으니, 술과 음식으로 따뜻하게 먹여서 당여(黨與)를 많이 기르고는, 이내 환관(宦官)·폐인(嬖人)과 척가(戚家) 장희재(張希載)에게 뇌

1일, 숙종은 옥사를 다스리던 민암을 갑자기 파직하여 영의정 권대운 (權大運), 좌의정 목내선(睦來善) 등과 함께 유배하고,[385] 소론인 남구 만(南九萬)을 영의정(領議政),[386] 박세채(朴世采)[387]를 우찬성(右贊成),

물을 써서 그들로 하여금 거짓말과 허위의 풍문(風聞)을 만들어 내어, 조신 (朝紳)을 헐뜯고 인심(人心)을 불안하게 하여, 음험하게 간악한 짓을 시행하 려는 계획을 만들었다'고 합니다. …중략… 의금부로 하여금 엄중히 조사하 여 사실을 알아내게 하는 것이 어떻겠습니까?" …중략… 사실을 조사할 때에 특별히 엄한 형벌을 쓰도록 명하였다. 『숙종실록』 권26, 숙종 20년(1694) 3월 23일(신유).

385) 민암이 홀로 함이완을 만나 수작한 것이 있다는 것을 의심스러워하였다. 겨 우 하루가 지나니 금부의 당상(堂上)이 방자하게 청대(請對)하여 옥사(獄事) 를 확대하여, 예전에 갇혀서 추고(推考)받던 자가 이제는 도리어 옥사를 국 문(鞫問)하게 되고, 예전에 죄를 정하던 자가 이제는 도리어 극형을 받게 되 었다. 하루 이틀에 차꼬 · 칼 · 용수를 쓴 수인(囚人)이 금오(金吾)에 차게 하 고, 서로 고하고 끌어대면 문득 면질을 청하고, 면질이 겨우 끝나면 거의 죄 다 처형을 청하니, 이렇게 하여 마지않으면 그 전후에 끌어댄 자도 장차 차 례로 죄로 얽어맬 것이다. 그렇게 되면 공주(公主)의 집과 한편 사람은 고문 과 귀양 가는 죄를 면할 자가 드물 것이다. 임금을 우롱하고 진신(搢紳)을 함 부로 죽이는 정상이 매우 통탄스러우니, 참국(參鞫)한 대신(大臣) 이하는 모 두 관작(官爵)을 삭탈(削奪)하여 문외(門外)로 출송(黜送)하고, 민암과 금부 당상은 모두 절도(絕島)에 안치(安置)하라." 『숙종실록』 권26, 숙종 20년 (1694) 4월 1일(무진).

386) 『숙종실록』 권26, 숙종 20년(1694) 4월 1일(무진).

387) 박세채(朴世采, 1631~1695)는 조선 후기의 문신으로 본관은 반남(潘南), 자 는 화숙(和叔), 호는 현석(玄石) · 남계(南溪)다. 아버지는 홍문관 교리 박의 이며, 어머니는 신흠(申欽)의 딸이다. 그는 아버지가 김장생(金長生)의 문하 에서 수학한 연유로 이이(李珥)의 『격몽요결(擊蒙要訣)』로써 학문을 시작하 였다. 선조 말년부터 제기되었던 이이(李珥) · 성혼(成渾)의 문묘종사문제가 당시에도 제기되었는데, 영남유생이 이에 반대하는 상소를 올렸다. 그는 상

소의 부당성을 제기하는 글을 내었으나, 효종이 냉담한 반응을 보였다. 이를 계기로 과거의 뜻을 버리고 학문에 전념하게 되었다. 그는 김상헌(金尙憲)과 김집(金集)의 문하에서 성리학을 연구하고 송시열(宋時烈)·송준길(宋浚吉)과도 학문교류를 하였다. 마침 1659년 자의대비(慈懿大妃)의 복상(服喪)문제가 대두되자 남인계(南人系)의 3연설을 반대하고 송시열·송준길의 기년설(朞年說)을 지지하여 관철시켰다. 이로 인해 숙종 초 남인(南人) 집권 시 정치적 패퇴를 맛보았으나 경신대출척(庚申大黜陟)으로 다시 정계에 나섰다. 1683년 노론(老論)과 소론(少論)으로 분리될 때에 소론의 영수가 되었다. 1694년 갑술옥사(甲戌獄事) 이후 좌의정에 올랐다. 이와 같은 정치적 배경으로 남구만(南九萬)·윤지완(尹趾完) 등과 더불어 이이·성혼을 문묘에 종사할 수 있었다. 그의 학문경향도 역시 당시의 정치적 상황과 밀접한 연관을 가지고 있다. 요컨대 그는 평생 정통론과 예론을 확립하는데 매진했던 것이다. 중국대륙의 질서변화에 따른 위기의식 속에서 조선의 정통성을 강조하고자 한 것이『이학통록보집(理學通錄補集)』의 저술로 나타났고, 조선의 도학연원을 밝힌『동유사우록(東儒師友錄)』으로 편찬되었다.『남계선생예설(南溪先生禮說)』·『육례의집(六禮疑輯)』등은 예(禮)의 구체적 실천문제를 다룬 저술로서, 이 또한 예론(禮論)을 매개로 한 정치대립 과정에서 자파의 이론적 토대를 마련코자 한데서 나온 것이다. 한편 그는 정치적으로 탕평을 주장하여 '황극 탕평론(皇極蕩平論)'을 발표하였으나, 실제 소론의 정치적 중심인물로서 활동하였다. 이와 같이 그는 당대의 정치·사상에 있어서 매우 폭넓고 비중 있는 활동을 한 인물이며 특히 수백여 권에 이르는 저술은 뛰어난 학자로서의 면모를 드러내주고 있다. 대표적 저작으로는『남계집(南溪集)』·『범학전편(範學全編)』·『육례의집(六禮疑輯)』·『남계예설(南溪禮說)』·『삼례의(三禮儀)』·『제의정체(祭儀正體)』·『사례변절(四禮變節)』·『가례요해(家禮要解)』·『가례외편(家禮外編)』·『숭효록(崇孝錄)』·『남계수필록(南溪隨筆錄)』·『시경요의(詩經要義)』·『춘추보편(春秋補編)』·『거가요의(居家要儀)』·『계치록(稽治錄)』·『심학지결(心學至訣)』·『성현유범(聖賢遺範)』·『학법총설(學法總說)』·『독서기(讀書記)』·『백록규해(白鹿規解)』·『주문습유(朱文拾遺)』·『이학통록보집(理學通錄補集)』·『삼선생유서(三先生遺書)』·『서원고증증산(書院考證增刪)』·『율곡속외별집(栗

윤지완(尹趾完)을 좌참찬(左參贊)으로 등용하였다.388) 인현왕후를 내쫓은 것에 대한 반성인지, 아니면 남인의 세력이 너무 강해지는 것을 견제하기 위한 정치적 이유였는지는 알 수 없어도 이제 정국은 다시 서인이 주도하게 되었다.

숙종 20년(1694)은 육십갑자(六十甲子)로 갑술년(甲戌年)이므로 후대의 사가들은 이 사건을 갑술옥사(甲戌獄事) 또는 갑술환국(甲戌換局)이라 한다. 이 사건을 <인현왕후전>은 아래와 같이 서술했다.

> 장씨 그윽이 상의를 쓰치고 크게 두려 오라비 희재로 더불어 꾀하여 갑술년에 무옥을 다시 일으켜 천유(千儒)를 다 죽이고 폐비를 사약하려 하니 변이 크게 나니, 상이 짐짓 그 하는 양을 보시고 궁중 기색을 살피사 망연히 간인의 흉모를 깨달으사 즉일 당각에 국옥(鞠獄)을 뒤치시니, 영신을 다 물리치시고 옛 신하를 내어 쓰실새,389)

이렇게 서인이 다시 등용되면서 4월 5일, 인현왕후의 중부(仲父)인 민정중(閔鼎重)390)을, 4월 6일에는 서인의 거두인 송시열의 관직을 각

谷續外別集)』·『동유사우록(東儒師友錄)』·『주자대전습유(朱子大全拾遺)』 등이 있다. 그의 문하로는 김간(金幹)·임영(林泳)·신완(申琓) 등이 있고, 또한 종유(宗儒)로서 추앙되어 문묘(文廟)와 숙종묘(肅宗廟)에 배향되었다. 개성(開城)의 오관서원(五冠書院)·파주(坡州)의 자운서원(紫雲書院)·나주(羅州)의 반계서원(潘溪書院)·연안(延安)의 비봉서원(飛鳳書院)·평산(平山)의 구봉서원(九峰書院)과 배천(白川)의 문회서원(文會書院)에 제향되었다. 시호는 문순(文純)이다.

388)『숙종실록』권26, 숙종 20년(1694) 4월 3일(경오).

389) <인현왕후전>, 151쪽.

390)『숙종실록』권26, 숙종 20년(1694) 4월 5일(임신).

각 회복해 주고 사제(賜祭)하였으며[391] 김만중의 관직도 회복하여[392] 인현왕후의 복위를 예측하게 했다.

4월 9일, 숙종은 폐위되었던 인현왕후를 별궁에 옮겨 수직(守直)하고 늠료(廩料)를 주도록 하라는 비망기(備忘記)를 내렸다. 비망기에는, "예전부터 임금은 죄를 밝혀 폐출하였더라도 참작하여 선처하고 은위(恩威)를 아울러 베풀어서 너그러이 용서하는 도리를 손상하지 않았다. 지난해에 한 대신(大臣)이 폐인을 별궁으로 옮겨 두자는 일로 차자(箚子)를 올리기에 윤허한 바 있었으나, 다시 생각하니 폐치(廢置)한 지 오래지 않고 세자가 아직 아보(阿保)를 떠나지 못하고 있는데, 이렇게 처분하는 것은 너무 갑작스러움을 면하지 못하므로, 우선 정침하고 시행하지 않았다. 이제는 은례(恩禮)가 아주 없을 수 없으니, 해조(該曹)를 시켜 참작하여 거행하게 하라"[393]는 내용이었다.

4월 10일, 중사(中使)가 임금의 명으로 인현왕후 본가(本第)의 외문(外門)을 열려고 열쇠 주기를 청한다. 왕비는, "이 문을 폐쇄한 것은 처음부터 임금의 명이 아니었으나, 여염집이 천로(淺露)하여 혹 외인(外人)의 출입이 있을세라 염려되므로 이렇게 봉쇄하였는데, 천로한 걱정은 오늘도 그러하니, 어찌 열 수 있겠는가? 명이 있더라도 감히 봉행할 수 없다"며 거절한다.

중사가 두세 번 청하였으나 끝내 윤허하지 않았다. 중사가 궁궐에 달려가서 임금에게 아뢰고 다시 또 와서, "호위(扈衛)가 있을 것이니,

---

391)『숙종실록』권26, 숙종 20년(1694) 4월 6일(계유).

392)『숙종실록』권26, 숙종 20년(1694) 4월 10일(정축).

393)『숙종실록』권26, 숙종 20년(1694) 4월 9일(병자).

천로는 걱정할 것이 아니다"는 임금의 명을 전하며, 임금이 반드시 문을 열기를 바라는 뜻을 알렸다. 비(妃)가 여러 번 뜻을 어기는 것을 황공하게 여겨 열쇠를 주었다.

중사가 문을 열고 마당을 보니, 풀이 빽빽이 덮여 인적(人迹)이 없으므로 절로 목이 메어 액예(掖隷)와 군졸들이 모두 눈물을 흘렸다. 그래서 수위군(守衛軍)이 문을 지키고 중사가 계청(啓請)하여 방민(坊民)을 징발하여 마당의 풀을 뽑아 없앴다.[394] 이러한 상황을 <인현왕후전>은 아래와 같이 서술했다.

갑술 삼월에 대전별감이 세 번 나와 궁을 둘러보고 들어가더니, 사월 초구일 비망기를 내리와 중궁전의 무죄함을 밝히시고 별궁으로 모시라 하시며, 봉서를 내리와 상궁별감과 중사를 보내시니, 후가 사양하여 가라사대,

"죄인이 어찌 문외지인(門外之人)을 접하며 감히 어찰을 받으리요."

하시고 문을 열지 아니하시니, 연삼일(連三日)을 대전별감이 문밖에서 경야(經夜)하며 문 열기를 아뢰되 마침내 열지 아니하시니 이대도록 겸양하심을 복명한대, 상이 더욱 어려이 여기시고 또한 답답하사 예조 당상으로 문 열기를 청하시되 허(許)치 아니하시니, 예부와 승지(承旨) 국체 그렇지 않음을 아뢰되 종시 허치 아니하시는지라.

상이 민부(閔府)에게 엄지를 내리오사.

"이리함은 인군(人君)을 원망하는 일이니. 빨리 문을 열게 하라."

하시대, 민부에서 황송하여 서간(書簡)을 올려 무수히 간하되 종시 허치 아니하시는지라. 수일 후 또 이품(二品)을 보내어 문 열기를

---

394) 『숙종실록』 권26, 숙종 20년(1694) 4월 12일(기묘) 발췌.

청하니 중신(重臣)이 말씀을 아뢰와 사체 그리 못하실 줄로 누누히 개문(開門)하심을 청하니, 후가 궁녀로 전어 왈,

"죄인이 천은(天恩)으로 인명이 살았은 즉, 그도 황감하온대 어찌 국명(國命)을 받자며 번화히 사람을 인접(引接)하리요. 사명(使命)이 여러 번 내리니 더욱 불안하여이다."

사관이 절하여 명을 받잡고 재삼 간청하여 민부에 두 번 엄지를 내리오시니, 판서 민공이 황률하여 후께 간절히 권하니 겨우 밖 문만 여시고, 사월 이십일일에야 비로소 밖 문을 여니 초목이 무성하여 사람의 키와 같은지라. 상명(上命)으로 발군(發軍)하여 풀을 베며 들어가니, 풀 이끼 섬 위에 가득하고 진애에 창호를 분변치 못하니 사관이 탄식하여 눈물을 흘리더라.

외당(外堂)을 수소하고 사관과 군사가 들어앉으니 황락하던 집이 일시에 번화한지라. 궁인들이 문틈으로 보고 일희일비(一喜一悲)하며 눈물을 흘리며 즐겨하되, 후는 조금도 기쁜 사색이 없어 불안히 여기시더라.[395]

그 후 숙종과 인현왕후는 여러 차례 편지를 주고받는다. 『숙종실록』과 <인현왕후전>을 중심으로 정리하면 아래와 같다.

(1) 숙종이 인현왕후에게 보낸 첫 번째 편지

액예를 보내어 인현왕후 본가(本家)에 알리고, 손수 쓴 편지(手札)를 보낸다. 편지에는 백여 마디 말이 죄다 뉘우치는 뜻이고 생각하는 말이었다고 한다. 숙종은 자신이 인현왕후를 폐위한 잘못을 뉘우치면서

---

395) <인현왕후전>, 49~51쪽.

다음과 같은 편지를 보낸다.

"처음에 권간(權奸)에게 조롱당하여 잘못 처분하였으나 지금은 깨달아서 권간의 심사를 환히 알고 인현왕후의 억울한 정상을 깊이 알았다. 그립고 답답한 마음이 세월이 갈수록 깊어져, 때때로 꿈에 만나면 그대가 내 옷을 잡고 비 오듯이 눈물을 흘리니, 깨어서 그 일을 생각하면 하루가 다하도록 안정하지 못 하였거니와, 이대의 정경을 그대가 어지 알겠는가? 시인(時人)이 임금을 공도(公道)를 저버리는 것을 보게 되니, 지난날(숙종 6년)의 여당(餘黨)에 연결된 말이 참으로 나라를 위한 지극한 정성에서 나왔고, 조금도 사의(私意)가 있는 것이 아니었다는 것을 더욱 알았다.

옛 인연을 다시 이으려는 것은 자나 깨나 잊지 않았으나 국가의 처사는 용이하지 않으므로, 참고 머뭇거린 지 이제 6년이 되었는데, 어쩌면 다행히도 암적(黯賊)인 민암(閔黯)이 진신(搢紳)을 도륙(屠戮)하려는 생각이 남김없이 드러났으므로, 비로소 뭇 흉악한 자를 내치고 구신(舊臣)을 거두어 쓰고, 별궁에 이처(移處)하는 일이 있게 되었으니, 이 뒤에 어찌 다시 만날 기약이 없겠는가?"396)

(2) 인현왕후가 숙종에게 보낸 첫 번째 편지

편지를 받은 인현왕후는 청사(廳事)에 나와 탁자를 설치하고 어찰

---

396)『숙종실록』권26, 숙종 20년(1694) 4월 12일(기묘) 숙종이 인현왕후께 쓴 편지.

(御札)을 받들어 그 위에 올려놓고 꿇어앉아서 보고난 후에 다음과 같은 답서를 올린다.

"첩(妾)의 죄는 죽어도 남는 책망이 있는데 오히려 목숨을 보전한 것은 또한 성은(聖恩)에서 나왔습니다. 스스로 반성할 때마다 오히려 이 죄명을 지고도 곧 죽지 않고 사람 사는 세상에서 낯을 들고 사는 것이 한스러울 뿐입니다. 오직 엄주(嚴誅)가 빨리 가하여져서 마음 편히 죽기를 기다릴 뿐인데, 천만 뜻밖에 옥찰(玉札)이 내려지고 이어진 사의(辭意)는 모두가 감히 감당할 수 없는 것이므로, 받들어 보고 감격하여 눈물만 흘릴 뿐이니, 다시 무슨 말을 하겠습니까? 사제(私第)에서 편히 사는 것도 이미 스스로 분수에 지나치거니와, 별궁에 이처하라는 명은 더욱이 천신(賤臣)이 받들 수 있는 것이 아니니, 천은(天恩)에 감축(感祝)하며 아뢸 바를 모르겠습니다."[397]

이에 앞서 인현왕후를 별궁에 옮겨 수직하고 늠료를 주게 하라고 비망기를 내렸었다.[398] 당시 인현왕후는, "이것은 미분(微分)이 받아야 할 것이 아니다. 공상이란 이름을 죄인이 어찌 감히 감당할 수 있겠는가?"라고 사양하며 받지 않았다. 그러므로 숙종은 다시 상궁(尙宮) 두 사람과 시녀(侍女) 세 사람을 시켜 의대(衣襨)를 가지고 가게 하였으나 왕비(妃)는 사양하며, "그중의 한 옷은 참람한 데에 가까우니, 더욱이

---

397) 『숙종실록』 권26, 숙종 20년(1694) 4월 12일(기묘) 인현왕후가 숙종께 올린 편지.
398) 『숙종실록』 권26, 숙종 20년(1694) 4월 9일(병자).

감히 입을 수 없다"고 하여 상궁이 그 뜻을 임금에게 아뢴다. 이야기를
들은 숙종은 인현왕후에게 다시 아래와 같은 수찰(手札)을 보낸다.

(3) 숙종이 인현왕후에게 보낸 두 번째 편지

"어제 답찰(答札)을 보니 만나서 이야기하는 것과 다름없어, 기쁘고
위로되는 것이 후련하여 열 번이나 펴 보고 절로 눈물이 흐르는 것을
막지 못하였다. 경복당에 들어가 살고 공상을 상례대로 하는 것은 내
회한(悔恨)이 그지없어 특별히 지극한 뜻을 나타내는 것이며, 조정의
공론도 다 이와 같으니, 행여 지나치게 사양하지 말고 오늘 보낸 의대
도 안심하고 입고서 옥교(玉轎)를 타고 들어가라. 내일 다시 서로 만날
것이므로 우선 말을 다하지 않겠으나, 내 뜻을 알아서 보낸 물건을 죄
다 받고 또 몇 글자로 회답하기 바란다."399)

(4) 인현왕후가 숙종에게 보낸 두 번째 편지

숙종의 편지를 받은 인현왕후는 아래와 같은 답서(答書)를 올렸다.

"하루 안에 공상하는 물건을 내리고 나서 또 상궁을 보내어 감히 감
당할 수 없는 옷을 내리셨으므로 황공하고 조심스러워 나갈 바를 모르
는데, 옥찰(玉札)이 또 내려와 사지(辭旨)가 간절하시니, 천은(天恩)이
망극하여 땅에 엎드려 느껴 웁니다. 성교(聖敎)가 이렇게 돈면(敦勉)하

---

399) 『숙종실록』 권26, 숙종 20년(1694) 4월 12일(기묘) 숙종이 인현왕후께 쓴
편지.

신데도 감히 당돌하게 사양하면, 성의(聖意)를 어겨서 그 죄가 더욱 커지는 줄 본디 압니다마는, 옥교와 의복의 의장 절목(儀章節目)을 생각하옵건대, 다 분수에 넘쳐 감히 감당할 수 없는 것이므로 끝내 받기 어려우니, 성상께서 실정을 굽어 살펴 모두 도로 거두시면, 죄를 지은 천신(賤臣)이 하늘과 같은 성덕(聖德)을 입어 조금이라도 사심(私心)을 편하게 할 수 있겠습니다."400)

(5) 숙종이 인현왕후에게 보낸 세 번째 편지

이를 본 숙종은 또 아래와 같은 편지를 보낸다.

"수자(手字)를 잇달아 보고 덕용(德容)을 대한 듯하니, 어찌 기쁘고 후련함을 견디겠는가? 경고(更鼓)가 이미 깊었는데 이렇게 다시 번거롭히는구나. 반드시 지나치게 사양하지 말고 이 길진(吉辰)에 좋게 들어와야 한다. 또 몇 글자로 회답하기 바란다."401)

(6) 인현왕후가 숙종에게 보낸 세 번째 편지

이를 본 왕비는 다시 다음과 같은 답서를 올린다.

"오늘 안에 거듭 옥찰을 받으니, 황공하고 조심스러울 뿐입니다. 전

---

400) 『숙종실록』 권26, 숙종 20년(1694) 4월 12일(기묘) 인현왕후가 숙종께 올린 편지.

401) 『숙종실록』 권26, 숙종 20년(1694) 4월 12일(기묘).

교(傳敎)의 사의(辭意)가 두 번 세 번 간절하신 데도 여러 번 성의(聖意)를 어기는 것은 그 죄를 더욱 무겁게 하는 것이므로 천첩의 사정(私情)을 감히 아뢸 수는 없으나, 이번에 입은 은수(恩數)는 다 감히 감당할 수 없는 예(禮)이니, 황공하고 감격하여 나갈 바를 모르겠습니다."402)

이렇게 숙종이 여러 차례 직접 편지를 써서 왕후를 설득한 후에야 입궁이 확정되었다. <인현왕후전>에도 숙종과 인현왕후가 편지를 주고받는 이야기가 있다. 편지 내용은 실록에 기록된 것과 같이 구체적으로 확인할 수는 없으나 여러 차례 편지가 오가면서 입궁절차를 준비하는 내용이 아래와 같이 서술되었다.

외문이 열리매, 민씨 일가에서 교군이 무수히 들어가고 문 열림을 복명하니 상궁 사인을 보내사 어찰을 내리 오시니, 상궁이 왔음을 아뢴대 중문을 열지 아니하시니, 반일(半日)을 밖에 있는지라. 그 사이 별감이 길에 있었으니 연하여 어찰 보심을 청하는지라.
…중략…
어찰을 드리니 북향사배(北向四拜)하고 양구 후에야 펴 보시매 만지에 가득한 사연이 다 전과(前過)를 뉘우치고 시운을 슬퍼하시며 대내로 드심을 청하신지라. 후가 남필(覽筆)에 묵연 단좌하사 말씀을 아니 하시니 상궁이 복지(伏地) 주 왈(伏地奏曰),
"성상이 신첩에게 전지(傳旨)하사 부디 낭랑 답찰(答札)을 맡아오라 하신지라 회답을 청하나이다." 후가 양구에 탄 왈,
"너희는 다만 돌아가 죄첩이 답서 아룀이 불감하와 못 하나이다 아뢰라."

---

402) 『숙종실록』 권26, 숙종 20년(1694) 4월 12일(기묘).

상궁이 깊이 청(請)치 못하고 하직하고 입궐하여 뵈온 대로 아뢰니, 상이 추연감동(惆然感動)하사 더욱 뉘우치시며 명일 아침에 또 어찰을 내리오시고 의복금침과 반상을 보내시니, 모든 상궁이 봉명하고 옛말을 일컬어 체읍하나 후가 반겨하심도 없고 박절하심도 없이 왕왕한 물결 같은 기상이 전과 다름이 없이 하시더라, 상궁이 당에 올라 아뢰되,

"작일(昨日) 대전께오서 신첩 등을 인견하사, '의복금침과 반상이 있더냐' 하옵시기에, 하나도 없는 줄로 아뢴즉 대전께오서 노하여 가라사대, '내 일시 분기로 망거를 하였은들 일궁이 그 후의 뒤를 없게 하니 가히 해완하다' 하시며 '즉각에 준비하라.' 하시니

…중략…

식전(食前)에 급급히 지어 친감(親鑑)하시고 보내심을 낱낱이 주달(奏達)하고 은영이 심호 하심을 외와 감루가 종행한대, 후가 못 듣는 듯하고 인하여 잠깐 몸을 굽혀 가라사대,

"천은이 망극하니 어찌 감히 거역하리요마는, 천궁기물(天宮器物)이라 여항(閭巷) 둠이 불감(不敢)하고 더욱 대전 금침(衾枕)과 반상이 일시나 사가(私家)에 두리요. 외람하여 감히 받들지 못할지라 도로 가져가라." 하시니,

상궁이 재삼 간청하되 듣지 않으시고 들여보내시며,

"범사가 외람하니 분의를 편케 하소서." 하시더라.

상궁이 이에 하릴없어 복명하니 상이 그 집례 함을 아름다이 여기사 다시 어찰을 내리와 후의 마음을 위로하시고 국체 그렇지 못할 줄을 밝히시며,

"이는 위를 원망하며 조롱하여 과인의 허물을 드러냄이라."

하시고 도로 다 보내시며 상궁에게

"죄 있으리라." 하시니,

후가 어찰을 보시매 거역 못하게 하신 말씀인 줄 아오시고 불안

히 여기사,

　"봉한 채 두라."

하시며 답서를 아니 하시니, 형제 숙질이 간절히 권하여 궁인들이
빌어 청하니 인하여 종이를 내어 쓰시매 대엿 줄 되더라. 봉하여 상
궁을 주시니 상궁이 복명하온대, 상이 반겨 급히 떼어 보시니 말씀
이 온공(溫恭)하여 무수히 청죄하신지라. 상이 추연감탄하시고[403]

11) 인현왕후, 복위 입궁 행렬

위와 같이 여러 사람이 궁궐과 인현왕후의 집을 오가며 편지를 전하
면서 인현왕후의 입궁절차를 준비했다. 4월 12일, 인현왕후가 경복당
(景福堂)으로 입궁하시는 날, 숙종은 궁녀들에게, "어제 내린 의대를
입궁(入宮)할 때에 입지 않으면, 너희들에게 중죄가 있을 것이다" 하였
으므로, 비가 마지못하여 한 벌의 웃옷을 여느 때에 입는 명주 옷 위에
걸치고 오시(午時)에 옥교를 타고 의장을 갖추고서 요금문(耀金門)으
로부터 서궁(西宮)의 경복당에 들어갔다.

도성(都城) 안에서는 위로 사대부(士大夫)부터 아래로 종들까지 남
녀노소가 길을 메우고 뒤질세라 염려하듯이 분주히 용관(聳觀)하여,
강교(江郊) 사이는 동리가 다 비었고, 시골에서 온 자도 있었다. 혹 기
뻐서 뛰기도 하고 흐느껴서 울기도 하는데, 전도(前導)가 비키라고 외
쳐도 막을 수 없었다. 관학(館學) 및 외방(外方)의 유생(儒生)과 파산(罷
散) 중인 조신(朝臣)은 길가에서 지영(祗迎)하였다. 여염의 부녀자는 6
년 동안 살던 곳을 보려고 일제히 본제(本第)에 가서 여럿이 떼를 지어

---

403) <인현왕후전>, 51~54쪽.

두루 보고 눈물을 흘리며 갔는데, 며칠 동안 그치지 않았다.404) <인현왕후전>에도 왕후가 입궁하는 장면을 아래와 같이 묘사했다.

> 황금 채연을 들이니 물리치시고 상시 교자를 들이라 하시니,
> "상이 듣지 아니하시더라."
> 하고 사관이 청대하고 모든 일가(一家)가 떠들어 권하니 마지못하사 연(輦)에 드오시니, 허다 위의 대로(大路)를 덮어 칠보 웅장한 궁녀가 쌍쌍이 벌렸고, 각 군문 대장이 어림군 수천을 거느려 호위하고 대신과 백관이 시위하여 입궐하시니, 예모가 존중하여 복위하실 줄 알아 향취옹비하고 광채 찬란하여 천기화창(天氣和暢)하여 혜풍이 날으며 일어나고 상운(祥雲)이 하늘에 일어나니, 장안 백성이 영락하여 굿 보는 이가 길에 메여 즐겨 뛰놀고 일변 옛일을 생각하고 눈물을 흘리며, 재상명사(宰相名士) 부인네 의막을 잡고 굿 보니 틈없어 도리어 가례(嘉禮)하실 적과도 더하고, 향년(向年)의 가마에 흰 보 덮어 나오실 적 궁인과 선배 통곡하고 따라가던 일을 생각고 어찌 오늘날이 있을 줄 알이오. 이는 전혀 민후의 원려와 덕망으로 덕을 본대 깊이 쌓으시고, 고초 중 처신을 아름다이하사 천의(天意) 감동하심이라. 제(諸) 부인네 기쁘고 슬퍼 혹 울고 혹 웃더라.405)

그날 『숙종실록』은 인현왕후의 입궁 모습을 매우 소상하게 기록했다. 간략하게 정리해 보면, 숙종이 먼저 경복당에서 왕후를 기다리다가 궁인에게 타고 온 가마의 발(廉)을 걷게 하니, 인현왕후가 옥교에서 나와 땅에 엎드려 사죄하려 한다. 숙종이 붙들어 일으켜서 경복당에 들어가니 모든 준비물이 왕비를 맞이하는 예를 갖추고 있었다. 숙종이 왕후에게 자리에 오르도록 청하자 왕후는 자리를 피하여 죄를 빌었다.

---

404) 『숙종실록』 권26, 숙종 20년(1694) 4월 12일(기묘).
405) <인현왕후전>, 55~56쪽.

숙종은, "이는 다 내가 경솔하였던 허물이니, 회한(悔恨)이 그지없다. 내가 번번이 충언(忠言)을 살피지 못한 것을 지극히 회한하는데, 그대에게 어찌 빌 만한 죄가 있겠으며, 또한 어찌하여 반드시 이렇게 겸양하여야 하겠는가?"라고 하고, 왕비가 또 스스로 물러나기를 청하니, "내가 이미 애매한 정상을 환히 알고 지난 뉘우침을 많이 말하였으니 다시는 그런 말을 하지 말기 바란다"며 두세 번 반복하였다. 이 부분을 <인현왕후전>은 아래와 같이 묘사했다.

입궐하실 제 친히 높은 누상(樓上)에 오르사 만민이 즐거함을 보시고 천심이 혼열(欣悅)하사, 이미 봉연(鳳輦)이 궐문에 들으시며 지밀 앞에 모시니 상이 명하사,

"난간에 모시라."

하시니, 궁녀가 연 앞에 나아가 대전(大殿) 계심을 아뢴데, 후가 가라사대,

"죄인이 무삼 면목으로 전하를 뵈오리요."

덩문에 나지 아니하시니, 상이 친히 덩문을 열어 주렴을 걷으시고 쥐신 부채로 덩 속의 바람을 내시고 물러서시니, 후가 성은이 망극히 여기사 덩에 내리사 난간에 엎디어 청죄하시니, 상이 마음이 불안하사 궁녀를 명하여,

"붙들어 모셔 전중에 드시게 하라."

하시니, 궁녀가 일시에 붙들어 모신데 감히 방석에 앉지 않으시고 또 엎드리사, 예와 이제를 생각하시매 비회 교집하여 천산화미에 슬픈 안개 일어나고 효성쌍안에 옥루(玉淚)가 맺히시니 안색이 처연하사 애원하신 기상이 만좌에 나타나시니, 상이 일변 반기시며 옛 일을 생각하시고 참괴하심을 이기지 못하시니 좌우가 감히 우러러 뵈옵지 못하더라.406)

세자에게 명하여 왕후를 뵙게 한다. 왕후가 일어나려고 하니, 숙종이, "앉아 있어야 마땅한데, 어찌하여 반드시 일어나야 하겠는가"며 말린다. 이어서 조정의 문안단자(問安單子)를 들이니 왕후가 죄를 지은 사람이 감히 받을 수 없다고 사양하여 숙종이 그 까닭을 묻는다. 왕후는, "조정의 문안은 결코 관례에 따라 받을 수 없다"고 답한다. 숙종은, "어찌하여 이렇게까지 하는가"며 받기를 재촉하였다. 왕후가 드디어 "알았다"고 하여 성찬(盛饌)을 베풀게 되었다.[407]

그날 숙종은 왕후 부모의 봉작(封爵)을 회복시키는 비망기를 내리면서, "부원군(府院君)과 돌아가신 부부인(府夫人)의 봉작은 기억하지만, 지금 집에 있는 부부인의 작호는 어쩌다 기억하지 못하는데, 무엇인가?"라고 왕후에게 물었다. 왕후는 "늘 부르는 것이 아니므로, 신도 잊었습니다"고 답하자, 숙종이, "어찌 참으로 모르겠는가?" 왕후가 여러 차례 사양하였으나 숙종은 그렇게 하여야만 마음이 편하다면서 아버지 여양 부원군(驪陽 府院君) 민유중과 민유중의 첫째 부인, 해풍 부부인(海豊 府夫人) 이씨, 인현왕후의 생모, 은성 부부인(恩城 府夫人) 송씨, 셋째 부인으로 생존하고 있는 풍창 부부인(豊昌 府夫人) 조씨의 작호(爵號)를 회복하게 하였다.

저녁이 되어 숙종은 자신이 거처하는 곳으로 함께 가자고 왕후에게 청하였으나 굳이 사양하며 엎드려서 일어나지 않았다. 숙종은 상궁에게, "중전을 시위하여 침전(寢殿)으로 돌아오지 못하면 중죄가 있을 것이다" 하고 먼저 떠난다. 드라마틱한 길고 긴 하루는 왕후가 궁인들의

---

406) <인현왕후전>, 57~58쪽.

407) 『숙종실록』 권26, 숙종 20년(1694) 4월 12일(기묘).

시위를 받으며 양심합(養心閤)에 마련된 침장(寢帳)으로 가는 것으로 끝난다.

6년 전, 흰 가마를 타고 초라하게 궁궐을 떠났던 인현왕후는 이날 숙종과 수많은 백성들의 진심어린 축하를 받으며 궁궐로 다시 돌아왔다. 궁궐에서 세자와 신하들의 문안을 받으며 명예를 회복하고, 아버지와 어머니의 작호도 복원되어 부모님께도 그동안의 불효를 씻을 수 있었다. 숙종과 왕후가 6년 만에 함께하게 된 그날 밤, 어떤 대화가 오고갔는지는 알 수 없어도 만감이 교차하여 새벽이 되도록 잠들지 못했을 것 같다.

그날 숙종은 비망기(備忘記)를 내려, "국운(國運)이 안태(安泰)를 회복하여 중곤(中壼)이 복위하였으니, 백성에게 두 임금이 없는 것은 고금을 통한 의리이다. 장씨(張氏)의 왕후 새수(王后璽綬)를 거두고, 이어서 희빈(禧嬪)의 옛 작호를 내려 주고 세자(世子)가 조석으로 문안하는 예(禮)는 폐(廢)하지 않도록 한다"[408]고 명한다. 또한 희빈 장씨의 부친 장경(張炯)의 부원군교지(府院君教旨)와 그 아내의 부부인교지(府夫人教旨)를 불사르고, 장씨의 왕후 옥보(王后玉寶)를 부수라고 명하였다.[409]

이튿날 숙종은 왕비에게, "경(卿)이 경덕궁(慶德宮)에 이처(移處)하고 내가 몸소 가서 맞이하면, 바로 예(禮)에 맞고 경에게도 빛이 있을 것인데, 살펴 생각하지 못하여 큰일을 너무 갑작스레 처리한 것이 한스럽다"[410]며 예의를 갖추어 왕후를 맞이하지 못한 것을 후회하였다.

---

408) 『숙종실록』 권26, 숙종 20년(1694) 4월 12일(기묘) 6번째 기사.
409) 『숙종실록』 권26, 숙종 20년(1694) 4월 12일(기묘) 8번째 기사.
410) 『숙종실록』 권26, 숙종 20년(1694) 4월 12일(기묘).

그날 사신은 이러한 처사를 아래와 같이 기록하였다.

　　삼가 살피건대, 성인(聖人) 이하로는 허물이 없을 수 없으니, 그 허물을 능히 고치기만 한다면 허물이 없는 것과 같을 것이다. 임금이 비를 폐출한 것은 참으로 큰 허물이니, 뉘우쳐서 고치지 않았다면, 나라가 장차 설 수 없어서 천리(天理)·인심이 끝내 따를 수 없었을 것이다. 대개 우리나라 규문(閨門)의 예(禮)는 한(漢)·당(唐) 이후의 것으로 견주어 논할 수 있는 것이 아니어서, 존비(尊卑)·상하의 명의(名義)가 현격하므로, 한때 임금의 위엄으로 바꾼 것이 있더라도 인심이 억울한 것은 갈수록 심하여지니, 천리가 있는 바를 여기에서 알 수 있다. 임금은 영예(英睿)하고 과단(果斷)하기가 견줄 데 없는데, 어찌 처음부터 그것이 잘못인줄 스스로 몰랐겠는가?

　　그러므로 박태보 등을 죽일 때에 문득 중궁(中宮)을 위하여 절의(節義)를 세운다고 꾸짖었으니, 대개 이미 그 소행을 의롭게 여겨서 그런 것인데, 곧 고치지 못한 것은 성색(盛色)이 마음을 현혹하여 안에서 마음을 가리고 간사한 참소가 종용하여 밖에서 마음을 빼앗았기 때문일 뿐이니, 이를테면 해의 청명(淸明)이 마침 구름·안개에 가렸던 것과 같다. 명지(明旨)가 내려진 것은 왕비를 복위시킨 날에 있었을지라도, 뉘우치는 마음이 일어난 것은 왕비를 폐출한 뒤에 이미 나타났으니, 아! 성대하다. 밝은 임금의 덕이 허물이 없는데로 나아간 것이 한(漢) 광무(光武)·송(宋) 인종(仁宗)·명(明) 선종(宣宗)의 짝이 아님을 여기에서 알 수 있다.

　　왕비가 정일(貞一)한 덕을 지키고 유가(柔嘉)의 법칙을 실천하며 환난(患難)에 처하고 궁액(窮厄)을 겪어도 옥도(玉度)에 끝내 흠이 없었으므로, 중곤(中壼)에 다시 임어(臨御)하여 한 나라의 어머니로서의 모범이 되었으니, 어찌 아름답지 않겠는가? 폐후(廢后)의 복위는 예전에 이런 예가 없었으므로, 임금이 이를 처리하는 방도에 실착이 있음을 면하지 못하였다. 간신을 내치던 날에 곧 먼저 분부를 내려 장씨를 폐하여 희빈(禧嬪)으로 삼고, 이어서 왕비를 옛 지위에 회복하여 별궁에서 공봉 하도록 명하고 국구(國舅)의 작호를 내린 뒤에, 의문(儀文)을 극진히 갖추어서 정전(正殿)에 맞이하여 돌아오게 하는 것이 예에 있어서는 마땅할 것인데, 지금은 그렇지 못하고 본제(本第)에서 서궁(西宮)으로 들어가 있다가 서궁에서 정전으로 들어갔고, 국구의 작호도 이미 도로 내렸으나, 아직도 복위의 명이 없었다. 그 사이에 상고하여 의거할 만한 의문이 없었으니, 임금이 추한(追恨)하는 것이 있어야 마땅할 것이다.411)

다음 날 숙종은 승지(承旨)를 보내어 왕후의 부친 여양부원군(驪陽府院君)의 묘(墓)에 치제(致祭)하라고 명하고,412) 4월 21일에는 중궁(中宮)의 복위(復位)를 태묘(太廟)에 고하였다.413)

4월 24일, "기사년의 일을 생각하면 절로 속에서 부끄러워진다. 진정을 살피지 못하고 말만 들추어서 양좌(良佐)를 잘못 의심하여 드디어 은례(恩禮)가 떨어지고 억울한 마음이 펴지지 못하게 되었는데, 내가 일찍이 평심(平心)으로 찬찬히 살피고 멍하니 깨달아 크게 뉘우치고 자나 깨나 불안한 지 여러 해가 되었으니, 어찌 오늘에 그치겠는가?"414)라고 한 비망기의 내용은 숙종 자신의 속마음을 잘 표현하였다고 생각된다.

6월 1일, 인정전(仁政殿)에서 왕비를 책봉(册封)하는 예를 거행하였

411) 『숙종실록』 권26, 숙종 20년(1694) 4월 12일(기묘).
412) 『숙종실록』 권26, 숙종 20년(1694) 4월 13일(경진).
413) 『숙종실록』 권26, 숙종 20년(1694) 4월 21일(무자).
414) 『숙종실록』 권26, 숙종 20년(1694) 4월 24일(신묘).

다. 형조 참판 이여(李畬)가 지은 교명문(敎命文)은 아래와 같다.

"건곤(乾坤)이 안정되어야 조화가 이루어지는 것이다. 이러기에
풍교(風敎)의 근본이 중요한 것이고, 일월(日月)이 다시 밝아지면
사람들이 모두 우러러보게 되는 법이니, 마땅히 위호(位號)가 회복
되어야 한다. 이미 경명(景命)이 다시 새로와졌으니, 이에 책봉하는
일을 거듭 거행한다.

아! 왕비 민씨는 단장(端莊)하여 예법을 지키고 정정(貞靜)하여
아름다움을 지니었다. 온화하게 혼정신성(昏定晨省)을 다하여 양궁
(兩宮)의 뜻을 잘 받들었고, 경건하게 아침저녁의 번조(蘩藻)를 갖
추어 나와 함께 3년 상(三年喪)을 받들었다. 영항(永巷)에는 이미 잠
계(箴戒)가 새겨졌고, 규목(樛木)의 어짊이 이에 드러났다. 하지만
오로지 과인의 부덕으로 말미암아 선량한 보좌(輔佐)인 왕비가 의
심을 받게 되었었다.

6년을 물러나 있는 동안 아름다운 법도에 흠이 없음을 보고 여러
사람들이 답답하게 여기며 음화(陰化)가 평소와 다르지 않음을 알
아차리게 되었다. 이상(彝常)에 흠이 있게 된 일인데, 어찌 자나 깨
나 생각이 없었겠는가? 진실로 조종(祖宗)들께서 도와주심에 힘입
어 마침내 덕음(德音)이 어그러짐 없게 되었다. 인륜의 대도(大道)
를 바로잡음은 진실로 제왕(帝王)이 신중하게 여겨야 하는 바이기
에, 깊이 지난날이 후회스러웠음을 말하며 신서(臣庶)들이 모두 알
도록 하노라.

주궁(周宮)의 금슬(琴瑟)이 다시 관저(關雎)의 악장(樂章)을 이어
가고, 한전(漢殿)의 요적(褕翟)에는 재차 장추(長秋)의 용의(容儀)가
빛나게 되었으니, 인륜이 이로 인해 도타와지게 되고 국가의 예법
이 이로 인해 대단해지게 될 것이다. 이에 신(臣) 영의정 남구만(南
九萬)과 예조 판서 윤지선(尹趾善)을 보내 연길(涓吉)의 의식을 갖

추고서 금보(金寶)와 옥책(玉册)을 바치게 하노라.

아! 사람의 심정은 곤횡(困横)을 겪고 나서야 진실로 더욱 나아지는 기틀을 마련하게 되고, 천도(天道)의 운행은 순환(循環) 속에서 비색(否塞)과 태평의 이치를 증험하게 되는 것이다. 오직 그 지위에 있기를 겸손하게 하고 오직 몸 가지기를 검약(儉約)하게 하여, 오직 안팎이 서로 이루어져야 나라를 다스리는 도리가 드러나게 되고, 오직 시종 공경스럽게 해야만 복록을 누리게 되는 법이니, 아름다운 계책이 변하지 않도록 하여 거룩한 국운이 길이 이어지기를 바라노라. 그러므로 이렇게 교시하니, 마땅히 알아차리게 될 것이라 생각하노라."[415]

홍문관 제학(弘文館提學) 박태상(朴泰尙)이 지은 옥책문(玉册文)은 아래와 같다.

"오직 임금이 교화(教化)를 일으킬 적에는 반드시 수신(修身)과 제가(齊家)에 근본을 두었고, 오직 성인들은 인륜을 다하되 특히 배필을 소중하게 여겼었다. 내가 진실로 이 의리에 느낀 바가 있었기에 이제 시급하게 옛 법도를 찾아야 함이 마땅하다. 이미 존명(尊名)을 복구했으니, 곧 갖가지의 예절을 거행해야 하겠다.

아! 왕비 민씨는 사록(沙麓)의 경사 속에서 자라나 빛나는 계위(桂闈)로 들어왔다. 밀물(密勿)하는 아름다운 계책은 거의 모두가 탈잠(脫簪)처럼 경계가 되는 것이었고, 옹용(雍容)하며 아름다운 동작은 울리는 패옥(佩玉)의 소리와 어긋나지 않았으며, 양전(兩殿)을 기쁜 안색으로 공경스럽게 받들어 섬기었고 육궁(六宮)들은 골고루 혜택을 펼치며 거느렸다. 서로 떨어진 지 여러 해가 될수록 비록 어진

---

415) 『숙종실록』 권27, 숙종 20년(1694) 6월 1일(정유).

내조와 소원하기는 했지만, 자나 깨나 한결같이 생각하였으니, 어찌 덕음(德音)을 끝까지 잊을 수 있었겠는가? 이에 수레를 호위하는 의장(儀仗)을 갖추어 드디어 곤극(坤極)의 자리에 오르도록 하노라.

지난날의 나의 과오를 밝히는 십행(十行)의 글을 이에 반포하니, 처음처럼 엄연(儼然)히 국모로서 엄하게 하매 오만 가지 것이 이에 바로 잡히게 되었다. 마치 고리가 돌듯이 오래 가지 않아 기쁨이 도로 돌아오게 되었거니와, 옥(玉)처럼 되려면 더욱 나아짐이 있어야 함을 알았노라. 천리(天理)와 인정을 알게 되었기에 상복(象服)과 보명(寶命)이 유신(維新)해지게 된 것이다. 이에 신(臣) 영의정 남구만(南九萬)과 예조 판서 윤지선(尹趾善)에게 나의 부신(符信)을 지니고 나아가 예절을 갖추고서 옥책(玉册)과 보장(寶章)을 수여(授與)하게 되는 것이다.

아! 오직 부지런하고 검소해야 국가를 교훈할 수 있으며, 오직 겸손하고 조심해야 총록(寵祿)을 보존하게 되는 법이니, 다시 음교(陰敎)를 천명(闡明)하여 이남(二南)과 같은 풍화(風化)가 두루 알려지게 하고, 거듭 영도(靈圖)를 찬양(贊襄)하여 만대토록 영원히 모범이 전해지도록 할지어다. 태임(太任) · 태사(太姒)와 같은 아름다운 공덕이 변함없게 된다면 종사(宗社)의 큰 복이 더욱 이어지게 될 것이다. 그러므로 이에 교시하니, 마땅히 알 것이라 생각하노라."[416)

예식이 끝나고, 임금이 또 인정전(仁政殿)에서 하례를 받고 반교문(頒敎文)을 내렸다. 대제학(大提學) 박태상(朴泰尙)이 지은 반교문은 아래와 같다.

"왕은 말하노라. 천도(天道)는 반드시 되돌아오는 것이기에 국가

---

416) 『숙종실록』 권27, 숙종 20년(1694) 6월 1일(정유).

에 대한 천명(天命)이 유신(維新)의 시기를 이어가게 되었고, 곤위(坤位)가 다시 회복되어 종묘가 한없는 경사를 맞이하게 되었다. 이에 중대한 명령을 내리어 널리 사방에 고하노라. 생각해 보건대, 부족한 몸이 큰 왕업을 지키면서 중곤(中壼)에게 재앙이 얽히어 일찍이 적의(翟儀)가 비게 되는 슬픔을 당했다가, 명문을 점쳐 내어 크게 길한 봉황이 날아드는 기쁨을 맞이하게 되었다.

왕비 민씨는 아름다운 덕음(德音)을 잘 이어받아 착한 범절이 크게 빛났다. 치장한 비녀와 귀고리를 치우며 자주 잠계(箴戒)를 진언하고 갈담 시(葛覃詩)처럼 부지런히 일을 보매 점점 풍교(風敎)가 나타나게 되었으며, 조심해서 양전(兩殿)을 받들되 언제나 화평하고 순탄한 안색을 가지었고, 나와 함께 3년 상(三年喪)을 치르면서는 대신해서 서러워하는 예절을 다하였다. 중간에 있었던 일은 내 마음속에 겸연쩍음이 있다. 당초에 충고하는 말을 살펴보지 않아 하찮은 일로 인해 슬픔을 끼치게 될 것이다. 스스로 착한 내조를 멀리 했음도 또한 과매(寡昧)의 잘못된 생각 때문이었는데, 드디어 중간에 은덕과 예의가 끊어졌으니, 대개 일찍부터 후회와 한탄이 마음속에 쌓이게 되었었다.

사제(私第)에 물러가 있을 적에도 연정(淵貞)한 평소의 행실이 변함없어, 비록 울적한 마음을 펴게 되지 못한다 하더라도 끝까지 원우(怨尤)하려는 생각이 없었다. 처음으로 음문(音問)을 접하자 비로소 슬퍼하며 한탄하고 있다는 말을 들었다. 진실로 감오(感悟)되는 마음이 매우 깊었으니, 어찌 뉘우치고 고침을 혹시라도 아낄 수 있겠는가? 십행(十行)의 이 글을 분명하게 내걸자, 모두들 '이기(彝紀)가 이제 닦아지게 되었다'고 하였고, 육궁(六宮)이 깜짝 놀라며 기뻐하기를 자모(慈母)를 다시 보게 되는 것 같을 뿐만이 아니었다.

이달 초하룻날 정유(丁酉)에 옥책(玉冊)과 금보(金寶)를 주어 복위시키니, 갖가지 범절이 이루어졌고, 예전의 법도가 모두 갖추어졌다. 자시(資始)하고 자생(資生)하여 갖가지 것이 이루어지게 함으로써 승순(承順)하는 도리가 더욱 빛나게 될 것이고, 치내(治內)하고 치외(治外)하여 모든 업적이 쌓이게 됨으로써 협찬(協贊)하는 덕화가 더욱 높아지게 될 것이다. 다시 새로와지는 국정(國政)을 펴게 되었으니, 마땅히 이전의 잘못들을 씻어주는 인덕(仁德)을 베풀어 가야 할 것이다. 초하룻날 새벽 이전의 잡범 중에 사죄(死罪) 이하는 모두 용서하여 면제해 주고, 벼슬에 있는 사람들을 각각 1자급(資級)씩 올려 주되, 자궁(資窮)한 사람은 대가(代加)하라.

아! 해와 달이 다 같이 밝으므로 먼 곳과 가까운 곳이 모두 밝은 빛을 받게 되고, 뇌우(雷雨)가 작해(作解)하여 큰 것이나 작은 것이나 모두 발생하는 속에 담기게 될 것이다. 나의 말은 진실로 나의 마음을 널리 펴려는 것이니, 대중을 심정 속의 큰 소망을 위로하게 될 것이다. 그래서 이렇게 교시하노니, 마땅히 알 것이라 생각하노라."[417]

이와 같이 예법에 따라 인현왕후의 복위를 알리는 교명문과 옥책문, 반교문을 내림으로써 인현왕후는 폐위된 후 6년 만에 다시 국모가 되었다. <인현왕후전>에도 복위 절차를 아래와 같이 서술하였다.

다시 양일(良日)을 택하여 예의를 갖추어 후를 청하여 곤위에 오르시게 하니, 후가 세 번 사양하시다가 마지못하여 법복을 갖추시고 남면하여 곤위에 오르신 후, 상(牀)에 내려 상께 사은하시니 법도가 숙연하시고 광채 찬란하여 전보다 배승하시더라.

상이 용안에 희기 가득하사 붙들어 탑에 오르사 한 가지로 좌를 이루시고, 비빈 궁녀의 조하(朝賀)를 받으시고 조정이 새로이 진하(進賀)하니, 화풍(和風)이 부는 듯 상운이 옥루를 둘러 화기 알연하

417) 『숙종실록』 권27, 숙종 20년(1694) 6월 1일(정유).

고, 궁중이 알연하고 궁중이 화열(和悅)하여 즐기는 소리가 양양(洋洋)하고, 일국 신민이 뉘 아니 열복하리요.[418]

이렇게 하여 인현왕후의 복위에 따른 모든 의식이 마무리되었다. 왕후는 입궁 후 복잡한 의식을 치르는 동안은 정신력으로 쇠약한 몸을 버티다가 드디어 병이 났다. 6월 13일부터 인현왕후의 몸이 불편하여[419] 숙종을 비롯한 많은 사람들이 걱정하게 된다. 다행히 6월 17일부터 병세가 회복된다.[420] <인현왕후전>에도 인현왕후가 병이 나게 된 원인과 증세를 아래와 같이 서술했다.

> 후가 입궐하시매 심사가 불안하사 아무것도 진어치 않으시는지라, 상궁이 염려하여 수라를 재촉하여 올리니 상은 진어하시고 후는 진어치 않으시니, 상궁더러 진어하심을 물으시니 대 왈, "낭랑이 전일 신기(身氣)가 불안하사 현명하오신 후로는 진어하신 일이 없나이다." 상이 놀라사 친히 보미를 드려 권하시니, 후가 성은을 감사히 여기사 마지못하여 받자 오서 두어 번 잡수시나 기력을 어찌 수습하리요.[421]

인용문은 인현왕후가 폐비 시절에 몸과 마음이 불안하던 증세가 가시지 않아서인지 궁궐에 들어온 후부터 먹지를 못하고 손과 발이 차가운 증세가 있었음을 알게 한다. 숙종도 인현왕후의 마음을 헤아리려

---

418) <인현왕후전>, 61쪽.
419) 『숙종실록』 권26, 숙종 20년(1694) 6월 13일(을유).
420) 『숙종실록』 권26, 숙종 20년(1694) 6월 17일(계축).
421) <인현왕후전>, 161쪽.

과거의 잘못을 뉘우치면서 직접 음식을 권하는 등 지극한 정성으로 보살펴 곧 회복되었다.

인현왕후의 복위(復位)를 청나라에 알리기 위하여 주청사(奏請使)를 보내어[422] 진주주청사(陳奏奏請使)였던 박성필(朴成弼) 등이 무사히 일을 마치고 돌아왔다.[423] 이듬해 1월에는 청(淸)나라 사신이 가져 온 칙서(勅書)와 중전(中殿)의 고명(誥命)을 받음으로써[424] 인현왕후는 다시 국내외에 왕후로서의 입지가 확고하게 된다.

한편 인현왕후의 폐비로 몰락했던 친정 가문도 회복하게 된다. 복위 후 인현왕후의 둘째 오빠 민진원(閔鎭遠)을 검열(檢閱)로 삼았으나 민진원은 경오년(숙종 16년)에 있었던 사건의 진상이 명백하게 밝혀지지 않았으므로 전리(田里)에서 은거하고 있었다. 그러나 숙종이 여러 번 권하고 왕비(王妃)도 수찰(手札)로써 나오기를 권면하여 마지못하여 명에 응하였다.[425]

경오년 사건은 장희재가 "정국을 바꾸려는 사람이 은화(銀貨)를 내어 궁중 환시(宦侍)들과 서로 결탁한다는 말이 있는데, 중궁전(민씨)과 김귀인도 역시 은화를 냈다는 말이 떠돈다"는 내용을 언문 편지로 궁중(장씨)에 보낸 것을 말한다. 당시 이 사건은 크게 문제 삼지 않고 종결되었으나 민진원은 자신의 결백을 확인받고 싶었을 것이다. 민진원은 숙종과 왕후가 간곡하게 권하여 관직에 나가게 되고 언문 편지 사

---

422) 『숙종실록』 권26, 숙종 20년(1694) 윤5월 15일(신사).
423) 『숙종실록』 권27, 숙종 20년(1694) 12월 19일(임자).
424) 『숙종실록』 권28, 숙종 21년(1695) 1월 11일(계유).
425) 『숙종실록』 권28, 숙종 21년(1695) 3월 20일(신사).

건은 민암을 심문하면서[426] 밝혀진다. 후일 장희재 옥사(獄事)[427] 때에도 장희재가 중전을 모함한 것으로 밝혀졌다.[428]

인현왕후 입궁 후 숙종은, "전일을 뉘우치시며 지금을 위로하사 말씀이 관곡하여 금석(金石)이라도 녹을 듯했으며, 왕후가 마음이 불안하여 아무 것도 드시지 못하자, 상이 놀라사 친히 보미를 드려 권하시니, 왕후가 성은을 감사히 여기사 마지못하여 받아 드셨다"[429]고 <인현왕후전>은 묘사했다.

『숙종실록』에도 숙종이 인현왕후를 복위한 후에, 자신의 잘못을 속죄하려는 듯 지극한 정성을 표했음을 여러 곳에서도 확인할 수 있다. 그중의 한 예로, 인현왕후가 복위 된 다음 해에 인경왕후의 오라비 전(前) 응교(應敎) 김진규(金鎭圭)에게 명하여, 인현왕후의 영자(影子)를 그리게 하려다가 제신(諸臣)들의 반대로 정지시킨 일이 있었다. 관례에 없는 초상화 그리기를 강행하려고 한 것은, 인현왕후가 "간험(艱險)을 갖추어 맛보고, 아름다운 덕이 있으며 허물이 없음을 생각하여 후세의 자손으로 하여금 모두 안색(顔色)을 우러러 보게 하기 위해서"였다. 당시 대신들은, "옛 기록에 상고하여도 예가 없고 김진규가 종신(宗臣)도 아니고 척신(戚臣)도 아니면서 엄숙하고 경건한 왕후를 가까이 모시고 그림을 그리는 일은 예(禮)가 아니다"며 반대했다. 그러면 종친인 민진후가 지켜보게 하면 가능하지 않겠냐면서 여러 차례 강행

426) 『숙종실록』 권27, 숙종 20년(1694) 6월 3일(기해).
427) 『숙종실록』 권35, 숙종 27년(1701) 10월 29일(임오).
428) 『숙종실록』 권27, 숙종 20년(1694) 6월 3일(기해).
429) <인현왕후전>, 58~59쪽.

하려고 했으나 끝내 뜻을 이루지 못했다.[430] 이 일화는 숙종이 인현왕후에 대한 마음이 어떠했는가를 충분히 짐작할 수 있게 한다. 또한 왕비로서는 처음으로 종묘(宗廟)에 가서 행례(行禮)하도록 배려하기도 했다.[431]

12) 왕비 장씨 다시 후궁(後宮)이 되다

숙종은 예쁘고 똑똑한 궁녀 장옥정을 무척 사랑하였으나 어머니(명성왕후) 때문에 어쩔 수 없이 헤어졌다가 어머니가 사망한 후에 다시 재회했다. 비온 후에 땅이 더욱 굳어지듯이 그녀를 향한 사랑은 군주의 체면이나 주변의 우려도 개의치 않았다. 더욱이 사랑하는 그녀가 아들을 낳자, 아들을 위한 것이기도 하고 자신도 사랑하는 여인을 최고의 여인으로 만들어 주고 싶었을 것이다.

모든 권력을 쥐고 있는 왕이지만 가례를 올리고 종묘에 신고한 국모를 내쫓는 것은 쉬운 일이 아니었다. 그러므로 왕후에게 여러 가지 죄를 뒤집어씌워서 내쫓고 왕후의 비호 세력인 서인들을 제거하여 사랑하는 여인을 왕비가 되게 하였다. 궁녀 장옥정은 후계자인 세자의 생모에서 모든 백성의 국모(國母)인 왕비가 된 조선 최고의 신데렐라가 된다. 그러나 왕비가 된 후에는 수단과 방법을 가리지 않고 전횡과 투기한 여러 사건의 전모가 드러나면서 위기를 맞게 된다.

숙종 20년(1694), 폐비된 인현왕후의 복위운동을 꾀하던 일당의 옥

---

430) 『숙종실록』 권29, 숙종 21년(1695) 7월 27일(정해).
431) 『숙종실록』 권30, 숙종 22년(1696) 10월 16일(기해).

사를 다스리던 민암이 파직되어 사사(賜死)되고 남인 측의 권대운, 목내선 등이 유배되는 것[432]을 보고 장희빈도 불길한 앞날을 예측하고는 있었을 것이다. 그러나 세자의 생모를 차마 어쩌지는 못할 것이라는 희망 속에서 가슴조이고 있을 때에, 인현왕후를 어의동궁(於義洞宮) 별궁에 옮겼다[433]는 것을 알게 된다.

내일을 예측할 수 없는 상황이 계속되어 불안하고 초조한 가운데 4월 10일부터는 왕명을 전달하는 사람들이 인현왕후의 본가를 드나들며 편지를 주고받는다는 것도 듣고 있었을 것이다. 4월 12일, 쫓겨났던 왕후가 숙종과 백성들의 축복 속에 화려하게 입궁하여 세자와 신하들의 하례를 받았다는 것을 알게 되었을 때의 심정이 어떠했을까는 쉽게 짐작할 수가 있다.

4월 12일 숙종은, "국운이 안태(安泰)를 회복하여 중곤(中壺)이 복위하였으니, 백성에게 두 임금이 없는 것은 고금을 통한 의리이다. 장씨의 왕후옥새(王后玉璽)를 거두고, 희빈(禧嬪)의 옛 작호를 내려 주고 세자가 조석으로 문안하는 예는 폐지하도록 하라"는 비망기를 내렸다. 그날 『숙종실록』에는, 서문중(徐文重), 박태상(朴泰尙) 등 여러 사람들이 모여서, 왕비의 자리에 있었던 기간과 아들이 있는 것과 없는 것으로 어느 분이 중한 가를 놓고 토론하였다. 인현왕후는 9년 동안 왕비로 있었으므로 6년 동안 왕비로 있었던 장씨보다는 길지만, 아들이 없으므로 장씨가 오히려 중하다는 뜻이 우세하게 되었다. 그때 송광연(宋光淵)이, "장씨를 위하여 절의(節義)를 세우는 것은 그대들만이 하라"

---

432) 『숙종실록』 권26, 숙종 20년(1694) 4월 1일(무진).
433) 『숙종실록』 권26, 숙종 20년(1694) 4월 9일(병자).

고 한다. 다른 사람들도 비난하자 서문중 등이 논의를 그만두고 돌아갔다[434]는 기록이 있다. 짧은 이 일화는 왕후를 다시 바꾸는 일에 대한 사람들의 생각을 짐작하게 한다.

<인현왕후전>은 장희빈이 왕비에서 쫓겨날 때 저항하는 모습을 아래와 같이 묘사했다.

> 이 적에 희빈이 오래 대위(大位)를 찬탈하여 천만세나 누릴 줄로 알았다가, 홀연히 상이 일각에 변하여 국옥을 뒤치고 폐후께 상명(上命)이 영락하여 즉일 복위하오서 들어오심을 듣고, 청천의 벽력이 일신을 분쇄하는 듯 놀랍고 앙앙 분통함이 흉중에 일천 잔나비 뛰노니, 스스로 분을 이기지 못하여 시녀로 전어 왈,
> "내 오히려 곤위에 있거늘 폐비 민씨 어찌 문안을 아니 하리요. 크게 실례하여 방자함이 심하도다."
> 궁녀가 이 말을 아뢴대, 후가 어이없어 못 듣는 듯 사기태연시고 안색이 정정하사 답언이 없으니, 이때 상이 후로 더불어 병좌(竝坐)하사 후의 기색 살피시고 전일이 다 맹랑하여 스스로 혼암함을 부끄리시고 장씨의 방자함을 통한하사, 즉시 외전에 나오사 즉일 전지하사 후를 복위하시고 여양부원군을 복관작하시고, 후의 삼촌 좌의정 벽동 적소에서 졸하신고로 복작 추증하시고 그 자손을 옛 벼슬을 주시고 새 벼슬로 부르시며, 장씨 아비 삭탈관직하시고 빈의 옥책을 깨치시고 "장희재를 제주 안치하라." 하시고, 내시로 전교하사 빈을 소당으로 내리오고 큰 전각을 수리하라 하시니, 궁인과 중사(中使)가 전지를 전하고,
> "바삐 내리라."
> 하니, 장씨 대노하여 고성대질 왈,

---

434)『숙종실록』권26, 숙종 20년(1694) 4월 12일(기묘).

"내 만민의 어미요 세자 있거늘, 어찌 너희가 무례히 굴리요. 내 부득이 폐비의 절을 받고 말리라."

악독을 이기지 못하여 세자를 무수히 난타하니 상이 들으시고 친림하시니, 바야흐로 장씨 수라를 받았더니 상(上)을 뵈옵고 독악이 요동하여 얼굴이 프르락 붉으락하여 가로되,

"하루라도 내 위(位)에 있거늘 폐비 문안을 아니 하며 내 무슨 죄로 하당에 내리라 하시나니잇고?"

상이 용안이 진열하사 가라사대,

"어찌 감히 문안 받으며 또 어찌 이 위(位)를 길게 누리리요."

장씨 문득 밥상을 박차고 발악 왈,

"세자 있으니 내 이 위를 어찌 못가지리요. 내려도 부디 민씨의 절을 받고 내리리라."435)

인용문은 왕비에서 빈(嬪)으로 강등된 장희빈의 모습이다. "하루라도 내가 중전의 자리에 있는데 어찌하여 폐비는 문안을 아니 하며, 내가 무슨 죄로 왕비 처소에서 나가야 하는가?"라고 하며, 내가 세자 생모니 중전이 못될 이유가 없고, 설사 중전에서 물러나더라도 민씨의 절을 받아야 하겠다며 발악하는 모습이다. 숙종이 해괴하게 여기며 놀라, "빨리 장씨를 끌어서 내려가게 하라"고 명한다. 임금의 명령이 있었음에도 장씨는 발악하며 중궁전 욕하기를 끝내지 않자, 숙종은 요망한 장씨를 즉시 내치시고 싶었으나 그동안 일들이 너무나 한쪽으로 치우치게 하여 잘못하게 되었음을 생각하고 세자의 낯을 보아서 내버려두었다436)고 <인현왕후전>은 서술했다.

---

435) <인현왕후전>, 161~162쪽.
436) <인현왕후전>, 163쪽.

5월 20일, 장희재의 여러 가지 죄가 거론된다. 장희재는 궁중에 언찰(諺札)을 유입(流入)시켜서 국모를 모해(謀害)하려 하였고, 군부를 기만하고 무옥(誣獄)을 일으키려 하였다는 것이다. 언찰 유입은 인현왕후가 폐비되어 있을 때인 경오년(숙종 16년)에 장희재가 궁중(장씨)에게 보낸 언문 편지로, "정국을 바꾸려는 사람이 은화(銀貨)를 내어 궁중 환시(宦侍)들과 서로 결탁한다는 말이 있는데, 중궁전(민씨)과 김귀인도 역시 은화를 냈다는 말이 떠돌아다닌다"는 내용이었다.

당시 왕비 장씨가 숙종에게 언문 편지를 보여주었으므로 숙종도 편지의 내용을 알고 있었다. 4~5년 전의 일이 정국이 바뀌자 재론된 것이다. 숙종은 장희재를 사형하려고 하였으나 영의정 남구만이, '장희재를 죽이면 희빈이 불안하고, 희빈이 불안하면 세자가 불안하고, 세자가 불안하면 종묘와 사직이 불안하다'는 논리로 숙종을 설득하여 죽음을 면하게 하였다.[437] 남구만의 간곡한 만류로 장희재는 사형을 면하여 절도에 유배되었으나[438] 남구만은 이 일로 여러 차례 곤욕을 치르게 된다.[439]

---

437) 『숙종실록』 권26, 숙종 20년(1694) 윤5월 2일(무진).

438) 『숙종실록』 권26, 숙종 20년(1694) 5월 20일(정사).

439) 남구만(南九萬, 1629~1711)은 조선 후기 문신으로 보관은 의령, 자는 운로(雲路), 호는 약천(藥泉)이다. 개국공신 재(在)의 후손으로 송준길 문하에서 수학하여 효종 2년(1651) 진사시에 합격하고, 1656년 별시문과 을과로 급제하였다. 대사간, 함경도 관찰사 등 주요 관직에 임하다가 숙종 5년(1679) 허견 등을 탄핵하다가 남해로 유배되었다. 숙종 6년(1680) 경신대출척으로 남인이 실각하자 도승지 대사간, 대제학이 되었다. 숙종 15년(1689) 기사환국으로 남인이 득세하여 강릉에 유배되었다. 숙종 20년(1694) 갑술옥사 후에 다시 영의정이 되었으며 숙종 27년(1701) 희빈 장씨를 사형에 처해야 한다

숙종은 장희빈이 악독하고 방자하게 행동하는 것이 매우 원통하고 분하지만 세자의 낯을 보아서 정1품인 희빈으로 봉하고, 희빈에게 올리는 모든 절차와 물품은 정궁(왕비) 다음으로 하게 하였다.[440] 그러나 사복시(司僕寺)에 소장된 장희빈(張禧嬪)이 옛날에 타던 연(輦)과 말안장 등 여러 가지 도구들을 불살라[441] 왕후로서 위용을 더 이상 누릴 수 없게 되었다.

'중전'에서 '빈'으로 강등된 장희빈이 어디에서 거처했는가를 『숙종실록』에서는 확인할 수 없다. <인현왕후전>에는, "세자를 보사 희빈을 존봉하고 무릇 공상범절을 정궁 버금으로 하고 궐내 영숙궁 취선당에 거처하게 했다"[442]고 서술되었으나 소설이라 확실한 증거로 볼 수는 없다. 그 후 장희빈이 이곳에서 인현왕후를 저주하였다는 것을 숙종의 손주 며느리인 혜경궁 홍씨가 쓴 <한중록>에서 확인할 수 있다.

혜경궁은 사도세자 비극의 원인 중 하나는 부자간 사랑의 결핍에서 비롯되었다고 생각했다. 사도세자는 영조 11년(1735) 1월 21일, 영조의 제2 후궁인 영빈 이씨(暎嬪 李氏) 소생으로 창경궁 집복헌(集福軒)

는 노론의 주장에 맞서다가 사사가 결정되자 낙향하였다. 남구만은 정치운영의 중심인물로서 정치, 경제, 인재등용 등 국정운영 전반에 경륜을 펼쳤다. 문장이 뛰어나 책문(册文), 반교문(頒敎文), 묘지명 등을 많이 썼으며 국내외 기행문과 시조 <동창이 밝았느냐>가 『청구영언』에 전한다. 숙종 묘정에 배향되었으며 강릉의 신석서원(申石書院) · 종성의 종산서원(鐘山書院) · 무산의 향사(鄕祠) 등에 배향되었다. 저서로 『약천집』 · 『주역 참동계주(周易參同契註주)』가 있으며 시호는 문충(文忠)이다.

440) 『숙종실록』 권26, 숙종 20년(1694) 4월 12일(기묘).
441) 『숙종실록』 권26, 숙종 20년(1694) 5월 11일(무신).
442) <인현왕후전>, 165쪽.

에서 탄생했다. 영조는 오랫동안 비었던 동궁 처소를 주인이 지켜야 한다는 생각에, 세자가 탄생한 백일 만에 부모 곁을 떠나 보모에게 양육을 맡긴다. 혜경궁은 세자의 성장 시기에 부모가 가까이 두고 교육만 제대로 이루어졌다면 성군이 될 자질을 지녔었는데, 그렇게 하지 못한 것이 한이라며 <한중록>에 여러 차례 언급했다. 더욱이 공교롭게도 사도세자가 거처했던 곳이 장희빈이 인현왕후를 저주했던 곳이었다고 아래와 같이 기술했다.

> 최초 일인 즉 섧고 애달픈 것이 하나는 어리신 아기를 저승전에 멀리 두심이요, 둘은 괴이한 내인 들여오신 연고니 여편네 소쇄(小瑣)한 말이 아니라, 사실의 비롯함을 대략 거드노라. 저승전인 즉 어대비 계오시던 집인데 아니 계오신지 오래지 아니하고, 저승전 저편 취선당(就善堂)이라 하는 집은 희빈이 갑술 후 머물러 인현성 모 저주하던 집인데, 강보의 아기네를 황량한 전각에 혼자 두오시고, 희빈 처소는 소주방을 만들어 잡숫는 음식 처소를 삼으니 어찌 이상한 일이 아니리오.[443]

인용문에서 저승전(儲承殿)의 '저'는 버금간다는 뜻으로 왕과 버금가는 세자 또는 태자를 나타낸다. '승'은 '받들다. 공경하여 모신다'는 뜻이다. 즉, '저승전'은 왕과 버금가는 사람, 즉 세자 또는 태자가 거처하는 전각임을 의미하며 동궁을 나타낸다.[444] 취선당은 저승전 서쪽에 있는 전각으로 숙종 14년(1688) 경종이 이곳에서 탄생하였다.[445]

---

443) <한중록>, 227쪽.
444) 문화재청, 『조선시대 궁궐 용어해설』, 앞의 책, 277쪽, 309쪽 참조.

숙종은 이러한 연유로 장희빈을 취선당에 거처하게 한 것이다. 그러나 장희빈은 분수에 넘치는 대우를 받고 있음에도 조금도 고마워하지 않고 오히려 포악하고 상식에 벗어난 행동을 하였다며 <인현왕후전>은 아래와 같이 묘사했다.

> 희빈의 간악·방자함을 절분히 여기시되, 세자를 보사 희빈을 존봉하고 무릇 공상범절을 정궁 버금으로 하고 궐내 영숙궁 취선당에 거처하게 하시니, 은영이 자못 호탕하신지라. 사갈 시랑이라도 제 죄를 짐작하고 지극 감격할 바이로되, 장씨 외람히 곤위에 있어 일국이 추존하고 상총(上寵)이 온전하다가 졸지(猝地)에 폐출하여 희빈에 내리니 앙앙 분노하고 화심(禍心)이 대발하여 전혀 원심(怨心)이 중전께 돌아가니, 불손한 언사가 패악(悖惡)한 흉심이 불 일어나듯 하여 세자를 볼 때마다 난타하니 마침내 병이 들지라, 상이 대노하사 세자를 영숙궁에 못가게 하시니 세자는 이따금 아뢰되,
> "어이 어미를 못 보게 하시나이까."
> 눈물을 흘리니 상이 위로하사 놀 걸 주어 중전 슬하에 두시니, 후가 심히 사랑하시니 생각하지 아니하시더라.446)

인용문은 장희빈이 분을 참지 못하여 세자를 볼 때마다, '어미를 보호하지 못했다'는 이유로 무수히 난타하여 마침내 골병이 들었다고 했다. 이를 알게 된 숙종이 세자에게 생모가 있는 영숙궁에 가지 못하게 하였다. 장희빈은 천한 궁녀의 신분으로 궁궐에 들어 온 후에 아름다운 미모로 승은을 입고, 자신의 소생이 세자가 되었다. 또한 조선에서

---

445) 위의 책, 279~280쪽.
446) <인현왕후전>, 63쪽.

유일하게 후궁이 왕비가 되어 6년간 무소불위의 세도를 부리다가 아들을 보지도 못하게 된 것이다. 유일한 무기인 미모도 나이가 들면서 사라졌는지 숙종의 자취는 아주 끊어졌다. 그러나 어느 한 사람도 불쌍하게 여기며 찾아와 보는 사람이 없어 외로운 처지가 과거 인현왕후가 폐출되어 사가에 머물던 때보다 더 심하게 되었다고 묘사한 것이다.

『숙종실록』에도 폐비 된 장희빈이, "분수에 편안치 못하고 원독(怨毒)이 뼈에 사무쳐 양전(兩殿)의 기거(起居)의 예를 일찍이 한 번도 행하지 않았고, 세자가 때때로 가서 살피면 문득 손을 잡고 체읍(涕泣)하였으며 세자는 한 말도 꺼내지 않고 물러나니, 궁중의 시어(侍御)하는 사람들이 조정에서 또한 일후의 도모를 할 줄로 알아서 두려워하여 공경하여 섬기지 않는 이가 없었다. 희빈의 심복 시녀 두 사람이 어두운 밤을 타서 대내(大內)의 침어(寢御)의 곳을 출입하면서 거리낌이 없는데도 감히 꾸짖어 금하는 자가 없었으니, 궁인의 연로한 자가 혹은 이것으로써 그윽이 근심했다"[447]고 하여 장차 장희빈의 악행을 예견했다. <인현왕후전>의 작자는 장희빈이 폐비된 후의 모습을 아래와 같이 서술했다.

장씨 세자로 유세하다가 세자도 못 보고 대전 자취는 아주 돈절하며 일인도 불쌍히 여겨 와 보는 이 없으니, 형세 고단하며 당년(當年)의 민후보담 심하니, 슬프다. 복선화음이 분명하여 하늘이 높으시나 낮추 들으시는지라. 중궁은 폐출하사되, 일국만민이 다 창원여 도리어 몸이 괴로우나 이름이 빛나시거니와, 장씨는 폐출하매 만민이 다 낙(樂)다 하며 궁중이 다 상쾌하여 비소하니 더욱 분노하

447)『숙종실록』권29, 숙종 21년(1695) 9월 4일(계해).

고 부끄러 원망 악담이 공연히 중궁께 돌아가니, 전후 동산에 배회하며 귀를 기울여 들은즉, 중궁전 자비에서 즐기는 소리와 번화한 경사라 간담이 벌어지는 듯하고, 밖으로 조정 소문을 들으면 민씨의 일문은 혁혁하고 상총(上寵)이 예우하시고 세상이 다 축복하되, 제 오라비 희재는 제주 죄인되어도 불쌍타 하는 이 없는 즉, 보고 듣는 것이 다 분통하여 주사야탁에 불같은 흉심이 구름 이듯 하니 제 어찌 능히 뒤를 누르리요.448)

　　장씨 마음은 도척 같아서 고침이 없으며,
　　"세자가 나의 기출이로되 빈을 얻어 무색 초초히 한번 보고 무궁한 영화와 극진한 효성으로 중궁전이 혼자 보는도다."
　　오매에 교아절치하여 원수를 갚으리라 하고 449)

13) 인현왕후의 승하(昇遐)

　　인현왕후의 병과 관련된 기록은 복위 직후에 발견된다. 당시 왕후는 갑작스러운 환경의 변화로 몸과 마음이 편안치 못하였으나 곧 회복되었었다.450) 그 후 약 4년 뒤인 겨울 밤 삼경(三更)에 왕후가 임시로 거처하고 있던 승휘전(承暉殿) 앞쪽에 있는 주방(廚房)에서 불이 났다. 이불로 주방(廚房)의 궁인 두 명이 불에 타 죽을 정도로 큰 불이었다. 당시 왕후가 병중에 있었으므로 겨우 피할 수 있었다451)고 하여 인현왕

---

448) <인현왕후전>, 63~64쪽.

449) <인현왕후전>, 169쪽.

450) 『숙종실록』 권27, 숙종 20년(1694) 6월 13일(기유)에는 중궁에게 환후가 있어 내의원과 여러 신하들이 번갈아 당직하였으나 6월 17일(계축)에는 상태가 좋아져 내의원의 숙직을 그만두었다고 기록되었다.

후가 병을 앓고 있음을 알 수 있다.

그 후 『숙종실록』에서 왕후의 병과 관련된 내용을 발견되지 않는다. 왕후가 34세가 되는 숙종 26년(1700) 3월에, "다리 부위가 붓고 아픈 중상이 있었는데, 오른편이 더욱 심하여 환도 뼈 위 요척(腰脊) 근처에 현저한 부기가 있으므로 약방에서 침을 놓았다"[452]는 기록이 있다. 그 후부터는 사망할 때까지 여러 차례 기록되었다. <인현왕후전>에도 왕후의 병이 시작된 때와 증세를 아래와 같이 서술했다.

> 액운이 불행한 시절을 당하여 요얼이 침노하니 경진 중추에 홀연히 옥후(玉候)가 미령하시니 각별 극중(極重)하심도 없고 시시로 한열(寒熱)이 왕래하며 야반(夜半)이면 골절(骨節)이 자통하다가 평시 같을 때도 있고 진퇴무상(進退無常)하신지라.[453]

> 민공 형제 척연 감읍하여 지성으로 치료하며 의관(醫官)을 밖에서 등대하고 안에서 백가지로 다스리되 일호도 효음이 없고 점점 침중하시니, 이는 신상으로 솟아나신 병환이 아니시라. 사질이 왕성하고 저주의 독을 어찌 백초지물로 제어하리요. 낮이면 정신이 계시다가 밤이면 더욱 중하사 섬어를 무수히 하시니, 중한 증세가 고이하나 능히 깨닫지 못하니 이도 또한 후의 액수 불행하신 연고라.[454]

인용문은 인현왕후의 병이 시작된 때를 경진중추(庚辰仲秋)라고 했

---

451) 『숙종실록』 권32, 숙종 24년(1698) 11월 22일(계사).
452) 『숙종실록』 권34, 숙종 26년(1700) 3월 26일(기미).
453) <인현왕후전>, 67~68쪽.
454) <인현왕후전>, 174쪽.

다. 경진년은 숙종 26년으로 왕후가 34세 때다.『숙종실록』의 3월 26일의 기록과는 약 5개월 차이가 있다. 그러나 왕후의 병세가 사망하기 1년 전부터 시작된 것과 병의 증세로 골절이 심하게 아프다는 것은 일치된다. 숙종 26년은 인현왕후가 사망하기 1년 전이다.『숙종실록』에서 왕후의 병과 관련된 내용을 정리하면 아래와 같다.

3월 26일	다리 부위가 붓고 아픈 증상이 있었는데 오른편이 더욱 심하여 환도 뼈 위 요척(腰脊) 근처에 현저한 부기가 있으므로 약방에서 침을 놓았다.
4월 2일	다리 부위의 통증과 번열(煩熱)의 증후가 더 심하여 약방이 사옹원으로 옮겨 직숙하고 의약청을 개설하였다. 임금이 민진후와 민진원 형제에게 하루 세 번씩 입시하라고 명하였다.
4월 7일	환후가 조금 차도가 있어서 의약청을 철폐하였다.
5월 6일	내전이 앓아오던 부기가 더 심하여 복부에까지 올라왔으므로 약방에서 다시 의약청을 재설치하였다.
5월 12일	환후로 허리 밑이 곪았으므로 종기를 침으로 땄다.
5월 19일	내전의 환후가 조금 차도가 있으므로 의약청을 폐지하였다.
5월 29일	창경궁(昌慶宮) 경복당(景福堂)으로 옮겨 거처하니 약방은 승문원으로 옮겨 숙직하였다.
6월 16일	환후가 더 심하여 약방에서 또 모두 입직하였다.
6월 21일	오른편 겨드랑이 밑에 또 곪은 기운이 있어서 침을 놓아 종기치료를 하였다.

8월 4일	환후가 점점 덜해져 약방에서 윤번으로 입직하였다.
10월 10일	수라를 점점 줄여서 신기(神氣)가 날로 쇠약해지니 임금이 의관 김유현(金有鉉)과 최성임(崔聖任) 등에게 입진(入診)할 것을 명하여 대보(大補)의 약을 의논하여 올렸다.
11월 16일	환후가 더욱 위중해졌으므로 약방에서 여러 의관을 거느리고 함께 숙직하였다.
11월 22일	무릎의 통증이 매우 심하여 수라도 들기를 싫어하더니 저녁이 된 뒤로 원기가 더욱 쇠잔하였다. 약방에서 계품(啓稟)하여 의약청을 설치하였다.
12월 16일	환후가 조금 나아졌으므로 의약청을 폐지하였다.

이렇게 병세는 차도가 있는 것 같다가 다시 심해지기를 반복하면서 35세가 되었다. 오랫동안 병으로 고생하면서 왕후의 몸은 극도로 쇠약해졌다고 <인현왕후전>은 아래와 같이 서술했다.

의약치료하심을 극진히 하시되 일호(一毫) 효음이 없고, 겨울을 지내고 명춘이 되니, 후의 백설 같은 기부가 많이 소삭하사 시시로 누른 진이 엉기었다 없다가 하니, 의자(醫者)가 다 병세를 측량치 못하는지라[455]

이렇게 왕후의 병은 당시 최고의 의술로서도 정확한 진단을 할 수 없어 숙종뿐 아니라 왕후를 아끼는 많은 사람들을 안타깝게 했다. 인

---

455) <인현왕후전>, 68쪽.

현왕후가 35세로 사망하던 해는 숙종 27년이다. 『숙종실록』에서 인현왕후의 병과 관련된 내용과 임종에 임박하였을 때의 급박한 상황을 <인현왕후전>과 함께 정리하면 다음과 같다.

2월 29, 각통(脚痛)이 너무 심하였으므로 의관이 간간히 침(針)을 놓아 독기를 뽑게 하였다. 숙종은 왕후의 병세가 깊어지자 지난날 자신의 잘못을 후회하고 임종을 앞둔 왕후에게 여한이 없도록 세심하게 배려했다고 <인현왕후전>에는 아래와 같이 서술되었다.

> 상이 적년(積年) 고생에 저상하여 고질이 되심인가 더욱 뉘우치시고 차석하사, 후의 기상이 너무 빠혀나시니 행여 단수하실까 염려하사 용안을 능히 펴지 못하시니 후가 불안하사 매양 아픈 것을 강작하시더니, 장씨 후의 이러하심을 알고 요행하여 더욱 행흉(行凶)하더니, 사월 이십삼일은 후의 탄일이라 상이 하교하사 대연(大宴)을 배설하여 민씨 일가 부인네를 모아 연락(宴樂)하게 하시니, 이는 중전의 병환이 진퇴무상 하시매 여한이 없게 하심이라.456)

4월 27일, 병환이 다시 위중하여 구기(嘔氣)까지 있었으므로, 내의원의 여러 신하들이 모두 함께 입직하였다.

> 차시 공주와 육궁비빈이 짐작하여 의복하여 올리니 후가 일제히 받지 아니하시니, 공주 등이 간청한대 그 정성을 물리치지 못하사 받으시고, 장빈의 옷도 물리치매 세자가 모셔 있다 권하니 후가 세자의 간절한 효성과 안면을 부사 부득이 받으시니, …중략… 후가

---

456) <인현왕후전>, 68쪽.

장씨의 옷을 입으시지 않으시나 전중에 있는고로 요얼(妖孼)이 밖으로 침노하고 또 방중에서 살기(殺氣) 승하니, 이해 오월로 병환이 더욱 침중하니[457)]

인용문은 인현왕후의 병세가 오월에 더욱 심해진 것은, 장희빈이 선물한 옷에서 요악한 귀신의 저주가 있었음으로 인간의 힘으로는 제어할 수 없었기 때문이라고 했다.

8월 4일, 환후가 갑자기 더욱 위독해졌으므로, 내의원에서 의약청을 설치하도록 청하였다. 밤에 갑자기 가슴의 명치가 꽉 막히는 중세가 있었다. 인현왕후의 큰오빠인 병조참판 민진후를 입시하게 하였다. <인현왕후전>은 왕후가 자신의 수명이 얼마 남지 않았음을 예견하고 오빠의 손을 잡고 눈물을 흘리며 아래와 같이 말한다.

"내 무재박덕(無才薄德)으로 성상의 중은(重恩)을 입사와 갚사올 배 없거늘 근래 신사가 황홀하여 정신이 아득하고 운무중 사람 같으니, 의심하건대 차생이 오래지 않을지라. 위로 성상의 심려를 끼치고 아래로 동생 자매 연락함이 다시 쉽지 않을까 하나니, 원컨대 제 자매(諸姉妹)는 자녀를 가르쳐 덕을 쌓고 복을 닦아 이후 자손까지 영화 있게 하소서." …중략…
대전에서 크게 우민(憂悶)하사 후의 형 민판서 형제를 명하사 친히 의약을 살피게 하며 병측에 모시게 하니, 민판서 형제 약을 잡고 병측에 모셔 지성으로 하니 후가 보실 때마다 슬퍼 체읍하시며 아우와 조카를 경계하여 가라사대,
"너희 벼슬이 높고 명고(名高)함을 근심하나니 직업을 명찰하며

457) <인현왕후전>, 70쪽.

행신(行身)을 극진히 하여 선인의 청덕(淸德)을 떨어버리지 말고 보
신지책을 힘쓰고 충의를 효칙하라."458)

8월 5일, 환후가 더욱 위독해졌으므로 의약청을 설치하였다.

8월 13일, 중궁의 환후가 날로 더욱 위독하여 식년(式年)의 대과(大
科)·소과(小科)와 북로(北路)의 별과(別科) 시행을 연기하게 하였다.

8월 13일, 오시(午時) 이후에 중궁의 병환이 크게 위독해졌음으로
민진후 형제를 수시로 입시하게 하였다. 인현왕후는 숙종 27년(1701)
8월 14일 새벽 축시(丑時)에 창경궁(昌慶宮)의 경춘전(景春殿)에서 35
세의 짧은 생애를 마감했다. <인현왕후전>은 왕후의 마지막 모습을
아래와 같이 서술하였다.

　　후가 명하사, 전각(殿閣)을 수소(修掃)하고 향을 피우고 궁인에게
　붙들려 세수를 정히 하시고 새 의복을 입으시고 궁녀로 대전을 청
　하시니, 상(上)이 들어오시매 후가 의상을 정돈하시고 좌우로 붙들
　려 앉아 계시니, 궁인들이 다 망극 슬픈 빛일레라. 천심이 당황하사
　좌(座)를 가까이 이루시고 왈, "어찌 이렇듯 실섭하시느뇨." 후가 문
　득 옥루를 내리와 가라사대, "신이 곤위에 거하여 성상 중은을 입음
　이 극진하니 한(恨)할 바가 없사되, 다만 슬하에 혈육이 없어 외롭
　고 성상 대은을 만분지일도 갚삽지 못하옵고 도리어 천심을 불안케
　하오며 오늘 종천영결을 하오니, 구천지하에 눈을 감지 못하리니,
　복원(伏願) 성상은 박명한 첩을 생각지 말으시고 백세안강(百歲安
　康)하오소서." …중략…
　　상이 미음을 가지시고 친히 권하시니, 후가 희허탄식 하시고 두

458) <인현왕후전>, 69~70쪽.

어 번 마시시니 상이 친히 받들어 베개를 바로 하여 누이시니, 이윽
고 창경궁 경춘 전에서 승하하시니, 신사년 추(秋) 팔월 십사일 사
시(巳時)요, 복위 팔 년이요, 춘추 삼십 오 세시라. 궁중에 곡성이 진
동하여 귀신이 다 우는 듯 궁녀가 서로 머리를 부딪쳐 앙앙이 따르
고자 하니, 하물며 상의 과도히 슬퍼하심을 측량하리요. 땅을 두드
리시며 방성대곡(放聲大哭) 하시니, 용루가 비 오듯 용포가 젖으시
니, 궁중이 차마 우러러 뵈옵지 못할레라. 조정과 사서인(士庶人)의
슬퍼함이 부모 친상에서 더하니, 후(后)의 숙덕성행 곧 아니면 어찌
이대도록 하리요.459)

인현왕후가 승하한 그날, 진시(辰時)에 목욕례(沐浴禮)를 행하고, 오
시(午時)에 습례(襲禮)를 행하였다.460) 상례를 주관하기 위한 총호사(摠
護使)는 좌의정 이세백(李世白)을, 국장(國葬)은 제조(提調) 김구(金構) ·
김창집(金昌集) · 서종태(徐宗泰)를, 빈전(殯殿)은 서종태 · 김진귀(金鎭
龜) · 민진후(閔鎭厚)를, 산릉(山陵)은 엄집(嚴緝) · 홍수헌(洪受瀗) · 조
상우(趙相愚)가 주관하게 하고, 여산군(礪山君)이방(李枋)을 수릉관(守
陵官)으로, 내관(內官) 신해(申晐)를 시릉관(侍陵官)으로 삼았다.461) 숙
종은 경릉(敬陵) 안 묘좌(卯坐)의 언덕에 국장(國葬)을 지내라고 하교
했다.462)

8월 15일은 임금의 탄신(誕辰)이었으나 상례 중이므로 진하(陳賀)하
거나 물선(物膳)을 올리는 등의 절차를 하지 않았다.463)

---

459) <인현왕후전>, 71~74쪽.
460) 『숙종실록』 권35, 숙종 27년(1701) 8월 14일(기사).
461) 『숙종실록』 권35, 숙종 27년(1701) 8월 14일(기사) 6번째 기사.
462) 『숙종실록』 권35, 숙종 27년(1701) 8월 14일(기사) 10번째 기사.

8월 16일은 사망 후 사흘째 되는 날이므로 인현왕후의 부음(訃音)을 종묘(宗廟)와 사직(社稷)에 고(告)하고, 신시(申時)에 시신을 천지자연의 마지막 수를 상징하는 19벌의 옷으로 감싸는 소렴(小殮)을 행하였다.464)

8월 18일은 왕후가 승하한 지 닷새째 되는 날이므로 왕비의 시신을 90벌의 옷으로 싸맨 다음 관에다 넣는 의식인 대렴(大殮)을 오시(午時)에 행하고, 미시(未時)에 문정전(文政殿)에다 빈전(殯殿)을 마련하였다. 그때 장희빈과 결탁하여 인현왕후의 폐위를 주도한 동평군 이항(李杭)이 재궁(梓宮)에 상(上)자를 쓰려고 한다. 좌의정 이세백(李世白)이 물리치면서, "이 사람에게 이것을 쓰게 할 수 없다" 하니, 항의 낯빛이 변하며 "내가 이젠 죽겠다"고 생각하였다고 한다. 이를 목격한 사람들이 이세백의 역량(力量)에 탄복하였다465)고 『숙종실록』에 기록되었다.

8월 19일에 성복(成服)을 마치고466) 8월 20일에 왕후의 시호(諡號)를 '인현(仁顯)', 능호(陵號)는 '명릉(明陵)', 전호(殿號)는 '경녕(敬寧)'으로 하였다.467) 그날 숙종은 인현왕후의 유지(遺志)에 따라 빈전(殯殿)의 조석전(朝夕奠), 상식(上食), 주다례(晝茶禮)의 기명(器皿) 숫자와 진향(進香)·제물(祭物)의 반(半)을 줄이게 한다.468)

9월 1일, 임금이 빈전(殯殿)에서 삭제(朔祭)를 친히 행하였으며,469)

463) 『숙종실록』 권35, 숙종 27년(1701) 8월 15일(경오) 2번째 기사.
464) 『숙종실록』 권35, 숙종 27년(1701) 8월 16일(신미) 1번째 기사.
465) 『숙종실록』 권35, 숙종 27년(1701) 8월 18일(계유) 1번째 기사.
466) 『숙종실록』 권35, 숙종 27년(1701) 8월 19일(갑술) 1번째 기사.
467) 『숙종실록』 권35, 숙종 27년(1701) 8월 20일(을해) 1번째 기사.
468) 『숙종실록』 권35, 숙종 27년(1701) 8월 20일(을해) 2번째 기사.

9월 15일에는 임금이 친히 빈전(殯殿)에서 망전(望奠)을 행하였다.[470]
<인현왕후전>에는 구월 초사일 상이 친림하사 친제(親祭)하실 때에
제문(祭文) 지어 예관(禮官)으로 읽게 하였다면서 제문의 내용을 아래와
같이 서술했다.

　　"모년 모월에 모일에 국왕은 비박지전으로 대행왕비 민씨 지전
(閔氏之前)에 고하나니, 오호(嗚呼)라. 현후 돌아가심이 참이냐 거
짓말이냐, 달이 가고 날이 바뀌되 과인이 황란하여 능히 깨닫지 못
하니, 속절없이 천수가 막막하고 음용이 돈절하니 그 돌아감이 반
듯한지라. 고인이 실우지탄과 고분지통을 일렀으나 과인의 지통(至
痛)과 유한(遺恨)은 고금에 비겨 방불한 자가 없도다. 오호라, 현후
는 명문생출(名門生出)로, 형(兄) 교훈을 받았도다. 빼어난 재질과
아름다운 성행이 갈담규목의 극진치 않은 곳이 없으되, 신운이 불
행하고 과인이 불명(不明)하여 이왕 육년 손위는 어찌 이르리요. 위
태한 시절에 처신을 더욱 평안히 하고 어지러운 때에 덕행을 더욱
평정히 하여 과인으로 하여금 과실을 많이 감춤은 다 현후의 성덕
이라. 꽃다운 효절(孝節)과 규잠하는 덕이 궁중에 가득하니 도를 임
하여 태평을 같이 누릴까 하였더니, 창천이 어찌 현후 앗기를 급히
하사 과인으로 하여금 다시 바랄 바가 없게 하신지라. 오호라, 현후
는 평안히 돌아가니 만세를 잊었거니와 과인은 길고 먼 세상에 슬
픔을 어찌 견디리요.
　　오호라, 현후의 맑은 자품(資品)으로 일개 혈육이 없고 어진 성덕
으로 하수를 누리시지 못하시고. 천도(天道)가 과히 무심한지라. 이
는 반드시 과인의 실덕무복(失德無福)함을 하늘이 미워하사, 과인

---

469) 『숙종실록』 권35, 숙종 27년(1701) 9월 1일(을유) 1번째 기사.
470) 『숙종실록』 권35, 숙종 27년(1701) 9월 15일(기해) 1번째 기사.

으로 하여금 무궁한 한이 되게 하시는 도다. 통명전을 바라보매 현
후의 덕음(德音)과 의용(儀容)을 듣고 볼 듯하다, 이제 길이 막힘이
몇 천 린고. 과인이 중간 실덕함이 없이 지금까지 무고하시다가 돌
아가서도 오히려 슬프다 하려든 하물며 과인의 허물로 육년 고초를
생각하니 차악한 유한이 여광여취로다." (제문이 장황하여 지리하
매 그치노라)

읽기를 마치매 방성대곡하시니 곡성과 눈물이 영인감창이라. 좌
우시신(左右侍臣)이 다 체읍하고 감히 우러러 보옵지 못하더라.[471]

11월 23일, 숙종은 직접 인현왕후의 행록(行錄)을 지었다. 앞부분에
서는 인현왕후의 가계(家系)를 열거하며 친가와 외가는 모두 당대에
높은 학문과 인품으로 존경을 받는 명문가였음을 알 수 있게 한다. 숙
종이 인현왕후의 인품과 후덕을 회고하면서 지은 행록을 중심으로 인
현왕후의 일생을 간략하게 정리해 본다.

왕후는 정미년(현종 8년, 1667) 4월 23일 오시(午時)에 경사(京師)의
서부(西部) 반송동(盤松洞) 사제(私第)에서 태어났다. 태몽에 해와 달이
두 어깨에서 돋아났듯이 어릴 때부터 남의 허물을 말하지 않았으며,
언제나 웃음을 잃지 않았다. 타고난 성품이 효성스러워 아버지 민유중
은, "이 아이의 현명함은 여러 자녀가 미칠 자가 없다. 내가 일찍이 한
번도 그릇된 행동이나 말을 빨리 하거나 당황하는 빛을 짓는 것을 보
지 못하였다"고 하였었다.

15세인 신유년(숙종 7년, 1681) 5월 2일에 왕비에 책봉되고 5월 13
일에 친영(親迎)하여 가례를 올렸다. 왕비가 된 후에 대비를 지극한 정

---

471) <인현왕후전>, 75~76쪽.

성과 효로 모시고, 나에게도 받들어 섬기며 반드시 공경하고 근신하였다. 여러 궁인들에게는 예에 어긋남이 없었고 사친(私親)을 대우함에 있어서는 은애(恩愛)를 곡진하게 다하였다. 내가 병이 있으면 거의 침식(寢食)을 폐하고 어선(御膳)이 정결한지 그 여부를 항상 반드시 친히 보살폈다. 계해년(숙종 9년, 1683)에 명성왕후께서 편찮으시자, 이른 아침부터 밤늦게까지 병석에서 모시어 반걸음도 떠나지 않았다. 대비께서 물러가도록 명하시면 잠시 문 밖으로 나왔으나 사실(私室)로 가지 않았다. 때는 추운 겨울이어서 몸이 떨려서 견디기 어려운데도 끝내 게을리 하지 않았으며, 승하하시자 슬퍼함이 예를 넘었다. 후(后)는 늘 종사(螽斯)의 경사가 없음을 근심하여 일찍이 나에게 세자를 널리 구하기를 권하여 숙의(淑儀)를 간선(揀選)하게 하였다.

기사년(숙종 15년, 1689) 사제(私第)에 있을 때는 항상 죄인으로 자처하여 몸에 아름다운 옷을 입지 않았으며, 찬방에서의 잠자기를 피하지 않았다. 여름날에도 점심을 들지 아니한 채 말하기를, '내가 오늘날까지 목숨을 보전할 수 있었던 것은 성은(聖恩)이 아닌 것이 없는데, 오히려 어떻게 감히 스스로 평인(平人)과 똑같이 할 수 있겠는가' 하였다. 갑술년(숙종 20년, 1694) 여름에 내가 장서(長書)를 지어 뉘우치는 뜻을 갖춰 보이고, 예복을 보냈으나 후가 겸양하며 받지 않았는데, 그 서사(書辭)가 처완(悽惋)하여 사람으로 하여금 감동하게 하였다. 내가 또 글로써 간곡하게 고한 것을 세 번에 이르러서야 비로소 받았다.

인현왕후가 다시 곤위(壼位)로 돌아오자, 더욱 스스로 억제하고 두려워하면서 원량(元良) 이하를 자기 소생처럼 어루만져 사랑하고 빈어(嬪御)를 거느림이 화평하고 은혜로우니, 사람들이 모두 감격하여 기꺼이 복종하였다. 대저 투기와 온노(慍怒) 같은 것은 오직 마음에 싹트지 않을 뿐만 아니라 얼굴에도 나타내지 아니한 것은 그 천성이 그러하였던 것이다. 경진년(숙종 26년, 1700) 봄에 병에 걸려 이듬해에 이르도록 낫지 않으므로, 내가 일찍이 참판 민진후 형제에게 명하여 드나들며 시약(侍藥)하게 하였는데, 인견할 때마다 문득 명망과 지위가 점점 높아지는 것을 근심하였다.

내의원에서 의약청의 설치를 청하여 무릇 세 번 설치하고 세 번 혁파하였는데, 숙종 27년(1701) 8월에 병이 갑자기 위중하여 또 의약청을 설치하였다. 침과 뜸이 효력이 없으니, 스스로 이미 어찌할 수 없음을 알았으나 기운을 내어 수답(酬答)을 하였었다. 병이 위독하였을 때에도 정신이 조금도 흐리지 않았는데, 이 달 14일 기사에 창경궁 경춘전에서 훙(薨)하니, 수(壽)는 35세이다. '인을 베풀고 의를 행하는 것을 인(仁)이라 하고, 행실이 중외(中外)에 나타남을 현이라 한다'고 하여, 시호를 인현(仁顯)이라 했다. 능호(陵號)를 명릉(明陵), 전호(殿號)를 경녕(敬寧)이라 했다. 이어서 숙종은 왕후를 떠나보낸 슬픈 심정을 아래와 같이 기록하였다.

내가 어찌 죽고 사는 것을 마음에 꺼려하겠는가? 다만 질통(疾痛)이 괴로울 뿐이다. 계해년 국휼(國恤)에 유교(遺教)로 인하여 상제(喪制)를 절검(節儉)하는 데 따르지 않은 것이 없어서 백성이 크게 힘입은 바가 있었다. 오늘의 민력(民力)이 지난날에 비할 바가 아닌데, 나의 병이 거의 일어나지 못하게 되었으니, 만약 이 전례(前例)에 따른다면 죽는 사람의 마음이 또한 편안할 것이다. 무릇 사람의 죽은 뒤에 행록과 제문에 지나치게 찬미하는 말이 많이 있는데, 이것이 죽은 자에게 무슨 유익함이 있겠는가?

아! 이제 내가 지은 것을 사신(詞臣)이 지문(誌文)을 찬술(撰述)하는 자료로 삼고, 유택(幽宅)에 넣어 후세에 전하고자 하는 것이니, 감히 한 글자라도 실제에 지나친 것이 있어서 후가 죽음에 임하여 한 말을 어기겠는가? 아! 장수하고 단명함이 비록 명수(命數)가 있다지만, 후의 덕으로써 자식이 없고 수(壽)가 없으니, 어찌 그 이치가 이와 같이 상도(常道)에 어긋나는 것인가? 이것이 내가 하늘을 원망하지 않을 수 없는 것이다. 아! 슬프도다.[472]

인현왕후는 승하한 후 약 4개월 후인 12월 8일 축시(丑時)에 발인(發靷)하여 12월 9일 묘시(卯時)에 현궁에 내리고 장사지냈다. 숙종은 관례에 따라 장지는 가지 않고 숭문당(崇文堂)에서 소복 차림으로 망곡(望哭)했다. <인현왕후전>은 숙종이 발인 때에 아래와 같은 제문을 지었다고 서술했다.

납월(臘月)에 장차 발인할 새, 또 제문지어 가라사대,
"오호라, 현후는 명가의 현원이요, 공부자의 교훈을 얻었도다. 가례하여 입궐하매, 위로 대비의 범절을 효칙하고 아래로 궁인의 추복을 입었도다. 정사 기틀이 완전하며 내조하는 덕이 빈빈하더니 궁극하다. 국운이 불행하고 과인이 박덕하여 후의 성덕으로 하수(遐壽)를 누리지 못하시니, 오호 애재라, 후의 자취를 어디 가 반기며 과인의 의심된 일을 눌로 더불어 해석(解釋)하리요. 혼전을 임하여 영구를 대한즉 오히려 후의 음용을 대한 듯하더니 일월이 유매하여 장례를 임하니, 후의 음용과 영구가 길이 궐중을 떠날지라. 과

---

472) 『숙종실록』 권35, 숙종 27년(1701) 11월 23일(병오).

인이 스스로 여취여광하니, 후의 혼령이 있을진대 또한 유념하여 느끼리라. 후는 돌아가니 생전 꽃다운 덕이 빛나고 사후(死後) 슬퍼함이 만민이 여실부모(如失父母)하니 비록 없어도 있는 이 같거니와, 과인은 길고 긴 세상에 유한(遺恨)이 자심(滋甚)하니 어찌 참고 견디리요. 차생의 산해(山海)같은 은의로 느끼어 영결하매 능 우편을 비워 써 타일에 동폄(同窆)하기를 바라나니 천추만세에 체백이 한가지로 놀리로다." 하였더라.

　인산을 하신 후에, 슬퍼하심을 더욱 참지 못하시고 민부에 은영(恩榮)을 자주 내리오사 예우(禮遇)하심이 더욱 하시니 민부에서 더욱 송황 겸퇴하여 긍긍업업하며 갈충보국하더라.[473]

12월 15일 인현왕후의 혼전인 경녕전(敬寧殿)에서 사우제(四虞祭)를 행하고 장례와 관련되어 수고한 자들에게 상을 주는 것으로 장례와 관련된 모든 행사가 마무리된다.

14) 숙빈 최씨(淑嬪 崔氏), 장희빈을 고발하다

숙종 27년(1701) 9월 23일 숙종은, '대행왕비를 무고한 죄로 장희재를 처형하라'는 비망기를 내렸다. '대행'은 죽은 후 시호를 받기 전의 왕과 왕비를 말하므로 대행왕비는 인현왕후가 된다. 밤에 내린 비망기를 요약하면, "인현왕후가 2년이나 병석에 있었으나 희빈 장씨가 단한 번도 문병하지 않았다. '중궁전'이라고 하지 않고 '민씨'라고 부르면서 '민씨는 실로 요사스러운 사람이다' 했다. 또한 취선당(就善堂)의 서쪽에다 몰래 신당(神堂)을 설치하고, 심복들을 시켜서 왕비가 죽기를

---

473) <인현왕후전>, 92~93쪽.

기도하였다. 제주에 유배시킨 죄인 장희재를 먼저 처형하여 빨리 나라의 형벌을 바로잡도록 하라."

그날『숙종실록』은, 장희빈이 저주한 사실을 숙종이 알게 된 것은 숙빈 최씨가 인현왕후의 은혜를 갚기 위해 임금에게 몰래 고(告)했다는 소문이 있었다[474]고 기록하였다. 인현왕후의 오빠 민진원이 쓴『단암만록(丹巖漫錄)』에도 아래와 같은 기록이 있다.

　　궁중에 무고의 일이 발각되었다 …중략… 당시 숙빈 최씨가 인현왕후가 아래에 끼친 은혜를 추념하여 원통한 감정을 견디지 못하여 국상(國喪)의 빌미가 무고에 있다는 뜻으로 임금께 밀고 했다. 임금이 크게 놀람과 애통을 더하시고 갑자기 직접 장씨가 거처하는 궁에 이르렀다. 문 밖에서 궁인에게 명령해 들어가 장씨의 품속을 더듬으라 했으나 얻는 것이 없었다. 드디어 의심할만한 궁인들을 추궁해 물어 그 실정을 얻었다.[475]

『숙종실록』과『단암만록』의 기록과 같이 숙빈 최씨는 세자의 생모인 희빈 장씨를 어떻게 고발할 수 있었을까? 인현왕후 생전에 받은 은혜가 많아서라고 했지만 숙빈의 입장에서는 자신도 장희빈과 같이 궁녀의 신분으로 승은을 입어 아들을 둔 왕의 후궁이다. 또한 그 아들이

---

474)『숙종실록』권35, 숙종 27년(1701) 9월 23일(정미) 1번째 기사.
475)『단암만록』은 2책. 필사본으로 규장각에 소장되어 있다. 민진원(閔鎭遠)은 인현왕후의 동생으로 척신이라는 비판을 받아가며 1728년(영조 4)에 1680년(숙종 6)부터 1728년까지의 궁중에서 일어났던 사건을 연대순으로 기록한 것이다. 숙종 때의 치열하였던 당쟁과 인현왕후의 폐위와 복위, 장희빈의 사건 등을 노론의 입장에서 기록하였으나 당시의 당쟁 연구에 도움이 된다.

총명하여 임금의 사랑을 받고 있지 않는가? 충분히 큰 뜻을 품을 수 있었을 것이다.

숙빈 최씨는 궁녀로 입궁한 장희빈과는 달리, '무수리' 출신이라는 것이 거의 정설로 받아들여지고 있다. 그러나 궁궐에서 잡일을 하는 '무수리'가 승은을 입을 수 있는 확률은 거의 불가능하다. 그러므로 필자는 궁중문학에 투영된 나인들의 생활과 여러 기록을 참고하여 '무수리' 설을 부정한다.

◎ 영조의 어머니는 무수리였을까?

조선 21대 영조는 생모에 대한 효심이 유달랐음은 어머니가 궁궐에서 잡일을 하는 무수리 출신이라는 열등감 때문이라고 한다. 현재 '영조의 어머니는 무수리 출신이다'는 것은 거의 정설처럼 되었으나 무수리라는 근거는 어디에서도 찾을 수 없다. 필자는 무수리가 왕의 승은을 입을 확률이 없다는 것에 초점을 두고 숙빈 최씨와 관련된 자료와 고종 후궁들의 증언, 조선조 궁녀들의 제도를 중심으로 정리한 바 있다.[476]

영조는 숙종 20년(1694) 9월 13일 숙빈 최씨(淑嬪 崔氏) 소생으로 숙종의 제4남이다. 대제학 서명응(徐命膺, 1716~1787)이 지은 영조의 행장문을 보면, "탄생하기 3일 전에 붉은 빛이 동방에 뻗치고 그 위에 흰 기운이 서렸다. 그날 밤 궁인의 꿈에 백룡이 날아서 보경당(寶慶堂)을 들어감을 보았는데, 그곳이 바로 대왕이 탄생한 곳"이라고 한다. 또한 탄생할 때부터 기이한 자품이 있었으며, 오른쪽 팔뚝에는 아홉 개

---

476) 정은임, 『한중록 연구』, 앞의 책, 279~290쪽.

의 용반(龍蟠) 무늬가 있었다. 겨우 걸음을 배울 무렵 숙종을 진현(進見)할 때에는 반드시 무릎을 단정히 꿇고 물러가라는 명이 없으면 시간이 흘러도 힘들어하는 기색이 없었다. 그러므로 어머니 숙빈은 오랫동안 무릎을 꿇고 앉아 손발에 쥐가 날까 두려워 넓은 버선을 지어주었다고 한다. 글씨와 그림은 배우지 아니했음에도 능했고, 놀거나 글씨를 쓸 때엔 늘 신채(神彩)가 사람의 눈을 끌었으므로, 부왕인 숙종은 왕의 천성이 뛰어남을 가상히 여겨 시를 써 주고 총애하였다"고 기술했다.[477]

영조는 왕이 되자 생모 숙빈 최씨가 후궁이란 이유로 신위를 종묘에 모시지 못하였음을 한하여 자신의 잠저(潛邸)에 어머니 사우(祠宇)를 건립하려 했다. 그러나 대신들의 반대로 궁궐 가까운 곳에 사당을 지어 숙빈묘(淑嬪廟)라고 하였다.[478] 그 후 영조는 어머니의 시호(諡號)를 화경(和敬)이라 하고, 묘(廟)는 궁(宮), 묘(墓)는 원(園)이라 했다. 또한 숙빈묘는 육상궁(毓祥宮)으로, 소령묘는 소령원(昭寧園)으로 고쳐 부르게 된다. 당시 영조는, "화경이라는 글자는 진실로 나의 뜻에 맞는다. 오늘 이후는 한이 되는 것이 없겠다, 내일 육상궁에 나아가 고유제를 지내고 친히 신주를 쓰겠다"[479]면서 오랜 숙원을 이룬 것을 기뻐했다. 그 후『영조실록』에는 '육상궁'이 282번이나 검색되고, '소령원(昭寧園)'도 37회가 검색되는 것을 보아, 영조 재위 때 숙빈 최씨와 관련된 일들이 매우 중요한 사안이었음을 알 수 있다. 이러한 선왕의 효심을 헤아렸음인지 손자와 증손자의 재위기록인『정조실록』과『순조실록』

---

477)『영조실록』부록,「영조 대왕 행장(行狀)」.
478)『영조실록』권2, 영조 즉위년(1724) 11월 20일(경신).
479)『영조실록』권79, 영조 29년(1753) 6월 25일(기유).

에도 육상궁(70회, 33회)과, 소령원(13회, 4회)이 여러 차례 검색된다.

숙빈 최씨의 기록은 사망 후 8년째 되는 해인 영조 1년(1725)에 세운 신도비에, 효종의 서 1녀 숙녕옹주(淑寧翁主)[480]의 부마 박필성(朴弼成)[481]이 지은 '숙빈 최씨 신도비문 (淑嬪崔氏神道碑文) 병서(幷序)'에 다음과 같은 기록이 있다.

> 최씨의 세계는 수양(首陽: 海州)에서 나왔습니다. 증조부 휘(諱) 말정(末貞)은 통정대부(通政大夫)의 품계였고 조부 휘(諱) 태일(泰逸)은 학생(學生)이었습니다. 부친 휘 효원(孝元)은 행 충무위부사과(行忠武衛副司果)였고, 모친 홍씨는 통정대부 계남(繼南)의 따님이었습니다. 현종 11년 경술년(1670) 11월 6일 기미(己未)에 숙빈을 낳았습니다. 숙종 2년(1676)에 뽑혀서 궁중에 들어오셨는데 겨우 7살이었습니다. 숙종 19년(1693)에 비로소 숙원(淑媛)에 배수되었고, 갑술년(1694)에 숙의(淑儀)에 나갔으며, 을해년(1695)에는 귀인(貴人)으로 승격되었습니다. 4년 뒤 기묘년(1699)에는 숙빈으로 봉해졌는데 여관(女官) 중에서 가장 높은 품계였습니다.[482]

---

480) 숙녕옹주(淑寧翁主, 1649~1668)는 효종의 서 1녀로 안빈 이씨(安嬪 李氏, ?~1693) 소생이다. 효종 즉위년(1649)에 태어났다. 14세인 현종 3년(1662) 8월 4일, 남편 박필성(朴弼成)이 금평위(錦平尉)로 봉해졌다. 19세인 현종 8년(1667)에 딸 희경(喜慶)을 낳았다. 현종 9년(1668) 5월 20일에 20세로 사망했다.

481) 박필성(朴弼成, 1652~1747)은 효종 3년(1652)에 태어났다. 11세인 현종 3년(1662) 8월 4일에 숙녕옹주(淑寧翁主)와 결혼하여 금평위(錦平尉)로 봉해졌다. 16세인 현종 8년(1667)에 딸 희경(喜慶)을 낳았다. 17세인 현종 9년(1668) 5월 20일에 숙녕옹주가 20세로 사망했다. 그 후 여러 차례 사은사(謝恩使)로 청나라를 다녀왔으며 영조 23년(1747) 7월 10일에 96세로 사망했다.

482) 한국학중앙연구원(장서각), 『숙빈 최씨(淑嬪 崔氏) 자료집 4』, 산도(山圖), 비문(碑文), 36쪽.

위의 비문과, 최효원 묘표(崔孝元墓表)[483]를 참고하여 정리해 본다. 숙빈 최씨의 본관은 해주며, 현종 11년 경술년(1670) 11월 6일에 아버지 최효원(崔孝元, 1638~1372)과 어머니 남양 홍씨의 1남 2녀 중 막내딸로 태어났다. 아버지 최효원(崔孝元)은 인조 16년(1638) 2월 23일에 태어나 현종 13년(1672)에 35세(1673)로 사망했다. 어머니는 인조 17년(1639) 10월 17일에 태어나 현종 14년(1673) 12월 18일에 35세로 사망했다. 사후에 양주(楊洲) 신혈리(新穴里) 곤향(坤向) 언덕에 합장한 묘소는, 현재 서울시 은평구 진관외동 산 101−1번지에 묘가 보존되어 있으므로 신빙성을 더해준다.

영조의 어머니 숙빈 최씨는 3세에 아버지를, 4세에 어머니마저 여의어 고아가 되었다. 그 후 행적은 알 수 없으나, '병진년인 숙종 2년(1676)에 7세로 입궁했다(丙辰選入宮 甫七歲)'는 기록이 있다. 그 후 행적 또한 알 수 없다가 24세인 숙종 19년(1693)에 "종4품의 숙원(淑媛)의 품계를 받고 10월 6일에 첫아들(永壽)을 생산했으나 세 달도 못되어 졸하였다"는 기록이 있다. 25세인 숙종 20년(1694) 6월 2일에 종2품의 숙의(淑儀)로 품계를 받고 9월 13일에 창덕궁 보경당에서 낳은 아들이 후일 영조다. 26세인 숙종 21년(1695) 6월 8일에 종1품의 귀인(貴人)이 되었다. 30세인 숙종 25년(1699) 10월 23일, 단종대왕 복위 기념으로 후궁들의 품계를 올려 주었을 때에 정1품의 숙빈(淑嬪)이 된다.

---

483) 최효원 묘표(崔孝元墓表)는 영조 10년(1734) 2월 18일, 숙빈 최씨의 아버지 최효원은 대광보국숭록대부(大匡輔國崇祿大夫) 의정부 영의정(議政府領議政)으로, 어머니 남양 홍씨는 정경부인(貞敬夫人)으로 추증한 후에 세웠다. 위의 책, 42쪽.

이후에는 숙빈 최씨와 관련된 주요한 일들이 『숙종실록』과 『영조실록』, 그리고 영조 때 남긴 많은 자료들에 매우 상세하게 기록되었다. 그러나 어디에도 숙빈 최씨가 '무수리'라 할 수 있는 근거는 찾을 수 없다.

숙빈 최씨의 일화는 이문정(李聞政)이 쓴 『수문록(隨聞錄)』과 장봉선이 편찬한 『정읍군지(井邑郡誌)』에 있다. 『수문록』은 경종 재위기간(1720~1724)에 있었던 역사를 들은 대로 기록한 책으로, 숙빈 최씨가 승은을 받게 된 일화를 아래와 같이 기록하였다.

선대왕(숙종)께서 하루는 밤이 깊은 후에 궁궐의 안을 지팡이를 짚고 두루 돌아다니며 나인의 방을 일일이 지나치는데 오직 한 나인의 방에 등빛이 빛나고 있었다. 밖에서 몰래 엿보니 성찬(盛饌)을 차려놓고 상 아래에서 한 나인이 손을 모으고 무릎을 꿇고 있었다. 선대왕이 그것을 매우 이상히 여겨 그 문을 열고서 그 까닭을 물으니 나인이 부복하고 아뢰기를 소녀는 곧 중전마마의 시녀인데 지나치게 총애를 받았습니다. '내일이 중전마마의 탄신일인데도 서궁(西宮)에 유폐되신 처지라서 수라를 받지 않을 것으로 자처하실 터인데 조석으로 받들어 모시는 것이 단지 거친 음식뿐이니 내일 탄신일에 누가 찬수를 올리게습니까? 소녀는 정리가 슬픈 것을 이기지 못하여 이에 중전이 좋아하는 것을 설치하였으나 전혀 바칠 길이 없습니다. 그러므로 진헌할 양식을 차려 소녀의 방에 진설하여 정성을 표하고자 하였습니다'라고 하였다. 선대왕께서 비로소 생각해보니 내일이 정말로 중전의 탄신일이었다. 곧 감동하여 깨우친 마음이 있어서 그 정성스러운 뜻을 가상히 여겨 마침내 그를 가까이 하였다. 이로부터 태기가 있었다. [484]

---

484) 이문정, 『수문록』, 규장각에 소장, 3권 3책. 필사본. 조선 후기의 유생 이문정(李聞政)이 경종(1720~1724) 재위 연간의 역사를 기록한 책으로 『농수수

『정읍군지(井邑郡誌)』는 1930년에 장봉선이 편찬한 책으로 아래와 같은 내용이 있다.

지금으로부터 260여 년 전에 민둔촌 유중공이 외직으로 영광을 떠나실 때 이 다리 밑에 다다라 쉬고 계셨는데 그 부인은 8세의 사랑하는 따님을 데리고 계셨다. 마침 그 앞을 지나가는 걸인 소녀가 있었는데 의복은 비록 남루하나 그 연령과 용모의 귀여움이 자기의 딸과 조금도 틀림이 없음으로 그 성과 부모형제의 유무를 물으니 성은 최씨요 부모는 사별하고 형제 친척이 없는 무의탁한 가련한 소녀였다. 둔촌부인은 자기 따님을 생각하는 동시에 그를 동정하여 의복을 갈아입혀 따님과 같이 데리고 갔다. 그리하여 사랑하기를 그 딸과 조금도 차이가 없는 동시에 그 글공부와 예절을 동일하게 가르침에 재질이 민첩하여 한 번 보면 잊지 않았다.
둔촌이 내직으로 벼슬이 올라 떠나게 되자 서울에 데리고 갔다. 마침 숙종의 초비인 인경왕후가 승하하시어 계비왕후로 민씨를 간택하셨으니 이분이 곧 둔촌의 따님이시다. 그리하여 왕후는 일시도 떨어질 수 없는 최씨를 데리고 입궁하셨다.

문록(農叟隨聞錄)』이라고도 한다. 숙종 연간의 장희빈 사건과 신사처분(辛巳處分), 경종의 사위(嗣位), 목호룡(睦虎龍)·김일경(金一鏡)의 변(變), 세제대리(世弟代理), 노론사대신출척(老論四大臣黜斥), 영조의 즉위 등이 기록되어 있으며, 중간중간에 각 사건과 관련된 인물의 약전·연소질(聯疏秩)·초사질(招辭秩)·휘질론(諱疾論) 등이 수록되어 있다. 부록으로 <농수이공유고(農叟李公遺稿)>가 있다. 여기에는 <정유일기(丁酉日記)>·<계팔자서(戒八子書)> 등 유고(遺稿) 11편과 그의 아들이 지은 글이 실려 있다. 저자는 자서(自序)에서 불편부당(不便不黨)하게 충역(忠逆)을 구분하여 듣고 본 바를 기록했다고 서술하고 있으나, 노론의 입장에서 서술한 당쟁사라고 할 수 있다.

숙종께서 어여쁜 장희빈에게 일시 미혹되어 후덕하신 민씨를 폐출하셨다. 최씨는 민후를 위하여 밤마다 남모르게 기도를 드리더니 어느 날 밤에 숙종께서 암행하시다가 이 광경을 발견하시고 옛 주인 위함을 가상히 여기사 가까이 하셨다. 속담에 낮말을 새가 듣고 밤 말은 쥐가 전한다고 숫색시 최씨 배가 이상히 불러가니 까닭을 아는 사람들이 한입두입건너 마침내 장희빈의 귀에 들어갔다.

어느 날 숙종께서 낮잠을 주무시더니 비몽사몽간에 내전 마당에 놓인 독 밑에서 용 한 마리가 나오려다가 못나오고 거의 죽게 되었다. 깜짝 놀라 깨시어 급히 내전으로 들어가서서 두 말씀도 않으시고 독을 들라 하시니 질식하여 거의 죽게 된 최씨가 독 밑에 있었다. 이럼으로 숙종께서는 장씨를 미워하사 사사(賜死)하시고 민후를 입궁케 하셨다.

그 후 최씨 몸에서 영종이 탄생함으로 상궁을 봉하셨다. 상궁은 자기 몸이 귀히 됨에 태인 현감에게 명하여 친척을 조사하였으나 한 사람도 없었고 부모의 분묘를 조사하였으나 그 역시 없었다. 그 후 영종 4년 무신년에 박필현(朴弼顯, 1680~1728)의 난에 태인 사민이 위험함을 면하게 한 것은 영종께서 그 모친의 출생지임을 생각하심이오. 최상궁의 출생지임으로 태인 현이 승격되었을 터였으나 박필현의 난으로 인하여 되지 못하였다.[485]

두 편의 인용문에서 역사적인 사실과 궁중 풍속에 맞지 않는 부분을 정리하려고 한다.

첫째, 인용문 중 『수문록』에서는 인현왕후가 '서궁'에 유폐되었다고 하였으나 인현왕후는 작위가 완전히 박탈되어 서인으로 복위될 때까지 안국동 친정집에 있었다. 서궁에 유폐된 왕후는 광해군 때에 선조

---

485) 장봉선 편, 『정읍군지(井邑郡誌)』, '대각교(大脚橋) 전설', 1930.

의 계비 인목왕후다. 왕후는 폐모가 되어 후궁으로 강등된 채 정명공
주와 함께 경운궁(덕수궁)에 갇혀 있었다. 당시 경운궁은 창덕궁의 서
쪽에 있었음으로 '서궁'이라 했다.

둘째, 『정읍군지』의 '대각교 전설'에, '숙종께서는 장씨를 미워하사
사사(賜死)하시고 민후를 입궁케 하셨다'는 부분은 역사적인 사실과
다르다. 장희빈은 인현왕후가 복위된 후 장희빈의 저주로 죽게 된 것
이 발각되어 사사되었다.

셋째, '숙빈이 승은을 입고 영조를 탄생한 후에 상궁이 되었다'는 것
은 역사적인 사실과 다르고 궁중 풍속에도 맞지 않는다. 영조는 숙빈
의 둘째 아들로 첫아들을 낳기 전인 숙종 19년(1693)에 종4품의 숙원
(淑媛)의 품계를 받고 10월 6일에 첫아들(永壽, 일찍 사망함)을 낳았었
다. 25세인 숙종 20년(1694) 6월 2일에 종2품의 숙의(淑儀)로 품계를
받은 후에 9월 13일에 영조를 낳았다.

인용문 중 『정읍군지』의 일화에 의하면, 숙빈 최씨는 어린 시절 고
아로 인현왕후의 집안에서 자라다가 왕비가 입궁할 때에 데리고 간 시
비라고 한다. 왕비나 세자빈이 입궁할 때 사노비로 데리고 들어오는
나인은 '본방내인'이라 하여 궁궐에 속한 내인들과는 구별하였다. 본
방내인은 지밀처소에 속하여 왕비나 세자빈의 최측근으로 고락을 함
께하는 내인이다. 당시의 사건을 소설화한 <인현왕후전>에는 왕후
가 폐위되어 궁궐 밖에 나갈 때에 함께 나갔던 궁녀들을 아래와 같이
묘사했다.

후가 안국동 본곁으로 나오시니 부부인이 마주 나와 붙들고 통

곡하시니, 후가 부원군 옛 자취를 망극애통하시다가 이윽고 부부인
께 고왈,

"너희가 본디 금중시녀라. 내 어찌 외람히 거느리리요, 들어가라."
하신대, 삼인이 머리 두드려 울며 아뢰되,

"천첩 등이 낭랑의 성은을 차생(此生)에 갚지 못하올지라 어찌
일시나 슬하에 떠나오리이까. 낭랑을 좇아 죽으리로소이다."

후가 그 지성(至誠)을 감동하사 버려두시니,

궁인은 다 본결 궁인이요, 삼인은 궐내 궁인으로 죽기를 무릅쓰
고 나온지라.486)

인용문에서 본결 궁인은 본방내인을 말한다. 왕후가 본방내인 외의
궁녀들에게 궁궐로 들어가라고 한 것은, 그녀들이 궁궐에 속한 내인이
기 때문이다. <계축일기>에도 선조의 초비 의인왕후가 입궁 때 데리
고 온 '경춘'이라는 본방내인이 등장한다.

경춘이는 의인왕후(懿仁王后) 본결 종이매 혼전(魂殿) 삼 년 후에
침실 상궁이 용타 여짭고 드렸더니 늙은 내인들은 하되,

"본결 종이니 이제 근측(近側)한 소임 맡기 가(可)치 아니타."
하니, 우히 듣자오시고,

"무식한 말이로다. 나라히 되여서 내 종 전 종을 달리 혜랴. 의인
(懿人)본결이 본대 용하시다 들었고 의인(懿人)이 어디라심을 들었
으니, 항거시 용한 즉 종조차 용타 들었노라. 비록 하인이나 순직함
이 제일이니 네와 이제를 차리지 말고 부리라."
하오셔늘, 침간(寢間)에 불 때는 소임을 시켰더니,487)

---

486) <인현왕후전>, 43쪽.
487) <계축일기>, 102쪽.

의인왕후가 승하한 후에 인목왕후가 계비로 입궁했다. 당시 경춘이는 의인왕후의 본방내인이라 삼년상을 마친 후에는 의인왕후 본가로 가야 했다. 그러나 의지할 데가 없다 하여 불쌍히 여겨 인목왕후 처소에 머무르게 한 것이다. 그 궁녀가 은혜를 모르고 광해군 측에 포섭되어 인목왕후를 괴롭히는 여러 사건의 행동 대원이었다. <한중록>에도 본방내인이 등장한다.

> 내 들어올 적 유모로 아지와 시비 하나를 데리고 들어오니, 시비 이름은 복례(福禮)니 선인이 소과하신 후 증조모께서 특급하오신 시비니, 내 어려서 저를 데리고 놀음놀이하며 떠나지 아니하니 혜 힐하며 충성됨이 천한 인물 같지 아니하고,[488]

이렇게 궁중문학에는 왕실에 소속된 내인과 왕비나 세자빈이 입궁할 때 데리고 온 내인이 구분되고 있음을 알 수 있게 한다.

또한 『정읍군지』의 '대각교 전설'에는 영조를 낳은 후에 상궁이 되었다고 했다. 그러나 자녀를 낳기 전이라도 승은을 입기만 하면 나이나 궁녀의 계급과는 관계없이 '특별상궁'이 되고 왕의 자녀는 딸만 낳더라도 후궁의 품계를 받게 된다. 그러므로 본방내인으로 왕후가 궁궐 밖으로 쫓겨났는데 홀로 궁궐에 남아있었다는 것과, 왕의 자녀를 낳은 후에 상궁이 된다는 것은 궁중 풍속을 모르고 전승된 이야기다.

한편 김용숙 선생님은 고종의 후궁 광화당 이씨(光華堂 李氏)와 삼축당 김씨(三祝堂 金氏)가, 궁궐에서 대대로 내려오던 이야기를 고종

---

488) <한중록>, 43쪽.

에게 직접 들었다는 증언을 아래와 같이 전한다.

> 영조가 어머니에게 "침방에 계실 때 무슨 일이 제일하시기 어렵
> 더니이까."라고 묻자, "중누비 오목누비 납작 누비 다 어렵지만 세
> 누비가 가장 하기 힘들었다."는 대답을 듣고서는 그 자리에서 누비
> 토수를 벗고 일생동안 누비옷을 입지 않았다.[489]

영조의 어머니가 침방내인이라면 앞의 두 편의 일화보다 가능성이
높다. 숙빈 묘비에 7살에 입궁했다는 기록은 침방내인이 평균 6~7살
에 입궁하는 연령과 일치된다. 침방의 일이 어린아이도 잔심부름 등
할일이 있고, 지밀 내인 다음으로 왕족을 가까이에서 뫼시므로 승은을
입을 확률이 다른 처소보다 많기 때문이다.

영조 행장문에서, "어머니 숙빈은 오랫동안 무릎을 꿇고 앉아 손발
에 쥐가 날까 두려워 넓은 버선을 지어주었는데, 이것은 근육과 뼈가
펴지도록 하기 위함이었다"[490]는 일화도 '영조의 어머니가 침방내인
이었다'는 설을 확인시켜 줄 수 있는 기록으로 볼 수 있다.

넷째, 영조의 어머니가 무수리였다는 설은 어디에서부터 시작되었
는지 알 수 없으나, 무수리가 왕의 승은을 입는 것은 거의 불가능하다.
무수리는 패를 차고 아침저녁으로 출퇴근하였으며 힘이 센 기혼자들
이 대다수였다. 7세의 어린 소녀가 물 긷기, 불 때기 등 잡일을 할 수
없으므로 무수리로 입궁할 가능성은 거의 불가능하다고 생각된다.

이와 같이 『수문록』과 『정읍군지』의 일화는 역사적 사실과 궁중 풍

---

489) 김용숙, 『조선조 궁중풍속 연구』, 앞의 책, 80쪽.
490) 「영조대왕 행장(行狀)」, 『영조실록』 부록.

속에 맞지 않기에 고종 후궁들이 전한 침방내인설이 좀 더 설득력이 있다고 생각된다. 어쨌든 숙빈 최씨는 신데렐라였음이 분명하다. 궁궐에는 항상 많은 여인들이 승은을 기다리며 일생을 마친 사람들이 수없이 많았다. 또한 용케 승은을 입었어도 자녀를 생산하지 못하여 평생 특별상궁으로 왕의 주위를 맴돈 궁인이 많았기 때문이다. 이러한 상황에서 영조의 어머니 숙빈은 왕자를 셋이나 생산하고, 그중 유일하게 생장한 아들이 왕에 올랐다는 것은 자신뿐 아니라 조상에게도 큰 영광이었다.

영조는 인현왕후가 복위하던 해에 태어났다는 인연도 있지만 생모인 숙빈 최씨가 장희빈의 저주사건을 고발하여 인현왕후의 원한을 풀게 한 인연이 있다. 그러나 장희빈과 그녀를 죽게 한 숙빈 최씨와의 악연은 그 아들들에게까지 이어졌다. 숙종이 승하한 후에 장희빈의 아들은 소론을 배경으로, 숙빈 최씨의 아들은 노론을 배경으로 하여 왕권 경쟁을 하였다. 처음에는 소론의 비호를 받은 장희빈의 아들이 승리하여 경종이 되었으나 재위 4년 만인 37세에 단 하나의 소생도 없이 승하하여 장희빈의 혈통은 단절된다. 그러나 우여곡절 끝에 왕이 된 숙빈 최씨의 아들 영조는, 조선의 왕 중에서 가장 오래 살면서(83세) 가장 오랫동안(51년 6개월) 왕좌에 있었다. 또한 후손들이 조선이 멸망할 때까지 왕권을 수행하였다.

15) 장희빈, 저주사건의 전모(全貌)가 밝혀지다

『숙종실록』과 『단암만록』에는 숙종이 숙빈 최씨로부터 장희빈이

인현왕후를 저주한 사실을 알았다고 한다. 그러나 <인현왕후전>은
숙종이 꿈의 계시로 저주사건을 알게 되었다며 아래와 같이 서술했다.

구월 초칠일이 돌아오매, 추기(秋氣) 선선하고 초월(初月)이 희미
한대 심사가 더욱 처량하사, 촉(燭)을 대하여 용루를 내리오시다가
안석(案席)을 의지하여 잠간 조으시더니, 사몽비몽(似夢非夢)간에
죽은 내관이 앞에 와 아뢰되,
　"궁중에 사기(邪氣)와 요얼이 왕성하여 중궁이 참화(慘禍)를 당하
시고 차후 대화(大禍)가 불 이듯 하올 것이니, 복원(伏願) 성상은 살
피소서."
하며 손을 들어 취선당을 가리키고 상을 인도하여 모시고 한 곳을
가니, 후의 혼전(魂殿)이라. 전상(殿上)에 중궁이 시녀를 거느리시
고 앉으시되 안색이 참담하여 애연히 우시며 상께 고(告) 왈,
　"첩의 명이 비록 단(短)하나 독한 병에 잠겨 죽지 아니할 것으로
되, 장녀가 천백가지로 저주와 방자하여 요얼의 해를 입어 비명에
죽었사오니 이는 장녀로 더불어 불공대천지수라. 원혼(冤魂)이 운
간(雲間)에 비겨 한을 품었사오니 당당히 장녀의 명을 끊을 것으로
되, 성상이 친히 분별하사 흑백을 가리어 원수를 갚아 주심을 바라
오며, 요사를 없이하여야 궁중이 다 평안 하오리이다."
　상이 크게 반기사 옷을 잡고 물으려 하시다가 깨치시니, 남가일
몽이라.491)

　인용문은 인현왕후가 숙종의 꿈에 나타나 사건의 전모와 저주의 증
거를 알려주는 대목이다. <인현왕후전>의 작자는 인현왕후가 복위
할 때에도 명성왕후가 꿈에서 현몽하여 반전의 계기를 마련했듯이 저

---

491) <인현왕후전>, 78~79쪽.

주사건도 꿈을 삽입하여 사건의 전모를 밝히는 수법으로 독자들에게 흥미를 더하게 했다. <인현왕후전>의 작자는 숙빈 최씨가 숙종에게 고함으로써 저주사건이 밝혀지게 된 과정을 알고 있었을 것으로 생각된다.[492] 그럼에도 꿈을 삽입한 것은 작자의 치밀하고 고도한 수사법을 구사한 것으로 생각된다.

잠에서 깨어난 숙종이 때를 물으니 초경이라고 답하자, 곧바로 장희빈이 머무는 영숙궁으로 향한다. <인현왕후전>은 아래와 같은 내용으로 이어진다. 그날이 장희빈의 생일이라 장희재의 첩 숙정이 들어와 축하하고 중궁을 죽인 것을 기뻐하며 모든 궁인들이 서로 공을 다투고 옛 일을 이야기하고 있었다.

한편 신당(神堂)에는 무녀와 술사가 촛불을 밝히고 설법을 하고 있었다. 신당을 즉시 없애면 세자와 세자빈에게 해롭다 하여 무녀와 술사들이 상의하여 구월 초칠일에 굿을 하고 없애기로 한 것이다. 갑자기 임금이 오시자 궁녀들은 희빈의 생일이고, 중전이 계시지 않아서 찾아오신 줄 알고 주안상을 성대하게 준비하여 들여왔다. 그때, 맞은편 신당에 등불이 밝게 비치더니 다 끄고 고요해진다. 의심이 일어난 왕이 대청을 나와, 맞은편에 병풍이 쳐 있어 치우라 하시니, 궁녀가 두렵고 놀라지만 어쩔 수 없어 걷었다. 벽 위에 사람을 그린 그림이 걸려 있어 자세히 보니 완연한 민씨 왕후였다[493]고 서술했다. <인현왕후

---

492) 필자가 <인현왕후전> 교주본을 집필하면서 오자나 탈자, 또는 누락되거나 훼손되어 교주가 불가능한 부분은 『연려실기술』을 참고하여 문제를 해결할 수 있었다. <인현왕후전>의 작자도 숙빈 최씨가 장희빈의 저주사건을 고발한 것을 알고 있었으리라 생각된다.

493) <인현왕후전>, 79쪽.

전>의 작자는 저주 현장을 아래와 같이 묘사했다.

　　살 맞은 궁기 무수하여 다 떨어졌는지라. "이 어인 것이고." 하시
니 좌우가 황황하여 아무 말도 못하거늘 장녀가 내달아 고(告)하되,
"이는 중궁전 화상이라. 그 성덕을 감격하여 화상을 그려두고 생각
하나이다." 상이 비로소 진노하사 가라사대, "후(后)를 생각하여 그
렸으면 저렇듯 살 맞은 데 많으뇨." 장녀가 대답지 못하거늘, 데리
고 오신 내관을 명하여 촉(燭)을 잡히고 서편당을 가보시니 흉악한
신당이라. 천노(天怒)가 진첩하사 청사에 앉으시고 궁노를 불러 모
든 궁녀를 다 잡아들여 단단히 결박하고 엄치(嚴治)하여 가라사대,
"내 벌써 짐작하고 알았으니 궁중 요악한 일을 추호나 기이면 경각
에 죽으리라."[494]

　　인용문은 숙종이 저주의 현장을 목격하는 장면으로 매우 사실적으
로 묘사되었다. 저주사건을 생생하게 목격한 숙종은, 대행왕비를 무고
한 죄인 장희재를 처형하라고 명한다.[495] 그날 『숙종실록』은, 전일 인
현왕후가 병들어 누워 있을 때에 민진후(閔鎭厚) 형제에게 한 말을 기
록하였다.

　　"갑술년에 복위한 뒤 조정의 의논이 세자의 사친(私親)을 봉공
(俸供)하는 등의 절목(節目)을 운위하면서, '마땅히 여러 빈어(嬪御)
들과는 구별이 있어야 한다'고 하였는데, 이때부터 궁중의 사람들
이 모두 다 희빈에게로 기울어졌다.

---

494) <인현왕후전>, 79~80쪽.
495) 『숙종실록』 권35, 숙종 27년(1701) 9월 23일(정미).

궁중의 구법(舊法)에 의한다면 빈어에 속한 시녀들은 감히 대내(大內) 근처에 드나들 수가 없는데, 희빈에 속한 것들이 항상 나의 침전에 왕래하였으며, 심지어 창에 구멍을 뚫고 안을 엿보는 짓을 하기까지 하였다. 그러나 침전의 시녀들이 감히 꾸짖어 금하지 못하였으니, 일이 너무나도 한심했지만 어찌할 수가 없었다.

지금 나의 병 증세가 지극히 이상한데, 사람들이 모두 말하기를, '반드시 빌미가 있다'고 한다. 궁인 시영(時英)이란 자에게 의심스러운 자취가 많이 있고, 또한 겉으로 드러난 사건도 없지 아니하였으나, 어떤 사람이 주상께 감히 고(告)하여 주상으로 하여금 이것을 알게 하겠는가? 다만 나는 갖은 고초를 받았으나, 지금 병이 난 두 해 사이에 소원은 오직 빨리 죽는 데 있으나, 여전히 다시 더하기도 하고 덜하기도 하여 이처럼 병이 낫지 아니하니, 괴롭다." 하고, 이어서 눈물을 줄줄 흘렸었다. 이때에 이르러 무고(巫蠱)의 사건이 과연 발각되니, 외간에서는 혹 전하기를, "숙빈 최씨가 평상시에 왕비가 베푼 은혜를 추모하여, 통곡하는 마음을 이기지 못하고 임금에게 몰래 고(告)하였다."[496]

다음 날부터 저주사건에 관련된 사람들의 친국이 시작되어 궁녀 영숙(英淑)을 취초하고 참형에 처하였다.[497] 9월 25일 밤, 저주사건을 주도한 자를 살려 줄 수는 없다면서 희빈 장씨를 자진하게 하라며 아래와 같은 비망기를 내린다.

"옛날에 한(漢)나라의 무제(武帝)가 구익 부인(鉤弋夫人)을 죽였으니, 결단할 것은 결단하였으나 그래도 진선(盡善)하지 못한 바가

496) 『숙종실록』 권35, 숙종 27년(1701) 9월 23일(정미).
497) 『숙종실록』 권35, 숙종 27년(1701) 9월 25일(기유) 2번째 기사.

있었다. 만약 장씨가 제가 첩이라는 운명을 알아 그와 같지 아니하였다면 첩을 정실로 삼지 말라는 『춘추』의 대의(大義)를 밝히고 법령으로 만들어 족히 미리 화를 막을 수 있었을 것이니, 어찌 반드시 구익 부인에게 한 것과 같이 할 것이 있겠는가? 그러나 이 경우는 그렇지 아니하였다. 죄가 이미 밝게 드러났으므로 만약 선처하지 아니한다면 후일의 염려를 말로 형용하기 어려울 것이니, 실로 국가를 위하고 세자를 위한 데서 나온 것이다. 장씨로 하여금 자진(自盡)하도록 하라."498)

<인현왕후전>에는 숙종이 저주사건을 목격하고 분함을 이기지 못하던 모습을 아래와 같이 묘사했다.

장빈을 이때 본궁에 가두었더니 처치를 생각하실 새 경각에 처참하시고 싶으나 부자는 오상의 대륜(大倫)이라 세자의 낯을 볼 수 없어 중형을 못하시고 가라시대, "이제 장녀는 오형지참을 하여도 오히려 죄가 남으되 세자의 정리를 생각하여 감사감형(減死減刑)하사 신체를 온전히 하라."
하시고 일기 독약(一器毒藥)을 각별 신칙하사 궁녀를 명하여 보내시며 전교 왈,
"네 대역부도를 짓고 어찌 사약을 기다리리요. 죽는 것이 옳거늘 요약한 인물이 행여 살까 하고 안연(晏然)히 천일(天日)을 보고 있으니 더욱 사죄(死罪)로다. 세자의 낯을 보아 형체나 온전히 하여 죽음이 네게는 영화라. 어서 죽으라."499)

---

498) 『숙종실록』권35, 숙종 27년(1701) 9월 25일(기유) 3번째 기사.
499) <인현왕후전>, 85쪽.

비망기를 본 승지 서종헌(徐宗憲)·윤지인(尹趾仁) 등 여러 대신들이, "세자를 보아 생모에게 선처를 베풀라"는 내용으로 간곡하게 아뢰었다.[500] 당시 숙종은, "신당(神堂)을 몰래 설치하여 사람들을 물리치고 기도하면서, 내전을 모해하였으니, 이것이 어떠한 흉모인가? 아! 내가 밤낮으로 이를 갈면서 지극한 한(恨)을 씻지 못하고 있는데, 신자(臣子)가 국모를 모해한 적을 대수롭지 않게 본 것이 한결같이 이 지경에 이르렀으니, 지극히 통탄스럽다"고 한 후, 동부승지 윤지인(尹趾仁)의 관작을 삭탈하여 유배를 보냄으로써[501] 결심이 이미 확고하였음을 알게 하였다. 이 부분을 <인현왕후전>에는 아래와 같이 서술되었다.

> 승지 윤이부 복지(伏地) 주왈,
> "희빈의 죄악이 지중하오나 세자를 보아 식노(息怒)하소서."
> 상이 대노하사,
> "장씨 처음에 중궁에 두기는 세자의 낯을 보아 두었더니, 궁중에 신당을 위하고 저주를 묻어 중궁을 모살(謀殺)하였으니 그런 궁흉극악(窮凶極惡)한 대역부도는 천고에 없는지라. 내 친히 국문하여 죄를 밝혀 중궁의 영혼을 위로하려 하거늘, 승지는 역적을 두호하여 금부로 추궁하자 하니, 신자가 되어 국모 살해한 원수를 어찌 이렇듯이 하리요. 극히 한심한지라. 윤(尹)을 삭탈관직하여 문외출송(門外出送)하라."[502]

이튿날 숙종은 저주사건과 관련된 자들을 직접 문초하면서[503] 저주

---

500) 『숙종실록』 권35, 숙종 27년(1701) 9월 25일(기유) 5번째 기사.
501) 『숙종실록』 권35, 숙종 27년(1701) 9월 25일(기유) 6번째 기사.
502) <인현왕후전>, 81~82쪽.

의 목적이 "요기(妖氣)인 중궁전이 승하하여 주상께서 희빈을 다시 금석(金石)처럼 대우하고, 세자의 안녕을 기원한 것"[504]을 확인했다. 10월 3일, 저주사건의 전모가 밝혀지자 희빈 장씨의 심복으로 사건을 주도하였던 자들을 참형에 처하였다. 그들이 실토한 내용을 정리하면 아래와 같다.

<장희재 첩 숙정(淑正)이 실토한 내용>

　3, 4년 전에 민 상궁과 숙영(淑英)이가 '희빈이 금단(錦段)을 내보내어 옷을 만들어 바치게 하였습니다. 옷 모양은 네 살 먹은 아이가 입는 옷으로 납장의(衲長衣) 2벌 등 합하면 옷이 15, 16벌이었고 치마는 10여 벌이었습니다. 민상궁이 5월 그믐날 궁에서 나와 7월 초하루까지 다 만들었으며, 7월 초하루에 대궐 안으로 도로 들여갔습니다. 대개 희빈의 꿈에 죽은 공주가 와서 옷을 입고 싶다고 하였기 때문에 이와 같이 만들었던 것이다'라고 하였습니다. 그 뒤 설향(雪香)과 숙영에게 물어보았더니, '취선당의 서쪽 가에 들여다 두었다'고 하였습니다. 의복을 들여간 뒤에 백반(白飯)이나 두병(豆餠), 콩깻묵을 때때로 내보내면서 물어보았더니, '취선당의 신당에서 기도할 때에 바친 물건들이다'라고 하였습니다. '그 기도하는 것은 무슨 일인가' 하고 물었더니, '취선당이 저절로 울리고 또 병환이 있기 때문에 기도하는 것이다'라고 하였습니다. 외신당(外神堂)의 신사(神祀) 때에 무녀가 '중전 전하가 만약 없어진다면, 희빈께서 다시 중전이 될 것이다'라고 하였으므로, 저도 같이 축원하기를, '다시 귀하게

<hr>

503)『숙종실록』권35, 숙종 27년(1701) 9월 26일(경술).
504)『숙종실록』권35, 숙종 27년(1701) 9월 29일(계축).

되면, 정말 다행스럽겠습니다' 하였습니다. 재작년 9, 10월에 희빈이 말하여 각씨(角氏) 7개를 만들어 보내었는데, 다홍비단으로 치마를 만들고 남비단으로 옷을 만들었으며, 죽은 새·쥐·붕어 각각 7마리를 대궐에서 내보낸 버드나무 고리에 담아 철생으로 하여금 대궐 안으로 들여보냈습니다. 설향이 글로 알려주기를, '한 상궁과 숙이(淑伊)가 통명전·대조전 침실 안에다 같이 묻었다.'[505]

'숙정'은 원래 동평군(東平君) 이항(李杭)의 종이었다. 장희재의 첩이 되어 희빈과 친하면서 저주사건의 아이디어를 내고 진두지휘한 인물이다. <인현왕후전>은 숙정을 아래와 같이 묘사하였다.

희빈이 장희재의 첩 숙정을 불러들여 구구히 모해하고 작은 동고리를 치마 속에 싸가지고 철향과 소인을 데리고 황혼에 통명전 외편 못가에 묻고, 또 무엇인지 봉한 것을 봉봉이 만들어 상춘각(賞春閣) 부중 섬 아래 곳곳에 묻고, 궁흉극악한 저주 방정을 다하여 흉한 해골을 얻어 들여 오색 비단으로 요기 사기를 만들어 야중夜中에 정궁 북벽 섬 아래 가만히 묻고, 또 채단으로 중전 일습을 지을 새 해골을 작말하여 솜에 뿌려 두었으니 누가 그 흉모를 알리요. 옷 사이와 실마다 그윽이 다 방자를 하여 거짓 공순한 체하고 편지하고 중전께 드리니 말씀이 관곡하사 위로하시고 받지 않으시거늘, 할일 없어 기회를 얻으려 두고 날마다 신당축원(神堂祝願)과 요술 방정이 천만가지로 그칠 적이 없으니 …중략… 해골을 오색 비단으로 옷을 입혀 중전 생신 연 월·성씨를 써 묻고, 의복에 해골 가루를 솜에 넣어두며, 또 해골을 염습(殮襲)하여 묻었다가 들여가니, 중전 께서 받지 아니하시더니 이듬해 탄일에 올려도 또 받지 않으시다가

505) 『숙종실록』 권35, 숙종 27년(1701) 10월 3일(병진).

춘궁저하의 낯을 보아 받으시니 전일은 아뢰고, 축사와 요얼 만든 것을 다 지흉하니 이것은 장희재의 첩 숙정의 조화로이다.[506]

<궁녀 축생(丑生)이 실토한 내용>

"작년 9월 9일·11월 동짓날과 금년 2월 초하루에 매양 사경(四更)쯤 제가 취선당 서쪽 가 우물가에서 찬(饌)을 마련하여 희빈의 침실에 바치면, 희빈과 숙영·시영 등이 '원컨대, 원망하는 마음을 풀어 주시고, 또 소원을 이루어주소서'라고 하고, 즉시 민 중전을 죽인다고 축언(祝言)하였습니다. 궁 밖에 있던 태자방(太子房)의 신당은 장희재의 첩이 항상 주장하였는데, 작년 11월, 무녀가 갓을 쓰고 홍의(紅衣)를 입은 채 궁시(弓矢)를 들고 일어나 춤을 추며 활을 사방으로 마구 쏘면서 '내가 마땅히 민 전하를 죽이리라. 만약 민전하가 죽으면 어찌 좋지 않겠는가? 좋고말고' 하였습니다. 저는 장희재의 첩과 시영과 함께 축수하면서, 이와 같이 된다면 정말 다행스럽고 정말 다행스럽다."[507]

<무녀 오례(五禮)가 실토한 내용>

저는 한 상궁 등과 장희재의 첩과 함께 자주 신사(神祀)를 행하였습니다. 태자방이 살아 있을 때부터 신청을 설치하고 궁시(弓矢)를 두었으며, 태자방이 죽은 뒤에는 그 신이 저에게 내렸으므로 제가 전례에 의하여 신청을 주관하고 궁시를 가지고 축원하였습니다. 또 '민중전이 이미 철망(鐵網) 안으로 들어갔는데, 그것이 내 눈 안에

---

506) <인현왕후전>, 82~83쪽.
507) 『숙종실록』 권35, 숙종 27년(1701) 10월 3일(병진) 4번째 기사.

보인다. 마땅히 금년 8, 9월 사이를 살펴보라'라고 하였더니, 장희재의 첩과 큰 무수리 한 상궁 등이 저에게 '지금의 중전을 죽이고, 희빈을 다시 중전으로 삼아야 한다는 뜻을 가지고 축원해 달라'라고 하여 그 말로 축원하였습니다. 그리고 중전을 향하여 궁시를 쏘았는데, 곁에 있던 여러 사람들이 일제히 축수하면서 '원하옵건대, 희빈을 다시 중전으로 만들어 주소서'라고 하였습니다. 방 안에서 몰래 축수한 일은, 저와 한 상궁 · 장희재의 첩과 큰 무수리 등이 같이 축원하면서, '지금의 중전을 죽이고 희빈이 다시 중전이 되게 해 주소서'라고 한 것입니다.508)

축생(軺生)은 차씨(車氏) 성의 궁인이다. 무녀 오례는 순흥(順興)의 어미로 서강(西江) 뱃사람의 아낙이었는데, 지아비가 죽자 의탁할 곳이 없어서 무녀 태자방(太子房)에서 살았다. 태자방의 아들 이수장(李壽長)을 문초하는 과정에 오례가 저주사건에 적극 가담했음이 확인되었다. 오례는 태자방이 죽자 이수장의 형제를 내쫓고 자신을 성인방(聖人房)이라면서 희빈을 위하여 신사(神祀)를 설치하여 액(厄)을 물리칠 것을 빌었다. 오례는, '내가 장차 민 중전(閔中殿)을 잡아서 쇠 그물속에 넣겠다'면서 화살을 쏘면서 벽력(霹靂) 같은 큰 소리로 '내가 민 중전을 쏘아서 이미 우물 가운데 던져 넣었으니 장 중전이 미구에 복위할 것이고 사도(使道)도 미구에 바다를 건너서 올 것이다'고 하였다. 사도는 장희재를 가리키는 것이었다. 또 '이달 그믐 사이에 중전을 죽이지 못하면 다음 달 그믐 사이에는 반드시 죽일 것이다'509)고 했었다.

---

508) 『숙종실록』 권35, 숙종 27년(1701) 10월 3일(병진) 5번째 기사.
509) 『숙종실록』 권35, 숙종 27년(1701) 9월 27일(신해) 3번째 기사.

<궁녀 철생(鐵生)이 실토한 내용>

설향(雪香)과 시영(時英)이 무녀의 집에 왕래할 때 출납한 물건들은 제가 전적으로 담당하였습니다. 오례가 기도할 때에 큰 상전과 장희재의 첩이 같이 참여하였는데, 오례는 다홍 수 치마와 자수의(紫繡衣)를 입고 일어나 춤을 추며 '장 중전께서 다시 보좌에 들어가고, 죽일 사람은 죽이고 들어갈 사람은 들어가게 하소서'라고 하였으나, 그 나머지 축사(祝辭)는 자세히 듣지를 못하였습니다. 작년 9, 10월 사이에 장희재의 첩이 생포 보자기로 버드나무 고리를 싸서 봉한 뒤 도장을 찍어서 사람을 시켜 설향에게 전해 주었었음으로 제가 전해 주었습니다.510)

철생(鐵生)은 본래 희빈방(禧嬪房)의 비자(婢子)로서 설향(雪香)·숙영(淑英) 등이 무녀(巫女)의 집에 왕래할 때 출납(出納)하거나 주고받는 물건들을 전적으로 관장하였다.

저주사건에 연루된 자들은 처형하거나 유배를 보내고 10월 7일은 저주사건에 사용되었던 각씨(角氏)와 참새·쥐의 뼈 가루 등의 물건을 대조전 동쪽 가 침실 안에서 찾아냈다. 이외에도 흉악하고 더러운 물건들을 대조전과 통명전의 섬돌 아래에서 파낸 것도 또한 많았다. 그날 숙종은, "이제부터 나라의 법전을 명백하게 정하여 빈어(嬪御)가 후비(后妃)의 자리에 오를 수가 없게 하라"511)고 명하였다. 이 부분을 <인현왕후전>은 아래와 같이 묘사했다.

---

510) 『숙종실록』권35, 숙종 27년(1701) 10월 3일(병진) 7번째 기사.
511) 『숙종실록』권35, 숙종 27년(1701) 10월 7일(경신).

초사(招辭)가 만조시신(滿朝侍臣)이 다 모골이 송연하여 곳곳이 묻은 것을 파내니, 모양이 흉한 것도 있고 요사한 것도 있어 차마 대치 못하고, 중전의 의복을 내어 소옴을 떠니 과연 푸른 가루가 날리니, 상이 진노하시고 추연 장탄 왈,

"도시(都是) 과인이 불명하여 궁중에 이런 변이 나니 차는 불가 사문어인국이라. 구천타일(九泉他日)에 하면목(何面目)으로 중궁을 보리요."

당일 죄인 십여 명을 군기시에 처참하고, 기여 궁인과 마직 등은 다 원찬하시고 전교하사 가라사대,

"국모를 모살하니 이는 막대한 옥사(獄事)라, 부도(不道)의 신하가 연일계사(連日啓辭)하여 드려 왈 '가두어 친국하심이 인군의 체면이 아니라' 하고 기롱하니, 어찌 좇아 중궁 모살한 원수를 갚지 않음이 좋으랴. 이런 신하를 두면 반드시 환(患)이 있을 것이니 다 변지정배(邊地定配)하라."512)

10월 8일, 우의정 신완(申琓)이 "침전(寢殿)에 흉물을 묻은 변고가 이처럼 낭자하니, 청정(淸淨)한 곳으로 이어(移御)하시는 것이 한시가 급합니다"고 하였다. 당시 숙종은, "나도 또한 그러한 뜻을 가지고 있으나 재궁(梓宮)이 빈전(殯殿)에 있으니, 인산(因山) 뒤에 이어(移御)하고자 한다"고 답한다. 그날, 숙종은 아래와 같이 하교한다.

"희빈 장씨가 내전을 질투하고 원망하여 몰래 모해하려고 도모하여, 신당을 궁궐의 안팎에 설치하고 밤낮으로 기축(祈祝)하며 흉악하고 더러운 물건을 두 대궐에다 묻은 것이 낭자할 뿐만 아니라 그 정상이 죄다 드러났으니, 신인(神人)이 함께 분개하는 바이다.

---

512) <인현왕후전>, 84~85쪽.

이것을 그대로 둔다면, 후일에 뜻을 얻게 되었을 때, 국가의 근심이 실로 형언하기가 어려울 것이다.

전대 역사에 보더라도 어찌 두려워하지 않을 수 있으랴? 지금 나는 종사(宗社)를 위하고 세자를 위하여 이처럼 부득이한 일을 하니, 어찌 즐겨 하는 일이겠는가? 장씨는 전의 비망기에 의하여 하여금 자진(自盡)하게 하라.

아! 세자의 사정을 내가 어찌 생각하지 아니하였겠는가? 만약 최석정(崔錫鼎)의 차자의 글과 같이 도리에 어긋나고 끌어다가 비유한 것에 윤기(倫紀)가 없는 경우는 진실로 족히 논할 것이 없겠지만, 대신과 여러 신하들의 춘궁을 위하여 애쓰는 정성을 또한 어찌 모르겠는가? 다만 생각에 생각을 더하고 또 다시 충분히 생각한 결과 일이 이미 이 지경에 이르렀으니, 이 처분을 버려두고는 실로 다른 도리가 없다. 이에 나의 뜻을 가지고 좌우의 신하들에게 유시하는 바이다.513)

이렇게 죄목이 확연해지자, 조정에서는 장희빈의 처단문제를 두고 세자를 위해 희빈을 용서해야 한다는 소론과, 세자의 적모(嫡母)인 민비를 저주한 생모(生母)를 용서할 수 없다는 노론이 강경하게 맞서게 된다.

16) 장희빈, 사약(賜藥)으로 생을 마감하다

숙종은 숙빈 최씨로부터 희빈 장씨가 인현왕후를 저주하였다는 사실을 알게 된 후, 희빈 장씨의 심복들을 문초하였다. 9월 25일, 저주사건을 주도한 자를 살려 줄 수는 없다면서 희빈 장씨를 자진하게 하라

---

513) 『숙종실록』 권35, 숙종 27년(1701) 10월 8일(신유).

고 명하였으나 죽지 않으므로 10월 8일에도 '자진하라'고 하였다. <인현왕후전>은 장희빈이 자진하라고 명하는 부분을 아래와 같이 서술하였다.

> 장빈을 이때 본궁에 가두었더니 처치를 생각하실 새 경각에 처참하시고 싶으나 부자는 오상의 대륜(大倫)이라 세자의 낯을 볼 수 없어 중형을 못하시고 가라시대, "이제 장녀는 오형지참을 하여도 오히려 죄가 남으되 세자의 정리를 생각하여 감사감형(減死減刑)하사 신체를 온전히 하라" 하시고 일기독약(一器毒藥)을 각별 신칙하사 궁녀를 명하여 보내시며 전교 왈, "네 대역부도를 짓고 어찌 사약을 기다리리요. 죽는 것이 옳거늘 요악한 인물이 행여 살까 하고 안연(晏然)히 천일天日을 보고 있으니 더욱 사죄(死罪)로다. 세자의 낯을 보아 형체나 온전히 하여 죽음이 네게는 영화라. 어서 죽으라."514)

인용문은 숙종이 인현왕후가 장희빈의 저주로 죽은 것을 생각하면 단번에 도끼로 쳐서 죽이고 싶다고 하였다. 그러나 부자(父子)는 인간이 지켜야 할 다섯 가지 도리에서 제일 큰 도리라 세자의 낯을 보아 자진하게 한 것이다. 그러나 장희빈은 그때까지도 조금도 두려워하거나 부끄러워하지 않고 오직 인현왕후가 죽은 것만 기뻐한다. 장희빈이 세자를 믿고 설마 죽이기야 하겠는가 하고, 두 눈이 말똥말똥하여 독살을 부리다가 사약을 보고는 발악을 하며, "내 무삼 죄 있관데 사약하리요. 구태여 나를 죽일진대 내 아들을 먼저 죽이라"며 약그릇을 엎어 내

---

514) <인현왕후전>, 86쪽.

치고 궁녀를 호령하였음으로 궁녀들이 약을 먹이지 못하였다.

10월 3일, 희빈 장씨의 심복으로 사건을 주도하였던 숙정(淑正)과 행동대원인 축생·오례·철생 등을 참형에 처하고, 10월 7일에는 대조전(大造殿) 동쪽 침실 안에서 각씨(角氏)와 참새·쥐의 뼛가루 등 저주에 사용된 물건을 찾아냈다. 이외에도 흉악하고 더러운 물건들을 대조전과 통명전의 섬돌 아래에서 파낸 것이 많았다. 그날 숙종은, "이제부터 나라의 법전을 명백하게 정하여 빈어(嬪御)가 후비(后妃)의 자리에 오를 수가 없게 하여 조선조가 멸망할 때까지 장희빈과 같은 신데렐라는 더 이상 존재하지 않게 되었다.

10월 8일 숙종은, "희빈 장씨가 내전을 질투하고 원망하여 몰래 모해하려고 도모하여, 신당(神堂)을 궁궐의 안팎에 설치하고 밤낮으로 기축(祈祝)하며 흉악하고 더러운 물건을 두 대궐에다 묻은 것이 낭자할 뿐만 아니라 그 정상이 죄다 드러났다"며 '자진(自盡)하라'고 다시 명했다.[515] 이날에도 여러 신하들이 장희빈의 구명(救命)을 청하였다. 그때 숙종은, "세자를 위하는 마음을 내가 알지 못 하는 바 아니다. 다만 후일 국가를 위해 염려하기 때문이다. 세자는 어질고 효성스럽지만 그 어미는 악하니, 그 화가 더욱 처리하기 어려운 것이 될 것이다"[516]며 허락하지 않았다.

10월 10일『숙종실록』에는, "장씨가 성상의 명으로 인하여 이미 자진하였습니다. 왕세자와 빈궁(嬪宮)은 마땅히 성복(成服)하고 거애(擧哀)하는 절차가 있어야 하니, 그 절목과 장소를 어떻게 마련해야 하겠

515)『숙종실록』권35, 숙종 27년(1701) 10월 8일(신유) 8번째 기사.
516)『숙종실록』권35, 숙종 27년(1701) 10월 8일(신유) 11번째 기사.

습니까"라며 상례절차에 대하여 숙종에게 묻자, "장씨가 이미 자진하였으니, 해조(該曹)로 하여금 상장(喪葬)의 제수(祭需)를 참작하여 거행하도록 하라"고 한다. 또 호조에서, "장씨의 상장(喪葬)에 쓸 제수(祭需)를 바야흐로 마련하여 보내려고 하는데, 예장(禮葬)으로 거행하라는 명이 내려왔습니다. 어떻게 해야 하겠습니까" 하니, "단지 제수만 주도록 하라"[517]는 기록이 있다. 9월 25일 처음 자진하라고 명한 후 보름 후에 스스로 목숨을 끊은 것을 확인하는 기록이다.

그러나 <인현왕후전>에는, "네 대역부도를 짓고 어찌 사약을 기다리리요. 죽는 것이 옳거늘 요악한 인물이 행여 살까 하고 안연(晏然)히 천일(天日)을 보고 있으니 더욱 사죄(死罪)로다. 세자의 낯을 보아 형체나 온전히 하여 죽음이 네게는 영화라. 어서 죽으라"[518]며 궁녀에게 독약을 보낸다.

당시 장희빈은, "민씨 단명하여 죽음이 내게 상관이 있느냐? 너희 나를 죽이고 후일에 세자에게 살기를 바랄소냐?"며 소리친다. 이러한 상황을 알게 된 숙종은 영숙궁(永肅宮)으로 친림하여 장희빈을 끌어내려 당에 내려놓고, "중궁을 모살하였으니 대역부도 천지에 당연한지라, 당연히 네 머리와 수족을 베어 천하에 효시할 것이로되, 자식의 낯을 보아 특은(特恩)으로 경벌(輕罰)을 쓰거늘 점점 태만하여 대죄를 더욱 짓느냐"[519]며 자진할 것을 재촉하였다고 서술했다. <인현왕후전>의 작자는 장희빈의 최후를 다음과 같이 매우 사실적으로 묘사했다.

---

517) 『숙종실록』 권35, 숙종 27년(1701) 10월 10일(계해).

518) <인현왕후전>, 85쪽.

519) <인현왕후전>, 85~88쪽.

"내 무삼 죄 있관대 사약하리요. 구태여 나를 죽일진대 내 아들을 먼저 죽이라."

하고 약그릇을 엎치고 궁녀를 호령하니, 궁녀가 위력으로 핍박지 못하여 상달(上達)하니, 상이 진노하사,

"내 앞에서 죽일 것이로되, 너를 보기가 더러워 약을 보내니 네 염치 있을진대 스스로 죽어 자식이 편코 남의 손에 죽지 않음이 옳거늘 자식을 유세하여 뉘게 발악하느뇨? 이 약이 네게는 상인 줄 모르고 죄상첨죄를 덜어 삼척지율을 받지 말라." …중략…

장녀가 눈을 독히 떠 천안을 우러러 뵈오며 고성 대 왈,

"민씨 내게 원앙을 끼치고 형벌로 죽었거든 내 무슨 죄 있으며, 전하가 정치를 밝히지 않으시니 인군의 도리가 아니라."

하며 살기등등하니, 상이 노하사 용안을 높이 뜨시며 소매를 걷으시고 여성하교 왈(曰),

"천고에 이런 요악한 년이 있으리요."

좌우로 빨리 약을 먹이라 하시니 장씨 손으로 궁녀를 치며 몸을 부딪쳐 발악 왈,

"세자와 함께 죽으리라. 내 무삼 죄 있나이까."

상이 익노(益怒)하사,

"좌우로 붙들고 먹이라."

하시니, 제녀가 황황히 달려들어 팔을 잡으며 허리를 안고 먹이려 하나 장씨 입을 다물고 벌이지 아니하거늘, 상이 보시고 더욱 대노하사,

"막대로 입을 어기고 부으라."

하시니, 제녀가 술총으로 입을 벌이는지라. 장녀가 이에는 위급한지라. 실성애통 왈,

"전하, 내 죄 보지 말으시고 옛날 정과 세자의 낯을 보아 인명을 살리소서."

상이 들은 체 않으시고 먹이기를 재촉하시니, 장녀가 공교한 말로 눈물이 비같이 흘리면서 상을 우러러 뵈오며 참연(慘然)히 빌어 왈, "이 약을 먹여 죽이려 하시거든 세자나 한번 보아 구원에 한이 없게 하소서."

악간(惡奸)한 말씀과 처량한 소리로 슬피 비니, 요악(妖惡)한 정태(情態) 사람의 심장을 녹이고 도리어 불쌍하되 상은 조금도 측은히 않으시고 연하여 세 그릇을 부으니, 경각에 크게 소리를 지르며 섬 아래 거꾸러져 유혈(流血)이 샘솟듯 하니, 일 기약(一器藥)으로도 오장이 다 녹으려든 삼기를 함께 부으니 경각에 칠규로 검은 피가 솟아나 땅에 괴이니, 슬프다. 조그마한 궁인의 몸으로서 천승국모를 모살하고 여러 인명과 함께 죽게 하니 하늘이 어찌 앙화를 내리지 아니 하리요.[520]

인용문은 죽음을 앞에 둔 장희빈의 인간적인 모습을 서술한 부분이다. 이제 모든 것을 체념하고 처량하게 슬피 우는 소리는 주변에 있던 사람들이 불쌍한 마음이 들 정도로 애처로웠다고 한다. 그러나 숙종은 조금도 불쌍하게 생각하지 아니하고, "빨리 먹이라"며 연달아 세 그릇을 부으니 눈 깜짝할 사이에 크게 한 번 소리를 지르고 섬돌 아래에 거꾸러져 흐르는 피가 샘솟듯 하였다. 한 그릇의 약으로도 오장을 다 녹일 수 있는데 세 그릇을 함께 부으니 짧은 시간에 두 귀, 눈, 코와 입(칠규)으로 검은 피가 솟아나 땅에 고였다고 서술하여 스스로 자진한 것이 아니었다고 했다.

또한 장희빈이 사망한 후에는, "장씨의 주검을 누가 정성으로 시수하리요. 피 묻은 옷에 휘말아 소금장을 덮어 궁외로 내어 방중에 누이

---

520) <인현왕후전>, 83~88쪽.

고 상명을 기다려 하려하더니 장녀가 죄악이 중하여 왕법을 행하였으나 자식은 모자지정(母子之情)이라. 세자의 정리를 보아 초초히 예장(禮葬)하라. 하시매 들어가 입관하려 하니, 일야 내(一夜內)에 신체가 다 녹고 검은 피 가득하여 신체 뜨게 되었으니 도리어 정형(定刑)한 것만 못하더라"521)고 서술했다.

한편 장희빈의 오빠 장희재는, 인현왕후가 복위된 후에 인현왕후를 해하려는 음모가 발각되어 사형을 면하기 어려웠으나 세자를 생각하여 제주도에 유배되었었다.522) 장희빈의 저주사건이 발각된 후에 제주도에서 잡아와 문초하자, 자신의 죄에 단서가 들어나도 숨기면서, "햇수가 오래되어 기억이 흐릿하였다"고 핑계를 대기도 하고, 혹은 "능히 기억할 수 없다"고 하며 반은 실토하고 입을 반은 다물곤 했다. 그러나 최후에는, 간흉(奸凶)과 결탁하여 곤전(坤殿)을 모해(謀害)하고 감히 차마 들을 수 없는 말을 언문 서찰에 써서 궁금(宮禁)에 유입(流入)시킨 죄를 자백한다. 그리고 "위를 속인 죄를 달게 받겠다"523)는 말을 최후로 남기고 사형으로 생을 마감했다. <인현왕후전>은 장희재의 최후를 아래와 같이 서술했다.

> 장희재는 육신을 이체하여 죽이시고 가사(家舍)를 적몰하시니,
> 일국 신민이 상쾌하여 아니 즐거하는 이 없더라. …중략… 희재의
> 신체는 찾을 이 없고 인심이 다 절치부심한 고로 사람마다 막대에
> 꿰어 들고 효시하니, 슬프다, 사람의 근본을 생각지 아니한즉 양화

---

521) <인현왕후전>, 88쪽.
522) 『숙종실록』 권26, 숙종 20년(1694) 5월 20일(정사).
523) 『숙종실록』 권35, 숙종 27년(1701) 10월 29일(임오).

있는지라. 제 불과 상한천인으로 궁속을 다니다가, 제 누이가 경궁에 깃들여 옥궐(玉闕)의 귀인이 되니 분에 족하고 영화 미만하거늘 참람한 마음을 내어 대역을 짓고 이 지경이 되니, 세상 사람이 조심치 아니하랴.[524]

또한 장희빈의 후견인으로 권세를 누리던 이항(李杭)도 인현왕후 복위 때에는 왕손(王孫)이라 살아남았으나 저주사건에 연류 되어서는 화를 피할 수 없었다. 처음에는 절도에 위리안치(圍籬安置)되어 죽음을 면할 수 있었으나 처단하라는 상소가 계속된다. 당시 숙종은, "항의 죄상이 이미 밝게 드러난 것을 알지만 왕실(王室)의 가까운 종친(宗親)인 까닭에 차마 법대로 처리하지 못하였다. 대신(大臣)과 제신(諸臣)은 법(法)을 준수하기를 바라는 것이고 나의 용서는 사은(私恩)이다. 공법(公法)을 어기고 버티는 것은 부당하므로 사사(賜死)"[525] 하였다. 숙종이 이항의 죄를 훤히 알면서도 법대로 처리하기를 주저한 것은 당시 생존한 유일한 왕손(王孫)이기 때문이었다. 숙종은 대신들의 반대에도, 이항(李杭)의 아들 이소(李炤)는 연좌(緣坐)의 율(律)에서 면하게[526] 하고, 시체를 염(斂)할 수요(需要)를 참작하여 제급(題給)하게 했다.[527]

그러나 종친이라도 죄가 확연하게 드러난 이상 공법을 무시할 수는 없으므로 가산(家産)을 적몰(籍沒)하고 집은 허물어 그 자리에 연못을 팠다. 항의 아내 혜(蕙)는 종으로 홍주목(洪州牧)에 정속(定屬)시키고,

---

524) <인현왕후전>, 88~89쪽.
525) 『숙종실록』 권35, 숙종 27년(1701) 11월 6일(기축).
526) 『숙종실록』 권35, 숙종 27년(1701) 11월 8일(신묘).
527) 『숙종실록』 권35, 숙종 27년(1701) 11월 9일(임진).

아들 이소(李炤) 형제는 삭직(削職)되어 평범한 백성이 된다. 이항의 어머니 신씨(申氏)의 봉작(封爵)도 추탈(追奪)되었다.[528]

3. 인현왕후와 장희빈의 사후(死後)

1) 인현왕후

인현왕후가 승하한 후에 장희빈의 저주사건이 발각된다. 숙종은 사건의 전모가 밝혀지는 과정에 발견된 증거물들을 확인하고, 이 모든 일들이 자신의 잘못으로 인하여 발생된 것으로 인식하고 괴로워했다. 그러므로 다시는 이러한 일이 발생하지 못하게 하려고 후궁이 후비의 자리에 오를 수 없게 하라고 한 것이다.

11월 23일, 숙종은 직접 인현왕후의 행록(行錄)을 지었다. 장문의 글에는 인현왕후와 같이 덕을 지닌 사람에게 자식도 없이 단명하게 한 하늘이 원망스럽다면서 왕후에 대한 안타까움과 그리움이 짙게 배어 있다.

숙종 28년(1702) 6월 7일, 인현왕후의 연제(練祭)를 행할 때 숙종은 소복 차림으로 망곡례(望哭禮)를 하였다. 숙종 39년(1713) 3월 9일, 숙종 즉위 40년을 경사로 효경(孝敬)이라는 존호가 올려졌다. 숙종 44년(1718) 3월 16일, 숙종 27년 지석 겉면의 중앙에 쌍행(雙行)으로 '유명 조선국 인현왕후 명릉지석(有名朝鮮國 仁顯王后 明陵誌石)'이라고 새

---

528)『숙종실록』권35, 숙종 27년(1701) 11월 9일(임진).

졌었으니 지금도 '유명조선국 단의빈 묘지석(有名朝鮮國 端懿嬪 墓誌石)'이라고 새겼다는 기록이 있다.

숙종은 재위 46년(1720) 6월부터 환후가 위급해지더니 6월 8일 진시(辰時)에 경덕궁 융복전(隆福殿)에서 60세로 승하했다. 숙종은 생전에 인현왕후와 영원히 함께하기 위하여 왕후의 산소인 명릉 오른편을 비워두었었다. 숙종이 승하하자 숙종의 유언에 따라 인현왕후와 같은 영역(塋域)에 장사지냈다.

<인현왕후전>에는 인현왕후의 시신이 궁궐을 떠날 때 숙종이, "과인은 길고 긴 세상에 유한(遺恨)이 자심(滋甚)하니 어찌 참고 견디리요. 차생의 산해(山海) 같은 은의로 느끼어 영결하매 능 우편을 비워 써 타일에 동폄(同窆)하기를 바라나니 천추만세에 체백이 한 가지로 놀리라"529)고 했다고 서술했다. 숙종은 생전의 소망대로 인현왕후와 함께 명릉(明陵)에 영면하고 있다. 그 후 경종 2년(1722) 5월 6일 부묘(祔廟)를 앞두고 의열정목(懿烈貞穆)의 존호가 올려지고, 8월 11일, 인현왕후는 숙종, 인경왕후와 함께 종묘에 부묘되었다.

영조는 재위 29년(1753) 11월 28일에 '숙성(淑聖)'의 휘호를 정하고, 12월 26일 존호를 올렸다. 영조는 어머니 숙빈 최씨가 장희빈의 저주 사건을 숙종에게 알려줌으로써 왕후의 한을 풀러 준 인연이 있다. <인현왕후전>에도 "숙인(淑人) 최씨(崔氏) 왕자를 탄생하여 삼세라. 기상(氣象)이 비범하시니 상과 후가 사랑하사 주야(晝夜) 무애하여 기출(己出) 같으시더라"530)고 서술한 것도 인현왕후가 생전에 영조를 각별히

---

529) <인현왕후전>, 92쪽.

530) <인현왕후전>, 65~66쪽.

사랑했음을 확인할 수 있는 대목이다. 이러한 연유 때문인지 영조는 인현왕후에 대한 효심이 지극했다.

영조 재위 36년(1760)은 육십갑자(六十甲子)로 인현왕후가 사망한 해(숙종 27년, 1701)와 같은 신사년(辛巳年)이었다. 『영조실록』에는 당시 68세의 영조가, "아! 신사년에는 나의 나이 겨우 8세여서 인현왕후 복상(服喪)의 절차를 예식대로 하지 못하였다. 명년 8월 13일에는 명릉(明陵), 인현왕후릉에 나아가 재실에서 기제사를 거행할 것이다. 명년에는 연초에서 연말까지 국가에 하의(賀儀)가 있을 경우, 정악(庭樂)을 진열만 하고 연주는 하지 말 것이며, 8월부터 12월까지는 모든 예식에서 음악을 일체 철폐하라"[531]고 한 기록이 있다.

이듬해에는 안국동 인현왕후의 사제에 가서 인현왕후의 침실을 '감고당(感古堂)'이라 이름을 짓고 어필(御筆)로 편액(扁額)을 쓰고 새겨서 걸도록 하였다. 그날 영조는, "내가 지난해에 인현왕후의 수필(手筆)을 받들어 열람하고서 다시 6년 동안 거처하신 침실(寢室)을 보았으니 거의 유감이 없다", "내가 태어난 것이 마침 갑술년이었는데, 바로 성후(聖后)께서 복위되던 해였다"[532]면서 인현왕후와의 각별한 인연을 말한다. <인현왕후전>에도 끝 부분에 영조와 인현왕후의 관계를 아래와 같이 서술하였다.

> 신축년에 연잉군으로 왕세제(王世弟)를 책봉하시니, 즉 영종대왕이실네라. …중략… 어려 계실 적부터 민대비 무애(撫愛)하시던

---

531) 『영조실록』 권95, 영조 36년(1760) 6월 1일(계유).
532) 『영조실록』 권97, 영조 37년(1761) 6월 13(경진).

은혜를 잊지 못하사 추모하심을 세월로 더하고, 명철보신으로 무자(無子)하심을 크게 슬퍼하사, 즉 위하신 후로 안국동 본궁(本宮)에 거동하사 여섯 해 고초 하시던 당(堂)을 둘러보시고 대성통곡하시며 현판(懸板)을 들여 어필로 감고당이라 하시고, 수래골 민판서댁은 여양부원군 형님집이라, 인현왕후 탄생하신 집이니, 또 거동하사 민씨 일문을 은혜로 내리오시니 자고로 민씨 일문은 이제까지 내려오며 주석지신이라. 또한 인현왕후 겸공비약(謙恭菲弱)하신 덕으로 천심을 감동하신 바이라. 주(周)나라 임사의 덕이 천추만대에 유전(遺傳)하고 아조(我朝)의 인현왕후 성덕이 임사 후(後) 제일이실레라. 어찌 아름답지 아니하리요. 수래골 집과 안국동 집은 민씨 대대로 전하여 없지 못하나니라.[533]

2) 희빈 장씨

장희빈은 인현왕후를 저주한 사건이 발각되어(숙종 27년 9월 25일) 자진하라는 비망기가 내린 후에도 15일을 버티다가 10월 10일 43세로 처참한 최후를 마쳤다. 그날 장희빈이 아들에게 한 행동을 『수문록(隨聞錄)』은 아래와 같이 기록하였다.

장희빈이 사약을 받는 날, 한번 세자를 보고 나서 사약을 받겠다고 하여 모자(母子)의 정리(情理)로 금하기 어려워, 세자와 서로 보는 것을 허락하였다. 장희빈은 진실로 눈물을 흘리며 울 겨를도 없을 텐데, 도리어 차마 말할 수 없는 악언(惡言)을 하고, 방자하게 그 흉악한 손으로 세자의 하부(下部)를 침범하였다. 세자가 따에 쓰러져 기(氣)가 막혀 있다가 반 시각이 지난 후에야 회생하였다. 궐내

533) <인현왕후전>, 94~95쪽.

가 모두 놀래어 어쩔 줄을 몰랐다. 세자는 이때부터 기이한 병을 앓
아 용모는 점점 파리하고 누렇게 되고, 정신은 때때로 혼미하고 어
지러워했다.[534]

인용문과 일치되지는 않으나 <인현왕후전>에도 장희빈이 아들을
만나면 교양 없는 행동을 했다고 아래와 같이 묘사했다.

> 장씨 외람히 곤위에 있어 일국이 추존하고 상총(上寵)이 온전하
> 다가 졸지(猝地)에 폐출하여 희빈에 내리니 앙앙 분노하고 화심(禍
> 心)이 대발하여 전혀 원심(怨心)이 중전께 돌아가니, 불손한 언사가
> 패악(悖惡)한 흉심이 불 일어나듯 하여 세자를 볼 때마다 난타하니
> 마침내 병이 들지라.[535]

그 후 저주사건이 발각되어 사약을 받게 되었을 때는 아래와 같이
아들을 내세워 유세하기도 한다.

> 세자의 낯을 보아 형체나 온전히 하여 죽음이 네게는 영화라. 어
> 서 죽으라."
> 하시니, 장씨 이때 죄악이 탄로(綻露)하여 일국이 소요하되, 요악
> 하고 독한 인물이 조금도 두렵고 부끄러움이 없어 중궁 해한 것만
> 기뻐하고 두 눈이 말동말동하며 독살만 부리더니 약을 보고 고성
> 하여 발악하며,
> "내 무삼 죄 있관대 사약하리요. 구태여 나를 죽일진대 내 아들
> 을 먼저 죽이라."

---

534) 이문정, 『수문록』, 앞의 책.
535) <인현왕후전>, 63쪽.

하고 약그릇을 엎치고 궁녀를 호령하니[536)

　인용문은 장희빈이 '세자의 생모를 설마 죽이겠는가?'라고 생각하면
서 유세를 부리는 대목이다. 그러나 숙종의 마음을 돌이킬 수 없다는
것을 확인하고서는 아래와 같이 애원한다.

> 제녀가 술총으로 입을 벌이는지라. 장녀가 이에는 위급한지라.
> 실성애통 왈,
> "전하, 내 죄 보지 말으시고 옛날 정과 세자의 낯을 보아 인명을
> 살리소서."
> 상이 들은 체 않으시고 먹이기를 재촉하시니, 장녀가 공교한 말
> 로 눈물이 비같이 흘리면서 상을 우러러 뵈오며 참연(慘然)히 빌
> 어 왈,
> "이 약을 먹여 죽이려 하시거든 세자나 한번 보아 구원에 한이
> 없게 하소서."
> 악간(惡奸)한 말씀과 처량한 소리로 슬피 비니, 요악(妖惡)한 정
> 태(情態) 사람의 심장을 녹이고 도리어 불쌍하되[537)

　간절한 애원이 소용없음을 알자, 마지막 소원으로 아들을 보게 해달
라며 슬프게 운다. 그러나 숙종은 조금도 측은하게 여기지 않고 사약
을 세 그릇을 부으니 오장이 녹아 한 순간에 검은 피가 솟아났다고
<인현왕후전>의 작자는 생생하게 묘사했다. 또한 "슬프다. 조그마한
궁인의 몸으로서 천승국모를 모살하고 여러 인명과 함께 죽게 하니 하

---

536) <인현왕후전>, 85쪽.
537) <인현왕후전>, 87쪽.

늘이 어찌 앙화를 내리지 아니 하리요"538)라고 서술하여 독자들에게
는 고소설의 주제로 쓰이던 권선징악에 대한 경계의 말도 잊지 않았다.

장희빈은 남인의 비호로 궁궐에 들어와 뛰어난 미모와 총명함으로
숙종의 사랑을 받았다. 또한 오랫동안 후사가 없어 간절하게 기다리던
아들을 생산하고, 그 아들이 숙종의 후계자가 됨으로써 국모로서의 지
위를 누릴 수 있었다. 6년 후 인현왕후가 복위하게 되어 다시 후궁으로
강등되었을 때, 아들은 관례와 결혼을 하게 된다. 당시 세자와 세자빈
을 <인현왕후전>은 아래와 같이 서술했다.

> 병자년에 세자의 나이 구세라. 관례하시고 세자빈을 간택하여
> 상과 후가 친히 보시고 빠시매, 청송(靑松) 심호의 여이라. 가례를
> 행할 새 세자빈을 책봉하시니 연(年)이 십이 세라. 덕성이 아름다우
> 니 상과 후가 크게 사랑하사, 조정국사(朝廷國事) 여가에는 주야로
> 내전에 계오사 화언(和言)으로 한담하시고 세자빈과 세자를 앞에
> 두사 재미를 보시니,539)

인용문의 병자년은 숙종 22년으로 인현왕후가 복위되어 2년 후가 된
다. 당시 8세인 경종은 숙종 21년(1695) 3월 12일에 입학례를 하고 4월
18일에 관례를 하였다.540) 이듬해에 청송 심씨541)와 가례를 행하였다.

---

538) <인현왕후전>, 88쪽.
539) <인현왕후전>, 65쪽.
540) 『숙종실록』 권28, 숙종 21년(1695) 4월 18일(기유).
541) 단의왕후(端懿王后, 1686~1718)는 숙종 12년(1686) 5월 21일 회현동(會賢
　　洞)에서 아버지 청은부원군(靑恩府院君) 심호(沈浩, 1668~1704)와 어머니
　　영원부부인(靈原府夫人) 고령 박씨(高靈 朴氏)의 딸로 태어났다. 11세인 숙

<인현왕후전>에는 장희빈이, "세자는 기출이로되 세자빈을 얻어 무궁한 영화와 극진한 효성을 중궁에서 혼자 보시는가 하여 오매에 요악한 마음으로 이를 갈며, 죽어도 원수를 갚으리라 하여 요기로운 무당과 흉악한 술사를 얻어 주야 모의하여 저주를 시작했다"[542]고 한다. 인현왕후가 승하하던 해의 탄신일(4월 23일) 때에 여러 사람들이 의복을 선물하였으나 일절 받지 않았었다. 당시 세자가 장희빈이 선물한 옷을 보고 받기를 권하자, 세자의 간절한 효심과 체면을 생각하여 부득이 받았다고 한다. 그 옷을 왕후가 입지는 않았지만 왕후의 처소에 있었으므로 저주의 힘이 작용하여 그 후에 병세가 더욱 심하게 되었다고 했다. <인현왕후전>의 작자는 이때 세자의 심정을 아래와 같이 서술했다.

　　슬프다! 간인(奸人)의 화가 궁극함이 이대도록 심할 줄 누가 알며, 세자도 추호나 앎이 있으면 친모(親母)의 허물을 감추지 못한들 어찌 권하여 받으시게 하리요, 비록 장빈의 몸에 탄생하였으나 온전한 자애지성은 중궁께 받자와 친생에 지나는 정이 있거늘, 다른

종 22년(1696) 4월 8일에 왕세자빈으로 간택되어 5월 15일에 왕세자빈으로 책봉되었다. 숙종 44년(1718) 2월 7일 33세로 승하하였다. 경종 2년(1722) 9월 3일에 단의왕후로 추책(追册)되었다. 단의왕후는 세종 비 소헌왕후(昭憲王后) 심씨의 아버지 청천부원군(靑川府院君) 심온(沈溫, 1375~1478)의 12대손이고, 명종 비 인순왕후(仁順王后) 심씨의 아버지 청릉부원군(靑陵府院君) 심강(沈鋼, 1514~1467)의 7대손이다. 청송 심씨 가문에서 세 번째로 왕비가 될 수 있었으나 경종이 즉위하기 전에 승하하여 경종 즉위 후에 왕비로 추책 되었다. 시호는 단의(端懿), 휘호는, 영휘 공효 정목 단의(永徽恭孝定穆端懿), 능호는 혜릉(惠陵)으로 경기도 구리시 인창동 동구릉 경내에 있다.
542) <인현왕후전>, 66쪽.

후빈들은 전중에 왕래하여 화기와 은혜가 온전하되 장씨 친모는 자작지얼로 스스로 용납지 못하니, 모자간이라도 간언이 유익함이 없고 평생에 무안무색(無顏無色)한지라. 어미 행여 공순하신가 하여 권하였더니 종신지한이 되시니라.[543]

장희빈이 자진한 후, 세자와 빈궁(嬪宮)의 거애(擧哀) 절차에 대한 논의가 있었다. 당시 대신들은, "장씨는 왕세자에게 스스로 모자의 친(親)이 있으니, 그 죄명 때문에 이것을 끊어버릴 수는 없다"고 하였다. 숙종은 대신들의 뜻을 받아들여 세자의 망극한 마음을 위로하기 위하여 별당(別堂)에서 고부(告訃)하고 거애(擧哀)하도록 하였다.[544] 다음 날에도 왕세자와 빈궁(嬪宮)의 복제(服制)에 대하여 예조에서, '서자(庶子)로서 아버지의 후사가 된 자는 그 어머니를 위해서 시마복(緦麻服)[545]을 입는다'는 예문(禮文)을 근거로 숙종께 청하여 허락받는다.[546]

숙종은 천륜은 거역할 수 없으므로 장사하기 전날에 어머니의 시신을 모셔놓는 곳에 직접 찾아가서 이별할 수 있도록 허락하였다.[547] 1월 30일, 장희빈의 장지(葬地)는 예조참판(禮曹參判) 이돈(李墩)과 종실(宗室) 금천군(錦川君) 이지(李榗)가 지관(地官)을 거느리고 여러 곳을 다닌 후에 양주(楊州) 인장리(茵匠里)로 정하였다. 장사하는 날, 세자는 장지(葬地)에 가지는 못하였지만 발인(發靷)과 하관(下棺)할 때에

---

543) <인현왕후전>, 70쪽.

544) 『숙종실록』권35, 숙종 27년(1701) 10월 10일(계해).

545) 시마복(緦麻服)은 상복(喪服)의 하나로 가는 베로 만들어 시마친(緦麻親)의 상사(喪事)에 3개월 동안 입던 상복(喪服)임.

546) 『숙종실록』권35, 숙종 27년(1701) 10월 11일(갑자).

547) 『숙종실록』권36, 숙종 28년(1702) 1월 29일(신해).

궁궐에서 마지막으로 이별의 눈물을 흘릴 수 있도록 망곡(望哭)을 허락받았다.[548] 장희빈은 세자의 생모이지만 법적으로는 어머니가 아니므로 상례에 의하여 세자의 복제(服制)는 시마(緦麻)로 하였었다. 그러므로 숙종 28년 10월 9일의 기년(朞年) 제사에서는 망곡을 할 수 없었다.[549]

생모의 죄가 만천하에 알려지게 되었을 때에 세자의 마음이 어떠했을까는 충분히 짐작할 수 있다. 당시 세자의 마음을 <인현왕후전>은 아래와 같이 서술했다.

> 궁중이 새로 망극하되 세자가 계신 고로 감히 말을 못하나, 인사 알으신 후로는 자모(慈母)로 지한(至恨)이 되어 중궁전 성모와 은애를 받자와 극진하시더니, 몽매 밖에 화변을 만나사 처신을 아무리 하실지 몰라 자처죄인(自處罪人)하고 여러 번 상소하사 청죄하시고 세자 위를 사양하시니, 상이 추연감오하사 가라사대,
> "어미의 죄로 어찌 무죄한 자식을 폐하리요. 이런 말은 다시 말라."
> 세자가 오히려 두문불출하고 위를 임치 않으사 사양하시니, 상이 불러 앞에 앉히시고 손을 잡아 개유이 탄식 왈,
> "네 어미의 앙화(殃禍) 자식에게 미쳐 골수에 병이 되어 진퇴무안(進退無顔)하여 말이 이러하니, 네 모(母)의 죄는 가히 죽음직하나 내 마음이 아프도다. 부자는 천성지친이라. 아비 용서하니 자식이 어찌 거스르리요. 이런 말을 말라."
> 하시니 세자가 고두체읍(叩頭涕泣)하고 성은을 감사하여 마지못하여 위에 서시나, 평생 무궁한 지통으로 아시더라.[550]

---

548) 『숙종실록』 권6, 숙종 28년(1702) 1월 30일(임자).
549) 『숙종실록』 권36, 숙종 28년(1702) 10월 9일(병술).
550) <인현왕후전>, 91쪽.

인용문은 세자가 죄인의 아들로서 동궁에 있을 수 없다고 사양하고, 숙종은, "어미의 죄로 어찌 무죄한 자식을 폐하리요. 이런 말은 다시 말라"고 한 부분이다. 그 후에도 세자는 두문불출하고 세자의 자리를 사양하자, "네 어미의 죄는 죽는 것이 마땅하지만 부자는 천륜이라 아비가 자식을 용서하였는데 자식이 어찌 거역하는가"며 다시는 그런 말을 하지 말라고 한다. 당시 세자는 성은에 감사하고 마지못하여 세자의 지위에 있었으나 평생 무궁한 지통으로 알았다고 서술했다. 세자의 마음을 잘 헤아린 대목이다.

장희빈은 파란만장했던 삶만큼이나 영혼의 안식처도 여러 차례 옮겨졌다. 숙종 43년(1717) 12월 7일 강릉(江陵)에 사는 유학(幼學) 함일해(咸一海)가, "희빈의 묘소를 살펴보건대, 용맥(龍脈)은 있으나 혈(穴)이 없고 수법(水法)도 합당하지 못하여 완전한 곳이 아닌 것 같다"는 상소를 올렸다. 당시 숙종은 감히 '희빈'이라는 작호(爵號)를 썼으니 매우 절통(絶痛)하다면서 상서를 도로 내어주도록 했다.[551] 그 후 우의정(右議政) 조태채(趙泰采)가 함일해(咸一海)의 상서(上書)에 "용맥(龍脈)에 혈(穴)이 없고 수법(水法)이 합치되지 않는다"고 한 내용이 어떠한 것인지 알지 못하겠다고 하여 장희빈의 장지에 대하여 다시 거론하게 된다. 조태채는, "처음 장지를 정할 때에도 예조의 당상관이 지사들을 데리고 가서 직접 보고 정한 것이지만 흠이 있다는 말이 있으니 가서 살펴보고 이에 대한 시비(是非)를 막는 것이 좋을 것 같다"[552] 하여 허락한다.

---

551) 『숙종실록』 권60, 숙종 43년(1717) 12월 7일(정해).
552) 『숙종실록』 권61, 숙종 44년(1718) 1월 19일(무오).

숙종 44년(1718) 1월 9일, 예조 참의 이조(李肇)가 여러 지사들을 거느리고 가서 장씨의 묘를 자세히 보고 돌아왔다. 지사 13인 가운데 전혀 하자가 없다고 한 사람은 단지 4인뿐이었고, 그 나머지는 함일해의 말과 일치되지는 않으나 하자가 많다고 하여 지술(地術)에 밝은 자에게 다시 살피도록 하였다.

2월 20일 묘소를 다시 살펴 본 결과, 함일해의 말과 같이 하자가 있다고 주장하는 사람이 한두 사람이 아니라고 보고하였다. 이날 숙종은 "여러 지사들 가운데 하자가 있다고 말하는 자가 많기 때문에 세자(世子)가 다른 데로 천장(遷葬)하기를 간절히 원하니, 따르지 않을 수가 없다"[553]면서 묘소를 옮기는 준비가 시작된다.

12월 23일, 장희빈의 묘소를 옮기는 곳을 광주(廣州) 진해촌(眞海村)으로 정하였다. 이에 앞서 묘소를 옮기기로 결정한 후에, 예조참의(禮曹參議)가 지사로 이름이 있는 10여 명을 거느리고 길지(吉地)를 경기도 내에서 찾기 시작하였다. 그 후 1년 만에 수원(水原)의 청호촌(靑好村)과 광주(廣州)의 진해촌(眞海村) 두 곳이 물망에 올랐다. 그중 수원은 비방과 칭찬이 여러 갈래로 많았으므로 진해촌으로 정한다.[554]

숙종 45년(1719) 3월 8일, 천장(遷葬)을 위하여 구분(舊墳)을 허물고,[555] 4월 7일, 새로 마련한 진해촌(眞海村)에 하관(下棺)하였다.[556] 묘를 파내는 날이나 하관하는 날에도 장희빈의 아들인 세자는 직접 참석하지

---

553) 『숙종실록』 권61, 숙종 44년(1718) 2월 20일(기해).

554) 『숙종실록』 권62, 숙종 44년(1718) 12월 23일(병인).

555) 『숙종실록』 권63, 숙종 45년(1719) 3월 8일(신사).

556) 『숙종실록』 권63, 숙종 45년(1719) 4월 7일(기유).

못하였다. 다만 세자빈과 함께 대궐 안에서 어머니 묘소가 있는 곳을 향하여 슬피 우는 망곡례(望哭禮)로 아픈 마음을 대신했다.

그 후 1969년 6월, 도로를 건설하기 위하여 광주 진해촌에서 다시 경기도 고양시 서오릉(덕양구 용두동, 사적 제198호) 경내로 옮긴다. 서오릉에는 숙종과 세 왕후(인경, 인현, 인원)가 먼저 잠들고 있었다. 처음으로 모셔진 인경왕후는 익릉(翼陵)에, 인현왕후와 숙종은 명릉(明陵)에 쌍릉 형식으로, 가장 나중에 모셔진 인원왕후도 명릉(明陵)에 단릉으로 모셔졌었다. 장희빈도 명릉(明陵)에서 약간 후미진 곳에 대빈묘(大嬪墓)로 이장되면서 <인현왕후전>의 주인공은 모두 가까이 모여 영면하게 되었다.

경종 즉위년(1720) 7월 21일, 장씨의 명호(名號)를 정하여 줄 것을 청하는 상소가 있었다. 유학(幼學) 조중우(趙重遇)는, "제왕(帝王)의 덕의(德義)는 효행에 지나침이 없고, 추보(追報)의 도리는 예경(禮經)의 밝은 훈계이며, 어미가 아들로써 존귀하게 되는 것은 『춘추』의 대의(大義)입니다. 이제 전하께서 종사(宗社)와 신인(神人)의 주(主)가 되었는데, 낳아 주신 어버이는 오히려 명호(名號)가 없이 적막한 마을에 사우(祠宇)는 소조(蕭條)하고 한 줌의 무덤에는 풀만 황량합니다. 문무조신(文武朝臣)의 2품관도 오히려 증직(贈職)의 영전(榮典)이 있는데, 전하께서는 당당한 천승(千乘)의 존귀한 몸으로써 유독 낳아서 길러 준 어버이에게는 작호(爵號)를 더함이 없으니, 무엇으로써 나라의 체통을 높이고 지극한 정리를 펴겠습니까"라고 상소했다. 조중우의 상소는 장희빈의 아들 경종의 마음을 대신 전해 준 것으로 생각된다.

명호는 작호(爵號)와 같은 뜻으로 지위를 표시하는 명칭을 말한다. 장희빈은 인현왕후의 저주사건이 발각되어 사망한 후에 명호를 쓰지 못하게 하였었다. 전일 강릉(江陵)에 사는 유학(幼學) 함일해(咸一海)가 "희빈(嬉嬪)의 묘소를 살펴보건대, 용맥(龍脈)은 있으나 혈(穴)이 없고 수법(水法)도 합당하지 못하여 완전한 곳이 아닌 것 같았습니다"라는 상소에서 '희빈'이라 한 것을 보고 숙종은, "감히 작호(爵號)를 썼으니 매우 절통(絶痛)하다. 이 상서는 도로 내어주도록 하라"557)고 하였었다. 그러므로 장희빈은 숙종이 승하할 때까지 '희빈'이란 작호는 쓰지 못하여 『숙종실록』에는 '장씨'로 기록되었다. 그 후 경종이 즉위한 후에도 '장씨'로 불리고 있었음으로 조중우가 명호를 정하여 줄 것을 청하는 상소를 올린 것이다.

경종 2년(1722) 10월 10일, 장희빈을 추존(追尊)하여 옥산부대빈(玉山府大嬪)이라 한다.558) 10월 15일, 경종은 "본궁(本宮)의 사우(祠宇)를 지을 곳이 매우 합당하지 못하니, 밝고 넓은 곳을 다시 더 정결하게 골라 아뢰라"559)고 하여 좋은 곳에 모시고 싶은 자신의 마음을 전한다. 이를 보면, 경종은 아버지가 살아계실 때에는 인현왕후를 저주한 사건으로 처참하게 죽은 생모에 대한 죄의식으로 마음 편할 날이 없었고, 왕이 되어서도 생모에 대한 문제를 매우 신중하게 처리하였음을 알 수 있다.

경종 3년(1723) 6월 9일, 경종은 어머니의 사묘(私廟)를 경행방(慶幸

---

557) 『숙종실록』 권66, 숙종 43년(1717) 12월 7일(정해).
558) 『경종실록』 권10, 경종 2년(1722) 10월 10일(임술).
559) 『경종실록』 권10, 경종 2년(1722) 10월 15일(정묘).

坊 : 지금 서울 경운동과 낙원동 부근)에 모신 대빈궁(大嬪宮)에 처음으로 거둥하였다. 그날 어머니를 향한 경종의 마음을 하늘도 헤아렸음인지 공교롭게도 비가 왔다. 대신들이 '비가 오니 일정을 미루자'고 청하였으나 임금이 따르지 않았다560)고 『경종실록』에 기록되었다. 얼마나 오랫동안 간절히 기다렸었는데 비가 온다고 미룰 수 있었겠는가?

경종의 가슴 아픈 사연을 간직하고 어렵게 모셔진 장희빈은 사당도 그 후 여러 차례 옮기게 된다. '사당'은 왕비가 아닌 왕의 생모 위패를 모시고 토지를 관리하면서 제사를 모시는 곳으로 '궁'이라고 하기도 하였다. 고종 7년(1870) 1월 2일에 대빈궁을 영조의 생모인 숙빈 최씨의 신위를 모신 육상궁(毓祥宮)에 옮긴다.561) 고종 24년(1887) 4월 30일에는 희빈 장씨의 사당을 다시 예전의 대빈궁 자리인 경행방에 다시 모시도록 하고, 공사는 윤4월 4일부터 시작하도록 하였다562)는 기록이 있다.

순종 1년(1908) 7월 23일, 순종은 여러 곳에 흩어져 있던 사당을 육상궁에 함께 모시면서 대빈궁도 육상궁 경내에 옮겼다.563) 지금은 원종의 생모 인빈 김씨(仁嬪 金氏), 경종의 생모 희빈 장씨(禧嬪 張氏), 영조의 생모 숙빈 최씨(淑嬪 崔氏), 진종의 생모 정빈 이씨(靖嬪 李氏), 장조(사도세자)의 생모 영빈 이씨(暎嬪 李氏), 순조의 생모 수빈 박씨(綏嬪 朴氏), 영친왕의 생모 순비 엄씨(淳妃 嚴氏)의 위패를 모시고 칠궁

---

560)『경종실록』권12, 경종 3년(1723) 6월 9일(병진).
561)『고종실록』권7, 고종 7년(1870) 1월 2일(무진).
562)『고종실록』권24, 고종 24년(1887) 4월 30일(정해).
563)『순종실록』권2, 순종 1년(1908) 7월 23일(양력).

(七宮)이라 한다. 칠궁은 현재 저마다의 사연을 간직한 채 서울시 종로 구 궁정동 청와대와 담장을 마주하고 있다.

4. 숙종(肅宗)의 여인들

<인현왕후전>의 중심축인 숙종의 선원록(璿源錄)에는 3명의 왕후 (인경, 인현, 인원)와 4후궁(희빈 장씨, 숙빈 최씨, 영빈 박씨, 영빈 김씨)으로 되어 있다. 그러나 선원계보에 나오지 않는 2후궁(소의 유씨, 귀인 김시)을 합하면 숙종의 아내라고 할 수 있는 여인은 모두 9명이다. 그중 <인현왕후전>에 등장하는 인경왕후, 인현왕후와 후궁 희빈 장씨, 숙빈 최씨를 제외하고 정리하면 아래와 같다.

1) 인원왕후(仁元王后)

숙종의 세 번째 왕비인 인원왕후 김씨(仁元王后 金氏, 1687~1757) 는 숙종 13년(1687) 9월 29일 축시(丑時)에 외가인 한양 순화방(順化 坊)에서 태어나 숙종보다 26살 아래다. 본관은 경주(慶州)로 아버지 경 은부원군(慶恩府院君) 김주신(金柱臣, 1661~1721)과 어머니 가림부부 인(嘉林府夫人) 임천 조씨(林川 趙氏, 1660~1730)의 2남 3녀 중 둘째 딸로 태어났다.

김주신은 36세인 숙종 22년(1696) 생원시에 1등으로 합격하여 39세 인 숙종 25년(1699) 종 6품 귀후서별제(歸厚署別提)에 이어 사헌부감찰, 호조좌랑 등을 역임하고 40세인 숙종 26년(1700) 순안현령(順安縣令)으로 있으면서 명관으로 이름이 높았다. 42세인 숙종 28년(1702) 둘째 딸이 숙종의 제2계비가 되었다.

영조가 친히 지은 인원왕후 행록에는, "성후(聖后)께서 어렸을 적에 종조모(從祖母) 권씨(權氏)가 보고 특이하게 여겨 말하기를, '걸음걸이가 얌전하고 행동이 단정하니 범상하지 않음이 틀림없다' 하였으니, 사람을 알아보는 식견이 분명하다고 할 수 있다. 우리 성모(聖母)께서는 성품이 본래 단정하고 엄숙하며 정숙하고 전일하며 조용하고 말수가 적었다"564)고 한다.

인원왕후가 15세인 숙종 27년(1701) 8월 14일, 인현왕후가 승하하여 16세인 숙종 28년(1702) 9월 3일에 간택되었다.565) 9월 26일에 납징례(納徵禮), 10월 1일에 고기례(告期禮), 10월 3일에 책비례(册妃禮)를 정사(正使) 좌의정 이세백(李世白) 등을 보내어 어의동(於義洞) 별궁(別宮)에서 행하였다. 당시 숙종은 42세였다. 홍문제학(弘文提學) 강현(姜鋧)이 지은 옥책문(玉册文)은 아래와 같다.

---

564) 『영조실록』권89, 영조 33년(1757) 3월 26일(정사).
565) 삼간택(三揀擇)을 거행하는 동안 대신(大臣)과 예관(禮官)들이 빈청(賓廳)에 와서 기다렸다. 임금이 하교(下敎)하기를,
"대혼(大婚)을 순안 현령(順安縣令) 김주신(金柱臣)의 집으로 결정하려고 하는데 어떠한가?"
하니, 좌의정 이세백(李世白)·우의정 신완(申琓)·예조 판서 김진귀(金鎭龜)·참판 유지발(柳之發)·참의 홍수주(洪受疇)가 모두 변하(抃賀)를 견딜 수가 없다고 대답하였다.『숙종실록』권37, 숙종 28년(1702) 9월 3일(신해).

"왕은 말하노라. 원광(圓光)이 해를 거슬러 올라가니, 이요(二曜)와 아울러 정명(貞明)하고, 두터운 덕이 하늘을 받드니 양의(兩儀)로 나뉘어져 복재(覆載)하였다. 그러므로 국풍(國風)이 비로소 바로 잡혔으니, 곧 인도의 발단이었다. 복을 받고 상서로움을 쌓았으니 현부(玄符)가 마침내 증험(證驗)되었으며, 명호(名號)를 높이고 위서(位序)를 정하였으니 욕전(縟典)을 곧 수행(修行)할 것이다.

아! 그대 김씨는 경사를 쌓은 좋은 집안에 태어나 아름다움을 품은 훌륭한 규범 속에서 자랐도다. 상서(尙書)의 옛 교훈을 이어받아 일찍이 휘음(徽音)을 퍼뜨렸으며, 상국(相國)의 남긴 명예를 계승하여 혜문(惠問)을 더욱 드러내어 마침내 문천의 꿈(捫天之夢)과 화합하니, 이에 영위(迎渭)의 다리를 이루었다. 모든 경사(卿士)에게 물으니 다 매우 착하다 말하고, 점을 쳐보니 또한 길하다고 하였다. 이장(彝章)의 거행은 예경(禮經)을 모방하여 문장을 밝힌 것이며, 복색(服色)이 이에 빛남은 고실(故實)을 따라 예물을 마련한 것이다. 이에 신 의정부 좌의정 이세백(李世白)과 예조 판서 김진귀(金鎭龜)를 보내어, 부절(符節)을 가지고 예의를 갖춰서 책명(冊命)하여 왕비로 삼는다. 부덕이 이미 극(極)에 짝이 되는 데 적합하니 음교(陰校)를 장차 입을 것이며, 교화(校化)는 반드시 집을 잘 다스리는 데서 시작되니 곤의(壺儀)를 마땅히 닦을 것이다.

아! 오로지 근검하여야 아랫사람을 거느릴 수 있고, 단장(端莊)하여야 높은 자리에 있을 수 있을 것이며, 오직 내외가 서로 화목해야 집과 나라가 편안하고, 처음부터 끝까지 게으르지 않아야 복록이 많을 것이다. 원량(元良)을 잘 보살펴서 마후(馬后)가 한장제(漢章帝)를 무육(撫育)한 것과 같이 할 것이며, 주야로 바르게 경계하기를 강비(姜妃)가 주선왕(周宣王)을 깨우친 것과 같이 하면, 백성들이 다 훌륭한 국모라고 칭송할 것이다. 그러므로 이에 교시하니, 의당 자세히 알라."566)

좌참찬(左參贊) 이여(李畬)가 지은 교명문(校命文)은 아래와 같다.

"왕은 말하노라. 왕화(王化)의 근본은 내치에서 힘입고, 종사의 중요함은 공승(共承)에서 기대하였다. 그러므로 건도(乾道)는 홀로 이루어질 수 없고, 곤정(壼政)은 잠시라도 비워둘 수 없으니, 인륜의 처음을 근신함이며 감히 궁실의 편안함만 생각하는 것은 아니다. 이에 이장(彝章)을 따라서 욕전(縟典)을 거행하는 것이다.

아! 그대 김씨는 세신(世臣)의 집안으로 일컬어졌고, 증사(曾沙)의 상서에서 나타나게 되었다. 유한(幽閑)하고 정정(貞精)한 몸가짐은 훌륭한 자질로 태어났음이며, 온순하고 혜신(惠信)한 행실은 일찍이 휘음(徽音)을 드러내었다. 중전의 결위(缺位)를 이으려면, 마땅히 명문에서 덕있는 이를 골라야 하는데, 이미 황상(黃裳)의 길함에 적합하니, 적유(翟褕)의 존귀함에 합당하다. 거북점을 참고하여도 화합하여 복종하고, 경사(卿士)들과 의논하여도 모두 마땅하다 하였다.

한 사람이 가정을 바르게 다스리면 온 천하가 평정될 것이니, 이는 옛 성왕(聖王)이 먼저 한 것이며, 열 사람의 어진 신하(十亂臣) 가운데 부인이 참여하였으니, 거의 충량(忠良)한 보좌를 의뢰하였다. 이에 신하 의정부 좌의정 이세백(李世白)과 예조 판서 김진귀(金鎭龜)를 보내, 길일을 가려서 의례(儀禮)를 갖추게 하고, 금보(金寶)와 옥책(玉册)을 주어 그대를 책봉하여 왕비를 삼으니, 그대는 마땅히 음교(陰校)를 힘써 닦고 외화(外和)를 도와서 선포할 것이며, 인사(禋祀)를 받들 때는 숙야(夙夜)의 정성을 다할 것이며, 원량(元良)을 사랑할 때는 고복(顧復)하는 사랑을 이룰 것이다.

주(周)나라 시(詩)에서 갈류(葛藟)를 읊은 것 같이 아랫사람을 은

---

566)『숙종실록』권37, 숙종 28년(1702) 10월 3일(경진), 세 번째 기사.

총으로 대할 것이며, 제(齊)나라 침실에서 계명(鷄鳴)을 알리는 것 같이 나를 깨우쳐 주는 데 게으름이 없어야 할 것이다. 아! 오직 공검(恭儉)하여야 부귀를 지킬 수 있고, 오직 우로(憂勞)하여야 편안함을 보전할 수 있을 것이다. 상복(象服)이 이에 빛나니 반드시 다복하여 영원히 편안할 것이고, 보명(寶命)은 쉽사리 얻을 수 없으니 끝까지 명예를 누리도록 힘쓰지 않겠는가? 그러므로 이에 교시하니, 의당 자세히 알라."567)

인용문의 옥책문(玉册文)과 교명문(校命文)에서 알 수 있듯이 숙종이 직접 인원왕후를 왕비로 간택하기로 작정하고 신하들의 의견을 들었음을 알 수 있다. 또한 왕후는 세신(世臣)의 좋은 집안에서 훌륭한 자질(資質)로 태어났으며, 여러 사람들이 매우 착하다 말하고, 점을 쳐보니 또한 길(吉)하다고 하였기 때문에 왕비로 책봉된 것을 알 수 있다. <인현왕후전>에는 인원왕후가 아래와 같이 등장한다.

국체에 곤위 비었으니 마지 못 하사 중궁을 간택하실세 경은부원군(慶恩府院君) 김주신(金柱臣)의 여를 취하사 임오년에 책봉왕비(册封王妃)하시고, 조하(朝賀)를 받으실 새 전일을 추모(追慕)하사 누수(淚水)가 떨어져 용포(龍袍)를 적시시니 비빈과 궁녀가 슬퍼 체읍하더라.568)

인원왕후가 27세인 숙종 39년(1713) 3월 9일 혜순(惠順)이라는 존호를 받으면서 대제학(大提學) 송상기(宋相琦)가 지어 올린 악장(樂長) 사

---

567) 『숙종실록』 권37, 숙종 28년(1702) 10월 3일(경진), 네 번째 기사.
568) <인현왕후전>, 93쪽.

제지곡(思齊之曲)569)은 아래와 같다.

사제지곡(思齊之曲)

사제성녀(思齊聖女)	단정하신 성녀(聖女)시여,
극배아왕(克配我王)	우리 왕의 배필이 되시었도다.
지재승천(至哉承天)	지극하게도 하늘을 받드시니,
함물차광(含物比光)	만물을 감싸주어 빛을 같이하였도다.
곤정이수(壺政以修)	궁중의 법도 닦으시니,
유목기풍(有穆其風)	그 풍도(風度) 온화하도다.
찬치가방(贊治家邦)	나라를 도와 다스리는데,
막기음공(莫非陰功)	음공(陰功)이 아님이 없네.
유혜유순(維惠維順)	오직 은혜롭고 유순하심은,
유덕지후(維德之厚)	그 덕이 순후(順厚)함이라.
이영유칙(以永柔則)	유순한 법도를 영원히 하시어,
천록시수(天祿是受)	하늘이 주는 복록을 받으소서.

인원왕후가 34세 때인 숙종 46년(1720) 6월 8일, 숙종이 경덕궁(慶德宮) 융복전(隆福殿)에서 60세로 승하하였다. 당시 인원왕후는 은자를 내려 보태도록 하라며 원상(院相) 김창집(金昌集)에게 언서(諺書)로 아래와 같이 하교(下敎)하였다.

---

569) 『숙종실록』 권53, 숙종 39년(1713) 3월 9일(병술).

"진휼(賑恤)할 때 드는 은자(銀子)를 봉해 둔 이유를 어제 이미 하교하였다. 근래 해조(該曹)의 재정이 바닥이 난 가운데 지금 국휼(國恤) 초상(初喪) 때의 모든 물품과 산릉(山陵)의 공역(工役)을 모두 다 감당하게 되니, 모든 일에 반드시 부족할 염려가 많을 것이다. 그러므로 이 은자를 내보내니, 해조에 분부하여 이것을 보태 쓴다면 또한 민폐를 더는 일단(一端)으로서 실로 진휼에 보태 쓴 것이나 다름이 없을 것이며, 또한 성상의 뜻에도 어긋나지 않을 것이다. 3천 7백 53냥을 내보내니, 이 은자를 가지고 국장에 보태 쓰는 것이 옳을 것이다. 성상(聖上)께서는 나라 일을 부지런히 노력하신 외에 서사(書史)를 매우 좋아하시었다. 그러므로 베껴 쓰거나 제술하신 것이 아주 많았다. 마땅히 조정에 내어 보여야 할 것들은 일찍이 이미 기록하여 갈무리해 두셨다. 이러한 천지 망극을 당한 가운데 이것은 동궁에게 보내어 내보이는 자료로 삼는다."570)

숙종은 오랫동안 병으로 고생하다가 사망했다. 그동안 인원왕후는 정성으로 보필하였으며 승하 후에도 숙종의 덕에 누가 되지 않도록 세심한 배려와 정성을 다하였다. 영조는 인원왕후의 행록을 직접 지으면서 아래와 같이 회고했다.

7년 동안 성고(聖考)를 시탕(侍湯)하며 한결같은 마음으로 게을리 하심이 없었고, 다섯 달 동안 빈전(殯殿)에서 모시며 아무리 혹독한 추위와 찌는 듯한 더위라 하더라도 일찍이 혹시라도 떠나시지 않았다. 3년 동안의 제전(祭奠)은 반드시 정성과 공경으로 하시니, 이 때문에 해사(該司)에서 올리는 제물도 감히 정성을 다하지 않을 수 없었다.

570) 『숙종실록』 권65, 숙종 46년(1720) 6월 9일(갑진).

옛날의 성덕을 깊이 본받아 백성을 사랑하는 은혜와 백성을 가
엾게 여겨 돌보시는 혜택이 피부와 뼈 속에 젖어드는데, 자애로운
어진 마음이 한(漢)나라 명덕 황후(明德皇后)보다도 뛰어나시니, 소
자(小子) 같은 얕은 효성으로도 자성의 두터운 은혜를 입게 되었다.
비록 조용히 조섭(調攝)하는 가운데 계시면서도 오히려 잊지 않고
돌보아 마지 않으셨으니, 아! 자성의 은혜는 하해와 같아 헤아릴 수
가 없다.571)

숙종이 승하한 후, 경종이 즉위하여 왕대비가 된다.572) 경종은 숙종
을 이어 보위에 올랐으나 오랫동안 병중에 있어 후사가 없었으므로 즉
위 초부터 후사(後嗣) 문제가 거론 되었다. 노론들은 숙종의 밀탁을 받
았을 뿐 아니라, 삼종혈맥으로 보아 경종이 아들이 없는 경우에는 연
잉군을 추대하는 것이 당연하다고 생각하였다. 그러나 경종의 계비(繼
妃) 선의왕후573)는 "어머니 소리를 듣기 소원한다"며 시동생을 후계자
로 삼는 것을 반대했다. 신축년 8월에 김창립, 민진원 등 노론들이 연
잉군을 왕세제로 세워 대리정사를 추진하려 하였으나, 경종의 비 어씨

---

571) 『숙종실록』 권89, 영조 33년(1757) 3월 26일(정사).
572) 『경종실록』 권1, 경종 즉위년(1720) 6월 15일(경술).
573) 선의왕후(宣懿王后, 1705~1730)는 경종의 계비(繼妃)다. 왕후는 아버지 영
　　돈녕부사(領敦寧府事) 함원부원군(咸原府院君) 어유구(魚有龜, 1675~1740)
　　의 4녀다. 완양부부인(完陽府夫人) 전주 이씨(全州 李氏) 소생으로 숙종 31년
　　(1705) 10월 29일에 태어났다. 14세인 숙종 44년(1718) 윤 8월 1일 세자빈으
　　로 간택되어 9월 16일 가례를 올렸다. 16세인 숙종 46년(1720) 6월 8일 숙종
　　이 승하하고, 6월 13일 세자가 즉위하여 왕비가 되었다. 20세인 경종 4년(1724)
　　8월 25일 경종이 승하하고, 8월 30일 왕세제(영조)가 21대 왕으로 즉위하여
　　왕대비(王大妃)가 되었다. 영조 6년(1730) 6월 29일 26세로 승하하였다.

를 중심으로 한 소론의 반대로 대리정사가 무산되고 노론이 큰 화를 입었다.[574] 당시 인원왕후의 아버지 김주신은 연잉군이 왕세제로 책봉하는 데에 결정적인 역할을 했다고 한다.

영돈녕부사(領敦寧府事) 김주신이 졸하였다. 김주신의 자(字)는 하경(廈卿)으로, 인원 왕비의 아버지이다. 숙종 22년(1696)에 생원(生員)에 합격되어 순안 현령(順安縣令)이 되었다가 인원 왕비가 중궁에 정위(正位)되자 김주신이 영돈녕부사로 승진되고 경은 부원군(慶恩府院君)에 봉해졌다. 몸가짐이 근밀(謹密)하였고, 지성으로 나라를 위하였다.

성상이 즉위하여 환관(宦官)이 용사(用事)하자, 영의정 김창집(金昌集)이 일찍이 김주신과 더불어 말하기를,

"왕실이 조석(朝夕)에 장차 망할 것입니다."

하고, 인하여 눈물을 흘리니, 김주신도 울었다. 김창집이 말하기를,

"선왕(先王)의 개자(介子)인 연잉군(延礽君)이 어질고 효성스러워 덕행이 있으니, 공(公)이 만약 왕대비께 아뢰어 저사(儲嗣)로 삼는다면 환관을 베어 죽일 수 있고, 종국(宗國)도 또한 편안해질 수 있을 것입니다."

하니, 김주신이 말하기를,

"감히 힘을 다하지 않을 수 있겠습니까?"

하였다. 조금 후에 김주신이 졸(卒)하니, 나이 61세였다. 임금이 발애(發哀)하고, 소선(素膳)을 들었으며, 시호(諡號)를 '효간(孝簡)'이라 하였다. 김주신이 이미 졸(卒)한 지 26일 만에 왕대비가 연잉군을 세워 세제(世弟)로 삼았다. 아! 종사(宗社)가 오늘날에 이르러 억

574) 성락훈, 「한국당쟁사」, 『한국문화사 대계 2』, 고대민족문화연구소, 1965, 358~366쪽.

만년(億萬年) 왕업의 기초(基礎)를 세우게 된 것은 모두 김주신의 힘이다.[575)]

인용문은 김주신의 청으로 왕대비가 연잉군을 궐내에 들어와 거처하게 하고 위호를 왕세제로 결정[576)]하도록 했음을 확인할 수 있다. 그후 경종의 계비 선의왕후를 중심으로 양자를 정하여 후사를 삼으려는 소론 측과, 김대비(인원왕후)를 중심으로 세제(世弟) 연잉군(延礽君)을 후사로 하려는 노론 측이 맞서고 있었다. 그러니 자연스럽게 그 아래의 내시와 상궁들도 양편으로 맞서고 있었다.

경종은 세제 편인 내시 장세상(張世相)을 귀양 보내고,[577)] 김일경(金一鏡)과 결탁한 내시 박상검(朴尙儉)과 문유도(文有道) 등에게 궁중 일을 맡긴다.[578)] 박상검이 궁녀들과 함께 왕세제를 죽이려 한 사건이 있었다. 박상검은 대궐 안에 여우가 있다는 핑계로 왕세제가 대전으로 문안하러 오는 길목에 함정을 파고 덫을 놓았다. 세제는 고립되어 궁중 문안의 길도 막히자, 새벽에 세제빈(世弟嬪) 서씨와 함께 샛길로 대비(인원왕후)께 가 울며 박상검 등의 죄상을 아뢰었다. 대비는 머리를 빗다가 바르게 쪽도 찌지 못한 채 급히 뜰에 내려 세제를 따라 나왔다. 궁녀가 급히 김대비를 업고 대조전에 이르러 닫혀 있는 문을 박차고 들어갔다. 김대비는 대신에게 언문교서(諺文敎書)를 내려 동궁을 모해한 내시와 궁녀를 처단하게 하였다.[579)]

---

575)『경종수정실록』권2, 경종 1년(1721) 7월 24일(계축) 영돈녕부사 김주신의 졸기.
576)『경종실록』권4, 경종 1년(1721) 8월 21일(기묘).
577)『경종실록』권5, 경종 1년(1721) 12월 22일(무인).
578)『경종실록』권5, 경종 1년(1721) 12월 23일(기묘).

인원왕후의 언문교서는, "선왕의 혈속(血屬)으로는 다만 대전(大戰)과 춘궁(春宮)이 있을 뿐이며, 책건(册建)한 이후에 양궁(兩宮)이 화협하였는데, 중인(中人)과 나인들이 서로 이간시킴으로 인하여 세제가 장차 불측한 지경에 빠지게 될 것이다. 선왕의 내려 주신 작호(爵號)에 의해서 세제로 하여금 밖으로 나가도록 하라. …중략… 저사의 결정은 곧 선왕(先王)의 유교(遺敎)를 받았고, 대전이 친히 작호를 썼으며, 내가 또 언서로 대신(大臣)에게 하교하여 결정하였다. 불행히도 궁인과 환시가 양궁(兩宮)을 서로 이간시켜 성총(聖聰)을 기폐(欺蔽)하므로, 내가 일찍이 개탄스럽게 여겼다. 그래서 궁인을 불러서 화동(和同)의 도리를 개유(開諭)하였더니, 감히 흉패(凶悖)한 말을 대전(大殿)과 내가 앉아 있는 앞에서 방자하게 늘어놓았다. 그 죄상은 반드시 해당되는 형률이 있을 것이다. 그중 한 명의 궁인은 바로 환시와 체결(締結)한 자이므로 마땅히 형률에 따라 처치하여야 할 것인데, 경 등도 마땅히 우리 주상과 동궁을 조호(調護)해서 우리 3백 년 종사(宗社)를 보호하여 선왕의 유교를 저버리지 않는 것이 바로 내가 바라는 바이다"580)는 내용이었다.

후사 문제는 노론이 승리함으로써 인원왕후는 36세인 경종 2년(1722) 9월 1일에 자경(慈敬)의 존호를 받았다. 인원왕후가 38세인 경종 4년(1744) 8월 25일 축시에 경종이 환취정(環翠亭)에서 37세로 승하한다.581) 8월 30일, 31세의 영조가 조선 21대 제왕으로 등극하여 인원왕후는 대

579)『경종수정실록』권2, 경종 1년(1721) 12월 22일(무인).
580)『경종수정실록』권2, 경종 1년(1721) 12월 22일(무인).
581)『경종실록』권15, 경종 4년(1724) 8월 25일(을미).

왕대비가 된다.

이러한 인연으로 영조는 인현왕후를 지성으로 섬기며 여러 차례 존호를 올리고 진연(進宴)을 베풀었다. 40세에 헌열(獻烈),[582] 54세에 광선(光宣)[583]과 현익(顯翼),[584] 61세에 강성(康聖),[585] 65세에 정덕(貞德),[586] 66세에 수창(壽昌),[587] 67세에 영복(永福),[588] 70세에 융화(隆化)[589]를 올렸다. 71세 2월부터 담증(痰症)으로 원기가 갑자기 가라앉았다. 영조는 이때부터 밤낮으로 옷을 벗지 않았고 때로는 난간에 의지하여 옷을 입은 채 자기도 하면서 간호하였다.[590]

인원왕후는 영조 33년(1757) 3월 26일 사시(巳時)에 창덕궁 경복전 서쪽의 영모단(永慕堂)에서 71세로 승하하였다. 이날 영조는 인원왕후의 행록을 짓기 위하여 밤에 승지를 불러 눈물을 삼키며 글을 불러주고 적도록 하다가 기운이 피로하여 이튿날에야 마치게 된다. 행록의 앞부분은 인원왕후의 친가 외가 가계와 선대의 관직을 열거하여 명문대가의 후손임을 알게 한다. 이어서 인원왕후의 탄생과 인자하고 검소한 성품, 당론의 폐습을 인식하고 삼종혈맥을 굳게 지킨 공로를 찬양

---

582) 『영조실록』권10, 영조 2년(1726) 7월 2일(임진).
583) 『영조실록』권51, 영조 16년(1740) 2월 22일(계사).
584) 『영조실록』권52, 영조 16년(1740) 7월 20일(무자).
585) 『영조실록』권65, 영조 23년(1747) 2월 19일(기묘).
586) 『영조실록』권73, 영조 27년(1751) 2월 27일(을미).
587) 『영조실록』권76, 영조 28년(1752) 5월 26일(병술).
588) 『영조실록』권80, 영조 29년(1753) 12월 26일(병오).
589) 『영조실록』권87, 영조 32년(1756) 1월 1일(기사).
590) 『영조실록』권89, 영조 33년(1757) 2월 27일(기축).

하는 글이 아래와 같이 이어진다.

　　인원왕후는 정묘년 9월 29일 축시(丑時)에 순화방(順化坊) 사제
(私第)의 양정재(養正齋)에서 탄강(誕降)하셨으니, 바로 조희일의
구제(舊第)이다. 임오년에 왕비로 책봉되고, 이어서 가례를 행하였
다. 성후(聖后)께서 어렸을 적에 종조모(從祖母) 권씨가 보고 특이
하게 여겨 말하기를, '걸음걸이가 얌전하고 행동이 단정하니 범상
하지 않음이 틀림없다' 하였으니, 사람을 알아보는 식견이 분명하
다고 할 수 있다. 우리 성모께서는 성품이 본래 단정하고 엄숙하며
정숙하고 전일하며 조용하고 말수가 적어서 주남(周南)의 교화가
궁곤(宮壼)에 가득히 넘치고, 탁룡(濯龍)의 경계가 심상(尋常)한데
서 뛰어나셨으며, 본가(本家)의 자손에 대해서는 비록 미관(微官)이
나 소직(小職)이라 하더라도 번번이 지나치다고 일컬으셨다.
…중략…
　　몸소 검소하여 절약하셨으니 이번의 대비전에서 글로 남기신 것
으로 살펴보면 우러러 그 사실을 알 수 있다. 무릇 제전(祭奠)에 대
해서도 모두 그릇 수를 정해 놓으면서 예전에 있었던 것을 지금에
줄인 것이 많았다. 그리고 내탕(內帑)의 은자(銀子)와 어고(御庫)의
필단(疋緞)은 도감(都監)에 내려주도록 유명(遺命)을 남기셨고, 능
전(陵殿)에 쓰는 은기(銀器)도 경자년에 진용(進用)했던 것을 쓰도
록 명하셨으며, 오늘날 염습(斂襲)에 필요한 여러 가지 기구와 빈전
(殯殿)에 드는 물건은 유장(帷帳) 등속과 대여(大轝)의 장식이라 하
더라도 모두 대비전에서 갖추어 두셨으니, 옛날을 사모하는 인자한
마음과 경비를 염려하는 아름다운 덕은 바로 옛날 사첩(史牒)에서
도 듣지 못했으며, 옛날에 하늘을 공경하고 백성을 불쌍히 여겨 돌
보신 융성한 뜻은 지금까지 추모하고 있다. …중략…
　　아! 당론(黨論)은 바로 나라를 망하게 하는 근본이므로 이 폐단을

매우 염려하셨는데, 말씀이 간혹 이 문제에 미치면 반드시 척속(戚屬)은 서로 경계하여 편당(偏黨)이 없도록 해야 한다고 매우 강개하셨으니, 국구(國舅)의 집안에만 훈계한 것이 아니고 이는 또한 성자(聖慈)의 교화가 미치는 바였다. 그러다가 소감(昭鑑)이 이미 이루어진 뒤에 이르러서는 자성께서 기뻐하여 하교하시기를, '이것으로 인하여 만약 편당(偏黨)이 없어진다면 나라를 위해 다행스러운 일이다' 하셨다. …중략…

아! 자성의 자애로운 마음은 황형(皇兄)에게나 소자에게 조금도 차이가 없었는데, 삼종(三宗)의 혈맥을 염려하고 황형에게 후사가 없음을 민망하게 여겨, 특별히 건저(建儲)하도록 명하신 것은 지나간 사첩에서도 듣지 못한 바였으며, 이 일로 인하여 황형에게는 후사가 있게 되고 소자는 의지할 데가 있게 되었던 것이다. 그런데 무신년의 역모와 을해년의 역모가 있을 줄 어찌 생각이나 하였겠는가? 이러한 일들은 소자만이 곧바로 죽고 싶었던 것이 아니고, 실제로 온 나라 사람들이 함께 분개하던 바였는데도, 자성께서는 이 사건을 듣고 웃으면서 답하시는 것이 평상시와 다름이 없으셨다. 이것이 소자가 흠모하며 탄복하는 까닭이니 크고도 지극하도다. 승하하신 지 7일 만에 휘호(徽號)를 정의 장목(定懿章穆)으로 의정(議定)하고 6월 13일에 시호(諡號)를 인원(仁元)으로 올렸으며, 7월 12일에 명릉(明陵)의 오른쪽 산등성이 신향(辛向)의 언덕에 봉장(奉葬)하였는데, 춘추는 71세이다.

7월 11일 발인하여 7월 12일 명릉에 장사했다. 당시 영조는 64세의 노인임에도 삼복(三伏) 더위에 잠시도 최복(衰服)을 벗지 않았으며, 5개월 동안 모셔 놓은 빈전(殯殿)에서 하루 일곱 번 곡읍(哭泣)하는 일을 한 번도 폐하지 않았다. 발인 때에도 최복을 갖추어 입고 곡(哭)하면서 걸어 따라 갔다. 인산(因山) 때에 임금이 여(轝)를 따라간 일은 열조(列朝)에 없었던 일이므로 성효(誠孝)는 하늘에서 타고난 것이라고 했다. 영조는 인원왕후의 병환 때도 밤을 새워 빌었고, 돌아가시자 관을 붙잡고 가슴을 치며 통곡하였으므로 좌우에 있는 사람을 슬프게 감동시켰다고 한다.[591]

뿐만 아니라 임금이 찬궁(欑宮)에서부터 인산(因山)할 때까지 무릇 스스로 할 수 있는 것은 모두 몸소 하였는데, 하현궁(下玄宮) 때의 명정(銘旌)이나 재궁(梓宮)의 상자(上字)가 표석(表石)의 전후면(前後面)과 연제 때에 모시는 밤나무로 만든 신주(神主)인 연주(練主)를 친히 써서 필성 필신(必誠必信)의 효도를 다하였다. 또한 우제 때에 뽕나무로 만든 신주인 우주(虞主)를 쓸 때에는 천둥이 치고 비가 쏟아져서 어두웠음에도 글자의 획이 정세(精細)하여 좌우에 있는 사람들이 모두 이상히 여겼다[592]고 한다.

인원왕후와 영조는 피를 나눈 모자는 아니지만 각별한 인연이 30년 이상 이어졌다. 영조 35년(1759) 3월 26일, 인원왕후의 대상제(大祥祭)를 지내고 5월 6일에 종묘에 부묘(祔廟)했다. 영조가 83세인 재위 52년(1776) 1월 7일에도 휘정(徽靖)의 존호를 올린다.

2) 명빈 박씨(榠嬪 朴氏)

숙종의 후궁 명빈(榠嬪, ?~1703)은 궁인 출신으로 박효건(朴孝建)의

591) 『영조실록』 권90, 영조 33년(1757) 7월 11일(신축).
592) 『영조실록』 권90, 영조 33년(1757) 7월 12일(임인).

딸이다. 명빈은 숙종 24년(1698) 11월 4일 종 4품 숙원(淑媛)에 봉해졌다. 당시 숙종은, "상궁 박씨가 빈어(嬪御)의 자리에 함께 있은 지 거의 10년이 되었다. 지난 가을 후궁을 봉작(封爵)하는 날에 내전(內殿)이 특히 규목(樛木)를 미루어 일체로 봉작하려는 뜻을 누누이 말을 하였으나, 나아갈 관(館)이 마땅치 않은 것 때문에 어렵게 여겼었다. 지금 이미 임신을 하였고, 내전이 또 이것 때문에 말을 하니 숙원(淑媛)에 봉하라"593)고 한다. 이로 보아 명빈은 궁녀로 입궁하여 승은(承恩)을 입은 후 10년이 되었으나 자녀를 생산하지 못하여 작위가 없었다. 임신을 함으로써 후궁으로 봉작되고 그 해 6월 13일 창경궁 집복헌에서 아들 연령군(延齡君)을 낳았다.

10월 23일, 단종대왕을 복위시킨 기념으로 종2품 숙의(淑儀)로 승급되고, 숙종 28년(1702) 10월 18일, 종1품 귀인(貴人)에서 정1품 빈(嬪)으로 승격하여 명빈(禊嬪)이 된다. 명빈은 연령군이 5세 때인 숙종 29년(1703) 7월 15일에 사망했다.

연령군은 숙종과 명빈 박씨의 소생으로서 6남이다. 숙종 29년(1703) 7월 15일에 어머니를 여의고 그해 9월 3일에 연령군(延齡君)으로 봉해졌다. 8세인 숙종 32년(1706) 12월 10일 저작(著作) 김동필(金東弼, 1678~1737)의 딸인 상산 김씨(商山 金氏)와 정혼하여 9세인 숙종 33년(1707) 2월 9일에 가례를 올렸다. 21세인 숙종 45년(1719) 10월 2일, 자녀를 두지 못하고 사망했다.594) 후사가 없었으므로 밀풍군(密豊君)

---

593) 『숙종실록』 권32, 숙종 24년(1698) 11월 4일(을해).
594) 왕자(王子) 연령군(延齡君) 이훤(李昍)이 졸(卒)하였다. 훤은 자(字)가 문숙(文叔)인데, 임금의 셋째 아들로서, 성품이 효성스럽고 근실하였다. 사제(私第)

이탄(李坦)의 둘째 아들 이상대(李尙大)를 연령군(延齡君) 이훤(李昍)의 후사(後嗣)로 삼고, 이름을 공(紃)이라고 하였다. 영조 3년(1727) 12월 7일, 이공을 상원군(商原君)으로 삼았다.

이후 연령군의 후사들은 여러 차례 파양(罷養)을 거듭한다. 영조 9년(1733) 6월 21일 상원군 이공이 후사 없이 사망하여 파양하고 종친부에서 연령군의 후사를 낙천군(洛川君)으로 정하였다. 영조 26년(1750) 2월 7일, "낙천군 이온(李縕)의 계자(繼子) 달선군(達善君) 이영(李泳)을 파양하여 본가로 돌려보냈다. 낙천군은 숙묘의 왕자 연령군(延齡君)의 계자인데, 일찍 죽고 부인 서씨(徐氏)는 투기가 심하여 영과 그아내 신씨(愼氏)를 괴롭히니, 영이 참다못해 약을 먹고 죽었다. 서씨가 상언(上言)하여 파양을 청하니, 하교하기를 별도로 다시 세우게 하였다"595)고 기록되어 있다. 그 후 정조 즉위년(1776) 4월 10일, 사도세자의 3남 은신군(恩信君) 이진(李禛, 1755~1771)이 후사가 되었다. 은신군 또한 후사가 없어 인조의 아들 인평대군의 6대손 남연군(南延君) 이구(李球)를 양자로 삼았다.596) 남연군은 4남을 두었는데 철종이 후사없이 승하하여 4남 흥선대원군(興宣大院君)의 2남으로 후사를 삼았다.

에 나가 살았는데, 폐해(弊害)가 백성들에게 미치지 않았다. 임금이 병든 후밤낮으로 곁에서 모시며 조금이라도 게을리 함이 없었으니, 임금이 매우 사랑하였다. 이에 이르러 졸하니, 나이 21세로 아들이 없었다. 임금이 매우 슬퍼하여 스스로 글을 지어 제사지내고, 또 친히 묘문(墓文)을 지었다. 시호(諡號)는 효헌(孝憲)이라 하였다. 『숙종실록』 권64, 숙종 45년(1719) 10월 2일(신축), 연령군 이훤의 졸기.

595) 『영조실록』 권71, 영조 26년(1750) 2월 7일(경진).

596) 『순조실록』 권18, 순조 15년(1815) 12월 19일(기사).

그가 조선 26대 고종이다.

3) 영빈 김씨(寧嬪 金氏)

영빈 김씨(寧嬪 金氏, 1669~1735)는 안동 김씨로 현감(縣監) 김창국
(金昌國, 1644~1717)과 어머니 전주 이씨(全州 李氏, 1648~1714)의
딸이다. 현종 10년(1669)에 태어나 숙종보다 8살이 적다. 청음(淸陰)
김상헌(金尙憲, 1570~1652)의 후손으로 대대로 명문 집안이다. 18세
인 숙종 12년(1686) 3월 28일, 종2품인 숙의(淑儀)로 책봉되었으며 숙
종의 후궁들 중에서 유일한 간택후궁이다. 간택후궁은 사대부 출신으
로 간택 철차를 거쳐 입궁한 후궁으로 왕비가 자녀를 생산하지 못할
때 자녀 생산을 목적으로 입궁하게 된다. 숙종이 남인 측의 비호로 입
궁한 궁녀 장씨를 사랑하자, 위기의식을 느낀 서인 측에서 숙종의 후
사를 낳기 위하여 정략적으로 입궁하게 한 여인이다. <인현왕후전>
에는 숙종의 계비 인현왕후가 소생이 없음을 걱정하여 왕후가 왕에게
여러 번 청하여 숙의 김씨를 후궁으로 간택하는 대목을 아래와 같이
서술했다.

드디어 숙의 김씨를 ㅃ 후궁에 두시니 후가 예로 대접하시고 은
혜로 거느리시니 덕택이 태임(太姙)·태사(太姒)와 일반이라, 궁중
이 그 덕을 외우고 선(善)을 일러 탄복치 않는 이 없으나, 시운(時運)
이 불행하고 후의 명도가 기박하시니, 예로부터 홍안박명과 성인의
궁액(窮厄)은 인력으로 못할 바이라, 실로 천도(天道)를 의심하는
바이라.597)

18세인 숙종 12년(1686) 4월 26일에 입궐하여 5월 27일에 정2품인 소의(昭儀)가 되었으며, 11월 5일에 다시 종1품의 귀인(貴人)이 되었다. 입궁 후 1년도 되기 전에 내명부의 품계를 2단계나 올려준 것이다. 당시에도 이러한 승급은 파격적이라 승정원(承政院)에서, "소의 김씨는 대궐에 들어온 지 겨우 두서너 달밖에 안 되고, 이미 작위를 올려주는 은전을 내리셨는데 승진시키려 한다"고 반대했다. 당시 숙종은, "이번 대비전 탄신일을 맞아서 궁인에게 은전을 베풀려는 것이므로 이유 없이 갑작스레 작위를 올려 주는 것과는 다르다"고 일축했다. 이를 보면 당시 집권 세력인 서인 측의 입김도 있었겠지만 갓 입궁한 어린 여인이 마음에 들었었나 보다.

20세인 숙종 14년(1688)에 2년이 되도록 그녀는 기대한 아들을 낳지 못하고 장희빈이 그해 10월 28일에 아들을 낳는다. 이듬해(1689) 숙종은 장희빈이 낳은 아들의 명호(名號)를 원자(元子)로 정하고 종묘 사직에 고하였다. 2월 1일 송시열은, "인현왕후가 아직 젊기 때문에 만약 왕자를 낳는다면 세자가 될 터이니, 지금 후궁에서 낳은 왕자를 원자로 정하면 안 된다"는 상소를 올렸다. 이 일로 송시열은 관작이 삭탈되어 제주도로 유배되고, 영의정 김수흥(金壽興)도 파직(2월 2일)된 후에 남인이 대거 등용되었다.

2월 10일 김수항의 죄를 나열하는 중에, '족척(族戚)이 궁액(宮掖)과 연통(連通)하여 위의 동정(動靜)을 살핀다'는 내용이 있다. 즉 김수항이 귀인 김씨를 시켜 임금의 동정을 살피게 하였다는 것이다. 이렇게 큰 옥사가 있던 당시 귀인 김씨의 나이는 21세였다. 인현왕후가 폐위되어

597) <인현왕후전>, 109쪽.

본가로 돌아갈 때, 귀인 김씨도 폐출되어 본가로 돌아가게 된다.

　4월 24일 숙종은, "김씨는 궁궐에 들어온 뒤로 조금도 경순한 행실이 없었고 해괴하게 질투만을 일삼은 일이 한두 가지가 아니었다. 밖으로는 김수항(金壽恒) 및 주가(主家)와 교결(交結) 화응(和應)하여 임금의 동정을 살폈으므로 궁중의 모든 일이 누설되지 않은 것이 없었다. 또 신하들을 인견(引見)했을 적에 한 말을 적어 놓은 소지(小紙)를 훔쳐 몰래 보고 나서는 소매 속에 감추어 두었다가 누차 힐문을 받은 뒤에야 비로소 도로 바쳤다. 정말 마음이 음흉하여 실로 헤아리기가 어렵다. 안으로는 교사스럽기 간특한 부인에게 주야로 아첨하여 혈당(血黨)을 맺고 유언비어를 날조하여 못하는 짓이 없었는가 하면, 국가를 교란시키기 위해 군상(君上)을 무함했으니 실로 패역부도(悖逆不道)한 죄과(罪科)를 범한 것이다. 당연히 중법으로 다스려야 하지만 우선 너그러운 법을 따라 작호(爵號)를 환수하고 폐출시킨다"[598]고 했다.

　26세인 숙종 20년(1694) 4월 12일, 인현왕후를 복위하면서, "그 억울함을 이미 알았으므로, 가엾이 여기고 너그러이 용서하는 방도가 있어야 할 것이니, 귀인(貴人) 김씨(金氏)는 특별히 작호를 회복하라"[599]고 하여 인현왕후와 함께 다시 입궁하였다.

　숙종 27년(1701) 8월 14일 인현왕후가 승하할 때에 영빈은 33세였다. 34세인 숙종 28년(1702) 10월 3일, 숙종의 제3계비인 김주신의 딸 경주 김씨가 어의동 별궁에서 왕비로 책봉되자, 10월 18일에 후궁들의 품계를 높일 때에 종1품 귀인에서 정1품 영빈(寧嬪)으로 승격되었다.

---

598)『숙종실록』권20, 숙종 15년(1689) 4월 24일(경인).
599)『숙종실록』권26, 숙종 20년(1694) 4월 12일(기묘).

52세인 숙종 46년(1720) 6월 8일에 숙종이 승하하였다. 그해 11월 8일 경종은, "선조의 후궁이 사제(私第)로 나가 사는 것은 이미 전부터 정해진 규례가 있다. 영빈이 이제 나가 사는데, 예전에 사제가 있기는 하지만, 후궁의 제택으로는 합당하지 않으니, 개조하도록 하라"고 한다. 이렇게 노후를 편하게 지낼 줄 알았는데 또다시 정치적인 사건에 연루될 뻔한다.

53세인 경종 1년(1721) 12월 6일, 소론의 강경파인 김일경 등 7명이 왕세제(후일 영조)의 대리청정을 청한 노론 대신들을 '왕권교체를 기도한 역모'라며 영빈 집안의 김창집을 공격한다. "김창집은 고(故) 영의정 김수항(金壽恒)의 아들입니다. 김수항이 기사년에 죽으면서 그 아들에게, '권요(權要)의 자리는 힘써 피하라'고 경계하였는데, 김창집은 태연하게 소홀히 여기고, 외람되게 영상(領相)의 자리를 차지하여 권세를 탐하고 즐기며 제멋대로 방자하게 굴었습니다. 아들이 되어서 불효함이 이미 이와 같았으니, 신하가 되어 불충함은 참으로 당연한 것입니다"고 하였다. 당시 영의정 김창집은 노론의 영수로서 왕세제인 연잉군을 보호하다가 소론에게 역모로 몰려 경종 2년(1722) 4월 23일에 사사(賜死)되었다.

54세인 경종 2년(1722) 8월 18일, 정권을 잡은 소론은 노론을 무자비하게 탄압하면서 전일(경종 1년, 1721, 12월 14일) 왕이 황수(黃水)를 거의 한 되 정도를 토한 일을 거론하며 당시 수라간의 나인으로 김성(金姓)이라는 자를 조사하기를 청하였다. 당시 소론 측에서는 '김성 궁인의 독약 사건'은 김씨 성을 가진 궁인이 임금의 수라에 독을 탔다면서 노론 측을 일망타진하려 하였다. 당시 경종은 "김성(金姓)의 나인을 조사하였으나, 없다"고 하였었다. 그러나 또다시 조사하기를 청하므로 "원래 없었다"고 하였으나 소론 측에서 조사하지 않을 수 없다면서 물러서지 않았다. 당시 경종은, "나인을 조사해 내는 것은 원래 어려운 일이 아니나, 노론을 타도하려는 계책은 더욱 지극히 근거가 없으니, 이 뒤로 이와 같은 문자는 써서 들이지 말라"고 하여 문제가 일단락되는 듯 했다. 그 후에도 소론 측은 9월 30일과 10월 3일, 10월 19일에도 계속하여 김성 궁인에 대해 조사하기를 청하고, 경종 3년과 4년에도 소론 측은 계속하여 이 문제를 거론하였으나 경종이 허락하지 않았다.

영빈이 56세 때인 경종 4년(1724) 8월 25일, 경종이 승하하여 노론이 비호하던 왕세제가 즉위하였다. 그해 9월 29일에도 김성 궁인에 대한 일을 더 조사하기를 청하였으나 영조는 "선왕께서 '없다'고 하신 하교를 중하게 여겨야 하겠는가"며 허락하지 않았다. 그날 사신은, "김성의 궁인(宮人) 일은 김일경(金一鏡)·박필몽(朴弼夢) 등이 김창집(金昌集)의 지친(至親)인 숙종의 후궁 영빈(寧嬪)을 은연중에 가리킨 것이다. 모든 김씨를 일망타진하려고 차자(箚子)를 연명해서 올린 여러 신하들에게 언급한 것이었다. 그래서 감히 선왕의 하교를 가리켜 사실이 없는 것이라고 일컬으면서 새 임금에게 따진 것이다"[600]고 기록하였다.

57세인 영조 1년(1725)은 육십갑자로 을사년(乙巳年)이었다. 2월 29일, 민진원이 임금을 뵙고 직접 상소를 올려 신축년(경종 원년, 1721)부터 임인년(경종 2년, 1722)에 걸쳐 왕위계승 문제를 둘러싸고 노론과 소론 사이에 일어난 신임사화(辛壬士禍)에 대한 전모를 자세하게

---

600) 『영조실록』 권1, 영조 즉위년(1724) 9월 29일(기사).

아뢰었다.

3월 2일, 영조는 노론의 많은 사람들이 억울하게 당한 옥사로 판정하고 화를 당한 자들을 신원(伸寃)하는 '을사처분(乙巳處分)'을 단행하여 노론의 명분과 집권의 정당성을 확립하였다. 그리하여 '김성 궁인의 독약 사건'의 김성 궁인이란 사람도 원래 없었으며 이 사건도 소론측이 조작한 사건이라고 일단락된다. 을사처분으로 영빈 김씨에 대한 의혹도 매듭짓게 되었다.

영빈은 영조 11년(1735) 1월 12일 67세로 사망하였다. 그날 실록에는, "숙종의 후궁 영빈 김씨(寧嬪 金氏)가 졸하였다. 김씨는 도정(都正) 김창국(金昌國)의 딸로서 궁궐에 뽑혀 들어와 후궁이 되었는데, 숙종의 예대(禮待)가 다른 빈어(嬪御)와는 달랐으므로 임금도 또한 그를 예로써 높이었다." 그날 영조는, "선대 왕조의 후궁은 다만 이 한 사람만 남았었다. 일찍이 인현성모(仁顯聖母)와 더불어 기사년(숙종 15년)의 환란을 만났었다가, 갑술년(숙종 20년) 성모께서 복위(復位)되었을 때에 그도 또한 복작(復爵)되었었다. 내가 어렸을 때에 항상 어머니라고 일컬었는데 지금 그 상을 당한 소식을 들으니 슬픈 감회를 억누르지 못하겠다"고 하며, "예장(禮葬)은 명빈(禖嬪)의 예를 쓰도록 하였다"[601]고 기록하였다. 영빈 김씨는 명문가에서 태어나 자신의 의지와는 상관없이 왕의 후궁이 되었다. 그러나 그녀의 집안이 권력의 중심에 있었기에 여러 차례 정치적인 사건에 휘말리면서 일생을 가슴 졸이며 살아야 했다.

---

601) 『영조실록』 권40, 영조 11년(1735) 1월 12일(계미) 숙종의 후궁 영빈 김씨의 졸기.

4) 소의 유씨(昭儀 劉氏)

소의 유씨(昭儀 劉氏)는 출생 연대와 사망 연대를 알 수 없다. 숙종 24년(1698) 8월 2일에, "궁인(宮人) 유씨(劉氏)를 봉(封)하여 숙원(淑媛)으로 삼도록 명하였다. 이어 호부(戶部)에 명령하여 전장(田莊)을 살 값으로 은(銀) 4천 냥(兩), 용도(用度)에 첨거하여 보낼 콩 1백 석(石), 궁방(宮房)의 값으로 쓸 은 2천 냥을 수송(輸送)하게 했다. 이때 나라의 저축이 고갈되고 민생이 계속 곤궁했으나, 후궁(後宮)의 전택 매입에 소요되는 값이 6천 금(金)에 이르니, 식자들이 근심하고 한탄했다"고 기록되어 있다. 왕의 자녀를 낳지 않은 궁인에게 종4품 숙원(淑媛)으로 봉작하는 것은 파격적인 대우라 지각 있는 사람들이 개탄한 것이다. 그 후 숙종 25년(1699) 10월 23일에도 단종대왕을 복위시킨 경사로 종2품 숙의(淑儀)로 승급되었고, 숙종 28년(1702) 10월 18일 정2품 소의(昭儀)가 되었다. 이와 같이 숙종이 관례를 어기면서 사랑하였으나 자녀는 두지 못하였다.

5) 귀인 김씨(貴人 金氏)

귀인 김씨(貴人 金氏)는 출생 연대를 알 수 없고, 숙종 31년(1705) 5월 1일 종4품의 숙원으로 봉작하였다는 기록이 있다. 이튿날 숙종은, "숙원 김씨 방(淑媛金氏房)에 사패(賜牌)하는 노비(奴婢)를 전례에 따라 정해줄 일을 해사(該司)에 분부하라"고 한다. 당시 호조에서는, "김 숙원 방의 선반(宣飯)·의전(衣纏) 따위 물건은 봉작(封爵)한 날부터 비롯하여 진배(進排)하라는 뜻을 각 해사에 분부하였습니다. 전장(田庄)을 살 가은(價銀) 4천 냥과 첨보두(添補豆) 1백 석(石)은 전례에 따라 본조(本曹)에서 실어 보내겠습니다마는, 첨보미(添補米)는 선혜청(宣惠廳)에서 실어 보내게 하소서" 하니, 윤허하였다.

그날 사신(史臣)은, "임금이 춘추가 많아져 편찮을 때가 많은데, 내총(內寵)은 줄지 않고 또 신총(新寵)이 있어, 정사(政事)를 열도록 재촉하여 또한 봉작하였다. 뭇 신하가 근심하지 않음이 없었으나, 애석하게도 색에 대한 경계를 갖추 아뢰어 임금의 뜻을 깨우치는 사람이 한 사람도 없었다. 또 작호(爵號)가 있는 후궁(後宮)에게는 으레 사여(賜與)가 있어 전택(田宅)·노비(奴婢)가 넉넉하지 않은 것이 없었으니, 국용(國用)을 소모하고 민폐를 끼치는 것이 작은 일이 아니었다. 궁장(宮庄)의 절수(折受)가 오늘날의 고질적인 폐단이 되었고, 백성이 생업을 잃고 고을들이 조폐(凋弊)하는 것이 흔히 여기에서 말미암으므로, 신하들이 여러 번 상소에 언급하였으나, 임금은 따르지 못할 뿐더러 이와 같이 더하니, 식자가 한탄하였다"[602]고 기록하였다.

그 후 숙종 36년(1710) 1월 20일에 종2품의 숙의에서 종1품의 귀인으로 봉작된다. 그녀가 영조 11년(1735) 7월 28일 사망하였을 때, 영조는 선왕의 후궁이라 2등의 예우로써 장사지내도록 하였다. 귀인 김씨는 숙종 만년에 승은을 입었으며 궁인 출신으로 자녀를 두지 못한 후궁으로서는 파격적인 대우를 받았다고 생각된다.

---

602) 『숙종실록』 권42, 숙종 31년(1705) 5월 2일(갑자).

Ⅳ

〈인현왕후전〉과 〈사씨남정기〉의
비교 연구

<인현왕후전>은 숙종 때 인현왕후의 폐위와 복위를 둘러싼 역사적 사실을 작품화한 궁중실기문학이다. 한편 <사씨남정기>는 처첩 간의 갈등을 그렸으나 인현왕후의 복위를 위해 쓰인 소설로 <구운몽>과 함께 김만중의 필력을 빛내는 작품이다.

이 두 작품은 향유계층과 작품의 소재에 따라 궁중문학과 여항문학(閭巷文學)으로 크게 구분된다. 그러나 작품의 내용과 인물의 설정 등 여러 면에서 맥을 같이하고 있음을 두 작품을 비교하면 쉽게 발견할 수 있다. 그러므로 일찍이 선학(先學)들에 의하여 두 작품의 상관성이 여러 차례 언급되었었다.[603]

---

603) <인현왕후전>과 <사씨남정기>의 주요연구 목록은 아래와 같다.

　　김용숙, 『이조여류문학 및 궁중풍속연구』, 숙대출판부, 1970.

　　정규복, 「남정기 논고」, 『국어국문학』 26, 국어국문학회, 1963.

　　김무조, 『서포문학연구』, 형설출판사, 1982.

　　김열규, 신동욱 편, 『김만중연구』, 새문사, 1983.

필자는 두 작품의 상관성에 관심을 갖고 주인공의 성격을 중심으로
비교한 바 있다.[604] 이제 <인현왕후전> 연구를 정리하면서 미진했던
부분을 보완하여 상관성을 재확인하려고 한다.

1. 작자와 창작동기

1) 작자

김만중이 <사씨남정기>의 작자라는 논거는 아래와 같이 서포의
종손인 김춘택의 북헌집(北軒集) 잡설에 있다.

　　　西浦多以俗諺小說　其中所謂南征記者　有非等閑之此　余故飜以字
而引辭曰[605]

이금희, 「<사씨남정기> 연구-인물의 성격 및 내용적 특성을 중심으로-」,
숙대대학원, 『원우론총』 4집, 1986.
이금희, 「<인현왕후전>고-작품의 구조 및 성격을 중심으로」, 숙대대학
원, 『원우론총』 2집, 1984.
박요순, 「<인현왕후전> 연구-특히 미발표 이본을 중심하여-」, 『수필문
학연구』, 정음문화사, 1985.
박갑수, 「<인현왕후전>과 <사씨남정기>의 비교연구-문체론적 고구(考
究)를 중심으로-」, 『국어교육』 14, 국어교육연구회, 1968.
604) 정은임, 「<인현왕후전>과 <사씨남정기>의 비교연구」, 『논문집』, 강남대
학교 출판부, 1986.
605) 「논시문부잡설(論時文附雜說)」, 『북헌집』 권16.

인용문은 '서포가 한글로 지은 <남정기>를 김춘택이 한문으로 번역하였다'는 내용으로 <남정기>의 작자가 김만중임을 알 수 있다. 그러나 앞에서 살펴 본 바와 같이 <인현왕후전>의 작자는 아직 이견이 있다.

2) 창작동기

<사씨남정기>를 <인현왕후전>과 비교하려는 중요한 까닭은, <사씨남정기>의 창작동기와 <인현왕후전>의 주인공과의 상관성 때문일 것이다. 이러한 상관성은 작품을 읽을 때 쉽게 느낄 수 있다. 이규경(李圭景)도, <사씨남정기>의 창작동기는 인현왕후를 폐위하고 장희빈을 왕비로 한 숙종의 성심을 회오시키고자 지었다고[606] 했다. 그 후 김태준은 그의『조선소설사』에서, "이 소설은 필경 숙종의 마음을 감동시켜 폐위 민씨를 다시 복위케 하고 임시로 비위(妃位)를 빼앗고 있던 장씨로 다시 희빈을 삼아 방축하였다 하니 대저 조선에는 이와 같은 목적소설이 적지아니하다"[607]고 하여 <사씨남정기>를 목적소설로 보았다. 그 후에도 많은 연구자들이 김태준과 견해를 같이했다.[608] 그러나 김현룡은 <사씨남정기>는 풍자성을 지닌 목적소설이

---

606) 이규경,「소설변증설(小說辨證設)」,『오주연문장전산고(五洲衍文長箋散稿)』권7, "北軒則爲肅宗仁顯王后閔氏廢位 欲悟聖心而制者."

607) 김태준,『조선소설사』, 문예사, 1932, 123쪽.

608) 주왕산,『조선고대소설사』, 정음사, 1950, 175쪽.
　　김기동,『이조시대소설론』, 앞의 책, 203쪽.
　　신기현,『한국소설발달사』, 창문사, 1960, 195쪽.

아니고, 원래는 목적의식이 전혀 없었는데, 당시의 역사적인 사건과 일치된 결과에 치중해서 작품을 본 과오에서 기인되었다고 했다.[609) 그 후 김현룡의 논문에 대하여 정규복은 목적소설은 부인할 수 없다고 반박한다.[610)

이와 같이 <사씨남정기>의 창작동기는 아직도 논의의 여지가 있을 수 있다. 이것은 작품의 원본이 아직 발견되지 않았고, 현재 발견된 여러 이본들은 첨삭되는 과정에 원전과는 상당한 차이가 있을 수 있기 때문이다. 그러나 민비의 복위는 곧 서인의 정권회복이며 서포 가문도 회복될 수 있는 기회가 되므로 수단과 방법을 가리지 않고 절박하게 노력했음을 아래 인용문에서 확인할 수 있다.

> 金鎭龜子春澤 有方任數 慕金錫胄之爲人 與韓重赫等 謀娶銀貨 圖
> 復壺殿 以千金聘宮人之妹爲妾 以通因逕 而又瀆奸希載之妻 以覘南
> 人住來者 右相閔訓將李義徵 廉得其狀 使咸以完上變 重赫先自服[611)

박성의, 『한국고대소설론과 사』, 앞의 책.

정규복, 「사씨남정기의 제작동기에 대하여-김현룡씨의 사씨남정기를 읽고-」, 『성대문학』 제15, 16합집, 성균관대학교 국어국문학회, 1970.

김무조, 『서포소설연구』, 형설출판사, 1982.

609) 김현룡, 「<사씨남정기> 연구-목적소설이라는 견해에 대하여-」, 『문호』 5집, 건국대학교 국어국문학회, 1969, 145~146쪽.

610) 정규복, 「사씨남정기의 제작동기에 대하여-김현룡씨의 사씨남정기를 읽고-」, 위의 논문.

611) 이건창, 『당의통략(黨議通略)』; 이병식·이민수 역, 조선금융조합연합회, 1948, 숙종조 기사환국 참조.

<사씨남정기>와 <인현왕후전>은 거의 동일한 내용으로 되어 있으나 창작 동기는 일치되지 않는다. <사씨남정기>가 민비의 복위를 목적에 두었다면, <인현왕후전>은 <사씨남정기>의 창작동기가 실현된 후에 장희빈의 저주로 사망하여 인현왕후의 덕을 기리기 위하여 창작되었기 때문이다.

2. 인물의 성격 구조

소설은 가능한 세계를 허구화한 이야기다. 이야기를 이끌 행동의 주최자는 인물이므로 소설에서 인물이 차지하는 비중은 절대적이라 하겠다. 작중인물은 여러 요소로 형성되지만 그중에서도 성격요소가 가장 중요시되어 성격이란 말이 아예 작중인물의 대명사처럼 사용된다. 그러므로 소설을 분석하는 대다수의 이론가들은 인물에서 성격분석을 가장 흥미 있는 대상으로 삼고 있다.612) <사씨남정기>와 <인현왕후전>에는 각기 30여 명의 인물이 등장한다. 이들을 알기 쉽게 도시(圖示)613)하면 아래와 같다.

---

612) 조남현,『소설원론』, 고려원, 1984, 129쪽.

613) 박갑수, 「인현왕후전과 사씨남정기의 비교연구—문체론적 연구를 중심으로—」,『국어교육』제14집, 한국국어교육연구회, 1968, 107쪽에서 재인용.

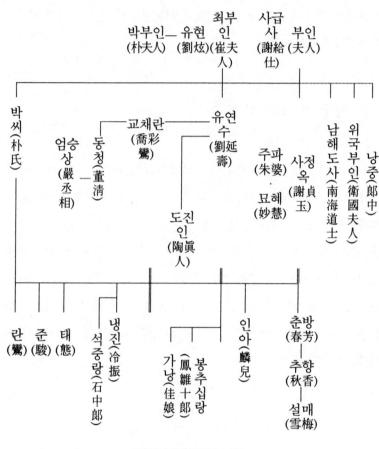

박부인—유현 최부인 사급 사 부인
(朴夫人) (劉炫)(崔夫人) (謝給仕)(夫人)

박씨(朴氏)

엄승상(嚴丞相) …… 동청(董清) 교채란(喬彩鸞) 유연수(劉延壽)

도진인(陶眞人)

주파(朱婆) · 묘혜(妙慧) 사정옥(謝貞玉)

남해도사(南海道士) 위국부인(衛國夫人) 낭중(郎中)

란(鸞) 준(駿) 태(態) 석중랑(石中郎) 냉진(冷振) 가낭(佳娘) 봉추십랑(鳳雛十郎) 인아(麟兒) 춘방(春芳) 추향(秋香) 설매(雪梅)

〈사씨남정기(謝氏南征記)〉

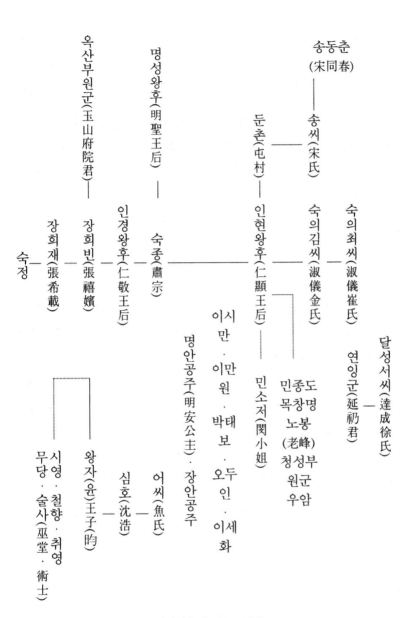

〈인현왕후전(仁顯王后傳)〉

이러한 인물들은 다시 작품 속에서 사건을 주도하는 주인공과, 주인공을 보조하는 주변 인물로 구분된다. <사씨남정기>는 '유연수(劉延壽)'를 축(軸)으로 하여 '사씨(謝氏)'와 '교씨(喬氏)'의 대립으로 사건이 전개되고, <인현왕후전>은 '숙종'을 축으로 '인현왕후'와 '장희빈'이 대립된다. 두 작품은 유연수와 숙종을 사이에 두고 선과 악인 두 유형의 인물이 갈등하도록 구성되었다. 그러므로 두 작품에서 주인공의 성격을 분석하면 두 작품의 상관성이 규명되리라 생각된다.

1) 사씨(謝氏)와 인현왕후(仁顯王后)

　사씨와 인현왕후는 작품에서 선의 화신으로 그려진 여주인공이다. 그들은 교씨와 장희빈과의 대립적인 위치에서 수많은 역경을 덕으로 이겨내어 그 시대가 요구하는 가장 이상적인 여인상으로 부각된다. 그들은 내면의 덕을 갖추었음은 물론이거니와 용모에서도 타인과 비교할 수 없는 아름다운 여인이다. <사씨남정기>의 작자는 사씨의 용모를 아래와 같이 묘사했다.

> ① 시녀로 하여금 소저를 부르니, 소저승명하고 연보를 옮겨 나와 모친께 뵈오니 모혜 보매 용모의 쇄락 기이함이 짐짓 관음보살이 강림하신 듯한지라 심중에 놀라 헤오되[614]

> ② 유공이 영애 소저의 부덕이 겸비하고 자색이 출중함을 듣고 기특히 여길 뿐 아니라[615]

---

614) 박성의 주해, 『<구운몽>, <사씨남정기>』, 정음사, 1983, 95쪽. 이하 <사씨남정기>의 인용문은 작품명과 쪽수만 밝힌다.

인용문은 남주인공 유연수의 배필을 구할 때 사소저의 용모를 묘사한 내용이다. ①은 우화암의 여승 모혜가 직접 본 모습이고, ②는 유연수의 부친이 들은 사씨의 자색(姿色)이다. 한편 인현왕후 또한 용모가 남과 다름을 아래에서 확인할 수 있다.

> 점점 장성하시매 정정탁월하사 화월(花月)이 부끄리는 용색(容色)이 찬란 숙녀하사 고금에 방불하여 비할 데 없고, …중략… 맑고 좋은 골격이 설중(雪中) 매화 같으시고, 높고 곧은 절개 한천송백같으시니, 부모와 양위숙당이 사랑하고 중히 여기시며 원근 친척이 다 기이함을 놀라고 탄복하여 아시적부터 공경치 않을 이 없어 꽃다운 향명(香名)이 세상에 가득하더라. 상해 세수물에 붉은 무지개 찬란하니616)

인용문은 인현왕후의 모습을 추상적이고 과장되게 묘사하긴 했으나 꽃과 달이 부끄러워하듯이 고금에 비할 자가 없으며, 골격은 눈 속의 매화 같이 우아하고 추운 겨울의 소나무와 같은 절개를 지녀 세숫물에는 항상 찬란한 무지개 비쳤다고 했다. 그러나 사씨와 인현왕후의 아름다움은 외적인 것보다는 그들이 지닌 내면에 초점을 두고 있음을 아래에서 확인할 수 있다. 내면의 아름다움 중에서 먼저 효의 측면을 보면,

> ① 소저 모친을 지성으로 봉양하니617) …후략…

---

615) <사씨남정기>, 101쪽.
616) <인현왕후전>, 99~100쪽.

② 사씨 이로부터 효도를 다하야 존구를 받들고 공순함으로써
　　군자를 섬기고 정성으로써 제사를 받들고 은혜로써 비복을
　　부리니 규문이 옹옹하고 화기가 애애하더라.618)

　　인용문은 <사씨남정기>에 묘사된 사씨의 모습이다. 그녀는 출가
전에는 홀어머니를 지성으로 봉양하였고, 출가 후에는 시아버지께 효
도한다. 또한 제사를 지극한 정성으로 받들어 규문을 평화롭게 하였음
을 알 수 있다. 인현왕후도 아래와 같이 남다른 효심을 지녔다.

① 일찍 모부인 상사(喪事)를 만나, 지통이 되어 애훼하시며 세월
　　이 오래되 예의 넘으시며, 계모 조씨 봉양하심을 지성(至誠)으
　　로 하시니619)

② 후가 즉위하사 양전대비를 효양(孝養)하시매 출천(出天)한 성
　　효(誠孝) 동동촉촉하시고620)

③ 대비 상후 중에 한절(寒節)을 무릅써 많이 근로하신 고로 옥체
　　자못 상하사 신음하시더니 점점 침중하시매, 상과 후가 우황
　　초민하사 주야시탕(晝夜侍湯)하시며 호읍을 마지아니하시고,
　　…중략… 납월 초오일 인시에 창경궁 저승전에서 승하하시니
　　이때 춘추가 사십이 세시라. 신민이 황황(惶惶)하고 궁중이 경
　　황(驚惶)하여 곡성이 혼천하고 상과 후가 애통하심이 지극하

---

617) <사씨남정기>, 99쪽.

618) <사씨남정기>, 103쪽.

619) <인현왕후전>, 19~20쪽.

620) <인현왕후전>, 24쪽.

사 육찬(肉饌)을 나오지 않으시니, 궁중 상하가 그 성효를 탄복지 않을 이 없더라. 삼 년을 지내시고 혼전을 파하매 상과 후가 새로이 애통망극하시더라.[621]

　인용문은 인현왕후가 입궁 전에는 일찍 어머니를 여의고 계모를 지극한 정성으로 봉양했으며 입궁 후에는 명성왕후와 장렬왕후를 공경을 다하여 섬기는 모습을 묘사한 부분이다. 특히 시어머니 명성왕후가 편찮을 때와 승하하였을 때에는 궁중의 모든 사람들이 인현왕후의 지극한 성효를 보고 탄복하였다고 한다.

　이와 같이 사씨와 인현왕후는 외적으로 출중한 용모와 함께, 내적으로도 극진한 효성으로 많은 사람들의 부러움과 칭송을 듣게 된다. 그러나 작자는 여주인공들의 아름다운 용모와 효심보다도 그들이 지닌 덕(德)에 초점을 맞추고 있다. 편모슬하에서 자란 사씨가, 벼슬이 한림에 이르고 임금의 총애가 극진하여 사람들마다 사위를 삼고자 하는 유연수의 아내가 되고, 인현왕후가 왕비가 될 수 있었던 것은 그들의 용모나 효심보다는 그들이 지닌 덕을 높이 샀기 때문이라는 것을 아래 인용문에서 확인할 수 있다. 사씨의 덕을 묘사한 부분 중 몇 대목을 발췌하면 아래와 같다.

　①"소저의 용모 덕행이 일세에 희안하오니 어찌 다 형언하오리까."[622]

　②"사소저는 장장유한하야 요조숙녀의 덕이 외모에 나타나오니."[623]

---

621) <인현왕후전>, 26~27쪽.
622) <사씨남정기>, 93쪽.

③ "사가의 여자 그 재주와 덕행이 과연 범인이 아니로다."[624]

④ "내 사소저의 덕행을 이미 알았으니 너는 그곳에 가서 통혼하
야 허락을 받아오면 중상을 주리라."[625]

⑤ "다른 말은 하지 말고 오직 사급사의 청덕을 흠모하야 구혼하
노라."[626]

⑥ "나의 자부는 참으로 태임 태사의 덕이 있을지라 어찌 시속
여자의 비할 바리오?"[627]

인현왕후의 덕을 칭송하는 부분을 발췌하면 아래와 같다.

① 외조(外祖) 동춘 선생이 애중(愛重)히 여기사 데려다 슬하에
두실 때 가만히 날로 일컬어 가라사대, "임사의 덕행이 있다."
하셔,[628]

② 교배(交拜)를 드리니 예도(禮度)가 옹목하고 성덕이 외모에 나
타나시며 …중략… 후가 즉위하사 양전대비를 효양(孝養)하
시매 출천(出天)한 성효(誠孝) 동동촉촉하시고, 상(上)을 받들

---

623) <사씨남정기>, 93쪽.
624) <사씨남정기>, 97쪽.
625) <사씨남정기>, 99쪽.
626) <사씨남정기>, 101쪽.
627) <사씨남정기>, 103쪽.
628) <인현왕후전>, 20쪽.

어 내조를 다스리시매 덕으로써 인도하사 유순정정(柔順貞靜)하시며.629)

　　인용문은 두 여주인공 모두 '태임과 태사의 덕'을 지니고 있음을 알 수 있다. 태임과 태사는 주나라 문왕의 어머니 태임(太姙)과 부인 태사(太姒)로 동양에서 부덕의 거울로 삼는 여인들이다.630) 그러므로 추상적이지만 덕으로는 더 이상 비교할 자가 없다. 작자는 사건이 진전됨에 따라 추상적으로 표현되던 덕의 모습은 보다 구체화하였다.

　　사씨와 인현왕후는 결혼한 지 수년이 지났고 유연수와 숙종이 각기 30살이 가까웠음에도 자녀를 생사하지 못한다. 전통사회에서 후사를 생산하지 못하는 것은 당대에 농장지경(弄璋之慶)631)을 맛보지 못함은 물론이고, 대(代)를 잇지 못함으로 칠거지악(七去之惡)의 하나가 된다. 이를 안 두 여인은 첩을 얻기를 진심으로 권한다.

　　유한림의 부부 성친한지 벌써 십 년이 넘고 연긔 거진 삼십에 가까웠으나 …중략… 첩의 기질이 허약하야 생산할 여망이 없압고 불효삼천에 무후위대라 하오니 첩의 무자한 죄는 존문에 용납지 못할 것이오나 상공의 넓으신 덕택을 입사와 지금까지 부지하옵거니와

---

629) <인현왕후전>, 23~24쪽.

630) 『열녀전(烈女傳)』에 "太姙者文王之母 摯姙氏中女也 王季娶以爲妃 太姙之性 端一誠粧 惟德之行 及其有娠 目不視惡色 耳不聽淫聲 口不出敖言 生文王而明聖 …중략… 太姒者武王之母 禹後有莘 姒氏之女 號曰文母"라 하였음.

631) 농장지경은 아들 낳았을 때의 기쁨을 말한다. 『시경(詩經)』의 "乃生男子 載寢之牀 載衣之裳 載弄之璋"이 출전이다. 옛날 중국에서 아들을 낳으면 구슬(璋)을 주고 딸을 낳으면 실패의 장난감을 주었다는 데서 유래되었다.

생각컨대 상공이 누대 독신으로 유씨 종사의 위태함이 급하온지라, 원컨대 상공은 첩을 괘렴치 마르시고 어진 여자를 택하야 농장지경을 보시면 문호의 경사 적지 않고 첩이 또한 죄를 면할가 하나이다.[632]

무진년 정월에 상의 춘추가 거의 삼십이 되시나 농장의 경사를 보시지 못함을 근심하시는지라, 후가 깊이 염려하사 일일 종용히 상께 고하사 어진 후궁을 빠 자경 보심을 권하신대, 상이 처음은 허치 않으시더니 후가 날마다 권하여 일녀자(一女子)의 생산을 기다리고 막중종사를 경솔히 못할 줄로 간절히 아뢰니, 정정(貞靜)한 덕과 유화하신 말씀이 혈심이라 상이 감탄하시고 조정에 후궁 간택하시는 전지(傳旨)를 내리시니,[633]

인용문을 보면, 사씨와 인현왕후가 득첩하기를 권하였을 때, 유한림과 숙종이 처음에는 허락하지 않았다. 당시 유연수의 고모 두부인(杜夫人)과 숙종의 고모(大長公主)와 매씨(明安公主)들도 부인들의 나이가 아직 젊고, 첩을 두면 화를 자초할 수 있음을 염려하여 반대한다. 그러나 득첩의 뜻을 굽히지 않자, 유한림은 교씨를 얻고, 숙종은 숙의 김씨를 후궁으로 맞이한다. 그 후 교씨는 아들을 낳고, 숙의 김씨는 자녀를 생산하지 못하였으나 후궁 장희빈이 득남하게 된다. 이때에도 교씨와 인현왕후는 투기하지 않고 오히려 덕으로 수용하였다.

사씨 또한 사랑함이 극진하야 조금도 기출과 다름이 없으니 집안 사람들도 그 아이를 누가 낳은지 아지 못하더라.[634]

---

632) <사씨남정기>, 113쪽.
633) <인현왕후전>, 27쪽.

이해 동(冬) 시월에 희빈 장씨 처음으로 왕자를 탄생하니 상의 과
애(過愛)하심은 이르도 말고 후가 대열(大悅)하사 어루만져 사랑하
심을 기출같이 하시니,635)

인용문에서 보듯이 두 여인은 첩이 낳은 자식을 자신의 소생처럼 사
랑하였다. 그러나 교씨와 장희빈은 열등한 자신의 위치를 극복하기 위
하여 수단과 방법을 가리지 않는다. 끝내는 모두 억울한 누명을 쓰고
폐출의 위기를 당하였을 때에도 자신의 결백을 주장하거나 진실을 밝
히려 노력하지 않는다.

부인이 안색을 변치 않고 천연히 가로되, "내 이 일이 있을 줄 안
지가 오래로라."636)

후가 불변 안색하실새 위연탄 왈 "또한 천수라, 뉘를 원하리요.
여등(汝等)은 수구여병하라" 하시고 태연 부동하시더라. …중략…
"화복이 재천하니 나의 행색이 천수(天壽)라. 다만 순수할 따름이
라. 누구를 원(怨)하리요마는 공주 이렇듯 권연(眷戀)하시니 은혜난
망이로소이다." 공주 그 덕망을 탄복하고, …중략… 중궁 폐하는 전
교를 아뢰니, 후가 천연히 일어나사 예복을 벗고 관잠을 끄르고,
중계에 내리오셔 전교를 들잡고 즉시 대내를 떠나 본결로 나오실
새, 궁중이 통곡하여 곡성이 낭자하더라.637)

---

634) <사씨남정기>, 120쪽.
635) <인현왕후전>, 109쪽.
636) <사씨남정기>, 160쪽.
637) <인현왕후전>, 143~144쪽.

인용문과 같이 두 여인은 운명에 순응하고 있다. 이러한 태도는 사건이 반전되어 진실이 밝혀졌을 때에도 아래와 같이 변하지 않는다.

> 사씨 눈물을 흘려 가로되, "상공이 이 말씀을 아니 하셨으면 첩이 구천에 돌아간들 어찌 눈을 감으리까." …중략… "상공이 첩을 더럽다 아니 하실진대 어찌 명령을 거역하리이까."[638]

> 상이 좌를 가까이 하사 전일을 뉘우치시고 지금을 위로하사 말씀이 관유하사 금석(金石)이라도 녹을 듯하시나, 후가 불감함을 일컬으시고 조금도 태홀함이 없어 한결같이 유순정정하시니, 상이 더욱 경복하시고 좌우가 감탄하더라.[639]

인용문과 같은 모습을 E. M. 포스터는, "그들은 환경에 따라 변화하지 않기 때문에 독자의 마음속에 변화하지 않고 그대로 남을 수 있다. 그들은 환경을 통과하니까 나중에 위안을 받게 되고 그들을 만들어 낸 주인이 없어지더라도 그들은 그대로 남는다"[640]고 했다. 포스터에 의하면, 교씨와 인현왕후는 환경에 따라 변하지 않는 평면적인 인물이다. 그들은 현실에서 조화되거나 또는 부조화의 상황에서도 불변하는 효심과 미덕을 지녔으므로 인물이 창조된 이래 몇 세기가 지난 지금까지도 전형적인 조선의 여인상으로 평가되고 있다.

---

638) <사씨남정기>, 230~232쪽.

639) <인현왕후전>, 160~161쪽.

640) E. M. Forster, 이성호 역, 『소설의 이해』, 문예출판사, 1985, 78~79쪽.

2) 교씨와 장희빈

장희빈은 속칭 '장희빈 옥사'의 주인공으로 인현왕후와는 대립되는 인물이다. <사씨남정기>가 인현왕후의 폐출을 풍자한 작품이라고 전제하면, 교씨는 장희빈을 모델로 창조된 인물이다. 이들은 선의 화신으로 그려진 사씨와 인현왕후의 대립적인 위치에서 자신을 지키기 위하여 최선을 다했다. 그러나 그 방법이 악을 바탕으로 하였기에 악인이라는 오명을 지닌 채 비참한 죽음으로 끝내는 비운의 주인공들이다. 악의 전형으로 회자되는 비극의 주인공들은 선의 화신으로 묘사되는 사씨나 인현왕후와는 여러 면에서 아래와 같이 구별된다.

① 그 여자의 성은 교씨요, 이름은 채란이라 하며, …중략… 그 자색의 아름다움은 한 고을에 으뜸이오 …중략… 친척을 모으고 교씨를 마저올 새 교씨 한림과 부인께 절하고 좌에 앉으니 모두 보매 얼굴이 아름답고 거동이 경첩하야 해당화 한 송이가 아침 이슬을 머금고 바람에 나붓기듯 하매[641]

② 교씨 총명교활하야 한림의 뜻을 잘 마치며 사씨 섬김을 극진히 하니[642]

인용문은 교씨의 아름다움을 구체적으로 묘사했으나 덕의 모습은 발견할 수 없다. 한편 장희빈이 궁궐에 들어 온 후에 승은을 입고 숙원

---

641) <사씨남정기>, 117쪽.
642) <사씨남정기>, 118쪽.

(淑媛)으로 책봉되던 날, 『숙종실록』은 장희빈의 미모를 아래와 같이 기록했다.

장씨는 내인으로 뽑혀 궁중에 들어왔는데 자못 얼굴이 아름다웠다. 경신년 인경 왕후가 승하한 후 비로소 은총을 받았다. 명성왕후가 곧 명(命)을 내려 그 집으로 쫓아내었는데, 숭선군(崇善君) 이징(李澂)의 아내 신씨(申氏)가 기화(奇貨)로 여겨 자주 그 집에 불러들여 보살펴 주었다.[643]

공적인 기록에서 '얼굴이 아름다웠다'고 한 것으로 보아 뛰어난 미인으로 생각된다. 남인이 정치적 목적으로 여인을 궁궐로 들여보낼 때에, 왕의 마음을 첫눈에 사로잡을 수 있는 미모를 갖춘 여인을 선택하는 것은 기본이고, 목적을 달성하기 위해서는 단순히 아름답기만 한 백치 미인이 아니었을 것이다. 장희빈은 아름다움과 지략(智略)을 함께 갖춘 여인이었음을 아래 인용문에서 확인할 수 있다.

어느 날 임금이 그녀를 희롱하려 하자 장씨가 피해 달아나 내전(內殿)의 앞에 뛰어 들어와, '제발 나를 살려주십시오'라고 하였는데 내전의 기색을 살피고자 함이었다. 내전이 낯빛을 가다듬고 조용히, '너는 마땅히 전교(傳敎)를 잘 받들어야만 하는데, 어찌 감히 이와 같이 할 수가 있는가' 하였다. 이후로 내전이 시키는 모든 일에 대해 교만한 태도를 지으며 공손하지 않았으며, 심지어는 불러도 순응하지 않는 일까지 있었다.[644]

---

643) 『숙종실록』 권17, 숙종 12년(1686) 12월 10일(경신).
644) 『숙종실록』 권17, 숙종 12년(1686) 12월 10일(경신).

인용문은 명성왕후 승하 후에 다시 입궁한 장씨가, 왕이 자신을 희롱하려고 하는데 어떻게 행동해야 하는가를 왕후에게 물어서 승인을 얻는 부분이다. 이 기록에서 자신이 먼저 왕을 유혹한 것이 아니라는 것을 왕후에게 알리고 앞으로의 행동을 정당화 하려는 놀라운 기지(機智)를 발휘한다. <인현왕후전>은 그녀를 아래와 같이 묘사했다.

민첩혜힐(敏捷慧黠)하여 상의(上意)를 영합하니 상이 극히 총애하시더라.645)

인용문은 그녀를 '약삭빠르고 교활하다'고 부정적으로 묘사했지만 상황에 따라서 숙종의 사랑을 받도록 행동할 만큼 머리가 좋았다는 것도 알 수 있다. 교씨와 장희빈은 총명교활(聰明狡猾)하고 민첩혜힐(敏捷慧黠)하여 총애를 독점하고 곧 득남하게 된다.

성친한 후 십 년이 지내서 …중략… 사씨 정말 잉태하야, …중략… 아들을 낳으니 골격이 비범하고 신체가 준일한지라 한림이 크게 기꺼하야 …중략… 내 용모와 자질이 모두 사씨에게 밎지 못하고 더욱이 직첩의 분의가 현수하건마는 다만 나는 아들이 있고 저는 아들이 없기 때문에 상공의 은총을 받아 왔거니와 지금은 저도 아들을 낳았으니 …중략… 만일 부인의 간새로 상공의 마음이 변한 즉 나의 전정은 어떻게 될는지 알 수 없다.646)

이해 동(冬) 시월에 희빈 장씨 처음으로 왕자를 탄생하니 상의 과

---

645) <인현왕후전>, 27쪽.
646) <사씨남정기>, 126~127쪽.

애(過愛)하심은 이르도 말고 후가 대열(大悅)하사 어루만져 사랑하
심을 기출같이 하시니,[647]

위의 인용문은 교씨가 유연수의 아들을 낳은 후 정실부인인 사씨도
아들을 낳는 부분이다. 교씨는 자신이 사씨 부인과는 비교할 수 없는
열등한 위치에서 유연수의 사랑을 받은 것은 사씨가 낳지 못한 아들을
낳았기 때문이었다. 이제 사씨가 아들을 낳게 되었으므로 자신의 위치
가 불안하게 된 것을 인식하는 부분이다.

장희빈 또한 불안한 마음을 떨칠 수 없었을 것이다. 자신보다 8년 아
래인 왕후는 당시 22세로 언제 대군을 탄생하실지 모르고, 왕후의 천
거로 입궁한 숙의 김씨는 20세였다. 또한 궁중에는 승은입기를 바라는
수많은 궁녀들이 있지 않는가? 이러한 불안감을 인식한 그들은 자신의
입지를 보다 확고히 하기 위하여 아래와 같이 계책을 꾸미기 시작한다.

장주가 홀연히 병이 발하야 대통하오니 이는 심상치 아니한 일
이라. 병세를 보니 …중략… 가중에 누가 방자를 하야 귀신의 작난
인가 하나이다.[648]

장씨 지분하여 있은즉 영화가 가득할 바이로되 문득 참람한 뜻
과 방자한 마음이 불 일어나듯 하니, 중궁(中宮)의 성덕과 용색이
일국에 솟아나고 인망(人望)이 다 돌아간 줄 시기하여 가만히 제거
하고 대위(大位)를 엄습코자 하니, 그 참람한 역심이 더하여 날로
기색을 살펴 중궁전을 참소하되, "신생(新生) 왕자를 짐살하려 한

---

647) <인현왕후전>, 109쪽.
648) <사씨남정기>, 137쪽.

다" 하며, "희빈을 저주한다" 하여 궁모곡계 아닌 것이 없어, 간악
한 후빙들을 처결하여 말을 날리고 자취를 드러내어 상이 보시고
들으시게 하니, 예로부터 악인이 외롭지 않으나 돕는 자가 있어 유
유상종이라.[649]

인용문에서 두 여인들은 상대편을 모함할 때에 아들을 내세우고 있
다. 그들이 가장 유세할 수 있는 것은 아들이기 때문이다. 그러나 이러
한 모함에도 불구하고 사씨와 인현왕후의 인품을 익히 알고 있는 사람
들은 누명을 쓰고 있다며 믿지 않는다. <사씨남정기>에서 유연수의
고모 두부인은 질부가 불륜의 누명을 쓰고 있음을 조카에게 아래와 같
이 말한다.

사씨의 절행으로 이같은 누명을 입게하야 옥같은 아내를 의심하
느뇨 이는 반드시 가중에 악인이 있어 도적함이니 어찌 엄중히 핵사
하지 아니하고 이같이 불명한 말을 하느뇨. …중략… 사씨 부덕은
일월같이 밝은 바라 너의 총명으로 깊이 깨닫지 못함이 한 되도다.[650]

한편 인현왕후가 폐출의 위기가 되었을 때에도 숙종의 고모 명안공
주가 아래와 같이 숙종에게 충언한다.

이때 명안공주가 변을 듣고 장공주로 더불어 크게 놀라 급급히
입궐하여 상께 조현(朝見)하고 후의 숙덕성행과 참언이 간사한 일
을 고하고, 대왕대비께 시탕(侍湯)하시던 바를 주달하며 눈물이 좌

---

649) <인현왕후전>, 109~110쪽.
650) <사씨남정기>, 148~151쪽.

에 떨어지며 지극히 간하여 충언(忠言)이 격절하되 상이 종시 불윤하시니, 능히 하릴없는지라.651)

인현왕후의 폐출은 <사씨남정기>에서 정실부인인 사씨를 내쫓는 것과는 차원이 다르므로 파장의 폭이 크다. 그러므로 서인은 물론이고 많은 유생들이 부당함을 논하였다. 당시 박태보는 죽음을 두려워하지 않고 아래와 같이 충언한다.

① "여염의 일처 일첩(一妻一妾)을 두는 사나이라도 가장(家長) 노릇을 잘못하여 첩을 편애하는 일이 있으면 가간 '침윤기간 상알상핍하는' 일이 있어 가도(家道)가 고히되는 이 많사오니, 전하 요사이 후궁에 총(寵)이 계오신 후, 하오시는 일을 보오셔 의신이 매양 그러하오신가 의심이 있삽더니, 이제 과거(過擧)를 하오시니 의신은 전혀 과연 그러하오신가 그리 아옵나이다."652)

② "전하가 어이 차마 이런 말씀을 하시나니이꼬? 부부는 인륜지시요, 성(聖)은 인륜지지(人倫之至)라 하오니, 무릇 여염 사람도 부부의(夫婦義)를 중히 여기옵거늘, 중궁(中宮)이 뉘 배필이시라 성노(聖怒)가 발하시기로 성인의 말씀을 글히게 아니하오셔 사어를 이렇듯 상되이 하시나이까."653)

---

651) <인현왕후전>, 39쪽.

652) <인현왕후전>, 120쪽.

653) <인현왕후전>, 121~122쪽.

인용문에서 교씨와 장희빈의 인물됨이 일치됨을 알 수 있다. <사씨남정기>에서 교씨는 사씨가 자신을 죽이려 하였을 뿐 아니라 간음했다고 모함한다. 또한 소기의 목적을 달성한 교씨는 동청과 결탁하여 유연수를 위기에 처하게 하고 냉진과도 불륜의 관계를 맺는다.

한편 장희빈은 오빠 장희재와 모의하여 폐위된 인현왕후가 반성하는 기색이 없으며 역모를 꾸미고 있다고 모함한다. 교씨와 장희빈이 모함하는 방법이 다른 것은 교씨와 장희빈이 신분이 다르고 그녀들을 총애한 유연수와 숙종의 위치가 다르기 때문이다. 그러나 처해진 상황에 따라 임기응변으로 대처하는 모습에서 두 여인이 근본적으로는 크게 다르지 않다. <사씨남정기>에서 교씨가 정부 동청과 결탁하여 사씨에게 모함할 때에 동청은 교씨에게 아래와 같이 중국의 고사를 말한다.

이 책은 당나라 사기라. 거기 쓰인 글을 볼 것 같으면 예전에 당 고종이 무소의를 총애하고 무소의 왕황후를 참소코저하나 적당한 시기를 얻지 못하였더니 소의 마침 딸을 낳으매 얼골이 심히 아름다운지라, 고종이 몹시 사랑하고 황후도 역시 귀히서 여겨 때때로 와서 보더니 하로는 황후가 전과 같이 무릎 위에 놓고 어루다가 나간 뒤에 소의 즉시 그 딸을 눌러 죽이고 소리를 질러 통곡 왈, "누가 내 딸을 죽였도다" 하니 고종이 궁인을 모조리 국문하매 여일출구로 외인은 아무도 침전에 출입한 자가 없고 다만 황후께서 막 오셨다가 갔다하야 황후 마침내 변명함을 얻지 못한지라 고종이 드디어 왕황후를 폐하고 무소의로 황후로 봉했으니 이가 천고 유명한 칙천무후라 …중략… 교녀 듣기를 마치매 동청의 등을 치며 가로되, "범과 같은 미물로도 오히려 제 새끼 사랑할 줄을 알거든 하물며 사람이 되어서 어지 차마 제 자식을 해하리오.654)

인용문을 보면, 교씨가 이야기를 처음 들었을 때는 일말의 양심이 있었으나 막상 행동으로 나타나자, 본성이 드러나며 아래와 같이 돌변한다.

"장주야 장주야 내가 네 원수를 갚지 않으면 살아서 무엇 하리오. 내 너를 따라 죽으리라" 하고 바삐 방으로 들어가서 대를 끌러 목을 매니 시비 급히 끌러 놓으매 교녀 통곡하여 소리를 끄치지 않고 한림께 달려들어 격동시키니 …중략… "투기하는 계집이 처음에 우리 모자를 죽이고저 하다가, 일이 누설되매 후회하지 않고 못된 종년들과 부동하야 이 무지한 유아에게 독수를 눌렀으니 오늘로 장주를 죽이고 내일은 나를 죽일지라 내 원수의 손에 죽는 이보다 차라리 자처함이 낫도다. …중략… 첩의 죽음은 조금도 아깝지 않거니와 다만 염려 되는 바는 저 계집이 이미 간부 있사오니 상공도 위태할가 하노이다."655)

교활한 교씨는 목을 매어 죽으려는 행동으로 가장을 미혹하게 한다. 유연수가, "음부를 영영 내치고 너로써 부인을 삼아서 선인의 제사를 받들게 하리라"는 위로하는 말을 하자, "주부의 칭호는 천첩이 감히 바라는 바 아니오나 원수와 같이 한 집에 있지만 않으면 첩의 원억한 마음이 조금 풀릴까 하노이다"656)며 태도를 일변한다. 그 후 동탁과 결탁하여 한림을 귀양 가게 했을 때에도 확인할 수 있다.

---

654) <사씨남정기>, 154~155쪽.

655) <사씨남정기>, 159쪽.

656) <사씨남정기>, 160쪽.

비복을 거느려 성 밖에 나아가 통곡하며 이별하여 가로되, "첩이 어찌 홀로 있으리오. 상공을 쫓아 사생을 한가지로 하려 하나이다."657)

인용문에서 독자는 교씨의 교활한 모습을 확인할 수 있다. 한편 <인현왕후전>에서 장희빈도 악의 근본은 교씨와 다를 바 없음을 아래에서 확인할 수 있다.

선시(先時)에 상이 민후를 폐출하시고 희빈 장씨로 책봉 비(妃)로 곤위에 올리니, 궁중이 조하를 받게 하니 일궁(一宮)이 중궁을 생각하고 설워하고 장씨 참람함을 분양하니, 조정에 어진 사람이 없으니 누가 감히 말하리요. 그윽이 원분을 참고 눈물을 머금고 조하를 마치매, 희빈의 아비를 옥산부원군을 봉하고 빈의 오라비 장희재(張希載)를 훈련대장을 시키시니 …중략… 이듬해 경오에 장씨의 생자로써 왕세자를 책봉하시니 장씨 양양자득하여 방약무인하니, 이러므로 발악을 일삼아 비빈을 절제하며 궁녀를 엄형(嚴刑)하여 포학한 말과 교만한 행지(行止) 불가형언이라. 궁중에 기강이 없고 원망이 절천한지라. 장희재 탐람하고 음험하여 팔도에 장난하되 감히 말할 이 없더라.658)

인용과 같이 장희빈은 인현왕후를 내쫓고 왕비가 된 후에는 오빠 장희재와 결탁하며 본성을 드러낸다. 그 후 세월이 지나 숙종의 사랑이 전일과 같지 못함을 인식하고는 다시 아래와 같이 계교를 꾸민다.

---

657) <사씨남정기>, 203쪽.
658) <인현왕후전>, 150쪽.

장씨 그윽이 상의를 쓰치고 크게 두려 오라비 희재로 더불어 꾀
하여 갑술년에 무옥을 다시 일으켜 천유(千儒)를 다 죽이고 폐비를
사약하려659)

인용문과 같은 장희빈의 계교는 실패로 끝난다. 그 후 사건이 반전
되어 폐비되었던 인현왕후가 입궁하고 자신은 다시 희빈으로 강등하
게 된다. 작자는 장희빈의 모습을 아래와 같이 서술했다.

① 이 적에 희빈이 오래 대위(大位)를 찬탈하여 천만세나 누릴 줄
로 알았다가, 홀연히 상이 일각에 변하여 국옥을 뒤치고 폐후
께 상명(上命)이 영락하여 즉일 복위하오셔 들어오심을 듣고,
청천의 벽력이 일신을 분쇄하는 듯 놀랍고 앙앙분통함이 흉
중에 일천 잔나비 뛰노니, 스스로 분을 이기지 못하여 시녀로
전어(傳語) 왈,
"내 오히려 곤위(坤位)에 있거늘 폐비 민씨 어찌 문안을 아니
하리요. 크게 실례하여 방자함이 심하도다."660)

② "내 만민의 어미요 세자 있거늘, 어찌 너희가 무례히 굴리요.
내 부득이 폐비의 절을 받고 말리라." 악독을 이기지 못하여
세자를 무수히 난타하니661)

③ 장씨 문득 밥상을 박차고 발악 왈,
"세자 있으니 내 이 위를 어찌 못가지리요. 내려도 부디 민씨

---

659) <인현왕후전>, 151쪽.
660) <인현왕후전>, 161쪽.
661) <인현왕후전>, 163쪽.

의 절을 받고 내리리라."

수라상을 산산이 헤쳐 방중에 흩어 놓으니[662]

④ 장씨 마음은 도척 같아서 고침이 없으며,

"세자가 나의 기출이로되 빈을 얻어 무색 초초히 한번 보고 무궁한 영화와 극진한 효성으로 중궁전이 혼자 보는 도다." 오매에 교아절치하여 원수를 갚으리라 하고 요기로운 무녀와 흉악한 술사를 얻어 주야에 모의하여, 영숙궁 서편에 신당(神 堂)을 배설하고 각색 비단으로 흉악한 귀신을 만들어 앉히고 후의 성씨(姓氏) 생월(生月) 생시(生時)를 써 축사를 만들어 걸고, 궁녀로 화살을 주어 하루 세 번씩 쏘아 종이가 헤어지면 비단으로 염습하여 중전 신체라 하고 못가에 묻고 또 다른 화 상(畵像)을 걸고 쏘아,[663]

⑤ 궁흉극악한 저주 방정을 다하여 흉한 해골을 얻어 들여 오색 비단으로 요기 사기를 만들어 야중(夜中)에 정궁 북벽 섬 아래 가만히 묻고, 또 채단으로 중전 일습을 지을 새 해골을 작말하 여 솜에 뿌려 두었으니 누가 그 흉모를 알리요.[664]

인용문 ①~⑤에서 보듯이 처음에는 세자의 어미임을 내세워 허세 를 부려보고, 발악도 하여 보았으나 사세(事勢)가 돌이킬 수 없음을 알 게 된다. 그러나 그녀는 좌절하지 않고 인현왕후를 폐출할 때에 효험 을 본 방정술을 다시 시작하는 대목은 <사씨남정기>에서 교씨의 모

---

662) <인현왕후전>, 163쪽.

663) <인현왕후전>, 169~170쪽.

664) <인현왕후전>, 170쪽.

습을 발견하게 된다. 사씨와 장희빈은 비극으로 막을 내리는 최후의 순간에도 아래와 같이 일치된다.

차설, 교녀 동청의 죽은 후로 냉진과 살더니, 냉진이 도적을 사괴다가 괴수로 잡혀 죽으니 교녀도 도망하야 낙양에 이르러 청루에 들어가 창기가 되어 이름을 칠낭이라 하고 낙양부 사람들의 재물을 낚으며 제 이르되, "나는 정경 한림학사의 부인이다." …중략… 교녀 눈을 들어보니 좌우에 가득한 사람이 다 유씨 종족이다. …중략… 인하여 따에 엎디어 슬피 울며 목숨을 살려지라 애걸하거늘 상서 크게 꾸짖어 가로되, …중략… "음부 네 죄를 아는다?" …중략… "어찌 모르리까마는 죄를 사하소서." …중략… "이 모다 첩의 죄오나 장주를 해함은 설매의 일이요. 도적을 보냄과 엄숭에게 참소함은 동청의 일이로소이다" 하고 사씨를 향하야 울어 가로되, "첩의 실수로 부인을 저바렸거니와 오즉 부인은 대자대비하신 덕으로 천첩을 잔명을 보존케 하옵소서.[665]

장씨 입을 다물고 벌이지 아니하거늘, 상이 보시고 더욱 대노하사, "막대로 입을 어기고 부으라." 하시니, 제녀가 술총으로 입을 벌이는지라. 장녀가 이에는 위급한지라. 실성애통 왈, "전하, 내 죄 보지 말으시고 옛날 정과 세자의 낯을 보아 인명을 살리소서." 상이 들은 체 않으시고 먹이기를 재촉하시니, 장녀가 공교한 말로 눈물이 비같이 흘리면서 상을 우러러 뵈오며 참연(慘然)히 빌어 왈, "이 약을 먹여 죽이려 하시거든 세자나 한번 보아 구원에 한이 없게 하소서."[666]

---

665) <사씨남정기>, 247~251쪽.

인용문에서 <사씨남정기>의 교씨는 죽음에 다다랐음을 인식하자, "부인은 대자대비하신 덕으로 천첩을 잔명을 보존케 하옵소서"라고 하여 자존심이나 부끄러움도 없는 인간으로 묘사되었다. <인현왕후전>의 작자도 장희빈이 최후의 순간에, "전하, 내 죄를 보지 말으시고 옛날 정과 자식의 낯을 보아 일명(一命)을 용서하소서"라고 묘사하여 교씨의 모습과 일치된다. 독자는 교씨가 '목숨을 살려달라'고 애걸하는 대목과, "이 약을 먹여 죽이려 하시거든 자식이나 보아 구원에 한이 없게 하소서"라는 대목에서는 인간적인 연민을 느끼게 된다. 물론 저지른 죄는 용서 받을 수 없더라도 교씨와 장희빈은 출생 때부터 사씨나 인현왕후와는 다른 삶을 살아야 하는 시대의 인습이 있었다. 또한 두 여인의 운명을 결정지은 유연수와 숙종의 일관성 없는 행동에도 일말의 책임은 있다고 생각된다.

3) 유연수와 숙종

<사씨남정기>와 <인현왕후전>은 유연수와 숙종을 축으로 하여 작품이 전개된다. 선과 악의 표상인 여주인공들은 이들에 의해 일희일비(一喜一悲)하면서 운명이 뒤바뀌기도 한다. 그러나 작품에 그려진 이들의 모습에서는 절대적인 위치에 군림해 있는 이상적인 남성의 모습을 발견할 수 없다. 작자는 일관성 없는 이들의 행동을 애써 합리화시켰으나 우유부단한 가장에 의해 얼마나 많은 이들이 화를 입었는가?

---

666) <인현왕후전>, 187쪽.

유공자의 이름은 연수니 차차 자라매 얼굴이 관옥 같고 재기 숙성하야 문장재화 십 세에 다 이루니 …중략… 공자 십사 세에 향시에 제일로 뽑혔다가 십오 세에 급제하니 천자 그 문장과 위인을 보시고 크게 칭찬하사 한림학사를 제수하시매.667)

"부운이 일시 성총(聖聰)을 가리었으나 성상이 근본 인명(仁明)하시니 오래지 아니하여 뉘우치실 바이라."668)

인용문에서 두 남성 주인공들은 훌륭한 인품과 후덕한 아내를 두었으나 30살이 가깝도록 사속을 있지 못했다. 정실부인이 자신의 부족함을 인식하고 득첩(得捷)하기를 권할 때에는 아래와 같이 말한다.

"어찌 일시 무자함을 한탄하여 첩을 얻으리오. 첩을 얻음은 집안을 어지러이는 근본이니 부인은 어찌 화를 자취하려 하시느뇨 이는 만만 부당하여이다." …중략… "내 첩 둠이 그리 급하지 아니나 부인의 호의를 저바리기 어려우니 마땅히 택일하여 데려오리라."669)

무진년 정월에 상의 춘추가 거의 삼십이 되시나 농장의 경사를 보시지 못함을 근심하시는지라, 후가 깊이 염려하사 일일 종용히 상께 고하사 어진 후궁을 빼 자경 보심을 권하신대, 상이 처음은 허치 않으시더니 후가 날마다 권하여 일녀자(一女子)의 생산(生産)을 기다리고 막중종사를 경솔히 못할 줄로 간절히 아뢰니, 정정(貞靜)한 덕과 유화하신 말씀이 혈심이라 상이 감탄하시고 조정에 후궁

---

667) <사씨남정기>, 92쪽.
668) <인현왕후전>, 40쪽.
669) <사씨남정기>, 113~117쪽.

간택하시는 전지(傳旨)를 내리시니,[670]

　인용문에서 두 사람의 태도는 거의 일치된다. 그 후 우려한 일들이 현실화되어 가정의 화(禍)를 가져왔을 때에도 공교롭게도 그들의 태도 또한 일치된다.

　　동청이 위인이 간활한 고로 한림의 뜻을 맞추어 무슨 일이든지 잘 하니 한림이 사부인의 말을 생각지 아니하고 마음을 놓아 일을 다 맡기더라. …중략… 한림의 총명이 점점 감하매 미혹이 만단하야 마음을 정치 못하니 아깝도다.[671]

　　상이 점점 편벽히 혹하사 능히 흑백을 분변치 못하시니, 전일 엄정(嚴正)하시던 성도가 아주 변감(變減)하사 현인군자는 다 물리치시며 간신적자(奸臣賊子)를 많이 쓰시니,[672]

　이후 유연수와 숙종은 사씨와 인현왕후를 내칠 때에도 아래와 같이 일치된다.

　　"저 사씨 처음 가문에 들어오매 숙덕이 있어 예법에 어김이 없더니 처음과 나종이 한결같이 못하야 …중략… 조종신령이 흠양치 아니하실 바니 향화가 끊어질가 저허하야 부득이 출거하고, 소첩 교시는 비록 육례를 갖초지 못하였으나 실로 명가 자손이고 백행이

---

670) <인현왕후전>, 27쪽.

671) <사씨남정기>, 134~137쪽.

672) <인현왕후전>, 30쪽.

구비하야 조종의 제사를 받듬 즉 하온지라 교시를 봉하야 정실을 삼나이다."673)

인용문은 <사씨남정기>에서 사씨 부인을 내쫓는 이유와 교씨를 정실부인으로 봉하는 이유를 구체적으로 묘사한 부분이다. 그러나 아래 <인현왕후전>에는 인현왕후를 폐비하는 이유와 장희빈을 왕비로 삼는 이유가 구체적으로 제시되지는 않았다.

사월 이십삼일은 중궁전 탄일(誕日)이라, 각 궁과 내수사에서 공상단자를 드리니 상이 단자를 내치시고 음식을 다 물리치시며, 대신과 이품(二品) 이상을 인견하사 폐비하심을 전교하시니,674)

그러나 숙종이 인현왕후를 폐한 후에 장희빈을 왕비로 삼기 위하여 동평군(東平君) 이항(李杭) 등 사은겸진주주청사(謝恩兼陳奏奏請使) 일행이 청나라에 보고한 인현왕후를 폐비(廢妃)한 이유는 아래와 같다.

"의(義)는 집안을 바르게 하는데 있고, 예는 변(變)에 처하는 것이 귀한데, 신(臣) 계비(繼妃) 민씨는 성품과 도량이 그릇되고 신의 몸에 불순할 뿐만 아니라, 말이 선신(先臣) 왕(王)과 선비(先妃)를 범하였으니, 빈번(蘋蘩)의 제사를 받게 할 수 없습니다. 생각하건대 능히 대조(大朝)의 총명(寵命)을 받들지 못한 것을 두려워하나, 삼가 예경(禮經)의 제후(諸侯)가 부인을 내치는 글에 따라 신서(臣庶)에게 묻고 조묘(祖廟)에 고하여, 장차 민씨를 폐하여 사제(私第)에

673) <사씨남정기>, 166쪽.
674) <인현왕후전>, 30쪽.

두려고 하여 감히 이를 진주(陳奏)합니다."675)

또한 희빈을 입비(立妃)하는 이유는 아래와 같다.

"신이 덕이 박하여 능히 집을 다스리지 못해서 폐실(廢室) 민씨
는 실덕(失德)함이 몹시 심하므로 곤위(壼位)를 맡기에 어려움이 있
어서 감히 폐출한 원인을 가지고 우러러 신청(宸聽)을 번거롭게 하
였습니다. 빈번(蘋蘩)을 주장할 이가 없을 수 없고, 내직(內職)을 오
래 비울 수 없는데, 부실(副室) 장씨는 좋은 집에서 나와서 덕이 후
궁에 으뜸이 되고, 또 아들을 낳았으니 어미가 아들로써 귀해지므
로 예(禮)가 곤위에 오르기에 합당합니다. 엎드려 빌건대, 황상께서
특별히 해부(該部)에 명하여 고명(誥命)과 관복(冠服)을 내리셔서 소
방(小邦)의 신민(臣民)으로 하여금 총광(寵光)을 얻게 하소서"다.676)

위의 인용문에서 인현왕후의 폐위와 장희빈을 왕비로 세우는 이유
는 <사씨남정기>에서 유연수가 사씨를 내쫓고 교씨는 정실부인으로
삼을 때와 일치된다. 그 후 시간이 지나 다시 자신들의 잘못을 깨달을
때의 모습도 아래와 같이 일치된다.

"적년 미혹하였던 총명이 돌아온 듯 머리를 숙이고 지난 일을 생
각하며 정히 의심하던 차에"677)
"부운(浮雲)이 점점 걷히매 태양이 밝은지라 성총이 깨달으사."678)

---

675) 『숙종실록』 권21, 숙종 15년(1689) 8월 11일(갑술).
676) 『숙종실록』 권21, 숙종 15년(1689) 8월 11일(갑술).
677) <사씨남정기>, 198쪽.

또한 폐출했던 정실부인을 다시 맞이할 때에도 유연수와 숙종의 모습은 아래와 같이 일치된다.

> 내 처자를 무죄히 박대 하였으니 어찌 천벌이 없으리오. …중략… "내 낯을 들고 부인을 보니 부끄러움을 이기지 못할지라 무슨 말을 하리오."[679]

> 상이 죄를 가까이 하사 전일을 뉘우치시며 지금을 위로하사 말씀이 관곡하여 금석(金石)이라도 녹을 듯 하시나, 후가 불감함을 일컫고 조금도 홀하심이 없어 한결같이 유순정정하시니, 상이 더욱 경복하시고 좌우가 감탄하더라.[680]

인용문은 유연수와 숙종은 잘못을 깨달을 때에나 정실부인을 맞이하여 대하는 태도와 교씨와 장희빈을 죽일 때의 모습도 아래와 같이 일치된다. <사씨남정기>는 교씨의 죄를 아래와 같이 열거하였다.

> 네 죄가 한 둘이 아니니 음부는 들어 보아라. "처음에 부인이 너를 경계하야 음란한 풍류를 말라함이 또한 좋은 뜻이어늘 너 도로혀 참소하야 나를 미혹케하니 죄 하나이오, 십낭으로 더불어 요괴한 방법으로 장부를 속였으니 죄 둘이오, 음흉한 종으로 더불어 당을 지었으니 죄 서히오, 스사로 방자하고 부인께 미르니 죄 너히오, 동정과 사통하야 문호를 더러이니 죄 다섯이오, 옥지환을 도적하야

---

678) <인현왕후전>, 48쪽.
679) <사씨남정기>, 227~229쪽.
680) <인현왕후전>, 58쪽.

냉진을 주어 부인을 모해하니 죄 여섯이오, 네 손으로 자식을 죽이고 대악을 부인께 미르니 죄 일곱이오, 간부와 동모하야 가부를 사지에 귀양 보내니 죄 여덟이오, 인아를 물에 넣어 죽게 하니 죄 아홉이오, 겨우 부지하야 살아오는 나를 죽이려하니 죄 열이라. 음부 천지간에 큰 죄를 짓고 오히려 살고저 하느냐?" …중략…

사부인이 가로되, "비록 죄 중하오나 상공을 모신지 오래니 죽여도 시체를 완전히 하소서." 상서 감동하야 동쪽 저자에 잡아 내여다가 만인의 보는 앞에 죄를 들어 광포하고 타살하니라.[681]

<인현왕후전>에서 장희빈의 저주사건이 발견되었을 때에도 숙종은 아래와 같이 장씨의 죄를 열거하며 자진하도록 했다.

이제 장녀(張女)는 오형지참을 할 것이요, 죄를 속이지 못할 바이로되, 세자의 정리를 생각하여 감사감형(減死減刑)하여 신체를 온전히 하여 일기독약(一器毒藥)을 각별 신칙하사 궁녀를 명하여 보내시며 전교 왈,

"네 대역부도의 죄를 짓고 어찌 사약을 기다리리요. 빨리 죽음이 옳거늘 요악한 인물이 행여 살까 하고 안연(晏然)히 천일을 보고 있으니 더욱 사죄(死罪)라. 동궁의 낯을 보아 형체를 온전히 하여 죽음이 네게 영화라. 빨리 죽어 요괴로운 자최를 일시도 머무리지 말라."[682]

"네 중궁을 모살하고 대역부도가 천지에 관영하니 반드시 네 머리와 수족을 베어 천하에 효시할 것이로되, 자식의 낯을 보아 특은으로 경벌(輕罰)을 쓰거늘 갈수록 태만하여 죄 위에 죄를 짓느뇨."[683]

---

681) <사씨남정기>, 250~251쪽.
682) <인현왕후전>, 189쪽.

숙종은 장희빈의 저주사건이 발견된 후에 장희빈에게 '자진하라'고 명했다. 그러나 보름이 지나도록 실행에 옮기지 않자, 숙종은 직접 궁녀들에게 강제로 장희빈의 입을 벌리게 하여 약을 세 사발이나 연거푸 부어 죽였다고 <인현왕후전>은 아래와 같이 서술했다.

> 상이 조금도 측은지심이 아니 계시고 '빨리 먹이라' 연하여 세 그릇을 부으니, 경각에 크게 한 소리를 지르고 섬 아래 거꾸러져 유혈(流血)이 샘솟듯 하니, 일기약(一器藥)으로도 오장이 다 녹으려든 세 그릇을 함께 부으니 경각에 칠규로 검은 피 솟아나 땅에 고이니, 슬프다, 조그마한 궁인의 몸으로서 천승국모 모살하고 여러 인명이 다 검하(劍下)에 죽게 되니 하늘이 어찌 앙화를 내리오지 않으시리요. 상이 그 죽는 양을 보시고 의전으로 나오시며 신체를 궁외로 내라 하시고, 이튿날 하교 왈,
> "장씨 죄악이 중하여 왕법을 행하였으나 자식은 모자지정(母子之情)이라. 세자의 정리를 보아 초초히 예장(禮葬)하라."684)

위의 인용문과 같이 유연수와 숙종은 한 때는 체면이나 법도를 무시할 정도로 사랑하였던 여인을 처참하게 죽였다. 유연수는 교씨를 정실부인으로 맞이하여 사당에 참예하게 하였고, 숙종은 장희빈을 6년간 만백성의 어머니인 국모로 있게 하였었다. 물론 죄의 업보라고 할 수 있지만 <사씨남정기>와 <인현왕후전>의 작자는 사씨와 인현왕후가 고통을 받을 때나 교씨와 장희빈이 처참하게 죽을 때에도 유연수나 숙종을 통렬하게 비판하지 않았다. 그들의 잘못은 '총명이 미혹해서'였

---

683) <인현왕후전>, 190쪽.
684) <인현왕후전>, 191~192쪽.

고, '부운(浮雲)이 성총을 가려서'였다. 유연수나 숙종에게서 지엄한 가장과 군주의 모습을 발견할 수 없음에도 잘못을 남에게 돌리고 선은 그들이 차지하게 한 작자의 태도에서 유교사회의 한 단면을 엿보게 한다.

이상의 <사씨남정기>와 <인현왕후전>의 상관성을 규명하기 위하여 주인공들의 성격을 분석하였다. 정리하면 아래와 같다.

첫째, 두 작품은 <사씨남정기>의 유연수와 <인현왕후전>의 숙종을 축으로 하여 양극에 선과 악을 대치시켜 작품을 구성했다.

둘째, 선의 위치에 있는 사부인과 인현왕후는 출가 이전과 이후에도 지극한 효성을 지녔으며 자신들이 자녀를 생산하지 못하였을 때는 득첩을 권유하는 넓은 마음의 소유자였다. 또한 폐출과 복위의 장면들에서도 거의 일치된 모습을 발견할 수 있다. 다만 끝내 자녀를 생산하지 못했던 인현왕후와는 달리 사부인은 아들을 낳도록 설정했다. 그것은 <사씨남정기>를 집필할 당시, 인현왕후의 나이가 30세가 되지 않았으므로 득남의 가능성을 제시하여 복위라는 목적 달성에 도움을 얻고자 했을 것으로 생각된다.

셋째, 교씨와 장희빈은 악의 위치에서 오랜 세월 동안 질타의 대상이 되었다. 그들이 열등한 자신의 처지를 극복하기 위해 최선을 다하는 모습에서 일말의 연민을 느끼게 한다. 그러나 권선징악(勸善懲惡)은 인류의 보편적인 진리이므로 악인의 최후의 모습을 독자에게 전하는 것은 당시 소설 작자의 의무이기도 했다. 그중 교씨에게 장희빈과 달리 불륜의 죄를 더하게 한 것은, 두 사람의 신분과 환경이 다르므로 독자들에게 악인의 전형을 제시하여 독자들에게 흥미를 더하기 위한 것으로 생각된다. 그러나 근본적인 성품에서는 일치된다고 하겠다.

넷째, 모든 사건의 해결을 손에 쥐고 있으면서도 진실을 밝히지 못하는 유연수는 부운이 성총을 가려서 여러 차례 옥사(獄事)를 일으킨 숙종의 모습을 그대로 묘사하고 있다.

그러므로 <사씨남정기>는 김만중이 폐위된 인현왕후의 복위를 희원하면서 실존인물인 숙종, 인현왕후, 장희빈을 투영하여 유연수, 사부인, 교씨의 인물을 창조한 목적소설이라고 생각한다.

3. 〈인현왕후전〉의 문예적 가치와 생명력(生命力)

<인현왕후전>을 처음 소개한 가람 이병기는, "선이 굵고 센 것보다는 다른 맛이 있으며, 한문맥(漢文脈)으로 이룬 우리말 글의 대표작임 즉하다. 대왕의 위의(威儀)는 그대로 살리면서도 이리저리 번득이는 그 사랑의 물결을 수월히 그려놓은 것이다. 그래서 무상한 인생의 기박한 운명을 말하였으며, 그 일언일구(一言一句)에도 자못 경성(驚醒)할 곳이 있다. 이는 우리가 알아야 할 고전이라기보다는 마땅히 읽어야 할 인생 독본(人生讀本)이다"685)고 작품의 가치를 언급했다. 그 후에도 여러 연구자들이 이 작품에 대한 찬사를 아끼지 않았다. 그중 몇 분의 평가를 정리하면 다음과 같다.

도남 조윤제는, "이 작품이 <계축일기>와는 표현 묘사가 다르나 그 엄숙한 태(態)는 도리어 승(勝)하고 자상하고 세밀한 점은 <계축일기>와 같다. 이 문학은 주로 그 작가가 여류에 있었던 만큼 섬세하다

---

685) 이병기, 앞의 <인현성모민시덕행록> 전문을 해설.

는 것도 그 특징이요, 또 궁중생활의 기록이었던 만큼 필치가 매우 섬세하다는 것도 그 특징이요, 또 궁중생활의 기록이었던 만큼 어딘지 고숭(高崇)한 아취(雅趣)가 있는 것도 그 특징이요, 또 궁중생활의 기록이었던 만큼 필치가 매우 섬세하다는 것도 그 특징이라"686)고 했다.

김기동은, "이 작품의 표현법은 <서궁록>과 같은 사실적 표현이 아니고, 다른 이조소설과 같이 서술적 표현을 썼으나, 당시의 전경을 여실히 표현하였다는 점에서, <서궁록>과 함께 궁정소설의 백미이며 쌍벽이라 할 수 있는 작품이다. 특히 문체상으로는 국어에다 한문 숙어(漢文熟語)를 간간 사용하였지마는 남성들의 문체에서 볼 수 있는 한문의 직역적(直譯的)인 문장으로서 한문취(漢文臭)가 풍기는 문체가 아니라, 우아한 국한문혼용체(國漢文混用體)로 이루어진 문체는 이조소설에 있어서 문체상의 특성을 찾아볼 수 없는 오늘날에 있어서 이와 같은 우아한 문체를 여성들의 작품에서 발견하였다는 것, 그 작품과 아울러 높이 평가해야 할 것이다"687)고 하였다.

김용숙은, '인물의 전기 위주의 덕행록이라 할지라도 실지로 있었던 역사적 사실의 기록을 경(經)하고, 인정의 심금을 울려 주는, 인현왕후의 폐궁살이 6년 동안의 정경을 쓴 대목 같은 데는 문학성이 무르익어 훌륭히 문학으로 되어 올라 손색이 없다. 이런 점에서 궁중에서도 많이 읽혀온 것 같다. 특히 장희빈의 고사에서 계녀서(戒女書)같다688)'고 평가했다.

---

686) 조윤제, 『국문학사』, 앞의 책, 264쪽.
687) 김기동, 『이조시대 소설론』, 앞의 책, 326~363쪽.
688) 김용숙 교주본, 『<계축일기>, <인현왕후전>』, 삼중당, 1984, 239쪽.

박요순은, "작품에 얽힌 민비, 장희빈, 박태보의 이야기는 각기 그 내용이 인륜으로 본 선악의 극단적인 양면이 노출되어 있어서 조선조 사회에서 독자의 관심과 공감을 야기(惹起)시키기에는 더 없이 좋은 주제이며, 거기다가 일국(一國)의 군왕과 왕비에 관련된 얘기이므로, 독자를 매혹시킨 것은 그 주제이며 소설로서 크게 성공한 작품이라"[689]고 하였다.

필자는 <인현왕후전>의 가치를 인식하고 여러 편의 논문과 교주본을 출간하였다. 지금까지의 연구를 종합하여 작품의 가치와 생명력을 정리하면 아래와 같다.

첫째, <인현왕후전>의 작자는 당시 유행하던 소설 양식을 차용하여 완벽하리만큼 인물의 성격을 형상화하는 데 성공하여 작품의 완성도를 높였다.

둘째, 작자는 소설 양식 중 전(轉)의 형식으로 인현왕후를 구원(久遠)의 한국적 여인상으로 창조하였다.

독자들은 선의 화신과 함께 악의 전형인 장희빈을 만나게 된다. 그러나 두 사람은 출신성분과 처한 위치가 달랐다. 독자는 작품이 생성되던 때의 가치관이 오늘과는 다르다는 것에 주의를 기울이면 또 다른 흥미를 갖게 한다.

셋째, 작자는 작품 중간중간에 '꿈'과 짧은 '삽화'를 삽입하여 사건을 반전시키는 장치로 활용하였다. 이러한 고도의 수사법은 독자들에게

---

689) 박요순, 「<인현왕후전연구>-특히 미발표이본을 중심으로-」, 앞의 논문, 322쪽.

흥미를 고취하였으며 작품의 완성도도 높일 수 있었다.

넷째, 당시 고소설의 주인공들은 획일적으로 평면적인 인물로 서술된 것에 비하여 입체적인 인물인 숙종을 등장시킨다. 삼각관계의 중심축인 숙종의 변화로 사건 반전(反轉)의 효과를 극대화하고 갈등과 흥미를 공유한 작품으로 승화시킬 수 있었다.

다섯째, 『숙종실록』과 같은 공적인 기록에서는 확인할 수 없는 역사적 사건의 이면(裏面)들을 선명하게 밝힘으로써 역사기록의 보조물로서도 가치가 있다.

여섯째, <인현왕후전>은 공간적 배경이 신비한 궁궐이고 내용 또한 역사적 사실을 바탕으로 재창조된 작품이라 독자들의 관심과 공감을 야기할 수 있는 요소들을 지니고 있다. 그러므로 작품이 생성된 후 몇 세기가 지난 오늘날에도 여러 장르로 재생되었으며 앞으로도 끊임없이 재창조되리라 생각된다.

◆ 참고문헌

1. 자료

『경종수정실록』,『경종실록』,『고종실록』,『광해군일기』,『단암만록』,『북헌집』,『서포연보』,『숙종실록』,『악학궤범』,『연려실기술』,『영조실록』,『현종개수실록』,『현종실록』,『열녀전(烈女傳)』

2. 단행본

E.M. Forster, 이성호 역,『소설의 이해』, 문예출판사, 1985.

고정옥,『국어국문학요강』, 서울대학출판사, 1949.

김기동,『국문학개론』. 태학사, 1981.

김기동,『이조시대 소설론』, 정연사, 1959.

김동욱,『국문학사』, 일신사, 1983.

김무조,『서포문학연구』, 형설출판사, 1982.

김사엽,『조선문학사』, 정음사, 1948.

김열규, 신동욱 편,『김만중연구』, 새문사, 1983.

김용덕,『한국전기문학론』, 민족문화사, 1987.

김용숙 교주본,『<계축일기>, <인현왕후전>』, 삼중당, 1984.

김용숙,『이조여류문학 및 궁중풍속연구』, 숙대출판부, 1970.

김용숙,『조선조 궁중풍속 연구』, 일지사, 1987.

김준영,『한국고전문학사』, 형설출판사, 1971.

김창주,『안자산의 국문학연구』, 국학자료원, 2000.

김태준,『조선소설사』, 문예사, 1932.

김함득,『궁정소설연구』, 광림사, 1974.

문화재청,『조선시대 궁궐 용어해설』, 2009.

민영대,『조선조 사실계 소설연구』, 한남대학교 출판부, 1991.

박성의, 『<구운몽>, <사씨남정기>』, 정음사, 1983.

박성의, 『한국고대소설론과 사』, 일신사, 1973.

백철, 이병기 공저, 『국문학전사』, 신구문화사, 1970.

성락훈, 『한국당쟁사』, 『한국문화사대계 2』, 고려대학교 민족문화연구소, 1966.

신기현, 『한국소설발달사』, 창문사, 1960.

신병주, 『66세의 영조 15세 신부를 맞이하다』, 효형출판, 2001.

이경혜, 『<인현왕후전> 연구』, 학고방, 2011.

이능우, 『고소설연구』, 이우출판사, 1980.

이성미 외, 『장서각소장 가례도감의궤』, 한국정신문화연구원, 1994.

장덕순, 『한국문학사』, 동화문화사, 1976.

장덕순, 『한국문학사』, 동화문화사, 1983.

장봉선 편, 『정읍군지(井邑郡誌)』, '대각교(大脚橋) 전설', 1930.

정은임, 『교주 <계축일기>』, 이회문화사, 2005.

정은임, 『교주 <인현왕후전>』, 이회문화사, 2004.

정은임, 『교주 <한중록>』, 이회문화사, 2002.

정은임, 『궁궐사람들의 삶과 문화』, 태학사, 2007.

정은임, 『한중록연구』, 국학자료원, 2013.

조남현, 『소설원론』, 고려원, 1984.

조윤제, 『국문학사』, 동방문화사, 1947.

조윤제, 『국문학사』, 탐구당, 1883.

조윤제, 『한국문학사』, 탐구당, 1963.

주왕산, 『조선고대소설사』, 정음사, 1950.

지두환, 『숙종대왕과 친인척-숙종 왕비-』, 역사문화, 2009.

최강현, 『한국고전수필강독』, 고려원, 1983.

최승범, 『한국수필문학연구』, 정음사, 1980.

황패강, 『조선왕조소설연구』, 단대출판사, 1986.

3. 논문

김동욱, 「<인현왕후전> 이본고」, 『문리사대학보』 창간호, 서울대 문리대, 1959.

김무조, 『서포문학연구』, 형설출판사, 1982.

김병국, 「고대소설 서사체와 서술시점」, 『한국고전소설연구』, 새문사, 1983.

김수업, 「<인현왕후전>의 작자 문제」, 『어문학』, 한국어문학회, 1971.

김신연, 「<인현왕후전> 연구」, 숙대 박사논문, 1994.

김신연, 「<인현왕후전> 이본 대비」, 『어문 논총』, 숙대 어문학연구소, 1993.

김신연, 「<인현왕후전> 이본고」, 『원우론총』 제10집, 숙대 대학원 총학생회, 1992.

김용숙, 「<인현왕후전>의 작자고」, 『이조시대 여류 문학 및 궁중풍속 연구』, 숙대출판부, 1970.

김용숙, 「사랑의 형태와 장희빈」, 『청파문학』 제1집, 숙대 청파문학회, 1958.

김용숙, 황패강 외 편, 「왕조사회와 실기문학」, 『한국문학연구입문』, 지식산업사, 1982.

김일근, 「수기문학의 성립-인목대비 술회문을 공개하면서-」, 『문학사상』 제3호, 문학사상사, 1972.

김현룡, 「<사씨남정기>연구-목적소설이라는 견해에 대하여-」, 『문호』 5집, 건국대학교 국어국문학회, 1969.

박갑수, 「<인현왕후전>과 <사씨남정기>의 비교연구-문체론적 고구(考究)를 중심으로-」, 『국어교육』 14, 국어교육연구회, 1968.

박요순, 「<인현왕후전> 연구-특히 미발표 이본을 중심하여-」, 『수필문학연구』, 정음문화사, 1985.

소재영, 김진세 편, 「<한중록>」, 『한국고전소설작품론』, 집문당, 1990.

송민호, 「<인현왕후전>에 나타난 여성관」, 『국문학』 3, 고려대 국문학회, 1959.

신정숙, 「궁정내에서 성립된 수기문학연구-계축일기를 중심으로-」, 성균관대 석사논문, 1964.

원선자, 「<인현왕후전>과 <사씨남정기>의 비교연구-작품분석을 중심으로-」, 숙대대학원 석사논문, 1972.

이경혜, 「<인현왕후전> 이본고」, 고려대 교육대학원 석사논문, 1976.

이금희, 「<사씨남정기> 연구-인물의 성격 및 내용적 특성을 중심으로-」, 숙대대학원, 『원우론총』 4집, 1986.

이금희, 「<인현왕후전> 고-작품의 구조 및 성격을 중심으로」, 숙대대학원, 『원우론총』 2집, 1984.

이명숙, 「인현왕후 덕행록 내용고」, 이대 교육대학원 석사논문, 1975.

이병기, 「<典故眞雁論>-恨中錄에 대하여-」, 『문장』, 1939. 2~1940. 1.

정규복, 「남정기 논고」, 『국어국문학』 26, 국어국문학회, 1963.

정규복, 「사씨남정기의 제작동기에 대하여-김현룡씨의 사씨남정기를 읽고-」, 『성대문학』 제15, 16 합집, 성균관대학교 국어국문학회, 1970.

정은임, 「<궁정실문학연구>-장르 이론과 수용미학적 견지에서-」, 숙대 박사논문, 1988.

정은임, 「<사씨남정기>와 <인현왕후전>의 비교연구」, 『논문집』 16집, 강남대학교 출판부, 1986.

정은임, 「<인현왕후전> 연구사」, 『고소설연구사』, 일위 우쾌제 박사 회갑기념논문집 간행위위원회, 도서출판 월인, 2002.

정은임, 「<인현왕후전> 연구사」, 『인문과학논집』 제11집, 2002.

정은임, 「계축일기는 과연 소설인가?-장르 파악을 위한 재조명-」, 『원우론총』 4집, 숙대 대학원, 1986.

정은임, 「궁중문학 연구의 현황과 과제」, 『문명연지』 제21집, 한국문명학회, 2008.

정은임, 「조선조 궁중문학의 장르 재조명」, 『동양학』 32집, 단국대학교 동양학연구소, 2001.

정은임, 「조선조 궁중문학의 특질」, 『문명연지』 제4권 3호, 한국문명학회, 2003.

정창범, 「전기의 문학성을 위한 시론」, 『현대문학』, 현대문학사, 1974.

조종업, 「한국 여류수필에 대하여」, 국어국문학회편, 『수필문학연구』, 정음문

화사, 1985.

최신호, 「전기. 전기소설」, 『성심어문론집』 제6집, 성심여자대학, 국어국문학

과, 1981.

부록

가계도 / 궁중 용어

현종(顯宗)의 가계도(家系圖)

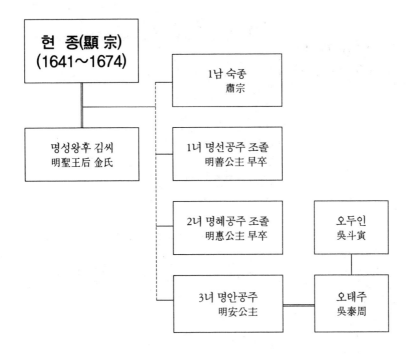

현 종(顯 宗)
(1641~1674)

명성왕후 김씨
明聖王后 金氏

1남 숙종
肅宗

1녀 명선공주 조졸
明善公主 早卒

2녀 명혜공주 조졸
明惠公主 早卒

오두인
吳斗寅

3녀 명안공주
明安公主

오태주
吳泰周

=혼인관계, ―부자관계, ---형제관계

숙종(肅宗)의 가계도(家系圖)

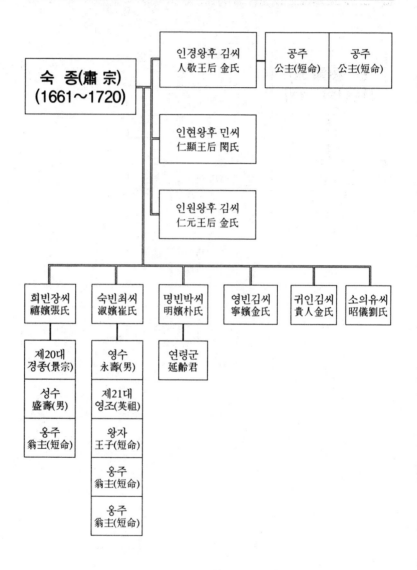

경종(景宗)의 가계도(家系圖)

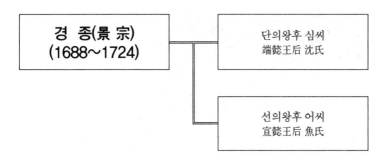

경 종(景 宗) (1688~1724)	단의왕후 심씨 端懿王后 沈氏
	선의왕후 어씨 宣懿王后 魚氏

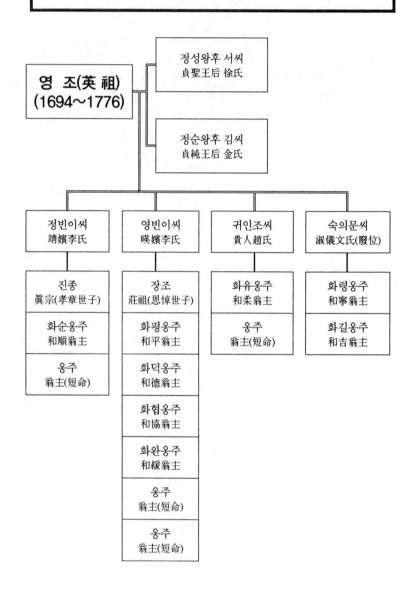

영조(英祖)의 가계도(家系圖)

영 조(英 祖)
(1694~1776)

정성왕후 서씨
貞聖王后 徐氏

정순왕후 김씨
貞純王后 金氏

정빈이씨
靖嬪李氏

영빈이씨
暎嬪李氏

귀인조씨
貴人趙氏

숙의문씨
淑儀文氏(廢位)

진종
眞宗(孝章世子)

화순옹주
和順翁主

옹주
翁主(短命)

장조
莊祖(思悼世子)

화평옹주
和平翁主

화덕옹주
和德翁主

화협옹주
和協翁主

화완옹주
和緩翁主

옹주
翁主(短命)

옹주
翁主(短命)

화유옹주
和柔翁主

옹주
翁主(短命)

화령옹주
和寧翁主

화길옹주
和吉翁主

최효원(崔孝元)의 가계도(家系圖)

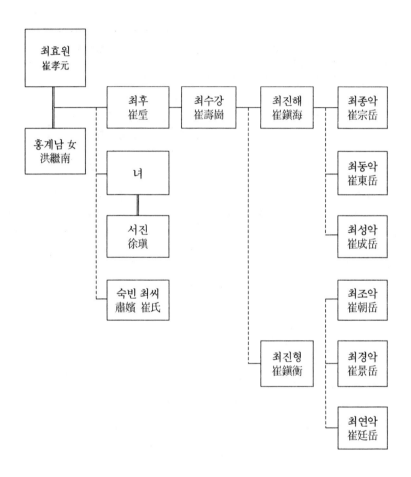

김만기(金萬基)의 가계도(家系圖)

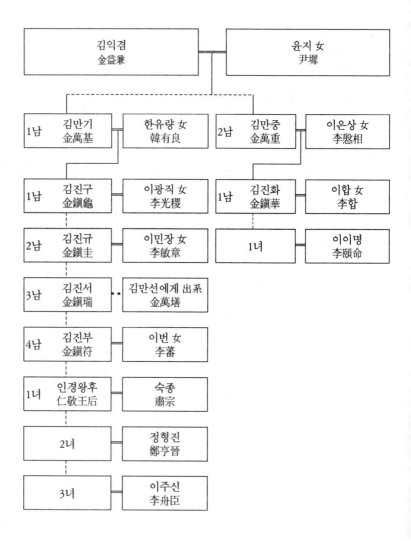

민유중(閔維重)의 가계도(家系圖)

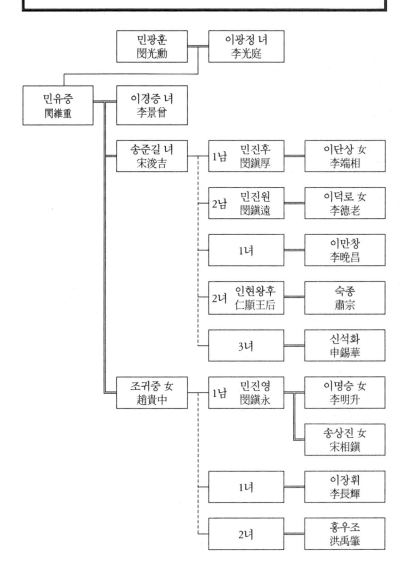

김우명(金佑明)의 가계도(家系圖)

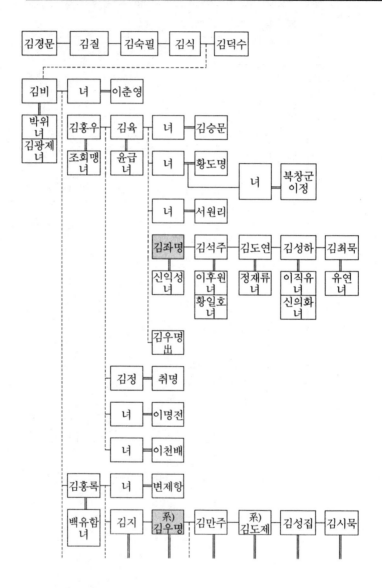

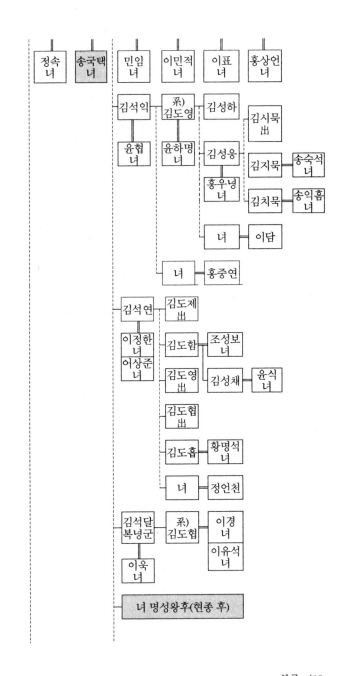

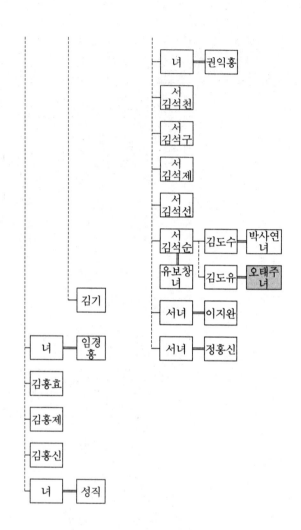

오태주(吳泰周)의 가계도(家系圖)

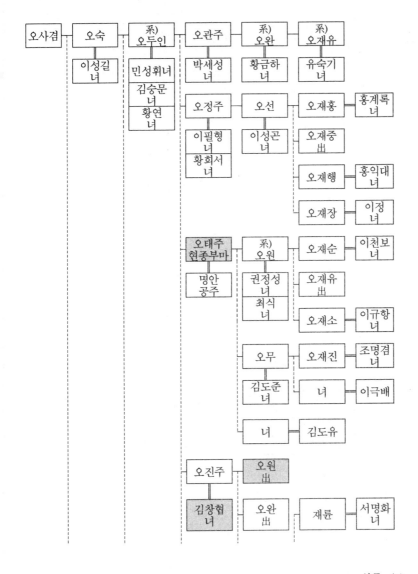

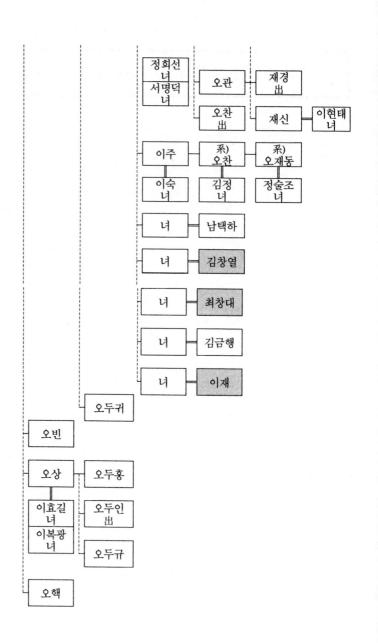

인평대군(麟坪大君)의 가계도(家系圖)

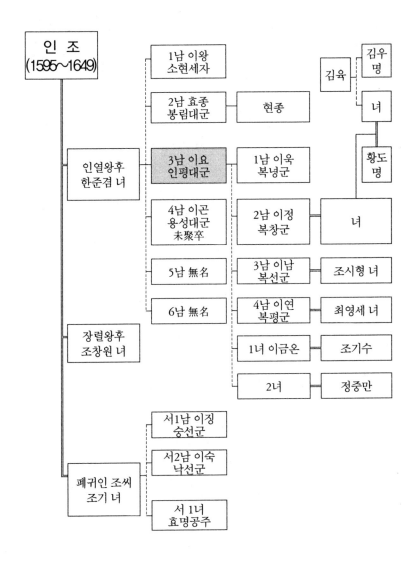

인 조
(1595~1649)

1남 이왕
소현세자

2남 효종
봉림대군 — 현종

인열왕후
한준겸 녀

3남 이요
인평대군 — 1남 이욱
복녕군

4남 이곤
용성대군
未聚卒 — 2남 이정
복창군

5남 無名 — 3남 이남
복선군 — 조시형 녀

6남 無名 — 4남 이연
복평군 — 최영세 녀

장렬왕후
조창원 녀

1녀 이금온 — 조기수

2녀 — 정중만

폐귀인 조씨
조기 녀

서1남 이징
숭선군

서2남 이숙
낙선군

서 1녀
효명공주

김우
명

김육

녀

황도
명

녀

김창국(金昌國)의 가계도(家系圖)

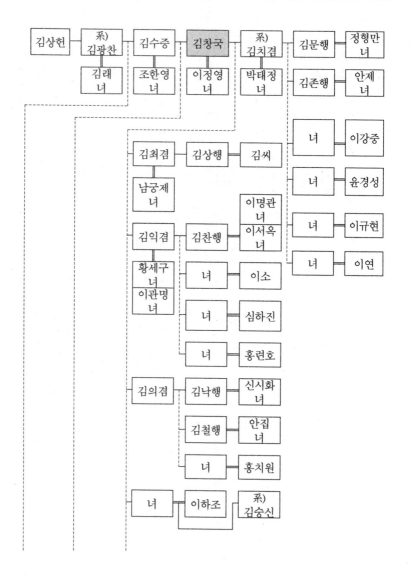

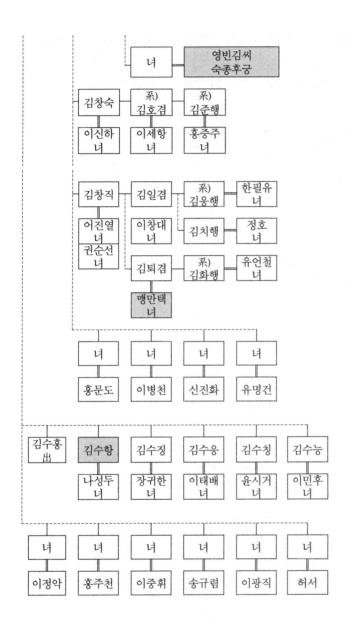

장 경(張烱)의 가계도(家系圖)

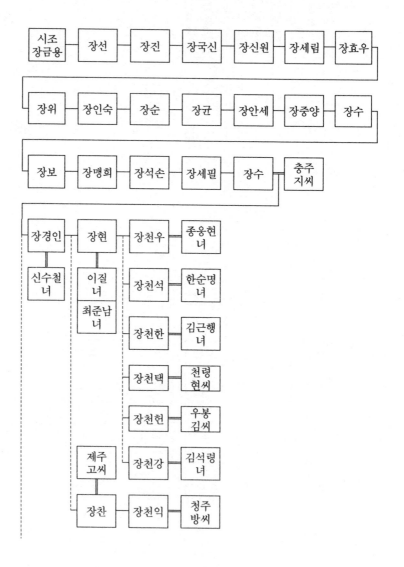

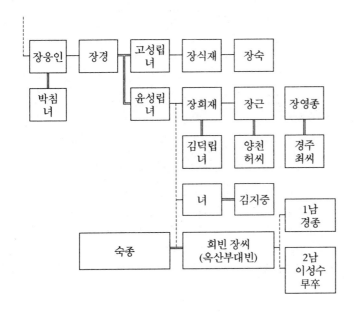

◇ 궁중 용어 ◇

1. 인칭 용어

명칭	이칭	
왕	상(上), 상감(上監), 대전(大殿), 주상(主上), 자상(自上), 대조(大朝: 왕세자가 섭정(攝政)을 볼 때), 전하(殿下), 님군, 인군(人君), 인주(人主), 님금, 군부(君父), 군상(君上), 성상(聖上), 성궁(聖躬), 상궁(上躬), 지존(至尊)	
왕비	후(后), 곤전(坤殿), 내전(內殿), 중전(中殿), 중궁전(中宮殿), 중곤(中壼), 정궁(正宮), 성모(聖母)	
왕대비	웃전(생존시), 대비전(大妃殿), 자전(慈殿), 나라, 왕대비(王大妃), 자성(慈聖)	
세자	책봉 전	원자아기시, 원량(元良), 왕자(王子)
	책봉 후	동궁(東宮), 춘궁(春宮), 국본(國本), 춘궁더하, 말눌해(抹樓下)
	대리정사 시	저군(儲君), 소조(小朝)
	광무 이후	황태자
	중국	청궁(靑宮)
세자빈	빈궁(嬪宮)	
자녀	왕의 적자	대군(大君)
	왕의 서자/왕세자의 자	군(君)
	왕의 적녀	공주(公主)

	왕의 서녀	옹주(翁主)
	왕세자의 적녀	군주(君主)
	왕세자의 서녀	현주(縣主)

2. 신체 용어

순서	궁중 용어	풀이
1	구순(口脣)	입술
2	구중(口中)	입
3	높으시다	키가 크다.
4	대점(大漸)	왕의 병세가 점점 심해지다.
5	도가시	볼깃살
6	두발(頭髮)	머리칼
7	둔상(臀上, 臀像)	엉덩이
8	마리	머리
9	마리깔	머리카락
10	매우(梅雨)	대변
11	매우틀	변기
12	면부(面膚)	왕비, 세자, 왕대비, 세자빈의 얼굴
13	비궁/비부(鼻部)	코
14	비수(鼻水)	콧물

15	상의(上意)	임금님의 마음
16	상후(上候)	왕의 환후(患候)
17	성감(聖鑑)	왕의 식별력, 분별력
18	성궁	왕의 정신, 신체의 양면을 가리킨다.
19	성궁(聖躬)	왕의 몸
20	성단(聖斷)	왕의 판단
21	성려(聖慮)	왕의 심려(心慮)
22	성명(聖明)	왕의 현명함
23	성몽(聖夢)	왕의 꿈
24	성수	임금의 연세
25	성의(聖意)	왕의 생각
26	성체	왕의 신체, 주로 육체적인 면
27	성후(聖侯)	왕의 건강
28	수과(手瓜)/수조(手爪)/ 수지(手指)톱	손톱
29	수장(手掌) /옥수	손
30	수지(手指)	손가락
31	안수(眼水)	눈물
32	안정(眼精)	눈
33	안정섭	눈썹
34	안정알	눈알
35	액상(額上)/액상(額像)	이마

36	어수(御手)	손(왕에 한함)
37	옥루(玉淚)/용루(龍淚)	왕의 눈물
38	옥수	용수와 같이 쓰임
39	옥체(玉體)/옥후(玉候)	왕·왕비의 신체
40	왕언(王言)/덕음(德音)	왕의 말
41	요부(腰部)	허리
42	용안(容顏)/천안(天顏)/옥안(玉顏)	왕의 얼굴
43	이부	귀
44	이부가 어둡다	귀가 먹었다.
45	이부지	귀지
46	족장(足掌)	발
47	족장가락	발가락
48	족장등	발등
49	족장톱	발톱
50	지	소변 또는 요강
51	초도(初度)	돌
52	치	상투
53	통기(通氣)	방기(放氣)
54	한우(汗雨)	땀
55	환경(環經)	월경
56	후수(後水)	뒷물

3. 의복 용어

순서	궁중 용어	풀이
1	가자(茄子)	가지 모양의 노리개. 이것은 의태어적인 것이라 할 수 있다.
2	강상포(--袍)	왕세자가 생일날 입는 옷
3	겉족건(-足巾)	겉버선
4	견막이(間莫伊)/곁마기	여자가 예복으로 입는 저고리의 한 가지. 초록이나 노랑 바탕에 자주 겨드랑이, 자주 깃, 자주 고름, 자주 끝동을 단 옷
5	고도	흰 겹저고리
6	고의	여자의 저고리
7	금향낭자(金香囊子)	향을 넣는 주머니
8	긴의대(-衣襨)	소매가 좁고 긴 장옷
9	녀의	속곳
10	단늬의	왕비의 속치마
11	단봉지	왕이나 왕비의 홑바지
12	단여의(單女衣)	홑으로 지은 속속곳
13	대자(帶子)	허리띠
14	대조	옷고름
15	동의대	왕의 저고리
16	두면(頭面)/두먼	갓
17	등의대(-衣襨)	저고리
18	배자	조끼

19	봉지	왕의 바지
20	세수의대(洗手衣襨)	왕, 왕비가 세수할 때의 옷
21	소고의	왕비의 저고리
22	속여의(-女衣)	속속곳
23	속족건(-足巾)	속버선
24	수긴	수건
25	수파(手帕)	부녀자들의 손수건
26	야장의(夜長衣)	잠옷
27	용포(龍袍)	앞뒤에 용을 수놓은 흉배가 달렸다.
28	원삼(圓衫)	여자 예복, 왕비·왕세바지의 소례복. 대군비·왕자비·공비·有官位者夫人의 대례복으로 쓰인다. 앞길은 짧고 뒷길은 길다.
29	의대(衣襨)	옷
30	의대장(衣襨欌)	옷장
31	의대차(衣襨次)	옷감
32	자장(資裝)	의복치레. 여자의 화장 기구. 출가할 때 갖고 가는 의복
33	저포(紵布)	모시
34	적의(翟衣)	후·비·빈의 관복으로 쓰인다. 적은 꿩을 수놓았다는 뜻이다. 중국에서 고대로부터 전해 오던 의복 제도이다. 우리나라에서는 태조 3년에 왕비의 적의를 순조 11년에 왕세자빈의 적의와 왕세손 빈의 적의를 각각 제정하였다. 왕비의 적의만은 실제로 사용되었다는 기록이 보이나 기타는 사용되었는지 아닌지조차 분명치 않고 지금은 제도만 전한다. (황경환, 264~293쪽)

35	족건(足巾/足件))	버선
36	주의(周衣)	왕의 편복(便服)
37	줌치	허리에 차는 주머니
38	치	왕의 신, 상투
39	침소의대(寢所衣襨)	왕, 왕비의 잠옷
40	한삼(汗衫)	속적삼

4. 식생활 용어

순서	궁중 용어	풀이
1	간정	강정
2	갱반(羹飯)	국과 밥
3	건시	곶감
4	곁반(-盤)	수라상에 곁들이던 상
5	고장자	장독간을 관리하는 우두머리 상궁
6	곽탕	미역국
7	구렁쌀	구렁찰(늦게 익은 찰벼)
8	규아상	만두
9	기화(寄貨)/발궤(-櫃)	뒤주
10	낮것	간단한 점심식사(中食)
11	내공미(內供米)	궁중에 공급하던 쌀
12	너비구이/너비아니	불고기

13	다	숭늉
14	대조(大棗)	대추
15	도어(刀魚)	갈치
16	동해부인	홍합
17	맛보(－褓)	밥 보자기
18	매화틀	사기(便器)
19	면(麵)	국수
20	무화주(無花酒)	술
21	바깥반상(－－飯床)	왕에게 올리는 음식상
22	백설고	백설기
23	별선(別膳)	특별히 만든 음식
24	봉오리	완자
25	비아통(－－桶)	가시, 뼈를 발라 넣는 기구
26	사우반(四隅盤)	정사각형인 소반
27	생이(生梨)	배
28	서과(西瓜)	수박
29	선온(宣醞)	왕이 술을 내리던 일
30	소루쟁이탕	봄나물 국
31	손널	도마
32	송송이	깍두기
33	수라	왕, 왕비의 식사

34	수라상	진지상
35	수랄상(水剌床)	왕에게 올리는 밥상
36	시저	수저
37	심검치탕	시금칫국
38	안반상(――飯床)	대비 왕비, 공주, 옹주에게 드리는 음식상
39	야담(夜餤)/야참(夜―)	밤참
40	양전유아(胖煎油兒)	양저냐
41	어주	술
42	오리알산병	정월 초사흘의 웃기떡
43	오적(五炙)	제상에 오르는 다섯 가지의 적
44	오탕(五湯)	소탕, 육탕, 어탕, 봉탕, 잡탕의 다섯 가지 탕
45	와지항(――缸)	질항아리
46	원반(元盤/原盤)	왕이 먹는 음식상
47	월선(月膳)	반찬거리로 매달 1일과 15일에 바치던 물품
48	율무옹이	율무죽
49	자	국자
50	자완(磁碗)	사발
51	장꼬(醬庫)	장독대
52	장꼬방	장독간
53	장뚝뚝이	산적을 4각형으로 잘라 간장에 조린 것
54	저(箸)	젓가락

55	젓국지	김치, 침채
56	조롱병(ーー瓶)	호리병
57	조리니/조리개	조림
58	조치	찌개
59	조탕	미역국
60	족반(足盤)	굽 있는 소반
61	준시	연시
62	줄알탕	계란탕
63	지렁종라	간장 종지
64	차	숭늉, 물의 통칭
65	청(淸)	꿀
66	청태(靑苔)	파래
67	청포	묵
68	초조반(初早飯)	아침밥
69	춘반(春盤)	입춘(立春) 때 햇나물 음식
70	콩나물탕	콩나물국
71	탕	국
72	태말(太末)	콩가루
73	퇴선(退膳)	수라상에서 물려 낸 음식
74	편	시루떡
75	피백자(皮柏子)	겉잣(껍질을 벗겨 내지 않은 잣)

76	해의(海衣)	김
77	행소(行素)	고기나 생선 없이 먹는 밥
78	호두튀각	호두튀김
79	홍다(紅茶)	홍차
80	후물리(後--)	먹고 남은 음식이나 그 상
81	휘건(揮巾)	식사 때 무릎 위에 치는 흰 모시 수건
82	휘건치마	행주치마

5. 주거 용어

순서	궁중 용어	풀이
1	곤위(坤位)/곤극(坤極)	왕후의 자리
2	기수잇/푸짓잇	이불잇
3	기술/계수/기수	이불
4	녀차(廬次)	왕을 모시는 주변에다 녀를 만들고 世子가 거처하는 곳.
5	도청(都廳)	침방(針房)과 수방(繡房)의 총칭
6	본겻/본결/본견	왕후의 친정
7	빈전(殯殿)	발인 때까지 왕이나 왕비의 관을 모시던 곳
8	소차(小次)	出駕, 動駕時 왕이 잠시 휴식하는 곳
9	잠저(潛邸)	나라를 처음 이룩한 왕이나 宗室에서 들어온 왕으로서 아직 왕위에 오르기 전 또는 그동안에 살던 집

10	춘방(春房)	世子侍講의 별칭
11	침(枕)	베개, 보자(褓子)
12	프디/요석(-席)	요
13	계숫잇	이불에 시치는 잇
14	프딧잇	욧잇
15	핫금(-衾)	솜이불
16	흩금(-衾)	흩이불
17	종사침(螽斯枕)	메뚜기 모양의 수놓은 베개
18	고랑	툇마루
19	세간방(世間房)	마루
20	무렴자(-簾子)	문염자(門簾子). 추위를 막기 위하여 창문이나 장지문에 치는 휘장
21	밭집	민가
22	액원(掖垣)	正殿 곁의 담

6. 기타 용어

순서	궁중 용어	풀이
1	가매(假寐)	낮잠
2	경술대경(慶術大慶)	큰 잔치
3	곡연(曲宴)	가까운 이에게 베풀던 소연(小宴)
4	관화(觀火)	불꽃놀이

5	구나(抾儺)	세말. 역귀(疫鬼)를 쫓던 일
6	궁루(宮漏)/금루(禁漏)	궁중의 물시계
7	낭(囊)	엽낭, 복주머니
8	대가(大駕)	임금이 타신 수레. 제왕(帝王)의 승가(乘駕), 승여(乘輿), 어가(御街)
9	덩	공주나 옹주가 타는 가마
10	도침	다듬이
11	봉서(封書)	① 왕이 기 종척이나 근신과 송답하는 사신 ② 왕지가 그 생가와 송답하는 사신
12	비답(批答)/비지(批旨)	상소에 대한 왕의 하답
13	비망기	임금이 명령을 적어서 승지에게 전하는 문서
14	비자(婢子)	계집종, 고궁의 하녀. 무수리
15	상실(上室)	사당의 지밀(至密)
16	새보(璽寶)	왕실의 인신(印信). 옥인(玉印)을 새(璽)라 하고 금인(金印)을 보(寶)라 한다.
17	성재(聖裁)	왕의 재가
18	소차(小次)	출가(出駕), 동가시(動駕時) 왕이 잠시 휴식하는 곳
19	수부수	양치질
20	수지대야(手指ーー)	손을 씻는 대야
21	실혈(失血)	낙태
22	아지	유모. 왕녀·왕자·왕비의 보모
23	야직(夜直)	숙직
24	어제(御制)	왕이 지은 글

25	어진(御眞)	왕의 화상이나 사진
26	어찰(御札)	왕의 편지
27	연(輦)	왕의 승교(乘轎)
28	용상(龍床)	용평상(龍平床)의 준말. 왕이 앉아있는 평상
29	은교(恩教)	왕이 하는 말
30	의대반사(衣襨頒賜)	왕. 왕비가 입은 옷을 신하, 나인들에게 주던 일
31	잔자비	자질구레한 일을 맡은 차비(差備)
32	전교(傳敎)	임금의 교명(敎命). 하교(下敎)
33	전어(傳語)	통역(通譯)
34	조라치	침전에 불 때기를 받은 궁내 잡역부
35	족장대야(足掌ーー)	얼굴과 발 씻는 대야
36	좌리(坐吏)	밤 경비
37	추숭(追崇)	왕위에 오르지 못하고 죽은 사람에게 왕의 칭호를 주는 것
38	칙서(勅書)	왕이 어느 특정인에게 권계의 뜻이나 알릴 일을 적은 글
39	탕제	약
40	팥잎댕기	처소나인이 댕기를 매던 방법
41	평천관(平天冠)	임금이 쓰던 관의 한 가지로 위가 판판하게 되었음
42	하비(下批)	신하의 상주문을 재가할 때, 임금이 그 글 끝에 쓴 의견문
43	후수대야(後水ーー)	뒷물대야
44	갈다	깎다

45	감(鑑)하다	보다
46	계구릉(啓久陵)	옮기기 위하여 릉을 파는 것
47	계찬궁(啓欑宮)	산에 매장하기 위하여 빈전(殯殿)을 여는 것

7. 行止관계 용어

순서	궁중 용어	풀이
1	공진(供進)하다	신이나 왕에게 음식을 바침
2	과거(過擧)하다	실수하다
3	기로(起怒)하다	노하시다
4	기미보다	먼저 맛보다
5	기수 배설하다	이부자리를 깐다
6	남면(南面)하다	왕이나 왕후가 자리에 나아가 앉음
7	납시다	나오신다
8	대세수하오시다	손을 씻는다
9	듭시다	들어가신다
10	마리 아뢰다	머리 빗겨 드리다
11	모여오다	가져오다
12	뫼어라	뫼시어라
13	문안이 계오시다	편찮으시다
14	물어주다	하사(下賜)하다

15	미령(靡寧)하시다	왕이 편찮으시다
16	부리이지 못 한다	헤아릴 수 없다
17	빈전	왕이나 왕비의 사체를 안치해 두는 전각, 보통 왕, 왕비의 장례는 5개월 장, 세자와 세자빈은 3개월 장
18	빙천(賓天)하다	공주 · 귀인의 죽음을 높이어 부르는 말
19	사색(辭色)	왕의 표정, 기분
20	사송(賜送)	왕이 주다
21	산빙(散氷)하다	겨울에 저장한 얼음을 여름에 나누어 주다
22	삼심(滲甚)하다	흘러나오다
23	세수듭시다/ 세수나오시다	세수하신다
24	수라 듭시다	진지 잡수시다
25	수라 무르오다	진지 상을 물린다
26	수라 잡수오너라	진지 상 올려라
27	수부하오시다	양치질하다
28	수통하다	흉하다
29	승하(昇遐)	왕, 왕비의 별세, 예척(禮陟), 빈천하세(賓天下世)
30	시우다	씻다
31	실조(失措)하다	실수하다
32	실혈(失血)하다	유산(遺産)하다
33	씻오신다	씻으신다
34	아모라타 없이	측량할 길 없이

35	애긋다/ 외긋다	애매하다
36	어(御)하다	(집에) 살다/(모자)를 쓰다/(옷)을 입다
37	엄색(嚴色)	왕의 노한 표정
38	예람(睿覽)	왕이 열람하다
39	외오다	멀다
40	용려(用慮)하다	걱정하다
41	의온(宜醞)하다	왕이 술을 내리다
42	이어(移御)하다	왕이 거처를 옮기다
43	인산(因山)	왕이나 왕비의 관을 산에 매장하는 것
44	입배(入排)하다	도구를 차려 놓다
45	입참(入參)하다	잔치에 참여하다
46	자작한다	옷감을 재단한다
47	잡숫다	옷을 입다
48	잡시다	주무시다
49	재궁(梓宮)	관(왕, 왕비, 왕대비, 세자, 세자빈에 한함)
50	전좌(殿座)하다	친정(親政), 조하(朝賀)때 임금이 나와 앉던 것을 뜻함
51	조하(朝賀)하다	조정에 나아가 왕께 하례함
52	조현(朝見)하다	신하가 입궐하여 왕을 뵙다
53	족장 씻오신다	발을 씻으신다
54	지미(旨美)하다	맛을 보다
55	진어(進御)하다	잡수시다

56	천추절(千秋節)	왕세자의 생일
57	천포(天褒)하다	왕의 칭찬
58	청형(聽螢)하다	귀가 어둡다
59	초려(焦慮)하다	몹시 걱정하시다
60	초우(焦憂)하다	매우 근심하다
61	출합(出閤)	왕자가 장상하여 私宮을 짓고 나가다
62	침수 나오시다	일어나시다
63	침수 드오시다	주무시다
64	탄일	왕, 왕비의 생신일
65	하순(下詢)하다	왕이 백성이나 신하에게 물음
66	하저(下箸)하다	수저를 드시다. 식사를 하시다
67	행보(行步)	걷다
68	환어(還御)	왕이 대궐로 돌아오다

◆ 참고문헌

김흥석, 「국어사전에 실린 궁중어 연구」, 『새국어교육 제76호』, 한국국어교육
      학회, 2007, 394~418쪽.
박순희, 「宮中語 소고―三代 宮中文學을 중심으로」, 『국어과 교육 5』, 부산교
      육대학 국어교육연구회, 1985, 133~154쪽.
홍은진, 「王과 王族 중심의 宮中語 고찰」, 『語文論集 5』, 숙명여자대학교 한국
      어문학연구소, 1995, 35~64쪽.
황경환, 「궁중용어」, 『국어국문학 26호』, 국어국문학회, 1963, 264~239쪽.

인현왕후전 연구

| 초판 1쇄 인쇄일 | | 2014년 8월 28일 |
| 초판 1쇄 발행일 | | 2014년 8월 29일 |

지은이		정은임
펴낸이		정구형
편집장		김효은
편집/디자인		신수빈 우정민 김진솔
마케팅		정찬용 정구형
영업관리		한선희 이선건 이상영
책임편집		윤지영
표지 디자인		박재원
인쇄처		월드문화사
펴낸곳		**국학자료원**

등록일 2006 11 02 제2007-12호
서울시 강동구 성내동 447-11 현영빌딩 2층
Tel 442-4623 Fax 442-4625
www.kookhak.co.kr
kookhak2001@hanmail.net

| ISBN | | 978-89-279-0828-9 *93800 |
| 가격 | | 35,000원 |